LE SILENCE DES HÉROS

Du même auteur aux Éditions J'ai lu

Présumé innocent (2787)

Scott Turow

LE SILENCE DES HÉROS

ROMAN

Traduit de l'américain par
Stéphane Carn

J'AI LU

Titre original :
Ordinary Heroes

Éditeur original : Farrar, Strauss and Giroux, New York

À la mémoire de mon père

I

Miss Grace Morton
37, Wiberly Road
Kindle County 16, IV
USA

Exp : 1Lt David Dubin – 0446192
Judge Advocate General's Dept.
APO 403 c/o Postmaster
N.Y.
Le 19 mars 1944,
Atlantique nord,
Cinquième jour de mer à bord du Steamer King Henry

Très chère Grace,

Mes petits problèmes de santé ne sont désormais plus qu'un mauvais souvenir et tu me manques plus que jamais ! Hier matin, je me suis levé en pleine forme. J'ai couru prendre le petit déjeuner et depuis, tout semble aller pour le mieux. Je commence à me faire au rythme de la vie à bord de ce luxueux transatlantique qui, quoique réquisitionné par l'armée, a gardé la plupart de son personnel civil – y compris les wallahs *indiens, qui assurent le service dans nos cabines. Nous avons aussi un excellent orchestre classique qui nous interprète les plus beaux morceaux du répertoire, trois ou quatre fois par jour, dans la grande salle à manger de première classe, toujours ornée de ses vénérables lustres à pendeloques et de ses draperies de velours pourpre. À l'étage du dessous, les appelés ne bénéficient certes pas du même standing, mais ils doivent tout de même avoir conscience de voyager dans des conditions infiniment plus confortables que s'ils avaient dû se contenter d'un vieux rafiot de l'US Navy.*

Entre Schubert et Tchaïkovski, je me surprends parfois à oublier que nous croisons en zone de guerre, dans des eaux semées de dangers, mais j'ai à présent tout loisir de réfléchir à ceux qui m'attendent. Au cours de ces trois jours où j'ai été souffrant, après notre départ de Boston, je suis resté de longues heures sur le pont. Malgré toutes ces années passées à Easton ou à l'école de Droit, qui ont fait de moi un homme cultivé (c'est du moins ce que j'ose espérer !) et un juriste accompli, je crois que je ne parviendrai jamais à me défaire tout à fait de mon côté provincial, voire rustaud. Jusqu'à présent, je ne m'étais jamais aventuré sur un plan d'eau plus grand que la Kindle River, et il m'arrive d'être saisi de frayeur devant l'immensité de l'Atlantique. Lorsque je porte le regard sur l'horizon, je prends la mesure de cette vertigineuse distance qui me sépare de mon pays, et de ma solitude. Je sens le peu de poids que peut avoir ma vie en regard de l'océan, ainsi qu'aux yeux de la plupart des gens qui m'entourent. Bien sûr, ayant été affecté au service juridique de l'armée, j'ai infiniment moins de raisons de craindre ce que me réserve l'avenir que si j'étais, par exemple, officier d'infanterie. À mon poste, il est hautement improbable que j'aie affaire à des Allemands pour autre chose que pour les informer de leur statut de prisonniers de guerre. Je sais que c'est un grand soulagement pour mes parents comme pour toi – et pour moi aussi, bien sûr. Mais à d'autres moments, j'ai le sentiment d'être à la dérive, perdu en pleine mer – (hé hé !).

Je serais bien incapable de dire pourquoi Dieu envoie ainsi les hommes s'entretuer ; en fait, je ne suis même plus sûr de croire en lui. Ce que je sais, c'est que je dois assumer ma part de cette grande mission, comme nous tous, vous au pays, et nous ici. Ce qui est en jeu, c'est tout ce que nous ont transmis nos parents – les miens comme les tiens, malgré ce qui peut les séparer. Je sais que cette guerre est juste, et que c'est le devoir de tout homme (et celui de tout Américain, en particulier), que de défendre ce qui est juste en ce monde, fût-ce au prix de sa vie. Sur ce point, ma conviction n'a pas fléchi, depuis le jour où je me suis engagé. Si je ne participais pas à cette lutte, je ne serais pas un homme digne de ce nom, tel que j'aspire à l'être. Je me surprends parfois à envier ces simples soldats qui sont mes compagnons de voyage, même quand je vois soudain passer dans leurs yeux ce flou, ce vide où je reconnais les signes de la peur. Ils s'imaginent déjà dans les tranchées, sous les balles qui leur sifflent aux oreilles, sous le tonnerre des bombes et des tirs d'artillerie. Et ce que je leur envie, c'est ce que va faire d'eux la grande forge des combats.

Mais n'aie crainte – mes accès de folie ne sont que très passagers. Je te promets que pour rien au monde je ne troquerais mon statut d'avocat contre celui de fantassin.

Mais il se fait tard et on me dit que nous allons devoir affronter une zone de gros temps, dans les heures qui viennent. Je vais donc tâcher de dormir un peu, tant que ça reste possible.

Bonne nuit, ma chérie. À tout de suite, dans mes rêves !

À toi, pour toujours,

David

1

Stewart : Tous les parents ont des secrets

Tous les parents ont des secrets pour leurs enfants. Mais je crois qu'en la matière, les miens ont fait très fort.

Mes premiers soupçons me sont venus peu après la mort de papa, en février 2003. À quatre-vingt-huit ans bien sonnés, il avait fini par sombrer dans un véritable triangle des Bermudes de symptômes – accidents cardio-vasculaires, emphysème, cancer du poumon – tous plus ou moins liés à une vie entière de tabagisme intensif. Avec son autorité coutumière, ma mère avait tout pris en main. Refusant de nous confier la préparation des funérailles, à ma sœur et à moi, elle avait tenu à rencontrer personnellement le directeur de l'entreprise de pompes funèbres, et à commander elle-même le cercueil. Elle avait arrêté son choix sur un modèle assez monumental pour exiger un couvercle ouvragé, et avait longuement soupesé chaque mot du faire-part, tandis que le croque-mort nous lisait le texte qu'il avait préparé.

« Le défunt était-il ancien combattant ? » s'enquit-il. Ce type affichait une mise impeccable, avec ses ongles manucurés, laqués d'un vernis incolore, ses sourcils épilés et sa peau parfaite, dont la netteté sentait l'électrolyse.

« Seconde Guerre mondiale », s'empressa de rétorquer ma sœur Sarah qui, à cinquante-deux ans révolus, met toujours un point d'honneur à me couper la parole.

Le croque-mort nous présenta le petit drapeau américain noir et blanc qu'il comptait faire imprimer dans la notice nécrologique du journal, à côté du nom de mon père, mais ma mère secouait déjà ses boucles grises, plus clairsemées, avec l'âge.

« Non, dit-elle. Pas de ça. Pas de guerre, pour mon David Dubin. »

Maman avait toujours eu tendance à perdre son anglais, sous le coup d'une vive émotion, et pour nous, c'était un signe. Dans ces moments-là, nous avions appris à tenir notre langue, ma sœur et moi. À l'exception des quelques rares détails que nous avions réussi à glaner sur sa rencontre avec mon père, qui servait comme capitaine dans l'armée américaine, alors qu'elle-même était encore détenue dans un camp de concentration en Allemagne (ils étaient tombés dans les bras l'un de l'autre, en un coup de foudre aussi réciproque qu'instantané), la guerre était chez nous une période taboue, un sujet trop lourd pour souffrir la moindre allusion. Mais j'avais cru jusque-là que c'était la sensibilité de maman que nous devions ménager par notre silence. Pas celle de mon père.

Quelques jours après les funérailles, ma mère se prépara à trier le contenu des placards du défunt. Sarah se hâta de regagner son cabinet d'expert-comptable à Oakland, en invoquant le surcroît de travail qui l'attendait au bureau, et sans doute en se félicitant de l'avantage que lui assurait son statut de femme débordée, face à mon oisiveté de journaliste au chômage. C'est donc à moi que ma mère confia le rangement des affaires de papa, un lundi matin, en insistant pour que je récupère ses vêtements. Les costumes étaient tous épouvantablement démodés, et il fallait l'indulgence d'une mère pour pouvoir se figurer qu'avec mon imposante brioche, j'aurais pu me faufiler dans le plus ample des pantalons de papa. Je choisis tout de même quelques-unes des cravates, pour lui faire plaisir, avant d'enfourner tout le reste dans des cartons destinés au Haven, l'association d'entraide juive dont elle avait été l'un des membres fondateurs, plusieurs décennies auparavant, et qu'elle avait tenue à bout de bras, au poste de présidente, pendant près de vingt ans.

Mais rien ne m'avait préparé au séisme émotionnel qui m'attendait. Je tenais mon père pour un homme distant, réservé et prudent, scrupuleux et méthodique pour à peu près tout, mais c'était aussi un esprit brillant et un lecteur passionné. On s'accordait généralement à lui trouver du charme, celui de la politesse, mais il s'investissait peu dans la vie sociale, à laquelle il avait toujours préféré son travail. Car c'était dans la toute-puissante forteresse de la loi qu'il avait remporté ses plus grandes victoires. Partout ailleurs, il était moins à son aise. Il laissait ma mère régner sur la maison en maîtresse absolue, et pendant plus de cinquante ans, il nous a resservi la même boutade : aucun avocat au monde, disait-il, ne faisait le poids, face à maman.

Il est écrit dans le Talmud qu'un père doit attirer son fils d'une main, tout en le repoussant de l'autre. Le mien avait échoué sur les deux tableaux. Je me sentais pourtant de sa part l'objet d'un intérêt constant, que je prenais pour de l'affection, et je savais que, comparé à d'autres pères, c'était un véritable champion en la matière – et particulièrement à une époque où l'idéal du rôle paternel était « d'assurer » financièrement. Mais j'ai toujours senti en lui une part d'ombre, un je-ne-sais-quoi d'insaisissable, un peu comme s'il avait craint de trop se dévoiler à mes yeux. À chacun de mes défis d'enfant, il répondait le plus souvent par l'esquive, ou en me renvoyant à ma mère. Je n'oublierai jamais ces moments où nous nous retrouvions seuls à la maison, lui et moi, et où je rongeais mon frein, exaspéré par son silence. Ma présence ne lui faisait-elle ni chaud ni froid ? Savait-il seulement que j'étais là ?

Maintenant qu'il avait disparu, tout ce qui était resté en suspens entre nous me pesait terriblement sur la conscience. Je ruminais à perte de vue tous ces problèmes que nous n'avions jamais abordés ensemble. Regrettait-il que je n'aie pas marché sur ses traces, en devenant avocat comme lui ? Que pensait-il de mes filles ? Le monde trouvait-il grâce à ses yeux, ou pas ? Et comment expliquait-il que les Trappers, à qui il vouait une indéfectible ferveur, n'aient jamais été fichus de remporter une seule fois les World Series, de son vivant ? Les choses ne sont jamais d'une totale limpidité, entre un père et son fils. Mais il m'était douloureux d'admettre que le mien demeurerait pour moi une énigme, jusque dans la mort.

Faire le tri de ses effets personnels relevait d'un degré d'intimité auquel je n'aurais jamais osé prétendre de son vivant. Je me sentais recru de nostalgie et de chagrin, au contact de ces objets qu'il avait touchés et qui portaient encore l'odeur de son talc Mennen ou de son after-shave Canoë. Le cœur chaviré, je me réfugiai dans le coin le plus reculé du placard pour pleurer tout mon soûl, dans l'espoir que ma mère ne m'entendrait pas. Ne lui ayant jamais vu verser ne fût-ce qu'une larme, j'imaginais qu'elle devait attendre le même genre de stoïcisme de la part d'un homme de cinquante-six ans.

Je finissais de plier et d'emballer tous les vêtements, quand mon regard tomba sur une pile de vieux cartons que j'avais tirés du coin le plus sombre, et d'où j'exhumai une remarquable collection de souvenirs, témoignant d'une tendresse dont j'aurais cru mon père incapable. Il avait gardé toutes les cartes de vœux que nous lui avions dessinées, Sarah et moi, pendant nos cours de dessin, à l'école primaire – ainsi que la médaille du 100 mètres dos qu'il avait remportée au lycée, aux championnats d'athlétisme junior de Kindle County. Des douzaines de boîtes, pleines de photos couleurs qui commençaient à noircir, conservaient pieusement les souvenirs de sa toute jeune famille. Dans la dernière boîte, je découvris des mémos datant de la Seconde Guerre mondiale, une liasse de papiers qui tombaient en miettes, plusieurs brassards nazis rouges qu'il avait apparemment gardés comme trophées de guerre, et une pile de petits clichés de 5×5 écornés, une vingtaine de ces bonnes vieilles photos en noir et blanc qui avaient dû être prises par quelqu'un d'autre, car mon père figurait sur nombre d'entre elles, en une version amaigrie, solitaire et maussade de lui-même. Et je finis par tomber sur un paquet de lettres, dans une antique boîte à bonbons. Une note y restait attachée, retenue par un brin de laine d'un vert fané. Elle était datée du 14 mai 1945 et couverte d'une écriture précise et sûre.

Cher David,

Je rends à ta famille ces lettres que tu m'avais écrites pendant que tu étais en Europe. Je suppose que pour toi, elles garderont tout de même un peu de leur sens, à l'avenir. Mais puisque tu es résolu à me chasser de ta vie, je me vois contrainte d'accepter que pour moi, lorsque le temps aura passé et que ma souffrance se sera enfin calmée, elles finiront par perdre toute signification. Le mois dernier, j'ai aussi rendu ta bague à ton père, comme il a dû te le dire.

Malgré tout cela, David, je ne parviens pas à t'en vouloir d'avoir rompu nos engagements. La dernière fois que j'ai vu ton père, il m'a appris que tu attendais de passer en cour martiale et que tu encourais une lourde peine de prison. Te connaissant, j'ai refusé d'en croire mes oreilles, mais j'avais eu tout autant de mal à admettre que tu aies pu décider de rompre nos engagements. Selon mon père, c'est la guerre qui te rend fou. Mais je ne puis attendre indéfiniment que tu aies retrouvé la raison.

Lorsque je pleure, la nuit (et je n'essayerai certes pas de te ménager, en prétendant que cela ne m'arrive jamais), il y a une chose qui me tourmente par-dessus tout. Moi qui ai passé tant de nuits à prier pour que Dieu te protège, qui L'ai supplié de te garder en vie et, dans Son infinie bonté, de te permettre de revenir sain et sauf – je me reproche amèrement, maintenant que les combats sont terminés, et que toutes mes prières ont été exaucées, d'avoir été trop naïve et trop sotte pour penser à Lui demander qu'à ton retour, ce serait vers moi que tes pas te ramèneraient.

Je te souhaite bonne chance, dans les épreuves que tu traverses à présent.

Grace

Cette lettre me cloua au sol. Mon père, en cour martiale ! C'était bien la dernière chose que j'aurais imaginée, de la part de ce dragon de vertu. Il avait eu à répondre d'un délit grave. Il avait rompu ses fiançailles... Un vrai don Juan ! Je n'avais jamais entendu un traître mot de tout ça. Mais, plus aigu que la stupeur, ce qui me transperçait par-delà l'arc du temps, comme ces étoiles lointaines dont la lumière ne nous parvient qu'après des décennies, c'était le chagrin de cette femme dont la consternation entrait si bien en résonance avec mes propres frustrations et mon amour déçu. Cette lettre éveilla aussitôt en moi une curiosité féroce, doublée de l'impérieux besoin d'en avoir le cœur net.

La mort de mon père m'était tombée dessus alors que je buvais déjà la tasse, emporté par une de ces lames de fond que nous réserve la vie. À la fin de l'année précédente, comme je venais d'avoir mes cinquante-cinq ans, j'avais été mis en retraite anticipée par le *Kindle County Tribune*, le journal où j'avais fait toute ma carrière, et le moment me semblait venu. J'avais la réputation d'être un bon journaliste – un certain nombre de distinctions, que je conserve encadrées sur mes murs, sont là pour en témoigner – mais nul n'aurait songé, et moi le dernier, à prétendre que j'avais la carrure et les compétences de meneur d'hommes que l'on exige d'un rédacteur en chef. Cela faisait près de deux décennies que j'écumais les couloirs du palais de justice et, vu la nature éternelle et répétitive des failles humaines, je commençais à me sentir dans la peau d'un critique télé qui aurait passé le plus clair de son temps à visionner des rediffusions. Après trente-trois ans de bons et loyaux services au *Tribune*, ma retraite augmentée d'une confortable prime de départ contrebalançait à peu près la perte de mon salaire, et le cynisme estudiantin que m'avaient toujours inspiré les valeurs capitalistes était curieusement venu renforcer le don que j'avais révélé pour le boursicotage. La frugalité de nos mœurs nous mettait, Nona et moi, à l'abri des problèmes d'argent. Je m'étais donc pris à rêver, tant que j'en avais encore l'énergie, de sacrifier à ce fantasme qui hante tout journaliste : publier un livre.

Finalement, ça ne s'était pas fait. D'abord parce que je n'avais pas de sujet : qui se souciait encore du procès de l'assassin d'un procureur adjoint, qui avait défrayé la chronique trente ans plus tôt, et qui à l'époque m'avait semblé si palpitant ? Au lieu de quoi, à force de nous retrouver trois fois par jour à la table familiale, ma femme et moi, nous avons fini par reconnaître que nous étions aussi peu exaltés l'un que l'autre par ce que nous avions sous les yeux. Je préférerais pouvoir invoquer quelque rebondissement mélodramatique, tel qu'une aventure ou des menaces de mort, pour expliquer nos problèmes. Mais la triste vérité, c'est que cette débâcle nous menaçait depuis si longtemps, que j'en étais venu à considérer les mauvais présages comme faisant partie du décor. Après trente ans de vie commune, nous nous étions laissés piéger dans un de ces couples exsangues, qui ne retrouvent ni leur élan ni leur raison d'être après le départ des enfants. Mon père était mort depuis un peu plus de deux mois lorsque nous nous sommes séparés, Nona et moi. Nous continuions à dîner ensemble une fois par semaine, le temps de trouver des solutions amiables à nos problèmes matériels et de nous porter mutuellement sur les nerfs, comme nous l'avions fait durant à peu près toute notre vie commune, le tout sans manifester le moindre signe de regret ou de chagrin. Nos filles étaient effondrées, mais je trouvais qu'au contraire, nous méritions tous deux un grand coup de chapeau, puisqu'à notre âge, nous avions encore le courage d'espérer mieux.

J'étais donc déjà sur les genoux avant la mort de mon père. Le jour de l'enterrement, j'ai dû me retenir de sauter dans la fosse à ses côtés, mais je savais que je finirais tôt ou tard par tourner la page. Deux magazines, dont un de portée nationale, m'avaient déjà commandé des articles en free-lance. Avec mes cent cinq kilos pour un mètre soixante-quinze, je n'ai jamais prétendu être un Adonis, mais les perspectives de l'âge mûr restent plus clémentes pour les hommes que pour les femmes, et j'entrapercevais déjà quelques raisons d'espérer, ici ou là. Lorsque je serais prêt, si je parvenais un jour à l'être, je ne risquais pas de manquer de compagnie.

Mais pour le moment, sans femme, sans vie de famille et sans travail, j'avais tout loisir de faire le point. Mon bilan n'avait rien d'exceptionnel. Comme tout un chacun, j'avais réussi sur certains plans, et échoué sur d'autres. Mais une chose me crevait à présent les yeux : c'était que mes échecs semblaient tous prendre source quelque part du côté de mon père.

Ce lundi-là, tandis que ma mère me croyait occupé à me colleter avec les costumes de papa, j'ai disparu dans son placard, où j'ai lu des dizaines de lettres qu'il avait écrites pendant la guerre. Elles étaient pour la plupart frappées du tampon « Army V-Mail », signifiant qu'elles avaient été enregistrées sur microfilms en Europe et imprimées sur papier à la poste d'arrivée. Je n'ai levé la tête qu'en entendant ma mère m'appeler depuis la cuisine, pour me suggérer une petite pause.

Je l'ai trouvée assise à la table ovale à rallonges qui a gardé trace des milliers de repas que nous y avons pris en famille, depuis les années 1950.

« Tu savais que papa était fiancé, avant votre rencontre ? » lui ai-je lancé depuis le seuil.

Elle a lentement pivoté vers moi. Elle s'était préparé une tasse de thé et l'avait bue en aspirant le liquide à travers un morceau de sucre calé contre ses incisives, qu'elle avait un peu écartées – une de ses vieilles habitudes, qui datait du *shtetl*[1]. Les débris de sucre fondus finissaient dans un coin de sa soucoupe.

« D'où tu tiens ça ? »

Je lui parlai de Grace Morton et de la lettre. En tant que propriétaire de l'ensemble du lot, maman demanda à la voir sur-le-champ. À quatre-vingts ans révolus, ma mère restait une belle femme. Quoiqu'un peu décolorée par l'âge, elle avait gardé des traits réguliers et une peau d'une remarquable fraîcheur. Elle avait toujours été petite, plutôt menue, voire frêle – et je lui en voulais un peu de ne m'avoir pas fait hériter de la prestance de mon père. Mais la plupart des gens, subjugués qu'ils étaient par la force et la pugnacité de son intelligence, ne s'apercevaient même pas de sa fragilité physique. C'était comme d'affronter quelqu'un qui vous aurait attendu en armure, l'épée à la main. À présent, elle examinait la lettre de Grace Morton d'un regard concentré, dont le rayon menaçait à chaque instant de réduire le papier en cendres – et lorsqu'elle la reposa sur la table, il me sembla voir passer sur ses traits l'ombre d'un sourire.

1. Village ou petite ville dont la population était en majorité juive, dans l'Europe de l'Est d'avant-guerre (Russie, Pologne, Roumanie) (*NdT*).

« La pauvre petite, fit-elle.

— Tu connaissais son existence ?

— Si je savais... Oui, je suppose. Mais ils avaient déjà rompu depuis longtemps, lorsque j'ai rencontré ton père, Stewart. C'était la guerre. Les couples avaient été séparés pendant des années. Les filles rencontraient d'autres garçons, ou l'inverse. Tu n'as jamais entendu parler de ces fameuses lettres de rupture que les femmes ou les fiancées envoyaient à leurs hommes ?

— Mais ça n'est pas tout. Tu savais que papa était passé en cour martiale ?

— J'étais dans un camp, Stewart. Je ne parlais qu'à peine l'anglais. Je crois me souvenir qu'effectivement, il a eu des problèmes juridiques, à une époque – mais c'était un simple quiproquo. Un malentendu.

— Un malentendu ? À en croire cette lettre, il risquait une peine de prison.

— Réfléchis, Stewart. J'ai rencontré ton père, je l'ai épousé et je suis venue ici avec lui en 1946. C'est bien la meilleure preuve qu'il n'est jamais allé en prison.

— Mais pourquoi n'y faisait-il jamais allusion ? Pendant vingt ans, j'ai couvert tous les procès criminels du comté, maman – et j'ai dû discuter avec lui d'une bonne moitié de mes dossiers. Tu ne crois pas qu'il aurait pu m'expliquer, à un moment ou à un autre, pourquoi et dans quelles circonstances il s'était lui-même retrouvé sur le banc des accusés ?

— J'imagine qu'il n'en était pas très fier, Stewart. Un père tient à garder l'admiration de son fils. »

Pour une obscure raison, cette dernière remarque me mit hors de moi : si mon père avait jamais eu le moindre souci de l'opinion que je pouvais avoir de lui, ce détail m'avait totalement échappé... La gorge serrée, je parvins à lui vider mon sac, d'une voix brisée. Comment mon père avait-il pu vivre toute sa vie, sans me laisser ne fût-ce qu'une chance de mieux le connaître ? Ce n'était pas un être humain – c'était un message crypté.

Je n'ai jamais douté de l'amour que me portait ma mère. Pas une seconde. Je savais qu'elle aurait préféré me voir ressembler davantage à mon père, et faire preuve d'une meilleure maîtrise de mes émotions – mais là, je sentis qu'elle épongeait mon chagrin, comme savent si bien le faire les mères, comme si elle avait pu sécher mes larmes à leur source. Elle poussa un long soupir, dans le style du Vieux Continent.

« Ah, ton père… », dit-elle, en s'interrompant pour mieux choisir ses mots, et pour ôter un grain de sucre qui lui restait sur la langue. Puis elle fit le seul aveu qu'elle m'eût jamais concédé, concernant mes problèmes avec mon père : « Ton père, Stewart… avait déjà du mal à s'entendre avec lui-même… ! »

Ce jour-là, j'ai discrètement subtilisé les lettres de mon père. Même à l'âge plus que certain qui était le mien, il m'était plus facile de mentir à ma mère que de l'attaquer de front. Et j'avais besoin de temps pour réfléchir au contenu des lettres. Le récit que mon père y faisait de la guerre m'avait paru alerte et haut en couleurs, mais il flottait dans toute cette correspondance je ne sais quel parfum de catastrophe, de malheur secret, une sinistre petite musique qui allait peu à peu *crescendo*, comme dans la bande-son d'un film, jusqu'au grand *tutti* du désastre final. Il s'efforçait de donner le change, vis-à-vis de Grace Morton, mais à l'époque où il rompit brusquement leurs fiançailles, en février 1945, ce qu'il avait vécu sous les drapeaux semblait l'avoir profondément ébranlé. Je ne pouvais m'empêcher d'y voir un lien avec cette histoire de cour martiale.

Mais, mieux, cette impression venait à présent corroborer un vieux soupçon que je n'avais toujours pas réussi à formuler à ce jour. Il était arrivé quelque chose à mon père. Dans sa profession, pour autant qu'un gamin puisse en juger, il était admiré de tous. Il avait siégé quinze ans à la direction générale des assurances Moreland, où son impeccable probité, le charme discret de sa courtoisie et la maestria avec laquelle il se faufilait, tel un rayon laser, dans l'infini dédale de la législation des assurances, avaient fait sa renommée. Mais comme tout le monde, il avait aussi une vie privée. Chez nous, on sentait toujours autour de lui l'aura sombre du chagrin. Il y avait cette manie du tabac, qui le tenailla jusqu'à la mort, et ce verre de scotch qu'il prenait chaque soir, comme un médicament, pour pouvoir fermer l'œil quatre ou cinq heures, avant d'être tiré du sommeil par des rêves oppressants. Certains membres de la famille m'avaient laissé entendre qu'il avait autrefois été un jeune homme gai et ouvert, s'exprimant plus volontiers. Là-dessus, la théorie de ma grand-mère, et elle ne se privait pas de nous en rebattre les oreilles, c'était que Gilda, ma mère, à force de toujours prendre la parole la première, et avec quelle autorité, avait fini par voler sa langue à son mari. Mon père me semblait avoir toujours vécu avec sur l'épaule la main d'un démon qui l'aurait retenu.

Une fois, dans mon enfance, il fut témoin d'un incident qui aurait pu mal finir. Je chahutais avec une bande de copains à vélo, quand une voiture avait tourné le coin de notre rue à toute vitesse en faisant hurler ses pneus, avant de passer à un cheveu de moi. Mon père m'avait empoigné le bras et m'avait traîné jusqu'à notre jardin, où il m'avait jeté sur la pelouse. Même à un âge si tendre, j'avais compris que, bien plus que le danger auquel je m'étais exposé, la vraie raison de sa colère était la frayeur que je venais de lui faire.

À présent, la quête de ce qui avait tant affecté mon père était devenue mon Saint-Graal. Dans ma profession, ma ténacité de reporter – le « journalisme façon pitbull », comme j'aimais à le répéter –, cette opiniâtreté avec laquelle j'assiégeais mes sujets jusqu'à ce qu'ils finissent par se livrer, avait fait ma célébrité. À force d'obstination, j'obtins donc une copie du « 201 » de mon père – ses états de service personnels – au Centre national des archives militaires, à Saint Louis ; et là-dessus, je bombardai de lettres le ministère de la Défense et le service des Archives nationales. En juillet, le chef de service des Archives judiciaires militaires d'Alexandria, en Virginie, me confirma qu'elle était parvenue à localiser les minutes du procès de mon père en cour martiale. Elle commença par me faire payer les photocopies, avant de m'annoncer, toujours par lettre, que les documents étaient indisponibles, car classés secrets – et ce, non pas par les services de l'armée mais, ô stupeur, par ceux de la CIA.

L'idée que mon père ait pu se rendre coupable dans sa jeunesse d'une faute susceptible de constituer un danger pour la sûreté nationale, soixante ans plus tard, relevait du ridicule. Je fis donc pleuvoir un tir nourri de fax, de lettres, de coups de fil et d'e-mails chauffés au rouge, sur les différents services administratifs de Washington, où ils furent accueillis comme autant de *spams* et relégués aux oubliettes. Finalement, ce fut notre représentant au Congrès, Stan Sennett, un vieil ami, qui m'arrangea un compromis. Les autorités acceptaient de me transmettre quelques-uns des documents de la cour martiale, tandis que la CIA s'engageait à reconsidérer le statut secret du dossier.

En août 2003, je me rendis donc au Centre national des archives de Washington, situé à Suitland, dans le Maryland. Le bâtiment a l'allure d'un gros porte-avions en cale sèche : un bloc de briques de deux étages, grand comme une quarantaine de terrains de foot. À l'intérieur, les zones accessibles au public sont concentrées autour d'un unique couloir, décoré dans le plus pur style administratif – c'est-à-dire l'équivalent des chaussures Scholl, dans les hôpitaux. Murs de briques, plafonds tapissés de dalles antibruit, le tout généreusement nappé d'éclairage au néon. Là, je fus autorisé à lire (sans toutefois les copier) une dizaine de pages qui avaient été retirées de la transcription du procès établie en 1945 par le procureur de la cour martiale. Les pages avaient pris la nuance brun ocre du papier kraft et la texture d'un vieux papier peint, mais à mes yeux, elles scintillaient comme un trésor fraîchement exhumé. J'allais enfin savoir.

Je m'étais galvanisé de l'intérieur pour être prêt à tout ; d'ailleurs, le texte aurait difficilement pu être plus explicite, malgré la neutralité étudiée du jargon juridique que venait encore alourdir la cuirasse de la terminologie militaire. Mais en le lisant, j'eus le sentiment d'être tombé sur la tête. Les trois chefs d'inculpation retenus contre papa se rapportaient au même incident. En octobre 1944, intervenant en qualité de juge-avocat adjoint du service juridique de la IIIe Armée, mon père avait reçu l'ordre d'enquêter sur les allégations d'un certain général Roland Teedle, de la 18e Division blindée, accusations susceptibles d'entraîner un procès en cour martiale pour le major Robert Martin. Ce major travaillait alors pour la branche des Opérations spéciales de l'Office des services stratégiques, agence mieux connue sous l'acronyme OSS, qui avait vu le jour pendant la Seconde Guerre mondiale et avait été le précurseur de la CIA (ce qui expliquait sans doute que cette dernière ait fini par y mettre le nez). En novembre 1944, papa reçut l'ordre d'enquêter sur Robert Martin, puis de l'arrêter. Au lieu de quoi, en avril 1945, mon père, qui était responsable de la surveillance du prisonnier, détenu près de Hechingen, en Allemagne, avait, selon le rapport, « délibérément laissé le major Martin prendre la fuite, au grand préjudice de la sûreté et du bien-être des États-Unis d'Amérique ». Et cela n'avait rien d'une simple figure de rhétorique. Le chef d'inculpation le plus grave, le refus délibéré d'obtempérer aux ordres d'un officier supérieur, était passible de la peine capitale.

S'ensuivit une semaine de procès, en juin 1945. Dès le début, la principale accusation, celle qui aurait pu le mener devant le peloton d'exécution, avait été levée, mais les trois autres charges pouvaient lui valoir une sentence de trente ans. J'ouvris un autre dossier jauni, dont l'étiquette proclamait « JUGEMENT ».

Après avoir ouvert la séance, le président de la Cour a déclaré que l'accusé avait été reconnu coupable de toutes les spécifications et charges stipulées aux alinéas Charges II, III et IV. À l'issue d'un vote à bulletins secrets, l'accusé est condamné, par une majorité aux deux tiers des membres présents, à cinq ans de réclusion et de travaux forcés, au pénitencier de Fort Leavenworth, USA ; il sera en outre, à compter de ce jour, dégradé et exclu de l'armée US, ladite exclusion devant faire l'objet d'un affichage sur les lieux de son domicile.

Je dus relire plusieurs fois ce paragraphe, dans l'espoir d'y découvrir un sens caché. Mon père, un repris de justice... J'en avais le cœur et les mains glacés.

Sa condamnation fut rapidement confirmée par le Conseil de révision pour le Front européen des opérations – l'équivalent militaire d'une cour d'appel –, ce qui laissait au général Teedle toute liberté pour exécuter la sentence. Au lieu de quoi, fin juillet 1945, le général retira toutes les accusations qu'il avait lui-même lancées. D'une simple croix sur un formulaire, dans la case prévue à cet effet, et sans un mot d'explication. Mais il ne s'agissait pas d'une erreur administrative. La semaine suivante, sur ordre du général, le jury de cour martiale fut à nouveau convoqué. Il édicta une sentence qui tenait en une seule ligne et où il défaisait tout ce qu'il avait fait, six semaines plus tôt. Mon père, qui était aux arrêts depuis le mois d'avril, fut aussitôt libéré.

Les lacunes de cette histoire en pointillés achevèrent d'embraser mon imagination. J'étais tel Samson, enchaîné dans le temple, les yeux bandés. Personne, ni l'armée, ni la CIA – personne ne m'empêcherait d'apporter une réponse à une question aussi cruciale : étais-je le fils d'un criminel de guerre qui avait trahi son pays et avait réussi à s'en tirer en faisant jouer quelque point technique, ou bien d'un homme intègre, qui avait été victime d'une erreur judiciaire mais avait choisi de ne pas exhumer les ombres de son passé ?

Je remplis des brassées de formulaires et me mis à sillonner le continent, pour rassembler les pièces du puzzle, visitant des dizaines de bibliothèques militaires, de centres d'archivage et de documentation. Mes raids les plus productifs furent de loin ceux qui m'amenèrent dans le Connecticut, où je parvins, non sans peine, à remettre la main sur les archives de Barrington Leach, l'avocat qui avait vainement défendu mon père lors de son procès en cour martiale, avant que le général Teedle ne revienne sur ses accusations.

Et presque simultanément au début de ma quête, je décidai d'écrire l'histoire de mon père. Pendant toute la Seconde Guerre mondiale, il avait été le seul membre du Judge Advocate General's Department[1] à avoir été traduit en cour martiale, ce qui était le moindre des détails qui contribuaient à faire de ce procès un événement hors normes. C'est donc plein d'espoir que je partis arpenter les couloirs sombres des bibliothèques et des services d'archives, que j'écumais avant de me plonger dans mes écritures jusqu'à une heure avancée de la nuit. J'avais la certitude de tenir là non seulement une intrigue, mais une matière – tous les ingrédients d'un

1. Le *Judge Advocate General Department* (communément désigné sous l'acronyme JAG) est la branche juridique de l'armée US. Il a pour mission de défendre et d'appliquer le code unifié de la justice militaire. Les officiers de ce corps siègent en cour martiale et participent aux opérations militaires en tant que conseillers juridiques de l'état-major, pour l'application des lois internationales régissant les conflits armés (*NdT*).

livre, et d'un livre excellent, qui aurait en outre l'avantage d'être ma propre histoire. Bref, l'ouvrage qui, tel le bon vieux *deus ex machina* d'une pièce de théâtre, allait sortir ma vie de l'ornière où elle s'enlisait, pour la propulser vers des sommets inespérés.

C'est alors que, comme tant de ces avocats que j'avais vus à l'œuvre au cours des procès criminels auxquels j'avais assisté pendant tant d'années, j'ai posé une question de trop, dévoilant le seul détail qui aurait pu m'empêcher d'écrire l'histoire de mon père.

Elle avait déjà été écrite. Et par mon père lui-même.

2

David : Concernant les charges retenues contre moi

COMMUNICATION CONFIDENTIELLE
dest : Lieutenant-colonel Barrington Leach
Juge Avocat Adjoint, QG de l'État-major
Front européen des opérations – US Army
exp : Capitaine David Dubin
suj : Les charges retenues contre moi
date : 5 mai 1945

J'ai décidé, à votre suggestion, de relater par écrit les principaux éléments dont j'ai gardé souvenir, concernant mon enquête sur le major Robert Martin, de l'OSS, ainsi que les événements qui se sont ensuivis et qui vont d'ici peu m'amener à comparaître devant la cour martiale. Puisque je répugne à faire part de tout cela à âme qui vive, y compris à vous, qui êtes pourtant mon avocat, le confier à la page blanche me paraît l'alternative la plus acceptable, même si mon état d'esprit actuel m'inclinerait davantage à taire toute cette histoire, et à n'en jamais dévoiler un seul mot à quiconque. Je sais à quel point mon silence peut ajouter à votre frustration, et je soupçonne qu'il vous porte parfois à douter que j'aie bien pris la mesure des risques. Mais sur ce dernier point, n'ayez crainte : la perspective du peloton d'exécution n'échappe certes pas à mon attention. Quoi qu'il en soit, en tant que membre du JAG Dept, et en tant que juge-avocat ayant à la fois instruit et défendu des centaines de procès en cour martiale, durant l'année que je viens de passer sur ce continent, j'ai l'absolue certitude de n'avoir rien à invoquer pour ma défense. Le mois dernier, le général Teedle m'a accusé d'avoir délibérément rendu la liberté à un prisonnier, le major Martin, qui était légalement placé sous ma surveillance, près de Hechingen. Et c'est exact. J'ai laissé Martin s'enfuir. Étant coupable, j'ai choisi de plaider coupable. Les raisons qui m'ont poussé à libérer Martin n'existent pas aux yeux de la loi et, en toute candeur, ne regardent que moi. Permettez-moi cependant de souligner une fois de plus que, tout en entreprenant de vous raconter l'enchaînement des faits tels qu'ils sont advenus, je ne me fais aucune illusion sur les chances que pourrait avoir ce manuscrit d'améliorer un tant soit peu ma situation.

Je commencerai donc par vous décliner les informations que je demande habituellement à mes propres clients.

Je suis né en 1915, dans la ville de DuSable, à Kindle County, dans le Midwest. Mon père et ma mère sont des immigrés originaires d'une petite ville de Russie occidentale. Ni l'un ni l'autre n'ont étudié au-delà de l'école primaire. Depuis ses quatorze ans, mon père exerce le métier de cordonnier. Il est propriétaire d'une échoppe située à deux rues du petit appartement où nous avons été élevés, moi, ma sœur aînée et mon jeune frère.

J'étais assez bon élève au lycée et, ayant remporté le titre dc champion junior de Kindle County pour le 100 mètres dos, je me suis vu attribuer une bourse d'études complète pour l'université d'Easton. Quoique située à une trentaine de kilomètres seulement de chez mes parents, Easton, cette pépinière de l'élite et de la bonne société locale, m'avait toujours semblé appartenir à un autre univers. Le rêve le plus cher de mes parents étant de faire de leurs enfants de « vrais Américains », je me suis efforcé de me couler en tout point dans le moule d'Easton, jusqu'à adopter la mode du manteau de raton laveur, de l'ukulélé et de la pipe en bruyère. J'ai décroché mon diplôme de fin d'études supérieures de premier cycle avec la distinction Phi-bêta-kappa[1], avant d'entrer dans la prestigieuse école de droit d'Easton. Mon diplôme en poche, j'eus la chance de trouver un poste au service juridique des assurances Moreland. À l'époque, mes parents me firent remarquer que je devais être le premier Juif à avoir été engagé chez Moreland, en dehors du pool des secrétaires – mais je me suis toujours efforcé de ne pas voir les choses sous cet angle…

J'ai plaidé pour Moreland pendant deux ans au Tribunal municipal, dans le cadre de petites affaires de dommages et intérêts, jusqu'à ma décision de m'engager dans l'armée, en septembre 1941. Cette décision a fait l'effet d'une bombe dans ma famille et parmi mes amis. Mes parents, ainsi que Grace Morton, ma fiancée, auraient préféré que j'attende le tirage au sort. Ils persistaient à espérer contre toute raison que je passerais à travers les mailles, ou que je parviendrais, à tout le moins, à limiter mes risques d'exposition au danger. Mais je ne voulais plus temporiser. Je tenais à faire mon devoir, et c'est ce que j'ai fait.

J'avais rencontré Grace trois ans plus tôt, en lui vendant une paire d'escarpins au rayon chaussures des grands magasins Morton où je travaillais pour me faire un peu d'argent de poche, au cours de mes dernières années d'études. Avec ses pulls de jeune fille rangée, ses colliers de perles et ses impeccables jupes plissées, Grace était l'image même de la jeune Américaine

1. Association honorifique regroupant les étudiants les plus brillants, dans les universités américaines. La Phi Bêta Kappa Society fut fondée en 1776, au College of William and Mary, avec pour but de « reconnaître et d'encourager l'excellence ». L'admission à ce club très fermé est restreinte à environ un pour cent des étudiants (*NdT*).

modèle. Mais ce qui m'avait plu en elle, ce n'était pas tant ses cheveux blonds coupés au carré, ou la charmante modestie de ses manières, que sa droiture et sa noblesse de cœur. Grace est la personne la plus généreuse et la mieux intentionnée qu'il m'ait été donné de rencontrer. Elle était institutrice dans les quartiers défavorisés du North End et elle a mis plusieurs mois à m'avouer que sa famille était propriétaire du grand magasin où nous nous étions croisés pour la première fois. Lorsque j'ai décidé de m'engager, j'ai demandé sa main afin que nous puissions continuer à nous voir, tant que je resterais cantonné sur le sol national. Elle m'a immédiatement dit oui, mais nos projets ont soulevé un tollé général, dans sa famille comme dans la mienne. En attendant la fin de l'orage, nous avons dû nous résoudre à différer notre mariage.

Après un stage d'entraînement élémentaire à Fort Riley, je suis entré à l'école des aspirants officiers d'infanterie à Fort Benning, en Georgie, dont je suis sorti le 6 avril 1943, avec le grade de sous-lieutenant. Deux jours plus tard, j'ai appris mon transfert au Judge Advocate General Department[1]. Je venais juste d'avoir vingt-huit ans, ce qui est l'âge minimum d'admission au JAG Dept, et quelque officier supérieur bien intentionné m'avait porté volontaire d'office... Dans la plus pure tradition de l'armée, il n'était venu à l'idée de personne de s'inquiéter de mes préférences – d'ailleurs, à ce jour, je ne sais toujours pas ce que j'aurais répondu à cette question, me l'eût-on posée. C'est donc en proie à toutes ces contradictions que je suis arrivé dans l'imposante cour carrée de la faculté de droit, à l'université du Michigan, pour m'initier au code de la justice militaire. Mon classement dans la moitié supérieure de ma classe m'assurait d'être automatiquement promu au grade de premier lieutenant.

1. Voir note précédente, page 28 (*NdT*).

À mon entrée dans le JAG Dept, j'avais demandé mon affectation dans le Pacifique, en pensant ainsi optimiser mes chances d'approcher des lieux de combat, mais en août 1943, j'ai été envoyé à Fort Barkley, au Texas, pour une période de formation et d'entraînement pratique, comme assistant juridique du camp. Je passais le plus clair de mon temps à expliquer à des soldats qui avaient reçu des lettres de rupture de leurs femmes, les options légales qui s'offraient à eux – tout en démêlant, en un étrange contrepoint, les multiples demandes contradictoires de pension alimentaire que l'Armée avait reçues des cinq femmes d'un certain Joe Hark, qui les avait successivement épousées dans ses différents lieux d'affectation, sans prendre la peine de divorcer d'avec aucune.

En mars 1944, on m'envoya enfin par-delà un océan, qui n'était pas le Pacifique. J'avais été affecté à la Central Base Station, à Londres, où j'eus la chance d'être placé sous les ordres du colonel Halley Maples. Cet homme élégant, d'une bonne cinquantaine d'années, était l'image même de l'avocat. Grand et mince, portant beau, les cheveux poivre et sel, la moustache avantageuse, le colonel semblait avoir d'emblée une haute opinion de moi – sans doute parce que j'étais comme lui un ancien d'Easton. Au cours du mois de juillet, quelques semaines à peine après le jour J, le colonel fut nommé au poste de Staff Judge Advocate pour la IIIe Armée, constituée de fraîche date, et lorsqu'il m'en fit la proposition, j'acceptai avec joie de devenir son assistant. J'ai traversé la Manche le 16 août 1944, à bord du *Holland*, un bâtiment de l'US Navy, heureux de pouvoir enfin me rapprocher du théâtre des opérations.

Les Staff Judges Advocates étant attachés aux unités d'arrière-garde du QG de Patton, nous nous déplacions dans le sillage du général, tandis que la IIIe Armée progressait irrésistiblement à travers l'Europe occidentale. Cette affectation n'était pas dénuée d'avantages. Sans prendre part aux combats, nous traversions de temps à autre des villes ou des villages français en liesse, qui fêtaient leur libération après plusieurs années d'occupation nazie. Juchés sur le hayon de leurs camions ou de leurs blindés, nos hommes distribuaient des cigarettes et du chocolat à la foule, tandis que les bonnes bouteilles sortaient des caves où elles avaient attendu quatre longues années. Nous recevions en échange une profusion d'étreintes et d'embrassades enthousiastes, provenant plus souvent, à mon grand regret, de vieillards moustachus que de jeunes beautés accortes et conquises…

Dans les villes libérées, il était rare de distinguer une source unique d'autorité. Des dizaines de factions et de courants politiques se disputaient le pouvoir. Les gens du cru s'agglutinaient autour des postes de police ou de nos QG militaires, pour obtenir des laissez-passer ou pour tenter de retrouver tel fils ou tel père, arrêté par les Allemands. Les vitrines des magasins qui avaient assuré la diffusion des marchandises et de la propagande nazies volaient en éclats sous les pavés, tandis qu'on repeignait des croix de Lorraine, emblème de la résistance française, par-dessus toutes les croix gammées qu'on avait effacées. Partout, la foule faisait la chasse aux « collabos ». À Brou, j'assistai au châtiment public d'une serveuse de bar, prise à partie par six ou sept jeunes hommes arborant des brassards de la résistance, qui lui rasèrent le crâne pour la punir d'avoir couché avec des nazis. Elle supporta l'épreuve avec une résignation qui ne devait pas être très éloignée de celle avec laquelle elle avait accueilli les hommages de ses prétendants allemands. Elle sanglotait en silence, immobile sur son siège. Seul s'agitait son bras gauche, qui venait lui battre le flanc, comme l'aile d'un volatile qui aurait vainement tenté de reprendre son vol.

Patton, craignant que cette atmosphère de chaos ne déteigne sur nos troupes, confia au colonel Maples et à son équipe le soin de rétablir la discipline. Avec mon collègue Anthony Eisley, un jeune capitaine de Dayton qui avait exercé dans le cabinet de son père pendant plusieurs années, je me vis confier le rôle de procureur dans les nombreux procès en cour martiale, intentés pour juger des crimes relativement graves – meurtres, viols, agressions, vols qualifiés et insubordination –, qui étaient commis par nos hommes, la plupart du temps contre des civils français. Dans d'autres QG, l'organisation de ces procès, et particulièrement la partie défense, était confiée aux officiers eux-mêmes. Ils s'en acquittaient comme d'un service auxiliaire à leurs attributions ; mais dans les cas passibles de peines de prison fermes (et, à plus forte raison, de la peine capitale), le colonel Maples exigeait la participation de juristes professionnels, ayant une bonne expérience du Code de la loi martiale et du Code de la guerre.

Le principal obstacle au bon déroulement de notre mission était le manque de temps : à peine avions-nous installé notre tribunal, que nous devions tout remballer, pour le transporter plus loin. Les troupes de Patton balayaient la France à toute allure. Nous n'avions pas plus tôt affiché nos cartes, dans les QG, que nos colonnes avaient déjà traversé le secteur concerné. Nous jugions de cas passibles de la peine de mort sous de simples tentes de toile, où les témoins avaient peine à se faire entendre à cause du grondement des bombardiers qui passaient au-dessus de nos têtes, et des coups de tonnerre de l'artillerie.

Mais j'étais heureux d'être en première ligne, sur les lieux mêmes de ces combats historiques, ou du moins à proximité immédiate, et j'appréciais beaucoup le colonel Maples. Dans les corps d'officiers de l'armée, où nous étions formés en quatrième vitesse, il n'était pas rare de rencontrer, y compris aux échelons les plus élevés, des gradés qui n'avaient jamais tiré un seul coup de feu dans un combat. Mais le colonel Maples, en plus d'être un éminent juriste, puisqu'il était à la tête de l'un des cabinets les plus en vue de Saint Louis, était aussi un vétéran de la Grande Guerre. Il reconnaissait bon nombre des villages que nous traversions pour y être déjà passé, deux décennies plus tôt.

Début septembre, comme notre quartier général traversait la Marne pour se transporter de La Chaume à Marson, le colonel me demanda de l'accompagner en voiture. Il voulait aller visiter un terrain où il avait survécu à la bataille la plus meurtrière qu'il eût jamais livrée. Entre-temps, ce terrain était redevenu un pré comme tant d'autres, mais Maples reconnut le long muret de pierre qui le séparait du champ voisin. Quelque trente ans plus tôt, le jeune lieutenant qu'il était à l'époque pataugeait dans la boue d'une des tranchées creusées dans ce pâturage verdoyant, à moins de cent mètres des lignes allemandes.

Ces derniers temps, la guerre avait à nouveau fait rage dans le secteur. Dans les bois environnants, les tirs d'artillerie avaient brisé ou abattu de nombreux arbres. La terre avait été éventrée par les chenilles des chars d'assaut. Les morts et les débris matériels avaient été enlevés, mais il restait çà et là quelques cadavres d'animaux, pour la plupart des vaches ou des chevaux militaires qui pourrissaient sur place, enflés comme des outres et grouillant de mouches. Mais les pensées du colonel semblaient happées par le souvenir d'autres combats, vieux de plus d'un quart de siècle. Comme nous arpentions le champ dévasté, il évoqua le souvenir d'un ancien ami à lui, qui avait été fauché par une balle, alors qu'il avait quitté sa tranchée le temps de se soulager.

« Il est tombé comme ça, le pantalon sur les chevilles. Je l'ai vu partir à la renverse dans les latrines. C'était terrible. Terrible… », répéta le colonel, les yeux fixés sur moi.

Dans le champ voisin, de l'autre côté du petit mur, nous avons découvert le corps d'un soldat allemand, la tête dans l'eau d'un fossé. L'une de ses mains reposait sur la berge. La peau qui la recouvrait s'était à présent métamorphosée en une gangue flétrie, racornie comme un vieux cuir autour de ce qui aurait tôt fait d'être réduit à l'état de squelette. C'était le premier mort que je voyais de mes yeux, sur un champ de bataille. Le colonel l'examina longuement, tandis que je tentais de réprimer les battements désordonnés de mon cœur.

« Je remercie le Ciel, dit-il.

— Mon colonel ?

— Je Le remercie, David, d'être à présent trop vieux pour devoir à nouveau combattre dans ce pays. »

De retour à la Jeep, je lui demandai : « Pensez-vous que nous pourrions voir une autre guerre mondiale, dans les années qui viennent, mon colonel ? » Mon collègue Eisley estimait inéluctable la guerre contre les Soviétiques. Il pensait qu'elle risquait d'éclater avant même que nous n'ayons eu le temps de repartir. Le colonel accueillit cette idée avec une gravité que je lui avais rarement vue :

« Une telle chose ne doit pas advenir, Dubin, fit-il d'un ton pressant, comme s'il avait voulu me transmettre un ordre de la plus haute importance. Jamais ! »

Fin septembre, Patton dut interrompre sa ruée vers l'Est. Nos divisions blindées s'étaient avancées trop loin devant leurs unités d'approvisionnement. Les chars d'assaut et les half-tracks boueux étaient immobilisés, faute de carburant, tandis que le temps, jusque-là clément et ensoleillé, commençait à se gâter, en ce qui semblait bien parti pour être l'un des automnes les plus pluvieux jamais enregistrés. Le front s'étendait sur une ligne désormais statique, jusqu'à quinze ou seize kilomètres au sud des Vosges. Entre-temps, l'infanterie avait remplacé les blindés. En une sorte de remake de la Grande Guerre, nos soldats s'étaient enfouis dans des tranchées, à quelques centaines de mètres des positions ennemies. Les Boches, disait-on, leur hurlaient des insanités, à la nuit tombée : « La petite Ruth est *schwarz-black*. Y a un grand nègre qui s'enfile ta femme ! » Mais de notre côté, nous ne manquions pas de germanophones, des titis de New York, de Cincinnati ou de Milwaukee, capables de riposter en leur livrant leurs propres réflexions, quant au calibre dérisoire de l'équipement qu'Hitler planquait sous ses jupes.

Cette immobilisation eut au moins un avantage : début octobre, tout le personnel administratif, juges-avocats inclus, put s'installer à Nancy, et y organiser notre premier vrai QG. Mes cours de français du lycée m'avaient laissé sur l'impression qu'il n'existait en France qu'une seule ville digne de ce nom – Paris. Mais le centre historique de Nancy, érigé au XVIIIe par Stanislas Leszczynski, ce roi de Pologne détrôné qui dut se contenter de régner sur la Lorraine, témoignait d'une splendeur et d'une majesté capables de rivaliser avec les plus beaux monuments parisiens. Le QG avancé de Patton était établi dans le Palais du Gouverneur, une résidence royale bâtie au bout d'une majestueuse allée bordée d'arbres qui n'avait rien à envier à celles des Tuileries. Nos bureaux, ainsi que quelques autres services de l'arrière, étaient installés à un quart d'heure de marche de là, dans les locaux du lycée Henri-Poincaré, la plus ancienne école de Nancy.

Pour traiter le stock de dossiers qui s'étaient accumulés tandis que nous tentions de suivre le grand sprint de Patton, le colonel Maples confia aux sommités du personnel du G-1 le soin de constituer deux cours martiales permanentes. Ils finirent par décider de nommer neuf officiers par cour, pour permettre à leurs membres de vaquer à leurs autres occupations, un jour sur deux. En revanche, Eisley et moi, nous devions plaider dix heures par jour et sept jours sur sept. Pour varier les plaisirs, nous étions convenus d'alterner en nous relayant au poste de procureur et d'avocat de la défense.

Le tribunal militaire siégeait dans ce qui était jadis la salle des fêtes du lycée. Nous avions réquisitionné au réfectoire trois grandes tables que nous avions placées bout à bout. Au centre trônait l'officier de plus haut rang, qui tenait lieu de président de la cour martiale, flanqué à droite et à gauche de quatre autres officiers. Nous nous installions à l'extrême gauche, Eisley ou moi, près de notre client, tandis que le procureur du jour allait prendre place de l'autre côté. Au centre, à leur table, les sténographes prenaient note des déclarations des témoins, qui venaient s'asseoir sur une chaise à dossier droit, à eux réservée.

L'une des équipes avait pour président un lieutenant-colonel répondant au nom de Harry Klike, un type plutôt bas du front qui n'avait aucun grade avant la guerre et avait grimpé les échelons dans les unités du QG, à l'intendance. Ce Klike mettait un point d'honneur à étaler le peu de culture qu'il avait – mais qu'il croyait indispensable à tout officier voulant faire figure de gentleman. L'audience s'achevait donc chaque soir sur cette saillie involontaire du lieutenant-colonel Klike qui décrétait : « La séance est levée jusqu'à demain matin 8 heures, heure à laquelle la cour se réunira à nouveau, pour *se dispenser de justice*... »

À ma connaissance, personne ne s'est jamais donné la peine de le reprendre.

Nous ne chômions pas, et nous parvenions souvent à boucler deux, voire trois dossiers par jour. À chaque suspension de séance, nous avions pris le pli, Eisley et moi, d'aller flâner du côté du palais Stanislas, une merveille de l'architecture baroque, qui étalait sous nos yeux les façades ornementées de ses bâtiments et les ors de ses grilles rococo. Nous nous commandions un cognac à l'une des terrasses de la place et nous regardions passer les jolies Nancéiennes avec leurs talons compensés et leurs hautes coiffures à crans. Quoique marié, Tony se sentait libre comme l'air, à cinq mille kilomètres de chez lui ; il ne tarissait pas d'éloges sur l'imagination et la vaillance amoureuse des Françaises. Je l'écoutais en silence, tandis que le patron du bar tentait d'éloigner les gamins qui assiégeaient notre table, la main tendue, en gazouillant les quelques mots d'anglais qu'ils maîtrisaient : « *Some gum, chum ?* »

On voyait défiler sur l'avenue de longues colonnes de soldats qui partaient pour le front ou qui en revenaient. Nous reconnaissions les unités les plus éprouvées aux gueules noires et aux regards vides de ces hommes sur qui la guerre avait apposé ses stigmates de façon aussi lisible que s'ils avaient porté un écriteau. Des cordons d'ambulances se frayaient parfois un chemin, pour acheminer des blessés jusqu'à l'hôpital militaire le plus proche. Mais le spectacle le plus troublant était celui des renforts qui rejoignaient le front. Un étrange silence s'abattait sur les trottoirs, lorsque les yeux de ces soldats se posaient sur nous, du haut de leurs camions, et leurs visages ne proclamaient que trop clairement leur amertume et leur colère devant la cruauté de ce destin qui nous avait mis, nous, en lieu sûr, et eux, en face d'un danger mortel. En ces instants, je ne pouvais m'empêcher de m'interroger, non sans un profond malaise, sur l'habitude que nous avions prise, dans le QG, de nous approprier les victoires de la IIIe Armée, en employant pour en parler le possessif de la première personne : nos lignes, nos positions, nos unités...

Et puis nous assurions, Tony et moi, la préparation de la journée suivante. Pour les dossiers concernant des agressions contre les gens du pays, nous allions ensemble interroger les témoins. Mes cours de français du lycée m'avaient donné une maîtrise suffisante de cette langue pour pouvoir la lire, et je parvenais tant bien que mal à la comprendre, mais mon expression orale laissait beaucoup à désirer. J'avais néanmoins fait quelques progrès, durant les deux mois que je venais de passer sur le continent, et en nous aidant de quelques signes universels, nous parvenions à nous débrouiller sans mobiliser un interprète.

Le MP qui nous servait de chauffeur, le sergent Gideon Bidwell (nous l'appelions le plus souvent par son diminutif, Biddy, forme abrégée du surnom « Iddy Biddy[1] », qui lui avait été attribué par les inévitables boute-en-train du camp), était large comme une banquette de bus et haut de près de deux mètres, avec des cheveux bruns bouclés, et une bonne bouille rose où s'épanouissaient un large nez et des yeux vert clair. Curieusement, ce Bidwell alliait la plus grande compétence à un total manque d'entrain. Il était de ces appelés qui ont tôt fait de comprendre qu'ils sont la véritable armée, et que c'est à eux qu'incombe le fardeau de la victoire – tout comme celui d'éviter à leurs officiers de se couvrir de ridicule. Tout en manœuvrant le volant et le levier de vitesses de la Jeep, il gardait donc un œil sur ma carte, la retournant, au besoin, pour la mettre dans le bon sens, le tout avec une sorte de hargne sourde, qui lui donnait un côté inaccessible. Lorsqu'il était venu me chercher à Cherbourg, où j'avais débarqué, j'avais décelé dans sa voix l'accent de Georgie que je connaissais pour avoir passé un mois à Fort Benning, mais pour toute réponse à mes questions, il s'était borné à me dire que sa famille avait quitté cet État depuis déjà plusieurs années, et qu'il n'en avait que de lointains souvenirs. Il gardait le plus souvent un silence renfrogné sur tout ce qui le concernait et, sans jamais ruer ouvertement dans les brancards, on sentait dans toute son attitude une réticence morose qui semblait indiquer le peu de cas qu'il faisait de l'opinion d'autrui. Bref, je sentais que l'orage couvait, entre nous, et qu'il ne tarderait pas à éclater.

---

1. Variante d'« itsy-bitsy », expression enfantine signifiant « tout petit », d'où le jeu de mots, sur le nom de Bidwell, qui n'a justement rien de « riquiqui » (*NdT*).

Un soir, comme nous nous étions arrêtés à la prison militaire, où je devais interroger un prévenu en vue de son procès du lendemain, je pénétrai en sa compagnie dans l'enceinte défendue par un double rang de barbelés. Trois longues files de petites tentes s'y alignaient, en rangs particulièrement serrés. En voyant mon client en sortir, les menottes aux poings et les fers aux pieds, Biddy étouffa un grondement de colère.

« Pourquoi faut toujours qu'ils soient noirs ? » grogna-t-il entre ses dents – mais cependant assez fort pour m'en faire profiter. Bidwell semblait avoir emporté dans le nord suffisamment de Georgie pour que je prenne le parti de ne pas lui demander la réponse qu'il aurait lui-même apportée à cette question. Je lui lançai un coup d'œil glacial, sous lequel il se raidit, en un haut-le-corps outré. Il eut néanmoins le bon sens de détourner la tête.

Curieusement, la remarque de Bidwell eut pour effet de m'amener à y réfléchir à deux fois, quoique sous un autre angle. Vu la sympathie que m'inspiraient les familles françaises qui étaient le plus souvent les victimes, je n'avais pas spécialement prêté attention à la composition de la population des quartiers disciplinaires où l'on parquait les soldats condamnés à de longues peines. Pourtant, d'un point de vue statistique, Biddy était dans le vrai. À la première occasion, je soumis le problème au colonel Maples : pourquoi, à son avis, y avait-il tellement de Nègres, parmi les soldats que nous avions à juger ?

« Tellement de Nègres ? » Maples me lança un regard. « Qu'est-ce que vous entendez par là, Dubin ? Parmi les soldats aux arrêts, il y en a un sacré paquet qui sont aussi blancs que vous et moi ! » Ça, ça ne faisait pas l'ombre d'un doute – et singulièrement parce que bon nombre d'entre eux n'avaient échoué à l'armée qu'à cause de la décision d'un juge qui leur avait laissé le choix entre la guerre ou la prison. On voyait mal pourquoi des crapules qui avaient été trafiquants de drogue ou braqueurs de banques sur le sol national se seraient racheté une conduite et une conscience au champ d'honneur. « Est-ce que vous douteriez de la culpabilité de ces hommes ? »

Dans la plupart des cas que je plaidais, que ce soit comme avocat ou comme procureur, les soldats avaient à peine eu le temps de dessoûler, lorsque je venais les voir et qu'ils choisissaient, l'oreille basse, de plaider coupable. Les délits dont ils avaient à répondre étaient rarement des peccadilles. Quelques jours plus tôt, j'avais dû instruire le procès d'un soldat noir qui avait littéralement enfoncé la porte d'une jeune fille, parce qu'elle avait repoussé ses avances. Il l'avait prise de force, non sans avoir préalablement cassé la figure à toute la famille. Pour une raison qui persistait à m'échapper, ces mêmes soldats noirs qui s'étaient généralement bien conduits en Angleterre, semblaient perdre tout sens de la mesure et de la discipline dès qu'ils mettaient le pied sur le continent.

« Ils sont coupables, mon colonel. Sans le moindre doute. Mais à la réflexion, je me demande si nous faisons preuve de la même impartialité, s'agissant de soldats de couleur. »

Je n'avais pas besoin de mentionner tel ou tel incident particulier ; ils étaient légion. Pas plus tard que cette semaine-là, nous avions dû juger le cas d'un officier blanc, couvert de décorations, qui avait servi sur le front depuis le jour *j*. Comme il regardait passer une colonne de prisonniers allemands, il avait tout à coup épaulé sa carabine et ouvert le feu, faisant trois morts et quatre blessés, avec pour toute explication : « J'ai pas apprécié la façon dont ils m'ont reluqué… » Le colonel Maples avait décidé de ne requérir contre lui qu'une peine de trois ans.

« À quelques rares exceptions près, ces jeunes Nègres ne sont pas envoyés au combat, Dubin. Nous ne pouvons pas avoir pour eux la même indulgence que pour les hommes qui ont dû en passer par là. »

J'aurais pu lui faire remarquer que les bataillons de Noirs n'avaient généralement pas le choix, mais j'avais le sentiment d'être déjà allé presque trop loin. « C'est toujours l'alcool et les femmes qui les perdent, ajouta le colonel. Vous êtes bien avisé de vous abstenir de ces deux fléaux. »

Mes questions durent tarauder le colonel et je ne fus qu'à moitié surpris lorsqu'il me convoqua, deux jours plus tard, dans son bureau qui était celui du principal du lycée – une pièce haute, tapissée d'antiques rayonnages de chêne ciré, polis par les ans.

« Écoutez, Dubin, je ne sais trop comment vous présenter la chose… je vais donc vous dire ça de but en blanc. Vous savez, au sujet de ces remarques que vous me faisiez, l'autre jour… je ne puis que vous conseiller la plus grande prudence, sur ce terrain, mon vieux. Il serait fâcheux de donner aux gens l'impression que vous êtes un Juif de la mauvaise sorte. Est-ce que cela vous paraît trop abrupt ?

— Mais pas du tout. »

À vrai dire, la remarque du colonel avait éveillé en moi ce vague malaise que provoquait immanquablement toute allusion à mes origines. Mes parents désapprouvaient en bloc toute pratique religieuse. Pour moi, être Juif, ce n'était qu'une faille qui ne pouvait qu'être retenue contre moi, une barrière à surmonter. Je m'étais efforcé toute ma vie de croire en un pays où régnait l'égalité, et où tout un chacun avait gagné le droit de se présenter sous une seule étiquette – celle d'Américain.

Mais l'armée ne l'entendait pas de cette oreille. Une semaine après avoir commencé l'entraînement de base, je découvris que le « H » figurant sur ma plaque d'identité signifiait « Hebrew », ce qui ne manquait pas de m'irriter – les Italiens et les Irlandais étaient-ils marqués d'un « I » d'infamie ? Nos troupes elles-mêmes étaient de véritables nids de préjugés. Les soldats ne pouvaient s'interpeller les uns les autres sans proférer à tout bout de champ ces injures racistes : polack, rital, espingouin, bamboula, mal blanchi, bouffeur de maquereaux... Sans même parler des Noirs ou des Orientaux, que l'armée préférait isoler, quand elle ne les excluait pas purement et simplement. Les officiers du Département de la Justice militaire étant pour la plupart des Anglo-Saxons purs et durs, épiscopaliens ou presbytériens, brillant par leur éducation et leurs manières, ils se gardaient bien d'employer ce genre de termes. Le colonel Maples avait dérogé à sa ligne de conduite habituelle pour me signaler sans équivoque qu'il n'avait aucun préjugé – un jour, il m'avait dit que lorsque nous entrerions dans Berlin, il mettrait un point d'honneur à arriver au Reichstag avec le mot *JUIF* écrit sur son casque. Mais à présent, le but de sa remarque était manifestement de me rappeler que le silence de mes collègues gradés quant à ma judéité ne signifiait nullement qu'ils l'aient oubliée.

Quelques jours plus tard, le colonel me convoqua à nouveau.

« Je pense qu'une petite pause vous ferait le plus grand bien, après toutes ces semaines que vous venez de passer en cour martiale, de part et d'autre de la barrière. Ça doit finir par devenir oppressant, n'est-ce pas ? »

Vu ce qu'enduraient nos hommes sur le front, l'idée ne me serait pas venue de m'en plaindre, mais le colonel n'avait pas tort. Nos activités quotidiennes, qui consistaient principalement à envoyer en prison des soldats venus sur ce continent pour servir leur pays au péril de leur vie, n'avaient rien de particulièrement réjouissant. Le colonel avait donc ourdi un plan pour nous permettre à tous de prendre un peu de répit. Pendant deux ou trois jours, Eisley permuterait avec le major Haggerty, le Staff Judge Advocate adjoint qui révisait les condamnations et intervenait comme conseil juridique auprès d'une des cours. Quant à moi, je me verrais confier une enquête au titre de l'Article 35, pour préparer un hypothétique procès.

« Il s'agit d'une affaire qui pose un gros problème à l'état-major – les Anglais ont un mot pour ça... *kerfuffle*[1], disent-ils – Bon Dieu, qu'ils me manquent, ces Anglais ! Eux et cette façon qu'ils ont d'utiliser notre langue... ça mc faisait rire aux larmes, matin, midi et soir ! Mais en l'occurrence, c'est bien ce dont il s'agit – du *kerfuffle*. Je suppose que vous avez déjà entendu parler de Roland Teedle. »

Le général Teedle était une légende vivante. On disait que de tous les généraux de brigade, c'était celui que Patton tenait en plus haute estime. Sa 18ᵉ Division Blindée avait été le fer de lance de la charge lancée par Patton à travers la France.

« Eh bien, il se trouve que Teedle est dans tous ses états, à cause d'un major de l'OSS qui opérait dans son secteur. L'OSS – vous connaissez, Dubin ? »

J'en connaissais ni plus ni moins que ce qu'en disaient les journaux. « Bien sûr, fis-je. Espions et commandos.

— C'est à peu près ça. Et pour le type dont je vous parle, ça ne fait pas le moindre doute. Le major Robert Martin. Une pointure, lui aussi. Un héros, doublé d'une tête brûlée. Apatride. Il s'est battu en Espagne avec les Forces républicaines. Il vivait à Paris, quand les nazis sont arrivés. L'OSS l'a recruté et apparemment, il a fait un excellent travail. Il est sur le continent depuis 1942. Il dirigeait un groupe d'intervention derrière les lignes allemandes – un commando constitué d'espions alliés et de partisans français, qui sabotaient les opérations allemandes. Après le jour J, ils se sont retrouvés, lui et ses hommes, sous les ordres du général Teedle. Ils faisaient dérailler des trains de matériel, attaquaient les équipes de reconnaissance allemandes, sapaient les forces nazies, pendant que la 18ᵉ Division leur tombait dessus. »

Je lui fis remarquer qu'à première vue, ce Martin m'avait tout l'air d'un brave.

1. Soit approximativement, « cafouillage » (*NdT*).

« Sans le moindre doute, Dubin. Un véritable casse-cou. On ne compte plus ses décorations pour hauts faits de guerre. Il a eu deux fois la Croix d'Argent, et je ne vous parle même pas des innombrables rubans que de Gaulle lui a accrochés au revers.

— Bon Dieu », laissai-je échapper.

Le colonel hocha la tête et une soudaine gravité se peignit sur ses traits, durant le bref silence qui suivit – le genre de silence que garde un soldat, confronté aux preuves du courage d'autrui. La même idée dut me traverser l'esprit : en aurais-je fait autant, à sa place ?

« Mais voyez-vous, poursuivit le colonel, nous sommes là devant une de ces satanées ironies du sort. Martin a trop longtemps vécu en loup solitaire, ce qui est vraisemblablement à l'origine de ses ennuis. Il n'a plus peur de rien, pas plus de l'ennemi que de ses propres supérieurs. Or chez nous, les individualistes n'ont pas leur place. » Le colonel avait pris le temps de réfléchir à ce dossier. Il lissa les pointes de sa moustache, avant de poursuivre : « Je ne connais pas les détails – ça, ce sera votre boulot. Mais Teedle accuse Martin d'indiscipline. Il aurait plusieurs fois bravé son autorité. Selon lui, Martin s'est installé dans un petit château où il mène grand train, et d'où il le fait bisquer. Il y aurait même une femme, dans l'histoire... »

Le colonel marqua une pause, sans doute pour me laisser le temps de me remémorer ses fréquentes mises en garde contre la présence des femmes aux côtés des guerriers...

« Quoi qu'il en soit, dit-il, nous devons lancer une enquête dans les règles de l'art, au titre de l'Article 35. Suivez et appliquez le manuel à la lettre. Allez voir Martin, parlez au général, interrogez les témoins. Bref, tâchez d'en avoir le cœur net. Et préparez un rapport. Mais le tout avec trois paires de gants, évidemment. En principe, un jeune officier débutant n'est pas habilité à interroger ses supérieurs. Je ne peux que vous recommander le plus grand tact, David. Souvenez-vous que vous agissez en mon nom.

— Bien, mon colonel.

— L'état-major espère que Robert Martin rentrera dans le droit chemin dès qu'il sentira les choses tourner au vinaigre. Si tout cela devait se terminer en cour martiale, ça ferait franchement désordre. Ce sont deux soldats hors pair, Dubin – aussi bien Teedle que Martin. Le général Patton a une sainte horreur de ce genre de zizanie. Voyez si vous parvenez à ramener Martin à la raison. Mais surtout, regardez où vous mettez les pieds, et n'oubliez pas que quoi qu'il arrive, du point de vue de Patton, le dernier mot reviendra à Teedle. »

Le colonel contourna son bureau pour venir me poser sur l'épaule une main chargée de toute l'affection avunculaire qu'il me portait.

« Voyez-vous, David, j'ai pensé que cela vous ferait le plus grand bien, de changer un peu d'air. Sans compter que ça vous rapprochera du front. J'ai l'impression que quelque chose se prépare, de ce côté-là, et je sais que vous brûlez d'y aller. Il se pourrait bien que ce soit là votre dernière chance. Vous n'aurez certes plus l'occasion de voir ça de près... Il paraît que Monty a parié cinq dollars à Ike[1] que l'armistice serait signé avant le nouvel an. Voilà qui serait un beau cadeau de Noël, pour nous tous – pas vrai ? »

Un grand sourire lui illumina le regard, jusqu'à ce que son visage se fige. Il avait dû se rappeler que Noël n'avait pas grand sens pour moi. Je répondis d'un « Oui, mon colonel ! » enthousiaste, ponctué d'un bref salut, avant de tourner les talons pour aller rassembler tout ce que j'avais besoin de savoir concernant le major Robert Martin.

1. Montgomery et Eisenhower (*NdT*).

3

David : Le général

Nous devions parcourir une quarantaine de kilomètres pour rejoindre la 18e Division Blindée, cantonnée au nord-est de Nancy, non loin d'Arracourt, où elle prenait quelques jours de repos bien mérité. En arrivant au garage, où nous venions demander une Jeep, Biddy et moi, nous nous sommes entendu répondre que, vu les restrictions de carburant, nous devrions embarquer quatre gars du 134e d'Infanterie qui avaient loupé leurs convois. Le 134e était parti relever des troupes sur le front du XIIe Corps, et la compagnie de ces quatre soldats, qui avaient déjà vu plus que leur part de combats, n'avait rien de bien gai. Le seconde classe qui était derrière moi, un gamin du Kentucky prénommé Duck, entonna pourtant quelques couplets de *Mairzy Doats*, jusqu'à ce que ses trois camarades s'accordent à lui demander de la boucler...

Le ciel restait gris et l'air chargé d'humidité, mais plus nous approchions du front, moins le temps semblait responsable de la morosité ambiante, quasi palpable, chez les soldats que l'on voyait déambuler le long des routes. Les traces des récents combats étaient omniprésentes. Partout, la terre était brûlée ou éventrée et les jolies fermes lorraines, qui auraient pu abriter les aventures de Hansel et Gretel, avec leurs pittoresques toits de chaume, étaient en ruines. Même celles dont les murs avaient à peu près résisté, avaient été pour la plupart décapitées au sommet, comme un homme privé de son chapeau, et leurs poutres gisaient, éparses, sur le sol. De ces bâtisses qui avaient jadis abrité des familles entières pendant des décennies, voire des siècles, il ne subsistait souvent qu'une cheminée blanchie à la chaux ou un mur solitaire. Les décombres avaient été déblayés au bulldozer et poussés sur le bord de la route, mais on apercevait çà et là des traces troublantes des victimes civiles : une poupée qui avait eu la tête arrachée, blessée comme ses homologues humains, ou un petit manteau mutilé d'une de ses manches.

Vu l'état des routes, il nous fallut des heures pour rejoindre la 18e DB. Le camp s'était déployé sur un terrain plus sec, des coteaux précédemment occupés par des cultures de haricots et de fourrage. Ayant eu à traiter plus d'une plainte émanant d'agriculteurs dont nos troupes avaient piétiné les champs en Angleterre, je me figurais aisément la joie des fermiers français qui allaient demander et obtenir compensation, pour ces récoltes d'ores et déjà compromises par les pluies diluviennes...

Les gars de la 18e Division Blindée avaient été les héros de tous les films d'actualités que nous avions vus depuis des mois. C'étaient eux qui, après avoir déferlé sur la France en une vague irrésistible, s'étaient fixé pour but de pourchasser Hitler jusqu'à son terrier berlinois, et d'y faire péter un ultime obus, histoire de nous en débarrasser une bonne fois pour toutes. Ils pavoisaient et parlaient fort, fiers d'avoir survécu aux combats du front. Tandis que Patton attendait son carburant, ses canons, ses munitions et ses rations, il avait ordonné à un certain nombre de divisions d'infanterie de se livrer à un entraînement intensif, mais la 18e, immobilisée avec ses chars et son artillerie mobile par le rationnement du carburant, s'était vue contrainte à une période de repos forcé. Les hommes n'avaient pas grand-chose à faire de leurs journées et passaient leur temps à astiquer leurs armes ou à écrire de longues lettres à leur famille.

Comme nous traversions le camp en quête du QG de Teedle, chargés de nos paquetages, nous avons senti se poser sur nous quelques regards chargés de rancœur. Nos uniformes étaient encore quasiment neufs, sans le moindre accroc ni la moindre trace de graisse. Nos casques ne portaient pas les filets de camouflage dont étaient équipés ceux des combattants. À une ou deux reprises, nous avons entendu des ricanements sur notre passage, mais la carrure de Biddy suffisait à décourager les rieurs, dont j'aurais inévitablement essuyé les railleries si j'avais été seul, comme cela m'arrivait si souvent à Nancy, lorsque je croisais des troupes transitant à travers la ville.

Au lieu de réquisitionner une maison en ville, comme les autres généraux, Teedle s'était installé avec ses hommes dans une vaste tente qui lui tenait lieu à la fois d'hébergement et de QG de campagne. Les longs rabats de toile destinés à masquer la lueur des lanternes pendant la nuit restaient relevés dans la journée. À l'intérieur, on avait aménagé des carrés de plancher et plusieurs bureaux, dont deux face à face. Deux caporaux y étaient installés et pianotaient sur leurs Remington. L'autre bureau, plus vaste et pour l'instant vacant, que j'apercevais près d'un sommier métallique, devait être celui du général. À la tête du lit de camp, on avait empilé deux malles métalliques en guise de chevet, avec une lampe à pétrole, pour la lecture du soir.

Abordant l'un des deux caporaux, un type fluet qui travaillait le crayon entre les dents, j'annonçai mon nom et mon unité. Il me décocha un petit sourire en coin et fit mine de se lever. « Repos », lui dis-jc. Il se borna à me faire un bref salut, sans pour autant décoller de son siège.

« Caporal Billy Bonner, paragraphiste de seconde classe, division des fauteuils de bureau aéroportés... !

— Il est vraiment trop chou, ce Bonner ! fit son collègue, sans lever le nez de sa page. Dès que la guerre sera finie, il pourra reprendre sa carrière au café-concert ! »

Apostrophant son collègue sous le nom de « Frank », Bonner lui enjoignit poliment de la boucler, ce qui dégénéra en un échange de répliques un peu vives.

« Eh bien en ce cas, je te prierai de ne plus m'adresser la parole du tout ! » conclut Frank, qui avait la voix haut perchée et ponctuait chacune de ses phrases d'un emphatique hochement de tête. J'ai échangé un regard avec Biddy qui était resté en arrière, près de l'auvent de la tente. Inutile de demander pourquoi il n'était pas sur le terrain, celui-là...

Frustré, Bonner se leva et, en boitillant, me fit signe de le suivre en direction de Biddy. Nos relations me parurent suffisamment cordiales pour que je prenne la liberté de lui demander ce qu'il avait à la jambe. Il avait été blessé à Anzio, répondit-il, mais avait préféré continuer à servir comme secrétaire, plutôt que de rentrer au pays. Et pour le récompenser de sa bonne volonté, ajouta-t-il un ton plus bas, on l'avait collé en face de ce Frank. « Bienvenue au bataillon ! » conclut-il. À l'écouter, me revint le souvenir d'un sergent instructeur qui m'avait formellement déconseillé d'avouer à quiconque que je savais taper à la machine – un excellent avis, comme pouvait à présent l'attester Bonner.

Le général était allé inspecter les installations sur le front, nous expliqua-t-il – mais il allait revenir d'une minute à l'autre. Bonner n'avait pas refermé la bouche qu'il aperçut Teedle et fila s'asseoir derrière son bureau comme un écolier pris en faute.

Je me mis au garde-à-vous, tandis que le général nous dépassait en trombe, entraînant dans son sillage un seconde classe des Transmissions, croulant sous le poids d'une grosse radio-téléphone. Teedle hurlait dans le combiné, tantôt à l'adresse du malheureux qu'il avait au bout du fil, tantôt pour se plaindre de la qualité du son.

« Dites-lui que j'ai deux bataillons qui sont rationnés à un repas par jour. Non, sacré nom d'un chien – *deux* bataillons, et *une seule* ration. Une seule, oui ! Une armée, si on veut qu'elle marche, ça ne doit pas avoir l'estomac dans les talons ! Demandez-lui s'il la connaît, celle-là... Que l'ennemi descende mes gars, c'est une chose – mais moi vivant, il ne sera pas dit que leur propre pays les a laissés crever de faim ! »

Effectivement, j'avais entendu dire que les troupes du front souffraient de problèmes de ravitaillement. Au mess des officiers de Nancy, les repas étaient de vrais festins – conserves, gâteaux au miel, thé, Nescafé, sans compter les viandes et les volailles en sauce, réquisitionnées dans les fermes des environs. Teedle rendit le combiné au radio qu'il renvoya sans ménagement, avant de venir s'installer à son bureau, fusillant du regard la pile de papiers qui s'élevait devant lui. Il n'avait même pas pris le temps d'ôter son casque. Sans crier gare, le général se mit tout à coup à aboyer contre Bonner.

« Vous n'êtes pas en train de me dire que Halley Maples m'envoie ce blanc-bec pour mater Martin ? » À ma connaissance, Teedle n'avait toujours pas daigné m'honorer d'un seul coup d'œil.

Se tournant vers moi, Bonner me décocha un sourire frondeur : « Le général va vous recevoir immédiatement, lieutenant ! »

La première fois que j'avais entendu le nom de Teedle, je m'étais représenté un gnome rondouillard, qui n'aurait pas détonné dans une comédie musicale en Technicolor, telle que *Le Magicien d'Oz*. Mais en réalité, le général avait tout d'un soldat et d'un soldat coriace, du genre qui tient à donner de lui l'image d'un vrai dur à cuire. C'était un colosse aux joues rubicondes, avec le torse rebondi d'un rouge-gorge et de petits yeux pâles, enfoncés entre des paupières rougies – sans doute par le manque de sommeil, supposai-je, ou alors à cause d'une allergie, voire d'une récente crise de larmes.

Je me suis remis au garde-à-vous devant son bureau, et lui ai décliné mon nom, mon grade et mon unité, avant de poursuivre en lui expliquant qu'avec sa permission, je souhaitais prendre une déposition écrite et signée de sa main, concernant la plainte qu'il avait déposée au titre de l'Article 35, contre le major Martin.

« Où avez-vous fait vos études, Dubin ?

— À Easton.

— Mmh-mh. Moi, je suis du Kansas. Et je n'ai jamais mis les pieds dans aucune de ces boîtes pour fils à papa. Et pour vos études de droit ?

— Toujours à Easton. Mais, si je peux me permettre, mon général... j'étais boursier.

— Ah, je vois. Monsieur est un cerveau – c'est ce que je suis censé comprendre ?

— Ce n'est pas ce que j'ai voulu dire.

— Ça, si vous vous baladiez en clamant sur tous les toits que vous êtes un petit génie, ça serait plutôt la preuve du contraire, pas vrai lieutenant ? »

Je m'abstins de toute réponse. Il m'avait cloué le bec et c'était bien le but de la manœuvre. Teedle était de ces chefs qui veulent prouver à tous leurs subordonnés qu'ils font largement le poids, face à chacun d'eux. Le général s'interrompit, le temps de poser son casque sur son bureau. Les quelques cheveux qui lui restaient étaient d'un blond foncé mâtiné de roux et se hérissaient çà et là sur son crâne, comme des touffes de laine d'acier. Il mit la main à sa gourde et comme il en dévissait le bouchon, l'odeur du whisky franchit les deux mètres qui nous séparaient, pour m'assaillir les narines. Il prit une généreuse rasade.

« Bien. Alors, qu'avez-vous besoin de savoir, au sujet de Martin... ?

— Tout ce que vous pourrez m'en dire, général.

— Ça, n'y comptez pas. Ça vous laisserait sur l'impression que c'est une vraie star. D'ailleurs, quoi que j'en dise, c'est sans doute ce que vous finirez par penser. Je vais vous dire quelque chose d'emblée, Dubin. Le major va vous paraître nettement plus à votre goût que moi. C'est un charmeur, ce Martin. Un séducteur. Il a à la fois le culot, la bravoure et le bagout. Et il se pourrait bien que ce salopard soit effectivement le type le plus brave de tout le front européen. Vous êtes déjà allé au combat, Dubin ?

— Pas encore, mon général. Mais je ne demande qu'à y aller.

— Ah, sans blague ? » Il grimaça un sourire et son regard s'abaissa ostensiblement vers l'insigne du JAG que je portais à mon col d'uniforme. « Eh bien, si vous vous retrouvez un jour sur un champ de bataille, lieutenant, ce que vous verrez autour de vous, c'est une bande de pauvres pommes pétant de trouille, et on les comprend – avec çà et là, un ou deux petits malins qui se croient au rodéo et en profitent pour faire leur numéro, comme s'ils étaient hors de portée des balles. Elles finissent pourtant par les rattraper, tôt ou tard – ça, faites-moi confiance. Mais ça peut prendre nettement plus de temps qu'on ne l'imaginerait. Eh bien, Martin est de ces petits cons qui se croient invulnérables. Et ça non plus, je n'apprécie pas. Un soldat qui n'a pas peur de la mort est un danger pour toute son unité.

— C'est vraiment le cœur du problème, général ?

— Pas tout à fait. Le cœur du problème, si vous tenez à appeler ça comme ça, c'est que ce crétin refuse d'obéir. Il est censé servir sous mes ordres, mais il a lancé plusieurs opérations sans attendre mon feu vert. Des opérations qui ont toutes été des succès, d'ailleurs... là n'est pas la question. C'étaient en général des sabotages de trains, avec pour objectif de couper l'approvisionnement de ces couillons de nazis en troupes et en matériel, dans le secteur où nous nous dirigeons. Parce que les trains, voyez-vous, c'est son rayon. Là, il n'a pas son pareil. À croire que tous les cheminots de France lui obéissent au doigt et à l'œil.

« Si ce n'est qu'à deux reprises, j'ai envoyé des hommes dans la mauvaise direction parce que j'ignorais qu'il avait déjà fait sauter des voies ferrées. Et j'ai dû retenir notre artillerie parce que j'ai appris au dernier moment que Martin et ses hommes s'étaient pointés dans la zone cible, sans crier gare. J'ai dû plusieurs fois ralentir notre progression à cause de Martin, qui avait disparu dans la nature pour en découdre avec les Allemands, au lieu de se charger des missions de reconnaissance qu'on lui avait confiées. Mais ce qui m'inquiète, lieutenant, ce n'est pas seulement la discipline – encore que je la défende avec au moins autant de conviction que tous les autres généraux que vous avez pu rencontrer. Non, ce qui me fait pousser des hémorroïdes, c'est que chaque fois, Martin a mis en danger des hommes qu'il n'était pas strictement nécessaire d'envoyer se faire tuer. Pas ce jour-là, et pas à cet endroit. Et ça, voyez, je le prends comme un affront personnel. »

Il dut voir passer sur mes traits l'ombre d'un doute, quant au choix de ses mots.

« Vous avez bien entendu, lieutenant, dit-il, droit comme un I, derrière son bureau. Je le prends comme un affront personnel. Chaque matin, je me lève en me disant que des jeunes gens vont mourir sous mes ordres – en ce moment même, alors qu'il ne se passe pourtant pas grand-chose, j'en perds une trentaine par jour. Eh bien, je porterai leurs âmes sur mes épaules jusqu'à mon dernier souffle, Dubin. Ne croyez pas que je me paie de mots. Tant que je vivrai sur cette terre, je serai aux prises avec ces ombres, ces ténèbres. J'ai voulu mon étoile si fort que j'aurais probablement pu tuer pour l'obtenir, mais j'ignorais qu'une fois général, on devait supporter ce genre de siège. Avant d'avoir atteint ce grade, j'étais accablé de chagrin pour les garçons qui mouraient sous mes ordres, Dubin. Mais je finissais toujours par en faire mon deuil, et par déposer mon fardeau. Mais à présent, il ne me quitte plus. Quand j'ai posé la question aux autres, ils sont tous tombés d'accord là-dessus : c'est pareil pour eux, personne n'y échappe. »

Il marqua une pause, le temps de voir comment je prenais la chose. De rougeauds, son visage, et surtout son gros nez bulbeux, étaient devenus rubiconds. Il leva sa gourde, et s'octroya une nouvelle rasade.

« Voilà en gros ce qui me déplaît chez Robert Martin. J'ai été soldat toute ma vie, Dubin. Je connais la musique et je sais parfaitement que je ne serais arrivé à rien, en allant me plaindre des hauts faits guerriers de Martin au service juridique de l'état-major. J'ai donc fait valoir auprès de l'OSS qu'il avait cessé de m'être utile et que sa présence ici n'était plus justifiée. Ils ont fini par m'approuver, et par décider que le mieux était de le renvoyer à Londres. Mais voilà où le bât blesse : Martin refuse de plier bagages.

« Il refuse de décamper, ce salopard. Par trois fois, je lui ai fait parvenir des ordres écrits, mais il reste là, à se la couler douce dans son petit château, dont il s'est fait une villégiature. Jusqu'ici, j'ai supporté sa présence parce que je ne voyais pas de moyen de faire autrement, Dubin, mais à présent, la coupe est pleine. Je n'en supporterai pas davantage. Je vais le coincer. C'est bien compris ? Alors mettez-moi tout ça par écrit – la dernière partie, je veux dire. Et je vous la signerai.

— J'avais cru comprendre qu'il était question d'une femme, général. C'est du moins ce que m'a dit le colonel Maples. »

Teedle partit d'un grand éclat de rire, dont la véhémence et la soudaineté me firent presque sursauter. J'aurais pourtant mis ma main au feu que rien n'aurait pu faire rire l'homme que j'avais en face de moi.

« Ah, ça..., dit-il. Je vais vous dire, Dubin. J'en donnerais pas une crotte de bique, de cette fille. Mais au G-1 de Patton, ça les défrise. Parce qu'ils tiennent à ce que les mêmes règles s'appliquent à tous. Avant le jour J, Martin était à la tête d'un commando, ici, sur le continent. Un groupe du nom de *Sidewinder*, ou quelque chose comme ça. Ils faisaient de l'espionnage, harcelaient les nazis et leur empoisonnaient la vie, en lançant de petites opérations ponctuelles, de-ci de-là. Il devait avoir une trentaine d'hommes sous ses ordres, quelques espions alliés qui avaient traversé la Manche comme lui, mais le gros de ses troupes provenait de la résistance belge et française. À présent, les Français se sont hâtés de regagner leurs pénates, pour cause de partage des prises de guerre, ou je ne sais quoi – vraisemblablement, ils s'apprêtent tous à se bouffer le nez, pour savoir qui va prendre les commandes.

« Mais il reste quelques moutons noirs, qui se sont regroupés autour de Martin, sans doute parce qu'ils ne sont les bienvenus nulle part. Et effectivement, l'un d'eux est une femme. Un joli brin de fille, à ce qu'il paraît. Il l'a levée Dieu sait où, à Marseille, il y a quelques années et depuis, elle le suit comme son ombre. Elle a recours à toutes les ruses qu'elle a apprises à l'OSS. Elles ont fait un sacré boulot, ces filles de l'OSS, Dubin. Allez surtout pas croire que je les sous-estime. Si vous connaissez ces connards de Boches, vous savez qu'ils adorent jouer les gentlemen et qu'ils ne se méfient jamais assez des femmes. Celle-là se fait parfois passer pour infirmière. En temps de guerre, avec le savoir-faire et l'uniforme d'une infirmière, on peut se faufiler à peu près partout.

« Elle doit avoir presque vingt ans de moins que lui et d'après ce qu'on raconte, c'est sa maîtresse en titre. Peut-être même qu'il en est amoureux, ou qu'il croit l'être. Je pense que c'est la théorie qui a cours à Londres, pour expliquer son refus de rentrer. Mais la mienne, de théorie, c'est qu'il est trop content de m'emmerder. Ça le fait bien marrer, de me mettre le doigt dans l'œil, bien profond, et en tournant si possible !

« Quant à savoir s'il est vraiment à la colle avec cette fille ou s'il s'agit juste d'une copine de plumard qui se bat à ses côtés, il y a fort à parier que dans les deux cas, ils n'apprécieront pas à l'état-major. Ils se disent que si nos soldats viennent à l'apprendre, ça la fiche mal, côté discipline. Personnellement, je m'en contrefous. Un soldat, ça a besoin de sexe. Vous savez pourquoi, Dubin ?

— Parce qu'ils manquent de présence féminine, répondis-je en toute candeur. Ils sont loin de leurs épouses, et de leurs petites amies.

— Vous croyez vraiment que nos gars sauteraient sur leurs femmes comme ils le font avec les Françaises ? Pas moi. Ils se disent qu'ils vont mourir, Dubin – enfin, les plus conscients d'entre eux. Croyez-en mon expérience. Pendant un combat, si jamais les balles vous laissent le temps de réfléchir à ce que vous aimeriez avoir, vous partagerez mon point de vue. Quand vous sentez la mort vous rôder autour, vous ne voulez surtout pas être seul. La solitude, c'est un avant-goût du cercueil. Et c'est tout le contraire, que vous voulez. Le contact avec la vie, avec la vie sous sa forme la plus pure. Vous voulez du sexe. Du sexe et Dieu. Parce que Dieu aussi, il leur manque, à ces petits gars. Ils veulent baiser et prier. Voilà ce que désire un soldat, quand il ne souhaite pas tout simplement rentrer chez lui. Excusez-moi de vous faire la leçon, Dubin, mais vous m'avez l'air de débarquer un peu. Mais le plus tôt vous vous serez fait à la vérité, le mieux ça vaudra pour vous.

« C'est donc vous dire si je m'en contrefous, que Martin s'envoie cette fille, plutôt que je ne sais quelle chèvre ou quel veau qu'il aurait coincé dans un chemin. Parce qu'on a des gars qui font ça, aussi – j'ai reçu des plaintes des fermiers des environs. Baisez qui vous voulez, ça n'est pas mon problème. Du moment que vous appliquez les ordres. Alors, Dubin, mettez-moi tout ça par écrit, que je vous le signe – et filez dire à ce fils de pute de me débarrasser le plancher, s'il ne veut pas se retrouver dans un baraquement disciplinaire. Un point, c'est tout ! »

Il porta derechef sa gourde à ses lèvres, pour la cinq ou sixième fois. Il aurait déjà dû être fin soûl, mais il bouillait d'une telle rage intérieure que l'alcool devait s'évaporer avant même d'avoir atteint son estomac. Je ne savais que penser du général Teedle, et de ce zèle qu'il mettait à me déplaire. Sous ses dehors d'ours, je devinais l'un de ces gamins qui souffrent de se sentir exclus pendant toute leur enfance et qui ne grandissent qu'en se promettant de devenir plus coriaces que les plus coriaces – sans pour autant parvenir à surmonter la douleur de l'exclusion. Mais la franchise et la brusquerie de cet homme m'avaient fait forte impression, et singulièrement parce que j'y avais perçu l'aveu de sa propre souffrance.

Après ma visite au général Teedle, il me parut plus logique de passer voir le major Martin avant de reprendre le chemin de Nancy, puisqu'il se trouvait dans le secteur. Le général donna l'ordre à son G-1 de nous faciliter la tâche. Le lieutenant-colonel Brunson, son bras droit, nous fournit des indications plus détaillées et nous fit apporter des cartes. Nous sommes ensuite retournés au parking où le sergent de service nous a expliqué que notre Jeep avait été affectée à un autre usage et qu'il ne pourrait nous en fournir une avant le lendemain matin.

Biddy l'avait compris à demi-mot : « Mon œil ! C'est juste qu'ils préfèrent rouler avec notre carburant, pour économiser le leur ! » me glissa-t-il à l'oreille. Son diagnostic était exact, bien sûr, mais nous n'en étions pas moins privés de moyen de transport. Nous nous sommes donc séparés pour chercher le gîte et le couvert. Le responsable de l'intendance m'avait déniché un lit de camp, dans une tente pour quatre. Il me montra la tente double qui tenait lieu de mess des officiers et où le dîner serait servi. Le repas en question se composait de rations B réchauffées et réduites à l'état de bouillie verdâtre, mais personne ne songeait à s'en plaindre, puisque même les bataillons des QG, bien connus pour se réserver ce qu'il y avait de meilleur, devaient à présent se contenter de deux repas par jour. Pendant mes semaines d'entraînement, j'avais découvert que je ne rechignais pas à me nourrir des rations de campagne – y compris les boîtes de conserves des rations B et C : viande-légumes, viande-haricots, viande-spaghetti. Le reproche le plus communément fait à ces conserves était d'avoir l'aspect, sinon le goût, de la pâtée pour chiens. Mais pour moi, elles avaient le charme de l'exotisme. Quoique non pratiquants, mes parents avaient totalement banni le porc de la table familiale. Le porc aux haricots n'était certes pas mon plat favori, mais pour moi, le jambon était un régal – au point que, même en boîte, j'en mangeais avec plaisir – c'était l'un des petits secrets dont je n'étais pas spécialement fier...

Après dîner, je partis flâner du côté du campement où étaient installés les conscrits, pour m'assurer que Bidwell y avait lui aussi trouvé place. Je découvris une véritable cité de tentes abritant plusieurs bataillons. Cela ne manquait pas d'une certaine allure. Les petites tentes s'alignaient sur des centaines et des centaines de mètres, en rangs tirés au cordeau, avec les tranchées des latrines creusées à intervalles réguliers, le tout illuminé par la flamme des feux de camp autour desquels les cuistots s'activaient encore. Je longeai les lignes de tentes en échangeant des saluts avec les recrues qui me remarquaient, tout en m'efforçant de retrouver la section de la compagnie du QG, où Biddy avait des chances d'être hébergé.

Çà et là, je demandais mon chemin et j'en profitai pour voir s'il n'y avait pas des lecteurs intéressés par un échange de romans. Avant de quitter Nancy, j'avais fourré des livres dans toutes les poches de mon pantalon de treillis, en espérant me trouver de nouvelles lectures. Car j'avais parfois le sentiment d'avoir lu et relu tous les bouquins de la ville. J'avais fait des pieds et des mains pour garder deux des titres les plus appréciés, *Horizons perdus* et *Sanctuaire* de William Faulkner – ce dernier étant le plus recherché, à cause des jeux scabreux de Popeye avec un épi de maïs. J'espérais dénicher d'autres ouvrages de Faulkner et la chance me sourit, car je finis par tomber sur un soldat de seconde classe, un Texan rouquin, qui accepta de faire l'échange. Je parvins ainsi à troquer *La Dernière Citadelle* contre un roman de James Gould Cozzens.

Je n'ai pas de mots pour dire à quel point ces quelques minutes de lecture que je m'offrais chaque soir m'étaient précieuses. Les moments où mes pensées retournaient vers mes parents, mon frère ou ma sœur cadette, ou vers Grace, me submergeaient d'émotion. Je ne pouvais m'abandonner à l'espoir d'être à nouveau parmi eux de retrouver un jour la sécurité et le confort de la vie que j'avais quittée, sans sombrer dans la nostalgie, et il m'arrivait de regretter amèrement l'obstination avec laquelle j'avais voulu faire mon devoir. Mais ces quelques minutes où j'avais le pouvoir de me transporter dans un tout autre cadre, qui n'était ni ici, ni la ville que j'avais quittée, étaient un inestimable moment de répit, un signe essentiel me rappelant que cette guerre ne serait qu'un épisode. Que la vie retrouverait un jour toute la richesse et toutes les nuances qu'elle peut déployer en temps de paix.

Je ne parvins pas à remettre la main sur Biddy, mais après mon dernier troc littéraire, je tombai sur Billy Bonner, qui brandissait une bouteille de cognac plus qu'à moitié vide.

« Vous voyez, mon lieutenant, me dit-il, j'essaie de m'aligner sur les mœurs locales. Et j'ai dans l'idée que les Français ont fait une découverte majeure, en inventant cette bibine. » Levant sa bouteille, il tenta de la porter à ses lèvres d'une main hésitante, et manqua plusieurs fois sa cible. La moitié des soldats que j'avais rencontrés en France ne dessoûlaient pas, dès qu'ils n'étaient plus de service. Ils carburaient au vin, qu'ils trouvaient à profusion, et raffolaient de ces breuvages inconnus en Amérique qu'étaient le Pernod ou la bénédictine. Les officiers ne valaient guère mieux. Ceux du

QG avaient toujours droit à leur ration mensuelle d'alcool et les officiers des tranchées eux-mêmes étaient censés recevoir chaque mois un litre de scotch, un demi-litre de gin, deux bouteilles de champagne et une de brandy – même s'ils les voyaient rarement arriver, vu les failles de la chaîne d'approvisionnement. Personnellement, la plus grande partie de l'alcool qui m'était ainsi allouée me servait de monnaie d'échange. Même à Easton, malgré la prohibition qui faisait de la consommation d'alcool une aventure, j'avais tendance à m'en abstenir. Je n'ai jamais beaucoup apprécié le grand flou où vous plonge l'alcool.

« Vous m'avez l'air d'avoir poussé un peu loin votre étude des mœurs et de la culture locales, Bonner.

— Oui, mon lieutenant – mais du moment que j'arrive à me lever chaque matin... »

Son regard tomba sur le livre de poche que j'avais à la main et pendant quelque temps, nous avons échangé nos idées sur la littérature. Je lui promis de lui apporter *Light in August*, lors de mon prochain passage. J'avais déjà tourné les talons, lorsque j'entendis sa voix dans mon dos : « Vous savez, lieutenant, ils vous ont lancé sur une fausse piste... »

Je fis demi-tour et lui lançai un regard surpris.

« Teedle et Martin..., fit-il. Vous vous trompez de cible, pour votre enquête. À mon idée, du moins. Renseignez-vous. Demandez aux gars, autour de vous.

— Eh bien, commençons par vous, caporal. Expliquez-moi ce que vous entendez par là. »

Bonner contempla un moment le goulot de sa bouteille, comme s'il espérait y trouver la vérité.

« Bof, fit-il après un long silence. Je crois que ce que je voulais dire, c'était que j'ai dû un peu forcer là-dessus... » Sur quoi il me décocha un petit sourire, lourd de sous-entendus, et disparut dans la nuit, sans attendre ma réponse.

II

4

Stewart : L'avocat de papa

Selon les comptes rendus du procès de mon père en cour martiale, son avocat était un certain Barrington Leach, un éminent juriste du JAG Dept, détaché du quartier général d'Eisenhower. Ce nom m'avait quelque chose de familier, et une brève recherche sur Internet me permit d'en avoir le cœur net. En 1950, Leach avait temporairement quitté l'important cabinet de Hartford dont il était l'un des associés, pour devenir premier conseiller juridique du sénateur Estes Kefauver, lui-même chargé d'enquêter sur le milieu du crime organisé. C'est à l'occasion des audiences présidées par Kefauver et retransmises sur les ondes, que la nation américaine a découvert l'existence de la Mafia et, dans la foulée, le droit à l'immunité contre l'auto-accusation[1]. Depuis, dans l'esprit du citoyen lambda, le Cinquième Amendement évoque l'image de cette rangée de beaux bruns cousus d'or et cravatés de soie, dans leurs luxueux costumes trois pièces, qui répondaient invariablement à toutes les questions en lisant la litanie de leurs droits sur un pense-bête collé au creux de leur paume. Et à l'époque, Leach était le premier à monter au créneau pour les harceler.

1. Le fait de s'accuser volontairement d'un crime, par exemple dans le cas d'un malfrat repenti, pour fournir un témoignage susceptible d'incriminer d'autres personnes (*NdT*).

Quelques années après son retour dans le Connecticut, Leach obtint un poste de juge et finit par siéger à la Cour Suprême de cet État. Au cours de la période Johnson, son nom fut plus d'une fois évoqué par les médias, qui voyaient en lui un candidat potentiel à la Cour Suprême des États-Unis.

J'avais commencé à remonter la piste de Leach au cours de ces longs mois que j'avais passés à désamorcer l'un après l'autre les obstacles que m'opposait l'Administration fédérale, pour accéder au dossier de cour martiale de mon père. (J'ai tout de même fini par y parvenir en juin 2004 – mais uniquement parce qu'à cette date, je pouvais leur apporter la preuve que je détenais à peu près toutes les informations qu'il contenait.) Comme Leach était déjà un avocat chevronné du temps où il avait défendu mon père, et qu'il était nettement plus âgé que son client, j'avais d'emblée supposé qu'il avait passé l'arme à gauche depuis des lustres, mais j'espérais que ses héritiers auraient conservé certains de ses papiers. Fin octobre 2003, j'ai donc appelé la Cour Suprême du Connecticut pour avoir les coordonnées de ses plus proches parents.

« Parce qu'il est décédé ? » s'étonna le préposé, avant de se détourner du téléphone pour se renseigner auprès d'un collègue. « Il paraîtrait que Justice Leach serait mort ? » J'entendis la petite phrase se répercuter de bureau en bureau dans toute la salle, comme une balle de ping-pong, jusqu'à ce que l'employé revienne en ligne : « Non, monsieur. J'ai le plaisir de vous confirmer que le juge Leach est toujours de ce monde. » Il refusa net de me communiquer son adresse ou son téléphone, mais s'engagea à faire suivre mon courrier, si je lui écrivais. Et une semaine plus tard, je reçus une réponse. L'enveloppe portait comme adresse d'expédition celle du Manoir de Northumberland, la maison de retraite médicalisée de West Hartford, le tout écrit d'une main tremblante qui me fit irrésistiblement penser au bon vieux « Télécran[1] » de notre enfance.

Cher Monsieur,

Je me souviens fort bien de l'affaire dans laquelle j'ai représenté votre père. Le passage de David Dubin en cour martiale reste l'une des énigmes les plus troublantes de toute ma carrière juridique, et je ne demande pas mieux que de vous en parler. Pour répondre à votre question, j'ai effectivement conservé certains documents relatifs à cette affaire, qui ne manqueront pas de vous intéresser. Comme vous pouvez le constater, l'écriture manuscrite devient une redoutable épreuve, pour un homme de mon âge. Nous pourrions certes, à la rigueur, communiquer par téléphone ; mais, si je puis me permettre, et si vous avez la possibilité de vous déplacer, je préférerais nettement que nous en causions de vive voix.

Je me ferai un plaisir de vous remettre les papiers de votre père, et de vous confier mes souvenirs, mais dans la mesure où il était mon client, vous comprendrez que la transmission de ce genre d'informations ne va pas sans poser certains problèmes, sur le plan déontologique. Vous dissiperiez donc mes scrupules, tout en m'assurant une totale tranquillité d'esprit, en m'apportant, lors de votre visite, une lettre signée par tous les ayants droit – votre mère, si elle n'est pas décédée, ainsi que tous vos frères et sœurs – et stipulant que chacun d'entre vous renonce à toute objection, concernant les informations que je vous transmettrai. Pour plus de sûreté, je vous suggère de faire appel au notaire chargé de la succession, pour la rédaction de cette lettre. Naturellement, je me tiens à son entière disposition, pour répondre à toutes les questions qui pourraient se poser.

1. En anglais, « Etch A Sketch » – jouet commercialisé au début des années 60, qui ressemblait à un petit écran de télévision et permettait, grâce à deux boutons, de dessiner des lignes au tracé relativement hésitant (*NdT*).

Permettez-moi toutefois de vous conseiller, sans alarmisme inutile, de faire diligence : je viens d'avoir quatre-vingt-seize ans et j'évite désormais d'acheter des avocats trop verts...

C'est donc avec impatience que j'attends votre visite.

Bien à vous,

Barrington V.S. Leach.

À me voir arpenter les sous-sols humides des bibliothèques aux quatre coins du pays, et à m'entendre pester contre les obstacles que m'opposait la CIA, toute la famille commençait à se demander si je ne travaillais pas un peu du chapeau. Pour Nona, mon ex-épouse, c'était la meilleure preuve qu'elle m'avait largué juste à temps et mes filles avaient trouvé une explication aussi radicale que lapidaire, qu'elles opposaient à toutes les questions qui leur étaient posées : « Papa prend du crack ! »

Quant à ma mère, qui n'en disait pas grand-chose, elle n'en pensait pas moins et défendait tout ce qui concernait mon père défunt avec la même âpreté que de son vivant. Pendant leur demi-siècle de vie commune, elle lui avait choisi chaque matin son costume et sa cravate, et n'avait jamais cessé de jouer auprès de lui le rôle d'une véritable éminence grise, dans les grandes manœuvres du monde des affaires où il se laissait parfois fourvoyer par son penchant inné à envisager la plupart des problèmes comme de pures questions de principes. Chez nous, toute la maisonnée s'en remettait à l'énergie et l'ingéniosité de ma mère. En tant que rescapée des camps, elle passait pour avoir reçu en partage une ration supplémentaire de ce qu'il fallait pour survivre. La seule chose qu'elle ait jamais trouvé à me reprocher, c'était de n'avoir pas été assez malin pour me dénicher une femme de sa trempe.

À la lumière de tout cela, il était à prévoir que ma tentative d'annexion de cette tranche du passé paternel ne soulèverait pas son enthousiasme. Sans jamais hausser le ton, elle se contentait de glisser, çà et là, une remarque acerbe où s'exhalaient sa consternation et son agacement, de me voir ainsi mettre les secrets de guerre de mon père au service de ma carrière. À ses yeux, cela revenait à jouer du tambour avec des ossements fraîchement exhumés du cimetière... Sans compter que, comble de cynisme, ce que je m'escrimais ainsi à déterrer était pour eux une période qu'ils avaient passé leur vie à tenter d'oublier.

Tout cela était de très mauvais augure, pour la lettre que me réclamait Leach. Ma sœur s'alignerait sur les positions de ma mère, mais pour convaincre maman de signer, il allait falloir jouer serré. Je laissai passer une semaine, le temps d'aiguiser ma stratégie. Puis, un matin, lors d'une de mes visites quasi quotidiennes, je la fis asseoir à la table de la cuisine où avaient été prises toutes les décisions de la famille, pour lui présenter ma requête. Elle vissa sur moi ses petits yeux de jais et, après m'avoir écouté avec une attention passionnée, me demanda quelques jours de réflexion. Je repartis plein d'espoir.

Une semaine plus tard, je n'avais pas plus tôt poussé la porte que je compris. Elle avait fait de la pâtisserie. Un magnifique *rugelach*, son succès de toujours, trônait sur la table. Elle aurait eu aussi vite fait d'écrire « LOT DE CONSOLATION », à la poche à douille, sur son gâteau. Toujours égal à moi-même, j'ai commencé par m'empiffrer, tandis que ma mère, toujours égale à elle-même, attendait que je sois au bord de la crise de nerfs pour entrer dans le vif du sujet.

« Stewart, attaqua-t-elle, j'ai bien réfléchi, pour ce qui est de cet avocat et de ses papiers. Et je te le dis du fond du cœur, je suis sûre que ton père, *alav hashalom*, en aurait eu les larmes aux yeux, de te voir ainsi remuer ciel et terre, pour mieux le comprendre. Mais je me suis posé une question, ces quelques derniers jours : est-ce que tous ces efforts que tu déploies l'auraient fait revenir sur sa décision ? Parce que, d'un autre côté, je sais que tu avais raison, Stewart, après l'enterrement, quand tu disais que papa avait délibérément choisi de laisser sa famille en dehors de tout ça. Et voilà que tu me demandes de passer par-dessus la loyauté que je lui dois. Il ne m'appartient pas d'imaginer la décision qu'il aurait prise aujourd'hui, Stewart. Mon devoir, c'est de respecter son choix, concernant ce qu'il souhaitait révéler, ou taire, de son passé. »

Je me récriai, évidemment. J'étais son fils, lui rappelai-je. J'avais le droit de savoir. Cette remarque la fit démarrer au quart de tour :

« Stewart, d'où tu tiens qu'un père se doive de fournir matière aux articles de son fils ? Est-ce que donner le jour à un enfant reviendrait à faire acte de candidature dans la fonction publique, en reconnaissant à l'administration le droit de venir mettre le nez dans ton linge sale ? Ton père n'avait-il pas le droit de s'expliquer comme il a choisi de le faire, et dans ses propres termes ? Est-ce que tu serais prêt, toi, à mettre tes filles au courant de tous les petits détails plus ou moins crapoteux de ta jeunesse ? »

Le coup était bas, mais il avait porté. J'accusai le choc.

« Maman. Tu n'as pas envie de savoir ?

— Je sais tout ce qui vaut la peine d'être su, et ça, j'en ai eu la certitude au premier regard, dans le camp, à la seconde où je suis tombée amoureuse de ton père. David Dubin était quelqu'un de bien. Un homme droit, cultivé, intelligent. Un Juif. Du premier coup d'œil, j'ai vu que c'était un homme intègre. Un homme à principes. Qu'est-ce que j'aurais pu lui demander de plus, à l'époque – et toi, maintenant, qu'est-ce que tu attends de lui ? »

Évidemment, j'ai sauté sur mon téléphone, pour appeler ma sœur. Maman pouvait bien présenter les choses comme ça l'arrangeait, en se prétendant liée par la volonté de notre défunt père, en dernière analyse, tout ça se réduisait à son éternel besoin de tout maintenir sous contrôle.

« Seigneur, Stewie, pourquoi faut-il toujours que tu lui fasses porter le chapeau ? Peut-être qu'elle veut garder le contrôle – et alors ? Elle a vécu cinquante-huit ans avec cet homme, et toi tu débarques en lui annonçant que c'était un repris de justice. Ça t'étonne, qu'elle n'ait pas envie de remuer tout ça ? Fiche-lui donc la paix. Ou, si tu tiens vraiment à y mettre le nez, attends au moins qu'elle soit partie... »

Je rappelai à Sarah que Leach n'était plus tout jeune. « Écoute, lui proposai-je. Je te jure de ne rien lui révéler de ce que je pourrais découvrir.

— Oh, je t'en prie, Stew ! fit ma sœur, avec son habituelle perfidie. Tu peux me rappeler quand c'était, la dernière fois que tu as gardé un secret... ? Tu n'as toujours pas découvert ce qui te plaisait tant, dans ton boulot de journaliste ? Je te signerai tout ce que tu voudras, quand maman ne sera plus là. Mais pour l'instant, je ne veux plus entendre un mot de tout ça. Tu devrais peut-être te poser quelques questions sur cette subite envie qui te prend de fouiller le passé de la famille. »

Je ne cessais de me les poser, ces questions. Jour et nuit. Mais la réponse la plus simple était sans doute la meilleure : David Dubin était mon père. Tous les adolescents tentent de se représenter le héros qu'ils rêvent de devenir et passent leur vie d'adulte à tâcher d'incarner cet idéal, mais, tôt ou tard, nous finissons tous par admettre que nous sommes limités par notre matière première, par cet échantillon d'ADN que nous avons reçu, ainsi que par l'indélébile empreinte de notre enfance. Autrefois, dans ma jeunesse, je ne me reconnaissais pas en mon père. Mais maintenant, quand j'examine les photos que j'ai rassemblées, ces clichés qui le montrent à quinze ou vingt ans, je suis parfois incapable de mettre un prénom sur le sujet de la photo. Ça pourrait aussi bien être moi. À l'origine, cette silhouette qui a cessé d'être la sienne (ou la mienne) il y a belle lurette, était fondamentalement la même – la même stature, légèrement affaissée à partir d'un point situé quelque part entre les omoplates, le même teint mat, perpétuellement hâlé, le même manque d'assurance face à l'objectif, la même incertitude, quant à ce que nous pouvions révéler de nous-mêmes. Il paraît que j'ai son nez et même, de temps à autre, son regard. C'est de lui que je tiens ma préférence pour les plats salés et ce fatalisme, mi-philosophe, mi-goguenard, avec lequel nous avons appris à encaisser les défaites des Trappers...

Mes recherches m'avaient du moins permis de découvrir ces innombrables dettes que j'ignorais avoir envers lui. En parcourant ses lettres, puis les textes qu'il avait confiés à Leach, je dus me rendre à l'évidence : mon père avait un joli brin de plume. Son style, ce talent qu'il avait pour camper un personnage ou mener un récit sautait aux yeux. Chaque soir, il passait deux heures à lire tout ce qui lui tombait sous la main. C'était chez lui une habitude si profondément ancrée, que ses pieds avaient laissé deux traces d'usure sur le pouf de cuir où il les posait. L'idée ne m'avait jamais effleuré que ma propre passion pour l'écriture ait pu me venir de lui, bien que j'aie toujours puisé un certain réconfort dans la secrète fierté que lui inspiraient mes productions littéraires. Et en y réfléchissant, je me demande même si ce n'est pas lui qui a réussi à convaincre ma mère de renoncer une fois pour toutes à me voir terminer mes études de droit.

Mais ce qui me portait à élucider ce que mon père pouvait avoir sur la conscience ne procédait pas des meilleurs aspects de ma personnalité. Tout bien pesé, je crains qu'il faille plutôt chercher du côté de cette sourde angoisse qui a fait de moi, pendant plus de deux décennies, un observateur comblé des cours criminelles. Si je désirais tant explorer les failles de mon père, c'était avant tout pour excuser les miennes.

Vu le tour qu'avaient pris les événements, j'aurais tendance à croire que l'acceptation de soi-même n'a pas toutes les vertus qu'on lui prête. Mais j'ai toujours été aussi prompt à céder à mes impulsions, que réticent à admettre mes faiblesses. Ce que je vois dans la glace, c'est un type svelte, en pleine forme, malencontreusement encombré de quelques dizaines de kilos qui ne lui appartiennent pas. Parce que le plus souvent, c'est cet homme élancé, cet homme intègre, animé des meilleures intentions, qui est aux commandes de mon âme. Je m'impose un perpétuel régime. Au restaurant, je suis du genre à ne commander qu'une salade avec une minuscule tranche de saumon poché – quitte à grappiller des frites dans toutes les autres assiettes de la table. Mais fatalement, arrive l'instant de ma défaite, celui où mon appétit dépasse les limites de ma résistance. L'épisode le plus sombre de ma carrière de chroniqueur juridique remonte au début des années 1990, en ce jour où, passant par hasard devant la salle de délibération d'un jury, j'ai approché l'oreille de la porte sans aucune préméditation, dans l'espoir de décrocher un scoop sur un important verdict. Pris sur le fait par un huissier, j'ai été mis à pied un mois entier par mon journal mais, pis – ce faux pas a jeté un voile suspect sur tous les papiers que j'avais publiés, avant et après cette histoire, qui se reproduit de loin en loin dans ma vie. Je lutte pied à pied contre la tentation, et le plus souvent, avec succès. Mais il m'arrive d'y succomber.

Dans le cas présent, en répondant à Barrington Leach, je lui ai non seulement proposé une date de rendez-vous, mais je l'ai officiellement libéré de toute responsabilité légale quant à ce qu'il pouvait me dévoiler. Comment ? Eh bien, le plus simplement du monde : en l'informant que ma mère était morte quelques années plus tôt, et que j'étais fils unique. Et, tout comme les aigrefins dont mes chroniques rapportent les mésaventures depuis plus de vingt ans, je me suis dit que ça passerait totalement inaperçu.

5

David : Le major Robert Martin

Le 22 octobre 1944

IIIe Armée, en France.

Très chère Grace,

Me voilà donc sur le front (où tout est calme, je m'empresse de te rassurer...), chargé d'une enquête à propos d'un conflit diplomatique qui oppose les huiles. Ayant réussi à mettre la main sur une machine à écrire, j'en profite pour te donner de mes nouvelles et te répéter que je ne cesse de penser à toi.

Hier, c'était vraiment ma fête, puisque j'ai reçu non moins de quatre lettres de toi, ainsi qu'un « V-mail[1] ». Je les ai toutes gardées sur moi pour pouvoir les lire et les relire une seconde, voire une troisième fois. Dans ton V-mail, tu m'écris que tu couves un gros rhume. Surtout, soigne-toi bien ! Et n'hésite pas à prendre quelques jours, si tu ne te sens pas très en forme. Veille bien sur ta précieuse santé : l'avenir nous réserve trop de belles choses à vivre ensemble, pour prendre le moindre risque de ce côté-là.

---

1. Système de transmission rapide du courrier, qui était expédié par avion sur microfilms, et imprimé sur place avant d'être distribué (*NdT*).

Ce soir, je vais dormir sur un lit de camp, dans une tente, ce qui me rappellera à quel point je suis privilégié, à Nancy. Eisley et moi, nous avons pris nos nouveaux quartiers chez Mme Vaillot, dont le mari a été fait prisonnier et envoyé Dieu sait où, au fin fond de l'Allemagne. Elle nous réveille tous les matins dès 6 h 30 en nous apportant des bols de café fumant et notre linge propre, impeccablement repassé. Elle insiste pour nous rendre ce service, et n'a jamais voulu accepter un sou. « C'est bien la moindre des choses, nous dit-elle. Vous avez chassé les Allemands et vous assurez notre protection. Nous vous devons bien ça ! » Que répondre à cela ? Notre chambre est charmante, mais un peu froide, par ce temps pluvieux. Et comme le bois est rare, nous n'allumons le poêle que lorsque nous prévoyons de passer un certain temps dans la chambre, ce qui n'arrive qu'exceptionnellement.

Ces derniers temps, j'ai pensé au petit pactole que j'aurai réuni, à mon retour. Je devrais gagner dans les 350 dollars par mois, avec les différentes primes, lorsque je serai promu (aux alentours du 1er novembre, m'a-t-on assuré). Je pourrai alors envoyer 300 dollars par mois à ma mère, afin qu'elle les dépose sur mon compte d'épargne. (Pourrais-tu, s'il te plaît, intervenir de ma part auprès de mon père pour qu'il veille à ce que maman s'achète une nouvelle robe, ou ce qui lui fait plaisir, avec une partie de cet argent, comme cadeau d'anniversaire ? Si tu ne t'en mêles pas, ils ne le feront jamais.) J'aurai aussi 300 dollars de prime de démobilisation, plus la police d'assurance de 250 dollars et quinze ou vingt bons de guerre. En fin de compte, je me demande si tu n'as pas raison et si je ne devrais pas songer à ouvrir mon propre cabinet juridique. Peut-être même qu'il me restera de quoi m'acheter un vieux tacot... ! Je ne serais pas fâché de m'offrir un peu de bon temps, avec une partie de cet argent. D'autres soldats ont fait davantage pour le gagner, mais ça reste une rude épreuve, que d'être séparé de vous tous. Je garde précieusement ma clé dans mon portefeuille. Tu vas me trouver bête, mais plusieurs fois par jour, je mets la main à ma poche et rien que de la sentir, là, sous le cuir, j'en suis tout requinqué. Je me dis que j'ai un endroit où revenir...

Bon, je sens que je vais glisser dans la délectation morose ; je préfère conclure !

À toi, pour toujours,

David.

Le lieutenant-colonel Brunson, le bras droit de Teedle, nous avait dit que Martin était hébergé avec son commando de résistants, au manoir de la comtesse de Lemolland, situé au sud-ouest de Bezange-la-Petite, non loin du secteur le plus turbulent du front. Brunson n'avait pu m'expliquer comment Martin s'était débrouillé pour se dénicher un QG aussi pittoresque et aussi bien placé, mais à l'évidence, ce détail n'avait pas échappé aux officiers de Teedle, qui dormaient dans des tentes, sur la terre détrempée.

Il était près de 10 heures le lendemain, lorsque les responsables du parc de véhicules de la 18e Division finirent par nous dénicher une Jeep. L'espace d'une minute, je vis arriver le moment où Bidwell en viendrait aux mains avec le soldat chargé de distribuer le carburant – lequel aurait eu aussi vite fait de nous le verser au compte-gouttes.

« Il n'y a même pas le tiers de ce qu'on avait en arrivant ! pesta Biddy.

— Ce sont les ordres, sergent, répliqua le préposé. Mais si j'étais vous, c'est plutôt sur la carte, que je garderais un œil. Les lignes Boches ne sont qu'à trois kilomètres de l'endroit où vous allez. Une erreur à un croisement et pour vous, la guerre est finie ! »

Comme nous partions plein nord, dans les collines, le soleil fit son apparition, comme un soudain accord de cuivres, illuminant les bouquets d'arbres isolés, splendides dans leur livrée automnale. Le paysage est un vaste tapis de champs vallonnés, qui m'évoque le sud du Wisconsin, où mes parents m'emmenaient parfois, le dimanche, en empruntant la vieille Ford de mon oncle Manny, quand j'étais tout gamin. Après ces vingt-quatre heures que nous avions passées ensemble, Bidwell semblait décidé à se dérider un peu. Nous avons hurlé de rire, en repensant à ce clampin qui nous avait rationné l'essence comme s'il ne donnait pas cher de nos chances de revenir entiers. Mais une demi-heure plus tard, les grondements des tirs d'obus et le crépitement des mitraillettes qui nous parvenaient de l'est, nous ont soudain ôté toute envie de rire.

Comme je demandais à Biddy s'il avait déjà eu l'occasion d'approcher du front, il a eu un petit ricanement sarcastique.

« Le jour J, lieutenant, ça compte ? J plus un, pour être plus précis. J'ai débarqué à Omaha avec toute ma compagnie de MP. On venait prendre livraison des prisonniers de guerre, mais on a dû crapahuter comme les autres, pour franchir cette plage.

— Le jour J, rien que ça ! Nom d'un chien, pour vous, en comparaison, notre mission doit être un vrai pique-nique ! »

L'idée parut l'amuser.

« Sûrement pas, lieutenant. Là-bas, c'était vraiment le genre de boxon que je ne veux plus jamais voir de mon vivant. Pour tout vous dire, j'étais pas vraiment emballé, de me retrouver dans la police militaire. À la base, j'avais demandé à être mécano dans un corps de blindés. Je m'y connais en mécanique – c'était ce que je faisais au pays, depuis ma sortie du lycée, c'est-à-dire depuis deux ans. Et je m'étais dit que c'était dans mes cordes. Mais ça, c'est l'armée. Quand j'ai vu arriver mon ordre d'incorporation, et que j'ai lu « Provost Marshal Section », j'ai même pas pigé ce que ça voulait dire. Et ensuite, quand on m'a expliqué, j'ai râlé tout ce que je savais. Non pas que j'aie quoi que ce soit contre la police, hein, lieutenant ! Des flics, il en faut ; mais jamais ça ne me serait venu à l'idée. Quoique, finalement, j'ai pas à me plaindre. En général, les MP ne se pointent pas avant que le plus gros des combats soit terminé, et figurez-vous que le fiston à sa maman, ici présent, il a promis de faire son possible pour revenir entier. Les coups de feu, je vous les laisse, lieutenant. Moi, tout ce que je demande, c'est de prendre deux, trois photos, et de rentrer chez moi, peinard. »

Comme la moitié des soldats de ma connaissance, qui ne se débarrassaient jamais totalement de leur côté touriste, Bidwell s'arrangeait pour garder à portée de main son appareil photo – lequel, vu le gabarit de son propriétaire, avait presque l'air d'un jouet quand il le portait à son œil pour lorgner dans le viseur. La plupart de nos hommes photographiaient les ruines ou leurs copains, mais Biddy semblait beaucoup plus réfléchi dans sa démarche. Fidèle à ses habitudes solitaires, il s'éclipsait sans crier gare pour aller mitrailler des objets ou des scènes à première vue dénués de tout pittoresque. La veille, sur la route, nous étions tombés sur un convoi du 134e et nous en avions profité pour faire une pause en leur compagnie, le temps de nous soulager dans le fossé, au bord de la route. Comme c'est souvent le cas, les conducteurs des camions étaient des soldats de couleur, et, puisqu'en règle générale les soldats blancs préféraient les éviter, six ou sept chauffeurs noirs s'étaient retrouvés entre eux pour bavarder et chahuter un peu, la cigarette au bec. Caché derrière un des camions, Biddy a pris plusieurs photos du groupe, sans même se donner la peine de leur demander leur avis, à ma grande consternation.

Rétrospectivement, à la lumière de cet incident, je me suis souvenu que Biddy était originaire de Georgie, et je lui ai demandé à quelle époque sa famille avait déménagé et pour aller où. Ma question n'a pas semblé éveiller son intérêt. L'armée est un grand fourre-tout. Au camp d'entraînement déjà, certains vous montraient des photos de leurs père et mère et de leur petite amie, en vous donnant sur eux tous les détails imaginables, y compris leur tour de taille et de poitrine – alors que d'autres préféraient préserver jalousement leurs souvenirs, pour les tenir aussi éloignés que possible de la chienlit ambiante. J'avais tendance à me classer dans ce dernier groupe mais, cette fois, je me permis d'insister un peu, parce qu'avant de critiquer Bidwell pour son attitude vis-à-vis de ces soldats de couleur, je tenais à m'assurer qu'il avait bien eu l'occasion de faire la différence entre le Nord et le Sud.

« Mon père avait une ferme, là-bas, finit-il par dire. Ses aïeux ont trimé dans ces champs et retourné cette terre depuis Dieu sait quand. Cent ou deux cents ans, au bas mot. Mais ça ne rapportait plus rien. Les temps étaient devenus trop durs. Ils n'y croyaient plus. En 35, mon père nous a tous entassés dans son camion et on est partis vers le nord. Il avait dans l'idée de se trouver une place dans une usine, ou quelque chose du genre. »

Il eut un bref sourire, mais ses yeux restaient fixés droit devant lui, sur la route.

« Kindle County, ça vous dit quelque chose ? »

Une exclamation m'a échappé. « Bon Dieu, Biddy ! Vous avez dû m'entendre parler du pays des dizaines de fois, avec Eisley. Pourquoi n'avez-vous rien dit ? J'ai dû faire la moitié d'un tour du monde, et je me retrouve dans cette Jeep, en compagnie d'un voisin !

— Ben, c'est peut-être à cause de ça, lieutenant. Je trouvais qu'on n'avait pas grand-chose de deux voisins, vous et moi.

— N'en soyez pas si sûr, Biddy. Je ne suis pas l'héritier d'une dynastie. Mon père n'était qu'un modeste cordonnier. » Craignant que la simplicité de mes origines ne sape mon autorité auprès de mes collègues officiers comme auprès des hommes, j'évitais d'ordinaire de m'appesantir sur ce genre de détail, et comme prévu,

Bidwell eut l'air pris de court. « Il a réparé et ressemelé des chaussures toute sa vie, précisai-je. Depuis l'époque où il est arrivé aux États-Unis. C'est un de mes oncles qui lui avait appris le métier. J'ai passé mon enfance dans un petit immeuble de trois étages, sur Deering Road, que mes parents habitent toujours. Et vous ? »

Il secoua la tête, comme s'il n'en savait rien.

« Nous, on a plutôt roulé notre bosse. Vous savez comment c'est, quand il faut prendre toutes sortes de boulots. Vers la fin du mois, il arrivait que mon père évite de croiser le proprio, dans l'escalier. Je devais avoir pas loin de dix-huit ans, quand j'ai cessé de lui demander pourquoi on ne pouvait pas sortir le jour, comme tout le monde… » Ce souvenir lui tira un sourire, mais ses yeux verts restaient posés sur moi, à l'affût de mes réactions. Étant le fils d'un cordonnier, j'avais fait très tôt l'expérience de la misère. Pendant la Grande Dépression, mon père n'avait jamais manqué de travail. Les gens tenaient à faire durer leurs chaussures. Mais certains ne pouvaient même pas lui payer les quelques cents de réparation qu'ils lui devaient. Il laissait partir certaines paires à crédit, quand il savait à peu près à qui il avait affaire, et même s'il avait parfois la quasi-certitude de ne jamais revoir son argent. Mais les clients qui avaient les moyens, il les aurait laissés repartir pieds nus plutôt que de se faire estamper.

Arrivés à portée d'oreille des combats, nous nous sommes arrêtés à plusieurs reprises pour demander notre chemin aux gens du cru. Finalement, un paysan qui passait avec un cheval nous a conduits jusqu'à la petite allée qui menait chez la comtesse – un chemin relativement étroit, masqué par d'épaisses broussailles que nous aurions sans doute manqué, sans son aide. La propriété était entourée d'un vieux mur d'enceinte, abrité d'un faîte de tuiles rouges, à la française, mais les grilles étaient restées grandes ouvertes. Nous avons remonté à flanc de coteau, en longeant des vignes où plusieurs ouvriers s'affairaient parmi les ceps noueux, accrochés à de longs fils de fer, qui avaient dû être récemment vendangés.

Au sommet de la colline, nous avons découvert un groupe de bâtiments de couleur ocre, réunis autour d'une grande cour carrée, conformément à la configuration du château médiéval d'origine. Chaque aile comportait plusieurs étages, avec de longues persiennes rouges repliées de chaque côté des fenêtres, et s'abritait sous un toit de tuiles pentu et mansardé. Un lourd portail de chêne, lui aussi grand ouvert, donnait accès à une entrée voûtée qui traversait le premier bâtiment. Nous l'avons franchie, pour venir nous garer dans une vaste cour pavée, au bout de laquelle se dressait le bâtiment principal. Une tour médiévale, incluse dans la grande bâtisse, contribuait à donner à l'ensemble l'allure d'un petit château.

Un ouvrier mal rasé nous toisa d'un œil méfiant, la bêche à la main, en nous voyant mettre pied à terre. Au coin du bâtiment principal, on apercevait un poulailler délabré et, au-delà, dans un grand pré, quelques vaches fouettaient l'air de leur queue.

Je dus tirer plusieurs fois la corde de la cloche de l'entrée, avant que la porte ne s'ouvre sur un grand type, brun de poil, qui avait une cigarette au bec et clignait de l'œil à cause de la fumée. Un Gitan, à première vue. Il avait la figure longue, brune et ridée comme une vieille pomme de terre et sa tignasse noire était rassemblée sur sa nuque en queue-de-cheval. En français, je lui ai demandé où se trouvait le major Martin. L'homme a marqué une pause, le temps d'examiner nos uniformes, puis il nous a fait signe d'entrer et s'est mis à crier en direction d'un escalier qui montait, à notre droite.

« Robert ! » hurla-t-il, en prononçant le nom à la française, sans le *t* final. « *Un moment, il arrive*[1] », a-t-il ajouté,

1. Les expressions en italiques de ce chapitre sont en français dans le texte (*NdT*).

avant de sortir par la porte que nous venions de franchir.

Nous avons attendu quelques minutes dans l'entrée, Biddy et moi. Les murailles de la vieille demeure étaient d'une épaisseur monumentale. Toute la maison semblait déserte et plongée dans l'ombre, à l'exception de la cuisine, qui se trouvait en face de nous, au bout d'un couloir, et dont nous parvenaient des bruits de voix, sur fond de couinements de pompe – ainsi que d'alléchants effluves : un mélange de feu de bois et de bonne cuisine. Tout en prenant mon mal en patience, je me suis souvenu de ces soirs où nous avions rendez-vous, Grace et moi, et où je devais l'attendre dans le hall d'entrée des Morton. Ces minutes mettaient mes nerfs au supplice, surtout lorsque j'avais à supporter la présence de son père qui me prenait pour un vulgaire chasseur de dot – méfiance largement partagée. Horace Morton était bien incapable d'admettre la droiture de mes intentions vis-à-vis de sa fille, parce que lui-même n'aurait jamais entrepris de courtiser quiconque sans avoir pris, au préalable, de solides renseignements concernant l'état de son compte en banque.

Des pas précipités ont enfin résonné dans le grand escalier de pierre, et un homme de taille moyenne, vêtu d'une chemise d'officier kaki, nous est apparu. Il n'avait ni cravate ni insigne, mais portait une dague à la ceinture, ainsi qu'une baïonnette, dans un fourreau. Je reconnus en lui, sans l'ombre d'un doute, le major Martin.

Tandis que nous nous mettions au garde-à-vous, Biddy et moi, il leva la main vers son front en souriant, comme une simple formalité.

« Ici, ce genre d'étiquette ne s'applique pas », fit-il. Comme je ne devais pas tarder à l'apprendre, les groupes d'intervention s'embarrassaient peu du protocole militaire. Organisés autour d'un « chef » qui coordonnait l'action de l'ensemble des membres, ils incluaient non seulement des représentants des forces armées de diverses nationalités, mais aussi des civils de la résistance clandestine, qui n'avaient que faire du décorum de l'armée ni de ses rituels.

« D'où venez-vous, lieutenant ? » me demanda Martin, lorsque je lui eus décliné mon nom, mon grade et ma qualité. Je lui répétai que je faisais partie du Service juridique de l'état-major de la IIIe Armée, ce qui le fit pouffer de rire : « Non, ça, la guirlande brodée à votre revers me l'a déjà appris, jeune homme ! De quel coin des États-Unis, voulais-je dire... Où habitiez-vous, avant de partir à la guerre ? »

Lorsqu'il m'entendit prononcer le nom de Kindle Country, son regard parut s'éclairer. « Oh, mais c'est sensationnel, comme patelin ! Ça me rappelle une foule de bons souvenirs. » Il me décrivit un bar clandestin du North End, tenu par des Noirs, avant de me poser quelques questions sur ma famille et mes études. Cette conversation, qui sortait du cadre habituel d'une première prise de contact avec un officier supérieur, me surprit agréablement, tout comme l'attention qu'il me témoignait. Il posa des questions similaires à Biddy, qui les esquiva systématiquement, à son habitude.

Sans être très grand – il ne mesurait guère plus d'un mètre soixante-quinze – Martin avait ce qu'on appelle de la prestance, avec ses cheveux noirs, sa mâchoire volontaire et ce flot d'énergie physique qu'il dégageait. Tout comme Grace, il avait le type « américain bon teint », ces traits nets et équilibrés qui ont toujours fait mon envie, à moi qui suis affligé d'un nez trop long, et d'yeux soulignés de larges cernes sombres. Une boucle brune lui balayait le milieu du front. Il m'avait semblé d'une singulière agilité, lorsque je l'avais vu dévaler l'escalier, et, même s'il m'appelait « jeune homme », lui-même ne devait avoir qu'à peine dépassé le cap de la quarantaine.

Il m'interrompit, alors que j'avais entrepris de lui expliquer le but de ma visite : « Ne vous fatiguez pas, je suis au courant », fit-il avec un bref sourire, avant de nous inviter, d'un geste, à le suivre dans la cuisine.

En entrant, j'aperçus une jeune femme penchée au-dessus de l'évier, occupée à se rincer les cheveux sous la grosse pompe de fonte. Un ravissant petit bout de femme, flottant dans un immense pantalon de treillis, de trois tailles trop grand pour elle. Elle se redressa et posa immédiatement sur moi un regard scrutateur, comme pour me jauger. Elle avait un visage délicat, presque enfantin, mais où l'on devinait, comme en filigrane, quelque chose de plus mûr et de plus âpre. Du premier coup d'œil, j'avais reconnu en elle la femme. Celle qui était au cœur du problème.

Peu impressionnée par notre arrivée, elle se pencha à nouveau et se remit à essorer sa chevelure bouclée au-dessus d'une bassine de cuivre, tout en continuant à parler à Martin.

« *Qui est-ce ?* lui demanda-t-elle en français.

— Le lieutenant nous est envoyé par Teedle, répliqua-t-il dans la même langue.

— *Merde !* fit-elle. Dis-leur donc de fiche le camp. » Allongeant la main vers son paquet de cigarettes, elle en sortit une et l'alluma.

« Rien ne presse », répliqua-t-il, et il attendit qu'elle ait fini de se frictionner la tête avec une serviette pour faire les présentations – en anglais cette fois. Nous avions devant nous Gita Lodz, membre du groupe d'intervention Stemwinder et des FTP, Francs-Tireurs et Partisans, l'une des principales organisations de la Résistance française, à tendance syndicaliste et, disait-on, communiste. Lorsque Martin annonça nos noms à « Mademoiselle Lodz », elle n'eut qu'un sourire de pure forme, aussi convenu que si elle nous avait fait la révérence.

« *Enchanté* », répliquai-je en français, pensant ainsi leur indiquer que le sens de leur petit dialogue ne m'avait pas échappé – mais ni l'un ni l'autre ne parut y voir autre chose qu'une simple marque de politesse, de la part d'un touriste étranger.

« Excuse me, pliss, fit Gita Lodz en anglais. Je m'en vais. » Elle parlait anglais avec un accent slave à couper au couteau, qui m'était resté indétectable, tant qu'elle s'en était tenue au français. Récupérant sa cigarette au coin de l'évier, elle se hâta de quitter la pièce.

Les préparatifs du déjeuner avaient commencé. Une servante en tablier s'activait autour d'une énorme cocotte de fonte qui mijotait sur la cuisinière. Comme toute la maison, la cuisine était d'une simplicité et d'une rusticité monacales, mais c'était une belle pièce, vaste et claire. Aux poutres pendait une collection de belles casseroles en cuivre, au fond noirci. Des assiettes de faïence de Delft étaient accrochées au mur, ce dont je déduisis que jusqu'à présent, le château avait été épargné par la guerre.

« Vous vous êtes trouvé des quartiers qui ne manquent pas de pittoresque, major, lui dis-je.

— N'est-ce pas ? Notre petit groupe se trouve réduit au chômage technique, à cause des piétinements de l'offensive. Vus d'ici, les combats semblent si loin… » Il eut un geste emphatique. « La comtesse de Lemolland est une admirable patriote, doublée d'une fidèle alliée de notre groupe. »

Depuis l'Empire, nous expliqua-t-il, la vieille demeure avait appartenu à la famille de Mme de Lemolland, qui l'utilisait comme maison de campagne. Elle avait tenu à la garder et à l'entretenir, même après son mariage avec le comte de Lemolland, date à laquelle elle avait établi sa résidence principale en Bretagne, dans un château situé dans les Côtes-du-Nord. Jusqu'ici, son manoir lorrain avait été à peu près épargné par l'occupation, mais les Allemands le réquisitionnaient de temps à autre pour y loger des officiers, et, chaque automne, un détachement allemand venait confisquer le vin et les récoltes. À présent que la comtesse était revenue, la vie avait repris au château. La ferme et les vignes avaient retrouvé, partiellement du moins, leur ancienne prospérité. Mais la comtesse elle-même, nous confia Martin, avait été bien plus éprouvée par la guerre. Quelques semaines plus tôt, son fils Gilles, membre des FFI – les Forces françaises de l'intérieur – avait été capturé et brûlé vif par les nazis. Depuis, la vieille dame s'était pratiquement emmurée dans son silence.

« Néanmoins, ajouta Martin, elle m'en voudrait beaucoup si elle apprenait qu'un officier américain est passé chez elle, et que je ne lui ai pas donné l'occasion de l'accueillir comme il se doit. Vous allez voir – la comtesse, c'est quelqu'un ! »

Martin se préparait à aller la chercher, lorsqu'il aperçut Gita Lodz qui glissait un œil dans la cuisine, sans doute pour s'assurer que nous étions partis. Elle avait revêtu une tenue rustique – chemisier à manches ballon, robe-tablier à bavette en tissu fleuri, et ample jupe lui battant la cheville.

« *Viens donc leur faire un brin de conversation…* », lui dit-il en lui faisant signe d'entrer, et il ajouta, pour nous, en anglais : « Si vous voulez bien m'excuser une minute, les gars… Gita va vous tenir compagnie. » Et il l'admonesta à mi-voix, avant de quitter la pièce : « *Allez, sois gentille !* »

Biddy avait battu en retraite dans un coin de la pièce, me laissant seul face à Gita. Elle était vive et menue comme un chevreuil, et à sa façon assez bien faite, mais à présent que je pouvais la regarder de plus près, je décidai qu'on aurait eu du mal à la trouver vraiment jolie. Une fois secs, ses cheveux étaient d'un blond foncé. Elle avait le nez large, de petites dents irrégulières et un teint laiteux qui contrastait curieusement avec le noir de jais de ses yeux. Mais elle dégageait ce que les chroniqueurs mondains d'Hollywood se plaisent à appeler « le truc ». Cet indéfinissable magnétisme se manifestait chez elle par une assurance, une insolente confiance en soi que l'on détectait, de façon presque palpable, même depuis l'autre bout de la pièce.

Je tentai une amorce de dialogue, dans mon français le plus châtié :

« Puis-je vous demander d'où vient votre nom, Mademoiselle Lodz ? Seriez-vous de Lodz, en Pologne ? » Mon français la laissa une seconde bouche bée, signe où je vis un aveu : jusque-là, elle n'en espérait pas tant de ma part. Mais elle me répondit dans la même langue, manifestement ravie de n'avoir plus à se colleter avec l'anglais.

« Je suis polonaise, oui, mais pas de Lodz. En fait, ce nom n'appartient à personne. Je suis une enfant naturelle. » Elle m'avait fait cette déclaration d'un ton parfaitement égal, mais ses petits yeux noirs restaient vissés dans les miens. Moi qui me flattais jusque-là d'avoir appris à prendre le masque du joueur de poker en regardant des westerns, mais je craignis soudain d'avoir trahi une réaction, face à une franchise aussi crue. Je fus donc soulagé de l'entendre poursuivre : « Ma mère s'appelait Lodzka (elle prononçait "Wodjka"), du nom de son premier mari, qu'elle ne voyait plus, depuis des années. Et naturellement, j'ai pris ce nom, par pure commodité. Mais comme vous le savez peut-être, les Français ne parlent que le français, ce qui fait qu'ici, mon nom s'est trouvé raccourci en "Lodz". Et votre nom, à vous – comment ça s'écrit ? »

« Doo-ban ? » fit-elle, lorsque je le lui eus épelé. Je dus l'épeler à nouveau, et elle fit une seconde tentative : « Doo-bean ? »

Je lui signifiai d'un haussement d'épaules que cette nouvelle version me paraissait une approximation passable.

« Mais d'où ça vient ? Ça n'est pas un nom français, si… ?

— C'est américain, fis-je.

— Oui, mais les noms américains ont des racines européennes. De quel pays ça peut venir, Doo-bean ?

— De Russie, répliquai-je.

— Ah, oui ? fit-elle aussitôt, avec une ombre de suspicion. Où ça, en Russie ? »

Je lui donnai le nom du village d'origine de mes parents.

« Près de Pinsk ? s'étonna-t-elle. Mais ça ne sonne pas russe du tout.

— Parce qu'à l'époque, ça se prononçait Dubinski », fis-je, après une seconde de battement, sans toutefois lui donner d'autre précision. Ma réponse me valut pourtant un bref sourire.

« Tout comme Lodzka, en somme ! » Un autre ange passa. Maintenant que nous nous étions trouvé un pouce de terrain d'entente, nous semblions réfléchir l'un et l'autre à la meilleure manière de poursuivre. Je finis par lui demander de quelle ville polonaise elle venait, si elle n'était pas de Lodz.

« Eh ! fit-elle. De Pilzkoba. Un gros village. Vous le feriez disparaître de la carte d'un coup de punaise ! Une sacrée bande de crétins, ajouta-t-elle avec amertume. J'ai pris la fuite en 40, après la mort de ma mère. Elle a été tuée par les Allemands. »

Je lui présentai mes condoléances, qu'elle déclina d'un mouvement d'épaules fataliste.

« Vous savez, en Europe, à peu près tout le monde pourrait vous raconter ce genre d'histoire. Mais pour moi, il n'était vraiment plus question de rester là-bas. Je détestais à la fois les Allemands, pour des raisons évidentes – et les Polonais, parce qu'ils me haïssaient. Une bâtarde n'a guère sa place en Pologne, surtout dans les petites villes, Doo-bean. J'ai donc préféré quitter le pays. Vous comprenez ?

— Oui », fis-je avant de revenir à l'anglais, en citant Exodus : « J'étais un étranger, dans ce pays étrange… »

Son regard s'illumina. La petite phrase avait fait mouche. « Bien vu, Doo-bean ! » dit-elle et elle s'escrima, tant bien que mal, à la répéter.

À cet instant, Martin réapparut et vint se placer derrière elle.

« Une étrangère, peut-être, mais pas pour moi », lui dit-il, en lui passant un bras autour de la taille, pour la soulever du sol. Lorsqu'il l'eut reposée, elle décrocha ses mains et échappa à leur emprise.

« Eh bien, nous avons eu une conversation palpitante ! lui dit-elle en français.

— Il te plaît donc, cet Américain ? lui lança Martin.

— J'ai toujours eu un faible pour les Yankees, fit-elle. Ça doit être ce qui m'a attirée en toi. *Pas mal...* », fit-elle, parlant de mon physique, puis elle me décocha un clin d'œil qui dut échapper à Martin, toujours placé derrière elle. Elle avait apparemment décidé de lui cacher que je comprenais le français.

« Tu crois qu'il a des bas de soie et du chocolat ? ironisa Martin.

— *Merde.* Toi et tes scènes de jalousie – c'est plus fort que toi, hein !

— Oh, je ne manque pas de raisons, objecta-t-il.

— Peut-être, mais tu n'en as aucun droit.

— Eh... ! » s'esclaffa-t-il. C'était du pur badinage. Ils riaient en s'aiguillonnant mutuellement. Martin retrouva son sérieux pour m'annoncer que la comtesse allait nous rejoindre.

En voyant revenir le major, j'avais sorti un carnet de ma poche. Je lui demandai si nous pouvions profiter de ces quelques minutes de répit avant l'arrivée de la comtesse, pour parler de ce qui m'amenait. Je lui remis un ordre de l'adjudant de Patton autorisant une enquête aux termes de l'Article 35, qu'il parcourut d'un œil distrait.

« Ah, Teedle..., fit-il, comme s'il s'agissait du mot le plus fatigant à prononcer, toutes langues confondues. Qu'est-ce qu'il a encore trouvé – non, ne vous donnez pas la peine de répondre. Mettons que cela soit vrai. Tout ce qu'il peut dire, c'est vrai : insubordination, indiscipline –

voire même mutinerie, s'il y tient ! Tenez, prenez-en note dans votre calepin, Dubin : coupable, et plutôt deux fois qu'une ! L'armée ne saura jamais que faire de moi. » Il éclata du même rire que lorsqu'il évoquait ses soirées, dans le speakeasy noir.

Je l'avais suivi dans un autre coin de la cuisine. « À votre place, je me garderais bien de prendre cette affaire à la légère, major. Teedle a porté des accusations graves contre vous. » Je lui expliquai ses droits : il pouvait me dicter lui-même sa déposition, ou m'indiquer d'autres témoins. Il pouvait exiger de ne parler qu'à un officier de grade supérieur au sien et il pouvait, à tout le moins, prendre connaissance de ce qu'on lui reprochait.

« Si vous y tenez, répondit-il en grappillant quelques grains de raisin sur un plat.

— Le général Teedle déclare vous avoir donné l'ordre de dissoudre votre commando et de rentrer à Londres. Selon lui, vous auriez refusé d'obéir.

— Refusé ? Absurde. Je suis ici sur ordre exprès de l'OSS. C'est de Londres que je tiens mes consignes : poursuivre mon action, comme auparavant. Nous avons ordre de terminer le travail que nous avons entrepris en France, avec Gita et les autres, avant de continuer en Allemagne. Car là-bas aussi, j'ai monté des réseaux, Dubin. Et nous avons bien l'intention de continuer, tant que ça ne sera pas fini. Teedle peut aller au diable, avec ses conneries. Insubordination !

— Il s'agirait donc d'un simple malentendu ?

— Appelez ça comme vous voudrez. »

En un sens, j'étais soulagé de constater que ce n'était qu'un problème de forme, qui trouverait rapidement une solution. Je demandai donc à voir les ordres que Martin avait reçus de l'OSS, mais ma requête lui tira un sourire indulgent.

« L'OSS et vous, ça fait deux – pas vrai, Dubin ? »

En fait, je m'étais efforcé de m'informer du mieux que j'avais pu, mais en dehors d'un vieil article de propagande que j'avais déniché dans *Stars & Stripes*, et de ce que j'avais pu glaner à la 18e DB, à partir du dossier 201 sécurisé de Martin, j'étais dans le brouillard. « L'OSS n'envoie jamais d'ordres écrits, me dit-il. Les nazis ont annoncé clair et net qu'ils exécuteraient sur-le-champ tout membre de l'OSS qui viendrait à tomber entre leurs mains. Et cela, Teedle le sait aussi bien que moi. Mais ça n'empêche nullement que mes ordres soient des ordres.

— Eh bien, major, si je puis me permettre, de qui les tenez-vous ?

— De mon supérieur hiérarchique à Londres. J'avais reçu l'ordre d'y aller durant la dernière semaine de septembre, pour le voir.

— Puis-je vous demander son nom ? »

Là encore, Martin eut un sourire attendri :

« Voyons, Dubin... Les règles de sécurité sont des plus strictes, à l'OSS. Ce n'est pas une organisation militaire ordinaire. Seul le bureau de Londres serait habilité à vous donner cette information. Mais n'hésitez surtout pas à leur poser la question. Ils vous confirmeront tout ce que je vous ai dit. »

Je fis la grimace.

« Fichtre, Dubin, vous en doutez ? Mais regardez autour de vous. Nous vivons ouvertement sur le sol français, hébergés par une éminente résistante française. S'ils y voyaient quelque chose à redire, à Londres, ne pensez-vous pas qu'ils pourraient alerter les réseaux autochtones de la France Libre, avec qui ils travaillent depuis maintenant des années ? Pouvez-vous imaginer que la comtesse se risquerait à les braver ainsi ? Non, Dubin, si je peux rester ici, ça n'est qu'avec leur bénédiction. »

Ce qui, en un sens, semblait aller de soi. Il m'était cependant difficile de bâtir les conclusions de mon enquête sur de telles inférences. Cependant, Martin avait détourné la tête : sur le seuil venait d'apparaître une vieille dame mince et frêle, mais droite comme un I, malgré son évidente lassitude. Ses cheveux gris étaient tirés en arrière et rassemblés en un chignon, et elle était vêtue très simplement d'une robe retenue à la taille par une ceinture, avec pour tout bijou un camée qu'elle portait près du cou. Martin nous présenta, Biddy et moi, à la comtesse de Lemolland. Je m'inclinai brièvement et pris la main qu'elle me tendait.

Elle nous souhaita la bienvenue en anglais : « Je voue au peuple américain une gratitude sans bornes, pour le courage dont vous faites preuve, en venant vous battre pour défendre ce pays.

— Je ne suis qu'avocat, madame la comtesse. Ce sont les vrais soldats, tels que le major Martin et ses compagnons, qui méritent vos remerciements.

— Sur le chapitre du courage, la comtesse pourrait nous en remontrer à tous, intervint Martin.

— Oh, si peu, protesta-t-elle.

— Permettez-moi de raconter votre histoire au lieutenant, madame, qu'il puisse en juger par lui-même... »

Accoudé au grand billot qui occupait le centre de la cuisine, Martin se métamorphosa alors en conteur – un rôle qui lui allait comme un gant. Lors de l'arrivée des nazis en France, en 1940, ils avaient réquisitionné la demeure ancestrale des comtes de Lemolland, qu'habitait alors la comtesse, veuve depuis trois ans, dans les Côtes-du-Nord. Les Allemands avaient fait de son château un véritable centre de communications. La comtesse en avait été réduite à vivre comme une invitée dans sa propre maison, en se restreignant à quelques pièces. Les Allemands la traitaient avec toute la déférence due à son rang, mais ils festoyaient pendant des nuits entières, amenaient des prostituées, accrochaient leurs cartes aux lambris séculaires de la bibliothèque et rudoyaient les domestiques. À deux reprises, des femmes de chambre s'étaient plaintes de viols.

L'un des membres du personnel de la comtesse était une résistante – c'était cette personne qui avait mis Martin en contact avec Agnès de Lemolland. La comtesse avait accepté que l'on pose un micro dans son salon, un petit appareil à peine plus grand qu'un bouton, rattaché par un filament à une minuscule oreillette cachée dans son boudoir. C'est de là que Mme de Lemolland écoutait le flot quotidien des informations qui passaient par le centre de communications, situé au rez-de-chaussée. Puis elle transmettait ce qu'elle avait entendu. Quand furent établis les plans d'opération du débarquement, elle comprit qu'il y avait de bonnes chances pour que sa maison devienne l'un des principaux centres de coordination des renforts allemands dirigés vers la Normandie. Et, sans tenir compte de l'avis de Martin, elle avait elle-même désigné sa propre demeure aux Alliés comme cible pour leurs bombardements, lors du jour J, ne quittant les lieux avec ses gens que quelques minutes avant l'explosion de la première bombe.

« Les éloges du major n'ont donc rien d'excessif », dis-je à la comtesse, et je m'inclinai à nouveau, impressionné par l'intrépidité de cette frêle vieille dame, qui avait fait davantage pour la cause alliée que je n'aurais jamais l'occasion d'en faire.

« Oh, ce n'était qu'une goutte d'eau dans la mer, fit-elle en toute simplicité. Mais si vous tenez tant à me mettre sur un piédestal, lieutenant, je vais en profiter pour vous inviter, vous et votre compagnon. Me ferez-vous l'honneur de partager notre déjeuner ? » Sans attendre notre réponse, elle demanda à la servante qui régnait sur les fourneaux de prévoir deux couverts supplémentaires.

Lorsque je me mis en quête de Bidwell, je finis par le découvrir dans la cour, près de la Jeep sur laquelle il s'appuyait pour prendre quelques photos. Je sortis dans le grand jour, et, en embrassant du regard le château de la comtesse, j'eus le sentiment d'émerger d'une sorte de parc d'attraction.

« Vous parlez d'une bande… ! » m'exclamai-je. Ils me semblaient tous plus fascinants les uns que les autres.

L'élégante et courageuse comtesse, cette fine mouche de Mlle Lodz – et bien sûr, Martin lui-même. « Je crois que le major est le premier véritable héros qu'il m'ait été donné de rencontrer. »

Biddy me décocha un de ces regards chargés d'une sourde grogne, à un cheveu de la rébellion.

« Ouais. Mais sauf votre respect, mon lieutenant, on n'a pas fini, de démêler le vrai du faux, dans toutes leurs salades. Et des salades, je peux vous dire que c'est pas ce qui manque, dans le coin, croyez-en mon flair de paysan ! » Il fit claquer le bouton pression du boîtier de cuir de son appareil. « À part ça, question cuisine, ça a l'air correct », décréta-t-il, et il m'emboîta le pas en direction de la salle à manger.

6

Principes

Ce repas chez la comtesse de Lemolland fut un modèle du genre. Le couvert avait été mis dans une petite salle attenante à la cuisine, et nous nous sommes rassemblés autour d'une longue table de chêne, pour déguster un excellent sauté de veau. Les morceaux de viande étaient relativement rares, parmi la profusion des légumes, carottes, navets et pommes de terre, qui composaient ce plat tout simple, mais on y sentait un tour de main bien français et les ingrédients, quoique moins copieux, étaient infiniment plus succulents que tout ce que l'on pouvait nous servir au mess du QG. L'ineffable souvenir que m'a laissé ce déjeuner doit d'ailleurs tenir tout autant aux bonnes bouteilles de la propriété, qui nous étaient servies à volonté. Mais il me semble à présent que le plus grand des charmes du repas fut de nous soustraire, l'espace d'une heure ou deux, à la vie militaire. Car il régnait dans ce château une ambiance *civile* – à tous les sens du terme. J'avais été placé à la droite de Mme de Lemolland qui me fit part, en anglais, de ses réflexions sur le passé de la région. Au début du repas, Biddy resta un peu en retrait, comme s'il hésitait à imposer sa présence à ce qu'il considérait comme la table des officiers. Martin dut lui faire signe d'approcher une chaise et Sophie, la cuisinière, vint à son tour se joindre à nous. Quant à

Antonio, le Gitan que nous avions rencontré à notre arrivée, il s'installa en bout de table et se mit à discuter en français avec Bettjer, un Belge au visage rougeaud, qui était leur expert en transmissions.

Mlle Lodz fut la dernière à prendre place. Elle vint s'asseoir sur la seule chaise restée libre, à ma droite. Au beau milieu du repas, je sentis son regard s'attarder sur moi. Elle me dévisageait ouvertement et sans la moindre gêne.

« Voyez-vous, Doo-bean…, fit-elle en français, je réfléchissais à votre cas. » Il y avait déjà une chose de sûre, c'était qu'elle ne parviendrait jamais à prononcer correctement mon nom.

« Ravi d'apprendre que je vous inspire de l'intérêt, mademoiselle. Et à quoi pensiez-vous, au juste ?

— Si vous êtes vraiment un Dubinski, originaire de Pinsk – elle fit une petite moue, puis me fixa droit dans les yeux – c'est que vous êtes juif. »

C'était donc ça. Au milieu de la compagnie bigarrée réunie autour de la table de la comtesse, cette remarque me fit l'effet d'un seau d'eau bouillante, ce qui dut se lire sur mon visage.

« Vous n'avez pas à en rougir, poursuivit-elle, en français. Dans ma ville natale, il y avait beaucoup de Juifs. Je les connaissais bien.

— Mais je n'en ai pas honte, m'empressai-je de préciser.

— Y a-t-il beaucoup de soldats juifs, dans l'armée américaine ?

— Il y en a.

— Et ils se mêlent aux autres soldats ?

— Pourquoi non ? Nous ne formons qu'une nation.

— J'ai même vu quelques Noirs. Ils sont chauffeurs, pour la plupart, ou chargés de l'intendance. Les Juifs ne sont-ils pas regroupés en unités distinctes, comme les Nègres ?

— Non. Ça n'a rien à voir. Les aïeux de ces Noirs ont été les esclaves des grands-pères de certains des Américains, pour qui cette page n'est hélas toujours pas tournée.

— Et ils ont tous votre allure, ces soldats juifs ? Vous n'avez pas de papillotes. Vous portez un châle de prière, au moins, sous votre uniforme ?

— Je suis juif, mais pas du genre orthodoxe.

— Dans ma ville natale, il n'y avait qu'une sorte de Juifs. *Red Yiddish, Dubin ?* » C'était la troisième langue dont elle faisait usage en ma présence. Son sourire me révéla un petit espace, entre ses incisives supérieures.

« *Ayn bisel. Yich red besser am franzosich.* » Mes grands-parents, qui avaient rejoint mon père en Amérique, parlaient le yiddish ; mais mes parents, soucieux qu'ils étaient de n'opposer aucun obstacle à notre intégration dans la nation américaine, ne nous ont jamais parlé qu'anglais. Ce qui expliquait que mon yiddish fût loin de valoir mon français, comme je venais d'en informer Mlle Lodz.

« *Ach mir*, répondit-elle. *Ayn bisel.* » Moi aussi, un tout petit peu.

De l'autre côté de la table, Martin l'interpella en français : « Qu'est-ce que c'est que ce sabir ?

— Nous parlons yiddish, Robert.

— Yiddish ? Moi qui croyais que tu avais les Juifs en horreur. »

Elle lui lança un regard courroucé. « Eh bien, tu avais tort. C'est stupide. Et ça prouve juste que tu n'écoutes pas ce que je te dis, quand je te parle de mon pays. Dans mon enfance, toutes mes petites amies étaient juives. C'étaient les seules qui m'invitaient chez elles. Pourquoi je les détesterais ?

— Parce qu'ils t'ont rejetée.

— Comme épouse, Robert. Mais c'est leur coutume. »

Martin se détourna pour demander du pain à Sophie, laissant à Gita le soin de tout m'expliquer.

« C'est une longue histoire, vous savez, Dubin. Ma mère s'était mis en tête de me dégoter un mari juif. « Ils ne boivent pas, disait-elle, et il est exceptionnel qu'ils battent leur femme !" » La mère de Mlle Lodz ne connaissait visiblement pas Julius Klein, notre voisin de palier, dont la famille entière devait prendre la fuite, les soirs où ses hurlements avinés faisaient trembler tout l'immeuble. « Mais bien sûr, aucun Juif n'aurait accepté de se marier avec moi.

— Pourquoi ? Vous êtes catholique ?

— Pour les Juifs, peut-être. Sinon, je ne mets jamais les pieds à l'église.

— Et vous vous êtes sentie dédaignée, comme disait le major ? »

Elle balança la tête de côté et d'autre, comme si elle soupesait pour la première fois cette idée.

« Mais avec les Polacks, c'était dix fois pire. Ceux qui se considéraient comme des gens respectables, y compris parmi les membres de ma propre famille, n'auraient même pas adressé la parole à ma mère. Nous étions bien mieux acceptées dans le quartier juif. Sans compter que si j'avais épousé l'un d'eux, je me serais retrouvée dans les camions, à ses côtés. Finalement, je peux me vanter de l'avoir échappé belle.

— Dans les camions ?

— *Comment, vous ne saviez pas ?* Dans ma ville, tous les Juifs ont disparu. Déportés par les nazis. Ils ont été parqués comme du bétail, dans le ghetto de Lublin. Et ça s'est fait partout. Même en France. Depuis Vichy, Pétain a devancé les exigences des Allemands. Il s'est mis à traquer les Juifs avant même que les nazis ne le lui demandent. En tant que soldat juif, combattre Hitler devrait être votre premier objectif. »

Quand je m'étais engagé, c'était plutôt pour me battre contre le redoutable Tojo et contre les Japonais qui avaient lancé l'attaque surprise contre Pearl Harbor. Pour ce qui était d'Hitler, j'avais certes entendu parler de cette guerre implacable qu'il menait aux Juifs d'Allemagne, dont il avait fait péricliter les affaires et confisqué les biens. Je me sentais d'autant plus résolu à travailler à sa perte, mais ça n'était tout de même pas la même chose qu'une agression directe. Et cela ne m'inspirait pas la même réaction viscérale que les bombardements japonais sur le sol national.

N'ayant nulle envie d'en débattre avec Gita Lodz, je préférai me tourner vers Martin qui, de l'autre côté de la table, évoquait pour Bidwell les aventures du commando durant la période qui avait précédé l'invasion. Pour mieux nous présenter Antonio et Bettjer, Martin s'était lancé dans le récit du plus cocasse de leurs exploits, qui s'était déroulé dans une petite ville, plus à l'ouest. Les vignerons vendaient leur vin de qualité ordinaire dans un tonneau monté sur deux roues et percé d'un robinet, auquel les gens du village venaient remplir leurs carafes. Antonio et Bettjer avaient imaginé de mettre une cloison dans l'un de ces tonneaux, en laissant du vin dans la partie inférieure. Bettjer se glisserait dans la niche ainsi ménagée, juste au-dessous de la paroi du tonneau, en prévoyant un petit trou grâce auquel il pourrait surveiller les allées et venues de la Panzer Division qui occupait le secteur. Il enverrait ses informations par radio à Martin, tandis qu'Antonio promènerait le tonneau dans les rues, de manière à rendre leur émetteur indétectable aux équipes allemandes qui quadrillaient le coin en tentant de remonter à l'origine des transmissions de la Résistance.

« Un plan aussi brillant qu'infaillible ! conclut Martin. La seule chose que ce pauvre Bettjer avait sous-estimée, c'étaient les effets des vapeurs d'alcool. Quand on a ouvert le tonneau, il ronflait, fin soûl. »

Autour de la table, une tempête de rires salua la chute de l'histoire, suivie de quelques bons mots sur les relations de Bettjer avec l'alcool, auquel il semblait s'être parfaitement accoutumé, depuis. De rougeaude, sa trogne avait viré au vermillon, sous l'effet du bon vin. J'avais pris soin de surveiller ma propre consommation, mais on n'aurait pu en dire autant de la plupart des autres convives, dont l'entrain était allé *crescendo* au fil du récit de Martin.

« On dirait que vous étiez prédestiné à cette vie d'aventures, major, lui fis-je remarquer, quand il eut terminé.

— Alors là, pas du tout ! répondit-il. Quand les nazis ont attaqué, je travaillais à la coordination de l'Organisation internationale des travailleurs du rail, dans les environs de Paris. Et pour tout vous dire, Dubin, je n'avais pas la moindre envie de repartir en guerre. J'en avais eu plus que mon compte, en Espagne. J'avais dirigé d'autres combattants américains dans la brigade Abraham Lincoln, après quoi j'étais entré dans la résistance, à l'époque du rapatriement des troupes étrangères. Et en toute franchise, ça n'était pas de gaîté de cœur. Ça ne m'amusait vraiment pas, de voir d'autres amis ou d'autres camarades se faire descendre ou torturer par les fascistes. Après la chute de Paris, je me suis replié sur Madrid où j'étais responsable du transport, dans une compagnie pétrolière. L'Espagne était un pays neutre. Avec un passeport espagnol, je pouvais aller n'importe où, y compris en Allemagne – ce qui explique que je me sois fait recruter par l'OSS. Au début, je pensais qu'ils se contenteraient de m'utiliser comme un simple canal d'information. Mais, vous savez… une chose en amène une autre. Cela ne me disait plus rien, de m'engager dans l'armée, mais quand ils m'ont demandé de prendre la tête d'un groupe d'intervention, je n'ai pas pu refuser. »

La veille, à la 18e Division, j'avais retrouvé dans le dossier de Martin un article extrait de *Stars & Stripes* relatant la manière dont s'étaient formés les groupes d'intervention. Le colonel Donovan, fondateur de l'Office des Services Stratégiques, avait réuni des têtes brûlées de tous les horizons : émigrés russes, vétérans de la guerre d'Espagne tels que Martin, auxquels s'ajoutaient un certain nombre de locuteurs italiens de New York, Boston ou Chicago, qui avaient tous subi un entraînement intensif au Country Club du Congrès, dans les faubourgs de Washington D.C. Ils s'étaient longuement entraînés sur le terrain de golf, dont leurs interminables parcours du combattant avaient fait la gloire, et s'étaient initiés aux sombres arcanes du crime parfait, du sabotage, des transmissions clandestines, du judo, de la cryptographie, du crochetage de serrures, du forçage de coffres et de la pose de micros. Les rapports d'évaluation de Martin datant de cette époque avaient pour la plupart disparu, mais le peu qui subsistait le désignait comme une recrue particulièrement brillante dans pratiquement toutes les disciplines – à la possible exception du morse : il n'avait jamais réussi à coder plus de douze mots minute.

À en croire le lieutenant-colonel Brunson, le G-1 de Teedle qui m'avait briefé, Martin avait été parachuté en France dès l'automne 1942, par un bombardier volant à basse altitude. Il avait sauté avec deux camarades et huit parachutes garnis de divers colis : radios, armes, devises françaises et denrées de première nécessité. Chaque homme était muni de faux papiers, d'une carte de travail et d'une capsule de cyanure. Les Allemands avaient eu vent du parachutage et l'Anglais du trio s'était fait descendre avant même d'avoir touché terre. Mais Martin et le troisième homme (un sergent français en qui j'aurais assez bien vu Antonio, à présent installé en bout de table) parvinrent à leur échapper. Ils passèrent deux jours tapis dans les bois, en jouant à cache-cache avec les patrouilles allemandes.

Mais au bout d'un certain temps, leur groupe d'intervention avait fini par se monter. Grâce à ses activités syndicales d'avant-guerre, Martin était parvenu à recruter un réseau très efficace parmi les cheminots, dans les rangs desquels il avait tant d'amis. Au cours des mois qui suivirent, ils firent dérailler non moins de trois cent soixante-dix trains. Ils plastiquaient des voies ferrées et des têtes de ligne, incendiaient des locomotives et des dépôts de carburant, harcelaient les convois allemands. Après le débarquement, comme la IIIe Armée se déployait vers le nord, le groupe Stemwinder se chargea de surveiller les mouvements des troupes allemandes, et de faire sauter les ponts, le long de la Loire. Le dossier de Martin contenait quelques comptes rendus éminemment élogieux, émanant d'officiers supérieurs qui, à la différence de Teedle, lui tressaient des couronnes.

« Et avant l'Espagne ? m'enquis-je. Si je puis vous retourner la question que vous m'avez posée tout à l'heure, major – où se trouve la patrie dont vous avez été arraché par la guerre ? »

Il se fendit d'un éclat de rire, mais le vin semblait plutôt l'incliner à la mélancolie.

« Bien jeté, Dubin ! s'écria-t-il. C'était la question à cent dollars ! Mais voilà une page que j'ai tournée il y a belle lurette. » Son sourire s'effaça, avant qu'il n'ajoute : « La réponse se perd dans la nuit des temps, un peu comme les ruines de la Grèce antique… »

Après le café – du Nescafé à propos duquel la maîtresse de maison glissa une remarque nostalgique, en évoquant les plaisirs révolus d'avant-guerre – je demandai à Martin de m'aider à établir la preuve qu'il était bien ici par ordre de l'OSS. À présent pompette, le major prit une seconde pour retrouver ses esprits et, malgré son élocution pâteuse, je vis clairement que ma détermination commençait à lui porter sur les nerfs. Mais il finit par éclater de rire, et m'envoya une grande tape dans le dos.

« C'est une idée fixe, chez vous, hein Dubin ? Mais bien sûr, vous bilez pas. On va vous dénicher ça… »

Il me proposa d'abord de me montrer l'émetteur-récepteur à ondes courtes grâce auquel ils recevaient les directives de Londres, mais j'avais besoin d'une preuve plus définitive. Fronçant les sourcils devant mon obstination, il traduisit ma question en français à ses collègues qui restaient autour de la table.

« De Londres ? demanda Bettjer. Les papiers des autres cons, tu veux dire ? »

Martin se tordit de rire. « Ah, quelle merveille... ! – oui. » « Les papiers des autres cons » se révélèrent être les rapports des comptables de l'OSS qui, comme tous leurs homologues de l'armée, faisaient preuve d'une implacable radinerie, exigeant de Martin qu'il tienne ses comptes au centime près, ainsi que le suivi des fonds avancés pour son groupe. Si je n'avais pas moi-même fait partie de l'armée, j'aurais probablement refusé de croire que Martin puisse opérer sans jamais recevoir le moindre ordre écrit, tout en étant tenu de fournir un tas de pièces justificatives, pour chaque sou qu'il dépensait. Mlle Lodz m'assura qu'elle gardait ces documents au même endroit que la radio et me demanda de la suivre, si je voulais les voir. Il devait être 15 heures et il faisait grand soleil. En franchissant la porte d'entrée, je dus lever la main pour me protéger les yeux.

« Ça vous dérange, si je fume ? » La question était de pure forme, car elle avait déjà allumé son briquet, un Zippo américain. Par déférence envers Mme de Lemolland qui désapprouvait l'usage du tabac pour les femmes, elle s'était abstenue de fumer à table, mais sinon, Mlle Lodz ne semblait vivre qu'avec une Lucky Strike entre les doigts. À la réflexion, ce devait être l'explication de cette voix si séduisante, légèrement aggravée et éraillée par le tabac, qui me rappelait celle de June Allyson. Je déclinai la cigarette qu'elle m'offrit, en lui expliquant que, pour l'instant, j'avais réussi à échapper à cette sale manie.

« Vos rations C sont épouvantables, me dit-elle. Mais vos cigarettes, ça va. C'est ce que l'armée américaine nous a apporté de mieux ! » Elle serrait son paquet vert de Lucky Strike contre sa poitrine. « Sous Vichy, une femme ne pouvait même pas aller s'acheter un paquet de cigarettes ! Martin prétend que c'est pour ça que je suis entrée dans la résistance. Je n'avais pas le choix ! » Elle éclata d'un rire moqueur.

Pendant le déjeuner, Martin avait glissé dans la conversation quelques anecdotes relatant les aventures de Gita. Le jour du débarquement, par exemple, elle avait discrètement fait tourner à angle droit les panneaux indicateurs d'une intersection, où elle était restée monter la garde assez longtemps pour envoyer plein sud une division de tanks nazis, attendus à l'ouest. Un peu plus tard, cet après-midi-là, toujours selon Martin, ils étaient venus à bout d'une bonne partie de cette même division blindée. Ils avaient conduit tout un troupeau de moutons sur une tête de pont que les Allemands espéraient franchir. Pendant que les soldats s'efforçaient de chasser le bétail, Antonio se faufila sous le pont et posa plusieurs pains de dynamite qu'ils firent sauter au moment même où les tanks ennemis étaient enfin parvenus à s'y engager.

« Le récit que fait Martin de vos exploits est proprement stupéfiant. »

Elle sourit. « Oui. Ça serait encore mieux si c'était vrai ! »

Je fis un faux pas, qui lui tira un nouvel éclat de rire.

« Dans les histoires de Martin, les choses s'amplifient à vue d'œil. Mais il les raconte si bien que nous sommes les premiers à y croire. Ça, c'est Martin ! Certains jours, aucun d'entre nous ne serait capable de trier le vrai du faux, dans tout ce qu'il raconte. Et je ne suis même pas sûre qu'il s'appelle vraiment Martin. Ils ont tous des noms de guerre, à l'OSS. Mais quelle importance ? Que sommes-nous, Dubin, sinon les histoires que nous nous racontons sur nous-mêmes – celles auxquelles nous croyons, surtout ? C'est du moins ce que prétendait ma mère... »

Je n'avais jamais entendu personne dire si haut et si clair que nous avions tous, dans une certaine mesure, le pouvoir de nous rafistoler nous-mêmes en cours de route. L'idée me parut séduisante et, dans la foulée, je pris le temps d'y réfléchir, tâchant de déterminer si la vie nous offrait vraiment ce genre de latitude, et jusqu'où.

« Avec tout le respect qui est dû à votre mère, mademoiselle, il me semble cependant que c'est encore mieux, si ces histoires sont vraies...

— Mais qui peut se vanter de détenir la vérité, Dubin ? Chez moi, en Pologne, toute la ville disait de ma mère qu'elle était une moins que rien. Elle était modiste de son métier, mais elle se trouvait des amants dans la bonne société et ne se gênait pas pour les plumer. De son point de vue à elle, elle était une femme libre, non conformiste et artiste dans l'âme. C'était du moins ce qu'elle avait choisi de penser, et je partage son point de vue.

— Je suis certain que c'était bien le cas, fis-je, ému par la tendresse pensive avec laquelle elle avait parlé de sa mère. Sa mort a dû vous affecter, ajoutai-je à mi-voix.

— Beaucoup, oui. Mais elle reste à mes côtés à chaque instant. Sans ces salauds de bouchers, elle aurait vécu cent ans, comme toutes les femmes de la famille. Selon elle, c'était même notre problème, à elle comme à moi – ce trop-plein de vie, qui nous rend incontrôlables dans nos jeunes années. Pour elle, ça a été un terrible fardeau. » Elle eut un sourire triste, tandis que sa main effleurait son chemisier.

« Où êtes-vous allée, quand vous avez fui la Pologne, après sa mort ?

— À Marseille. J'avais dix-sept ans, et je me voyais très bien dans la peau de la nouvelle Sarah Bernhardt

– excusez du peu ! Je parlais à peine français. Mais j'ai fait ce qu'il fallait. Ma mère m'avait appris la couture. J'ai trouvé une place dans la lingerie d'un hôpital. Je raccommodais les draps. Et puis j'ai été promue, et j'ai pu vider les bassins... » Là encore, elle s'autorisa un petit rire voilé. « Bref, j'ai fini par trouver ma voie. Venez, dit-elle. Je vais vous montrer ce que vous voulez voir. »

Pressant le pas, elle arriva près de l'étable qui se dressait à l'autre bout de la cour. Comme tous les autres bâtiments, les murs étaient faits de gros blocs de pierre maçonnés, habillés d'un crépi ocre de sable et de ciment. Au premier étage, on avait aménagé des logements pour les domestiques et, à en juger par le nombre des fenêtres garnies de rideaux qui donnaient sur la cour, la comtesse avait dû avoir autrefois bien plus de personnel qu'à présent.

Dans la vieille étable régnait une atmosphère moite et dense, où flottaient des effluves animaux et des parfums de foin humide. Mlle Lodz entra dans l'un des box, où elle attrapa un tabouret à traire poli par l'usage, qu'elle retourna. Ôtant une plaque métallique à l'aide d'un tournevis, elle révéla un petit compartiment contenant une radio miniature et ses batteries.

« Bettjer m'a raconté qu'il y a seulement quelques années, elles étaient énormes – dix ou vingt kilos, minimum. Et voyez, maintenant... » Elle tira de sa loge le petit émetteur-récepteur et le posa au creux de ma main. Il ne mesurait guère plus de quinze centimètres et devait peser moins d'une livre. Avant le débarquement, m'expliqua-t-elle, ils recevaient leurs ordres par la BBC, aux informations du soir, sous forme de phrases codées. À présent, les messages étaient reçus et envoyés grâce à un avion de l'OSS qui transportait un relais radio pour Londres et survolait le secteur une fois par semaine. Je hochai la tête, mais j'attendais surtout de voir ces fameux papiers.

« *Et voilà.* » Mlle Lodz tira du fond du tabouret un petit bloc-notes, qui contenait le double jaune d'un formulaire standard 1012a – le reçu de voyage de Martin, dûment signé et tamponné par le chef comptable de Central Base Station, à Londres, avec les détails de son voyage : un aller et retour à Londres, entre le 26 et le 30 septembre. Il y avait aussi les notes de frais des deux repas que Martin avait pris en chemin, et quelques bons de guerre français. La feuille de route de Martin était en tout point conforme à ses déclarations : l'OSS l'avait réaffecté ici un peu plus de trois semaines plus tôt. Quand je lui demandai d'emporter ces documents, Gita Lodz se récria, mais je lui promis de les lui rendre au plus vite, et en tout cas dans moins d'une semaine. Comme elle exigeait, en échange, d'avoir de plus amples explications sur le fond de l'affaire, j'entrepris de lui détailler les griefs du général Teedle.

« Mais c'est bien Londres qui a envoyé Martin, me dit-elle. Comme vous pouvez le voir. » Effectivement, les documents ne laissaient planer aucun doute là-dessus et, l'un dans l'autre, tout cela prenait l'allure d'un très ordinaire pataquès de notre belle administration. « Teedle doit être du genre à s'imaginer le pire, fit-elle. *Bon sang !* Teedle et Martin, on n'imagine pas de tandem plus mal assorti. Ils se sont haïs au premier coup d'œil.

— Teedle a la supériorité du grade.

— Peut-être, mais il a toujours eu une dent contre Martin. Et bien sûr, Martin déteste recevoir des ordres sur le terrain. Il préfère s'entendre d'avance avec ses supérieurs. Or Teedle n'a qu'une idée en tête : se faire obéir.

— Il faut bien instituer un ordre, en temps de guerre. Une chaîne de commandement.

— En temps de guerre, Dubin, l'ordre n'est qu'une bonne intention, tout au plus. L'ordre, c'est pour les généraux, pas pour les soldats. Vous vous mettez le doigt dans l'œil, mon petit Dubin.

— Mais en tant que juriste, je suis au service de la loi.

— Les juristes sont des fonctionnaires. Des petits bonshommes gris. Êtes-vous vraiment l'un d'entre eux, Dubin ? Ce n'est pas ce qui m'avait semblé.

— Pour moi, la loi n'est pas un fatras de petites règles tatillonnes. C'est un effort pour apporter plus de raison et de dignité à la vie.

— Ce qui garantit la raison et la dignité, c'est la justice. Pas les règles. Les petits règlements et les gros salopards font un redoutable cocktail, Dubin. Je n'y connais rien, à vos règles, mais je sais distinguer le bien du mal, et Martin aussi, il sait. Les nazis, ce sont des salopards. Notre seule règle devrait être de les combattre – et quelle importance, que Martin se plie ou non aux caprices de Teedle ?

— Vous avez la langue bien pendue, lui dis-je. Si jamais Martin avait besoin d'un avocat, il serait bien avisé de vous engager. »

Cette idée la fit partir d'un grand éclat de rire, qui s'acheva en une quinte de toux. J'étais fasciné par son exubérant naturel. Cette gouaille contrastait si crûment avec la réserve de Grace, qui se mettait la main devant la bouche dès qu'elle avait envie de rire… Nous étions revenus au grand soleil. Elle dut lever la main en visière au-dessus de ses yeux pour mieux m'examiner.

« Vous savez que vous m'intéressez, Doo-bean.

— Vous m'en voyez flatté, mademoiselle. Mais pourquoi ? Parce que je suis avocat, parce que je suis américain – ou parce que je suis juif ?

— *À quoi ça rime ?* Vous êtes qui vous êtes, non ?

— Je suppose. Et vous, Mademoiselle Lodz, puis-je vous demander qui vous êtes ?

— Qu'est-ce que je suis, pour vous ?

— Vous m'avez l'air d'un sacré petit soldat, doublé d'une grande philosophe ! »

Elle s'esclaffa vigoureusement. « Alors là, pas du tout ! Je suis bien trop jeune pour être philosophe. Je cause, je cause, mais vous ne devriez même pas y faire attention, à mon bavardage. D'ailleurs, je me méfie comme de la peste des intellectuels. Eux et cette foi inébranlable qu'ils ont dans leurs idées...

— Voilà un péché dont je pourrais me sentir coupable.

— Effectivement. Ça m'en a tout l'air.

— Mais il existe tout de même de grands principes, non ? Et ils comptent.

— Bien sûr. Mais faut-il les faire passer avant tout le reste ?

— J'espère bien ! Ne devons-nous pas viser d'abord à appliquer ces principes ?

— *C'est impossible* », dit-elle.

Et comme je lui exprimais mes doutes sur ce dernier point, elle m'accusa de naïveté.

« Peut-être, fis-je, mais si j'étais avocat ou philosophe, je vous objecterais que pour convaincre, tout argument exige une preuve.

— Une preuve ? » Elle fit la grimace. « Mais c'est très facile à prouver !

— Comment ça ?

— Allons, Dubin. Vous êtes vraiment la candeur même ! Je suis prête à vous le démontrer, au besoin. Tenez, attendez-moi là... »

Elle retourna dans la grange, mais me rappela presque aussitôt. « Venez. Venez voir ! »

En m'enfonçant à nouveau dans la pénombre humide, embaumée par les odeurs de fourrage, je ne vis d'abord rien.

« Par ici ! » appela-t-elle dans mon dos.

Je me retournai vivement et découvris Gita Lodz, la jupe relevée jusqu'à la taille, qui me montrait ses jambes minces et ses dessous – un genre de grande culotte en coton qui la moulait étroitement, suggérant des courbes graciles et, après une seconde d'attention, l'échancrure de son intimité féminine, ainsi que la silhouette du triangle sombre qui l'environnait.

« Eh bien, Dubin, est-ce vraiment le principe, qui vous saute aux yeux, là ? »

J'avais compris depuis longtemps que le plus éprouvant, en zone de guerre, était de ne pouvoir s'en remettre à aucune routine ni à aucun ordre établi. De ne pouvoir compter sur rien. Chaque instant était une surprise. Mais ça, ça outrepassait jusqu'aux dernières limites qui me restaient, si fragiles fussent-elles. J'étais littéralement estomaqué.

« *Touché !* » finis-je par lui répondre. C'était le seul mot qui me soit venu. Il me valut un nouvel éclat de rire, tandis qu'elle se rajustait, en lissant sa jupe. Par le plus pur des hasards, j'avais réussi à m'en sortir d'une pirouette, sur un trait d'esprit.

« Au fond, voyez-vous, Dubin, nous sommes restés des êtres primitifs. Si nous voulons nous civiliser un peu, nous avons besoin de nous entraider. Mais la première chose, c'est de savoir exactement où nous en sommes. »

Je n'eus qu'un hochement de tête effaré, pour toute réponse. Satisfaite de cette démonstration, ô combien éloquente, elle sortit à grands pas de l'étable et se retourna dans le soleil pour m'achever d'un de ses sourires de fine mouche. Je m'attardai dans la pénombre. Elle risquait de l'interpréter comme une farce que je tentais de lui jouer, mais ainsi je pouvais l'observer sans qu'elle me voie, et dans le clair-obscur de l'étable, il me vint une vision – l'image de Gita Lodz et du mélange d'émotions contradictoires qui sous-tendaient son audace. Cette enfant qui avait grandi en butte au mépris n'avait eu d'autre choix que de défier les convenances. Mais en dépit de son assurance affichée et de toutes ces histoires qu'elle voulait croire vraies, je sentais en elle ces fondations de colère, sur lesquelles sa personnalité avait réussi à se bâtir, au-dessus d'un abîme de douleur.

Lorsque j'émergeai enfin dans la lumière, elle dut lire dans mon regard une certaine tristesse, qui parut la prendre de court et, tandis que nous nous considérions l'un l'autre, je sentis se déchirer quelque chose, entre nous. Elle tourna immédiatement les talons en direction de la maison.

Je la rattrapai, et nous fîmes quelques pas ensemble, sans mot dire, perdus dans nos pensées. Ce fut elle qui rompit le silence, comme nous approchions de la porte d'entrée.

« Je vous ai choqué, n'est-ce pas, Dubin ?

— Pas du tout. Je vous ai mise au défi, et vous avez riposté de façon plus que convaincante.

— Peut-être, mais je vous ai choqué.

— Ne faites pas attention. Je suis choqué d'un rien, Mademoiselle Lodz.

— Un point pour vous, fit-elle. En France, personne ne veut admettre ce genre de tare petite-bourgeoise. »

Ce fut mon tour de m'esclaffer. « Chez nous, c'est une aspiration nationale ! Mais je suis toujours soumis aux règles de l'étiquette. Je suis venu enquêter sur un homme. La loi pourrait remettre en question mon impartialité, si je me laissais aller à lorgner les dessous de sa femme.

— Je ne suis pas sa femme, pas comme vous l'entendez en tout cas. Sur ce point, c'est fini entre nous, depuis un sacré bail. »

Je n'avais cependant pas oublié la façon dont Martin avait noué ses bras autour de sa taille, quelques heures plus tôt dans la cuisine.

« Tiens ! Plusieurs personnes m'ont affirmé le contraire.

— Parce que cela nous arrange tous les deux. Nous sommes entourés de soldats, Dubin. Il vaut mieux pour moi que l'on sache que quelqu'un répond de moi. Ne vous offusquez donc pas en lieu et place de Martin. Contentez-vous de votre point de vue. » Elle me resservit son petit sourire entendu. « Allez, à la prochaine ! »

dit-elle avant de franchir la porte, au-delà de laquelle elle retrouva instantanément son personnage antérieur.

Biddy m'attendait dans le vestibule. Nous devions être rentrés à la 18e DB avant la nuit, mais ma tête vibrait encore de tout ça, comme une cloche. Cela faisait des mois que je n'avais pas eu affaire à une femme, à l'exception des témoins que j'interrogeais, avec la neutralité quasi clinique de l'avocat. J'avais oublié ce magnétisme, cette attirance qui semblait émaner de chacune de mes cellules. J'avais toujours été strictement fidèle à Grace, y compris dans l'atmosphère de débauche qui régnait à Londres – là-bas, on racontait que les slips des filles avaient tous le même défaut de fabrication, et qu'il leur suffisait d'un « yank[1] » pour tomber… J'étais donc sur mes gardes. Le sexe était omniprésent. On ne pouvait passer devant un abri antiaérien ou traverser Hyde Park à la nuit tombée sans entendre toutes sortes de soupirs ou de bruits suggestifs. Les soldats américains, équipés de leur *Arrid* et de leur *Odo-ro-no*, incarnaient l'image même du sex-appeal et de l'élégance masculine, à côté de leurs homologues anglais défaits et négligés, qui n'avaient même pas d'uniforme de rechange et déambulaient chaussés d'abominables godillots à semelles cloutées.

Nous restions plantés, Biddy et moi, devant la porte au-delà de laquelle Gita venait de disparaître.

« Vous avez une petite amie au pays, Biddy ?

— Non. J'en avais une, fut un temps – Joyce Washington, qu'elle s'appelait – mais j'ai laissé tomber. Je lui ai fait la cour pendant toutes mes années de lycée. J'étais même prêt à l'épouser, et tout. Elle s'était trouvé un boulot de dactylo à la First National Bank. Et là-bas, voyez, elle a fait la connaissance d'un gars, je ne sais pas, mais il l'a complètement tourneboulée. Elle lui est

---

1. Jeu de mots sur yank, qui signifie à la fois « coup sec » et « Américain » (cf. « Yankie »)… (*NdT*).

tombée dans les bras, alors qu'elle avait déjà ma bague au doigt. Le jour où elle est venue m'annoncer ça, j'ai salement râlé, vous pensez : "Comment tu peux faire une chose pareille, te barrer avec un autre type, alors qu'on était pratiquement fiancés ?" Et vous savez ce qu'elle a répondu ? Elle m'a dit : "Faut comprendre, Gideon. Il a une Hudson !" Vous voyez ça d'ici ? En toute honnêteté, lieutenant, je crois pas que c'est la rupture qui m'a mis tellement K-O. Non, le pire, c'était de me dire que j'avais été assez bête pour tomber amoureux d'une fille pareille. » Son regard s'était fixé au loin, tandis qu'une vague de chagrin menaçait à nouveau de le submerger. Il la chassa d'un haussement d'épaules.

« Notez, depuis, je me suis pas mal rattrapé, avec les Anglaises, dit-il. Mais les Françaises, j'y pige vraiment que couic. À Paris, ça va encore – avec toutes ces conneries de *Oooh-la-la !*. Mais ici, c'est des filles de la cambrousse, lieutenant. Comme en Georgie. Depuis qu'elles sont hautes comme ça, leur mère leur répète de ne pas décroiser les jambes, jusqu'au jour où elles iront dire « oui » à la mairie – guerre ou pas guerre. Et vous, lieutenant ? Vous avez réussi à marquer quelques points, dans la bagarre ? » Involontairement peut-être, son regard s'était porté vers le seuil de la maison.

« J'ai une fiancée qui m'attend au pays, Biddy. » Il connaissait comme moi les limites de cet argument. Eisley, qui avait femme et enfant en Ohio, vous expliquait avec le plus grand sérieux que toutes les formalités – et au premier chef, les vœux du mariage – devenaient caduques en temps de guerre. Mais je m'abstins d'entrer dans les détails.

Martin venait de franchir la porte d'entrée, le visage toujours cramoisi, souriant d'une oreille à l'autre. Je compris que Gita lui avait parlé, et qu'il venait nous souhaiter bonne route.

« Il paraît que vous avez réussi à mettre la main sur vos précieux papiers, Dubin ! Je savais que vous étiez arrivé ici avec une idée fausse de la situation. Croyez-moi, Teedle essaie de jeter de l'huile sur le feu. Il donne des ordres à tort et à travers, là où il n'a pas à en donner.

— Selon Mlle Lodz, il aurait une vieille rancune contre vous.

— Ça peut se dire comme ça, oui. » Le regard de ses yeux clairs se posa un instant sur l'horizon et, pour la première fois, j'eus la nette impression qu'il pesait soigneusement ses mots. « Écoutez, Dubin, tôt ou tard, vous finirez par comprendre ce dont il s'agit. Vous n'avez pas besoin que je vous fasse un dessin.

— Si vous préférez que je m'abstienne de communiquer votre réponse au général Teedle...

— Je m'en contrefiche, de Teedle ! Écoutez, Dubin, c'est tout simple : il me soupçonne d'être un rouge, parce que j'ai combattu en Espagne. Après l'Axe, les communistes sont les nouveaux ennemis, et pour lui, j'en suis. C'est du moins ce qu'il s'imagine.

— Eh bien, major, en êtes-vous un ?

— Un ennemi des États-Unis ? Sûrement pas.

— Un communiste, voulais-je dire.

— Vous savez, Dubin, je me bats depuis trop longtemps pour me soucier encore des étiquettes. Je crois au pouvoir pour ceux qui n'en ont pas, au pain pour les affamés, au droit d'avoir un toit pour les sans-abri – est-ce que ça fait de moi un révolutionnaire ? Ici, tout se réduit à ça. Ce vieux crétin nous fait perdre notre temps et il le sait. J'ai la ferme intention de remplir ma mission. Je ne laisserai personne me mettre des bâtons dans les roues ou me piéger par du verbiage militaire. Au besoin, je peux très bien fondre dans le paysage et disparaître, ici même, ou n'importe où, d'ici à Berlin. »

Il me fixa d'un regard acéré. J'étais pris de court par la franchise avec laquelle il me parlait d'insubordination, mais je n'eus pas le temps de lui répondre, car nos voix furent couvertes par le bruit de plusieurs avions qui passaient au-dessus de nos têtes. Martin dressa immédiatement l'oreille, comme un chien à l'ouverture de la chasse. Il scruta le ciel pour identifier les appareils. Mais ils étaient des nôtres.

« Des B-26, dit-il. Ils vont profiter de l'éclaircie pour larguer quelques bombes. »

Et conformément à ses prédictions, l'écho des explosions nous parvint quelques minutes plus tard. Au début, les bombes qui explosaient au loin faisaient un bruit comparable à celui de l'huile crépitant au fond d'une poêle, mais tandis que les escadrilles continuaient à défiler au-dessus du château, leur grondement se rapprocha. Une barrière de fumée et de poussière s'était levée et dérivait dans notre direction, obscurcissant la lumière au-dessus des vignes. L'odeur de la poudre ne tarderait pas à nous parvenir. En tendant l'oreille, on pouvait discerner le fracas des batteries antiaériennes allemandes. À moins de deux kilomètres, nous vîmes un avion s'embraser, tandis que des parachutes s'épanouissaient dans le ciel.

Quelques paysans nous avaient rejoints dans la cour pavée, ainsi qu'Antonio, pour assister au spectacle. Martin demanda au Gitan la position du 26e d'infanterie, pour s'assurer qu'ils pourraient porter secours aux pilotes dont l'avion avait été abattu. Tandis qu'ils en discutaient entre eux, une autre escadrille nous survola, cette fois à basse altitude. Nous nous étions jusque-là refilé une paire de jumelles que quelqu'un avait prise dans la maison et, lorsque mon tour fut venu, je vis sans erreur possible leurs cales s'ouvrir, sous leur carlingue. Je venais juste de le faire remarquer à Martin, lorsqu'une explosion ébranla l'espace. Une colonne de flammes s'élevait au-dessus de la colline d'en face.

« Seigneur ! s'écria Martin. Une chance qu'ils ne nous aient pas bombardés dans la foulée ! »

Il scruta le ciel une dernière fois, avant de se précipiter à l'intérieur de la maison en rameutant tout le monde. Il appela d'abord Gita, puis tous les autres, et réapparut, quelques secondes plus tard, pilotant la comtesse et ses domestiques. Il ordonna à tout le monde, en français et en anglais, de se mettre à l'abri dans l'antique cave voûtée, aménagée dans le sous-sol de la maison. Il s'était posté à la porte et nous pressait de descendre sans perdre une seconde. Les paysans arrivaient des champs à toutes jambes, certains encore chaussés des bottes qu'ils portaient pour travailler dans les champs inondés. J'étais déjà dans la cave, assis sur le sol de terre battue, lorsqu'une autre détonation, nettement plus proche que la précédente, fit trembler l'air autour de nous. Je surveillais l'entrée, pour voir ce que devenait Martin, mais il avait disparu, et ne revint qu'un moment plus tard. Claquant la porte derrière lui, il dégringola les marches de la cave. Le plafond n'était qu'à un mètre quatre-vingts du sol. Il n'y avait pas de lumière. J'avais entraperçu Biddy, blotti dans un coin entre des rayonnages de fruits en bocaux et le mur adjacent, contre lequel s'alignaient des bouteilles poussiéreuses. Nous devions être une bonne vingtaine, tapis dans le noir. De minute en minute, l'air devenait plus moite et plus lourd. Les blagues d'usage se mirent à fuser : « Eh ! fit une voix féminine, si tu laissais tes mains dans tes poches ! » À quoi un homme répondit : « Mais toi aussi ! » Quelque part un chat miaulait.

« On va pas tarder à avoir l'air con, tous autant qu'on est ! » fit quelqu'un à l'autre bout de la cave, et il n'avait pas refermé la bouche que l'atmosphère fut ébranlée par une énorme explosion. La bombe avait dû tomber juste au-dessus de nous.

Dans les Vosges, les Allemands avaient des pièces d'artillerie lourde, qui restaient pointées sur Nancy. Une ou deux fois par jour, l'alerte était donnée et toute l'audience de cour martiale se précipitait vers les caves du lycée pour attendre la fin des tirs d'obus. Mais ce n'était rien, à côté de ce bombardement auquel rien ne m'avait préparé. Ce fut comme si une coquille d'air se refermait sur moi, puis se rouvrait un instant, pour mieux m'écraser l'instant d'après, tandis qu'une violente secousse faisait trembler la terre sous nos pieds. Le choc me parcourut jusqu'à la moelle, me comprimant les yeux et les joues. Quant au vacarme, il était indescriptible. Jusqu'à cette seconde, j'ignorais qu'un bruit, même provenant d'une source parfaitement identifiée, puisse être assez violent pour vous submerger de terreur. J'en eus les tympans momentanément engourdis. Puis, quand j'eus retrouvé l'ouïe, le sang se mit à me battre aux oreilles.

Dans les instants qui suivirent, je fus à deux doigts de céder à la panique. La maison avait été touchée, elle allait s'écrouler sur nous… Mais rien de tel ne se produisit. La seule chose, c'était que nous avions à nouveau de la lumière. Et je finis par comprendre que l'explosion avait soufflé la porte de la cave. Martin sortit le premier et, de l'extérieur, nous cria qu'il n'y avait plus de danger. Comme j'émergeais au grand jour, je notai que mes bottes étaient imbibées de vin.

Le cratère de la bombe, un trou de la taille et de la profondeur d'un petit étang, avait fait trembler le sol jusqu'à la maison, mais le point d'impact semblait situé cent cinquante mètres plus loin, dans les prés. Tous les occupants de la cave coururent inspecter les dégâts. On eut tôt fait de s'assurer qu'il n'y avait pas eu mort d'homme, même si quelques-uns des occupants de la cave étaient en sang, à cause des bouteilles brisées. Certains avaient été assez sérieusement blessés, dont Biddy, qui extirpa de son bras un éclat grand comme une pointe de flèche.

Autour de la ferme, la basse-cour de la comtesse s'était volatilisée, ainsi qu'une vache. Un cheval gisait sur le dos, comme un jouet grandeur nature, les babines retroussées sur ses grandes dents jaunes, dans une grimace d'effroi. Quant au chien, il avait été littéralement pulvérisé. On retrouva son collier à une centaine de mètres du château. Il avait dû succomber au souffle qui avait fait exploser la porte de la cave, contre laquelle il s'était réfugié.

Quant au château, les dégâts restaient limités. Toutes les fenêtres situées sur l'arrière avaient été soufflées, volets y compris. Un coin du toit avait été arraché comme un vulgaire morceau de carton. À l'intérieur de la maison, la plupart de la vaisselle avait été réduite en miettes ce qui eut pour effet d'achever Mme de Lemolland. Elle – qui avait si courageusement tout supporté jusque-là, la mort de son époux puis celle de son fils, la destruction de sa demeure bretonne – s'effondra en larmes devant les débris d'un plat de Delft que sa mère avait accroché au mur quelque soixante ans auparavant. C'en était trop. Elle était tombée à genoux, son ample jupe déployée autour d'elle sur le plancher de chêne de la cuisine, et sanglotait en tâchant de rassembler quelques fragments épars. Gita vint lui poser sur l'épaule une main consolatrice.

Je courus jusqu'à la cour, où Martin scrutait toujours le ciel à la jumelle, pour s'assurer que tout danger était définitivement écarté.

« Simple erreur de coordonnées ? lui demandai-je.

— Possible, répondit-il, avant d'éclater d'un rire sarcastique. Mais peut-être pas… » Il abaissa ses jumelles pour me regarder. « J'aurais plutôt tendance à y voir une petite carte de visite du général Teedle. »

III

7

Stewart : Bear Leach

Northumberland Manor s'élève au cœur d'un vaste domaine, à West Hartford. C'est un ensemble de grands bâtiments blancs, offrant diverses installations médicalisées, destinées aux personnes du troisième âge – depuis les petits studios indépendants jusqu'à l'hospice, avec tous les stades intermédiaires, correspondant à la trajectoire descendante que parcouraient les pensionnaires, du début du déclin à la mort. J'étais arrivé en avance et j'attendais Justice Barrington Leach, l'ancien avocat de mon père, dans le grand salon de la maison de retraite. Avec sa moquette turquoise pâle et son élégant mobilier, sorti tout droit du catalogue Ethan Allen, Northumberland Manor me parut d'un standing nettement supérieur à la moyenne des établissements où l'on parque ceux qui ne sont plus qu'à peine de ce monde.

Vu les efforts qu'il m'en avait coûté pour rencontrer Leach – y compris de me faire passer pour un fils unique, récemment privé de sa mère – j'attendais le vieil homme avec une ferveur mêlée d'impatience. Après tout, Leach n'était-il pas ce virtuose, ce ténor du barreau dont l'habileté et l'éloquence avaient réussi à persuader le général Teedle de renoncer à faire appliquer la sentence du procès de mon père, et à sauver son client de la prison ? Je ne pus donc réprimer un petit mouvement de recul en voyant arriver une infirmière qui poussait devant elle un vieillard chenu, dans un fauteuil roulant. Dans l'ensemble de sa personne, Justice Leach avait l'aspect d'une feuille morte desséchée, dont toute la substance se serait rétractée autour de ses nervures. Son crâne chauve, constellé de taches, dépassait à peine du dossier et sa tête restait inclinée en permanence. L'embout d'un tuyau raccordé à une bouteille d'oxygène émergeait de ses narines. L'âge l'avait tellement érodé, racorni et ratatiné, que son robuste costume de tweed Donegal qui devait être plus vieux que moi flottait désormais autour de sa carcasse, et sa peau avait pris une consistance laiteuse, presque translucide, qui laissait craindre que l'emballage lui-même s'apprêtait à lâcher.

Mais dès qu'il prit la parole, j'ai cessé de voir tout cela. Sa voix tremblotait presque autant que ses longs doigts tordus par l'arthrite, mais son esprit n'avait rien perdu de sa vivacité. Barrington Leach restait pleinement connecté à ce monde. Prétendre qu'il prenait toujours autant de plaisir à l'existence tiendrait non seulement du poncif, mais du mensonge, car sa femme et sa fille unique étaient toutes deux mortes d'un cancer du sein. Ses trois petits-enfants, qui atteignaient à présent l'âge mûr, vivaient en Californie où ils avaient grandi, et Leach avait résisté à tous leurs efforts pour lui faire quitter Hartford. Ce qui fait qu'il vivait pratiquement seul. Il souffrait, entre autres maux, de la maladie de Parkinson et, la plupart du temps, il devait avoir du mal à trouver le moindre intérêt à être encore de ce monde.

Mais ni l'âge ni la maladie n'avaient émoussé son insatiable curiosité pour ses semblables. C'était un homme d'une intelligence subtile et généreuse, plein d'indulgence pour les faiblesses humaines, et d'un respectueux émerveillement pour nos accomplissements. Je suis habituellement assez enclin à la jalousie, mais dans le cas de Barrington Leach, lorsque je me demandais pourquoi je ne pourrais jamais lui ressembler, c'était avec un sentiment d'admiration sans mélange. Cet homme était une source d'inspiration.

Mon premier objectif avec Leach fut de remettre les pendules à l'heure – non pas en ce qui concernait ma sœur et ma mère, naturellement... mais du moins pour ce qui était de mon nom. Dans sa lettre, il m'avait appelé « M. Dubin », mais dès les années 1970, j'avais repris le nom sous lequel mon grand-père était arrivé de Russie, et depuis, durant toute ma vie professionnelle, je m'étais fait appeler Stewart Dubinski. L'histoire de ce changement, trop complexe pour être relatée ici, était la plus éloquente des introductions, pour expliquer mes relations avec mon père. Leach me demanda des précisions sur quelques détails, avant de m'interroger sur mon travail, mes parents, et ce qu'il était advenu de mon père. Ses questions étaient si précises, si mesurées et si perspicaces, que je craignis un instant qu'il n'ait subodoré mon mensonge, à propos de ma mère – mais il s'avéra qu'il pensait à tout autre chose.

« Voyez-vous, Stewart, je suis bien convaincu que votre intention est avant tout d'honorer la mémoire de votre père, mais je serais en faute si je négligeais de vous mettre en garde. En choisissant de poursuivre, vous vous exposeriez à découvrir des choses qu'un fils dévoué préférerait peut-être ignorer. J'ai toujours pensé qu'il y avait une sagesse insoupçonnée dans le vieux dicton qui dit qu'il vaut mieux y réfléchir à deux fois, avant d'émettre un vœu. »

Je l'assurai que j'avais mûrement réfléchi. Après avoir fréquenté les salles d'audience pendant plus de deux décennies, je savais qu'il y avait toutes les chances pour que mon père ait eu à répondre d'un crime grave, et non sans raison.

« C'est un bon début, fit Bear Leach. Mais lorsqu'on regarde de plus près les cas particuliers, on finit toujours par découvrir pire que l'idée générale – ce qui présuppose que vous ayez déjà cette idée générale. Vous pourriez bien vous apercevoir que vous avez terriblement sous-estimé les conséquences de votre acte et vous en mordre les doigts. »

Mais j'étais résolu. Quoi qu'il ait pu se passer, je voulais le savoir.

« Ça n'est toutefois que l'un de nos problèmes.

— Quels sont les autres, Justice ?

— Vous pouvez m'appeler Bear... »

Je n'aurais su dire si c'était son apparence physique qui lui avait valu ce surnom – autrefois, s'entend, car son physique actuel évoquait tout, sauf celui d'un ours – ou si ce n'était qu'un diminutif pudique de son prénom, adopté à une époque où l'on aurait considéré comme scabreux de s'appeler « Bare[1] ».

« Je vous avouerai, mon cher Stewart, que, depuis la première fois où vous m'avez contacté, j'ai passé pas mal de temps à me demander de quel droit je pouvais vous révéler tout cela. J'ai toujours eu énormément d'affection pour David, et aujourd'hui encore. C'était un garçon agréable, attachant, réfléchi, s'exprimant avec aisance. Et il avait choisi de ne rien vous dire – un choix auquel il s'est apparemment tenu jusqu'à son dernier jour. Sans compter qu'en dehors de toute question de loyauté personnelle, j'étais son avocat, et donc légalement tenu de garder ses secrets.

« D'un autre côté, je détiens des objets qui ont appartenu à votre père, Stewart. Un document rédigé de sa main qui, comme je vous l'ai dit, vous appartient en tant qu'héritier, et auquel je n'ai aucun droit de vous interdire l'accès. Je crois donc avoir toute latitude pour vous parler des faits qui y sont révélés. Telle sera en tout cas ma ligne de défense, quand on lancera la procédure de radiation à mon encontre... » L'un de ses yeux était atteint d'une cataracte proéminente, assez grosse pour être visible mais pas assez pour masquer

1. C'est-à-dire « nu » (*NdT*).

tout à fait l'étincelle que la plaisanterie avait allumée dans son regard. « Nous devons avant tout, vous et moi, convenir d'un terrain d'entente. Je ne pourrai aller au-delà des limites de ce qui est rapporté dans ce texte. Je vais donc répondre à la plupart de vos questions, mais attendez-vous à ce que certaines restent sans réponse. Sommes-nous bien d'accord ? »

J'avais accepté d'avance. Nous prîmes donc notre souffle, avant que je ne lui pose ma première question, qui semblait la plus logique : comment le dossier de mon père lui avait-il été assigné ?

« Nous procédions par roulement, répondit-il. Pendant la guerre, j'étais dans le saint des saints du quartier général d'Eisenhower, qui fut d'abord situé à Bushy Park, dans les environs de Londres, puis à Versailles, en 1944. De nos jours, on me définirait comme un « décideur ». J'avais été District Attorney ici, à Hartford, et j'avais déjà une solide expérience des tribunaux, mais ma connaissance des procédures de cour martiale se limitait aux quelques dossiers – des cas pendables, pour la plupart – qui arrivaient sur le bureau d'Eisenhower pour l'ultime décision, et que je supervisais. Il se trouvait toutefois que le supérieur hiérarchique de votre père, un certain Halley Maples, connaissait mon frère aîné, pour l'avoir rencontré à Princeton, et que ce colonel Maples avait déposé une demande personnelle auprès de mes supérieurs pour qu'on me confie la défense de David. Je n'avais donc guère le choix – non pas que j'aie eu à le regretter par la suite, d'ailleurs, bien que votre père n'ait vraiment pas été ce qu'on appelle un client de tout repos ! » Il ponctua cette remarque d'un petit éclat de rire éraillé. À quatre-vingt-seize ans, Bear Leach était un vieil homme depuis belle lurette – une vingtaine d'années, au bas mot. Il avait donc acquis une certaine pratique des privilèges et des diktats du grand âge. On l'avait si souvent interrogé sur ce qu'il se rappelait de telle ou telle chose que, comme il le soulignait parfois avec un sourire, ses mémoires étaient déjà tout rédigés dans sa tête. Il aurait pu m'en débiter des paragraphes entiers. Au bout de quelques mois, comme nos relations étaient devenues de plus en plus cordiales, je lui avais apporté un petit dictaphone, en espérant qu'il s'en servirait pour fixer les épisodes particulièrement marquants de son existence. Mais son humilité naturelle lui interdisait de penser qu'il avait été plus qu'un figurant dans son époque, et il s'était désintéressé du projet. Ayant toujours été un spécialiste du prétoire, selon ses propres termes, il préférait s'exprimer de vive voix, devant un auditoire en chair et en os, dont je n'étais que trop heureux de lui tenir lieu.

« Nous étions à la fin d'avril 1945, lorsque je suis arrivé à Regensburg, en Allemagne, où j'avais rendez-vous avec votre père. Les officiers qui attendaient d'être traduits en cour martiale étaient habituellement mis aux arrêts et votre père était détenu au château de Regensburg, où la IIIe Armée avait alors établi ses quartiers permanents. Cet immense *Schloss*, qui avait été occupé pendant des siècles par la famille Thurn & Taxis, était un palais tel qu'on en rêve, en Amérique. Il s'étendait sur plusieurs blocs. L'intérieur était décoré dans le goût baroque, avec des piliers de marbre peints en trompe-l'œil, des arches romaines ornées de mosaïques et une statuaire classique. J'ai dû marcher une bonne vingtaine de minutes dans l'enfilade des couloirs, avant de pouvoir rencontrer votre père, qui était assigné à résidence dans une suite grande comme ce salon, voire encore plus vaste, et pleine de somptueuses antiquités. Il devrait donc rester prisonnier de cette cage dorée, jusqu'à ce que l'armée ait réussi à trouver le moyen de le faire fusiller... Si vous êtes amateur d'humour noir, il est difficile de faire plus fort que l'armée américaine, c'est moi qui vous le dis ! » Leach se fendit d'un sourire à sa façon, réduit à un léger mouvement de sa mâchoire qui glissa sur le côté.

« Votre père était un homme d'une mise toujours impeccable. Il mesurait à peu près un mètre quatre-vingts, pour autant que je m'en souvienne. Bref, le modèle même de l'officier et du gentleman. Il portait une fine moustache, toujours parfaitement taillée, comme l'acteur William Powell, avec qui je lui trouvais une vague ressemblance. Au premier coup d'œil, l'idée même que David ait pu se rendre coupable d'un manquement délibéré à la discipline et désobéir aux ordres, comme on l'en accusait, m'avait paru absurde. Si ce n'est qu'établir ce fait, qui relevait pour moi de l'évidence et de l'intime conviction, s'avéra l'une des tâches les plus ardues de toute ma carrière.

— Pourquoi ?

— Parce qu'il tenait à plaider coupable – ce qui, en soi, n'a rien d'extraordinaire, bien sûr. Certains accusés comprennent et reconnaissent spontanément qu'ils ont mal fait. Mais d'emblée, votre père avait refusé net de me donner la moindre explication. Toutes mes questions visant à élucider les raisons qui avaient pu l'amener à libérer le major Martin se heurtaient invariablement à la même réponse : il ne servait à rien d'entrer dans les détails. Sans jamais se départir de sa courtoisie, David restait intraitable sur ce point. J'avais parfois l'impression de défendre Bartleby le Scribe – si ce n'est qu'au lieu de répondre par le célèbre “ *je préférerais pas*”, votre père répliquait invariablement, à toutes mes demandes d'information, “*je suis coupable*”. J'ai dû mener ma propre enquête sans compter sur la moindre coopération de sa part, et j'ai ainsi appris pas mal de choses sur ce qu'il avait vécu pendant la guerre, mais pratiquement rien sur ce qui s'était passé entre Martin et lui.

« Finalement, sur une inspiration, je lui ai suggéré que si les faits étaient si difficiles à évoquer de vive voix, il devrait au moins faire l'effort de les fixer par écrit, pendant qu'ils étaient encore tout frais dans son souvenir. Il serait toujours libre de me communiquer ou non ce document – mais au cas où il aurait changé d'avis et où il déciderait de me le confier, je disposerais alors d'un moyen rapide et commode de me tenir informé. Sur le moment, ma proposition n'avait pas paru l'enthousiasmer – mais, comme vous imaginez, il n'avait pas grand-chose à faire de ses journées. Il aimait la lecture et je lui apportais des romans par brassées entières, mais je crus comprendre que comme tant d'autres soldats, il avait écrit des foules de lettres et que cet exercice avait cessé d'être gratifiant, pour lui. Si j'ai bonne mémoire, il avait rompu avec sa fiancée et avait horrifié ses propres parents en leur apprenant les épreuves qu'il traversait. La rédaction de ce compte rendu détaillé des faits qui avaient entraîné son inculpation fut apparemment pour lui un agréable exutoire car, après quelques jours de réticence, il s'était attelé à cette tâche avec ardeur. À chacune de mes visites, je le trouvais attablé devant une petite Remington qui trônait sur un bureau Louis XV, une autre inestimable merveille, qui vacillait chaque fois qu'il appuyait sur une touche. Un mois plus tard, pendant l'un de nos entretiens, j'ai pointé l'index sur le tas de pages qui grossissait, près de son coude et qui s'élevait à présent de quatre ou cinq centimètres.

« C'est un vrai pavé, que vous avez entrepris d'écrire, lui dis-je. Avez-vous l'intention de m'en faire lire au moins quelques chapitres ?

« Jusque-là, j'avais pris mon mal en patience, en lui proposant de me soumettre son texte à son propre rythme. Mais la date fixée pour l'audience approchait ; je commençais à craindre de n'avoir plus le temps d'assimiler convenablement ce qui promettait d'être un véritable roman-fleuve – et singulièrement si son texte ouvrait de nouvelles voies à mes investigations.

« "Certains jours, je me dis que oui, colonel – et d'autres, je me dis que non.

— Pourquoi ?

— Je doute que cela puisse m'aider.

— Parce que cela vous ternirait à mes yeux, ou me convaincrait de votre culpabilité ? Vous êtes pourtant bien placé pour savoir que rien ne pourrait m'empêcher d'assurer votre défense.

— Je sais. Ce texte a effectivement toutes les chances de satisfaire votre curiosité, colonel. Tout en vous prouvant que j'ai de solides raisons de plaider coupable. Mais rien de tout cela n'influera sur l'issue du procès, ni ne vous facilitera la tâche – à supposer que ça n'ait pas l'effet inverse."

« Dans mes moments de faiblesse, je songeais parfois à m'introduire dans son bureau et à subtiliser le manuscrit, mais de quel droit aurais-je tenté un tel coup de force ? Il avait raison. Pourquoi l'aurais-je empêché de saborder son propre navire ? Je ne renonçai cependant pas et continuai à insister pour qu'il me confie son texte. Chaque fois, il semblait prêter une oreille attentive à mes arguments, pour ensuite, après réflexion, les rejeter en bloc. Le jour du procès arriva donc. Dès le début, David annonça sa décision de plaider coupable. En échange, le procureur avait accepté de renoncer aux charges les plus graves, mais il persista à mener son réquisitoire, ce qui n'avait rien que de très commun, dans le cadre d'un procès en cour martiale – c'était là, bien sûr, une importante différence avec les affaires criminelles civiles, où le seul fait de plaider coupable évite à l'accusé de comparaître au procès. J'avais moi-même beaucoup de mal à m'habituer à cette différence. Je bouillais intérieurement, au cours des contre-interrogatoires, parce qu'aucun des témoignages ne venait corroborer l'image d'un soldat capable de manquer délibérément à son devoir. La plupart du temps, je regagnais mes quartiers en me félicitant du travail accompli, et en enrageant à la pensée que mon client avait d'emblée reconnu la véracité des faits qui lui étaient reprochés.

« À l'époque, le manuel des procédures de cour martiale donnait à l'accusé – et à ma connaissance, c'est toujours le cas – le droit de faire une déclaration au jury sans contre-interrogatoire, juste avant la clôture des débats. Le soir précédant l'audience, je fis donc une ultime tentative pour convaincre votre père de me confier son texte, et d'en soumettre tout ou partie à la cour. C'est donc avec le cœur battant que je l'ai vu arriver à l'audience, le lendemain matin, avec sous le bras ce qui me parut être son manuscrit, réparti en deux gros dossiers. Mais il a refusé de me les confier. Il s'est contenté de faire à ses juges une brève déclaration, dans laquelle il soulignait qu'en libérant Martin, il n'avait nullement eu l'intention de nuire aux États-Unis, dont le service demeurait le plus grand honneur de sa vie. Il attendit la fin des débats pour me donner ses dossiers. J'y ai vu de sa part un geste de gratitude, une façon de me remercier du travail accompli, une ultime faveur, destinée à me faire accepter plus sereinement le résultat du procès. Il m'engagea à lire son récit, si ça pouvait me faire plaisir, puis, ma lecture terminée, de le lui rendre – car, m'annonça-t-il, il avait la ferme intention de le brûler.

« Mais même à ce stade, je gardais l'espoir d'y trouver quelque chose qui me permettrait d'obtenir la réouverture du dossier. Les procédures étaient suspendues le dimanche. J'y passais donc la journée entière, du matin au soir, ne finissant ma lecture que quelques instants avant d'arriver à l'audience, le lundi matin à 8 heures.

— Et de quoi parlait-il, ce manuscrit ? » J'étais comme un gamin à la veillée, comme si j'avais écouté une histoire autour d'un feu de camp – et comme les enfants, je ne visais qu'une chose : le fin mot de l'histoire. En guise de réponse, Bear se fendit d'un petit rire sec.

« Eh bien, Stewart, il est rare qu'une histoire qui vaille la peine d'être racontée puisse se réduire à deux phrases, n'est-ce pas ?

— Avez-vous du moins pu en tirer parti ?

— Certainement pas.

— Pourquoi ?

— Parce que votre père avait vu juste. À l'époque, Dubin était déjà un bon juriste. Excellent, même. Il ne s'y était pas trompé. Si ses juges avaient eu vent de l'histoire, cela n'aurait pu qu'aggraver son cas – au point même de l'amener devant le peloton d'exécution.

— Comment cela ?

— Nous aurions déclenché une cascade de problèmes et de complications. Comme je vous l'ai dit, j'avais beaucoup d'affection pour votre père – et ce ne sont pas des paroles en l'air. Mais un avocat doit apprendre à considérer les faits d'un œil objectif. Et plus je réfléchissais à la situation d'un point de vue juridique, en considérant le meilleur parti que je pouvais tirer de l'affaire, et le moins bon, plus je devais me rendre à l'évidence : nous n'obtiendrions rien de positif en racontant cette histoire à la cour. Bien au contraire. Cela risquait de nuire gravement à la cause de votre père.

— Vous n'éclairez pas beaucoup ma lanterne, Justice. Qu'est-ce qui était donc si grave ? »

Bear Leach, qui n'avait pourtant pas l'habitude de se trouver à court de mots, marqua une pause, et se mit à tripoter sa cravate hors d'âge, qui pendait mollement à son col de chemise, désormais trop grand pour lui de trois tailles.

« Eh bien, reprit-il enfin, en prenant connaissance du récit de votre père, j'ai compris qu'il avait bénéficié durant tout le procès d'une présomption positive que le procureur aurait très bien pu considérer comme non fondée, s'il s'était rendu compte de certains faits qui lui avaient échappé jusque-là. »

Ma main dut avoir un geste d'impatience : « Bon sang, allez-y, Justice. Trêve de précautions oratoires !

— Eh bien, en l'espèce, je ne saurais trop en prendre, Stewart. Sans l'ombre d'un doute. Je suis en train de parler d'un père à son fils.

— Me voilà prévenu. Parlez. Je veux savoir. »

Leach se lança dans la délicate opération qui consistait à réajuster l'embout de son inhalateur d'oxygène dans ses narines.

« Stewart, votre père était accusé d'avoir délibérément libéré un prisonnier. Somme toute, le major Martin avait été vu pour la dernière fois par plusieurs hommes du 406e Régiment de blindés sous la garde de votre père, lequel reconnaissait avoir laissé filer son prisonnier après l'avoir débarrassé de ses menottes et des chaînes qu'il portait aux pieds. L'accusation considérait comme acquis le fait que Martin avait pris la fuite. Mais le texte de votre père suggérait une thèse différente, bien plus troublante, et que le silence obstiné dans lequel il s'emmurait ne pouvait que corroborer.

— Quelle était-elle, cette hypothèse ?

— Eh bien, Stewart, je vous rappelle que tout cela n'était que pure supposition, de ma part…

— Bear, de grâce ! Quelle était cette hypothèse ? »

Leach eut un imperceptible hochement de tête.

« Qu'en fait, laissa-t-il tomber, votre père n'était pas tant le libérateur de Robert Martin, que son assassin. »

8

David : Les secrets de Teedle

Le soir, en revenant à la 18e DB, nous avons trouvé la tente du général déserte. Le MP qui montait la garde à l'entrée nous a informés que ses deux secrétaires n'étaient pas de service et que Teedle était parti inspecter des bataillons. Quelques minutes plus tard, mes pas me portèrent à nouveau vers le secteur des appelés. La bombe qui avait endommagé le château de la comtesse avait piqué ma curiosité et je n'avais pas oublié la remarque de Billy Bonner. Que voulait-il dire au juste, en suggérant que mon enquête se trompait de cible… ?

Le ciel s'était à nouveau couvert, ce qui nous mettait en principe à l'abri des attaques aériennes. Libérés des contraintes du *black-out*, les hommes avaient allumé des feux de camp et s'amusaient entre eux, dans une atmosphère de bar à soldats. Quelqu'un avait installé un haut-parleur qui transmettait la radio des forces armées. Harry James[1] passait dans l'émission *Command Performance*, et je m'arrêtai un instant pour l'écouter jouer un magistral « Cherry ». Je fus saisi d'une soudaine nostalgie en constatant à quel point la musique, qui m'était autrefois aussi vitale que le boire et le manger, me manquait à

---

1. Célèbre trompettiste de jazz qui a joué nottamment avec Benny Goodman, avant de fonder son propre orchestre (*NdT*).

présent. Pendant toute cette période, ce vide avait été comblé par des piles de dossiers et de livres, par cette concentration constante qui m'était nécessaire, pour plaider sept jours sur sept. En fermant les yeux, il me revint la sensation de la taille de Grace entre mes bras, tandis que nous dansions et, par le plus pur des hasards, j'aperçus Biddy. Il s'était posté à quelques mètres de moi, en arrière-plan, pour photographier quatre hommes qui jouaient aux cartes à la lueur d'une lanterne. Ils s'étaient mis à l'abri dans l'une des tentes qui faisaient office de cantine, pour éviter que les billets qu'ils jouaient – des francs français émis aux États-Unis en vue du débarquement – ne soient emportés par le vent, et s'étaient assis sur des caisses de cartouches autour d'une caisse plus grande, vidée de ses obus, qui leur servait de table.

« Bon Dieu de merde, Mickey ! fit l'un d'eux. Si tu te décidais à la jouer, cette putain de carte ? Le mois prochain à la même heure, tu seras en train de pourrir dans ton cercueil et tu te demanderas toujours si t'as bien fait d'ouvrir à carreau !

— Ta gueule, Mortenson. Me balance pas ce genre de connerie.

— Pourquoi ? T'as peur que les fritz écoutent ?

— Non, mais c'est à croire que t'essayes de me flanquer la poisse.

— Ah, ferme donc ton claque-merde, toi aussi. Contente-toi de jouer !

— Allez, Witkins, fais pas chier…

— C'est ça, ouais ! Tiens, prends ça dans les dents !

— Ah, ce putain de Mickey ! Il est pas près de s'en remettre, de la veste qu'il s'est prise avec la petite Frenchie. Tout ça parce que la moitié du régiment y a eu droit… Y a que lui et mon tank, qui lui sont pas passés dessus !

— La moitié du régiment, c'est rien que des branleurs. Ils racontent n'importe quoi. Elle était sympa, cette môme ; je voulais juste lui payer un Coca.

— Ouais, mais entre nous, c'était pas du Coca que tu voulais lui faire avaler, hein, mon cochon !

— Putain, Mort..., ça t'arrive de penser à autre chose ?

— Quoi ? ! Personne t'a dit que les Françaises c'étaient les reines de la turlute ?

— Très peu pour moi, je laisse ça aux obsédés dans ton genre.

— Et si vous les fermiez, vos grandes gueules, les mecs ? Il va bientôt être l'heure de se lever et ce peine-à-jouir n'aura toujours pas joué deux tours ! »

J'appréciais l'humour de Tony Eisley et je ne m'ennuyais pas en sa compagnie, mais cette liberté de ton n'avait pas cours dans les rangs des officiers du JAG Dept. Non pas que je me sois senti plus proche des hommes de troupe – d'ailleurs, pour la plupart de ces garçons, vingt-neuf ans était un âge canonique et la présence d'un officier leur pesait comme un fardeau. Mes incursions dans le quartier des appelés me rappelaient l'époque où je suivais mes cours toute la semaine à Easton, pour rentrer le samedi à DuSable, chez mes parents. Les voisins demandaient des nouvelles de « l'intellectuel » ou du « futur diplômé » d'un ton qui n'avait rien d'admiratif. J'allais m'en mettre plein les poches, se disaient-ils. J'allais m'élever dans la société, quitter DuSable, les trahir. Ces temps-ci, on trouvait dans les rangs des appelés un certain nombre d'ex-étudiants, à cause de la décision prise par le Congrès quelques mois plus tôt de mettre fin au Programme d'entraînement militaire spécialisé organisé par l'armée, qui avait envoyé des recrues sur les campus, pour suivre des cours à plein temps. D'un autre côté, quelques appelés de l'armée de prémobilisation avaient été promus officiers. Mais grosso modo, on aurait pu mettre des pancartes proclamant « PAUVRES » ou « RICHES » sur les différents secteurs du camp. Je n'avais toujours pas réussi à comprendre en quoi les sommités de l'administration militaire pensaient que ce genre d'inégalité pouvait servir la discipline, ou tout autre objectif militaire, mais j'avais l'intime conviction que c'était ici, parmi les simples appelés, que je côtoyais les vrais soldats. L'histoire ne retiendrait sans doute que le nom de leurs généraux, mais c'étaient eux qui gagnaient les guerres.

Quittant la tente, je partis au hasard à travers le camp et je déambulai un bon moment avant d'apercevoir Bill Bonner, assis autour d'un feu avec quelques-uns de ses camarades, chacun dûment muni d'une bouteille. Bonner devait me considérer comme un représentant de la loi, car il se figea aussitôt, le bras suspendu dans son geste, ce qui fit se retourner deux ou trois de ses compagnons, jusqu'à ce que je dise : « Repos ! »

Je le pris à part pour lui expliquer que Teedle semblait s'être volatilisé.

« Vous bilez pas. Il va revenir. En général, il s'arrange pour dormir dans sa propre tente... »

Il avait ponctué sa remarque d'un de ces coups d'œil narquois dont il avait le secret.

« Vous ne semblez pas le tenir en très haute estime.

— C'est pas ça, lieutenant. Teedle est l'un de nos meilleurs officiers.

— Mais ? »

Bonner eut beau secouer la tête en aspirant ses lèvres en dedans, j'étais bien résolu, cette fois, à lui arracher le fin mot de l'histoire. Après avoir hésité un long moment, comme je ne lâchais pas prise, il me fit signe de le suivre et m'entraîna un peu plus loin de ses camarades.

« Vous n'êtes pas au courant ? fit-il, en portant sa bouteille à ses lèvres pour se donner du courage. Il en est, ce fumier.

— Je vous demande pardon ?

— Teedle est une pédale, bordel.

— Dans quel sens l'entendez-vous ?

— Dans quel sens ! Nom d'un chien, lieutenant, je ne vais tout de même pas vous apprendre ce que c'est, une tantouze – une tapette ?

— Bon Dieu, Bonner ! » Et je l'assurai que s'il n'avait pas été à moitié ivre, je l'aurais déjà fait coffrer par la police militaire.

« Notez bien ce que vous venez de dire dans un coin de votre tête, lieutenant. C'est exactement pour ça que personne ne lève le petit doigt contre lui.

— Mais pour quel motif ?

— Je viens de vous le dire. Il est homo. Vous savez, il a installé ses quartiers personnels sur place, dans sa tente, avec son secrétariat, comme s'il tenait à pouvoir travailler à toute heure du jour ou de la nuit. Mais ça n'est qu'une couverture. Cette vieille ordure se bourre la gueule, et quand il est fin soûl, il envoie Frank lui chercher tel ou tel appelé. Toujours des types qui ont l'air de sortir de sous une meule de foin. Des costauds, des gars de la campagne. Son genre, c'est plutôt les blonds, très jeunes. Et dès qu'ils rappliquent, il me renvoie dans mes quartiers. Le lendemain matin, à mon retour, il arrive que j'en retrouve un dans le coin. Certains dorment encore à poings fermés, comme des agneaux. Mais il doit y en avoir quelques-uns qui se rebiffent, parce que le général s'est déjà fait arranger le portrait. Une fois, on l'a même vu émerger avec un cocard qui lui est resté toute une semaine. C'est moi qui vous le dis, lieutenant. J'en ai été témoin, et j'ai vu deux ou trois de ces gars repartir – ils se seraient fait tabasser par les Boches que ça n'aurait pas été pire. Putain, et par leur propre général ! Vous pouvez pas imaginer leur état quand ils sortent de là. Complètement déboussolés. Ils ne savent même plus où ils sont. »

Je n'avais jamais rien entendu de plus révoltant.

« Quel vieux salaud, fis-je. Et vous n'avez jamais essayé d'attirer l'attention d'un officier ?

— Ben si, justement – qu'est-ce que je suis en train de faire. Ça fait un certain temps que le général Patton n'est pas passé dans le secteur, pour prendre de nos nouvelles… Mais qu'est-ce qui dit que je n'ai pas tout inventé, hein ? Vous imaginez bien que ces garçons ne sont pas très portés sur les confidences – sûrement pas ceux qui sont amateurs, et encore moins ceux qui ne le sont pas. Celui qui avait mis son poing dans l'œil du général, un certain Lang, un deuxième classe, je pensais qu'il allait mettre les pieds dans le plat, mais son sergent n'a jamais rien voulu savoir. Ça aurait été la parole de Lang contre celle du général, et le sergent ne tenait pas à voir un de ses hommes se mesurer à une telle pointure – pas pour ce genre de motif, et encore moins s'agissant du général de sa division. Mais vous, vous arriverez peut-être à délier les langues. Pour le major Martin, je n'ai eu vent de rien, fit Bonner. Mais à vue de nez, si Teedle tient tant à le faire passer en cour martiale, c'est qu'il y a un putain de lézard. À votre place, j'y regarderais à deux fois. »

Le lendemain à 7 h 30, en arrivant à la tente de Teedle, je trouvai le général en grande conversation avec son G-3, le major Michaels. En tant qu'officier responsable des opérations, Michaels était réduit au chômage technique, ces derniers temps, mais ce matin-là, il avait déplié plusieurs plans de bataille sur le bureau de Teedle. Ce travail d'organisation et de prévision des manœuvres sur le terrain, minute par minute, phase par phase, m'avait passionné pendant ma formation d'officier d'infanterie à Fort Benning. À ce stade, avant que les balles ne se mettent à voler, c'était un exercice purement intellectuel, une sorte de jeu stratégique qui tenait autant des échecs que des soldats de plomb, mais dans la concentration que reflétaient les visages des deux hommes, on pouvait lire la dangereuse réalité de leurs décisions. En les voyant penchés sur leurs cartes, je compris aussitôt qu'ils attendaient l'arrivée imminente de nouveaux stocks de munitions et de carburant. La période d'oisiveté de la 18e Division touchait à sa fin.

Comme j'attendais à l'entrée de la tente, je me surpris à ruminer les accusations de Bonner, tout en observant le général, son thorax rebondi, sa morgue et son teint d'alcoolique. La seule idée de ses méfaits m'avait réveillé plusieurs fois, cette nuit-là, mais j'avais fini par me décider sur la conduite à tenir. De prime abord, ma sympathie pour Billy Bonner m'avait poussé à prendre ses accusations pour argent comptant, mais Dieu seul savait les raisons qui auraient pu l'amener à mentir. Enfin, vers les 4 heures du matin, j'avais pris ma décision : j'attendrais d'avoir un entretien en tête-à-tête avec le colonel Maples, pour l'en informer. Dans certains cas, cette longue chaîne de transmission qu'est la hiérarchie militaire présente certains avantages ; quand on se sent un brin dépassé par un problème, on peut toujours le refiler à quelqu'un d'autre, à l'étage du dessus.

Mais, bien que résolu à appliquer cette tactique, je doutais d'être capable de donner le change, lorsque Teedle finirait par me recevoir. J'eus le soulagement de constater que Bonner n'était pas encore à son poste. J'aurais eu du mal à soutenir son regard.

« Alors, comment va ce cher Bob ? me lança Teedle, lorsque je me présentai devant lui, au garde-à-vous. Un type charmant, hein ? Vous a-t-il déroulé le tapis rouge ?

— Plus ou moins, oui.

— Et son amie – vous a-t-elle conté fleurette ? Elle est aussi roublarde que lui, vous savez. Elle a fait de l'œil à tous les gars que j'ai envoyés là-bas. Ils ne lésinent pas sur les moyens, ces deux-là. Ils font feu de tout bois ! » Les révélations de Bonner m'avaient suffisamment occupé l'esprit pour dissiper le souvenir de Gita Lodz, et je n'avais guère repensé à elle depuis mon retour. Néanmoins, mon ego se trouva soudain dégonflé par cette remarque de Teedle : je n'étais donc pas le premier émissaire sur qui Mlle Lodz avait posé ses yeux candides. Et les autres aussi, elle avait dû réussir à les convaincre qu'elle les trouvait tellement intéressants...

D'un autre côté, cela n'avait rien d'étonnant. Au contraire. Il eût été pour le moins curieux qu'une femme qui n'hésitait pas à lever ses jupes pour marquer un point dans une discussion ait joué les effarouchées, dans d'autres circonstances... Mais pour une obscure raison, je ressentis le besoin de prendre sa défense.

« Je ne dirais pas qu'elle m'a conté fleurette, mon général.

— Voilà qui me surprend, Dubin. Un beau jeune homme comme vous ! » Il me lança un coup d'œil railleur, le menton rentré, mais vu les circonstances, cette petite phrase me fit tressaillir.

« Je suis fiancé, général ! protestai-je.

— Mes félicitations », répondit-il, avant de s'enquérir des arguments que Martin avait invoqués pour sa défense. Je m'étais demandé par quel biais je pourrais sonder Teedle sur ce dont l'avait accusé Martin, car somme toute, rien ne m'autorisait à exiger d'un général qu'il réponde à de telles questions. Mais la volubilité de Teedle m'apporta la réponse que j'attendais.

« Un tas de conneries ! » répondit-il, lorsque je l'eus informé que Martin affirmait avoir été renvoyé en France par l'OSS, à la fin du mois précédent, avec ordre de poursuivre son action en Allemagne. Puis je lui présentai les papiers de Martin, ce qui l'arrêta net.

« Ça, c'est la meilleure..., fit-il en les parcourant. Je dois admettre que c'est la première fois que j'entends parler de ces directives. Ce que je sais, c'est que l'OSS m'a donné le feu vert, il y a quinze jours, pour le renvoyer à Londres. Je le leur avais déjà demandé auparavant, et à plusieurs reprises. J'ignore ce qui a pu leur faire changer d'avis.

— Le seul moyen d'élucider ce problème, mon général, serait d'obtenir une confirmation écrite de l'OSS. Qu'ils disent clairement s'ils ont ou non donné d'autres ordres à Martin.

— Une confirmation écrite ? » Le général s'ébroua sur sa chaise. « Seigneur, c'est donc là qu'il veut en venir.

C'est vraiment un magouilleur de première, ce petit con. L'armée n'a jamais fait le poids devant un bon escroc, Dubin. Or, Martin compte parmi les champions, dans cette discipline. Vous croyez vraiment que l'OSS accepterait de rédiger un rapport écrit concernant ses opérations secrètes, pour nous l'envoyer, à quelques kilomètres du front ? Les soldats sont faits prisonniers, Dubin, mais les espions sont exécutés. Et ça, Martin le sait. L'OSS ne communique que sous forme de messages radio codés ou de télégrammes à détruire après lecture... » Le général parut réfléchir un moment. « Bien, finit-il par dire. Je vais m'en occuper. »

Il rédigea une note. Selon les codes de procédure, il aurait été plus logique que nous nous chargions, le colonel Maples ou moi-même, de correspondre avec l'OSS. Ce n'était pas à Teedle, le plaignant, de le faire. Mais le général ne semblait pas d'humeur à s'embarrasser de ce genre de détail.

« Quoi d'autre ? demanda-t-il. Allez-y, déballez-moi ses arguments, que je puisse tout régler en bloc. Je suis sûr qu'il a eu quelques noms d'oiseaux à mon égard. »

Comme je lui racontais le bombardement, Teedle commença par me demander, et c'était tout à son honneur, s'il y avait eu des victimes.

« Effectivement, dit-il, j'ai eu vent de l'incident. Le général Roy, du 19e TAC[1], nous a envoyé un message radio, hier au soir. L'une de ses escadrilles s'était trompée dans ses positions et craignait d'avoir bombardé nos propres troupes. Il s'est répandu en excuses, mais si j'avais su que c'était tombé sur Martin, je lui aurais envoyé une note de remerciement !

— J'y étais, moi aussi, mon général... »

Teedle me lança un regard railleur. Si je pensais qu'il s'embarrassait de ce genre de détail, je ne devais pas

1. Pour Tactical Air Command – la branche de l'US Air Force chargée des combats aériens au-dessus des champs de bataille (*NdT*).

avoir compris grand-chose au métier de général, me disait ce coup d'œil. Il appela Frank et lui demanda d'envoyer un membre du service juridique faire une estimation des dommages subis par la comtesse.

« Eh bien, Dubin – dites-moi un peu le genre de conneries que vous a racontées Martin. Il prétend que j'ai la haute main sur les manœuvres de l'armée de l'air, au point de pouvoir lui envoyer l'aviation ?

— Disons qu'il a laissé entendre qu'on ne pouvait l'exclure totalement. »

À cela, Teedle répondit d'un éclat de rire. « La plupart de mes collègues généraux, Dubin, ne se donneraient même pas la peine d'invoquer l'article 35. Un officier coupable d'insubordination, il suffit de l'envoyer en reconnaissance sur une colline gardée par un bataillon de Schleus armés jusqu'aux dents, et basta ! Mais est-ce que j'irais m'embêter avec toutes ces démarches, si c'était ce que j'avais derrière la tête ?

— Bien sûr que non, mon général.

— Abstenez-vous de répondre « bien sûr que non », si vous êtes convaincu du contraire. Dites-le carrément, si vous ne me croyez pas !

— Il me semble que votre raisonnement se tient, mon général. » Le mien aussi se tenait, mais il ne fallait pas s'attendre à ce que tous les actes d'un homme aussi complexe que Teedle s'alignent sur la simple logique. Après une minute de réflexion, je ne pus m'expliquer pourquoi le général Roy aurait présenté ses excuses à Teedle. C'était le 26e d'Infanterie qui s'était trouvé sous les bombes de Roy, et non la 18e Division Blindée – à moins que Roy n'ait oublié qu'ils avaient échangé leurs positions, ce qui, évidemment, n'avait rien d'impossible.

« Bien, y aurait-il d'autres calomnies de Martin, auxquelles vous souhaiteriez que j'apporte une réponse ?

— Puis-je vous en parler franchement, général ?

— Vous venez de m'accuser d'avoir tenté de bombarder un de mes propres officiers. Il me semble que jusqu'à présent, vous n'avez guère pris de gants, Dubin – mais je vous en prie, continuez… »

Je n'étais pas assez naïf pour contrer Teedle en lui rappelant ce qui avait été dit auparavant et par qui. Protégé qu'il était par son rang, ce genre de joute verbale n'était pour lui qu'un jeu purement formel. Mais en dépit de toutes ses rodomontades, je n'avais pas le sentiment que c'était par pure méchanceté, que Teedle me mettait ainsi sur la sellette. Non, il essayait plutôt de me tester. C'était un personnage hors normes. Âpre. Direct. Ancré dans ses opinions. À voir la mobilité de ses expressions, cette facilité avec laquelle il passait de l'autorité à la camaraderie, et cette insistance avec laquelle il vous mettait au défi de le haïr, on aurait été tenté de croire que les particularités de Teedle s'étendaient effectivement à des zones plus obscures de son caractère, conformément aux accusations de Bonner. Mais pas nécessairement jusqu'à la cruauté. La cruauté fait partie de la nature humaine, aurait dit le général, et nous avons tous un fond de méchanceté – lui autant que quiconque, mais plutôt moins que certains.

« Eh bien, à en croire Martin, si vous tenez tant à vous débarrasser de lui, c'est parce que vous le soupçonnez d'être communiste. »

En entendant le mot, Teedle posa les pieds sur la malle métallique qui était près de lui et se fendit d'un grand sourire entendu, en se grattant le menton. Je le voyais pour la première fois prendre le temps de la réflexion, tout comme Martin, qui avait longuement hésité avant de s'aventurer sur ce terrain. Simultanément, il secoua la tête de côté et d'autre, agitant la petite touffe de laine d'acier rougeâtre qui se hérissait sur son crâne, avec ce qui aurait pu passer pour de l'admiration. Martin et ses manœuvres relevaient décidément de l'insondable – tel semblait être le message.

« En tout premier lieu, Dubin, je ne *soupçonne* pas Martin d'être communiste. Je *sais* qu'il l'est. Avant même d'aller rejoindre les troupes républicaines en Espagne, il était membre du parti, à Paris. Et c'est précisément l'une des raisons pour lesquelles l'OSS l'a recruté, à l'origine : à cause de ses accointances avec les syndicats communistes – mais ça n'est pas le problème. Je ne l'accuse pas d'être un adversaire politique, je l'accuse d'insubordination. Je l'accuse de mettre des vies en danger, par son indiscipline. Même si nous étions à Moscou, et même s'il m'appelait « camarade général », ce serait exactement le même topo. Dès lors que je lui donnerais l'ordre de se mettre à genoux pour me lécher le cul, il serait tenu de le faire ! »

Jusqu'à cet instant, les accusations de Bonner m'étaient presque sorties de l'esprit…

« Maintenant, que ce soit à cause du passé politique de Martin que l'OSS a convenu avec moi qu'il était grand temps de l'envoyer voir ailleurs, personne ne vous le dira – mais en toute franchise, je pense que ça ne serait pas très loin de la vérité. Entre nous, quoi de plus logique ? *Stars & Stripes* ne vous dit pas tout, quant aux projets de nos précieux alliés russes, Dubin. Pas plus que les films d'actualité. Vous avez dû avoir vent de ce qui s'est passé en Pologne, en août dernier ? »

Non, je n'étais pas au courant. Teedle se fit un plaisir de m'en informer. Sachant que l'Armée Rouge était à leurs portes, des milliers de patriotes polonais s'étaient soulevés contre les Allemands, à Varsovie. « Et dans notre camp, précisa Teedle, beaucoup pensent que Staline avait encouragé l'armée et la résistance locale, en leur laissant entendre que l'Armée Rouge envahirait la Pologne, pour les aider à expulser les Boches. Mais les Russes n'ont pas levé le petit doigt. Pis, Staline n'a même pas laissé les Alliés prêter main-forte aux Polacks en leur parachutant des armes et des vivres. La rébellion polonaise a été écrasée dans le sang. Ils ont été fusillés par milliers ou enfermés dans des bâtiments auxquels les nazis ont mis le feu, tandis qu'ils rasaient le centre de Varsovie.

« Mais pourquoi, me demanderez-vous ? poursuivit Teedle. Pourquoi les Soviétiques auraient-ils fait une chose pareille ? Pourquoi n'ont-ils pas aidé la résistance polonaise, alors qu'une victoire des forces locales aurait sûrement atténué leurs propres pertes, dans la bataille pour la libération de la Pologne. Vous avez une idée, Dubin ? »

Je restai sec.

« Eh bien, figurez-vous qu'un patriote capable de prendre les armes contre l'oppression nazie serait tout aussi susceptible de résister au totalitarisme des Soviets. Staline a donc laissé les Allemands faire son sale boulot en Pologne. Et à ce moment-là, Roosevelt et Churchill, comme tout notre état-major, n'ont que trop bien compris de quoi il retournait. Staline aurait eu aussi vite fait de le faire écrire dans le ciel par ses avions de chasse ! Ils veulent conquérir et occuper toute l'Europe orientale, Dubin. À la domination nazie, ils ont décidé de substituer la domination soviétique. Et nom d'un chien, vous avez foutrement raison : je veux me débarrasser de lui, parce que la dernière chose qu'il nous faudrait, derrière les lignes ennemies, c'est bien un agent qui n'attendrait que de rallier les Russes. Martin a de nombreux appuis au sein de l'armée soviétique. Il a combattu sous les ordres d'au moins trois généraux russes, en Espagne – et je suis prêt à vous parier ma solde qu'il devait suivre leurs ordres avec nettement plus de diligence qu'il n'en met à appliquer les miens ! Alors effectivement, oui, ça me fait tiquer qu'il soit communiste. Et, vu le zèle avec lequel il nargue mon autorité, ça me fait même carrément chier. S'il m'obéissait, comme il devrait le faire, je m'en contrefoutrais, de savoir s'il enfile un pyjama rouge, tous les soirs avant de se mettre au lit ! »

Le général se pencha en avant, les deux poings plantés sur son bureau. « Mais d'homme à homme, Dubin, dites-moi franchement si ça vous pose un problème.

Parce qu'à vous entendre, j'ai comme l'impression que les réclamations de ce trouduc qui me reproche de le harceler pour raisons politiques ont trouvé comme un écho, en vous. »

Je pris mon temps, mais je savais que je n'allais pas baisser pavillon devant le général Teedle. Rien ne m'obligeait à le faire.

« Général, il existe des foules d'Américains socialistes qui ne sont pas pour autant traîtres à leur patrie, et qui ne soutiennent pas la politique de Staline. » Je connaissais fort bien deux d'entre eux, qui habitaient un petit appartement où j'avais grandi, à Kindle County. Tout cela, à mon habitude, je préférais le garder pour moi – mes origines, ma véritable identité, c'était mon jardin secret. Mais avec sa perspicacité habituelle, Teedle avait senti que je parlais d'expérience.

« Et vous seriez l'un d'eux, Dubin ? C'est ce que vous voulez dire ? Un Américain socialiste et patriote ?

— Disons que je suis un Américain patriote, général. Je ne suis pas d'accord sur toute la ligne avec les socialistes. Mon problème, avec eux, c'est que j'en ai rencontré un certain nombre qui ne m'ont pas paru briller par l'idéalisme de leurs convictions. Leur aversion pour les riches était surtout faite de jalousie. » Évidemment, le socialisme et l'attitude que l'on devait adopter face à lui avaient été pour moi un inépuisable sujet de méditation, durant toutes mes années de lycée et même plus tard. À Easton, j'avais eu l'occasion de côtoyer bon nombre de fils à papa, en qui mes parents auraient vu la lie de l'humanité. Grace elle-même pouvait être considérée comme une représentante de cette classe dirigeante, même si elle avait spontanément renié les privilèges de sa famille. D'ailleurs, c'était précisément l'un de nos sujets de discussion les plus habituels : étions-nous socialistes ? Il y avait en ce monde tant de maux qui se réduisaient à des problèmes de pauvreté... Mais je ne m'étais jamais senti totalement à mon aise face à l'attitude de mes parents qui, en bons socialistes, s'estimaient fondés à en vouloir plus, tandis que les « nantis » auraient dû accepter de prétendre à moins.

« Intéressant, Dubin. Très intéressant... » Je ne doutai pas une seconde de sa sincérité. Il jeta un crayon en l'air et le rattrapa au vol. « Nous avons des positions diamétralement opposées, là-dessus, dit-il. Ce que je retiens contre les cocos, vous semblez le compter en leur faveur. En fait, Dubin, ce que je leur reproche, c'est d'être des imbéciles. Des crétins d'idéalistes qui veulent croire qu'il est dans la nature humaine de partager et de s'oublier pour penser aux autres, alors que ça n'a jamais été le cas. Et ça ne le sera jamais. Jamais.

« Parce qu'ils s'obstinent à ne pas nous voir tels que nous sommes, Dubin, parce que, dans leur aveuglement, ils refusent d'admettre notre égoïsme et notre brutalité, ils s'imaginent que nous pouvons nous passer de Dieu. Voilà pourquoi je les ai en horreur. Ils croient que l'humanité peut faire le bien sans Son secours. Or, dès que nous nous fourvoyons dans cette direction, nous sommes fichus, Dubin. Complètement fichus. Nous avons besoin de Dieu, tous autant que nous sommes. Nous avons besoin de Lui. Non pas pour assurer le salut de notre âme, ni pour nous protéger du danger. Rien à voir avec toutes ces sornettes. Savez-vous pourquoi nous ne pouvons nous passer de Dieu, Dubin ? Pourquoi nous devons L'avoir – le savez-vous ?

— Non, mon général », répondis-je. Je n'étais pas plus sûr de croire en Dieu que de croire au socialisme, mais je sentais Teedle bouillir sur place, comme une locomotive prête à s'emballer, que rien n'aurait pu arrêter.

« Eh bien, je vais vous le dire, pourquoi nous avons besoin de Dieu. Pourquoi *j'ai* besoin de Dieu. Pour qu'Il nous pardonne », dit-il et sur ces derniers mots, sa colère se calma instantanément, pour faire place à de la tristesse. Il semblait tout à coup au bord des larmes et je sentis s'évanouir tous les doutes que j'avais pu avoir, sur ce que m'avait dit Bonner. « Parce que quand cette guerre sera finie, nous aurons sacrément besoin de Lui, nous tous qui aurons fait ce que la guerre exigeait de nous et, pire – ce qu'elle nous permettait. Nous en aurons tous besoin, ne serait-ce que pour pouvoir continuer à vivre. »

Pour la première fois depuis mon arrivée, Teedle sortit sa gourde et la porta à ses lèvres. Quand il l'abaissa, il s'essuya la bouche d'un revers de main qui trahissait une longue habitude des bars. Mais dans ses petits yeux d'oiseau qui restaient rivés sur moi, derrière leurs paupières rougies, je lus la douloureuse conscience qu'il avait de la guerre et de ses excès, ainsi que du sombre mystère de ce Dieu qui, avant de nous prodiguer Son pardon, commençait par laisser tout ce mal advenir.

9

Ordres ultérieurs

Au cours des deux semaines qui suivirent notre retour à Nancy, les signes de la reprise des hostilités ne cessèrent de se préciser. Les stocks de carburant avaient fini par arriver. Les autres fournitures, tentes, couvertures, vêtements, réchauds, restaient des denrées rares, mais l'état-major avait échangé avec la 7ᵉ Armée quarante mille litres d'huile à moteur n° 10 contre une quantité équivalente de diesel, et il y avait fort à parier que l'offensive de Patton en direction de l'Allemagne allait reprendre dès l'arrivée du carburant.

Malgré ce changement palpable dans l'atmosphère, la vie que je menais à Nancy était une morne sinécure, comparée aux trois jours que je venais de passer à proximité du front. Comme l'avait prédit le colonel Maples, j'avais pris goût à mes aventures, et j'éprouvais une sorte d'exaltation en me remémorant ce bombardement auquel j'avais survécu, même s'il nous avait été infligé par nos propres bombardiers. Plus précisément, ma rencontre avec Teedle, Martin et Gita Lodz, était sans doute le premier épisode qui fût à la hauteur de mes attentes, depuis que je m'étais engagé.

Le 3 novembre, un planton vint me trouver en pleine salle d'audience pour m'informer que le colonel Maples désirait me parler, dès la fin de la séance. Klike n'eut pas plus tôt annoncé l'heure à laquelle nous allions

« nous dispenser de justice », le lendemain matin, que je montai au premier étage, où le colonel me tendit des documents. Ils venaient d'arriver de la 18e Division, avec ordre de Teedle de les remettre au major Martin.

QG de la 18e Division Blindée
APO 403 – US Army

EXTRAIT

1. Le major Robert P. Martin, mat. 04264192, est relevé de ses fonctions dans cette division et assigné sur-le-champ à Central Base Station, à Londres (Grande-Bretagne) - ceci sans délai, dès que la météo le permettra, avec obligation de faire son rapport à l'officier de service dès son arrivée.

Govt. T autorisé. date d'émission : 1er Nov 1944

PAR ORDRE DU GÉNÉRAL DE BRIGADE TEEDLE

James Camello
Major AC
Adjudant major adjoint

Cc :
Colonel Bryant Winters
U.S. Army
68, Brook Street
London

Abstraction faite de la copie adressée au colonel Winters, dont je déduisis qu'il était le supérieur de Martin à l'OSS, cette ordonnance ne différait en rien de toutes celles que j'avais vues jusque-là. On y avait joint des documents de voyage similaires à ceux que m'avait montrés Gita, lors de ma visite chez la comtesse. Eux aussi étaient émis par la base centrale de Londres, ils enjoignaient à Martin de retourner en Angleterre dans les plus brefs délais, et étaient accompagnés de bons de voyage émis par l'armée, pour un montant de vingt dollars, correspondant à ses frais journaliers. Teedle avait répondu aux arguments de Martin – puisque jamais l'OSS n'aurait envoyé d'ordres écrits à un agent en mission, cette autorisation de voyage était la meilleure preuve que ses supérieurs rappelaient Martin au bercail.

« Eh bien, voilà qui devrait tout résoudre », fit Maples, lorsque je lui eus rappelé que j'avais besoin d'un document de l'OSS pour contrer la version de Martin, qui prétendait avoir reçu d'autres ordres. J'ai eu un coup de fil du général Teedle. Il a émis quelques réserves vous concernant. Je dirais qu'il vous trouve un peu méticuleux, à son gré.

— Ce qui est un compliment, à mes yeux, colonel. En tant que juristes, nous ne saurions l'être trop.

— Pour Teedle, ce serait plutôt un handicap. » Installé derrière un bureau de chêne plus massif qu'un *half-track*, Maples me souriait en se lissant la moustache, de ce geste que je l'avais si souvent vu faire. « En quoi il ne diffère somme toute pas beaucoup des clients de mon cabinet, qui grinçaient des dents avant de venir consulter leur avocat. Pour certains, c'était une véritable corvée, un peu comme d'aller aux vêpres, le dimanche après-midi.

— Je ne cherche pas à faire obstruction, colonel. Mais, plus j'y réfléchis, et plus je n'y vois ni queue ni tête. Pourquoi un officier couvert de gloire et de décorations irait-il soudain se mutiner contre ses supérieurs ? Sans compter que la fille a été formelle, pour ce qui est de leur liaison : c'est de l'histoire ancienne.

— Peut-être Martin a-t-il craqué. Peut-être en a-t-il assez de la guerre – ce ne serait certes pas le premier. Mais notre rôle n'est pas de démêler le pourquoi du comment, David. Comme je vous l'ai laissé entendre, Rollie Teedle est le genre d'homme auquel il vaut mieux ne pas se frotter. Retournez-y, et terminez-moi ça. Teedle veut que Martin prenne ses cliques et ses claques, et qu'il soit reparti pour Londres avant que vous-même ne reveniez.

— Bien, mon colonel. » La mise en garde réitérée de Maples, concernant Teedle, acheva de reléguer aux oubliettes ma résolution de l'informer des accusations de Billy Bonner. Lorsque j'avais fait mon rapport au colonel, à mon retour, j'avais hésité à lui en parler. Une fois face à lui, je m'étais avisé qu'il ne verrait dans ces allégations qu'un tas de ragots ou d'enfantillages, voire du pur délire, et qu'il m'en voudrait d'avoir posé sur son bureau ce genre de grenade dégoupillée. À la vérité, devant cet homme d'une courtoisie si raffinée, d'un sens si aigu des convenances, les mots m'avaient manqué. Je ne voyais même pas en quels termes j'aurais pu lui rapporter les propos de Bonner.

Muni de l'ordonnance de Teedle, je me fis remettre une Jeep sans le moindre problème et, le 4 novembre, peu après le lever du soleil, je repris avec Biddy la route de Bezange-la-Petite. Le trafic s'était considérablement étoffé. Les petites routes étaient désormais encombrées de longues files de camions et de blindés qui rejoignaient le front. Nous n'avancions qu'au pas et nous avons finalement dû nous arrêter tout à fait, derrière un régiment de tanks, bloqué dans sa progression vers le nord. Le 76e, à l'exception de quelques-uns de ses officiers, était exclusivement constitué de Noirs. C'étaient les premiers Nègres que je voyais en tenue de combat. Ils avaient l'air aussi stressés que tous les autres, et aussi peu pressés de rejoindre le front.

Au bout d'une demi-heure, je descendis de la Jeep et remontai la file à pied pour voir ce qui était à l'origine du bouchon. Trois convois se croisaient à un carrefour. Deux MP étaient arrivés à moto, s'étaient postés au milieu de l'intersection et réglaient la circulation, comme l'auraient fait de simples agents de police aux heures de pointe, dans les embouteillages de Kindle County.

En revenant vers la Jeep, je trouvai Bidwell en bisbille avec un soldat noir, sergent comme lui. L'index dressé, Biddy lui enjoignit vertement de ne plus lui adresser la parole. L'autre eut un geste de découragement en direction de Bidwell et préféra battre en retraite en me voyant approcher.

« Qu'est-ce qui se passe ?

— Un type de mon coin, en Georgie, qui me cherchait noise. Il disait qu'il était de la ville où j'ai grandi... » Son regard restait vissé sur le dos de l'homme.

« Et alors ? C'était vrai ?

— Possible, lieutenant. Mais j'ai vraiment aucune envie de me laisser embarquer dans ce genre de salade. »

J'étais choqué par le ton hargneux sur lequel Biddy s'était adressé à ce soldat noir. Malgré ma réticence à me prévaloir de mon rang, tout comme à perturber nos relations qui semblaient en passe de s'améliorer, j'estimai de mon devoir d'intervenir :

« Un homme de couleur vaut n'importe quel autre, Gideon. » Telle était la leçon que m'avaient constamment inculquée mes parents : quand les *goyim* en avaient fini avec les Nègres, nous ne savions que trop bien quelles seraient leurs cibles suivantes... « J'ai eu plusieurs amis noirs, au lycée – on faisait de la musique et on travaillait ensemble. C'étaient des gars formidables, aussi sympas et aussi intelligents que quiconque. Je sais que vous êtes originaire de Georgie, Bidwell. Je ne peux pas vous obliger à renoncer à vos opinions, mais je ne veux ni les voir transparaître, ni en entendre parler – est-ce bien clair ? »

Les yeux clairs de Gideon s'attardèrent quelques instants sur moi, mais ils reflétaient plus de saisissement que d'arrogance.

« Oui, mon lieutenant », finit-il par dire.

Devant, la colonne de tanks s'ébranlait.

En arrivant dans la cour du château, j'aperçus Gita Lodz. Elle venait juste de descendre de la Citroën de la comtesse – une vénérable antiquité qui marchait encore au charbon. Antonio était au volant. Elle portait une tenue de ville, avec une jupe écossaise, et avait réuni en un gros chignon ses boucles cuivrées.

« Doo-bean ! s'écria-t-elle, avant de me souhaiter la bienvenue en français. Vous voilà de retour ! » Accourant vers moi, elle m'embrassa sur les deux joues. Elle eut un sourire ravi, comme si nous étions déjà de vieilles connaissances. Je lui fis remarquer qu'elle avait quitté sa tenue de combat. « Pour passer inaperçue, répliqua-t-elle. Nous sommes allés à Strasbourg voir des camarades. Martin aura bientôt besoin d'eux. Antonio nous ramène à l'instant de la gare. »

Strasbourg était à plus de cent kilomètres, soit très loin derrière les lignes allemandes.

« Bon Dieu ! Et vous êtes passés comme ça, au flan ?

— Pourquoi pas ? Selon nos papiers, nous sommes d'Arracourt, et nous allions voir la grand-mère de Robert qui est à l'article de la mort. Les nazis sont des veaux, vous savez. Un serpent muni de papiers en règle aurait pu y monter, dans ce train. Ça fait des années que nous faisons ce genre de chose, Dubin. Pour nous, c'est la routine. »

J'aperçus derrière elle les échafaudages des réparations qui avaient été entreprises sur la maison, après le bombardement. Les fenêtres cassées avaient été obstruées par des bâches, à l'exception de quelques-unes dont les volets, miraculeusement intacts, avaient simplement été fermés. Il faudrait s'en contenter, pour protéger la maison du froid hivernal. Après l'explosion, la comtesse avait envisagé d'aller s'installer dans l'une des chambres du bâtiment d'en face, qui avait échappé aux dégâts.

Martin, que j'avais à peine remarqué jusque-là, accaparé que j'étais par l'accueil de Gita, était descendu par l'autre portière. Il avait l'allure d'un bourgeois des plus respectables, avec son costume et son élégant chapeau mou. Je lui fis le salut militaire, ce qui lui tira l'ombre d'un sourire, tandis qu'il contournait la voiture avec nettement moins d'empressement que ne m'en avait témoigné Gita.

« Alors, Dubin – déjà de retour ? »

Je lui rappelai que je m'étais engagé à lui rapporter ses papiers le plus vite possible. « Sans compter que j'en ai d'autres à vous remettre... »

Il les prit et les parcourut en hochant la tête. « Parfait, fit-il, en me les rendant avec un grand sourire. Eh bien, il me semble que j'ai gagné ce round...

— Pardon ?

— Voilà qui ne peut que confirmer ce que je vous ai expliqué. Teedle renonce à prétendre être mon supérieur hiérarchique. Je suis sous l'autorité directe de l'OSS, et je n'ai de comptes à rendre qu'à Londres. Or, c'est bien Londres qui m'a chargé d'une mission, ici. Une mission dont j'ai bien l'intention de m'acquitter. Pour moi, le problème est résolu.

— Major, ces papiers vous donnent l'ordre de vous replier sur-le-champ vers Londres !

— Oui, et c'est bien ce que j'ai fait – et il se trouve que Londres m'a renvoyé ici. Vous en détenez la preuve, dans votre autre main. Prétendez-vous me traduire en cour martiale pour des ordres que j'ai déjà appliqués ? »

Martin me décocha un autre de ses sourires radieux, comme si tout cela n'était pas un simple tour de passe-passe. D'un autre côté, je n'avais pas grand-chose à opposer à sa démonstration. Car rien ne prouvait l'intervention de l'OSS. Qu'est-ce qui me disait que ces papiers n'avaient pas été envoyés par quelque bureaucrate complaisant, à la demande de Teedle ? Jusque-là, cette hypothèse ne m'avait pas effleuré l'esprit.

« Major, soit dit sans vous froisser, même au cas où il y aurait eu une erreur, il vous aurait suffi de demander à l'OSS de contacter l'état-major de la 3e Armée, voire le colonel Maples lui-même, pour couper court à toute polémique.

— Eh bien, c'est une erreur, Dubin. Indiscutablement. Parce que j'ai reçu le feu vert par radio, et pas plus tard qu'hier, pour une opération qui a été planifiée de longue date. Dans la mesure où le seul point sur lequel nous nous accordons, Teedle et moi, est que je dépends de l'OSS, eh bien, je vais me faire un devoir d'exécuter les ordres qu'ils me donnent. Quant à vos papiers, je vous promets de m'en occuper dès mon retour. »

Je m'enquis de la nature de cette nouvelle opération, mais Martin m'interrompit d'un mouvement de tête péremptoire.

« Vous m'excuserez de garder le silence à ce sujet, Dubin. Les membres de mon groupe eux-mêmes ne sont pas encore au courant. Nous travaillons toujours avec le minimum utile d'informations. Nous pourrions être capturés, d'un jour à l'autre. D'ailleurs, en quoi ça vous avancerait, de le savoir ?

— Je cherche un moyen d'appuyer votre position, major. »

Gita, qui s'était contentée d'écouter, se décida à intervenir : « Tu n'as qu'à le laisser venir ! » lança-t-elle.

Martin eut un mouvement de réticence.

« *Dangereux, non ?* fit-il, en français.

— Eh bien, demande-lui donc son avis ! » Martin réfléchit un instant, et parut illuminé par une soudaine révélation.

« Bon Dieu, mais elle a raison ! Tu es un trésor, Gita. Tu ne cesseras jamais de m'émerveiller ! » Lui passant le bras autour de la taille, il lui déposa dans les cheveux un baiser paternel. « Ce qu'il vous faut, c'est la preuve que j'ai bien reçu mes ordres de l'OSS, n'est-ce pas ? Eh bien, venez avec moi. Vous assisterez au bon déroulement des opérations. Vous me verrez à l'œuvre. Vous serez témoin de l'application de ces ordres. Vous disiez que je pouvais présenter toutes les preuves que je souhaitais apporter à votre enquête, n'est-ce pas ?

— Oui, major. » Et c'était bien ce que prévoyait le règlement.

« C'est entendu. Patton va se remettre en route dans les heures qui viennent, et cette opération est justement destinée à lui préparer le terrain. Vous êtes plus que le bienvenu parmi nous, lieutenant. Vous allez pouvoir constater par vous-même et une fois pour toutes, que je suis sous les ordres de l'OSS et que mon séjour chez la comtesse n'a rien d'une sinécure, ni de tout autre chose que Teedle aurait pu imaginer. Voilà qui répondra à toutes vos questions. Mais si vous préférez ne pas venir, je crains de ne rien pouvoir faire de plus. »

Je n'avais aucune idée de ce qu'il me demandait d'accepter, mais j'avais reconnu le mot *dangereux*. En fait, c'était une gageure, un défi que l'homme d'action lançait au bureaucrate – et Martin comptait sans doute sur un refus de ma part. Mais son raisonnement était d'une logique sans faille. En déclinant son offre, je l'aurais privé de l'occasion de me présenter les seules preuves qu'il avait et, de fait, au regard du règlement, on aurait même pu considérer que j'étais dans mon tort. Je lui répondis que je devais d'abord aller consulter Maples.

« Comme vous voudrez. Mais nous partons dès cet après-midi, Dubin. Vous devrez être de retour pour 15 heures. »

C'était exclu, surtout avec ces mouvements de troupes qui risquaient de nous immobiliser des heures, en chemin. Comme Martin tournait les talons, sans lâcher Gita qu'il tenait toujours par la taille, elle m'adressa un bref froncement de sourcils, avant de s'éloigner à ses côtés. J'étais donc bien le petit gratte-papier tatillon qui l'avait tant fait rire, la semaine précédente. Pis, je me sentais à présent dans la peau d'un lâche.

« Je viens ! » lançai-je à Martin.

Il se retourna vers moi et soutint mon regard sans ciller, d'un visage impassible – mais je n'étais pas dupe de ce calme apparent.

« Bravo, Dubin. Je vais faire un petit topo, dans quelques minutes. Heureux de vous compter parmi nous. » Et il poursuivit son chemin en direction de la maison, sans ôter son bras de la taille de Gita.

Je retrouvai le sergent Bidwell en compagnie du Gitan et de quelques-uns des ouvriers agricoles à qui il montrait les photos qu'il avait prises lors de notre dernière visite – des clichés petit format noir et blanc. Il se plaignait souvent du matériel dont il devait se contenter. « Je n'arrive pas à mettre la main sur du film de plus grand format. Mais je m'estime déjà heureux d'avoir ça. J'ai souvent demandé à mes parents de m'envoyer du 6 × 20, mais au pays, ça coûte des fortunes ! »

Petites ou pas, ses photos étaient saisissantes. Après le bombardement, il avait photographié le clair-obscur de l'intérieur de la maison à travers une fenêtre cassée. On apercevait dans la pièce la haute silhouette d'une armoire à glace, dont le miroir reflétait à l'extérieur un bouquet d'arbres sinistrés, qui s'étaient inclinés et étaient restés réunis par le sommet, comme les perches d'un tipi. Et plus loin, en arrière-plan, on reconnaissait Antonio, avec sa longue crinière noire et son regard sombre, qui fixait l'objectif. Biddy avait pris d'autres photos depuis le cratère, en cadrant deux cadavres d'animaux. Il y avait aussi plusieurs clichés qu'il avait pris sur la route, lors de notre précédent trajet – des moissonneurs rassemblant des meules de foin dans les champs.

« Ça me rappelle certaines toiles du musée d'Art moderne. Vous les connaissez ? » Ça me disait quelque chose, effectivement. Des toiles impressionnistes célèbres, dans une gamme de couleurs vives, mais le nom du peintre m'échappait. « Ben, c'est exactement la même idée, fit Bidwell. Sauf que c'est du noir et blanc. Vous trouvez que ça va quand même ?

— Elles sont formidables, vos photos. Qu'est-ce qu'on pourrait leur reprocher ?

— Je sais pas trop. Mais j'ai dans l'idée que lorsqu'on photographie quelque chose, vaudrait mieux ne penser qu'à la vie, pas à d'autres images. Et moi, j'avais ces peintures en tête.

— Avez-vous fait des études d'art, Bidwell ?

— Bon Dieu, lieutenant ! Mon père tomberait raide mort si je lui annonçais que je veux prendre des cours de dessin ! Non, c'est juste que je les aimais, ces tableaux. Ça m'a toujours passionné, ce que devient le monde quand on tente de le représenter à plat. Dès que j'avais un moment de libre, je filais au musée. Y a tout un tas de trucs, là-bas – et surtout ce que font les artistes contemporains, en ce moment. Ben, ça me parle, vous voyez ? »

Ma mère s'efforçait constamment de me traîner au musée, dans l'espoir que quelque chose me « parlerait », à moi aussi. Mais en toute sincérité, ces toiles qui enthousiasmaient tant Biddy, je n'avais jamais réussi à leur trouver ni queue ni tête.

« Je dois avoir l'esprit trop rationnel pour apprécier l'Art moderne, Gideon. Ça et l'opéra – ma mère adore l'opéra. Mais vos photos me plaisent beaucoup. »

Il secoua la tête. « À travers l'objectif, on voit des trucs qu'on ne verrait pas à l'œil nu, lieutenant. Et ça m'a toujours botté, d'observer le monde en mettant cet appareil entre moi et tout le reste. Surtout maintenant que j'y suis jusqu'au cou, dans ce merdier. Ça me donne l'occasion de prendre du recul, comme si j'étais tout à coup propulsé à un million de kilomètres. » Il me jeta un coup d'œil. « J'ai vraiment l'impression de vous causer chinois, là, vous savez…

— Mais non, Biddy. Ça me paraît parfaitement clair. Ne vous sous-estimez pas. En fait, vous devriez songer à entreprendre des études d'art, à votre retour.

— Peut-être. En supposant déjà qu'on arrive à s'en tirer vivants, tous autant qu'on est. »

C'était le pense-bête dont j'avais besoin. Comme je lui rapportais ma réponse au défi de Martin, je vis sa mine s'assombrir, comme s'il résistait à une soudaine envie de m'étrangler.

« Avec tout le respect que je vous dois, lieutenant, on peut savoir ce qui vous est passé par la tête ? »

Je m'efforçai de lui expliquer la logique du règlement qui, en un sens, me contraignait à suivre l'expédition de Martin.

« Eh bien, voilà au moins un point sur lequel la loi déconne complètement ! Qu'est-ce qui vous dit que Martin ne va pas s'en servir contre vous ? On n'imagine même pas le pétrin où une tête brûlée dans son genre pourrait nous fourrer.

— Je suis seul responsable de ma décision, Biddy. Rien ne vous oblige à me suivre.

— Rien ne m'oblige ! Vous croyez qu'ils vous ont adjoint un sergent MP juste pour vous servir de chauffeur ? Je vois mal comment je pourrais vous laisser y aller tout seul, au casse-pipe ! Le seul truc, c'est que j'aurais pensé qu'à votre âge, un type à peu près sensé aurait au moins exigé de savoir où il mettait les pieds, avant de marcher dans ce genre de combine. » Il n'avait jamais été aussi direct avec moi, mais après le petit sermon que je lui avais assené sur la route, il devait s'estimer autorisé à vider son sac. Je n'avais pourtant pas le moindre doute, quant à sa loyauté. Sans cesser de secouer la tête, il m'emboîta le pas en direction du château, pour voir à quelle sauce nous allions être mangés.

Pour 15 h 30, nous étions partis. Martin semblait remarquablement bien approvisionné, malgré la pénurie. Le major avait beau être la bête noire de Teedle, il semblait jouir d'un immense crédit dans le secteur et, plus d'un mois auparavant, l'intendance de la Division Yankee lui avait fait parvenir tout le matériel dont il avait besoin pour cette opération. Il avait donc pu nous équiper de pied en cap, Biddy et moi – tenues de camouflage, paquetages, ceintures de cartouches, carabines M1-A1. Je n'avais pratiquement pas touché une arme depuis le camp d'entraînement et je mis un certain temps à retrouver le coup de main, en manipulant mon fusil. Nous avions apporté nos propres imperméables que nous avions pliés et passés dans nos ceintures, imitant en cela le reste du groupe, qui comprenait, outre Gita, Martin et Antonio, deux habitants du village d'à côté, Christian et Henri, le père et le fils. Ils étaient vêtus d'habits de travail passablement crasseux, comme les paysans pauvres du cru, et leurs silhouettes s'arrondissaient vers le bas, en forme de figue. Ils marchaient en silence aux côtés de Martin, le fusil à l'épaule. Gita, qui était près de moi, portait une sorte de combinaison de travail bleue, avec sur la tête un casque militaire dont elle avait réglé le filet intérieur en le resserrant au maximum.

« Ça vous plaît d'aller vous battre, Mademoiselle Lodz ?

— Personne ne devrait aimer ça, Dubin. C'est une chose terrible. Mais il se trouve que Martin est toujours plus efficace quand il parvient à ses fins sans tirer un seul coup de feu. Vous allez voir !

— Une femme au combat. J'ai encore un peu de mal à me faire à cette idée. »

Elle eut un rire désabusé. « Ça, c'est le comble ! Les hommes s'imaginent être les seuls à pouvoir se battre ! Avec des fusils ? Des avions ? Des canons ? Vous craignez que je n'aie pas la force d'appuyer sur la détente d'un fusil, Dubin – ou de lancer une grenade ?

— Oui, mais un homme qui refuse de se battre passe pour un lâche. De vous, personne n'exige ce genre de courage – bien au contraire. Pensez-vous qu'il soit aussi naturel pour une femme que pour un homme ?

— C'est à la portée de tout le monde, de reconnaître ce qui est juste. J'admets que je n'aime pas donner la mort, Dubin. Mais la plupart des hommes partagent ce sentiment, et ça ne les empêche pas d'aller au combat. »

Martin s'était tourné vers nous, l'index sur les lèvres. Nous avions franchi les limites des terres de la comtesse, et je n'avais toujours pas la moindre idée de notre destination. Martin ne nous brieferait qu'à la nuit tombée, lorsque nous ferions halte. Pour l'instant, il voulait mettre à profit le peu de jour qu'il nous restait pour parcourir la plus grande distance possible. Nous étions partis plein nord à travers les fermes voisines. Henri, qui connaissait le moindre sentier et le trajet de toutes les clôtures, allait d'un bon pas. La pluie parut retenir ses gouttes pendant notre petite balade mais partout la terre était détrempée et, dans le creux des vallons, quand le terrain était un tant soit peu marécageux, nous pataugions dans la boue. Le bas de mon pantalon de drap était déjà à tordre, ainsi que mes chaussettes à l'intérieur de mes godillots, pourtant réputés imperméables.

Comme le jour déclinait, j'eus la quasi-certitude que nous étions passés derrière les lignes allemandes. En cas de capture, Martin, Biddy et moi, qui étions en uniforme, nous aurions au moins une chance d'être faits prisonniers, mais les Français qui nous accompagnaient auraient été abattus sur-le-champ. Cependant, nous ne vîmes pas trace des Allemands. Dans le secteur, toute la population soutenait les Forces de la France libre et Martin considérait les informations qu'il avait sur les positions ennemies comme pratiquement infaillibles. Nous marchions pourtant sur le versant opposé des collines, dès que c'était possible, pour ne pas risquer de nous faire voir depuis la route et nous nous mettions à couvert lorsque nous longions un bois. Quand nous n'avions pas le choix et que nous devions traverser un champ, nous marchions deux par deux, comme de simples randonneurs.

À un moment, nous avons dû nous arrêter près d'une source pour faire provision d'eau. Martin est revenu sur ses pas pour voir si tout se passait bien.

« Alors, vous tenez le rythme ? »

Je le tenais tant bien que mal, chargé de mon paquetage. J'avais emporté un sac de couchage, une gourde, une baïonnette et des munitions, mais je ne m'étais plus exercé aux manœuvres depuis le camp d'entraînement et Martin avait raison de soupçonner que j'étais fatigué. Mais je lui répondis que tout allait bien.

« Vous n'aviez jamais fait ce genre d'exercice jusqu'ici, je suppose ? me demanda-t-il.

— J'ai une formation d'officier d'infanterie, mais à part dans le cadre de mon entraînement, non. C'est la première fois.

— Vous allez voir. Ça va être quelque chose. Vous remercierez Gita d'avoir eu cette brillante idée. » Il marqua une pause. « Dites donc, on dirait qu'elle vous a pris en affection.

— Oh, vraiment ? Vous m'en voyez honoré. C'est une personne charmante. » Puis, saisissant cette occasion d'aborder la question, j'ajoutai : « Vous avez une femme charmante.

— Oui, dit-il. Absolument charmante. Si ce n'est que je doute fort qu'elle veuille en convenir.

— Convenir de quoi ? Qu'elle soit charmante ?

— Qu'elle soit ma femme. En toute candeur, je me demande si elle finira un jour par se choisir quelqu'un. D'ailleurs, elle est beaucoup trop jeune pour moi. » Il avait levé les yeux vers Gita, qui se tenait plus haut sur la colline. Le vent faisait voleter les mèches blondes échappées de son casque. « En fait, Dubin, je ne désire qu'une chose pour elle. Je voudrais par-dessus tout la savoir en sécurité. Si je devais mourir, ça serait ma dernière volonté – à supposer qu'on me la demande. Je lui dois bien ça. »

Là-haut, Gita semblait avoir surpris le regard que Martin avait posé sur elle. Son visage menu se fronça aussitôt en une grimace.

« Et voilà – vous avez vu ? Elle est toujours comme ça, avec moi. » Ses yeux s'étaient vissés sur le sol. « Est-ce qu'elle vous aurait dit du mal de moi ? »

Je ne discernais pas tout à fait le sens des courants, mais je pressentais qu'ils étaient insidieux.

« Au contraire. Elle vous admire.

— Toujours ? J'en doute. Pas plus tard qu'aujourd'hui, elle m'a traité de menteur.

— Vraiment ? » Quelque chose me soufflait que Martin savait exactement ce que m'avait dit Gita, lors de ma précédente visite.

« C'est dans la nature même des choses, Dubin. Quelque part, enfoui dans les tréfonds de ma mémoire, se cache l'homme que j'étais avant d'être Robert Martin. Mais je me suis entraîné à raconter toutes les histoires, sauf la mienne. Et ça me va parfaitement, Dubin. En temps de guerre, personne ne peut rester le même qu'en temps de paix – ça, vous n'allez pas tarder à vous en rendre compte. »

Il sortit de sa poche un petit criquet de métal qu'il fit cliqueter deux fois pour annoncer la fin de la pause. Gita dévala le coteau presque depuis son sommet pour venir prendre la tête de la colonne, mais elle me rejoignit bientôt, tandis que nous nous frayions un chemin à travers bois. Elle avait compris que nous parlions d'elle, et voulait savoir ce qu'avait dit Martin. Je tâchai de la rassurer en lui rapportant ses propos les plus modérés.

« Il m'a dit que ce qu'il voulait par-dessus tout, c'était de vous savoir en sécurité, après la fin de la guerre.

— Il ment. Comme d'habitude. Ce qu'il voudrait, en fait, c'est que nous tombions ensemble au combat. Les armes à la main. Ça serait *tellement plus romantique* ! »

Depuis longtemps, et en fait dès ma plus tendre enfance, j'avais appris à ne pas me faire le messager des couples en bisbille. Ces deux-là, plus je leur parlais, plus j'en apprenais de l'un sur l'autre, et plus je sentais que la véritable nature de leur relation m'échappait. Jugeant plus prudent de changer de sujet, je lui demandai ce qui était arrivé à Bettjer, le radio, dont j'avais noté l'absence.

« Bettjer ? Il est hors service. Pour certains, le courage c'est un peu comme le sang. Nos réserves ne sont pas illimitées. À une époque, Bettjer a fait preuve d'un sacré courage, mais après un mois d'inaction, où il a eu tout loisir de cogiter sur ce à quoi il avait échappé, toute la peur qu'il n'avait pas ressentie jusque-là lui est tombée dessus d'un coup, comme un éboulement en montagne. Il va sans doute se descendre trois bouteilles de cognac en attendant notre retour. *Ainsi va la guerre !* » ajouta-t-elle d'un ton tragique.

L'évocation de Bettjer et de ses angoisses ouvrit la porte à ma propre anxiété. Pendant que nous marchions, ma nervosité n'avait cessé d'augmenter. À présent, tandis que Gita m'expliquait comment la peur avait mis Bettjer sur la touche, je me sentis en proie à d'effroyables doutes, que j'eus apparemment du mal à lui cacher.

« J'aurais mieux fait de me taire, dit-elle. Ou de vous parler d'autre chose. Ne vous inquiétez pas. Martin va veiller sur vous, comme sur nous tous. D'ailleurs, quand les choses sérieuses commenceront, vous n'aurez même pas à rester à découvert.

— Si je peux me rendre utile, j'aimerais y prendre part. Je ne veux pas être un gosse qu'on emmène au cirque.

— Ça, c'est à Martin d'en juger. Mais s'il vous y autorise, je suis sûre que vous vous en tirerez très bien, Dubin. Vous êtes un homme à principes, non ? Et les principes, c'est le principal ingrédient du courage. Quand on a des principes, on sait composer avec la peur.

— Moi qui pensais que vous doutiez de leur existence même !

— *Touché !* répliqua-t-elle, avec son espièglerie coutumière. Mais je n'ai jamais mis en doute leur pouvoir. J'ai seulement dit qu'il ne fallait pas croire que c'est la chose la plus essentielle, en ce monde. C'est une illusion que nous chérissons tous – parce que nous préférons les principes à l'abîme –, mais une illusion tout de même. Chacun doit donc faire preuve du plus grand discernement, quant à ce qu'il considère comme une affaire de principe. Personnellement, je n'ai que mépris pour les petits règlements tatillons qui décrètent du bien et du mal, dans les affaires de peu de conséquences. Mais bien sûr qu'il existe de vrais principes, Dubin. Les grands ! Ceux qui sont communs à la plupart de l'humanité. Et je suis sûre que vous les reconnaissez, vous aussi. » Elle me décocha un petit sourire et se risqua à me tapoter la main, d'un geste rassurant.

En avant, Martin s'était arrêté à la lisière d'un champ. Il fit à nouveau cliqueter son criquet pour demander le silence et Gita me fit un bref signe de la main avant de partir au pas de course pour regagner la place qui lui avait été assignée, en tête du groupe. Antonio se trouvait juste derrière moi. Nous l'avons suivie du regard, tandis qu'elle se hâtait de rejoindre Martin. Elle courait en jetant les jambes vers l'extérieur, dans un mouvement d'une surprenante féminité. Une fille vraiment unique en son genre – pas le moindre doute là-dessus.

« Qu'est-ce qu'elle est pour lui ? » demandai-je à brûle-pourpoint à mon compagnon.

Antonio partit d'un éclat de rire rocailleux, en secouant sa crinière noire, comme si je l'avais placé devant une éternelle question.

« Je pense qu'elle est sa lumière, répliqua-t-il. Parce qu'il lui suffit de la regarder pour se rappeler ce en quoi il croit. »

10

La Saline royale

Le 5 novembre 1944

Très chère Grace,

J'assisterai demain à ma première opération. Il serait trop compliqué de t'en expliquer le pourquoi et le comment (et mes explications tomberaient de toute façon sous le coup de la censure). Mais surtout, observe bien que j'ai employé le verbe « assister ». Je n'y participerai qu'en tant qu'observateur pendant une journée et, à la date où cette lettre te parviendra, je serai rentré sain et sauf, et je t'aurai déjà écrit pour te l'annoncer. Je veillerai à poster les deux lettres le même jour, pour ne pas te laisser le temps de te faire du mauvais sang. Je suis dans l'état que je m'étais figuré. J'ai l'impression que mon cœur tente de s'échapper de ma poitrine à chaque battement, et je doute de pouvoir trouver le sommeil. Mais, à tort ou à raison, j'aimerais être déjà demain.

Comme nous devons partir aux premières lueurs du jour, je vais terminer cette lettre en te rappelant combien je t'aime et combien je pense à toi.

David

*
* *

Le 7 novembre 1944

Chère Grace,

Me voilà de retour au QG, sain et sauf, comme prévu. Mais la déception que je m'inspire est trop vive pour t'en dire plus. Je t'écrirai un peu plus tard, dans la semaine.

David

La Saline royale, les mines de sel du roi, avait été fondée en 1779, en vue de mettre fin aux rivalités factieuses qui opposaient les sommités du clergé et l'aristocratie locale pour le contrôle de cette denrée. Le roi s'était proclamé propriétaire du sel produit en France, qu'il vendait aux négociants de toute l'Europe. Les ventes aux enchères se tenaient à Marsal, dans des greniers à ciel ouvert, sur les lieux de productions des précieux cristaux.

En envahissant la Lorraine, les nazis avaient investi ces mines dont les longues galeries, agencées en étoile, constituaient un lieu de dépôt idéal pour leurs munitions. La Saline avait fini par devenir leur principal entrepôt dans la région. L'édifice extérieur avait été conçu comme une véritable forteresse, ceinte de robustes remparts de brique et de grès, hauts de près de sept mètres, originellement destinés à décourager les voleurs. Elle était protégée au nord par la douve naturelle que constituait la Seille. Entreposés à plus de cent cinquante mètres sous terre, les stocks d'armes et de munitions, en majeure partie composés de pièces d'artillerie lourde et d'obus de gros calibre, étaient hors de portée de toute attaque aérienne. Une garnison allemande, stationnée dans les anciens bâtiments administratifs de la mine, se chargeait d'assurer la sécurité de l'ensemble.

Martin et son petit commando avaient donc été envoyés dans la région au début de l'automne avec pour mission de faire sauter le dépôt, mais l'opération avait été reportée à une date ultérieure à cause de l'arrêt des hostilités et du blocage des opérations militaires. Mais à présent, selon Martin, Londres lui avait donné ordre de mener sa mission à son terme. Entre-temps, les Allemands avaient continué d'alimenter leurs stocks, ce qui faisait de la Saline royale une cible d'autant plus attrayante.

Nous nous étions regroupés à un kilomètre et demi de la mine, dans une cahute de berger située dans le champ d'un fermier sympathisant. Assis à même le sol de terre battue, nous nous étions réunis autour de Martin qui, à la lueur d'une lanterne Coleman, nous expliquait le déroulement des opérations. Il avait sorti de sa veste de treillis un paquet de cartes à jouer qu'il avait alignées côte à côte, après avoir ôté une pellicule adhésive qui dissimulait le dos de chaque carte. Ainsi placées, les cartes formaient un plan détaillé de la mine et de ses environs. Nous avons échangé un sourire entendu, Biddy et moi. L'ingéniosité de l'OSS était à la hauteur de sa légende.

Il existait deux failles dans le système de protection de la Saline, nous expliqua Martin. La seule entrée prévue s'ouvrait vers le nord, par une porte monumentale, défendue par de lourdes grilles de fer derrière lesquelles étaient postés des soldats allemands. Côté ouest, la muraille s'arrêtait sur quelques mètres, pour laisser passer une voie ferrée qui s'enfonçait jusque dans les profondeurs de la mine. Cette voie, initialement prévue pour convoyer les chargements de sel, avait été conservée et aménagée pour le transport des armes et des caisses de munitions. À sa sortie des remparts, elle empruntait un viaduc qui enjambait la Seille pour rejoindre la voie principale, sur la rive ouest.

Une attaque terrestre contre la grille de la voie ferrée aurait été vouée à l'échec. Il était quasi impossible de traverser la rivière sans passerelle. Le mot « Seille » lui-même signifie « seau », et l'étroit cours d'eau devait son nom à la profondeur et à la rapidité de ses eaux grisâtres qui roulaient entre des rives abruptes. Même en période de grande crue, le niveau de la rivière restait toujours au moins trois mètres en dessous du sommet des murs de soutènement qui longeaient la rive, et dont les pierres disparaissaient sous les mousses et les plantes aquatiques. Plus ennuyeux, à l'endroit où les rails franchissaient les remparts, avaient été installées deux mitrailleuses MG42 de gros calibre, surveillées et manœuvrées par des équipes qui se relayaient jour et nuit. Ce qui n'empêcha pas Martin de poser la pointe de son crayon à cet endroit, sur la carte. Ce serait par là que nous attaquerions.

« *Merde,* fit Henri.

— *T'es malade, ou quoi !* s'exclama Christian en rigolant.

— J'ai trouvé un moyen, répliqua Martin, et il consulta tous les présents du regard, comme un maître d'école attendant la bonne réponse.

— Le train, lui suggérai-je.

— Bravo, Dubin. »

Je n'avais aucun mérite, connaissant ses antécédents. Les membres du syndicat des transports, pour lequel il avait si longtemps milité, manifestaient une telle solidarité envers la Résistance qu'à la veille du débarquement, les Allemands avaient dû reconquérir le réseau français de chemins de fer, en important près de cinquante mille cheminots allemands. Mais devant l'avancée des Alliés, la plupart de ces équipes civiles avaient été capturées, quand elles n'avaient pas spontanément déserté. Les gares et les entrepôts de la SNCF restaient très surveillés, mais les nazis n'avaient pas le choix. Ils en étaient à nouveau réduits à confier les trains à des équipes françaises, y compris dans les territoires toujours occupés.

Ce soir-là, les mécanos de la gare de Dieuze, qui se trouvait à quelques kilomètres vers l'est, diagnostiqueraient que la locomotive du train à destination de la Saline avait besoin de réparations et l'achemineraient vers les ateliers de mécanique, à l'autre extrémité de la gare, où elle arriverait en roulant au pas. À deux kilomètres de là, Antonio monterait à bord et prendrait la place du chauffeur et des autres membres de l'équipage, avant de continuer son chemin en direction de la Saline. Au matin, après l'opération, les membres de la Résistance locale ligoteraient l'équipage du train et le laisseraient dans des buissons, le long de la voie. Les cheminots n'auraient plus qu'à attendre d'être découverts et à déclarer qu'ils avaient été attaqués par une douzaine de saboteurs, quelque dix heures plus tôt…

Martin n'avait aucune inquiétude pour le bon déroulement de cette partie du plan. Si nous devions prévoir des problèmes, c'était plutôt du côté de la Saline. Si les Allemands venaient à s'apercevoir de quelque chose, ils feraient sauter ou bloqueraient le viaduc qui menait à la mine. Il fallait donc frapper vite et fort. Il y avait deux gardes qui contrôlaient le point d'aiguillage situé à deux kilomètres et demi de l'endroit où nous nous trouvions, avec pour mission d'empêcher les trains non autorisés de prendre la voie de la mine. Il faudrait les neutraliser vite et bien, eux aussi. Après quoi, il fallait attirer l'attention des Allemands de l'autre côté des remparts de la Saline, pour masquer le bruit de la locomotive à l'approche. Ce dernier point, Henri et Christian s'en chargeraient.

« Vous avez déjà vu ce genre de truc ? » Martin fit circuler autour de notre cercle un objet rond, kaki, de la taille d'une grosse pomme et marqué d'une inscription au stencil : T13. L'anneau qui en émergeait me porta à conclure qu'il s'agissait d'une grenade, mais nettement plus grosse que toutes celles que j'avais vues jusque-là.

« Ça s'appelle un *beano*. Il ne m'en reste plus que quelques-uns. C'est comme une grenade, mais avec un sacré atout : ça explose dès l'impact. Personne ne peut la renvoyer à l'expéditeur, s'en débarrasser d'un coup de pied ni la balancer dans la rivière. Et une fois dégoupillée, on peut la garder le temps nécessaire. Attention ! Je ne dis pas que je me baladerais avec ça dans la poche. Mais il m'est arrivé d'en tenir une à la main pendant plusieurs minutes. »

Les deux *beanos*, car il y en avait deux, étaient destinés à Christian et à Henri. Nous arriverions par le côté sud, en passant par les collines qui s'élevaient derrière la Saline, puis Christian et Henri continueraient seuls en direction de la grande grille d'entrée. Leurs M1 étaient équipés de lance-grenades capables de propulser une charge à une centaine de mètres. Ils viseraient les réservoirs de carburant qui alimentaient les véhicules de toute la garnison. Si le fuel prenait feu, tous les soldats du fort se précipiteraient pour combattre l'incendie qui menacerait de s'étendre en direction des bâtiments de bois aménagés à l'entrée des puits – et des tonnes de munitions qu'il recelait. Mais même si les deux résistants manquaient leur cible, il était plus que probable que les Allemands mobiliseraient tous leurs hommes disponibles pour passer au crible les collines environnantes. Entre-temps, la locomotive s'engagerait à pleine vitesse sur le viaduc et enfoncerait la barrière d'entrée, avant de foncer dans la mine. Il y avait de bonnes chances pour que l'impact de la locomotive avec les wagonnets chargés d'obus suffise à provoquer l'explosion, mais pour plus de sûreté, Martin avait prévu un sac de dynamite dont il allumerait la mèche avant de sauter du train.

Dans les couloirs de la mine, l'explosion déclencherait un gigantesque effet tunnel, les puits canalisant la force colossale de l'explosion sur toute la longueur des galeries. Si nous parvenions à franchir le sommet de la colline par laquelle nous étions arrivés, et à redescendre la pente de l'autre côté, nous avions toutes les chances de nous en sortir sans une égratignure. Martin s'abstint d'aborder le problème de sa propre sécurité, mais je voyais mal comment il pourrait s'en tirer, lui, puisqu'il devait rester à bord de la locomotive jusqu'au dernier moment, pour lui faire prendre le chemin du viaduc. Il avait prévu que Bidwell et moi, nous attendrions la fin des opérations quelque part sur la colline, de manière à garder une vue d'ensemble de ses activités. Après quoi, nous n'aurions plus qu'à courir jusqu'au sommet et à dévaler l'autre versant.

« Faites juste gaffe aux Boches, nous dit-il. Ils seront peut-être sortis, à ce moment-là, pour retrouver les saboteurs qui auront lancé les grenades. »

Le départ était fixé à 5 heures du matin, ce qui ne nous laissait que six heures de sommeil. Mais j'étais bien trop sur les charbons ardents pour pouvoir fermer l'œil.

Avant de s'endormir, Gita vint prendre de mes nouvelles. Elle craignait toujours de m'en avoir trop dit, sur Bettjer et ses problèmes.

« Tout va bien, l'assurai-je. J'aurai sans doute une pensée pour ceux que j'ai laissés aux pays, avant de m'endormir, et j'en aurai le cœur serré, comme tous les soldats avant la bataille. Mais je ne suis pas mécontent d'expérimenter ce qu'on peut éprouver dans ce genre de situation.

— Voilà au moins une chance que j'ai, fit-elle. Plus de famille. Plus de chez moi. » Elle enfonça un bâton dans le sol, d'un air méditatif. « Robert déteste parler de sa famille. Il dit que ça ne vaut rien à un soldat, de s'appesantir là-dessus. Mais d'un autre côté, il serait inhumain de chasser complètement tout ça de sa mémoire, n'est-ce pas ?

— Bien sûr », fis-je.

Elle n'avait pas levé les yeux. Elle sourit tristement, tout en continuant à retourner de petites mottes de terre.

« Je vous ai déjà dit que ma mère avait été exécutée pour avoir abrité des Juifs ?

— Non. J'ignorais que vous étiez la fille d'une héroïne.

— Alors là, pas du tout, fit-elle d'un ton définitif. Ma mère n'avait rien d'une héroïne. Elle l'avait fait pour de l'argent. Elle avait horreur des Allemands, bien sûr. Et elle craignait par-dessus tout qu'ils ne s'emparent de moi pour m'envoyer en Allemagne et me faire naturaliser allemande, comme ils l'avaient déjà fait pour des dizaines d'enfants polonais, dans ma propre ville. Mais un jour, à l'époque où les nazis commençaient à pourchasser les Juifs pour les déporter à Lublin, un certain Szymon Goldstein est venu la voir. Goldstein dirigeait une tannerie. Avant la guerre, il était riche comme Crésus et avait été l'amant de ma mère. Leur idylle s'était mal terminée, comme à peu près toutes les aventures de ma mère. Ils étaient restés à couteaux tirés, tous les deux – mais elle était la seule Polonaise de sa connaissance qui eût été assez folle pour accepter son argent. Il lui proposait une somme énorme, mais j'étais tout de même contre le projet. Sauf que ma mère a toujours refusé de faire ce que les autres considéraient comme raisonnable...

« Une nuit, Goldstein, sa femme et leurs quatre enfants se sont faufilés secrètement dans notre minuscule bicoque pour venir s'installer dans notre grenier. Pendant les quelques semaines où ça a duré, nous composions une étrange maisonnée – ma mère vivant sous le même toit que Mme Goldstein, qui l'accablait de son mépris. Et nous entendions ces six personnes trottiner au-dessus de nos têtes, comme autant de souris qui auraient élu domicile dans nos murs. Et puis ils ont été dénoncés. Les nazis avaient capturé un autre Juif qui se cachait dans les bois et qui leur a donné Goldstein, dans l'espoir de sauver sa propre peau. Les SS ont débarqué dans la maison, ils ont trouvé ma mère et les

Goldstein, et les ont aussitôt abattus. Ce jour-là, j'étais allée chercher du charbon. En rentrant, j'ai trouvé leurs sept corps abandonnés en tas devant la porte, pour dissuader quiconque aurait été tenté de suivre leur exemple.

« Depuis, j'ai souvent pensé que si j'étais revenue à temps, j'aurais peut-être pu les sauver. Comment, je n'en ai aucune idée. On me dit fréquemment que j'ai eu de la chance d'échapper à leur sort, mais peut-on penser à une telle horreur avec le sentiment d'avoir eu de la veine ? » En parlant, elle n'avait cessé de creuser le sol du bout de son bâton. « Alors Dubin, qu'est-ce que vous en dites ?

— J'en dis que c'est une triste histoire. Et que j'en ai le cœur serré pour vous.

— Oui. » Elle garda un moment le silence puis finit par jeter son bâton de côté. « Et voilà, nous avons tous deux évoqué nos souvenirs d'avant – d'avant que nous ne soyons devenus soldats ! » Elle me prit la main une seconde, avant de regagner son sac de couchage.

Je lui étais reconnaissant de m'avoir raconté cette histoire, qui me rappelait de façon si poignante contre quoi nous nous battions – mais cela ne risquait pas de m'aider à trouver le sommeil. J'observai donc Martin occupé à préparer son sac de dynamite. Il me tendit une bouteille de cognac où je prélevai une grande rasade, dans l'espoir que l'alcool finirait par m'assommer. Martin avait manifesté l'intention de terminer la bouteille, ce qui ne me semblait pas la chose la plus judicieuse, vu les circonstances, mais il continua son ouvrage d'une main sûre. C'était seize blocs de TNT pesant chacun plus d'une livre, emballés dans de la sciure. Martin avait entrepris de les lier ensemble autour d'un détonateur, mais il devait préparer la mèche. Il s'était donc installé à l'extérieur pour allumer des mèches de diverses longueurs, dont il chronométrait la mise à feu. Il avait prévu de suspendre les sacs de dynamite aux fenêtres de la locomotive pour donner à l'explosion le maximum d'effet. Mais évidemment, le timing jouait un rôle essentiel. Si le détonateur partait trop tôt, l'explosion ferait dérailler la locomotive et la précipiterait dans la Seille ; s'il partait trop tard, cela laisserait aux Allemands le temps d'éteindre les mèches. Je lui tins l'extrémité des mèches, en regardant les flammèches incandescentes gagner de proche en proche. « Deux mètres quatre-vingt-cinq ! » décréta-t-il enfin. Cela lui laisserait un peu moins de quatre minutes pour prendre le large. Lorsqu'il eut achevé de tout ficeler, il glissa délicatement l'ensemble dans un sac de toile kaki.

« Il est grand temps d'aller roupiller un peu, fit-il en m'envoyant une claque dans le dos. Ça, c'est du suspense, hein ?

— Major, lui dis-je. J'aimerais pouvoir en faire davantage pour vous aider.

— Mais vous tenez parfaitement votre rôle, Dubin : vous êtes venu en tant qu'observateur.

— Entre nous, major, si quelque chose venait à capoter, je doute que les Allemands fassent la différence. Autant vous filer un coup de main.

— On verra ça. Pour l'instant, tâchez de dormir. » Il me sourit. « Demain matin, si vous y tenez, vous pourrez m'aider à porter ce sac – et il pèse son poids. »

Biddy avait apporté pour nous deux une tente où il faisait régner un ordre draconien, ce qui, en l'espèce, ne laissa pas de me surprendre. Je me considérais comme un type plutôt soigneux, mais là, Biddy avait fait très fort : il avait rangé nos godillots, nos armes et nos paquetages, au millimètre. Pendant toute mon enfance, j'avais dormi avec mon frère dans un coin de la cuisine de mes parents. Je m'attendais donc à me sentir presque chez moi, dans la promiscuité des dortoirs des appelés. Mais une fois de l'autre côté de l'Atlantique, j'avais découvert que, tandis que les officiers bénéficiaient de conditions de vie plus que confortables, les appelés devaient se contenter de dormir par tranche de huit heures sur des couchettes de toile suspendues en enfilade entre des poteaux, tous les soixante centimètres, comme des étagères. Leurs dortoirs étaient serrés comme les alvéoles d'une ruche, ce qui rendait leur bonne humeur d'autant plus remarquable – et d'autant plus enviable.

Je crapahutai dans la tente, le temps d'y retrouver le stylo et le bloc à lettre que j'avais laissés dans ma veste de treillis. Je voulais écrire à Grace et à mes parents à la lueur du feu. Il était plus que probable que le courrier ne serait jamais acheminé, si les choses venaient à mal tourner, mais je me sentais obligé de sacrifier à ce rituel. Cela fait, je me glissai à quatre pattes dans la tente. Je n'avais pas fait le moindre bruit, mais Bidwell ouvrit les yeux.

« Je peux vous parler, lieutenant ? » Bidwell appliquait rarement les finasseries de l'étiquette militaire… « Eh bien, mon lieutenant, j'ai bien peur que nous nous soyons mal compris, cet après-midi. Et ça m'a donné à réfléchir – vous savez, pour ce soldat noir qui m'avait abordé et à qui j'ai pas voulu répondre ? Ça n'était sûrement pas parce que je me trouvais supérieur à lui, lieutenant. Ça, sûrement pas – et même encore moins que ça. Non, c'était juste qu'il connaissait mon père et ma mère et qu'il voulait me raconter un truc qui s'était passé chez moi, une discussion dont je préférais ne rien savoir. Mais je vous jure que ça n'était pas du tout à cause de sa couleur de peau – ça, sûrement pas ! »

Cet incident n'avait pas été le seul, mais ce n'était ni le lieu ni l'heure d'engager ce genre de débat.

« J'aime mieux ça, Biddy.

— Bien, mon lieutenant. »

Et tout fut dit.

11

Action

Cette nuit-là, j'ai rêvé de musique. À mon réveil, Biddy était déjà debout et remballait son paquetage. Je vins lui donner un coup de main pour démonter la tente.

« J'ai rêvé que je jouais de la clarinette.

— Parce que c'était votre instrument, ce bon vieux "bâton de réglisse[1]" ?

— Eh oui. Maintenant, il ne doit plus me rester grand-chose sur le plan technique, mais à l'époque, j'étais convaincu d'être le nouveau Benny Goodman, Gideon – sauf qu'évidemment, il n'y avait guère que moi pour le penser ! »

Il a éclaté de rire et nous nous sommes mis à parler musique. Je lui ai demandé quels étaient ses musiciens préférés.

« Le Duke, répondit-il. Je le trouve vraiment sensass... Vous aviez monté un groupe, lieutenant ? »

Et au cœur de ces collines lorraines, quelques heures avant cette opération où, pour la première fois depuis mon arrivée sur le sol français, j'allais courir un vrai risque, délibérément choisi, je sentis souffler la brise tiède de ces nuits estivales, à l'époque où nous tapions

---

1. *Licorice stick* – l'un des sobriquets de l'instrument (*NdT*).

le bœuf sous la véranda de Mo Freeman. Les premiers temps, les voisins avaient un peu râlé, mais au fil des semaines, comme notre ensemble prenait de l'assurance, nous les avons peu à peu convaincus et nos sessions ont fini par rassembler autour de nous une petite foule d'amateurs.

« *Killer-diller !* » fis-je. C'était le compliment que nous nous décernions mutuellement, après nos impros les plus réussies. « Mais ça fait des années que je n'ai pas joué.

— Qu'est-ce qu'il est devenu, votre groupe ?

— Eh bien, disons que la vie nous a séparés. J'ai été reçu à Easton et je suis parti. Cette bourse, Mo l'aurait méritée plus que moi, mais il était noir. Mais finalement, je crois que les choses ont plutôt bien tourné, pour lui. Je l'ai revu juste avant d'être mobilisé – vous savez, comme nous tous, j'ai fait la tournée des gens à qui je voulais laisser un souvenir, au cas où je ne reviendrais pas. Mo était en médecine. Ils n'étaient que deux Noirs, dans sa promo. Il venait de passer ses examens les plus difficiles et à l'heure où je vous parle, il doit être médecin. Il m'a raconté en rigolant que le conseil de révision n'avait su que faire de lui. Pour rien au monde ils n'auraient pris un Noir comme toubib, dans les hôpitaux militaires. S'il est quelque part dans le secteur, ce doit être comme simple troufion, dans un bataillon noir. Et ça, Biddy, c'est une sacrée injustice.

— Ça oui, mon lieutenant. C'en est une. Sûrement, que c'est pas juste ! » J'avais du mal à croire que j'aie pu faire un converti en l'espace d'une nuit, mais il semblait sincère.

Antonio était parti depuis plus de deux heures. Notre petit groupe se mit en route peu après 5 h 30 du matin. Nous marchions en silence, le plus discrètement possible, dans une succession de vallons et de collines. À un moment, comme nous nous arrêtions pour reprendre souffle, Henri a pointé le doigt sur un nid de cigognes plus gros qu'un panier de moissonneur que nous apercevions, dans le clair de lune. Les échassiers avaient élu domicile sur le toit d'une ferme, non loin d'un petit lac.

À mi-pente de la dernière colline, celle qui nous masquait la Saline, nous avons laissé Henri et Christian continuer seuls, après leur avoir souhaité bonne chance. « *Merde !* » nous répondit Henri – au cours des douze heures que je venais de passer en sa compagnie, je ne crois pas l'avoir entendu prononcer un seul autre mot. Dans la pénombre d'avant l'aube, ils iraient se poster sur un autre coteau, situé au nord de celui où nous nous trouvions. De jour, les sentinelles allemandes patrouillaient le long des remparts de la forteresse, mais de nuit, il n'y avait que quelques soldats qui montaient la garde, dans des miradors. Si Christian et Henri parvenaient à passer sans attirer l'attention, il leur suffirait de balancer leurs grenades et de déguerpir. Les murailles elles-mêmes les protégeraient des soldats, qui mettraient un bon moment à sortir du fort.

En guise de signal pour eux, Martin actionnerait le sifflet de la locomotive : un seul coup, qui leur indiquerait que les deux sentinelles du poste d'aiguillage étaient neutralisées. Les Allemands ne prêteraient guère attention à ce coup de sifflet qui leur parviendrait de la voie principale, et une minute plus tard, les grenades exploseraient parmi les greniers à sel.

Désormais privé de ses guides, Martin enfonça l'un des boutons de la veste d'uniforme qu'il portait sous son treillis, révélant une boussole fixée juste sur sa poitrine et montée à l'envers, de façon à ce qu'il puisse consulter d'un coup d'œil son cadran phosphorescent. Jusque-là, j'avais été trop absorbé par mes propres appréhensions, pour rester très concentré sur le but de ma mission. Mais à présent que j'avais sous les yeux tous ces ingénieux gadgets dont l'OSS avait équipé le major et son groupe, et que je pouvais constater *de visu* à la fois le haut niveau de préparation de son plan et la coopération dont il bénéficiait de la part de la Résistance locale, je ne pouvais plus douter de sa bonne foi. Martin n'avait pu agir que sur ordre de l'OSS. Qu'il ait été aveuglé par des préjugés politiques ou par son orgueil, ou simplement victime d'une erreur de communication, dans ce grand nuage de fumée qu'était la guerre, Teedle s'était tout bonnement trompé.

Depuis le départ de nos deux compagnons, Martin et Gita semblaient plongés dans un recueillement que je ne leur connaissais pas. Ils avaient pris la tête du groupe et marchaient droit devant eux, sans desserrer les dents, tandis que nous gravissions la pente. De temps à autre, Martin tirait de son sac une bandelette de tissu qu'il nouait à un buisson d'aubépine ou à une branche basse, pour marquer notre chemin de retour. Je n'aurais su dire si c'était parce que le ciel commençait à s'éclaircir, à quelque chose comme une heure de l'aube, ou si c'était juste que mes yeux s'habituaient à l'obscurité, mais j'apercevais à présent de petites nappes de brouillard, juste sous le couvercle des nuages. Lorsque nous avons pris pied sur la ligne de crête, Martin a tendu la main pour prendre le sac de dynamite que tenait Biddy. Au début du trajet, j'avais péniblement parcouru quelques centaines de mètres en le trimbalant, mais Biddy avait fini par me l'ôter des mains et l'avait porté jusque-là en le balançant à bout de bras, comme s'il ne pesait guère plus lourd qu'un panier à pique-nique.

« Messieurs, fit Martin. C'est ici que nos chemins se séparent. Je vous conseille de continuer à descendre sur une centaine de mètres et d'aller vous poster en contrebas, pour être aux premières loges, lorsque les opérations s'enclencheront. Et surtout, faites gaffe aux Boches.

— Et si nous voulions vous aider ? » lui demandai-je.

Martin haussa les épaules, comme si c'était le cadet de ses soucis. « Je suis sûr que Gita sera ravie d'avoir des renforts. Vous remplacerez Bettjer. »

Du regard, je consultai Biddy, dont le diagnostic ne se fit pas attendre : « J'ai dans l'idée qu'on sera mille fois mieux avec des gens qui savent ce qu'ils font que tous seuls, ici, en pleine nature. »

Martin ne parut pas autrement surpris de notre réponse. Non pas qu'il nous ait jugés hors du commun, Biddy et moi, mais justement parce que nous ne l'étions pas. C'était un coup de chapeau à nos hommes, qui auraient presque tous fait le même choix.

Avant de nous tirer sa révérence, Martin détacha la bride de mon casque.

« Gardez surtout pas ce truc-là sous le menton au moment où ça pétera, Dubin ! C'est un coup à vous faire étrangler. Ne vous éloignez pas de Gita, ajouta-t-il. Et suivez bien ses directives. »

Notre mission consistait à couvrir Martin. Nous lui avons emboîté le pas à quelques mètres de distance, en descendant la pente. Au pied de la colline, nous nous sommes retrouvés dans le vallon, à proximité des berges de la Seille, à quatre ou cinq cents mètres au sud du poste d'aiguillage. La voie ferrée filait droit devant nous. Nous l'avons traversée en courant, un à un, avant de plonger dans les broussailles de la rive. Gita était immédiatement derrière Martin et je la suivais, Biddy fermant la marche. Notre progression était ralentie par la végétation. Nous n'avancions plus que mètre par mètre. Martin écartait les branches comme s'il poussait un lourd rideau. Je n'échappais pas aux épines qui s'accrochaient à mes vêtements et me labouraient le visage. Une fois ou deux, je trébuchai et m'affalai sur le sol détrempé. Nous avions crapahuté dans les fourrés pendant près d'une demi-heure, lorsque Martin s'arrêta net, la main levée.

Il avait aperçu les deux sentinelles allemandes qui gardaient le poste d'aiguillage – des gamins, à première vue. Ils s'étaient installés sur des caisses de munitions pour taper le carton et jouaient des cigarettes, en poussant à chaque tour des bordées de jurons. Ils étaient en uniforme, coiffés de leurs casques vert de gris, et portaient leurs fusils dans le dos, en bandoulière – ce qui nous laisserait juste le temps de les mettre hors d'état de nuire, avant même qu'ils n'aient pu épauler. À nous quatre, nous avions l'avantage du nombre.

Martin se mit à parler avec les mains et nous traça son plan dans l'air. Il allait continuer dans les broussailles jusqu'à ce qu'il soit passé derrière les deux gardes. Lorsqu'il surgirait des buissons en leur donnant l'ordre de se rendre, nous interviendrions à notre tour, pour les cerner.

Martin n'avait pas fait dix pas dans les fourrés qu'il s'arrêta à nouveau. Les soldats n'avaient pas levé le nez de leur jeu, mais une seconde plus tard, j'entendis le bruit qui avait attiré l'attention de Martin – le grondement métallique d'une locomotive à l'approche.

Les deux Allemands l'entendirent, eux aussi, et sautèrent sur leurs pieds en empoignant leurs fusils. J'aurais pensé qu'ils avaient prévu une routine bien établie pour contrôler les trains qui passaient, mais ils semblaient pris de court et s'enguirlandaient mutuellement, hésitant sur la conduite à tenir. L'un d'eux partit au grand galop le long de la voie, ce qui l'amena à quelques mètres de notre cachette, dans les buissons. Il courait en direction du grondement de la locomotive qui nous demeurait invisible, cachée par le pied de la colline. L'autre avait mis le cap sur sa radio, tout en observant son camarade par-dessus son épaule, et se dirigeait droit vers l'emplacement où Martin l'attendait, dans la végétation du bas-côté.

Martin lui régla son compte en un clin d'œil – effectivement, comme le suggéraient ses anecdotes, il n'en était pas à son coup d'essai. La première fois que le garde se retourna tout à fait, pour voir ce que faisait son camarade, Martin sortit des buissons en se déplaçant de biais et à croupetons, autant pour amortir les bruits de ses pas, que pour rendre sa présence moins détectable, au cas où il se serait tout de même fait entendre. Arrivé près du soldat, il jeta un gravillon, pour attirer son attention droit devant lui. Le soldat avait levé son fusil dans cette direction, lorsque Martin lui tomba dessus par-derrière. Il lui passa autour du cou un fil de fer qu'il resserra de toutes ses forces, entraînant l'homme vers la caisse qui lui avait servi de siège. Un genou appuyé dans son dos, Martin lui donna le coup de grâce. Le seul bruit audible fut celui des grosses bottes de l'Allemand qui martelaient le sol durci par les dépôts de sel.

J'avais vu les cadavres dépecés, éviscérés ou démembrés que l'on déchargeait par camions entiers à l'antenne de la Croix-Rouge, à Nancy, et j'étais tombé sur des corps, ici ou là, tel celui que nous avions croisé au cours de notre promenade avec le colonel Maples, mais je n'avais assisté qu'une seule fois à la mort d'un homme, un jour où j'avais été délégué à une pendaison, comme représentant de notre service. J'avais détourné le regard dès que j'avais entendu claquer le ressort de la trappe. Mais j'étais à présent frappé par l'abîme qui séparait la réalité et l'idée que je m'en faisais. En dépit de tous nos efforts pour éviter de penser à cet ultime instant vers lequel tendait toute notre vie, comme nous le savions tous, c'était ainsi. Cruel, mais bref. La mort était une chose bien plus ordinaire que je ne l'imaginais. Et tandis qu'il essuyait son fil de fer sur ses gants, avant de le faire disparaître dans la poche intérieure de son treillis, Martin me parut pénétré de cette vérité, comme s'il avait été hors de portée de ce qu'il venait d'accomplir.

Il se contenta de nous faire signe d'avancer, tandis qu'il partait au pas de course le long de la voie, en direction de la locomotive. Quand nous sommes arrivés, l'autre soldat gisait à terre, le visage en sang. Antonio avait stoppé la locomotive sur son ordre, puis l'avait frappé au visage avec une clé à mollette, tandis qu'il montait à l'échelle de la cabine. De sa gorge s'échappait un râle grave, rocailleux, qui semblait prendre source très bas dans sa poitrine. À le voir, on ne pouvait penser qu'il survivrait, mais Martin enfourna une poignée de feuilles dans la longue plaie qui avait été sa bouche et le ligota à l'aide des lacets des bottillons de cuir qu'il portait sous ses guêtres.

Puis nous sommes restés un moment silencieux près du monstre d'acier qu'Antonio venait de détourner avec l'aide de ses amis de la Résistance. La locomotive était haute comme quatre hommes et mesurait près de trente mètres de long, avec ses six séries de roues d'acier, polies par le frottement des rails et sa grosse chaudière noire, montée juste derrière les phares de devant. La turbine était visible, à la différence de celles des trains américains, mais nous n'avions guère le temps de l'admirer. Sur un geste de Martin, Gita partit au pas de course tandis que nous sprintions derrière elle, Biddy et moi. En jetant un dernier regard par-dessus mon épaule, je vis Antonio et Martin qui s'étaient accrochés à l'aiguillage et pesaient de tout leur poids pour le faire basculer.

Nous avons rebroussé chemin le long de la rivière, aussi vite que nous le permettait la végétation du sous-bois. Une centaine de mètres plus loin, derrière un coude de la colline, nous avons à nouveau traversé la voie pour grimper à flanc de coteau, d'abord à quatre pattes, jusqu'à un sentier qui grimpait en pente abrupte le long de la ligne de crête.

Trois ou quatre minutes après avoir quitté Martin, nous avons entendu s'élever la longue plainte rauque de la locomotive. Le train arrivait. J'ai compté jusqu'à soixante et nous avons pris nos jambes à notre cou. Les détonations des grenades lancées par Henri et Christian ne se sont pas fait attendre. Nous étions toujours assez près de la mine pour entendre les cris épouvantés qui fusaient de toutes parts dans la garnison allemande, sur un fond de ululements de sirènes. Les lueurs de l'explosion coloraient les nuages les plus bas. Nous avons continué à grimper jusqu'à ce que nous puissions voir le fort du dessus – et plus loin, à deux cents mètres de la grille d'entrée réservée à la voie ferrée que Martin se préparait à faire sauter, le viaduc. Une seule des deux mitrailleuses semblait être opérationnelle. Derrière les hautes murailles, on voyait s'élever par intermittence des gerbes de flammes rouges et dans la lumière, nous apercevions le flux grouillant des soldats qui, telle une fourmilière en alerte, se déversait dans cette direction.

La locomotive s'engagea alors dans la dernière courbe. Elle était lancée à quinze kilomètres heure tout au plus et bringuebalait sur la vieille voie ferrée. Les trois hommes chargés de la mitrailleuse s'étaient retournés pour regarder l'incendie, mais l'un d'eux entendit le bruit du train à l'approche. Il fit un pas en direction du viaduc, les mains aux hanches, dans l'attitude d'un simple badaud ; mais, passé cette première seconde de battement, il fit demi-tour et courut vers ses camarades, en agitant les bras comme un forcené. Il avait brusquement fait le lien entre les grenades et cette locomotive qui fonçait droit sur eux.

Depuis mon poste d'observation, j'eus un instant de panique en pensant à ce qui arriverait si les hommes à la mitrailleuse avaient la présence d'esprit d'ouvrir le feu sur la voie ferrée. La grosse MG42, avec ses neuf cents balles minute, aurait probablement pu endommager les rails au point de faire dérailler le train, voire de le précipiter dans la Seille. Mais les Allemands ne semblaient pas avoir envisagé cette possibilité. Ils se préparaient à repousser l'assaillant de façon plus directe. L'un des soldats releva la MG42 sur son trépied, tandis que celui qui allait tirer mettait son casque. Le troisième s'affairait autour des munitions. Près de nous, Gita épaula son M1 et du menton, nous fit signe de nous écarter. Avant même que les soldats aient pu ouvrir le feu, nos balles se sont mises à pleuvoir sur eux. Il nous a fallu un certain temps pour ajuster la portée de notre tir, et tout à coup, les soldats nous ont repérés, et ont fait pivoter leur mitrailleuse vers nous. Tétanisé par la peur, je vis le long canon noir qui venait s'aligner juste dans ma ligne de tir, et je me mis à canarder avec frénésie, jusqu'à ce que l'une de nos balles, l'une des miennes peut-être, finisse par abattre l'artilleur. Les trois autres décampèrent aussitôt, et battirent en retraite vers l'abri de la muraille, en traînant derrière eux leur camarade.

J'ai abaissé ma carabine, le souffle court et le cœur battant à tout rompre. Voilà. Cette fois, j'y étais. En plein dedans. L'importance de ces quelques instants décisifs, si lourds de conséquences, me faisait vibrer de la tête aux pieds – mais en même temps, cette seconde de réflexion m'avait suffi pour détecter en moi un premier murmure de déception. En contrebas, la locomotive achevait de franchir le viaduc. On aurait cru voir une grosse poule se dandiner en direction du tunnel. Par la fenêtre de la cabine, nous pouvions deviner l'étincelle de la longue mèche qui se consumait.

C'est alors que je vis surgir Martin. Il alla rouler le long du petit sentier qui courait entre la rivière et la haute muraille de la Saline, laissant la locomotive continuer seule sur sa lancée. Puis il sauta sur ses pieds et partit à toutes jambes en sens inverse, le long de la voie, en profitant de la masse d'acier qui le dissimulait. Une fois à l'abri de la courbe du mur, il passa son sac de toile en bandoulière et en tira deux cordes terminées par des grappins qu'il fixa à la fourche de deux jeunes arbres, et dont il se servit pour descendre en rappel jusqu'à la rivière. Là, il escalada le muret de soutènement de la berge, d'où il plongea sans une seconde d'hésitation, et disparut dans les eaux sombres.

J'entendis soudain un coup de feu, sur ma gauche. Je fis la grimace avant de reconnaître la voix de Biddy, qui criait. Il s'était remis à tirer, ainsi que Gita. Un soldat était revenu prendre position derrière l'autre MG42. J'épaulai à mon tour. Avec le recul du coup, ma crosse dérapa et vint heurter douloureusement ma joue ; mais en contrebas, le soldat eut vite fait d'abandonner son poste pour courir se mettre à l'abri derrière la muraille. Un autre avait refermé la lourde grille de fer, mais elle n'était pas de taille à arrêter la locomotive, qui la balaya et poursuivit sa trajectoire en direction de la mine. D'un cri, Gita nous intima l'ordre de déguerpir.

Dès que nous eûmes franchi la ligne de crête, elle mit un genou à terre et, recroquevillée, se laissa rouler le long de la pente. Je voulus l'imiter, mais terminai ma course contre un arbre, tandis que Biddy se laissait dévaler la pente en rebondissant, comme un bloc de rocher. Je me suis élancé vers lui, mais j'ai trébuché et, comme je dégringolais la tête la première, j'ai fini par accomplir ce que j'avais vainement tenté de faire, roulant tant bien que mal jusqu'au pied du coteau.

Je n'étais encore qu'à mi-pente, lorsque j'ai entendu l'écho d'un énorme grondement métallique, qui nous parvenait canalisé et amplifié par le tunnel. La locomotive avait percuté les wagonnets chargés de munitions. En réalité, il dut y avoir au moins deux détonations distinctes – celle du sac de dynamite, puis celle des obus. Mais j'eus la sensation d'un seul rugissement, un ébranlement formidable qui illumina tout le secteur comme en plein soleil. L'explosion projeta vers les collines un souffle brûlant qui me souleva de plusieurs mètres, pendant plus d'une seconde, avant de me faire atterrir en catastrophe. Derrière le sommet de la pente, je vis s'élever d'énormes colonnes de flammes qui montaient à l'assaut du ciel et, à quelques mètres de nous, une pièce d'acier noire, plus tordue qu'un tire-bouchon, qui avait dû être arrachée à la locomotive, vint se ficher dans le sol comme une flèche. Pour une raison qui m'échappait, une vive douleur me cisaillait le genou.

« Abritez-vous ! » me cria Biddy. J'avais perdu mon casque, dans ma chute. Je l'aperçus à mi-pente, un peu plus haut, mais nous étions pris dans une avalanche de fragments de roc, de terre et de métal brûlant qui se déversa sur nous pendant près d'une minute. On voyait passer des branches et des éclats d'obus qui fendaient l'air avec de longs sifflements. Puis ce fut un véritable déluge : les eaux de la rivière retombaient, mêlées de la boue arrachée à la rive. Et enfin, il se mit à pleuvoir de la sciure et des débris de feuilles. J'allais réussir à récupérer mon casque, lorsqu'une seconde explosion me renvoya d'où je venais. Cette fois, le choc fut moins violent, mais la gerbe de flammes s'éleva encore plus haut dans le ciel et la pluie de débris brûlants dura encore plus longtemps.

J'étais toujours à quatre pattes, la tête cachée dans les mains, lorsque Gita m'envoya une claque sur les fesses et, comme je sautai sur mes pieds, elle partit d'un grand éclat de rire : « *Allons-y !* » fit-elle, en dévalant la colline.

Biddy était déjà loin. Je dus piquer un sprint pour le rattraper. Il était remarquablement rapide pour un type de son gabarit, mais manquait quelque peu d'endurance. Ayant conservé une fraction de ma longueur de souffle de nageur, je finis par le distancer, mais je n'étais pas de taille à me mesurer avec Gita, qui se faufilait dans le sous-bois avec l'agilité d'un renard. Nous nous repérions aux bandelettes que Martin avait semées à l'aller. À la lisière d'un petit bois, elle s'arrêta et scruta les environs, à l'affût de la moindre présence ennemie. Mais, nous étions tous trois bien placés pour savoir que le souffle de ce torrent de feu qui avait jailli de la mine comme de la gueule d'un dragon n'avait pas dû laisser âme qui vive dans la garnison. Biddy nous rejoignit et tâcha de reprendre souffle, les mains sur les cuisses et le dos courbé.

« Et Martin ? demandai-je à Gita, lorsqu'elle nous fit signe que nous étions hors de danger.

— Il ne faut jamais s'inquiéter pour Martin, dit-elle. C'est un principe.

— Parce qu'il s'en sort toujours ?

— Parce qu'il y aurait de quoi y laisser sa santé mentale. *Tiens, regarde qui arrive !* » Henri et Christian étaient apparus à l'autre bout du champ. Ils semblaient tellement gais, tellement libérés de leur morosité habituelle, que j'eus quelque peine à les reconnaître. Ils avaient dû cacher leurs carabines quelque part et arrivaient vers nous à grands pas, les bottes pleines de boue, dans leurs bleus de travail crottés. Ils nous décochèrent de grands sourires (ce qui me permit de noter au passage qu'Henri avait perdu la plupart de ses dents de devant) et commencèrent par serrer Gita dans leurs bras. Puis ce fut notre tour, à moi et à Biddy. Je me sentis presque soulevé du sol par la poigne puissante d'Henri et, ainsi isolé dans la tiédeur musquée de son accolade, j'éprouvai mes premiers frissons de fierté devant l'ampleur de ce succès, auquel j'avais bel et bien apporté ma pierre, si modeste fût-elle.

« *On leur en a fait voir !* » s'exclama Henri.

Le chemin était libre, précisèrent-ils. À la cabane, ils avaient allumé un feu et rempli une bonbonne à une source qui coulait à proximité. Nous nous sommes tous assis autour des braises pour nous réchauffer, en attendant le retour d'Antonio et de Martin, et nous avons entrepris de nous raconter les détails de l'opération, selon nos différents points de vue, en un fouillis de répliques entremêlées. Chaque étincelle de nos souvenirs communs nous faisait hurler de rire, mais la seule chose qui fût vraiment réjouissante, dans tout cela, c'était que nous étions sains et saufs.

Lorsque je fus un peu réchauffé, je remontai la jambe de mon pantalon de drap pour regarder ce que j'avais au genou. L'entaille n'était pas très large, trois centimètres à peine, mais elle semblait profonde. On aurait dit un petit sourire qui s'incurvait au milieu d'une grosse ecchymose violacée. Je n'avais pas la moindre idée de la façon dont ça m'était arrivé. Lorsque je tirais sur les bords de la blessure, cela ne semblait pas éveiller la moindre sensation douloureuse, comme si toute la zone avait été insensibilisée.

« Vous croyez que ça lui vaudra un Purple Heart ? » demanda Gita à Biddy, lorsqu'elle me vit examiner la plaie. J'avais sorti de ma poche de treillis mon kit de premiers secours et Gita vint m'aider à nettoyer la blessure avec un tampon de gaze. Puis elle la recouvrit de poudre de sulfamide et se servit du reste de la gaze pour le pansement. Comme elle me bandait le genou, elle me promit que dans une semaine tout au plus, je pourrais retourner danser aux Folies-Bergère.

« Vous m'avez l'air d'une excellente infirmière, Mademoiselle Lodz. Où avez-vous appris votre métier ?

— À Marseille. À l'hôpital. Je me suis formée sur le tas, en regardant.

— Et c'était la vocation de soigner, qui vous avait attirée à l'hôpital ?

— Alors là, pas du tout ! s'esclaffa-t-elle. Je venais surtout piquer de l'opium. » Elle eut un sourire impérial. Si Gita Lodz aimait choquer, elle avait trouvé en moi la cible idéale.

« Vous avez été toxicomane ?

— Quelque temps. Pour supporter la douleur. Mais je vendais surtout aux opiomanes. La guerre est une catastrophe, pour ces gens, Dubin. Et moi, j'avais trouvé le moyen de vivre de leur désespoir – jusqu'à ce que je rencontre Robert. Mais entre-temps, j'étais devenue infirmière. J'ai ce qu'il faut, pour ce métier : du cœur et de l'estomac. Même quelqu'un qui, en pleine forme, me ferait frémir d'horreur, aurait une chance de m'émouvoir, s'il tombait malade.

— N'est-ce pas un paradoxe ? Comment peut-on être à la fois soldat et infirmière ? »

Ses épaules menues se soulevèrent en un geste d'indifférence.

« Je vous ai déjà dit, Dubin : je ne me bats ni pour tuer, ni pour conquérir.

— Pourquoi, alors ? »

Elle abaissa ma jambe de pantalon en la lissant du plat de la main, jusqu'à ma botte. Puis elle s'assit en face de moi.

« Tout ce que je peux vous dire, c'est la façon dont ça s'est passé pour moi, Dubin. J'ai pris les armes contre les nazis parce qu'ils ont tort et que nous avons raison. Ils doivent perdre. Mais ce que je combats, c'est avant tout la mort. Je la vois au bout du canon de chaque flingue, sur le visage de chaque Boche, et quand on les fait reculer, je me dis chaque fois : "Aujourd'hui, je peux vivre. J'ai gagné ce droit de haute lutte." Vous voyez ce que je veux dire ? » Elle ponctua sa phrase d'un petit frétillement de sourcils cocasse, mais ses yeux avaient plongé dans les miens, toujours aussi noirs, avec une acuité mortelle. Elle devait avoir le sentiment de me livrer là une vérité essentielle, mais je ne pouvais pas la saisir. Pour l'instant, tout mon corps vibrait de la joie d'être toujours en vie, comme si mes forces s'étaient soudain trouvées décuplées.

« Je crains de n'avoir pas toute la subtilité nécessaire pour vous comprendre, mademoiselle.

— Mais non, mon petit Dubin. Ça n'a rien à voir avec vos facultés intellectuelles ! » Elle s'était levée, un fin sourire aux lèvres. « C'est juste que, jusqu'ici, vous avez eu une sacrée veine. »

Selon le plan, nous ne devions pas quitter la cabane avant d'être tous réunis, et tant que le réseau local ne pourrait assurer notre sécurité sur le chemin du retour. Christian alla voir à la ferme s'ils avaient des nouvelles.

« Tout a l'air calme », dit-il en revenant.

Les divisions de Patton gagnaient du terrain. Quant aux Allemands, ils avaient autre chose à faire que de se lancer sur les traces d'une bande de résistants qui se cachaient dans un secteur acquis d'avance aux Alliés.

Antonio arriva une demi-heure plus tard et le rituel des embrassades et des célébrations se reproduisit, presque à l'identique, malgré l'état de son visage et de ses vêtements, couverts de gadoue.

« Nom de nom ! fit-il. Tu parles d'un pétard ! J'étais à plus d'un kilomètre, mais j'ai été projeté dans la boue de la rive, si profond que j'ai cru y rester. Quand j'ai réussi à m'extraire de mon trou, il n'y avait plus un arbre debout, dans un rayon de cinq cents mètres autour du tunnel ! »

Cette nouvelle ne fit qu'ajouter à mes craintes quant au sort de Martin, mais Gita refusait de s'inquiéter. Et exactement comme elle l'avait prévu, une heure et demie plus tard, nous l'avons vu réapparaître. Il n'avait plus ni casque ni paquetage et son pantalon était en lambeaux au niveau des genoux. Il ruisselait de la tête aux pieds, mais gardait le sourire. Nous l'avons vu traverser le champ d'un pas léger, en sifflotant.

À l'automne, lorsque l'OSS avait planifié l'opération, leurs ingénieurs avaient calculé que Martin échapperait à l'explosion en sautant dans la Seille depuis le viaduc et en s'éloignant le plus vite possible à la nage. Étant le maître du timing, il plongerait et resterait au fond au moment de la déflagration, pour que l'eau le protège de la chute des débris.

Mais ce schéma avait été établi avant les pluies diluviennes d'octobre, qui avaient fait monter le niveau de la Seille de plus de trois mètres et en avaient considérablement accéléré le flux. Martin avait donc prévu des cordes, qui devaient lui permettre de résister au courant et de ne pas se laisser entraîner en direction du tunnel. Mais la théorie avait plusieurs mesures de retard sur la réalité, lorsque les puits avaient sauté.

« Tu parles d'une connerie ! fit-il. Une chance que je n'aie pas eu les bras arrachés. » Au moment de l'explosion, les cordes lui avaient attaqué la peau des mains et malgré ses gants, il avait eu les deux paumes brûlées. Il avait été propulsé hors de l'eau, avant de retomber un peu plus loin dans le courant, mais il était trop sonné pour reprendre pied ou pour se trouver une autre prise. Il s'était laissé dériver sur une bonne centaine de mètres, jusqu'à ce qu'il vienne buter contre une digue de boue et de cailloux que l'explosion avait précipités dans la rivière, presque en face du point d'impact. Il avait alors regagné la rive ouest à la nage et avait entrepris de grimper à flanc de colline, le plus vite qu'il pouvait, en s'attendant à se faire canarder à chaque instant. Mais une fois parvenu sur la crête, il n'avait rien vu bouger dans les nappes de fumée qui s'accrochaient aux vestiges du fort. Toute la garnison avait dû être anéantie, jusqu'au dernier homme.

« Quelle splendeur, cette locomotive ! dit Martin, comme nous évoquions les événements. Un vrai petit bijou, signé Henschel[1]... Tu parles d'un retour à l'envoyeur ! » Mais tout à coup, son émerveillement et sa bonne humeur firent place à une humeur plus sombre. « Ouais. Sale temps, pour tous ces gosses », fit-il tout à trac, et personne ne trouva rien à ajouter sur le sujet.

Après avoir traversé un autre champ, nous avons rejoint la route où un vieux paysan arrivait, sur une carriole tirée par un cheval. Il transportait un tas de raisin fraîchement vendangé dont les grains violets, poudrés d'une fine poussière, me faisaient penser à des nuages d'altitude, sur fond de ciel crépusculaire. Martin nous enjoignit de nous cacher dans le tas, pour pouvoir voya-

---

1. Henschel & Sohn, le célèbre fabricant de locomotives allemand. À partir de 1935, Henschel se lança dans la production de matériel de guerre, et particulièrement les tanks Panzer I et Panzer IV. En 1945, ses usines étaient l'une des principales cibles de l'aviation alliée, d'où l'allusion (*NdT*).

ger sans être vus. Nous y avons plongé les premiers, Biddy et moi. Les grappes éclataient sous nos coudes et nos genoux, détrempant nos uniformes. Je tentais de me tourner de côté pour pouvoir protéger mon genou blessé, lorsque j'entendis un petit grognement. Gita s'était enfouie à son tour dans les raisins, et se retrouvait soudain juste sur moi, la jambe repliée au-dessus de la mienne, le buste et le visage à quelques centimètres des miens. Nous n'étions plus séparés que par une mince couche de grains écrasés qui ruisselaient sur moi, mais elle ne fit pas un geste pour changer de position – et moi pas davantage. C'est ainsi que nous avons voyagé, tout le temps que mit la carriole pour revenir, cahin-caha, jusqu'au château.

12

Jour de fête

Chez Mme de Lemolland, une grande fête nous attendait. Le fracas de l'explosion avait résonné jusque-là et ils avaient même aperçu la gigantesque langue de flamme qui s'était élevée dans le ciel de plus d'un kilomètre. La seule question qui se posait, c'était si nous étions sains et saufs. La comtesse avait refusé d'envisager l'hypothèse contraire et les lustres du château avaient à peine eu le temps de s'arrêter de balancer, qu'elle avait déjà donné l'ordre de préparer une fête en notre honneur. Lorsque nous sommes arrivés, plusieurs dizaines d'habitants des villages voisins, tous sympathisants de la Résistance, s'étaient réunis dans la cour, et l'on assista à une explosion de liesse populaire digne d'une seconde libération. Les invités s'embrassaient en riant et en criant à tue-tête, la bouteille à la main. On avait fait rôtir un agneau entier au-dessus d'un lit de braises, près des étables. Tous les sept – Biddy, Henri, Christian, Antonio, Gita, Martin et moi –, nous nous étions dressés, épaule contre épaule, dans le tas de raisins, les deux poings levés en hommage à la France et à l'Amérique, sous un tonnerre d'applaudissements et de cris de joie. Il était 17 heures, et nous étions attendus au QG avant la tombée de la nuit, Bidwell et moi. Mais cette idée ne m'effleura même pas. Le bras passé autour de la taille élancée de Gita et mon autre main sur l'épaule robuste de Bidwell, je me suis laissé emporter par ce courant d'euphorie et de liberté qui ne ressemblait à rien de ce que j'avais pu vivre jusqu'à ce jour.

L'odeur de la viande qui achevait de rôtir nous avait aiguisé l'appétit, mais je voulais avant tout m'extirper de mon uniforme boueux, trempé de sang et de jus de raisin, sans parler des accrocs et des déchirures.

Gita envoya Bettjer, déjà bien éméché, à la recherche de treillis secs, tandis que nous nous changions dans le logement d'un journalier, de l'autre côté de la grange. Mon genou devenait de plus en plus raide mais, dans l'exaltation du moment, j'accueillais la douleur elle-même comme un précieux souvenir.

« Ben, dites donc ! » fit Bidwell, dont le pantalon de rechange s'arrêtait à mi-mollet. Je lui proposai un troc, mais le mien n'était guère plus long et Biddy n'était pas fâché de faire le pitre. Il remporta un franc succès auprès de l'assistance, lorsqu'il fit son entrée affublé de son « pantalon corsaire ».

Je n'ai jamais été un grand amateur de festivités, mais je n'avais apparemment jamais eu d'aussi bonnes raisons de festoyer. Comme la pluie se remettait à tomber, l'assistance rentra dans le château où je continuai à lever hardiment le coude, en racontant une fois de plus l'histoire de l'attaque de la Saline à un petit groupe d'invités rassemblés autour de moi. Ils avaient pratiquement tous prêté leur concours au projet, pendant les mois de préparation qui avaient précédé – depuis ceux qui étaient allés pêcher dans la Seille à proximité de la Saline, pour surveiller le secteur, jusqu'aux sentinelles qui avaient discrètement monté la garde le long du chemin, après que nous étions passés derrière les lignes allemandes. L'ampleur de l'explosion était une intarissable source de commentaires et d'exclamations, la preuve tangible de notre succès et du danger auquel nous avions échappé.

Puis la conversation porta sur les autres développements de la guerre. On disait que le gros des armées de

Patton avait mis le cap sur Metz. La plupart des Français semblaient convaincus que la guerre touchait à sa fin et que, dans quelques mois tout au plus, la vie reprendrait son cours. Les Américains rentreraient en Amérique. Pour répondre aux questions qu'on me posait sur ma famille, je sortis mes photos de mon portefeuille et les alignai sur la longue table où je m'étais installé, déjà pompette après quelques verres de cognac. Les petites photos étaient toutes cabossées au contact de ma clef, que je gardais dans la même poche, mais cela ne gêna nullement mon auditoire. Mes compagnons se répandirent en exclamations élogieuses, en découvrant les photos de mes parents, de ma sœur, de mon jeune frère et de Grace.

Je pris soudain conscience de la présence de Gita, penchée sur mon épaule. Elle avait passé des vêtements civils, un chemisier blanc, tout simple, sur une jupe. Avec le sans-gêne qui la caractérisait, elle prit la photo de Grace sur la table, alors que tout le monde avait jusque-là considéré ma galerie de portraits comme des reliques sacrées qu'on ne pouvait toucher qu'avec les yeux.

« Qui c'est ? Votre sœur ?

— Ma fiancée. »

Elle me lança un regard direct et finit par un petit sourire pincé. « Eh bien, toutes mes félicitations ! » fit-elle avant de tourner les talons.

Quelques minutes plus tard, comme je me préparais à ranger mes photos, Biddy se matérialisa près de moi et demanda à les voir. Un tantinet amorti par l'alcool, il prit tout son temps et examina chaque portrait sous toutes les coutures.

« Elles sont loin de valoir les vôtres, lui dis-je. Mais ça m'aide à ne pas oublier leurs traits. Et vous, Biddy, avez-vous des photos de vos parents ? »

Il secoua lentement la tête, d'un air un tantinet solennel.

« Sans blague ? Un grand photographe comme vous ?

— Je trouve que c'est mieux comme ça, lieutenant. Je les garde ici, et là », fit-il en portant la main à son cœur et à son front. Notre conversation en anglais nous avait momentanément isolés du reste de la fête. D'une main délicate Gideon rassembla les photos et me les rendit. « Vous faites partie d'une famille nombreuse, Bidwell ?

— Ça, c'est selon ! On est trois enfants : moi et mes deux frères.

— Qui sont sous les drapeaux, eux aussi ?

— Non, mon lieutenant. L'aîné a passé l'âge et le deuxième n'a pas été appelé.

— Parce qu'il avait demandé à servir dans la Marine, peut-être ? »

Je connaissais plusieurs types qui l'avaient demandé et n'avaient toujours pas reçu leur affectation, à la date de mon départ.

« Non. Il avait juste un truc qui n'était pas passé, devant le conseil de révision.

— Les "quatre F[1]" ?

— Non, physiquement, tout allait bien, du moins à ce qu'ils ont dit. » Il haussa les épaules, tout aussi déconcerté que moi devant la curieuse logique qui semblait régir les décisions de l'armée.

Je lui demandai s'il avait de leurs nouvelles.

« De ma mère. Vous savez comment sont les mères. Elle m'écrit quatre fois par semaine. Mes frères, ils n'ont jamais été très portés sur l'écriture, tout comme mon père. Mais mon père, lui, il m'envoie toutes sortes de trucs, vous voyez. Des coupures de presse, ce genre de chose. C'est dur pour eux, que je sois parti. Mon père et ma mère ont eu une grosse prise de bec, juste avant mon incorporation, et ils n'ont toujours pas réussi à

1. Les quatre conditions de survie biologique (la capacité à se nourrir, à prendre la fuite, à combattre et à se reproduire) qui en anglais s'expriment toutes quatre par des mots en F : « feeding, fleeing, fighting and... reproducing » (*NdT*).

surmonter ça. Les histoires de familles, vous savez ce que c'est…

— Ô combien ! Mes parents ne m'ont toujours pas pardonné d'avoir choisi cette fille que je veux épouser.

— Comment ça se fait, lieutenant ? Elle est jolie comme un cœur.

— Et encore plus intelligente et généreuse que belle. Mais les gens de sa famille sont des épiscopaliens et je suis juif, Biddy. » Je marquai une pause, le temps de me demander si ça n'était pas la première fois que je le disais aussi franchement, depuis que j'étais à l'armée. « Cette différence a mis nos deux familles sens dessus dessous. »

En apprenant que j'avais demandé sa fille en mariage, Horace Morton avait explosé. Grace s'était bornée à me rapporter qu'il m'avait reproché d'être un « intrigant », mais j'avais la quasi-certitude que le mot « juif » l'avait suivi de près. Toutefois, la mère de Grace avait pris fait et cause pour moi, et, avec le temps, elles avaient fini par avoir raison de la méfiance de M. Morton. J'ai bientôt été invité à entrer dans la grande demeure de pierre, pour leur demander la main de leur fille. Et entre-temps, pour amadouer cette bande d'histrions, j'avais demandé à être admis dans l'Église épiscopalienne afin que Grace puisse se marier à l'église, comme elle le souhaitait tant.

Vu l'hostilité qu'affichaient mes parents pour toute pratique religieuse, je m'étais figuré que ce dernier détail ne les affecterait guère. Je savais que ma mère n'était pas très favorable à mon projet d'union avec une femme qui différait de moi sur tant de points, mais j'avais écarté ces objections comme relevant de préjugés rétrogrades et dépassés. Comme je devais l'apprendre par la suite, mon père avait persuadé ma mère de ne pas m'en dire davantage, en lui faisant valoir que des gens aussi huppés que les Morton n'accepteraient jamais de laisser leur fille se marier tellement en dessous de sa condition. Ce qui fait que, lorsque je leur fis part de ma demande et de mon projet de conversion, ma mère dut se croire le jouet d'une véritable trahison. Toujours est-il qu'elle se leva de table, raide comme la justice, et n'essaya même pas de mâcher ses mots :

« Tu es devenu fou, *Duvid* ! s'exclama-t-elle, utilisant à dessein la forme yiddish de mon nom, comme elle le faisait parfois. Tu crois que ces calotins de l'Église épiscopalienne peuvent prendre une baguette magique et, abracadabra ! faire de toi un poulet, alors que tu es un canard ? Pour des gens tels que les Morton, tu ne seras jamais qu'un minable petit Juif. Rien de plus. »

En guise de réponse, je lui décrivis la somptueuse messe de mariage que Grace et sa mère avaient organisée et qui était, à mes yeux, la meilleure preuve de leur sincérité à mon égard. Ma mère fondit en larmes.

« À l'église ! Moi qui ne mets jamais les pieds à la synagogue ! se récria-t-elle. Tu voudrais que j'aille m'agenouiller dans une église, pour écouter tranquillement mon fils renier ses origines ? *Feh !* Pas pour tout l'or de Fort Knox ! Je préférerais être morte. Si c'est ainsi que tu comptes te marier, tu peux te passer de moi !

— Elle ne plaisante pas, Duvid, surenchérit mon père. Et moi non plus. »

Pendant plusieurs semaines, j'avais hésité à l'annoncer à Grace. Comment aurait-elle pu expliquer ça à sa mère ? Mrs Morton avait vaillamment défendu notre amour, mais pour elle, son couronnement ultime exigeait les grandes orgues et la descente de la nef, illuminée par la grande rosace. Pris de court par le temps, nous avons songé à faire une escapade pour nous marier discrètement, mais je ne supportais pas l'idée de partir à l'armée sans avoir fait la paix avec ma propre famille. Et, sans trop savoir comment tout cela s'est goupillé, j'ai fini par m'embarquer pour le camp d'entraînement, alors que Grace n'était toujours que ma fiancée, et point encore ma femme.

Je résumai mon histoire en quelques phrases pour Biddy et, même fin soûl, il parut en être touché.

« C'est vraiment quelque chose, à quel point les gens arrivent à se monter le bourrichon, pas vrai lieutenant ? J'espère qu'un jour les êtres humains ne seront enfin plus que ça – des êtres humains ! » Il avait l'air désemparé, et sa tristesse me serra le cœur. Ses traits se crispèrent en une grimace douloureuse, tandis qu'il secouait la tête en marmonnant un « Mmm, mmm, mmm… » désapprobateur. Je lui posai la main sur l'épaule en un geste de consolation qui dut le toucher, car il soutint un instant mon regard, et finit par sourire.

« Vous êtes un type bien, lieutenant. Vous devriez peut-être sortir un peu de votre nuage, de temps en temps, pour regarder autour de vous. Mais en fin de compte, je sais que vous êtes un type bien.

— Merci, Biddy. Vous n'êtes pas mal, vous non plus. Et finalement, je crois qu'aujourd'hui, nous avons quand même réussi à établir le contact avec le monde réel, pas vrai ?

— Ça, oui, mon lieutenant ! On n'est pas près de revoir ça de sitôt. Et ce Martin, lieutenant… c'est peut-être moi qui me fous le doigt dans l'œil, mais j'ai dans l'idée que lui aussi, c'est un mec bien. »

J'avais pour ma part la conviction que l'image de Martin se précipitant dans les eaux tumultueuses de la Seille, au mépris du danger, occuperait à jamais dans ma mémoire une place privilégiée.

Quelques-uns des Français avaient à présent l'assiette à la main. Le buffet avait été servi dans la cuisine et j'avais une faim de loup. Même après l'abondance toute relative de notre mess nancéen, l'agneau rôti était pour nous un mets particulièrement recherché – ainsi que pour les gens de la région, par ces temps de rationnement et de vaches maigres. L'agneau en question avait été élevé clandestinement pour échapper à la surveillance des Allemands. Il avait été abattu à contre saison et selon l'un des paysans du cru, il tenait plus du mouton que de l'agneau à proprement parler ; mais pour autant que je puisse en juger, cette brave bête était succulente.

S'avançant au milieu de la cuisine, près du gros poêle à bois, Martin demanda le silence. Il nous félicita une fois de plus pour ce succès, remercia tous les présents de leur courage, ainsi que Mme de Lemolland pour sa généreuse hospitalité, durant toutes les semaines qu'avait duré la préparation de l'opération.

« Je lève donc mon verre à mes compagnons. Pour survivre à ce que nous avons fait ce matin, il fallait une bonne dose de chance mais, aujourd'hui, ma chance, c'était vous ! »

Une salve d'applaudissements et de cris euphoriques fusa de l'assistance. Puis la voix de Gita s'éleva à son tour, depuis le fond de la pièce.

« Personnellement, j'ai toujours été ta chance ! fit-elle. C'est toujours la même rengaine : Martin défie le danger, en comptant sur moi pour voler à son secours – ça devient un peu lassant ! »

Sa parodie de harpie souleva des éclats de rire avinés. Portée par l'enthousiasme de son public, Gita monta sur une chaise et poursuivit son petit sketch, comme la nouvelle Sarah Bernhardt qu'elle avait naguère rêvé d'être. Elle s'était lancée dans une reconstitution poignante de la capture de Martin par la Gestapo, en 1943. Les nazis n'avaient pas compris que Martin était américain et l'avaient pris pour un Français disposant de solides contacts dans la Résistance. Ils l'avaient donc emprisonné dans la mairie d'un petit village, le temps d'enquêter sur son compte. Sachant qu'elle n'avait devant elle que quelques heures, Gita avait bourré de paille le devant de sa robe et s'était présentée à la mairie en demandant à parler au commandant. Dès qu'il la reçut, elle fondit en larmes et se répandit en imprécations contre ce salaud qui l'avait mise enceinte et s'apprêtait à lui échapper en allant en prison, sans même l'avoir épousée. Au bout d'une vingtaine de minutes de lamentations à jet continu, le commandant, résolu à donner une bonne leçon à Martin, lui envoya quatre soldats, des membres des sections d'assaut, qui le ramenèrent *manu militari*, couvert de chaînes, à l'église du village où devait avoir lieu le mariage. En chemin, les quatre soldats de l'escorte des futurs époux furent attaqués par une vingtaine de maquisards qui eurent tôt fait de libérer le jeune couple.

« Maudit soit le destin qui nous a séparés ! s'exclama Martin, en français, puis il leva son verre vers elle et lui lança : Mais je t'épouse dès demain pour de vrai, si tu veux.

— Trop tard ! riposta-t-elle et, du haut de sa chaise, elle prit une pose mélodramatique, le bras tendu et la tête détournée, comme pour tenir Martin à distance. Ton cheval a mangé notre pauvre enfant ! »

Ce numéro déchaîna une tempête de rires et d'applaudissements. Un peu plus tard, tandis que les premiers invités commençaient à tirer leur révérence, Martin vint s'asseoir près de moi. J'avais à peine quitté mon siège de toute la soirée. Le cognac me faisait un peu tourner la tête.

« Vous avez fait du bon boulot, mon vieux. »

Je lui répondis, en toute honnêteté, que je n'avais pas fait grand-chose de plus que d'appuyer sur la détente de mon M1 un certain nombre de fois, mais il me rappela que nous avions tous eu très chaud, au moment où la mitrailleuse avait pivoté vers nous et nous avait pris dans sa ligne de tir. Il garda alors le silence, plongé dans la contemplation des cercles liquides que dessinait le cognac sur les parois de son verre.

« C'était dommage, pour ce gamin. Ça ne me fait ni chaud ni froid de tuer un homme qui me tient en joue. Mais de là à le faire de gaîté de cœur… » De mon côté, je n'avais même pas eu le temps d'y penser, à tous ces morts. Je n'étais toujours pas redescendu du nuage sur lequel nous avait propulsés notre triomphe, ni de cette fête où nous avions été accueillis en héros. Mais en moi-même, je mesurais à quel point j'avais changé. Je serais désormais un autre homme.

« Quand j'avais l'âge de ces deux gamins – les sentinelles –, j'aurais considéré qu'ils avaient eu une belle mort. Idiot, non ? À leur âge, je me réveillais pratiquement chaque matin en me demandant si ce n'était pas mon dernier jour. Voilà une chose que j'ai en commun avec Gita, incidemment. J'ai senti en elle le même fatalisme, lorsque je l'ai rencontrée. J'ai alors passé un marché avec moi-même, pour prévenir ces idées noires et les tenir à distance. Je me suis dit que je voulais mourir, mais en héros, en ayant fait du monde un endroit plus vivable et plus sûr. Pendant des années, je me suis cherché une bonne raison de combattre, et je l'ai trouvée en Espagne. Mais il s'avère que je suis un lâche, Dubin. Me voilà toujours en vie, après toutes ces années de combat. J'ai blanchi sous le harnais.

— Vous êtes bien la dernière personne que je soupçonnerais de lâcheté, major. »

Il fit la grimace. « Chaque fois, je me promets de ne pas craindre la mort et chaque fois, elle m'épouvante. Et je me dis, à quoi bon…

— Mais vous croyez en cette guerre, major. Sans le moindre doute.

— En ses fins ? Bien sûr. Si ce n'est que voilà une décennie que je me bats, Dubin – plus ou moins quelques mois. J'ai combattu pour de grandes causes, mais je porte le deuil de chacun des hommes que j'ai tués. Et même pas pour la meilleure des raisons, qui est qu'il est si terrible de donner la mort. Mais parce que toutes ces morts étaient pour la plupart inutiles. Ce gamin, ce matin – je l'ai tué pour assurer notre propre sécurité, sur le moment. Mais je ne me berce pas d'illusions. Ça n'avait rien d'indispensable. Pour ne rien dire des dizaines, voire des centaines de jeunes types que nous avons tués ou mutilés dans cette garnison. Nous luttons contre Hitler, et c'est notre devoir. Mais qu'en est-il de ces millions d'hommes qui se mettent en travers de notre route et tiennent à mourir pour leur Führer – hein ? Combien de personnes serait-il strictement indispensable de tuer, pour gagner cette guerre ? Dix ? Vingt ? Pas plus d'une centaine, en tout cas. Et il va en tomber des millions.

— La tragédie de la guerre.

— Oui, mais c'en est une pour chacun d'entre nous, Dubin. Chaque seconde de terreur deviendra un mois de cauchemar, une fois la guerre terminée. Et chaque massacre, comme celui d'aujourd'hui, nous fait reculer d'un kilomètre dans nos espoirs de paix. Au début, on se dit : "Je sais qui je suis. Au centre de moi-même, je reste intact. Inviolable." Mais c'est faux. Je ne savais pas que la guerre pouvait être si terrible, que cela pouvait étouffer tout le reste, dans notre vie ; mais à présent, j'ai bien peur qu'il en soit ainsi. »

Dans l'état d'euphorie où je me trouvais, ces propos désabusés me laissèrent bouche bée. J'avais rencontré bien d'autres types qui avaient le vin triste, avant Martin. Dans l'espoir de le réconforter, je lui répétai la prédiction qui était sur toutes les lèvres, ce soir-là : les combats seraient finis avant longtemps. Nous serions bientôt débarrassés des Allemands. À quoi Martin répondit d'un haussement d'épaules fataliste. Je lui demandai ce qu'il comptait faire, une fois la paix revenue.

« Eh bien, attendre la prochaine guerre, je suppose. Je ne suis pas bon à grand-chose d'autre. C'est ce que je me dis. À moins que j'épargne ce souci au reste du monde et que je mette moi-même fin à mes aventures... Je ne peux même plus imaginer de vivre en temps de paix. Je me berce parfois d'espoir. J'entrevois la possibilité d'une chambre confortable, dans un bon hôtel, avec une fille bien. Mais où cela me mènerait-il ? Je suis comme tous les autres, Dubin. Tôt ou tard, nous allons tous nous retrouver à lever la jambe à l'unisson, tous piégés dans le cycle de la violence. La guerre appelle la guerre.

— Vous pensez donc que nous allons devoir combattre les Russes, major ?

— Je pense que les combats ne font que commencer. Vous ne voyez pas ce qui se passe, Dubin ? Personne n'a plus le choix. Ni ici, ni en Amérique. Jusqu'à présent, je pensais que l'histoire suivait une courbe globalement ascendante. Moins de souffrance, plus de liberté pour l'humanité. Briser les chaînes de la faim et de la tyrannie. Mais quand j'envisage l'avenir, ce n'est pas ce que je vois. Ce que je vois, c'est deux bandes de damnés se faisant la guerre entre eux. Et la liberté qui se prend des coups de toutes parts.

— Vous faites partie de l'armée, major. L'armée n'a jamais été le Valhalla de la liberté.

— Je sais. C'est ce qu'on dit. Mais regardez ce qui se passe chez nous, en Amérique. Je reçois des lettres, je lis les journaux. La guerre étouffe toutes les libertés. La propagande envahit tout – les magazines, les écrans de cinéma. Rationnez les livres et les conserves, reprenez les refrains en chœur. Récitez votre leçon. Il n'y a plus de liberté nulle part. Une guerre de plus, Dubin, et la société civile ne s'en remettra pas. Les profiteurs, les militaristes, les marchands de terreur – ils vont rester aux commandes. Ils vont s'y incruster. Croyez-moi, je sais ce que je dis. L'humanité va s'enfoncer dans un long tunnel, Dubin. Dans un nouveau Moyen Âge. Et c'est ce qui me brise le cœur. Je pensais que le fascisme était la plaie absolue. Mais non, Dubin. La plaie, c'est la guerre. La guerre ! » Il se replongea dans la contemplation de son verre.

En l'écoutant, l'image de Teedle m'a traversé l'esprit, et je me suis demandé s'ils avaient déjà eu ce genre de discussion, face à face, ou s'ils se contentaient de se soupçonner de loin, mutuellement. Ils s'accordaient tout de même à prédire un sombre avenir à l'humanité, et sur ce point, je leur rendais justice : ils s'en préoccupaient. Alors que pour la plupart d'entre nous, pour moi comme pour les autres, le seul vrai souci était de rester en vie.

« Puis-je espérer m'être disculpé de ce dont vous m'accusez ? » me demanda-t-il.

Je lui répondis que mon rapport abonderait certainement en ce sens, mais qu'il serait plus sûr pour lui, compte tenu des ordres qu'il avait reçus, de revenir à Nancy avec moi le lendemain matin, pour y voir plus clair. Il y réfléchit un instant et finit par hocher la tête.

« Je sais bien que ça ne me prendrait que quelques heures, dit-il, mais je dois m'atteler immédiatement à ma mission suivante. » Probablement l'opération dont il m'avait parlé à mon arrivée, lors de ma première visite – cette mission en Allemagne, pour laquelle Londres l'avait rappelé d'urgence. « Il s'agira de la tâche la plus importante que j'aie jamais accomplie, Dubin. Cela permettra de sauver d'innombrables vies humaines. » La perspective de ce brillant accomplissement lui fit lever les yeux, puis il me demanda à quelle heure je souhaitais repartir, le lendemain matin.

« À la première heure, répondis-je. Juste avant l'aube. » Nous étions partis depuis trois jours, à présent ; il était grand temps de regagner le camp.

Cela me rappela que je devais récupérer mon uniforme. Je me levai donc, malgré les protestations de mon genou blessé, et me mis en quête de Gita. Elle était dehors, occupée à embrasser les invités qui s'en allaient. Je la retrouvai dans un petit salon où Biddy s'était assoupi, enveloppé dans un châle de dentelle, sur le velours rouge d'un sofa.

« Laissez-le donc dormir, me dit-elle.

— C'est bien mon intention, mais je ne peux le ramener au quartier général dans cette tenue, avec ce pantalon qui lui arrive à mi-mollets ! »

Gita alla poser la question à la femme de chambre qui avait lavé nos uniformes. Elle les avait mis à sécher près du lit de braises où l'on avait rôti l'agneau et qui achevait à présent de s'éteindre. Comme nous sortions voir ce qu'il en était, Gita glissa amicalement son bras sous le mien et nous partîmes en titubant entre les flaques d'eau dont le reflet nous renvoyait la lumière des chandeliers du château. Il était tombé une bonne averse, mais la pluie avait cessé, même si l'eau continuait à ruisseler des arbres et des avant-toits. La joyeuse bande des hôtes de la comtesse était partie à pied le long de la route. L'air humide nous apportait encore la rumeur assourdie de leurs rires et de leurs exclamations avinées.

Je fis part à Gita de ce que venait de me dire Martin. « Est-il toujours aussi amer ?

— Après coup ? Toujours. N'avez-vous jamais rencontré de joueurs, Dubin ? J'ai souvent pensé que sans la guerre, Martin aurait probablement passé sa vie à une table de jeu. Chez les joueurs, ces sautes d'humeur sont une constante. Ils exultent lorsqu'ils misent le tout pour le tout, mais une fois la partie gagnée, ils ont le moral qui flanche. *Et voilà*... Martin ne ment pas, lorsqu'il vous dit qu'il ne pourrait vivre sans la guerre. C'était bien le cas, lorsque je l'ai rencontré.

— À Marseille ?

— Oui. Je lui ai vendu de l'opium, à son retour d'Espagne. » Je me retins, à grand-peine, de m'affaler par terre. Je m'étais pourtant préparé à entendre n'importe quoi, venant d'elle.

« Oui, car il en fumait, et à trop fortes doses. Mais il a décroché quelques mois plus tard, après avoir accepté de retourner aux États-Unis pour suivre l'entraînement des commandos.

— Son nouveau défi ? » fis-je. Je n'avais pas oublié ce regard qu'il avait eu, en évoquant la nouvelle mission qui l'attendait en Allemagne.

« Précisément », répondit Gita.

Nos uniformes avaient été déposés près de l'entrée de la grange. Ils exhalaient à présent un puissant fumet de feu de bois, mais ils étaient pratiquement secs. Elle m'aida à les plier et je les pris sous mon bras, qu'elle venait juste de lâcher.

« Martin m'a dit qu'il avait des remords de ne plus être celui qu'il était.

— Oh. Vraiment ? » Elle cligna les yeux dans le noir, muette de saisissement. Puis elle retrouva la parole : « Mais qui pourrait se vanter de l'être ? Est-ce que je suis cette gamine de dix-sept ans qui avait trouvé refuge à Marseille ? Mais tout de même, fit-elle, c'est vrai qu'il souffre. »

Je lui fis remarquer qu'à l'en croire, Martin avait toujours souffert.

« D'accord. Mais il y a des degrés, non ? Maintenant, c'est chaque nuit. Il souffre le martyre. Il voit les morts. Mais ça n'est sans doute pas le pire. Tous les coups sont permis, à la guerre, Dubin. Les principes ne s'appliquent plus. Et Martin est en guerre depuis si longtemps qu'il ne lui en reste plus aucun. Mais ça, je doute qu'il soit prêt à le reconnaître.

— Ah, encore eux ! » m'exclamai-je. Nous nous étions arrêtés sous l'entrée de la grange. La brise nous apportait l'odeur de la poussière et des animaux. Ses sourcils noirs s'arquèrent – elle ne voyait pas de quoi je voulais parler.

« Ces fichus principes ! »

Elle sourit, ravie de s'être laissé prendre. « C'est justement ici que nous en avons si âprement débattu !

— Et vous avez gagné de haute lutte, répliquai-je.

— Oui. Vous avez vu – je vous les ai montrés, mes principes ! » s'esclaffa-t-elle, tandis que j'éclatais de rire avec elle. Mais notre hilarité fut suivie d'un moment de silence qui se prolongea bizarrement, amenant un revirement soudain dans notre tête-à-tête. Ses yeux noirs, vifs et graves, où je voyais par instants scintiller une sorte d'avidité, avaient posé sur moi leur regard aigu et lorsqu'elle reprit la parole, ce fut bien plus lentement, et cette fois en pesant chaque mot : « Aimeriez-vous les voir à nouveau, Doo-bean ? »

Le désir qu'elle m'inspirait n'était plus un secret pour moi. Parmi toutes les émotions de la journée, nos contacts physiques de plus en plus étroits m'avaient paru de plus en plus naturels, voire inéluctables, et la direction que nous étions en train de prendre semblait aller de soi. Mais je m'étais jusque-là conforté dans la symétrique conviction que ma raison finirait par s'interposer et par trouver d'elle-même un butoir, une limite à ne pas dépasser. Et voilà que je me retrouvais à présent confronté à l'absence de limite. Je percevais bien cette ombre de terreur, au fond de moi, mais ce jour-là, j'avais appris à composer avec ma peur – et avec le raz-de-marée de l'alcool qui emportait tout. Pourtant, l'alcool n'était pas la seule cause. Gita faisait simplement partie de tout cela, de ce pays, de cette maison, de ces aventures. Je répondis à sa question :

« S'il vous plaît, fis-je. S'il te plaît. »

Là-dessus, elle pinça entre ses doigts le fin tissu de sa jupe qu'elle souleva, centimètre par centimètre, tout comme elle l'avait fait deux semaines plus tôt. Jusqu'à ce qu'elle se retrouve dans mes bras. Avec sa présence, je recueillis trois sensations fugaces – celle de sa minceur et de sa légèreté, l'âcre odeur du tabac que répandaient ses mains et ses cheveux, et la nature quasi insondable du désir qu'elle m'inspirait.

L'espace d'un instant, je crus que ça se passerait là, dans l'étable, parmi les bêtes – couchés dans le foin, comme disait la chanson. Mais non. Elle m'entraîna vers un escalier branlant que nous gravîmes ensemble, jusqu'à la petite chambre où nous nous étions changés, Bidwell et moi. Son chemisier s'était ouvert sur un sein menu. Elle ôta prestement sa culotte et sans la moindre hésitation, mit la main à ma ceinture, ouvrit ma braguette et me prit avec une dextérité quasi médicale. Titubant, nous nous sommes affalés sur le lit et nous nous sommes alors retrouvés en un acte soudain désespéré, trépidant, qui semblait satisfaire à une urgence, chez l'un comme chez l'autre – parvenir en même temps à cet instant de possession et d'aveu. Mon genou m'élançait furieusement, ce qui, en un sens, me parut tout à fait approprié.

Ensuite elle resta étendue sur moi, la tête sur ma poitrine. J'étais allongé à même le matelas, sur le tissu rayé dont l'odeur de moisi m'assaillait les narines, le pantalon tire-bouchonné autour des chevilles. Et dans les relents de fumier et de poulailler qui montaient de l'étable, je tentai de prendre la mesure de ce que j'étais vraiment.

Et voilà, me disais-je. Et voilà. Il y avait eu quelque chose de brutal, dans cet acte, non pas entre elle et moi, mais dans le simple fait qu'il soit advenu. Le souvenir de Grace m'assaillait à présent et me taraudait douloureusement. Ce n'était même pas que j'aie manqué de considération à son égard ; c'était tout simplement comme si elle n'avait jamais existé. Gita était-elle dans le vrai, lorsqu'elle affirmait que la guerre avait raison de tous les principes – et partant, qu'il n'y en avait plus aucun, pour ceux qui combattent ? C'était vraiment le jour, me dis-je. Le jour… Je me plus à imaginer que Grace me comprendrait, pour peu qu'elle puisse juger de l'histoire dans son ensemble – tout en sachant que je n'avais nullement l'intention de la lui raconter.

Gita approcha son mince visage du mien et me parla dans un murmure. On entendait les ronflements des journaliers qui dormaient déjà de l'autre côté de la cloison de bois.

« À quoi tu penses, Doo-bean ?

— À tout un tas de choses. À moi, principalement.

— Raconte un peu.

— Je te laisse imaginer. J'ai laissé une femme, là-bas…

— Mais toi, tu es ici, Dubin. »

Pour le moment, nous pouvions nous contenter de cette réponse.

« Et sur toi aussi, je me pose des questions.

— Vas-y. Qu'est-ce que tu voudrais savoir ?

— S'il m'est déjà arrivé de rencontrer une fille comme toi.

— Parce que des hommes comme moi, t'en as déjà rencontré ? »

Je partis d'un éclat de rire, qu'elle étouffa de sa petite main.

« Pas d'autre question ? demanda-t-elle.

— Oh, que si !

— Alors continue, fit-elle.

— Tu veux la vérité ?

— Bien sûr.

— Je me demande si tu finis dans le lit de tous ceux qui se battent à tes côtés.

— Ça a vraiment de l'importance, pour toi ?

— Sinon, je ne te le demanderais pas.

— Je ne suis pas amoureuse de toi, ne t'en fais pas ! Tu n'as pas à te sentir responsable ni coupable de quoi que ce soit – et moi non plus.

— Et Martin ? Qu'est-ce qu'il y a entre vous, au juste ? On croirait voir un vieux couple.

— Je t'ai déjà dit, Dubin. Je dois tout à Robert. Mais nous ne formons pas un couple.

— Et lui, qu'est-ce qu'il en dirait ?

— Ce qu'il en dirait ? Qui peut préjuger de ce que dirait Martin, de quoi que ce soit ? Mais il sait parfaitement ce qu'il en est. L'un comme l'autre, nous faisons ce qui nous plaît. »

Je n'étais pas sûr d'avoir bien compris, mais ce que je pensais avoir saisi me fit faire la grimace.

« Quoi ? Tu n'es pas d'accord ?

— Je t'ai déjà dit. Je ne suis qu'un petit-bourgeois.

— Ça, excuse-moi, mais ça n'est pas mon problème.

— Martin, pour moi, c'en est un. Et tu as bien l'intention de rester avec lui.

— Ce n'est pas avec Martin que je suis, pour l'instant, Dubin. C'est avec toi.

— Mais je m'en vais demain matin. Et tu resteras avec lui – c'est bien ça ?

— Pour l'instant oui. Pour l'instant, je dois rester avec Martin. Il dit qu'il redoute le jour où je m'en irai. Mais c'est surtout pour me battre que je reste avec lui, Dubin. Tu crois que les Américains m'accepteraient dans leurs régiments ?

— J'en doute. »

Elle s'assit et me regarda. Même dans l'obscurité, je voyais se découper sa silhouette menue, si gracieuse. Ma main, qui glissa de son épaule à sa taille, ne troubla en rien l'intensité du regard qu'elle avait posé sur moi.

« Combien de femmes as-tu connues, Dubin ? Beaucoup ? »

J'étais intimidé par le sujet – pas à cause de l'acte lui-même, mais parce que je rechignais à en parler. À vingt-neuf ans, mes antécédents restaient des plus succincts en la matière. Quelques belles-de-nuit, quelques aventures à la faveur d'une soirée un peu trop arrosée. J'aurais pu reprendre à mon compte cette constatation d'un de mes camarades de fac : « Je n'ai jamais couché avec une fille sans mes chaussures ! » Je ne me reconnaissais que trop bien dans cette boutade, et cette nuit ne faisait pas exception à la règle.

« Pas énormément, fis-je.

— Ah non ? Excuse-moi, mais je ne te crois pas. Non pas pour la chose elle-même, mais à cause de ton attitude, maintenant. Et comment ça se passe, avec la fille qui t'attend au pays ? » La question provoqua chez moi un mouvement de recul, mais à la réflexion, elle n'était pas d'une nature très différente de toutes celles que je venais de lui poser.

« Il ne s'est encore rien passé entre nous.

— Vraiment ?

— C'est ma fiancée – pas ma femme.

— Et c'est elle qui a choisi que ce soit comme ça ? »

Nous en avions décidé d'un commun accord, supposais-je. Mais nous n'en avions guère discuté. Nous partagions certaines vues, Grace et moi. Pour nous, l'union d'un homme et d'une femme revêtait un sens presque sacré.

« J'ai pour elle une véritable vénération », lui dis-je. Et c'était le mot juste. Je la vénérais. Mais jusqu'en cet instant, je ne m'étais pas rendu compte que je n'aurais pu dire que je la désirais.

« Elle aurait dû insister, Doo-bean. Elle n'avait aucune idée de ce qui t'attendait, ici... »

Ça, je ne pouvais qu'en convenir...

Elle descendit dans la grange pour faire un brin de toilette. J'entendis couiner une poignée de pompe. La plupart des célibataires de ma connaissance avaient tendance à parler à la légère des femmes avec qui ils étaient parvenus à leurs fins. Mais mon expérience personnelle était toute différente. Après l'amour, je me sentais généralement enclin à la tendresse – y compris le soir où j'avais donné quatre dollars à une cinglée du quartier que l'on surnommait « Mary-pattes-en-l'air », pour me déniaiser. Et Gita n'était pas descendue depuis trois minutes, qu'elle commençait déjà à me manquer. M'était-il arrivé de rencontrer des gens tels que Martin ou Gita, des gens qui avaient fait basculer si vite toutes les idées que je me faisais sur moi-même ? Son pas léger fit à nouveau craquer les marches de bois. Elle entra et s'approcha de la couchette. Voyant qu'elle s'était rhabillée de pied en cap, je me hâtai d'attraper ma ceinture et de remonter mon pantalon.

« Je dois m'en aller, fit-elle à mi-voix. Ils vont finir par se mettre à ma recherche... Au revoir, Doo-bean. » Elle me regarda encore, mais cette fois avec une grande douceur. « J'espère que nous aurons à nouveau l'occasion de passer quelque temps ensemble.

— Vraiment ? » Je n'aurais su dire si c'était ce que je voulais, moi aussi, mais je l'assurai que je devrais sans doute revenir au moins une fois, pour remettre à Martin les documents définitifs, concernant les résultats de mon enquête.

« Eh bien, à la prochaine ! » fit-elle. Après une seconde d'hésitation, elle se pencha vers moi, effleura mes lèvres des siennes, en un geste qui tenait davantage de la concession que du baiser, et me dit *au revoir*, une fois de plus, avant de quitter la pièce.

J'avais été tellement secoué par les émotions de la journée que je m'attendais à me retourner des heures sur le vieux matelas, sans trouver le sommeil, mais comme tant de mes récentes prévisions, celle-là se révéla fausse. Je m'étais bien gardé de tirer les volets de bois et je me réveillai le lendemain à 7 h 30, comme prévu, tandis que le soleil du matin embrasait les nuages. Comme j'émergeais du sommeil, mon genou se rappela à mon bon souvenir. À plusieurs reprises, cette nuit-là, la douleur m'avait tiré du sommeil, comme au bout d'une laisse. L'enflure avait gagné toute ma jambe qui refusait de plier. Je me hissai laborieusement sur mes pieds, puis je remis mon uniforme en y fixant à nouveau mon insigne. Comme je regagnais la maison pour aller secouer Bidwell et demander des nouvelles de Martin, j'entendis le martèlement des tirs de mortiers – la 26e Division d'Infanterie était en train de reprendre Bezange-la-Petite, devait-on m'expliquer par la suite. Je restais cloué au milieu de la cour, tâchant de déterminer la direction d'où me parvenaient les grondements, lorsque je vis arriver Bettjer, la bouteille à la main.

Comme je lui demandais s'il avait vu Bidwell, il me répondit dans un anglais impeccable : « Il est dans la maison. Il vient de se réveiller. Les autres nous ont quittés depuis plus de trois heures.

— Qui ça, les autres ?

— Martin. Antonio. La fille. Ils ont fait leurs paquets et sont partis. Pour de bon. Sans moi. Après tout ce qu'on a fait ensemble, ils ont filé à l'anglaise !

— Partis ?

— Avant le lever du jour. Il devait être 4 ou 5 heures. Ils ont essayé de ne pas faire de bruit, mais la comtesse les a entendus. Elle a beaucoup protesté. Vous deviez dormir comme une masse, pour n'avoir rien entendu.

— Partis », répétai-je.

Bettjer avait l'allure d'un idiot du village, avec sa barbe et ses cheveux en bataille. Il portait un vieil uniforme belge, dont s'échappait un pan de chemise. Levant sa bouteille vers moi, il but à ma santé. Il avait dû se casser la figure au cours de la nuit, car il avait saigné du nez et son sourire ébréché me dévoilait à présent l'absence d'une dent qu'il avait dû perdre lors de cette chute, ou d'une précédente beuverie. Mais mon air désemparé parut le réjouir.

« Je vois, je vois ! fit-il.

— Tu vois ? Qu'est-ce que tu vois ?

— Ben, vous aussi, vous vous êtes fait larguer ! »

IV

13

Le nageur

Mon père m'avait appris à nager dès ma plus tendre enfance, dans le lac Ellyn, une grande retenue d'eau artificielle, creusée pour prévenir les crues de la Kindle River, qui avait la fâcheuse habitude d'inonder ses berges à la moindre averse. Mes grands-parents aussi, partageaient ce goût pour l'eau, car nous avons gardé de nombreuses photos de la famille au grand complet, dans des costumes de bain d'époque, pataugeant sur les rives du lac ou à la piscine Garfield, un vaste bassin couvert qui fut l'une des distractions favorites de la classe ouvrière de Kindle County – jusqu'à ce qu'on découvre que le milieu aquatique favorisait la contagion de la polio, ce qui entraîna la fermeture de la piscine dans les années 1950.

J'ai toujours été fasciné de voir mon père nager. Cette grâce avec laquelle il fendait l'eau, son insouciance lorsqu'il batifolait en jouant sur le bord, me révélaient un tout autre homme que celui qu'il était sur la terre ferme. Tout comme le physique que dévoilait son maillot. Sans être Monsieur Muscle, c'était un type robuste, de plus d'un mètre quatre-vingt-cinq, avec des membres bien découplés. Chaque fois que je découvrais ce corps solide et musclé qui se dissimulait toute la journée sous son costume et sa cravate, j'en restais bouche bée. C'était donc ce qui se cachait, là-dessous... Son physique d'athlète était toujours pour moi source de stupeur, autant que de réconfort.

Je devais avoir treize ou quatorze ans, lorsque mon père, qui n'avait jamais été très enclin à parader, finit par répondre aux questions dont je l'assiégeais, en m'avouant qu'il avait été champion de l'équipe junior du 100 mètres dos, au lycée. J'étais déjà à l'affût du moindre indice qui aurait pu me révéler sa véritable personnalité – ce qui fait qu'un jour où j'avais été chargé par l'*Argonaute* (le journal du lycée...) de rédiger un article sur le passé du club d'athlétisme, je me suis immergé dans les archives dans l'espoir d'y retrouver le nom de mon père...

Et je l'ai trouvé. Enfin, en un sens. Car le vainqueur du championnat de 100 mètres dos de 1933 ne s'appelait pas David Dubin, mais David *Dubinski*. Je savais que des immigrés de toutes origines avaient préféré américaniser leur nom. Les Cohen étaient devenus des Coles, les Wawzenski, des Walter. Mais ce qui me chiffonnait, c'est qu'il ait choisi de changer de nom juste avant d'entrer à Easton, ce bastion de la bourgeoisie locale. Renier ainsi son passé me semblait la dernière des hypocrisies et, pis – c'était une véritable capitulation, devant cette image radieuse du melting-pot américain qui laissait sur la touche tant de ses concitoyens, et en particulier ceux que leur couleur de peau empêchait de se fondre dans le mélange. Lorsque j'ai découvert que mon père avait réussi à convaincre ses parents de suivre son exemple, pour ne pas risquer de trahir sa nouvelle identité, je n'ai pu m'empêcher de lui voler dans les plumes.

Il s'est défendu, de la manière lapidaire qui lui était coutumière. « À l'époque, me dit-il, ça m'a semblé plus simple.

— Moi, je n'ai pas l'intention de cacher mes origines. Quoi que tu aies pu ressentir, dans ta jeunesse, je n'en ai pas honte. » C'était un coup bas. Chez nous, ma mère appliquait le rituel juif. Elle avait tenu à nous donner une éducation juive. Tous les vendredis soir, nous observions le shabbat, nous fréquentions des écoles juives et elle avait même institué un système d'alimentation casher bien à elle, dans sa cuisine – nous pouvions manger des *traife*[1] de toutes sortes, y compris les sandwiches au jambon dont elle raffolait, mais uniquement servis sur des assiettes en carton et en les cantonnant à une étagère spéciale, dans le frigidaire. Mon père n'avait jamais paru emballé par tout cela, sans doute parce qu'il n'avait pas reçu d'éducation religieuse dans sa propre famille, mais, d'un autre côté, j'ai toujours eu la conviction qu'il approuvait pleinement ma mère. Néanmoins, lors de ma dernière année d'université, en 1970, j'ai marqué un point de plus contre mon père, en déposant une demande pour reprendre officiellement notre nom d'origine. Et depuis, je ne me suis plus appelé que Stewart Dubinski.

Bien sûr, la vie se débrouille toujours pour égaliser les scores. Depuis ses six ans, ma fille aînée me serine qu'elle déteste s'appeler Dubinski (à cause de quelques petites pestes du cours préparatoire, qui l'avaient surnommée « Poop-inski »). Elle a fait le vœu de prendre le nom de son futur mari, quel qu'il soit, et ceci même s'il devait s'appeler Harry Cover ou Arty Shaw. Mais somme toute, je n'ai rien fait de pire à mon père que ce qu'il avait fait au sien. Mon grand-père le savetier était toujours de ce monde, quoique plus pour très longtemps, lorsque j'ai obtenu le changement de nom et il m'a paru s'en réjouir. Mais tout en m'évertuant, au cours de l'année 2003, à arracher au passé de mon père ces secrets dont il n'avait pas jugé opportun de me faire part de son vivant, je gardais au cœur une petite pointe d'amertume. J'avais dédaigné la seule chose que je tenais vraiment de lui.

Ce fut ce que je racontai à Bear Leach, dès notre premier entretien dans le grand salon de Northumberland

1. Aliments non casher (*NdT*).

Manor. Au moyen de quelques questions habiles, Bear me soutira toute l'histoire dans ses moindres détails, et accueillit d'un sourire philosophe les états d'âme et les regrets que m'inspirait ce changement.

« Eh bien, Stewart, me dit-il. J'ai parfois l'impression que tout passe mal, entre parents et enfants – ce qu'ils veulent nous transmettre contre notre gré, comme ce qu'ils préfèrent garder pour eux. »

Dans cette dernière rubrique, j'aurais pu compter le fameux manuscrit, dont je finis par parler à Leach. À ce stade de mes recherches, je supposais que mon père avait mis à exécution son projet de le brûler, et c'est ce que je fis remarquer à Leach. Il se mit à se tortiller de droite et de gauche en marmonnant, jusqu'à ce qu'il ait mis la main sur une grosse chemise cartonnée, qui avait glissé à terre, contre les rayons des roues chromées de son fauteuil. Il me la tendit. Elle contenait une épaisse liasse de papiers rassemblés pêle-mêle, que je me mis à feuilleter, reconnaissant au premier coup d'œil, sur certains feuillets, l'élégante écriture de mon père. Et, grande nouille que je suis, j'en suis resté foudroyé sur mon siège et j'ai fondu en larmes.

Au moment où j'ai regagné mes pénates, j'avais lu jusqu'à la dernière ligne du texte. Après ma descente d'avion, je suis resté trois heures à l'aéroport de Tri-Cities pour terminer ma lecture. Je n'aurais pas supporté d'attendre ne fût-ce qu'une demi-heure de plus, le temps du trajet qui me séparait de ma maison, pour connaître le fin mot de l'histoire. Et rétrospectivement, je me dis que ça devait vraiment valoir le coup d'œil, ce gros type de cinquante et quelques balais, pleurant comme un veau dans cette salle d'attente vide, sous le regard inquiet des autres voyageurs qui se hâtaient vers leurs portes d'embarquement.

Le jour où Bear m'a remis ce manuscrit, je lui ai demandé comment il était arrivé entre ses mains.

« Le fait qu'il soit resté en ma possession est le résultat d'une attitude ambivalente de ma part, Stewart. Et j'en ai toujours eu conscience. Comme je vous l'ai dit, votre père m'avait fait part de son intention de le brûler, dès que j'en aurais pris connaissance – mais une fois ma lecture finie, j'ai eu le sentiment que ce serait un terrible gâchis. C'est pourquoi j'ai gardé le texte, en prétextant que j'en avais encore besoin pour clarifier certains points de détails, concernant le procès en appel. Puis, fin juillet 1945, votre père fut libéré de façon totalement inopinée et quitta Regensburg en toute hâte, avec mille autres choses en tête. Je m'attendais à avoir de ses nouvelles, mais il ne m'en a jamais donné – ni en Europe, ni par la suite, lorsque nous sommes rentrés aux USA. De temps à autre, au fil des années, l'idée m'effleurait de reprendre contact avec lui, surtout lors de mes déménagements successifs, où je trimbalais le manuscrit dans les différents services où j'étais nommé. J'ai fini par en conclure que votre père avait fait un choix et que cela s'avérait préférable pour nous tous – et en tout cas pour lui. Il avait décidé de reprendre le cours de sa vie, en s'épargnant les complications, les regrets et les souvenirs douloureux que n'auraient pas manqué d'entraîner nos retrouvailles. Le texte est donc resté stocké parmi mes propres papiers à la Cour Suprême du Connecticut depuis maintenant plusieurs années, avec une note demandant à mes exécuteurs testamentaires de retrouver David Dubin ou ses héritiers, pour prendre des instructions sur ce qu'il fallait en faire. Ce qui vous explique que j'aie été enchanté d'avoir de vos nouvelles : cela évitera à mes petits-enfants d'avoir à mener l'enquête, pour remonter votre piste.

— Mais pourquoi voulait-il le brûler ? À cause de cette histoire de meurtre sur la personne de Martin ?

— Eh bien, c'est ce que j'ai soupçonné, du moins au début. » Le vieil homme s'interrompit. Quelque chose semblait le chiffonner – la façon dont il flirtait avec la limite de ce qu'il pouvait me révéler, peut-être. « Mais voyez-vous, Stewart, je ne peux rien avancer avec certitude, en dehors de ce que m'en a dit David.

— C'est-à-dire ?

— Curieusement, nous n'avons jamais eu l'occasion d'en discuter de vive voix. Après ma lecture de ce texte, il ne tenait visiblement pas à parler des événements qui y étaient décrits – et je le comprenais. Cependant, un jour ou deux après le verdict, nous avons fait allusion au manuscrit. Votre père devait rester aux arrêts pendant toute la période d'instance de son appel, il se préparait à passer cinq longues années derrière les barreaux. Je lui ai dit ce que disent les avocats, face à ce genre d'épreuve : qu'il y aurait une vie après sa période de détention, que cette page finirait par se tourner et que, lorsque les années auraient passé, il jetterait sur tout cela un regard bien différent. Et à cette occasion, je lui ai reparlé du manuscrit, que j'avais laissé en sûreté, fort à propos, à mon nouveau bureau de Francfort.

« "Il me semble que vous devriez le garder, David, lui ai-je dit. Ne serait-ce que pour vos enfants. Ne me dites pas que vous n'avez écrit tout ça que pour moi – et pour finalement le brûler !" Il a médité là-dessus un certain temps, assez longtemps pour me donner l'impression que j'avais touché un point sensible, mais il a fini par crisper la mâchoire, avec un hochement de tête résolu. Et voyez-vous, Stewart, c'est à ce moment qu'il m'a donné la seule explication qu'il m'ait jamais fournie, sur sa résolution de détruire son texte : "Mon vœu le plus cher, m'a-t-il dit, c'est qu'aucun de mes enfants ne sache jamais rien de toute cette histoire." »

14

Stop

Le 16 novembre 1944,
Toujours à Nancy

Très chère Grace,

Excuse mon silence. Comme tu l'as sans doute appris par les bulletins d'information, nos troupes se sont remises en marche, ce qui a notablement accéléré notre rythme de travail. Les incidents qui éclatent sur le front sont par définition des urgences, et nous n'allons sans doute pas tarder à déménager pour un nouveau QG. Espérons que le prochain sera en Allemagne – et pourquoi pas à Berlin ?

J'ai le sentiment d'être redevenu moi-même, depuis ma dernière lettre. Tu as dû te poser quelques questions, sur ces lignes que j'ai jetées à la hâte sur le papier, il y a une quinzaine de jours, et où je te décris ma petite incursion du côté de « l'action ». Avec la distance de ces deux semaines, j'ai décidé de considérer cette page comme définitivement tournée. Comme les vieux soldats, il faut se dire que le passé n'existe plus. Le fossé qui sépare la guerre de la vie normale est plus large et plus profond que le grand canyon, et il ne faut même pas songer à le franchir. Crois-moi, ma chérie, quand tout cela sera loin derrière nous, le jour viendra où je serai heureux d'évoquer avec toi certains de ces souvenirs, en te caressant les cheveux. Mais je t'en prie, ne m'en tiens surtout pas rigueur, s'il s'avérait que je n'ai pas très envie d'en parler.

Passons à des sujets plus riants. Ton dernier colis, le n° 15, est arrivé aujourd'hui. Seulement deux des biscuits étaient en miettes, et ça ne m'a pas empêché de m'en régaler. J'ai encore plus apprécié le flacon d'Arrid que tu avais joint – je sais que c'est une denrée rare, et j'ai dû faire des jaloux. À cause de la pénurie de combustible, nous manquons d'eau chaude. Les douches et les bains sont devenus un luxe. Dis bien à ton père à quel point je le remercie, pour le déodorant. On peut dire ce qu'on veut, mais c'est un sacré atout, que d'avoir son propre magasin à demeure ! À ce sujet, j'aurais une faveur à te demander. Si George peut mettre la main sur de la pellicule de format 6×20, je suis preneur de tout son stock. Mon sergent Biddy, qui est un as de la photo, a de plus en plus de mal à trouver de la pellicule. C'est le meilleur ami que je me sois fait à l'armée, et je serais vraiment heureux de lui donner ce coup de main.

L'hiver est arrivé. De pluvieux, le temps est devenu glacial. Non pas que la pluie se soit arrêtée, mais ce qui tombe à présent, ce sont des chevrotines de glace qui collent à la peau et se transforment en l'espace de quelques heures en une couche bien compacte. Même dans mon bureau, je ne quitte plus mes gants de laine. Heureusement, en salle d'audience, nous avons un minimum de chauffage. Cette alternance de pluie et de grêle doit être de loin plus éprouvante pour les malheureux qui combattent dans les tranchées. Les cas de gelure[1] *des pieds se multiplient et se propagent comme une peste. Selon les dernières estimations, un tiers de nos soldats en*

1. Lésion très grave de la peau (des extrémités en général mais particulièrement des pieds) due à une exposition prolongée au froid et à l'humidité, et pouvant aller jusqu'à la nécrose des tissus et à la gangrène. Dans les tranchées, les soldats y étaient particulièrement exposés (*NdT*).

seraient atteints, certains si gravement que leur état exige l'hospitalisation d'urgence. Patton a commandé quatre-vingt-cinq mille paires de chaussettes supplémentaires et il paraît qu'il a déclaré à ses hommes qu'en temps de guerre, mieux valait se laver les pieds que les dents ! Les snow-boots sont devenus des objets de convoitise. Plus que jamais, je reste saisi d'admiration devant le courage et la détermination de nos soldats.

Toutefois, je continue à mener ma petite vie d'avocat, à mille lieues de leurs épreuves, dans l'univers protégé mais parfois déprimant du tribunal militaire. J'ai tout de même une grande nouvelle à t'annoncer : ma promotion m'est parvenue hier – avec seulement quatre mois de retard ! Je suis désormais le capitaine Dubin et le mot « adjoint » ne figure plus dans mon titre, qui est à présent « Assistant Staff Judge Advocate ». J'ai immédiatement fixé à mon col mes barres d'argent et pendant toute la journée, tout en vaquant à mes occupations, j'ai eu un petit sursaut de joie et de fierté chaque fois qu'un lieutenant me saluait au passage.

Mon amour, je te souhaite de très bonnes et heureuses fêtes de Thanksgiving. L'an prochain, à cette date, j'espère être près de toi au coin d'un bon feu…

Je t'aime et ne cesse de penser à toi.

David

Un après-midi, au cours de la deuxième semaine de décembre, un planton vint déposer mon courrier sur mon bureau – trois lettres et une carte postale. J'allais les faire disparaître dans mes poches pour m'en régaler plus tard, dans l'intimité de ma chambre, lorsque la carte retint mon regard. La photo en noir et blanc représentait un bâtiment à toit pointu, orné de minces flèches bicolores et de deux arches concentriques, au-dessus d'une grande porte cintrée – *La synagogue d'Arlon*, indiquait la légende au dos, *la plus ancienne de*

Belgique. Mais cela me surprit bien moins que les quelques lignes manuscrites qui suivaient :

Dubin —

Désolée vous avoir faussé compagnie. Robert avait dit « pas le choix ». Vous êtes un bon copain. S'il vous plaît, pas penser mal de moi. Peut-être nous reverrons, quand ce ne plus être la guerre. Est-ce que c'est O.K., pour les Juifs, à dire « joyeux Noël » ?

G.

Gita Lodz avait l'écriture pointue, exubérante et passablement désordonnée, que j'aurais attendue d'elle. Elle avait écrit en anglais, sachant que son message aurait mis des semaines, voire des mois, à passer la censure, s'il avait été rédigé en français.

Je dus parcourir la carte près d'une vingtaine de fois, ce jour-là et le lendemain, en tâchant de lire entre les lignes. Quel sens fallait-il y voir ? Pourquoi m'avait-elle écrit ? Et d'ailleurs, qu'est-ce que ça pouvait me faire ? Puis je me demandai si elle était réellement en Belgique, ou si ce n'était qu'un nouveau piège, tendu par Martin. Je demandai à un postier militaire s'il pouvait m'indiquer la ville d'où la carte avait été envoyée. Elle portait le tampon violet circulaire des services postaux de l'armée. Le code à trois chiffres qui figurait au centre était celui du QG de la 1re Armée, cantonnée aux environs de Spa, en Belgique.

Après maintes hésitations, j'envoyai un télétype au quartier général de Teedle, à la 18e Division Blindée, en lui expliquant que je venais de recevoir une communication indiquant approximativement l'endroit où nous avions de bonnes chances de retrouver Martin. À présent, la 18e était retournée au combat. Ils étaient remontés jusqu'au Luxembourg en passant par Metz, où il y avait quelques escarmouches avec les Allemands, qui se retrouvaient acculés dans leur retraite aux massives fortifications de la ligne Siegfried, construites le long de la frontière allemande. Avec l'approbation de l'état-major, quelques jours à peine après la disparition de Martin, Teedle avait émis un ordre d'arrestation à son encontre, ce qui mettait officiellement terme à mon enquête. Soulagé de ce fardeau, j'avais fait de mon mieux pour ne plus penser ni à Robert Martin, ni à Gita Lodz, qui m'avaient tous deux couvert de ridicule, chacun à leur façon. Lors de la visite que je fis à Teedle, l'oreille basse, le jour de la disparition de Martin, je m'étais pris le savon auquel je m'attendais, mais pas seulement pour avoir laissé filer le major. Teedle m'avait en outre appris que Patton était entré dans une rage noire, en apprenant la destruction de la Saline royale et qu'il avait exigé, pour reprendre les termes de Teedle, « qu'on lui amène les couilles de Martin sur un plateau, pour son repas de Thanksgiving ». L'opération de la Saline avait bien été prévue par l'OSS, à l'automne, mais de fait, Martin n'avait eu le feu vert de personne, pour l'exécuter. Il l'avait lancée de son propre chef, sans doute parce qu'il n'avait pu se résigner à disparaître sans l'avoir fait. Mais sans un minimum de coordination, l'attentat s'était soldé par un véritable désastre tactique. La 21e Panzerdivision, épouvantée par l'ampleur des dégâts, avait ralenti sa progression dans la région de Marsal, évitant, fort fâcheusement pour nous, trois bataillons antitanks que Patton avait envoyés en embuscade.

Mon message à Teedle me valut une réponse rapide. Un peu plus tard le même jour, je fus interrompu en plein tribunal par un coup de fil urgent. Comme je me précipitai à l'étage pour répondre, j'eus Bonner au téléphone. Teedle était apparemment à côté d'un relais téléphonique Antrac, et demandait à me parler. La qualité de la ligne laissait à désirer. Le son était ténu et déformé par la friture, et lorsque Bonner s'éloigna pour aller chercher le général, j'entendis en arrière-plan gronder des tirs de mortier.

« J'ai bien reçu votre satané télétype, Dubin, fit Teedle en guise de préambule – et à votre habitude, vous m'avez submergé sous votre putain de bla-bla juridique. J'ai besoin de plus amples détails pour pouvoir contacter le VIIIe Corps. Sur quel genre de support vous l'avez reçu, ce message ?

— Une carte postale, général.

— Une *carte postale* ? Il vous a envoyé une carte postale, ce fils de pute ? Il se prend pour qui, pour Zorro ?

— C'était d'elle, mon général.

— Qui, elle ? Sa petite amie ?

— Oui – mais je doute qu'elle soit vraiment sa petite amie.

— Sans blague ? Dites donc, Dubin, vous êtes un type nettement plus fascinant que je ne me le figurais ! Appelez ça comme vous voulez, mais ils sont toujours fourrés ensemble, comme cul et chemise, n'est-ce pas ?

— Oui, mon général, et je suis quasiment sûr qu'elle est avec lui. Ce dont je doute, c'est qu'elle ait pu faire quoi que ce soit qui puisse le mettre en péril. Ce qui explique que j'aie longuement hésité, avant de vous déranger. Je me figure bien que vous avez d'autres soucis en tête. Mais il se trouve que cette arrestation est placée sous votre autorité…

— Vous avez bien fait, Dubin. Et ne vous bilez surtout pas pour nous – on est en train de leur botter les fesses, à ces branleurs ! Évidemment, ça irait encore mieux si notre président arrêtait de jouer au chat et à la souris avec les Russes. On devrait être à Sarrebruck, à l'heure où je vous parle, mais FDR craint de désobliger le père Staline, si des fois nous débarquions trop vite en Allemagne… » Teedle s'interrompit tout à coup, probablement parce qu'il venait de s'aviser qu'il valait mieux s'abstenir de ce genre de remarque, sur une ligne non sécurisée. En arrière-plan, les tirs de mortiers reprirent de plus belle et, une seconde plus tard, la communication fut coupée.

À quelques jours de là, le 15 décembre, vers 7 heures du matin, j'étais au mess des officiers en compagnie de Tony, devant un petit déjeuner à base d'œufs en poudre reconstitués, lorsque je vis arriver un jeune planton boutonneux, un bleu qui avait perpétuellement l'air au bord de la crise de nerf. Il m'annonça qu'on me demandait au bureau des transmissions. C'était à nouveau Teedle qui, cette fois, s'adressait à moi par télétype interposé. À peine le préposé lui eut-il indiqué que j'étais arrivé, que la machine se mit à cracher son ruban que le décrypteur transcoda, avec force crépitements, sur le rouleau de papier jaune de la machine.

« Salopard localisé, m'annonçait Teedle. Non loin de Houffalize, secteur du VIIIe Corps. Joue les Robins des bois, avec toute sa joyeuse petite bande. A prétendu auprès du VIIIe Corps être envoyé par l'OSS pour une mission de reconnaissance des positions allemandes. Je souhaiterais que vous alliez personnellement à Houffalize procéder à l'arrestation. »

« Moi ? » m'exclamai-je pour le préposé du télétype, qui me demanda s'il devait transmettre cette réponse. À l'aide d'une formulation plus diplomatique, je m'empressai de suggérer au général qu'une telle mission conviendrait mieux à un détachement de la police militaire.

« Négatif. C'est vous qui connaissez le mieux notre sujet, répondit Teedle. Ainsi que tout le contexte. Nos MP sont submergés de boulot à cause des prisonniers de guerre – car nous sommes en guerre, au cas où vous auriez oublié. »

Je réfléchis aux différentes possibilités qui s'offraient à moi, mais je finis par répondre que je comprenais les ordres.

Teedle répartit : « Sujet attendu dans les soixante-douze heures. Se trouve actuellement en reconnaissance derrière les lignes ennemies.

— Y a-t-il des chances pour qu'il revienne ?

— Toutes les chances. Il a laissé la fille. Partez immédiatement. J'informe Londres de l'imminence de l'arrestation. »

J'allais aussitôt prendre conseil auprès du colonel Maples. J'avais rechigné à discuter avec Teedle des aspects techniques du problème, sachant qu'il les traiterait par le mépris. Mais demeurait un obstacle fondamental... J'ouvris le manuel des Procédures de Cour Martiale sur le bureau du colonel, à l'article 20.

20. PROCÉDURE PRÉPARATOIRE AUX PROCÈS EN COUR MARTIALE.

— Arrestation et détention provisoire

Les catégories de personnes suivantes, tombant sous le coup de la législation militaire, seront mises aux arrêts ou placées en détention conformément à l'article 69 du code général de la loi martiale, comme suit :

Officiers – uniquement par l'officier de grade supérieur dont ils dépendent, en personne, ou par l'entremise d'autres officiers, par ordre écrit ou oral de l'officier supérieur, ou par d'autres voies de communication. L'autorité de placer cette catégorie de personnes aux arrêts ou en détention provisoire ne pourra être déléguée.

En d'autres termes, l'arrestation de Martin ne pouvait être confiée qu'à un officier dépendant directement de l'autorité de Teedle, et rattaché à la 18e Division. Après quelques discussions, à l'époque où l'ordre avait été émis, notre état-major avait considéré que le supérieur direct de Martin était Teedle, et non Winters, de l'OSS, parce que le major avait manqué à l'ordre qui lui enjoignait de revenir. Mais Teedle n'étant pas mon supérieur hiérarchique direct, je n'avais pas autorité pour aller arrêter Martin, sans mettre en péril l'ensemble de la procédure.

Maples pinça entre le pouce et l'index sa longue moustache que j'avais vue blanchir, durant ces quelques derniers mois, et qui ressemblait à présent à une traînée de mousse à raser, qu'il aurait oublié d'essuyer, sur sa lèvre supérieure. À son habitude, il hésitait à brusquer Teedle en lui imposant une solution plus conforme au protocole juridique. Il se débrouillerait pour obtenir du G-1 de la IIIe Armée mon transfert à la 18e DB, à seule fin de procéder à cette arrestation.

« Nous allons devoir jongler avec les paperasses, Dubin. Mais cette fois, débrouillez-vous pour faire sonner votre réveil, que diable ! Je doute que Patton goûte la plaisanterie, si Martin réussissait à vous filer entre les doigts pour la deuxième fois. Seigneur, quelle étrange situation... ! fit le colonel en agitant la tête. La fourberie humaine, David – il y a là plus de mystère et d'imagination que dans tout l'univers des arts !

— Puis-je me faire accompagner par Bidwell, colonel ?

— Bien sûr. » Et il m'envoya chercher quelqu'un qui puisse me remplacer au tribunal pour la journée.

À midi sonnant, nous étions à nouveau sur la route, Bidwell et moi, dûment munis de nos papiers. C'était une journée pluvieuse. Des nuages de brume s'accumulaient comme de la fumée au-dessus des collines, et nous avions fait monter des panneaux latéraux sur la Jeep, pour nous protéger du froid et de la pluie. Houffalize apparaissait à peine sur les cartes. C'était une petite bourgade située aux alentours de Saint-Vith, à deux cent trente kilomètres de notre point de départ. Comme notre route passait tout près des zones où la bataille faisait rage, mieux valait n'arriver là-bas que le lendemain, bien avant le coucher du soleil. Ne sachant pas ce que nous rencontrerions en chemin, nous étions partis avec des paquetages complets et de grandes capotes d'hiver.

Tandis que nous nous rapprochions de Metz et du territoire récemment repris par l'armée américaine, nous croisions çà et là des pancartes *Achtung Minen*, laissées par les Allemands. Je n'aurais su dire si ces mises en garde étaient destinées à leurs propres hommes ou si elles relevaient d'un genre de bluff ou de guerre des nerfs. Profitant d'un arrêt, je me renseignai auprès d'un groupe de soldats de la 6e Division Blindée, qui me répondirent que les unités de déminage avaient contrôlé les grandes routes, mais qu'en dehors de la chaussée, il valait mieux regarder où on mettait les pieds. « Faites gaffe, capitaine ! Vous ne seriez pas le premier à vous retrouver avec une jambe en moins en allant pisser un coup derrière un buisson ! » m'avertit un sergent.

Continuant vers le nord, nous dépassions de temps à autre des files d'ambulances qui convergeaient vers les hôpitaux du secteur. Faute de camions de la Croix-Rouge, on utilisait des Jeeps qui transportaient les blessés sur des brancards installés sur le capot et sur les sièges arrière. Vers les 16 h 30, comme nous commencions à nous mettre en quête d'un endroit où passer la nuit, nous sommes tombés sur un barrage de la police militaire. L'un des policiers a passé la tête par la vitre avant, pour glisser un regard méfiant dans la Jeep. J'ai sorti nos papiers et nos ordres de la poche intérieure de mon manteau, mais le MP n'y a jeté qu'un regard distrait.

« Quelle est la ville où habite Li'l Abner ? me demanda-t-il.

— Auriez-vous bu, seconde classe ?

— Veuillez répondre à la question, capitaine.

— Dogpatch.

— Comment s'appelle l'équipe de base-ball de Brooklyn ? fit-il, s'adressant cette fois à Biddy, qui était au volant.

— Les Dodgers, répondit Bidwell avec humeur. Si on peut appeler ça une équipe ! »

Contre toute attente, la remarque arracha un éclat de rire au policier, ce qui eut pour effet de dissiper le malentendu. Pendant toute la journée, nous expliqua-t-il, ils avaient été bombardés de rapports les mettant en garde contre des imposteurs allemands qui tentaient de passer nos lignes vêtus d'uniformes américains, pour se livrer à des actes de sabotage. Ils coupaient les câbles téléphoniques, enlevaient les panneaux indicateurs ou leur faisaient faire demi-tour, pour égarer nos troupes ou les envoyer vers les lignes allemandes – bref, le même genre de tours pendables que leur avait joués Gita, le joués du débarquement.

« Si vous vous faites à nouveau contrôler, me dit le policier, sortez vos cartes d'identité. Toutes celles de ces saboteurs portent l'inscription : "pour l'identification seulement", sans faute d'orthographe. Alors que les vraies, celles de nos officiers, comportent une coquille – on y lit "indentification" au lieu d'"identification". Les nouveaux officiers ont dû y voir un signe du peu de valeur de leur promotion[1]... Mais ces crétins de Boches n'ont pas pu résister au plaisir de corriger la faute, histoire de nous donner une leçon d'anglais. »

Nous arrivions dans le secteur de la Ire Armée. Nous avons passé la nuit dans la ville de Luxembourg, dans un hôtel qui servait de quartier général à des officiers de la 9e Division Blindée. Nous avions mieux roulé que nous l'escomptions et nous pouvions espérer rejoindre Houffalize le lendemain, dans l'après-midi. Je fus réveillé dès 5 heures du matin, par des tirs d'obus nourris qui provenaient du nord – la direction que nous devions prendre. Je tentai de me renseigner auprès du major qui avait établi nos billets de logement.

« Aucun souci ! Les Allemands font marcher leurs canons pendant qu'ils peuvent encore le faire, mais ils n'iront pas bien loin. Bradley a rappelé le VIIe Corps et pour l'instant, nous sommes un peu dégarnis sur nos lignes de front, mais les Boches ont très bien compris

1. *Indentation* signifie encoche dentelure, retrait par rapport à la norme – d'où l'interprétation négative qui pourrait en découler (*NdT*).

que s'ils forçaient le passage, ils auraient vite fait de tomber sur le gros du peloton. Je vous parie que dans moins d'une heure, tout ce raffut aura pris fin. »

Comme nous quittions la ville, un jeune soldat armé d'un bazooka et parlant avec un accent curieusement germanique nous demanda si nous pouvions le ramener à son unité, située à une quinzaine de kilomètres vers le nord. Il grimpa à l'arrière, près de nos paquetages. Il était originaire d'une petite ville de Pennsylvanie où l'on parlait toujours ce dialecte allemand, et nous parut d'une gaîté surprenante, doublée d'une totale indifférence à la guerre. D'une voix de ténor remarquablement puissante, quoique péchant peut-être un peu, côté justesse, il se mit à nous chanter des chansons qu'il avait apprises dans son patelin. Il avait entonné une ballade où il était question d'une jeune fille qui pleurait son amoureux, parti à la guerre, lorsque la Jeep a décollé. Nous nous sommes sentis propulsés dans les airs, emportés par une déferlante de bruit et de poussière. La seconde d'après, je me suis retrouvé dans un fossé plein d'eau, au bord de la chaussée, et en levant le nez, j'ai vu qu'un cratère fumant s'était creusé au milieu du champ qui s'étendait au bord de la route. Un tir de mortier, à première vue. La Jeep avait été projetée à plusieurs mètres de là, sur le bas-côté et elle versait d'une trentaine de degrés par rapport à l'horizontale. Ses roues avant et arrière droites tournaient dans le vide. Quant au panneau de toile que j'avais traversé, il claquait à présent au vent, inutilisable. Le jeune Pennsylvanien avait atterri dans le champ. Sans se départir de son flegme ni de son sourire, il se releva et se remit sur pied. Je lui criai d'ouvrir l'œil, au cas où le champ aurait été miné. Mais c'était plutôt moi qui aurais dû ouvrir l'œil. La roquette était tombée de son bazooka et reposait à quelques centimètres de moi, dans la boue du fossé. Une petite mare s'était formée autour d'elle. Je n'osais même pas la frôler, de peur de déclencher l'explosion. J'avais entrepris de m'en éloigner, centimètre par centimètre, lorsqu'un autre obus s'abattit quatre ou cinq cents mètres plus loin, éventrant la route sur toute sa largeur. Les Allemands étaient nettement plus près que nous ne l'imaginions.

Je me mis à crier pour appeler Bidwell. Il n'avait pas été projeté hors de la Jeep, mais seulement plaqué au sol. Je le vis émerger, encore sonné par le choc. Le moteur tournait toujours, mais Biddy descendit pour examiner la position des roues et décréta que, vu l'inclinaison du châssis, le différentiel allait empêcher les roues de tourner. Nous avons agoni d'injures la malheureuse machine, comme s'il s'agissait d'un cheval boiteux, et nous avons tenté de la pousser de l'épaule dans l'espoir de la remettre d'aplomb, en croisant les doigts pour que les obus aillent atterrir ailleurs.

Un petit convoi arrivait, juste derrière nous. L'officier chargé du détachement sauta d'un des camions pour venir nous donner un coup de main, pendant que son sergent allait examiner le cratère qui avait défoncé la chaussée, quelques centaines de mètres plus loin et tenter de trouver une solution pour le franchir.

« Ça pète salement, là-bas, mon capitaine, me dit-il, lorsque je lui eus expliqué où nous allions. Vous choisissez mal votre jour, pour lancer vos procédures. Vu d'ici, on jurerait qu'Hitler a décidé de faire son grand baroud d'honneur, avant de tirer sa dernière révérence. » Et il nous conseilla de repartir en direction de l'ouest.

Quelques-uns de ses hommes nous aidèrent à sortir la Jeep du fossé et à réparer notre pneu arrière. Le jeune homme au bazooka avait récupéré sa roquette. Il trouva une place dans l'un des camions du convoi, tandis que nous repartions, Bidwell et moi, en direction de Neufchâteau. Deux de nos panneaux latéraux, en lambeaux, laissaient passer un courant d'air glacé.

Le ciel était trop bouché pour que nous ayons à craindre des attaques aériennes, mais les tirs d'artillerie lourde se succédaient sans discontinuer. Quelque chose comme une heure plus tard, nous sommes arrivés à un grand croisement où des pancartes, pointées dans toutes les directions, indiquaient Aachen, Luxembourg, Düsseldorf, Neufchâteau et Reims. Deux MP étaient postés au centre de l'intersection et contrôlaient tous les véhicules. Quand vint notre tour, le policier nous demanda nos papiers et les examina longuement.

« C'est bien plus au nord, que vous devez aller. Comment se fait-il que vous ayez pris la direction de l'ouest ? »

Je lui expliquai les raisons de notre changement d'itinéraire.

« Mmh-mm, dit-il. Combien de temps êtes-vous restés stationnés à Nancy ? »

Comme je lui répondais, il enchaîna : « Comment s'appelle la place principale de la ville ?

— La place Stanislas, répliquai-je, en tirant ma carte d'identité de mon portefeuille. Voilà – vous voyez, là… » Biddy lui montrait le mot *indentification*, mais le policier ne réagit pas plus que si nous lui avions parlé turc.

« Ne cherchez-vous pas à vérifier que nous ne sommes pas des imposteurs allemands, sergent ? lui demandai-je.

— Soit dit sans vous froisser, mon capitaine, ce que j'essaie de voir, c'est si vous n'êtes pas des déserteurs.

— Des déserteurs ! » Cette seule idée m'offensait.

« Croyez-moi, mon capitaine. Sauf votre respect, dans les rangs de ces petits bleus des RTC – il faisait allusion aux troupes de renfort – c'est la panique dès que l'acier se met à voler. Là-bas, il paraît que la moitié de la 28ᵉ a préféré battre en retraite vers l'arrière. J'en ai pincé plusieurs qui trimbalaient des morts en faisant semblant de chercher des toubibs. Un autre a prétendu être un messager, sauf qu'il ne savait plus quel message il devait transmettre, ni à qui. Et on ne compte plus ceux qui se rendent aux Boches avant même d'avoir tiré un seul coup de feu. Il paraît qu'il y en a dix mille du 106ᵉ qui ont déjà capitulé – et pas seulement des appelés ! On a vu passer des tas d'officiers qui prétendaient se rendre à leur QG pour vérifier leurs ordres...

— C'est des troupes américaines que vous parlez, là ? Nom d'un chien, qu'est-ce qui se passe !

— Vous savez, dans le secteur boisé, plus au nord – paraîtrait que toute cette putain de 6e Panzerdivision SS s'était planquée dans la forêt, sous les arbres. Von Rundstedt est sorti de là par surprise, avec ses tanks et son artillerie, et il est passé à travers nos lignes comme dans du beurre. Au moment où je vous parle, le VIIIe Corps se prend une sacrée dérouillée. On entend toutes sortes de choses. Selon certains, il y aurait déjà des chars allemands à soixante-quinze kilomètres d'ici, vers l'ouest. On a vu passer un bataillon de défense anti-aérienne en pleine débandade, il y a une vingtaine de minutes et, à en croire certains appelés, paraîtrait qu'ils ont ordre de se replier pour défendre Paris. Y a au moins un truc de sûr dans tout ça, mon capitaine, c'est que cette putain de guerre, on n'est pas près d'en voir la fin ! »

De là, nous avons pris la direction du nord, mais nous n'avions pas roulé plus d'une demi-heure que, conformément aux prédictions du MP, la route était bloquée par des camions et des blindés qui fuyaient en sens inverse, vers le sud. La plupart de ces unités semblaient totalement désemparées, livrées à elles-mêmes et coupées de toute autorité. Elles allaient droit devant elles, en quête d'un secteur plus sûr. Nous avons croisé un bataillon de blindés en rade au bord de la route, en panne sèche. Un jeune soldat était assis sur la tourelle de son char et pleurait à chaudes larmes en regardant autour de lui, comme s'il attendait que quelqu'un vienne lui dire comment faire pour s'arrêter. De temps à autre, l'un de ses camarades venait lui tapoter l'épaule. Un sergent nous expliqua que le matin même, le meilleur ami de ce gamin avait été réduit en charpie sous ses yeux, à moins d'un mètre de lui.

De retour à la Jeep, Biddy me fit remarquer que le moment était mal choisi pour procéder à une arrestation. « On tombe au beau milieu d'un champ de bataille, mon capitaine.

— Mais ce sont nos ordres, Biddy. » Je ne voyais vraiment pas ce que nous aurions pu faire d'autre.

« Ce que je veux dire, capitaine, c'est qu'il vaut mieux attendre un jour ou deux ici, le temps que tout ça se décante un peu. Ensuite, on y verra plus clair. D'ailleurs, y a toutes les chances pour que Martin ait pris la tangente, lui aussi. Il se pourrait même qu'on le voie revenir par ici… »

Son raisonnement paraissait frappé au coin du bon sens. Nous avons donc remis le cap à l'ouest, croisant à deux reprises des patrouilles de PM chargées de repousser les déserteurs. Nous sommes finalement arrivés à Neufchâteau à la tombée de la nuit. C'était une pittoresque petite ville, avec une ribambelle de jolies maisons élancées et de vieilles ruelles, mais tout le secteur semblait avoir sombré dans le chaos. Nous nous sommes présentés au rapport au QG du VIIIe Corps, installé dans le palais de justice. Les nouvelles de l'état-major du front, cantonné à Bastogne, étaient sombres. Les couloirs étaient pleins de gens qui entraient et sortaient des bureaux en hurlant des informations que quelqu'un d'autre s'empressait aussitôt de démentir. Plusieurs régiments avaient hissé le drapeau blanc. On était sans nouvelles de nombreuses unités. Chaque fois que je parvenais à capter l'attention de quelqu'un, je voyais son regard glisser vers les fenêtres, comme s'il s'attendait à voir débarquer des Divisions de Panzer d'une seconde à l'autre. Les secrétaires se bousculaient dans les couloirs, occupés à ranger des documents dans des cartons et à trier ceux qu'il fallait conserver, pour pouvoir brûler les autres dès l'arrivée de l'ordre de retraite.

Après avoir attendu des heures au service des Transmissions, je parvins à coincer un jeune caporal qui accepta d'envoyer au général Teedle un radiotélégramme où je lui spécifiais notre position, en demandant des directives. Puis je me mis en quête d'un billet de logement. On me dirigea vers le quartier des officiers, qui avait été établi deux blocs plus loin, dans l'hôtel de ville. Tandis que je parcourais les couloirs à la recherche d'une couchette restée libre, je croisai des petits attroupements d'officiers désemparés, qui se réunissaient pour se parler à voix basse, en se passant une bouteille de whisky. Personne ne semblait prêt à accepter ce qui nous arrivait. Depuis que j'avais débarqué sur le sol européen, les Allemands n'avaient cessé de refluer devant nous, sur un immense front. L'un des hommes qui prétendaient avoir vu les cartes les plus récentes expliquait que nous nous étions avancés trop vite, trop à l'est, et que les nazis s'apprêtaient à diviser le groupe de la XIIe Armée, séparant la Ire Armée de la IIIe, et la IXe des deux autres, en une vaste manœuvre en pinces qui suivrait, sur le flanc nord et sud. Personne ne savait au juste jusqu'où s'étendait actuellement l'avancée allemande. Mais l'ennemi avait incontestablement pris l'avantage. Plusieurs des officiers présents firent allusion à des rapports qui avaient été reçus quelques jours auparavant, concernant des mouvements de troupes ennemies, et dont le général Bradley n'avait pas jugé bon de tenir compte. Tous les visages reflétaient la même inquiétude. Nous n'étions pas près de rentrer chez nous. Nous ne gagnerions probablement pas cette guerre pour Noël, ni pour le jour de l'an – ni même pour la Saint-Valentin. Et lorsque je me mis au lit, je me posai enfin la question que personne n'osait formuler à voix haute : n'allions-nous pas carrément la perdre ?

Non, me dis-je. C'était exclu. Nous devions gagner. J'aurais donné ma vie pour arrêter Hitler. Et en dépit de cette vague de panique qui avait dispersé les troupes de renfort sur le front, je savais que la plupart des officiers qui dormaient près de moi, dans le bâtiment, partageaient ma détermination. Au moment d'éteindre ma lampe, je me souvins que je n'avais pas dîné. Il y avait une ration « K » dans mon paquetage, mais j'étais trop éreinté et trop triste pour me relever.

Je fus réveillé quelques heures plus tard, par la lumière d'une lampe torche. Je pensai d'abord à une autre explosion puis, tandis que j'émergeais, je me demandai comment le fracas de la bombe avait pu m'échapper. Mais je compris mon erreur, en reconnaissant le jeune caporal du bureau des transmissions, celui qui avait envoyé mon message à Teedle. Il avait orienté la lumière de sa torche électrique vers son propre visage pour me permettre de l'identifier. 2 h 10, disait ma montre. Me parlant à mi-voix pour ne pas réveiller mes cinq camarades de chambrée qui dormaient du sommeil du juste, dans l'ancien bureau converti en dortoir, le caporal me demanda de me lever et de le suivre dans le couloir, ce que je fis, en caleçon.

« Capitaine, me dit-il, voici une communication que nous venons de recevoir, avec la mention *extrême urgence*. » À l'expression de son visage, je vis qu'il avait pris connaissance du message que contenait l'enveloppe et qu'il avait jugé la mention justifiée. Le texte, signé de Teedle, était arrivé sous une forme codée. Il avait dû passer entre les mains des cryptographes, qui l'avaient déchiffré.

Informations classées / top secret / à détruire près lecture

OSS confirme homme recherché espion soviétique STOP Arrestation priorité absolue STOP Prochaines instructions par radio, 06:00 - STOP

15

Le grand saut

Le 17 décembre au matin, nous attendîmes vainement le message de Teedle : la plupart des centres de communications alliés des environs de Saint-Vith avaient été pris par les Allemands. Bien que nous nous trouvions au sud de cette zone, les lignes et les relais qui avaient subsisté étaient réservés à la transmission de messages traitant de sujets autrement plus importants que la vie d'un seul homme, fût-il espion. Je dus passer une bonne quarantaine d'heures sur un banc, dans le bureau des transmissions du VIIIe Corps, à attendre le signal du général.

À Neufchâteau comme dans bien d'autres villes, le corps des transmissions avait établi son quartier général dans les bureaux poussiéreux des PTT – Postes, Télégraphe et Téléphone – situés au coin d'une rue dans un petit immeuble rosâtre, surmonté d'une curieuse coupole d'acier, qui le coiffait comme un casque. Depuis mon banc, j'apercevais les jeunes téléphonistes, avec leur rouge à lèvres écarlate et leurs cheveux aplatis par les écouteurs. Elles branchaient et débranchaient les lignes sur le grand panneau du standard, sous la surveillance de quelques appelés américains qui les surveillaient en faisant les cent pas derrière elles, tout comme les Allemands, quelques mois plus tôt. De temps à autre, un civil entrait pour poster une lettre ou un paquet qu'il remettait à un préposé maussade, sans la moindre garantie que l'envoi puisse arriver un jour à destination.

Le seul avantage que je trouvais à cette longue attente, c'était de rester posté en quasi-permanence au point de communication le plus névralgique du secteur de Neufchâteau. Je n'avais aucune question à poser ; il me suffisait de prêter l'oreille aux remarques et aux bribes de conversation qu'échangeaient les messagers et les aides de camp qui montaient ou descendaient les escaliers, pour reconstituer tout le puzzle. Les nouvelles étaient franchement sombres. La 6e Panzerdivision de Sepp Dietrich progressait lentement mais sûrement dans notre direction, en enfonçant les positions du VIIIe Corps, qui manquait cruellement d'hommes. Et personne n'aurait pu dire s'ils recevraient des renforts, car la 5e Panzerdivision s'avançait sur le front sud, pour tenir Patton à distance.

En apprenant tout cela depuis mon banc, j'avais peine à réprimer une pointe d'admiration pour la stratégie des forces nazies. Vu l'ampleur du coin que Dietrich avait réussi à enfoncer dans nos lignes, le plan de Runstedt semblait être d'écraser les forces américaines, puis de traverser la Meuse et de continuer jusqu'à Anvers. Si les nazis parvenaient à leurs fins, toutes les forces alliées qui s'étaient avancées au nord de la Belgique et jusqu'en Hollande se trouveraient totalement encerclées et privées de toute voie de retraite. En comparaison, le désastre de Dunkerque ferait figure d'accident de parcours. Ayant pris en otage le tiers des armées alliées, Hitler serait en position de négocier un armistice – ou, s'il persistait dans sa folie furieuse, il n'aurait plus qu'à les anéantir, avant de poursuivre son avancée vers le sud, en levant d'autres forces en Allemagne, dans une dernière tentative de reconquérir l'Europe de l'Ouest. L'opinion la plus communément répandue dans le service était que, cinglé ou pas, Hitler ferait la paix, ne fût-ce que pour se donner le temps de rebâtir son armée. Cloué sur mon banc, je ne cessais de ruminer les prédictions de Martin : la guerre, encore et toujours, à perte de vue... On avait peine à croire qu'une victoire qui, quelques jours plus tôt, semblait presque inéluctable, pouvait se trouver ainsi remise aux calendes grecques.

De minute en minute, la même résolution clignotait en moi, comme un panneau indicateur. Nous devions la gagner, cette guerre. Coûte que coûte. Et je devais y contribuer.

De temps à autre, le moral en berne, je sortais du bureau et traversais la rue en direction du quartier général de l'arrière, situé dans le palais de justice, un grand bâtiment de pierre orange, orné de colonnades, pour m'assurer que mes ordres ne s'étaient pas fourvoyés par là-bas. À l'occasion, Biddy me rejoignait et nous allions flâner selon un circuit bien établi, dans les ruelles escarpées, semées de petits escaliers dont les pavés disjoints et verglacés pouvaient receler des dangers insidieux. La neige s'était mise à tomber à gros flocons et le ciel était si bas qu'on l'aurait cru à quelques mètres, au-dessus des toits. Ou bien Hitler avait judicieusement choisi le moment de son offensive, ou bien il avait eu une satanée chance car, sauf à survoler directement les canons des batteries antiaériennes allemandes, nos avions ne pourraient décoller tant que nous aurions ce couvercle de nuages au-dessus de la tête.

Après avoir hésité à communiquer à Biddy la teneur du message de Teedle, classé top secret, j'avais finalement décidé de le faire. Quoi qu'il puisse nous arriver par la suite, il devait pouvoir comprendre le cours des événements.

« Un espion ! » Je n'aurais pas été surpris de l'entendre me dire qu'il avait toujours eu des soupçons concernant Martin, mais non. Il avait autant de mal que moi à admettre cette idée. « Mais capitaine, ça ne tient pas debout ! Après tout ce qu'on l'a vu faire ! »

J'y avais déjà réfléchi et c'était bien la plus déconcertante de toutes les idées qui m'avaient assailli ces deux derniers jours : l'opération de la Saline royale, à laquelle nous avions été si fiers d'avoir collaboré, n'était en fait qu'une tentative pour faire obstacle à l'armée américaine, au profit des Soviétiques. Malgré les protestations outrées de Patton, quant à la date choisie pour l'explosion, j'avais un mal de chien à faire coïncider les deux points de vue. Mais cela dit, les espions étaient coutumiers de tels stratagèmes, et ils s'arrangeaient généralement pour donner à leurs actions les apparences du patriotisme. L'OSS devait avoir de bonnes raisons, pour aboutir à cette conclusion.

Le 19 décembre à 4 heures du matin, le caporal Lightenall, toujours lui, vint me secouer sur le banc où je m'étais assoupi. Le message de Teedle était enfin arrivé, toujours par télétype et toujours en code. Je me mis moi-même au clavier. Au cours de ces deux longues journées d'attente, j'avais eu le temps d'apprendre à me servir de la machine.

« Confirmez réception de mon message du 16/12/44. »

Ce que je fis.

« J'ai moi-même eu du mal à le croire, poursuivit Teedle. Mais à Londres, ils sont absolument formels. Ils ont des preuves. »

Le général ne craignait manifestement pas que son message puisse être intercepté, car il se montra prolixe. Je l'imaginai très bien après une journée de combat, sa gourde à la main, criant aux oreilles de son opérateur. Au milieu d'une nuit blanche, une de plus, il ne devait pas être mécontent d'engager cette petite joute verbale avec moi. Mais ce dialogue était bien le plus étrange que nous eûmes jamais, à cause de ces battements de silence où j'attendais, le cœur battant, la réplique suivante qui me revenait en une rafale de crépitements hargneux.

En pesant chaque mot, je lui posai la question qui n'avait cessé de me tarauder : l'opération de la Saline royale, à laquelle nous avions participé, avait-elle été commanditée à Martin par ses alliés secrets ?

« Aucune idée. Londres se garde bien de le dire expressément. Il semblerait qu'actuellement, notre homme ne travaille pas contre les Alliés, mais qu'il prépare son prochain coup. Il prend de l'avance pour pouvoir tenir les Rouges au courant de nos mouvements, afin de pouvoir nous ralentir, au besoin. De sorte que, même si nos forces et les leurs n'en viennent pas à l'affrontement direct, les Soviétiques pourront prétendre à une plus grande part du gâteau que nous aurons à nous partager, en fin de partie. Vu ?

— Roger.

— À Londres, ils veulent l'arrêter, coûte que coûte. Mais ils préfèrent ne rien transmettre par écrit, comme d'habitude. Et ils ne tiennent pas à expliquer à ses cinq cent trente-cinq fans de DC, qu'en fait, leur star préférée joue pour l'autre camp. Continuez à appliquer mes ordres. Notre homme se trouve toujours dans le secteur du VIIIe Corps. Contactez le général Middleton, pour procéder à l'arrestation. »

Je m'empressai de lui expliquer ce qui m'empêchait d'appliquer ces directives. À cette date, Middleton avait décidé d'abandonner son QG avancé de Bastogne. Son artillerie, composée de six ou sept unités équipées de canons de 155 mm et d'obusiers de huit pouces, avait déjà entamé une retraite planifiée, mais aucune de ses unités n'avait réussi à s'en tenir au plan prévu, à cause de la rapidité des Panzers qui les avaient forcées à rebrousser chemin à la vitesse grand V. Ils étaient en pleine débâcle et allaient se rabattre vers ici. La 101e Division Aéroportée, qui se déplaçait plus rapidement, allait prendre le relais. Ils se dirigeaient actuellement sur Reims. Je fis remarquer au général que toute communication, quelle qu'elle soit, avait peu de chances de parvenir jusque-là – et que, plus grave, cela posait des problèmes légaux. Comme nous en avions amplement discuté avec le colonel Maples, l'arrestation de Martin ne pouvait être menée que par un officier qui fût sous le commandement direct de Teedle. La réaction du général ne se fit pas attendre :

« Cette putain d'armée est vraiment foutue jusqu'au trognon, depuis qu'on a mis Washington sur un cheval !

— C'est la loi, mon général. Nous serions obligés de le relâcher... »

Il s'écoula un certain temps avant que sa réponse ne me revienne. Il devait réfléchir à la manière dont il pourrait s'expliquer, aussi bien devant Patton que devant l'OSS, au cas où Martin parviendrait à nous échapper à la faveur d'un tel pataquès juridique.

Finalement sa réponse tomba : « Seriez-vous volontaire pour y aller, Dubin ? »

Mes doigts tremblaient sur les touches, mais je comprenais son raisonnement. Dans un rayon de plus de deux cents kilomètres, nous étions les seuls, Bidwell et moi, à être indiscutablement sous l'autorité directe de Teedle. Je voyais mal comment deux types à bord d'une Jeep allaient pouvoir se déplacer dans une zone de combats prise d'assaut par les divisions Panzer, mais je ne pouvais m'asseoir ainsi sur mes résolutions de ces trois derniers jours : je restais prêt à faire l'impossible pour gagner cette guerre.

« Oui, mon général, répondis-je.

— Parfait, riposta-t-il quelques secondes plus tard.

— Mais nous allons avoir besoin d'informations plus récentes, pour localiser notre homme. Il est peu probable qu'il soit toujours à Houffalize. »

Biddy m'avait raconté une histoire à peine croyable. Il la tenait d'un MP qui était encore à Houffalize le 17 décembre. Nos policiers militaires s'étaient retrouvés dos à dos avec leurs homologues allemands à une intersection, pour canaliser le trafic. Chaque camp était à la fois trop débordé et trop peu armé pour tenter d'attaquer l'autre. Les Américains dirigeaient leurs troupes vers les positions de retraite, tandis que les Allemands faisaient avancer leurs équipes de reconnaissance et de déminage pour préparer le terrain aux Panzers, qui n'étaient qu'à quelques kilomètres de là. Depuis, Houffalize était tombée.

« Londres a déjà contacté le haut quartier général, qui comprend l'urgence de cette opération. Je vais demander qu'ils vous prêtent assistance. Attendez mes prochaines directives. »

Je pensais que nous en avions terminé, mais une seconde plus tard, le télétype se remit à cracher son ruban.

« Comment ça se passe, chez vous ?

— Ici, tout est calme, répondis-je. Mais à dix kilomètres vers le nord et vers l'est, c'est un vrai capharnaüm.

— Dites-leur de ne pas lâcher la rampe. La cavalerie arrive ! À bientôt sur la ligne Siegfried et, j'espère, avec ce fils de pute sous les verrous. Stop. »

Il nous fallut attendre deux jours de plus pour recevoir les directives de Teedle, qui nous parvinrent par câble.

`Arrivée annoncée à l'officier de l'unité de commandement au NW Bastogne STOP Rejoignez piste RAF à Virton, qui vous amènera sur les lieux, en vue arrestation STOP.`

Le 21 décembre en fin d'après-midi, nous avons repris la route vers le sud, Biddy et moi. Il avait neigé toute la nuit et la route était tapissée d'une couche aussi poudreuse et aussi compacte que si on y avait déversé une boîte de farine géante, ce qui laissait présager l'arrivée d'une vague de froid aussi glaciale que celles qui s'abattaient sur Kindle County, en plein hiver.

En fait, la prétendue piste de Virton n'était qu'une large bande de terrain récemment ratissée au bulldozer, au milieu d'un champ de neige, mais toute l'équipe des techniciens au sol, majoritairement constituée de mécanos, était à pied d'œuvre. Ils nous attendaient. La RAF n'avait pas pris le temps de construire des hangars, car il aurait été absurde de stationner des avions dans un secteur aussi avancé vers l'est, en pleine offensive, mais depuis déjà quelques jours, des avions anglais y atterrissaient à la nuit tombée, pour assurer le transport du matériel récupéré auprès des forces de Montgomery, qu'il fallait ensuite acheminer vers les nôtres. Nos unités, qui quelques jours plus tôt, pensaient pouvoir traverser les lignes ennemies en coup de vent, se retrouvaient à présent à court d'à peu près tout – sauf précisément de carburant, dont elles s'étaient constitué de grandes réserves, en vue de leur percée éclair.

« Alors, c'est vous qui voulez aller à Bastogne ? me demanda un sergent de la RAF. La ville est pratiquement assiégée, vous savez. L'artillerie allemande pilonne en permanence. Parce que, comme toutes les grandes routes passent par là, les Fritz sont bien forcés de nous reprendre la ville, avant de continuer sur leur lancée. »

Les Ardennes avaient fourni une excellente cachette aux Panzers, mais l'une des raisons qui avaient poussé Bradley et Middleton à ignorer les rapports selon lesquels des chars allemands s'étaient regroupés en masse dans les bois le long de la frontière, était qu'en principe une forêt n'est pas le terrain de prédilection d'un char d'assaut – il est immensément plus facile de rouler sur des hommes que sur des arbres encore sur pied. Sans compter qu'une fois sortis des zones boisées, les Panzers n'avaient toujours pas les coudées franches pour manœuvrer, à cause des récentes pluies d'automne qui avaient transformé les champs en d'immenses bourbiers. J'avais entendu dire que nos tanks avaient une fâcheuse tendance à s'enliser. Les Panzers passaient pour mieux conçus que nos Sherman, qui étaient si prompts à prendre feu que nos hommes les avaient surnommés les

Ronsons[1]. Mais les chenilles allemandes devaient s'embourber, tout comme les nôtres, et vu leur poids, les King Tigers qui étaient les plus gros des Panzers, devaient s'enfoncer d'autant mieux dans le sol détrempé. Comme les unités de Panzers étaient contraintes de s'en tenir aux chaussées et aux chemins carrossables, le seul moyen de ralentir leur progression était de tenir ces voies d'accès le plus longtemps possible, pour laisser le temps aux Américains de se regrouper et d'organiser la contre-offensive. On disait que Patton avait contourné puis débordé la 5e Panzerdivision, et qu'il arrivait à la rescousse, pour renforcer nos troupes en difficulté.

« Eh bien, notre atterrissage ne va pas être de tout repos, on dirait ! lançai-je au sergent.

— Votre *atterrissage... ?* » Il s'était jusque-là plongé dans son moteur, la clé à molette à la main, mais sur ces derniers mots, il se redressa en pivotant pour me faire face, avec sa trogne d'Anglais taillée à coups de serpe. « Nom d'un chien ! On vous avait pas dit qu'on allait vous parachuter ?

— Nous parachuter ?

— Oui, vous savez, les grosses méduses, dans le ciel... » Il ne souriait plus. « Vous êtes parachutiste, mon capitaine – pas vrai ?

— Je suis avocat.

— Bon Dieu de merde ! »

Sa réaction en disait plus qu'un long discours. Nous nagions dans l'absurde. Je partis d'un grand éclat de rire. Comme je m'éloignais pour annoncer ça à Biddy, j'entendis les commentaires du sergent qui expliquait la situation au reste de l'équipage.

« Ce bougre de crétin..., dit-il. Il croyait qu'on allait lui préparer le carrosse royal et le tapis rouge, pour l'emmener à Bastogne. »

---

1. Du nom d'une célèbre marque de briquets et de bouteilles de gaz (*NdT*).

Biddy ne parvint même pas à se fendre d'un sourire.

« En parachute ? Merde, mon capitaine ! Rien que de monter sur le toit de mon immeuble, ça me filait le vertige. J'y connais fichtre rien, moi, en parachute et en parachutage. Et vous, vous avez déjà pris des cours ?

— Pas un seul. » Mais cela faisait trois jours que je me jurais de tout faire pour hâter la victoire, et j'avais bien l'intention d'honorer mon vœu. Si Martin complotait vraiment de ralentir ou de bloquer nos troupes en Allemagne, il était de mon devoir d'aller l'arrêter.

« Rien ne vous oblige à m'accompagner, Biddy.

— La vache, mon capitaine – vous voyez bien que je rigole ! Pas question de vous laisser tomber, au point où j'en suis. C'est même pas la peine d'en discuter. »

Le plan, tel qu'il nous fut expliqué, était autant dire expérimental. Pour le moment, il n'y avait aucun moyen d'approvisionner les troupes à Bastogne. La route principale menant à Neufchâteau avait été coupée et, avec cette météo qui persistait à jouer dans le camp d'Hitler, nos avions ne pouvaient ni voler à vue ni larguer des paquets à une altitude suffisante pour se tenir hors de portée des batteries antiaériennes. Les pilotes de la RAF avaient donc accepté de tenter un vol de nuit à basse altitude, en se disant que si ça marchait, d'autres vols pourraient suivre, dès le lendemain soir. Deux colis de fournitures médicales seraient parachutés en même temps que nous et si nous parvenions à nous en sortir indemnes, Bidwell et moi, les équipes médicales prendraient le même chemin.

Pendant les deux ou trois heures qui nous restaient avant le vol, on nous donna un semblant de préparation au saut en parachute : les orteils pointés vers le bas, genoux et chevilles bien serrés, le regard droit devant soi. Nous fîmes une douzaine d'exercices d'atterrissage en roulé-boulé. Ma blessure s'était cicatrisée et se faisait oublier depuis des semaines, mais à présent que je m'exerçais à atterrir, je sentais se réveiller de petites pulsations fantômes abominablement douloureuses du côté de mon genou. Au bout d'une demi-heure, j'eus la quasi-certitude qu'à une exception près, aucun de nos instructeurs n'avait jamais sauté. Ils nous firent cependant remarquer qu'à partir du moment où le parachute s'ouvrait, nous n'avions pas grand-chose à faire : il nous suffisait de nous laisser porter et de faire de notre mieux pour ne rien nous casser. Le véritable entraînement, celui qui nous permettrait de savoir ce qu'il fallait faire au cas où le parachute ne s'ouvrirait pas, ou s'il se retournait, ou si les lignes de suspension s'emmêlaient, ne nous servirait pas à grand-chose à une altitude de cinq cents pieds : de toute façon, nous n'aurions le temps de résoudre aucun de ces problèmes avant d'atteindre le sol.

« Et pour tout vous dire, capitaine, le pire, ça n'est pas le sol lui-même. Ce qui pourrait vous causer de vrais soucis, ça serait de rester accroché à un arbre, comme une pomme, au cas où les Boches viendraient à vous repérer. Ça, ça serait une vraie vacherie. »

Les hommes de l'équipage se chargèrent de plier et d'empaqueter nos parachutes. Ils roulèrent en boule nos manteaux et les fourrèrent sous nos bagages, qui seraient parachutés dans des colis séparés, avec les fournitures médicales. Nous avons passé nos combinaisons par-dessus nos uniformes de drap et troqué nos casquettes contre des casques de paras, équipés de ces mentonnières en cuir qui permettent de mieux absorber le choc à l'ouverture du parachute. Puis nous avons attendu. J'avais envie de pisser toutes les dix minutes, et la température de mon corps avoisinait celle du marbre. Je ne voyais tout simplement pas par quel miracle j'aurais pu être encore vivant, deux heures plus tard.

Vers 20 h 30, les camions qui devaient charger le matériel sur l'avion que nous attendions commencèrent à se regrouper à proximité, mais nous étions toujours sans nouvelles des appareils. À 21 heures, je commençai à entrevoir la possibilité qu'ils n'arrivent jamais, ou du moins pas ce soir, tout en me demandant si je pouvais décemment faire mine d'être déçu – alors que cette seule idée me comblait d'aise.

Mais ils vinrent. Au début, leur bourdonnement aurait pu se confondre avec une sorte de stridulation d'insecte, si la saison s'y était prêtée. Les hommes de l'équipe au sol allumèrent des dizaines de lanternes Coleman qu'ils allèrent placer en courant le long de la piste de fortune, et les avions se posèrent à quelque chose comme trente secondes d'intervalle. Les équipes des camions se précipitèrent pour les décharger.

Le sergent de l'Air Force qui m'avait assisté jusque-là m'aida à enfiler mon équipement. D'abord un gilet de sauvetage « Mae West » – indispensable, puisqu'on ne pouvait exclure le cas où nous atterririons dans un lac ou un étang. Puis j'enfilai le harnais, une série de boucles et de lanières que l'on resserra sur mes hanches, de chaque côté de mon entrejambe.

« Ça n'a pas le confort d'un slip kangourou, mais sinon, vous risqueriez d'avoir à courir après vos roustons pour les récupérer, capitaine ! » La façon dont j'étais harnaché n'était déjà pas très confortable – mais ça n'était qu'un début. Comme nous risquions de tomber en territoire ennemi, le sergent passa une petite mitraillette Thomson sous la sangle de ma taille, ainsi que deux boîtes de munitions de cinq livres. Puis il fixa une dague à ma jambe et à ma botte, pour faire bonne mesure, une petite mine Hawkins qu'on aurait pu confondre avec une boîte de dissolvant pour peinture. Il suspendit à mon ceinturon toute une caisse à outils : gourde, pelle pliable, holster et pistolet, écheveau de corde, pinces coupantes, gros canif. Il glissa une lampe torche coudée sous la sangle qui m'enserrait la poitrine. Après quoi, juste comme je commençais à espérer qu'il avait fini, il ajouta un parachute de secours, sur mon estomac. Je tenais à peine debout. Biddy lui-même, qui n'avait pourtant rien d'un poids plume, semblait cloué au sol.

« Et encore ! Comme c'est votre premier saut, on ne vous a mis que le minimum, les gars. Les paras expérimentés, ils emmènent aussi un sac Grisworld, glissé sous leur bras. »

Une Jeep nous déposa près de l'appareil, un de ces petits bombardiers que l'on appelait les « Hampden ». Il avait deux moteurs, un fuselage argenté et un cockpit de verre surbaissé qui lui donnait l'allure d'une grosse tortue volante. Non sans peine, nous nous sommes hissés sur le capot de la Jeep, puis, avec l'aide de deux hommes qui nous maintenaient d'en bas, nous avons grimpé l'échelle et nous sommes entrés par la soute à bombes dans la carlingue, tapissée de plaques de métal nu.

L'équipage était composé de quatre hommes – pilote, bombardier, artilleur et radio. À notre arrivée, je crus déceler un rien de froideur et de méfiance dans le cockpit, même pour des Anglais. La RAF ne se serait probablement pas lancée dans une telle opération, si Teedle ou l'OSS n'avaient pas insisté auprès du haut commandement, en soulignant l'extrême importance de notre mission. Mais peut-être ne s'agissait-il, de la part de ces quatre aviateurs chevronnés, que d'une réticence naturelle à développer des liens avec des condamnés…

Avec notre harnachement, nous ne pouvions nous asseoir que du bout des fesses sur les deux strapontins vissés au fuselage, mais le radio vint nous attacher, avec les mêmes sangles dont il s'était servi pour fixer le matériel qu'ils venaient de livrer. Puis le pilote, un officier de la RAF, nous fit un bref topo : nous survolerions Bastogne vingt minutes après le décollage, nous annonça-t-il. Dès que la trappe de la soute s'ouvrirait devant nous, dans le sol de métal, nous accrocherions nos poignées d'ouverture au fil de fer, fixé au-dessus de nos têtes et nous sauterions, sans perdre une seconde.

Notre zone de largage était un secteur de champs découverts, à l'ouest de Bastogne, près d'un petit village du nom de Savy. Si les Allemands nous repéraient, l'artilleur et le radio ouvriraient le feu avec les mitrailleuses Vickers montées sur les tourelles qui se dressaient en face de nous mais, de l'avis du pilote, nos parachutes avaient de bonnes chances de passer inaperçus dans la nuit, ne fût-ce qu'à cause du bruit du moteur qui attirerait l'attention des Allemands – ainsi que leur feu – sur l'appareil. Le pilote nous avait expliqué tout ça avec un calme tout professionnel, mais le message était clair : si cette petite virée avait été le concours du Roi des Cons, sous-entendait-il, la palme n'aurait pu leur échapper. Et je compris soudain la raison de leur manque d'enthousiasme.

Durant les instants qui précédèrent le décollage, je me sentis en proie à un étrange détachement. Je pensais avoir d'ores et déjà renoncé à la vie, mais à la seconde même où les moteurs se réveillèrent, je sentis sourdre en moi un cri de protestation. C'est de la folie, songeai-je. De la folie furieuse ! Des hommes m'attendent à terre pour me descendre. Des types que je n'ai jamais vus, à qui je n'ai jamais causé le moindre tort... Et soudain, tout m'apparut également absurde. J'avais totalement oublié pourquoi j'étais là.

L'appareil accéléra progressivement sur la piste improvisée, jusqu'à cette seconde d'apesanteur où nous avons quitté le sol. Quand mes yeux se posèrent sur Biddy, je vis qu'il s'était plongé dans la contemplation de ses pieds, comme pour tenter de garder le contrôle. Tandis que nous prenions de l'altitude, je m'avisai que, durant tous ces jours que j'avais passés à attendre, l'idée ne m'était même pas venue d'écrire à Grace ou à mes parents. Sans doute parce que je n'aurais guère pu leur dire autre chose que « Je vous aime, mais je me résigne à vous quitter à jamais, par pure folie ».

Pendant le vol, la température de l'habitacle s'éleva, presque jusqu'à l'intolérable. J'avais besoin de toute mon énergie mentale, ne fût-ce que pour faire abstraction des tiraillements de ma vessie et de mes intestins. Le bombardier approcha et vint s'accroupir près de moi. Il avait le grade de *leading aircraftman*, l'équivalent anglais d'un caporal. C'était un jeune homme brun, très beau.

« C'est vraiment votre premier saut ? » Il dut répéter sa question, à cause des trépidations assourdissantes des moteurs qui faisaient vibrer la carlingue.

Je fis « oui » de la tête et lui demandai s'il voyait quelques conseils de dernière minute à me donner.

« Serrez bien les fesses, capitaine ! » répondit-il, avec un grand sourire et, à point nommé, Biddy se mit à dégobiller entre ses pieds. Puis il secoua la tête, manifestement mort de honte.

« C'est la chaleur ! » m'égosillai-je. Le ventre du Hampden tenait à la fois de l'étuve et du haut-fourneau. Les émanations de gaz d'échappement dont l'air était saturé avaient effectivement de quoi vous lever le cœur. Je commençais moi-même à me sentir barbouillé et pris de vertige. Le bombardier affichait le sourire entendu de ceux qui connaissent la chanson.

« Ça va aller mieux », dit-il à Biddy.

Lorsque le voyant du téléphone accroché près de la trappe de la soute s'alluma, l'Anglais décrocha et nous fit signe d'attacher nos mentonnières.

« C'est bon ! hurla-t-il. Qui y va le premier ? »

Nous n'en avions pas discuté entre nous, mais Biddy leva une main timide, en disant que de toute façon, le grand air lui ferait le plus grand bien. Il accrocha son parachute et à quatre pattes, s'approcha de la trappe.

Les volets s'ouvrirent lentement vers le bas, livrant passage à un courant d'air glacé. Une partie de mon cerveau devait continuer à fonctionner, car je compris que c'était précisément la raison de la fournaise qui régnait dans l'avion. Il fallait surchauffer la soute, en prévision du froid. Les volets n'avaient pas fini de s'ouvrir que je vis Gideon baisser la tête et disparaître, sans un regard en arrière.

Je me levai à mon tour pour accrocher mon parachute en tentant de rester sur mes pieds, mais j'avais de l'eau à la place des genoux. D'ailleurs, harnaché comme je l'étais et ballotté par les mouvements de l'avion, ça m'aurait été difficile. J'approchai donc de la trappe à quatre pattes, tout comme Biddy – et je me souvins une seconde trop tard de la petite flaque qu'il avait laissée derrière lui. Quelques secondes après qu'il eut sauté, je vins me placer au bord du trou, la tête dans le grand courant d'air glacé qui me fouettait le visage, tandis que je fouillais du regard les vagues formes du terrain qui défilait en bas, dans la pénombre. Dans mes gants de cuir blanc, mes mains s'accrochaient désespérément au bord de la trappe. Le bombardier approcha son visage du mien.

« Va falloir y aller, mon capitaine. Sinon je vais devoir vous filer un coup de pied où je pense... »

Maman, qu'est-ce que je fiche ici ? Qu'est-ce que je fiche ici ? Puis me vint une autre idée : je dois le faire. Je dois le faire, parce que c'est mon devoir. Et que si je ne le fais pas, ma vie ne vaudra pas d'être vécue.

Mais mon corps se rebellait contre ma propre volonté. « D'accord, pour le coup de pied où je pense ! » criai-je au bombardier.

Ce fut comme de plonger dans une immense piscine glacée. Le choc du froid, cette soudaine distance entre moi et le vacarme de l'avion. Je fis un saut périlleux dans le vide, avant de retrouver la position verticale, le cœur battant, et les veines ne charriant plus que de la terreur, tandis qu'une idée s'imposait à ma conscience, saisissante de limpidité. Comme mon parachute s'ouvrait dans un claquement sec et que j'étais aspiré par l'obscurité, une douleur blanche m'embrasa les bras. Je n'avais pas pensé à accrocher mes mains à mon harnais, et je tombais, les paumes tendues devant moi, comme un gamin en vol plané. Je craignis même, l'espace d'une seconde, de m'être démis l'épaule, mais la douleur elle-même ne suffisait pas à me distraire de cette idée. Car à la seconde même où j'avais plongé dans le vide, j'avais pris conscience que ce n'était pas Martin, que j'étais venu chercher. L'ombre que j'entrevoyais, tandis que je fendais l'espace, était celle de Gita Lodz.

Pendant la première moitié de ma chute, je ne perçus que ce froid, cette accélération glaciale. Ni bruit, ni autre sensation. Je ne voyais que la terre, une forme mouvante, vague, dénuée de toute perspective. Du noir sur du noir. Puis ce fut comme si la nuit avait explosé en une myriade de petites lucioles, comme la coquille d'un œuf sur le point d'éclore. Des rafales de tirs antiaériens convergeaient vers nous depuis au moins trois directions, et les roquettes passaient autour de nous en sifflant, tels de gros insectes de métal. Puis, sans crier gare, une gerbe de fusées éclairantes rouges illumina la nuit comme en plein jour. Je vis le parachute de Biddy ballonner en dessous de moi et pendant une seconde, cette image suffit à me requinquer. Je n'étais pas seul. Mais cette brève bouffée de courage fit rapidement place à une nouvelle vague de terreur, lorsque je compris que c'était nous que les Allemands avaient pris pour cible. Les tirs de leurs batteries antiaériennes continuaient à claquer, mais je voyais aussi passer des obus d'un calibre inférieur, comme autant d'étoiles filantes. À la lueur des projectiles, je vis l'un d'eux faire une grande déchirure dans le parachute de Biddy, dont la descente se trouva soudain accélérée, et je m'avisai que cette accélération n'était pas une mauvaise chose – si elle ne le tuait pas, elle lui éviterait du moins de s'attarder dans la zone de tir des Allemands.

Un samedi après-midi, moyennant un billet d'entrée à vingt-cinq cents, j'avais entendu les balles siffler autour de Tom Mix, dans les haut-parleurs d'un cinéma. Mais le bruit d'une vraie balle qui vous manque de peu n'est qu'un sinistre petit grésillement, suivi d'un sillage d'air – le pet hargneux d'une guêpe qui vous frôle au passage, instantanément suivi du claquement et du recul du fusil qui vient de la cracher. Dieu merci, l'infanterie allemande n'avait pas dû beaucoup s'entraîner sur cible mouvante. Une douzaine de balles me manquèrent de quelques mètres. Mais comme le sol se rapprochait, une insupportable douleur me tarauda l'oreille.

L'instant d'après, je me retrouvai allongé dans la neige. Biddy m'agitait sous le nez une ampoule d'ammoniaque qu'il avait sortie du kit de premier secours fixé à l'avant de son casque, et dont la puissante odeur me fit grimacer.

« Vite, mon capitaine. Ces foutus 88s[1] risquent de débarquer d'une minute à l'autre. »

Je restai cloué au sol, luttant désespérément pour remettre chaque chose à sa place. Bidwell m'avait déjà libéré des sangles de mon parachute qu'il avait coupées. « Vous êtes juste tombé dans les pommes, capitaine. Ça doit être le choc. » Il me hissa sur mes pieds et, comme j'allongeais la main pour empoigner mon paquetage qu'il avait d'ores et déjà retrouvé et ramené près de moi, je me figeai sur place, soudain happé par une sensation qui me renvoyait à mes premiers souvenirs d'enfance. Je m'étais oublié dans mon pantalon.

Emboîtant le pas à Bidwell, je me pliai en deux pour traverser un champ où nous pataugions jusqu'aux genoux dans la neige, jusqu'à la lisière d'un bosquet. Tout ce tintouin sur le saut en parachute, pour finalement atterrir dans un édredon… Les forces américaines avaient dû voir les fusées et elles allaient venir à notre rencontre, pour nous récupérer – en supposant que

1. Surnom donné aux nazis (pour « Heil Hitler », le H étant la huitième lettre de l'alphabet) (*NdT*).

nous nous dirigions vers un secteur qu'elles contrôlaient encore. Tandis que Biddy s'efforçait de distinguer dans la nuit le cadran du compas fixé à son bras, je me débarrassai de mon harnais et m'enfonçai dans les broussailles où j'ôtai mes deux pantalons. La température devait avoisiner les moins dix degrés, mais je préférais me mettre à poil que de continuer à marcher avec les jambes dégoulinantes de merde. Coupant mon slip avec le couteau que j'avais à la ceinture, je m'essuyai du mieux que je pus et fis disparaître mon slibard, qui termina sa carrière dans les buissons. Entre-temps, Biddy m'avait rejoint. Il m'observa en silence, sans poser de questions.

Cinq minutes plus tard, la patrouille de reconnaissance était là. Nous leur avons prêté main-forte pour réunir les colis de matériel médical, avant que l'artillerie allemande ne nous repère, puis nous avons grimpé à l'arrière de l'un des petits camions détachés d'une unité d'intendance, qui étaient venus nous chercher. Tandis que les véhicules démarraient, Biddy, assis à ma droite, pointa l'index vers quelque chose, au bord de mon casque. Je l'ôtai. Un impact de balle avait enfoncé l'acier, juste au-dessus de mon oreille droite – la trace de la balle qui m'avait fait perdre connaissance. De là partait une fêlure de cinq centimètres, qui rejoignait le bord du casque. Je secouai la tête, comme si ça avait pu m'aider à décrypter le sens caché de ce projectile qui m'avait manqué de si peu. Mais rien ne me vint. Il y avait des morts, et il y avait des vivants. Moi, j'avais échappé à la mort. En regard de ce fait essentiel, à quoi bon se poser la question du pourquoi et du comment ? Ça n'avait pas grand sens.

Nous avions déjà roulé pendant un kilomètre ou deux, lorsque la signification des messages que captait la radio du camion finit par surnager, dans ma conscience. Il était question de quelqu'un ou de quelque chose qui était porté disparu…

« Les British, fit Bidwell. Le Hampden a été abattu quelques secondes après notre atterrissage... » Un obus allemand l'avait atteint de plein fouet. Biddy avait vu une énorme boule de feu, puis un nuage de fumée, mais ils étaient déjà bien à plus l'est, juste au-dessus des Allemands. J'eus une pensée pour les quatre aviateurs avec qui nous avions décollé – mais mon esprit n'avait pas davantage de prise sur leur disparition qu'il n'en avait sur ma propre survie. Me tournant vers Bidwell, je me contentai donc de râler contre le froid.

Les soldats qui nous avaient retrouvés faisaient partie du 110e régiment de la 28e Division d'Infanterie. Ils avaient été coupés de toute retraite et s'étaient trouvés acculés ici, puis amalgamés au 101e régiment aéroporté, qui était la force de défense principale, dans le secteur de Bastogne. Ils nous conduisirent à leur poste de commandement, installé à Savy. Le hameau était composé de quelques maisons basses, construites dans la pierre grise du pays, et c'était dans le plus vaste de ces bâtiments, une sorte de grande étable à vaches, que le lieutenant-colonel Hamza Algar, chef des forces américaines sur le terrain, avait installé son QG de campagne.

Nous avons trouvé Algar installé derrière un petit bureau au milieu de l'étable, sur un sol de terre battue. Ses aides de camp avaient fait de leur mieux pour nettoyer l'endroit et le civiliser un peu, mais ça restait une étable, avec des box des deux côtés, et de grosses poutres qui traversaient la salle, au-dessus de nos têtes – sans parler des effluves tenaces qu'y avaient laissés les précédents occupants. Quatre officiers travaillaient avec Algar, qui était penché sur des listes et des cartes à la lueur d'une lanterne. Ils avaient encore leurs gants et leurs vestes de treillis et gardaient la tête rentrée dans les épaules, pour résister au froid. Il faisait tout de même meilleur que dehors dans le bureau du colonel, car on y était à l'abri du vent ; mais il n'y avait aucune espèce de chauffage.

Algar se leva pour me rendre mon salut, puis me serra la main. « Bonsoir, Doc ! Combien de temps vous êtes-vous entraînés avant de sauter ? me demanda-t-il. C'était sacrément gonflé, de votre part, Doc – mais on peut dire que vous tombez à pic... malheureusement », ajouta-t-il, un ton au-dessous. Ça devait être la troisième ou la quatrième fois que quelqu'un me donnait le titre de « docteur », depuis notre atterrissage. Peut-être à cause du choc, peut-être parce que je ne m'étais pas encore totalement fait à l'idée d'être toujours en vie, je ne m'étais pas avisé, jusque-là, que ce n'était pas une simple façon de parler, façon Bugs Bunny. Ils me prenaient vraiment pour un toubib.

« Je vous demande pardon, mon colonel, mais je crains qu'il y ait une confusion. Je suis avocat. »

Algar n'était pas très grand, pas plus d'un mètre soixante-dix ou soixante-quinze, à tout casser, mais (peut-être en compensation), il s'efforçait de soigner sa mise. Il avait de la prestance, portait une fine moustache, taillée au millimètre, et se lissait les cheveux à la brillantine. Mais là, c'en était visiblement trop pour lui.

« On m'a dit qu'on vous envoyait avec du matériel médical. Des sulfamides, des pansements, du plasma... » Le lieutenant-colonel se laissa choir sur son siège puis, s'adressant à ses subordonnés : « Voilà qu'ils nous parachutent des avocats, maintenant ! s'écria-t-il. Et les munitions, c'est pour quand ? Et les renforts, nom d'un chien ! » Puis il parvint à s'éclaircir suffisamment les idées pour me demander les raisons de mon arrivée. Lorsque je les lui eus expliquées, il me toisa d'un air encore plus effaré qu'une minute auparavant.

« Martin ? s'exclama-t-il. Bob Martin ? Ils vous envoient arrêter Bob Martin ! Ils n'ont donc aucune idée de ce qui se passe, ici ? On a donné des armes à tout le monde, cuistots y compris. Trois de mes compagnies se battent sous le commandement de simples sous-offs. J'ai deux sous-lieutenants qui totalisent à eux deux une semaine d'expérience en Europe ! Et ils ont trouvé le moyen de vous envoyer ici, pour arrêter l'un de mes meilleurs officiers ?

— Ce sont les ordres, mon colonel.

— Eh bien, mes ordres à moi vont être très différents, capitaine. Essayez d'épingler le major Martin, ou n'importe lequel de mes hommes encore valides et capables de se servir d'une arme, et moi, je ne prendrai même pas la peine de vous faire arrêter. Vous serez exécuté sur-le-champ. Et je vous déconseille de mettre ma parole à l'épreuve ! »

Je cherchai vainement un quelconque soutien dans le cercle des officiers réunis autour de lui.

« Dans trois ou quatre jours, peut-être, enchaîna Algar. Le temps qu'il nous faudra pour nous débarrasser des Boches. Nous en rediscuterons. McAuliffe en parlera avec Teedle. Ils pourront même en référer à Patton, si ça leur chante – voire à Eisenhower. Qu'ils s'en dépatouillent, en haut lieu. Mais pour l'instant, ici, nous n'avons qu'un objectif, tous autant que nous sommes. C'est de sauver cette satanée ville, en essayant de ne pas y rester nous-mêmes jusqu'au dernier – vu ? »

Je m'abstins de toute réponse. Il y eut un blanc, durant lequel nous nous sommes défiés du regard, puis Algar a repris la parole.

« Incidemment, Dubin – je peux savoir ce qu'on reproche à Martin ? »

Je réfléchis pendant une seconde à ce que je pouvais lui dire et à ce que je devais taire, puis je lui demandai de lui parler sans témoin. Il faisait trop froid pour qu'il puisse décemment demander à ses officiers d'aller attendre à l'extérieur, mais il leur fit signe de se retirer dans un coin de la grange.

« Colonel, fis-je dans un souffle, il y aurait un doute sur la loyauté du major. »

Algar se pencha vers moi d'un mouvement si brusque que je crus qu'il allait me mettre son poing dans la figure.

« Écoutez, Dubin. Cela fait maintenant plus d'une semaine que Bob Martin se bat avec le 110e. Il s'est porté volontaire pour prendre la tête d'une de nos unités et il nous fait un travail du tonnerre de Dieu. Il a bouffé sa part d'enfer, comme nous tous, et il vient d'accepter une autre mission qui requiert plus de culot que de bon sens. Quant à sa loyauté, je suis prêt à parier ma tête dessus.

— Sa loyauté aux Alliés, colonel, certainement – tout dépend lesquels. »

Algar m'examina à nouveau, comme s'il tentait de me percer à jour. Il s'était mis à se mordiller la moustache, laissant ainsi échapper un premier signe de nervosité, mais j'eus tôt fait de m'apercevoir que c'était sa manière de contenir sa fureur.

« Je vois, fit-il. Encore cette foutue chasse aux sorcières ! J'ai vu certains de nos généraux accueillir comme des chiens dans un jeu de quilles des membres de la Résistance française, parce qu'ils ne partageaient pas leurs opinions politiques. Des hommes et des femmes qui avaient tout risqué pour leur pays, alors que l'autre moitié de la France se débinait à Vichy ! Eh bien, Dubin, ma position est très claire, sur ce point. Ce genre de connerie, très peu pour moi !

« Je vais vous dire la vérité, capitaine. Franchement, je vous plains. Parce qu'il fallait être sacrément gonflé, pour sauter comme vous l'avez fait. Et tout ça pourquoi – pour un tombereau de conneries ! Parce que ce n'est pas dans la gueule du loup qu'on vous a précipités, vous et votre sergent ; c'est dans le cratère d'un volcan. Ici, les Boches sont partout. On est cernés. Nous n'avons pratiquement plus de vivres ni de munitions, ni même de matériel médical, en dehors des colis qui sont arrivés avec vous. Alors, je ne sais pas encore ce que vous allez pouvoir faire de vos dix doigts, mais il y a une chose que je peux vous assurer : vous n'allez sûrement pas arrêter Bob Martin ! Ralph, fit-il à l'un de ses officiers, vous vous occuperez de trouver des lits au capitaine et au sergent… Pour l'instant, c'est tout ce que je peux faire pour vous, messieurs. Rompez. »

16

Les visiteurs du soir

On nous conduisit au village de Hemroulle, à deux kilomètres de là, où nous fûmes hébergés dans une petite église qui s'élevait au milieu de quelques corps de ferme. Nous devions y passer la nuit, avec une unité d'infanterie qui était sous le commandement direct d'Algar. Je m'allongeai sur un banc dans l'espoir d'avoir moins froid que sur les dalles, mais la bande de bois du siège était trop étroite pour être vraiment confortable. À cela s'ajoutait le bruit des balles qui ricochaient de temps à autre sur les pierres des murs. Tout juste si je parvins à fermer l'œil de la nuit. Des éclats de voix me tirèrent d'un sommeil agité. Deux hommes, deux Américains, s'interpellaient en criant, au fond de l'église. Une autre voix leur enjoignit d'aller vider leur querelle à l'extérieur. Le cadran lumineux de ma montre indiquait 3 heures du matin et je me rallongeai, bien décidé à me rendormir, lorsque je reconnus soudain les deux voix.

Sautant sur mes pieds, j'aperçus Bidwell à la lueur d'un cierge qui était allumé près de la porte du parvis. Il traînait Robert Martin par le col de sa veste de treillis, comme un père ou un grand frère furibard qui aurait mis la main au collet d'un garnement. Il me fallut encore quelques secondes pour me convaincre que je ne rêvais pas. Après quoi, j'empoignai ma Thompson avant de les rejoindre au pas de course. Biddy s'était servi de son ceinturon pour lier les mains du major. Martin était, fou de rage.

« Comment se fait-il que le premier brave type venu se transforme en gangster, dès qu'on le persuade qu'il est un flic ! » s'insurgea Martin, en me reconnaissant.

Bidwell m'expliqua que Martin n'était arrivé qu'une minute plus tôt. Il était tombé nez à nez avec lui, alors qu'il revenait des toilettes.

« Et il m'a fait un grand sourire ! s'exclama Biddy. Il s'est inquiété de votre petite santé – on aurait dit ma tante, quand elle vient rendre visite à la maison, en demandant des nouvelles de la famille. Moi, j'ai ordre de l'arrêter, et c'est ce que je compte faire ! »

Bidwell ne s'était jeté sur Martin que pour passer ses nerfs ; et après ce qu'il venait d'endurer, personne n'aurait pu l'en blâmer. Mais pour Algar, cette tentative d'arrestation était un acte de mutinerie.

« Détachez-le immédiatement, Gideon. »

Il me lança un de ces coups d'œil furibards dont il avait le secret. « Nom d'un chien, mon capitaine !

— Je sais, mais détachez-le tout de même. Nous devons commencer par tirer les choses au clair. »

L'un des hommes de l'unité, qui s'était assis sur son banc, se mit à râler en nous traitant de tous les noms et, une fois de plus, nous intima l'ordre d'aller nous engueuler ailleurs.

Nous avons tous trois franchi la porte qui donnait juste sous le porche de l'église – deux cierges y étaient restés allumés, pour éclairer le chemin des latrines. Dès que Biddy eut détaché Martin, ce dernier battit aussitôt en retraite vers la vieille porte de bois. Je crus qu'il nous avait faussé compagnie, mais nous le vîmes revenir un instant plus tard, brandissant sa flasque d'acier qu'il avait apparemment perdue après l'avoir offerte à Biddy. Martin maîtrisait suffisamment le judo pour pouvoir tenir tête à n'importe quel adversaire, fût-il du gabarit de Gideon, mais Biddy l'avait attaqué à l'improviste, au moment où il lui tendait sa flasque et où il s'y attendait le moins.

Je n'en revenais toujours pas, de voir Martin en chair et en os, en face de moi. Il ne pouvait ignorer la raison de notre présence.

« Pourquoi êtes-vous venu ici, major ? Pour nous narguer ?

— Pour vous saluer, disons. Et pour éclaircir certains points. Enfin, jusqu'à ma rencontre avec Primo Canera, ici présent... Il paraît que c'est vous qui êtes tombés du ciel, hier soir. Vous deviez faire deux belles cibles. Vous avez suivi un entraînement, pour ça, Dubin ? »

Je n'avais pas à répondre à ce genre de questionnaire, mais je dus secouer imperceptiblement la tête.

« C'était donc un acte héroïque ! railla Martin. J'espère au moins que ça n'était pas pour marcher sur mes traces... » Et sa propre boutade parut l'amuser au plus haut point. Il portait les mêmes vêtements qu'à la Saline royale – veste et pantalon de treillis, gilet bourré de matériel. Il était gris de crasse et ses joues n'avaient pas dû voir une lame de rasoir depuis plusieurs jours. De temps à autre, il massait son poignet, qui avait dû être malmené, pendant la bagarre avec Gideon, et se baissait pour chasser les paquets de neige qui s'étaient collés à son pantalon, lorsque Biddy l'avait plaqué sur les marches de l'église.

« Je n'ai jamais eu l'ambition d'être un héros, major. Je ne crois pas mériter ce titre – et je laisse à d'autres le soin d'y prétendre !

— C'est quoi, ça, Dubin ? Une pique ? »

C'en était une, effectivement, mais je serais mort plutôt que de l'admettre. « J'ai toujours eu la plus grande estime pour votre courage, major.

— Et c'est pour ça que vous venez m'arrêter ? »

Ralph Gallagher, le second d'Algar, l'avait informé des raisons de notre arrivée. J'avais toujours dans ma poche intérieure une copie des directives de Teedle, à présent froissée et encore moite de sueur. Martin prit le papier, le déplia et, comme il s'approchait d'un des cierges pour le lire, son ombre se projeta sur le mur du porche, derrière lui, monstrueusement étirée. Biddy était allé s'accroupir contre le mur d'en face, la main toujours sur sa mitraillette et l'œil vissé sur Martin.

« Mais tout le monde veut ma peau, on dirait ! fit le major, en me rendant le papier. Vous le premier, Dubin.

— Vous m'avez menti. Vous avez filé en pleine nuit, sans crier gare.

— Non, je vous avais prévenu. Je vous avais dit que j'étais sur le point de partir en mission. Souvenez-vous, le jour même de votre arrivée chez Mme de Lemolland.

— Oui, mais vous parliez de la Saline royale.

— Disons que c'est ce que vous avez préféré croire ! C'est un malentendu. Je vous fais mes excuses. Avez-vous pu contacter l'OSS ? Que vous ont-ils dit, concernant mon actuelle mission ? » Je compris soudain la raison de sa présence dans cette église. Il voulait savoir comment l'OSS avait interprété sa disparition. S'ils le considéraient comme un fou ou comme un déserteur ; ou, pis, s'ils avaient découvert ses accointances avec les Russes. Mais j'étais bien résolu à le laisser dans le vague, sur ce dernier point.

« Londres s'est prononcé pour votre arrestation, major.

— Pur bluff. Je suis prêt à parier une sacrée somme que vous n'avez rien entendu de tel de la bouche de quiconque à l'OSS, Dubin. C'est eux qui m'ont envoyé ici. Rappelez-vous – je vous ai dit et répété à plusieurs reprises que je devais aller en Allemagne. » Pour reprendre contact avec son ancien réseau, et sauver des milliers de vies, avait-il dit. Et effectivement, vu le tour que prenaient les événements, l'OSS ne pourrait avoir trop d'appuis en Allemagne.

De l'autre côté du parvis, le regard de Biddy faisait la navette entre moi et Martin, comme s'il tenait à s'assurer que je ne me laisserais pas à nouveau rouler par le major. Mais sur ce point, il pouvait être tranquille. J'avais fait mienne cette vieille devise juridique : *falsus in uno, falsus in omnibus* – faux sur un point, faux sur toute la ligne. Dans un tribunal, un seul mensonge suffisait à ôter toute crédibilité à un témoin et ceux de Martin dépassaient l'entendement. Les accusations de Teedle étaient à présent pour moi de quasi-certitudes. Le général était un homme trop franc et trop direct pour avoir monté de toutes pièces un tel micmac. Pour toute réponse, je me contentai de secouer la tête.

« Arrangez-vous pour contacter Londres, Dubin. Demandez à parler au colonel Winters. Vous verrez que c'est la vérité.

— Ça, je l'espère pour vous, major. Mais mes ordres sont très clairs : vous faites l'objet d'un mandat d'arrêt. Dès que nous pourrons repartir vers l'ouest en toute sécurité, nous vous escorterons jusqu'au QG de la IIIe Armée, où vous serez mis en détention provisoire, jusqu'à votre procès.

— En détention provisoire, fichtre ! » Il émit un petit sifflement entre ses dents. « Vous voulez me mettre au coin, c'est ça ? Je me croirais revenu en enfance. Quand Teedle s'estimera-t-il satisfait ? » Cette idée parut le submerger de lassitude. Il s'adossa au mur, toujours face à Bidwell et, débouchant sa flasque, m'en offrit une gorgée que je déclinai. J'en avais jusque-là, de ses cadeaux.

« Avez-vous lu Nietzsche, Dubin ? me demanda-t-il, après un long silence.

— Oui.

— Moi aussi. Et Teedle aussi, il a dû le lire – ça, je vous en fiche mon billet. « La vie est l'école de la guerre – tout ce qui ne me tue pas me rend plus fort. » C'est du flan, dit-il. Car Teedle n'a rien d'un surhomme. Savez-vous pourquoi il tient tant à passer pour un grand homme d'action, aux yeux du monde entier ? Vous l'avez déjà vu prendre la pose, aux actualités, les bras croisés sur ses pectoraux ? En fait, le général n'est qu'une vieille tante – vous n'êtes toujours pas au courant ? »

Je gardai le silence.

« Je n'ai rien contre les homos, poursuivit Martin. J'en ai connu plusieurs avec qui j'ai longtemps travaillé, et qui ont fait un sacré boulot. Un type qui était barman à Paris, en particulier – on n'imagine pas ce qu'un barman peut entendre, Dubin. Mais lui, c'était une de ces folles tordues, qui ne se cachent pas d'en être. Le général, c'est un autre genre. Il se voit juste comme un homme qui couche avec des hommes.

— Et ce serait la raison de sa rancune envers vous, major ?

— Eh, qui sait ! Mais non, sans doute que non. Ce doit être sa vieille rengaine : il me soupçonne d'être communiste. Vous en avez déjà discuté avec lui ? »

Je m'accordai une seconde de réflexion. Que pouvais-je lui dire ? Maintenant qu'il avait défloré le sujet, je ne pouvais plus museler totalement ma curiosité.

« Teedle vous accuse d'avoir fricoté avec les communistes, à Paris. »

Martin émit un bref gloussement haut perché. « Seulement avec les plus jolies, Dubin ! s'esclaffa-t-il. C'est vrai que je n'ai jamais craché sur la fiesta... Et c'est pour ça que vous venez m'arrêter ?

— Je viens vous arrêter pour insubordination, major. Mais le général Teedle ne se ferait sans doute pas prier pour vous dire en face ce qu'il pense de votre loyauté. Lorsque nos armées se rencontreront, il craint que vous ne soyez plus enclin à appliquer les ordres des généraux russes que les siens. » L'expérience que j'avais de Martin ne m'inclinait guerre à écouter les protestations d'innocence qu'il aurait pu m'opposer, mais j'en fus pour mes frais, car il n'en fit aucune. Il se contenta d'éclater de rire, une fois de plus.

« Là, vous ne risquez pas de vous tromper, Dubin. J'obéirais plus volontiers à un perroquet qu'à Teedle.

Mais il se trouve qu'ici, nous sommes sous l'autorité d'un bon chef, Dieu merci. Je n'ai pas l'ombre d'un problème avec Algar, vous noterez.

— Le lieutenant-colonel m'a dit que vous étiez sur le point d'entreprendre une autre mission, major ?

— Exact. Nous partons dans une heure. » Je m'attendais à ce qu'il se retranche derrière son devoir de réserve, mais l'opération n'était apparemment un secret pour personne. La situation à Bastogne semblait encore plus grave que ne l'imaginaient les mécanos de Virton. Pas plus tard qu'hier, les Allemands avaient coupé les dernières voies d'accès. Ils encerclaient désormais tout le secteur. À présent, leur étau menaçait de se resserrer, jusqu'à ce que les unités américaines en soient réduites à capituler. Notre position était des plus fragiles, mais tous les hommes à qui j'avais parlé jusqu'à présent dans l'entourage d'Algar restaient calmes et résolus. Patton était en route, disait-on, mais les unités cantonnées à Bastogne n'attendaient que les munitions et le matériel qui leur manquaient pour se libérer elles-mêmes, et tel était l'objectif de la prochaine opération de Martin.

Le 19 décembre, en attaquant Bastogne sur les flancs sud et ouest, les Allemands avaient arrêté près de Vaux-les-Rosières un convoi ferroviaire destiné à l'approvisionnement des forces américaines. Ils avaient bloqué les voies avec des blindés, et avaient laissé le train sur place, sans doute dans l'intention de faire eux-mêmes bon usage du chargement, par la suite. Avec la poignée d'hommes du 110e régiment qu'il commandait depuis à présent une semaine, Martin voulait aller récupérer les caisses de munitions et les explosifs que transportait ce train. Toute l'opération reposait sur un pari : en voyant son commando et ses trois Hellcats antichars franchir leurs lignes, les nazis penseraient qu'il s'agissait du fer de lance d'une plus vaste offensive de la part des forces américaines, et se replieraient pour consolider leurs positions – ce dont Martin et ses hommes profiteraient pour se frayer un chemin vers le train. Et si le major parvenait à faire repartir la locomotive, ils reviendraient à toute vapeur vers Bastogne. Dans le cas contraire, ils déchargeraient autant que possible de caisses d'obus et de munitions pour les armes légères, et déguerpiraient avant que les Allemands n'aient eu le temps de se retourner.

Selon Martin, le plus périlleux serait d'arriver jusqu'au train.

« Leur infanterie est très disséminée, m'expliqua-t-il. Nous n'aurons pas de mal à franchir leurs lignes. Les Panzers Lehr sont quelque part par là, mais McAuliffe lui-même croit en nos chances de pouvoir mener à bien cette opération, ajouta-t-il. McAuliffe, l'officier responsable du 101e supervisait la défense de Bastogne. « Même si les Lehr débarquent, nous pourrons toujours nous replier. Et si nous parvenons jusqu'au train, nous avons toutes les chances de réussir.

— Un train et des munitions. Vous revoilà dans votre élément, major !

— Le vieux singe tient à ses vieilles grimaces, répliqua-t-il. Non pas qu'il me plaise tant de jouer les spécialistes – depuis mon plus jeune âge, j'ai toujours rechigné à me spécialiser en quoi que ce soit. Mais par la suite, j'ai eu le coup de foudre pour les chemins de fer. »

Je lui demandai s'il avait eu une période petits trains, avec des viaducs, des gares et des arbres miniatures.

« Je n'ai jamais eu ce genre de patience. J'étais plutôt extraverti, comme gamin ; et même à présent, je suppose que j'aurais du mal à vous convaincre du contraire ! Non, la passion des trains m'est venue bien plus tard. À dix-sept ans. Je suis parti en claquant la porte, pour aller prendre l'air. Et j'ai sauté dans un train de marchandises. C'était la première fois de ma vie que je goûtais à la liberté. Jamais je n'oublierai le moment où ce wagon m'a emporté loin de Poughkeepsie, à toute vapeur. J'ai alors décrété que les trains étaient la plus belle invention humaine. J'adorais aller traîner autour des locomotives, dans les gares de triage et lorsque je suis allé retrouver la famille de ma mère à Paris, c'est dans une gare que j'ai décroché mon premier boulot, comme porteur de bagages après avoir laissé tomber la fac. Ensuite, j'ai grimpé les échelons, je suis devenu machiniste. Mon père était horrifié à l'idée d'avoir pour fils un simple ouvrier, mais moi, je nageais dans le bonheur.

— Je crois que c'est la première fois que je vous entends parler de vos parents, major.

— Et ça n'a rien d'un hasard. » Derechef, il porta sa flasque à ses lèvres, puis il contempla la flamme du cierge. « Mon père enseignait les langues romanes à Vassar College[1]. Il avait rencontré ma mère à la Sorbonne. Un type brillant, extrêmement distingué. Et d'une rare férocité. J'étais d'accord avec lui sur à peu près tout, en politique comme en musique – à la possible exception de son style vestimentaire, car j'ai toujours eu horreur de ses chapeaux. Mais ça tendrait à prouver que les opinions ne font pas l'homme. En fait, mon père était un vrai fils de pute.

— Pourquoi ? Il vous menait à la baguette ?

— C'est rien de le dire. Et avec ma mère, il était encore plus puant. Mais elle, elle n'a pu sauter dans le premier train venu, pour lui échapper. Elle s'est tiré une balle dans la tête quand j'avais seize ans. »

Dehors, un vent glacé s'était levé. Les lourdes portes de chêne claquèrent et les cierges se mirent à vaciller. Le regard de Martin restait fixé sur un point, au coin du mur. Je lui exprimai ma sympathie.

« Eh bien, fit-il, ça a été dur, comme vous pensez. Atroce. Mais auparavant, c'était déjà coton. Elle passait son temps au lit. C'était une femme d'une beauté bouleversante, mais rien ne parvenait à la distraire de sa mélancolie. Si son visage m'a laissé si peu de souvenirs,

1. Prestigieuse université privée, située à cent kilomètres au nord de New York, et célèbre pour son atmosphère progressiste (*NdT*).

c'est que je ne l'ai pratiquement jamais vue en dehors de la pénombre de sa chambre. » Il s'offrit une nouvelle rasade et se replongea dans sa contemplation du mur. « C'est le genre d'histoire que je ne raconte pas tous les jours, Dubin. »

Le contraire m'eût étonné. Mais je sentais obscurément à l'œuvre cet instinct qu'il avait pour s'assurer la maîtrise de la situation, quel que fût le moyen qui se présentait. Ses mensonges avaient-ils dissipé le charme qu'il exerçait sur moi ? Pas de problème : il n'avait qu'à invoquer comme prétexte les déviances de Teedle, et, au besoin, à miser sur ma sympathie.

« Je pense que je vais vous accompagner, cette nuit, major. » Cela faisait déjà un moment que j'y songeais. De l'autre côté du parvis, Biddy explosa.

« Putain de bordel de merde ! » grinça-t-il.

Ramassant un galet à mes pieds, je le lui lançai, avant de réitérer ma demande auprès de Martin.

« Pourquoi, Dubin ? Vous avez peur que je vous fausse compagnie ?

— Vous n'en seriez pas à votre coup d'essai, major.

— Mais ici, la présence des Allemands est la meilleure des garanties. Toutes les routes sont coupées. Tout disparaît sous soixante centimètres de neige – sans compter que j'ai une équipe à ramener à bon port. »

Je voulais tout de même venir.

« Faites pas l'idiot, Dubin. Vous ne seriez là que pour me garder à l'œil, et non pour coopérer. Vous seriez aussi dangereux pour vous que pour moi, et vous auriez toutes les chances de nous mettre des bâtons dans les roues.

— Ça n'a pas été le cas, à la Saline.

— Là-bas, vous n'aviez qu'à rester planté à votre poste, Dubin. Mais cette fois, nous allons être beaucoup plus mobiles. Nous conduirons des petits blindés dont vous n'avez aucune expérience.

— Je vais en parler à Algar.

— Ce n'est pas à Algar de prendre ce genre de décision. C'est à moi. Et je ne veux pas de vous sur cette opération – est-ce bien clair ? »

Mes chances d'obtenir d'Algar qu'il lui impose ma présence étaient plus que minimes, mais vu les circonstances, je ne pouvais renoncer sans essayer. Je lui demandai de me déposer au QG du colonel, pour que je puisse lui présenter ma requête. Martin secoua la tête d'un air incrédule et, comme d'habitude, mon obstination finit par lui tirer un grand sourire.

« J'ai juste le temps de me préparer, Dubin – mais je vais vous déposer là-bas. Allez, amenez-vous ! »

Je conseillai à Biddy de retourner dans l'église et de tâcher de dormir, mais il n'eut l'air qu'à moitié convaincu.

« Votre capitaine a une mitraillette, sergent, lui dit Martin. Je crois que face à moi, il aurait toutes ses chances. Allez, bonne nuit, Battling Joe ! » ajouta-t-il, avec un geste de la main.

Dès qu'il eut fait démarrer sa Jeep, Martin me dit : « Vous ne me demandez pas ce que devient Gita ? »

Il me fallut une seconde pour répondre : « J'espère qu'elle va bien…

— Eh ! moi aussi, je l'espère.

— J'ai cru comprendre qu'elle était dans le secteur de Houffalize ?

— Vous ne la trouveriez pas si vous la cherchiez par là-bas, Dubin. » Il se retourna vers moi en me décochant un regard acéré, que je soutins. C'était la première seconde d'affrontement entre nous, un bras de fer que n'atténuait aucun humour. Il s'attendait à ce que je lui demande où elle était, mais pour rien au monde je ne lui aurais fait ce plaisir. Cet instant me rappela, une fois de plus, la terrible erreur que j'avais commise, avec elle.

« Si vous avez à vous plaindre de ma conduite envers Mlle Lodz, major, n'hésitez pas. Je vous écoute.

— Si j'ai à m'en plaindre ? Mais pas du tout, s'empressa-t-il de riposter. D'ailleurs, elle-même ne le supporterait pas. C'est une femme libre. Elle a toujours agi et agira toujours à sa guise. » C'était une réponse de soldat, respectueux de la discipline. « Elle est actuellement au Luxembourg – c'est du moins ce que j'espère. À Roder, juste au-dessus de la frontière allemande. Nous avions envoyé des rapports au QG de Middleton pour l'informer que les Allemands rassemblaient des tanks, par là-bas. Mais personne n'en a tenu compte. Gloire à l'Armée US ! » Il hocha la tête avec amertume, tout en garant sa Jeep devant la grange où nous avions rencontré Algar, Biddy et moi, quelques heures plus tôt. Martin allongea la main vers moi et je levais déjà la mienne pour la lui serrer, mais c'était sur ma Thompson qu'il pointait l'index.

« Ça me rendrait rudement service de pouvoir vous l'emprunter quelques heures, Dubin. Nous n'avons rien qui ressemble à ça, dans le coin. Ça pourrait nous faciliter la tâche et vous avez ma parole qu'elle vous sera rendue en bon état. Tenez, je vous l'échange contre mon M1, jusqu'à demain matin. »

Je regardai ma mitraillette, trop heureux d'être hors de vue de Bidwell, et de n'avoir pas à supporter les grimaces et les bruitages divers que lui aurait inspirés la seule idée de cette transaction.

« Me jurez-vous de vous rendre, dès que nous pourrons sortir d'ici, major ? »

Il éclata de rire. « Allez, Dubin ! fit-il, en promenant son regard sur la neige, dans la pénombre. Oui. Je me rendrai. À la seule condition que vous vous engagiez à vous mettre personnellement en rapport avec l'OSS, avant de me livrer à Teedle. »

Là-dessus, nous avons échangé une poignée de main et je lui ai remis ma mitraillette, ainsi que la seule boîte de munitions que j'avais en ma possession.

« Vous la récupérerez dans quelques heures », me promit-il, avant de redémarrer.

Les feux arrière de la Jeep n'avaient pas encore disparu que la sentinelle qui montait la garde devant l'étable m'apprit qu'Algar était déjà parti pour le lieu de rendez-vous, où il devait tenir un dernier briefing avec Martin et son équipe, devant les cartes. Martin et Algar avaient organisé cette ultime réunion une demi-heure auparavant, lorsque Martin s'était arrêté en chemin avant d'aller faire un saut à l'église. Je restai planté là, en plein vent. Je ne faisais vraiment pas le poids, devant le major. Et je ne pouvais même pas m'en faire le reproche : c'était dans la nature même des choses...

Je m'apprêtais à regagner Hemroulle à pied, lorsqu'une idée me vint : il restait une petite chance pour qu'Algar repasse par son QG, avant que Martin et son équipe ne se mettent en route... Au-dessus de l'étable avait été aménagé un grenier à foin, une sorte de plate-forme bâtie à quelques mètres du sol, pour recevoir des bottes, que l'on déchargeait depuis le hayon d'un camion ou d'une charrette, par une ouverture donnant sur l'extérieur. Selon la sentinelle, plusieurs soldats avaient déjà dormi là-dedans, ces deux dernières nuits. Il me promit de me réveiller dès le retour du lieutenant-colonel.

Vu la saison, il n'y avait plus qu'un mince tapis de foin, mais l'air restait embaumé du parfum de l'herbe sèche. Mes prédécesseurs avaient balayé le peu qui en restait pour en faire deux couchettes où je m'étendis avant de sombrer, terrassé par la fatigue, dans un sommeil agité, entrecoupé de rêves désespérants – le genre de rêve à vous faire hurler en pleine nuit. Ils eurent au moins le mérite de me sortir, l'espace de quelques heures, de ce trou perdu au fin fond de la Belgique, où nous étions assiégés de toutes parts.

Une voix avait crié mon nom. J'ouvris les yeux. Hamza Algar, l'air recru de fatigue et mâchonnant sa moustache d'un air plus préoccupé que jamais, était dans la grange, deux mètres au-dessous de moi. Il fit glisser la Thompson dans ma direction, sur le plancher raboteux du grenier à foin.

« Martin a demandé à ses hommes de vous ramener ça », me dit-il, avant de me présenter son dos. Et comme j'émergeais de mon tas de foin, Algar mit le cap sur son bureau, au milieu de la grange. Un rai de lumière grisâtre filtrait au sommet du mur, entre les pierres et les tuiles du toit. Algar s'assit à son bureau, le visage plongé dans ses mains.

« Comment ça s'est passé ? m'enquis-je.

— Mal, fit-il avec un soupir. Ils se sont fait coincer par les Schleus et pilonner, dès la première heure, ce matin. Les seuls rescapés ont dû revenir à pied.

— Et Martin ?

— Il nous a quittés… », dit-il.

Bettjer avait utilisé une expression approchante, chez la comtesse, au lendemain de l'opération de la Saline royale. Ça devait arriver – je l'avais toujours su. Je passai mentalement en revue tout ce que j'avais risqué et enduré pour venir échouer ici : la terreur d'avant le saut, la fusillade, les tirs de mortier, la balle qui avait percuté mon casque et, honte suprême, l'accident de mon pantalon – tout ça pour apprendre que Martin m'avait encore glissé entre les doigts. L'image de Sisyphe et de son rocher me traversa l'esprit.

« Vous avez une idée de l'endroit où il peut être ? »

Algar me décocha un autre regard consterné, où prédominait à présent l'incompréhension. Jusqu'ici, toutes nos conversations avaient dégénéré en une sorte d'affrontement où chacun s'efforçait de réduire l'autre au silence. Le lieutenant-colonel se vidangea à nouveau les poumons.

« Eh bien, capitaine, si votre ordre d'arrestation est un tant soit peu fondé, il doit être en route pour l'enfer, à l'heure où je vous parle… Bob Martin est mort. »

17

Sur la route de Champs

Depuis le 16 décembre, le major Martin avait pris la tête de quelques unités auparavant rattachées au 110e Régiment d'infanterie, mais qui en avaient été isolées pendant la retraite de la Skyline Drive[1], dans les toutes premières heures de la matinée du 16. Les survivants du régiment étaient venus grossir les rangs des deux unités de Martin, qui s'étaient vues renforcer de deux canons provenant d'un bataillon de blindés antichars, et d'un petit détachement de *Hellcats M18*[2]. Telle était donc la composition du groupe que Martin avait emmené à Vaux-les-Rosières, où le train de munitions était en rade. Ils avaient franchi nos lignes au nord-ouest de Monty, et n'avaient rencontré que des positions allemandes peu ou mal défendues, qu'ils avaient vite franchies.

Mais sept ou huit cents mètres plus loin, ils s'étaient heurtés à la Panzer Lehr, la division de tanks formée

---

1. Surnom donné par les troupes américaines à la ligne de crête passant entre l'Our et la Clerf, et matérialisée par la route orientée nord-sud qui relie St-Vith à Diekirch. Le 110e Régiment s'était déployé le long de cette route, approximativement parallèle à la frontière germano-luxembourgeoise (*NdT*).
2. Blindés antichars américains, montés sur chenilles et réputés pour leur rapidité. Ils étaient équipés d'un canon de 76 mm M1 et d'une mitrailleuse lourde (*NdT*).

par les unités d'entraînement de l'armée allemande. Des troupes plus expérimentées et moins téméraires auraient choisi de se replier pour former une ligne plus solide, comme l'avaient escompté Algar et McAuliffe, mais les Panzers Lehrs, qui mettaient un point d'honneur à ne jamais se replier devant rien ni personne, s'étaient au contraire déployées pour encercler le groupe de Martin. Au cours de la longue escarmouche qui s'ensuivit, Martin et ses gars se regroupèrent au sommet d'une petite butte, ce qui leur permit de faire sauter un certain nombre de tanks allemands. Au lever du jour, les Panzers Lehrs se retirèrent. Martin et quelques-uns de ses meilleurs éléments étaient allés se poster au premier étage d'une petite bicoque qui se dressait à flanc de coteau, pour voir s'il leur restait une chance d'arriver jusqu'au train de munitions. Et de là, ils virent ce qui avait décidé les Allemands à battre en retraite : un bataillon de chars d'assaut américains qui émergeaient des tourbillons de neige comme une armée de fantômes. Patton arrivait à la rescousse.

Même lorsque le premier obus, tiré depuis la tourelle de l'un des tanks, arriva sur Martin et ses hommes, aucun des membres du groupe n'avait envisagé que les chars qui arrivaient vers eux puissent être des ennemis. En fait, les tanks avaient été pris par les Allemands à la 9e Division Blindée… L'unité de Martin avait été anéantie. Seuls quelques-uns de ses compagnons avaient échappé au massacre. Le major lui-même avait disparu, lorsque le premier obus avait atterri droit sur lui, pulvérisant la fenêtre derrière laquelle il était posté. Trois ou quatre autres obus avaient achevé de réduire la construction en miettes et en cendres.

Tous ces détails me furent rapportés dans la matinée par un certain Barnes, un poids plume qui devait mesurer quelque chose comme un mètre soixante. Il n'avait cessé de renifler pendant toute notre conversation, et il faisait la grimace chaque fois qu'on entendait gronder un tir de mortier, au loin. Pour le moment, les combats semblaient se maintenir à deux ou trois kilomètres, vers le nord-est.

« Ils nous ont mis la pâtée, capitaine. Y a pas d'autre mot. Et quand on a vu arriver ces chars américains – comment on aurait pu faire la différence ? »

Algar nous avait réunis, Biddy et moi, en face de Barnes et du caporal Edgeworthy, un autre des rares survivants, dans un coin de la grange pour l'instant déserte, assis sur des chaises en bois.

« Martin s'est fait avoir dès le début de l'attaque, dit Edgeworthy. C'est ce qu'on a tous entendu, via la radio. Et on a tous vu la bicoque sauter, capitaine. C'était le seul bâtiment à des kilomètres à la ronde, et ça a fait comme quand on balance un melon du haut d'un camion – y en avait partout. Après ça, c'est le sergent qui a pris le commandement. Mais au bout de dix minutes, on a dû mettre les bouts. C'était chacun pour soi, et sauve-qui-peut. On n'avait pas le choix, capitaine. On n'a rien pu faire, pour les morts et les blessés. »

Edgeworthy, un grand escogriffe qui devait avoir la trentaine, se mit à pleurer à chaudes larmes en répétant qu'ils avaient dû prendre la fuite. Qu'ils n'avaient pas eu le choix.

J'allais leur dire de disposer, quand une autre question m'a traversé l'esprit, une question que je m'étais interdit de poser – mais je suis passé outre mes propres réticences. Ces hommes venaient de combattre pendant une semaine aux côtés de Martin…

« Et la fille ? leur demandai-je. J'ai entendu dire qu'au tout début, le major était arrivé ici avec une fille. »

Barnes et Edgeworthy ont échangé un coup d'œil.

« Ça, j'en sais rien, capitaine, fit Barnes. Le 16, quand les combats ont commencé, on était près de Marnach, au Luxembourg. Et la première nuit, quand le major a repris notre commandement, il nous a tous emmenés dans une ferme, après la tombée de la nuit. Je me rappelle avoir vu trois personnes, là-dedans : le fermier, sa femme, une vieille plutôt bien en chair et toute ridée, et leur fille. Ils avaient l'air de bien connaître Martin. C'est du moins l'impression que ça m'a fait, parce qu'on s'attendait à voir les Boches débarquer et prendre tout le secteur, d'une minute à l'autre, mais malgré ça, ils nous ont laissés entrer, quatre ou cinq gars à la fois, le temps qu'on mange nos rations au chaud. On n'a pu rester qu'une heure ou deux. Cette nuit-là, les Boches n'ont quasiment pas arrêté. Ils avaient peint leurs tanks en blanc pour qu'ils se confondent avec la neige, et on a vu s'allumer leurs putains de projecteurs, qui éclairaient jusqu'aux nuages, quand ils se sont finalement décidés à grimper la colline. Maintenant, ils ont repris tout le coin.

— Quel âge, la fille ?

— Je pourrais pas trop vous dire, mais elle devait être assez jeune. » Barnes s'essuya le nez d'un revers de manche. « Vous savez, capitaine, je m'intéresse aux filles, comme n'importe quel autre gars, mais ce soir-là, j'étais déjà sacrément content de pouvoir échapper au froid. Tellement content, que j'y ai pas vraiment fait attention, à cette fille. Je me rappelle juste qu'elle était plutôt petite, dit-il, en souriant pour la première fois depuis le début de notre conversation. Vous savez, vu mon propre gabarit, j'ai toujours tendance à regarder les filles qui correspondent à peu près à ma taille. Et celle-là, c'est la seule chose que je puisse vous dire : question taille, ça collait. »

Nous les avons laissés repartir, et nous avons attendu le retour d'Algar, tout en causant avec les soldats et les officiers qui passaient au QG. À quelques kilomètres de là, les tirs de mortier se succédaient sans discontinuer. Ça avait commencé dès le point du jour. Nous recevions des nouvelles mitigées. Pour un homme qui jurait avoir entendu dire de source sûre que la IIIe Armée gagnait du terrain, il y en avait deux qui affirmaient que les divisions de Patton étaient restées en rade, quelque part en chemin. La pénurie de vivres et de munitions avait atteint et dépassé le point critique, pour ne rien dire du matériel médical qui manquait purement et simplement. Ça n'était franchement pas le moment de se prendre une balle ou un éclat d'obus !

Tout le poste d'évacuation sanitaire de la 101e Division, qui comprenait dix-huit médecins, avait été fait prisonnier le 19 décembre. La veille, des unités d'artillerie américaines, postées au sud des lignes allemandes, avaient tenté d'envoyer vers nos lignes des coquilles d'obus bourrées de pansements et de plasma, mais la charge propulsive avait tout réduit en miettes. Tous les hommes que nous croisions, Biddy et moi, nous remerciaient chaleureusement, pour les colis de matériel médical qui étaient tombés du ciel avec nous.

Toutefois, ce dont tous les hommes bloqués ici manquaient le plus, c'était de quelques degrés supplémentaires au thermomètre. Plus personne ne disait « Savy », en parlant du village – les officiers eux-mêmes l'avaient rebaptisé « *Save me !* » : Au secours ! Dans la liste des dangers auxquels nos hommes souhaitaient échapper, le froid arrivait en tête. Tout gelait, des tourelles des tanks, aux conduites de carburant. Avant de se servir de leurs M1, les soldats devaient taper sur les écrous avec des grenades à main, pour les libérer du gel. Certains de ceux qui avaient été victimes de gelures ou de brûlures dues au froid, ces deux ou trois derniers jours, racontaient qu'ils avaient été tellement frigorifiés et pendant si longtemps, qu'ils en avaient cessé de percevoir la douleur.

Algar entra en tapant du pied pour faire tomber la neige accrochée à ses bottes, et me demanda si j'étais satisfait du résultat des entretiens.

« Au risque de vous paraître cynique, colonel, je vais devoir vous demander d'examiner personnellement les décombres et les corps, lorsque nous pourrons y avoir accès. Ces derniers temps, Martin a eu tendance à nous filer entre les doigts, et l'OSS exigera d'avoir des preuves tangibles et irréfutables de tout ce que j'avancerai. J'aimerais donc commencer par m'en assurer *de visu.* »

Algar fulminait à nouveau. Il m'assura d'un ton sec que je m'abstiendrais de dire ce genre d'ânerie, si j'avais la moindre idée de ce qui pouvait rester d'une construction qui avait été frappée par non moins de quatre obus. Mais il me promit que dès que le temps se lèverait et que l'approvisionnement serait rétabli, nous pourrions retourner sur cette colline, moins pour satisfaire ma curiosité, que pour nous assurer que les hommes qui y avaient trouvé la mort recevraient une sépulture digne de leur courage. Derrière son bureau, le lieutenant-colonel mit une bonne minute à rallumer sa pipe.

« Savez-vous ce que les directives de Teedle prévoient pour vous, à présent, capitaine ? » Algar l'avait dit d'un ton parfaitement naturel et neutre, comme si sa question n'était pas lourdement chargée. Le matin même, j'en avais longuement discuté avec Biddy, lorsqu'il était venu me rejoindre dans la grange.

« Eh bien, colonel, le sergent Bidwell et moi-même, nous avons appelé un taxi pour retourner sur Nancy, mais il semble qu'il aura du mal à venir nous prendre avant quelque temps. Nous avons donc pensé que jusque-là, nous pourrions nous mettre à votre disposition et combattre à vos côtés, mon colonel. »

Biddy avait ronchonné un moment, quand je lui avais annoncé que nous allions devoir nous porter volontaires, mais je savais désormais à quoi m'en tenir, à son sujet. Pour lui, rogne et grogne n'étaient qu'une sorte de prélude au courage. D'ailleurs, il connaissait la musique : si nous n'avions pas pris les devants, nous aurions été réquisitionnés d'office. Sans compter que nous n'avions pas vraiment le choix. Nous étions dans un secteur assiégé, et il ne nous restait plus qu'à nous battre pour défendre notre peau.

« Je suppose que vous n'avez que peu l'expérience du terrain, capitaine ? »

Je lui expliquai où Bidwell avait débarqué. Omaha Beach, Algar connaissait. Il y était.

« Sacrée vacherie, dit-il à Biddy.

— Un véritable enfer, mon colonel.

— À peu près, oui. Et vous, Dubin ? »

Je lui répondis qu'en tout et pour tout, je ne m'étais fait tirer dessus que deux fois, la nuit précédente incluse. « Mais j'ai reçu un entraînement d'officier d'infanterie avant d'être admis à l'école du JAG Dept, mon colonel. »

Algar fit un bond sur son siège.

« Un officier d'infanterie ! Nom d'une pipe ! » s'exclama-t-il, et il ajouta, pour son aide de camp qui venait d'entrer : « Le père Noël est en avance, cette année, mon vieux ! Voilà un capitaine d'infanterie qui nous tombe du ciel ! »

Le 110e Régiment d'infanterie, ou ce qu'il en restait, avait été regroupé pour former une unité composite qu'Algar et ses officiers avaient baptisée « l'équipe SNAFU[1] ». Ils avaient à présent été amalgamés à la 101e Division Aéroportée, comblant les brèches là où les envoyait le général McAuliffe, en collaboration avec le 502e régiment d'Infanterie. Je me vis attribuer le commandement d'une compagnie recomposée, dans un bataillon lui-même reconstitué. Vu mon manque d'expérience, il aurait été au-dessus de mes forces de prendre la tête ne fût-ce que d'une section, mais il se trouvait que la compagnie G, qui aurait dû regrouper dans les cent quatre-vingt-treize hommes en effectif

1. Acronyme humoristique d'époque (« Situation Normal – All Fucked Up » soit, approximativement : « Si c'est le bordel, c'est normal ») (*NdT*).

normal n'en comptait plus que quatre-vingt-dix-huit. D'autre part, je ne pouvais m'appuyer sur aucun lieutenant. Je n'avais que trois sergents, dont Biddy, à la tête de trois sections, avec une unité d'appui réduite à sa plus simple expression.

Dans l'après-midi du 22 décembre, la compagnie G, constituée de fraîche date, se rassembla sur la place de Savy. À la lumière du jour, « Save Me » ne payait guère plus de mine qu'à la nuit tombée : une poignée de corps de ferme bâtis dans la pierre grise du cru, avec de gros joints de mortier jaune. Les dépendances avaient proliféré au fil des siècles, parsemées de portes et de fenêtres de toutes formes et de toutes proportions, qui semblaient avoir été jetées au hasard sur les bâtiments. Mon premier sergent, un certain Bill Meadows, assurait à peu près toutes les fonctions d'un premier lieutenant. Dès notre rencontre, il m'avait salué comme si nous avions projeté d'aller faire ensemble la tournée des bistrots.

« Ben ça alors, mon capitaine ! » s'était-il exclamé, avec un grand sourire, et il avait paru se retenir de me taper sur l'épaule. Bill Meadows était un type robuste, d'une quarantaine d'années, avec sur le nez des lunettes cerclées de métal. Comme tous les hommes que j'avais sous mes ordres, il portait une barbe de plusieurs jours et après une semaine sur le terrain, son visage avait pris une teinte grisâtre, sous la croûte de sueur, de boue, de projections de poudre et de débris d'explosions qui lui recouvrait la peau. « OK, les gars ! dit-il à ses hommes. Bouclez-la et écoutez. Le capitaine Dubin va nous donner ses ordres. »

L'équipe SNAFU, qui était moins riche en hommes et en matériel que pratiquement toutes les autres, avait été affectée à cette position à l'ouest de Bastogne, parce que de tous les points d'attaque possibles, c'était le plus improbable. Le gros de l'artillerie et des chars ennemis étaient cantonnés au nord et à l'est et, puisqu'ils ne pouvaient quasiment pas se déplacer sur les collines enneigées, et encore moins dans les vallons dont le sol restait marécageux, les chances étaient minces pour que les Allemands lancent une offensive majeure dans cette direction. En fait, ils n'avaient même pas besoin de nous attaquer. Vu la faiblesse de nos lignes de défense sur le flanc ouest, l'équipe SNAFU n'avait pu empêcher les forces allemandes de nous contourner, et de progresser en direction de la ville sur le flanc sud, où ils avaient à présent pris position.

Et pour toutes ces raisons, aucun secteur n'était vraiment sûr, autour de Bastogne. La veille au matin, il y avait eu quelques escarmouches, aux abords de Champs, où un commando de Grenadiers allemands, escorté d'un *half-track*, avait fait une brève incursion. Mais tout comme McAuliffe avait confié à Algar la position qu'il considérait comme la moins exposée au danger, de même ce dernier avait envoyé la compagnie G là où nous avions le moins de chances d'essuyer une offensive. Nous avions pour mission d'interdire l'accès à une petite route de campagne qui venait de l'ouest, en traversant Champs puis Hemroulle, avant de rejoindre la nationale à Savy. Algar nous ordonna d'aller prendre position de nuit dans des tranchées, le long d'un petit vallon boisé situé juste au nord de Champs, sur un à-plat qui surplombait la route, la voie ferrée et un chemin de terre, situé du côté ouest. En théorie, les Allemands auraient pu surgir par toutes ces voies d'accès. Nous allions relever la compagnie E qui, positionnée à proximité de Hemroulle, essuyait un tir nourri. L'artillerie allemande avait repéré leur position. Cette compagnie, à présent réduite à soixante-douze hommes, avait reçu l'ordre de se replier vers le QG, où elle attendrait d'intervenir en renfort au cas où les Allemands se décideraient à lancer l'assaut.

Algar était persuadé que les escarmouches de Champs étaient de simples manœuvres de diversion. Si les Allemands choisissaient de déployer une véritable vague d'assaut sur le flanc ouest, il était plus plausible qu'ils arrivent par la route de Savy, qui était l'une des principales voies d'accès vers Bastogne. Elle continuait vers le nord, en direction de Longchamps, et était d'une largeur suffisante pour livrer passage aux King Panzers. Algar préférait donc garder autour de son QG de Savy les quelques blindés qu'il avait. Mais naturellement, si les Boches lançaient une colonne de blindés sur Champs, Algar nous enverrait immédiatement ses tanks, ses *half-tracks* et ses blindés antichars pour nous soutenir. Notre mission se bornerait donc à tenir la route pendant quelques minutes, le temps que la cavalerie arrive – ce qui était tout de même une formidable gageure, vu la pénurie de munitions. Algar nous avait donné l'ordre de ne pas tirer, même si nous essuyions des tirs ennemis, tant que nous ne verrions pas de cible humaine. J'étais dans le bureau d'Algar lorsque le colonel Hunt, qui commandait le 502ᵉ, l'appela. Algar décrivit notre stratégie de défense de la route de Champs comme une embuscade tendue par « deux ou trois pétoires vides » – ce qui n'avait vraiment rien de franchement rassurant...

J'envoyai mes hommes faire leur paquetage, avec ordre d'être en formation pour 16 h 15. Bill Meadows parvint à grappiller le peu de rations auxquelles nous avions droit, et rassembla les cartes. À l'heure dite, comme la nuit commençait à tomber, je passai mes troupes en revue. Je saluai chaque homme par son nom et vérifiai l'équipement de chacun d'eux. Aucun ne portait de véritable manteau. Ils n'avaient que des treillis, parfois plusieurs enfilés l'un sur l'autre. Ils étaient crasseux, maussades et épuisés par le manque de sommeil, mais j'étais déjà fier d'être à leur tête. Je les sentais résolus, prêts à se battre, et je reconnus là l'objet de toutes les questions angoissées que je m'étais posées sur les combats – c'était ce que j'avais tant voulu connaître, ce qui valait la peine qu'on prenne les armes.

Mais mon admiration était loin d'être partagée. La plupart de mes hommes m'avaient pris en grippe au premier coup d'œil et affichaient une mine pour le moins renfrognée, quand je m'adressais à eux. D'abord, parce que j'étais mieux vêtu, et puis parce que je disposais d'une Thomson – et je n'étais pas près de renoncer à ces deux atouts, même après avoir été informé qu'en ces temps de pénurie de vêtements chauds, la 101ᵉ avait reçu l'ordre d'abattre à vue quiconque se présentait vêtu d'un manteau, puisqu'il y avait toutes les chances pour qu'il s'agisse d'un imposteur allemand. Mais l'envie n'était pas le principal motif de la grogne de mes hommes. Le vrai problème, c'était qu'ils avaient à leur tête un débutant et qu'ils le savaient. Ils avaient le sentiment d'aller au feu sous les ordres d'un marmot à peine sevré.

À ce stade, je n'avais qu'une vague idée de ce que ces troupes avaient dû endurer. Personne ne parlait jamais des combats, ni de ce pilonnage incessant que le 110ᵉ essuyait depuis une semaine. Au cours de ces heures que j'avais passées à faire le planton dans le service des transmissions du VIIIᵉ Corps, j'avais appris que le 57ᵉ Corps de Panzers avait littéralement balayé toute la 28ᵉ Division d'infanterie, dont le 110ᵉ faisait partie. Mais ce dernier avait pris position, avec seulement deux de ses trois unités, le long de la Skyline, cette grande route nationale pavée qui longeait la frontière entre le Luxembourg et l'Allemagne, et avait essuyé le plus gros du choc initial, lorsque les unités d'infanterie Panzers avaient traversé l'Our et leur étaient tombées dessus à l'aube.

Dans le désespoir de ces premières heures, coupé des renforts américains, le 110ᵉ avait reçu l'ordre de ne pas capituler, et avait contraint les Allemands à un véritable corps à corps, de maison à maison, dans des bourgades telles que Clervaux, Consthum ou Holzthum. La plupart des hommes que j'avais à présent sous mes ordres n'avaient dû leur salut qu'à la rapidité de leurs jambes, lorsque leurs lignes avaient été submergées ; et, vu les ordres qu'ils avaient reçus, ils devaient hésiter eux-mêmes sur la façon dont il fallait interpréter le fait qu'ils aient survécu. La plupart d'entre eux n'étaient venus qu'en renforts. Ils étaient arrivés sur le continent depuis moins longtemps que moi, mais ils semblaient convaincus d'avoir des comptes à régler avec les Allemands. Ils voulaient tous en découdre, quels que soient les risques.

À 16 h 30, Meadows s'écria : « Finie la branlette[1], remettez vos chaussettes, messieurs ! On est partis ! »

Nous avons donc pris la direction du sud, à pied, jusqu'au croisement des deux routes, puis nous avons mis le cap au nord-ouest sur quelque chose comme deux ou trois kilomètres. Il soufflait un vent glacé, mais personne ne s'en plaignait ; nous aurions eu beaucoup plus froid en camion. À mi-chemin, nous avons croisé la compagnie E qui se dirigeait en formation vers la ville, sous le commandement d'un simple sergent – tous leurs autres officiers s'étaient fait descendre. Nous avons échangé un bref salut, lui et moi. Quant à nos hommes, ils ne s'embarrassèrent pas de formalités. Certains nous souhaitèrent bonne chance. D'autres nous suggérèrent d'écrire tout de suite à nos femmes et à nos fiancées pour leur dire de renoncer à l'espoir de fonder une famille – « faut pas qu'elles comptent faire autre chose que des cubes de glace, avec vos roustons ! » Meadows mit fin au chahut en leur rappelant que c'était par souci de discrétion, que nous étions partis à pied. Après les escarmouches d'hier, nous avions la quasi-certitude que les unités ennemies étaient à proximité. Selon les agents de liaison du G-2 de McAuliffe, les grenadiers allemands s'étaient embusqués dans des fourrés situés au nord et à l'ouest de nos positions.

1. Jeu de mots savoureux, mais intraduisible : « Drop your cocks and grab your socks, gentlemen ! » (*NdT*).

Ayant atteint le point indiqué sur nos cartes, nous avons découvert un groupe de terriers déjà creusés qui se succédaient en quinconce, à environ cinq mètres d'intervalle. Ils avaient dû être creusés là à la fin de l'été par les unités d'arrière-garde allemandes qui protégeaient la retraite devant la progression des forces alliées, en provenance du sud. Après avoir consulté le sergent Meadows, je donnai l'ordre à mes hommes de rafraîchir ces trous au lieu d'en creuser de nouveaux. Chacune de nos trois sections était équipée d'une Browning à refroidissement, une lourde mitrailleuse de gros calibre, actionnée par une équipe de trois hommes. Je donnai l'ordre de placer nos trois Browning aux points stratégiques, pour contrôler la courbe que décrivait la lisière du bois, en face de nous. Puis j'envoyai deux patrouilles en reconnaissance vers les positions défensives, sur tout notre périmètre, vers l'avant et vers l'arrière. Le groupe qui partit explorer le terrain vers l'arrière découvrit une vieille station de pompage. C'était une bonne nouvelle, car le petit bâtiment pourrait abriter quelques hommes et leur offrir à tour de rôle quelques moments de répit dans ce vent glacé.

Le nettoyage des trous pleins de neige nous permit de mettre au jour toute une moisson de débris allemands – cartouches et boîtes de rations vides, vieux sacs à dos, gourdes et fusils rouillés. Le froid, pourtant cinglant, ne parvenait pas à neutraliser totalement les odeurs. Le secteur avait été libéré à la mi-septembre par le Ve Corps de la 1re Armée, mais à ma connaissance, je n'avais jamais entendu parler d'une action majeure qui se serait déroulée dans les environs. Le régiment nazi qui nous avait précédés sur les lieux – sans doute des SS, vu la difficulté de leur tâche – devait avoir ordre de résister pied à pied aux Alliés pour les ralentir, sachant qu'ils ne pouvaient attendre aucun renfort. Deux des trous avaient été touchés par des obus alliés qui les avaient agrandis et transformés en petits cratères, deux fois plus profonds que les autres, et je soupçonnais que l'odeur qui nous assaillait les narines était celle des précédents occupants de ces terriers, dont les restes, littéralement pulvérisés, avaient éclaboussé les alentours, avaient pourri pendant les pluies d'automne et se trouvaient à présent enfouis sous plusieurs dizaines de centimètres de neige.

Une fois nos trous creusés, nous avons cueilli des branches sur les sapins des environs, pour en tapisser le fond de chaque tranchée, en gardant à portée de main quelques branches supplémentaires qui serviraient de toit contre la neige, lorsque les hommes seraient autorisés à dormir. J'étais désormais certain de la présence de forces allemandes dans les bois du secteur car, dès que le vent soufflait du nord, il nous apportait l'odeur de leurs feux de camp – un luxe que nous ne pouvions nous offrir, si nous voulions garder l'avantage de la surprise.

Chaque section avait mission de surveiller un flanc, sur nos trois principaux périmètres. Nous avons convenu d'un planning de tour de garde, avant de donner l'ordre aux hommes de dormir, ce qu'ils étaient relativement impatients de faire, tant qu'ils étaient encore un peu réchauffés, après nos travaux de terrassement. Comme je ne devais pas tarder à l'apprendre, le froid peut vous empêcher de fermer l'œil.

Bidwell et moi, nous nous sommes installés dans le même trou, qui semblait avoir abrité le commandant de nos prédécesseurs et dont la conception même témoignait d'une rigueur tout allemande : il avait été construit selon une forme parfaitement trapézoïdale, qui permettait à deux hommes de tirer côte à côte, tout en laissant derrière eux un peu d'espace vital. La paroi frontale avait été renforcée par une rangée de bûches qui retenait la terre, avec une petite étagère destinée à recevoir quelques objets. J'y déposai un livre, des grenades à main et mon rasoir. Je n'espérais pourtant pas pouvoir disposer d'eau courante, et c'était une étrange sensation que de défaire mes bagages, comme en arrivant dans une chambre d'hôtel – mais je fus interrompu dans mes réflexions par les jurons de Biddy.

« Punaise ! marmonna-t-il, j'ai oublié ma brosse à dents ! Pas moyen de se laver ni de se raser, mais la moindre des choses, c'est quand même de se brosser les dents, nom d'un chien... » Je sentis aussitôt que la brosse à dents n'était qu'un symbole – celui de la sécurité à laquelle nous avions renoncé pour nous lancer sur les traces de cet homme qui nous avait, une fois de plus, faussé compagnie – et je lui offris la mienne.

« On peut se la partager, lui proposai-je. Nous serons sûrement amenés à faire pire, dans ce trou ! » Lorsque nous aurions ordre de rester à couvert, le trajet jusqu'aux latrines nous serait interdit. Mais nous avions déjà franchi ce genre de limite, avec Biddy. Les derniers scrupules qui pouvaient nous rester n'avaient pas résisté à la traversée de ce champ de neige, qu'il avait dû me faire franchir en me traînant, malgré mon pantalon souillé.

Pourtant, mon geste parut le frapper de stupeur. Il considéra ma brosse d'un air méfiant, comme si elle avait été chauffée à blanc, avant de se résoudre à me la prendre des mains.

Vers les 21 heures, alors que la quasi-totalité de nos hommes s'étaient installés, j'entendis ronfler un moteur derrière nous, tandis que la voix d'un des soldats affectés à la mitrailleuse demandait le mot de passe. Je fis signe à Biddy et à l'un des hommes de sa section d'aller voir, mais il revint en annonçant que c'était le service des Transmissions. Ils étaient arrivés par la route, tous phares éteints, ce qui me parut relativement dangereux, dans cette nuit d'encre. Les gars des transmissions étaient venus poser des lignes pour nous relier au réseau téléphonique, afin que je puisse communiquer directement avec Algar et avec chacune des sections. C'était un soulagement, que d'être à nouveau relié au reste du monde. Les gars des transmissions me recommandèrent de n'utiliser les téléphones qu'en cas d'absolue nécessité, et seulement en code. Les communications par câble terrestre pouvaient être interceptées, parfois dans un rayon de mille cinq cents mètres, et nous étions sûrement à portée d'oreilles des Allemands qui campaient dans les bois d'alentour. Nous avions aussi une radio portable dans un sac à dos, une SCR-300, au cas où nous serions contraints de prendre la fuite.

Avant de nous endormir, nous avons inspecté nos positions, Bidwell et moi. Il est allé rendre visite aux hommes de sa section, tandis que j'allais voir si tout allait bien, dans les positions avancées défendues par les Brownings.

« Éclair ! lança l'un des hommes responsables des mitrailleuses.

— Tonnerre ! » répondis-je, en remerciant mentalement Meadows d'avoir pensé à me transmettre le mot de passe qui avait été en vigueur durant toute la semaine dans la Compagnie G. Les trous destinés à recevoir les Brownings avaient été creusés plus larges, plus ronds et plus profonds que les nôtres. Au point le plus exposé, les hommes devaient pouvoir se cacher au-dessous du niveau du sol, tout en restant capables de faire pivoter la mitrailleuse à trois cent soixante degrés, en cas d'assaut. Les trois équipes étaient plus recrues de fatigue les unes que les autres. Les hommes s'étaient pelotonnés au fond des trous, en calant leurs pieds contre ceux de leurs camarades, semelle contre semelle, pour s'empêcher mutuellement de succomber au sommeil.

Je revins à notre trou avant Biddy et, à tâtons, je m'aperçus presque aussitôt que mon paquetage n'était plus à l'endroit où je l'avais laissé. En allumant ma lampe torche, je découvris que j'avais été cambriolé.

Mon pantalon de rechange avait disparu, ainsi que ma seconde paire de gants. J'avais l'intention de distribuer les affaires dont je ne me servais pas, mais j'enrageais en pensant que ce serait un voleur qui en bénéficierait. Et par la même occasion, il avait fait main basse sur quelques-uns de mes effets personnels, dont trois des lettres de Grace. Et la carte de Gita.

Les trous les plus proches, où j'avais entendu des voix en arrivant, avaient à présent tiré leur toit de branchages et de ponchos imperméables. Je réfléchis aux différentes options qui s'offraient à moi, avant d'aller en toucher mot au sergent Meadows, en lui signalant qu'on m'avait « emprunté » quelques affaires. Il me répondit que le mal sévissait de façon endémique dans la compagnie.

« Ne me demandez surtout pas à quoi ça rime, capitaine. Combattre et mourir aux côtés d'un type, tout en guettant le moment où il aura le dos tourné pour lui piquer ses chaussettes... ça a vraiment quelque chose d'absurde. Tout ce que je peux vous dire, c'est que vous n'êtes pas le premier.

— Mais ça n'a pas pu passer totalement inaperçu, sergent.

— Probablement pas, mon capitaine. » Son regard s'échappa vers l'horizon noir, avant de revenir vers moi. « Mais vous savez, ils n'aiment pas les nouveaux. Et d'autant moins les nouveaux officiers, mon capitaine.

— Pourquoi donc ?

— Parce que vous ne pouvez pas comprendre, mon capitaine. Écoutez, ces types sont prêts à combattre sous vos ordres. Je les connais. C'est des braves gars, tous autant qu'ils sont. Ils se battront parce qu'ils savent que sinon, ils sont morts. Mais ils vous détestent, parce qu'ils détestent être ici. Les unités de combat, on n'en réchappe que mort ou blessé – c'est comme ces tourniquets qui ne reviennent pas en arrière. Vous pouvez entrer, mais pas sortir. Il n'y a pas un seul de ces hommes qui ne se soit laissé aller, à un moment ou à un autre, à prier pour être blessé. « Seigneur, envoyez-moi une petite balle, pas trop méchante, que je puisse rentrer chez moi… » Pour la plupart, ils seraient prêts à y laisser un bras ou un pied. Là, je ne fais que vous dire tout haut ce qu'ils pensent en silence. Et vous aussi, ça finira par vous trotter dans la tête. Rien qu'à votre mine, je vois que vous ne me croyez pas. Eh bien, capitaine, c'est pour ça qu'ils vous haïssent – parce que pour l'instant, vous avez plus haute opinion de vous-même qu'ils n'en ont d'eux, et qu'ils savent qu'ils ont raison. Mais vous bilez pas, capitaine. Rien de tout ça n'aura la moindre importance s'il n'y a pas d'affrontement. Et si jamais on doit se battre, ils auront vite fait de se réconcilier avec vous ! »

Je passai les deux heures suivantes en proie à une colère trop vive pour pouvoir trouver le sommeil. Puis ce fut mon tour de garde. En tant qu'officier, cette corvée ne m'incombait en principe pas, mais nous étions trop peu nombreux pour appliquer ce genre de privilège, et je pensais que cela renforcerait le moral de mes troupes. Je m'arrêtai en chemin à la station de pompage, un cube de briques qui s'élevait juste derrière nous, encastré dans la colline et profondément enfoui, pour maintenir hors gel la pompe hydroélectrique. Le seul mur visible de l'extérieur n'était percé d'aucune fenêtre et il n'y avait qu'une porte de bois, que mes hommes avaient forcée pour l'ouvrir. Je retrouvai à l'intérieur la plupart des soldats du deuxième peloton de la section de Meadows, qui n'avaient apparemment pas sommeil, et préféraient jouer aux cartes à la lueur d'une lampe Coleman. Ils avaient bondi sur leurs pieds à mon arrivée. Je les mis au repos. La pompe, une masse de fonte noire datant du siècle précédent, s'enfonçait dans une sorte de puits, autour duquel s'étaient rassemblés les huit hommes. Je pris le temps de demander à chacun d'où il venait, mais j'obtins chaque fois les mêmes réponses revêches, et je finis par faire demi-tour en direction de la porte.

« Vous seriez pas youpin, par hasard, capitaine ? » En me retournant, je vis qu'autour de la pompe, plus personne ne regardait ses cartes. Celui qui avait pris la parole me lorgnait d'un regard plus acéré. C'était un seconde classe du nom de Stocker Collison, originaire du Mississippi.

Tout candidat à l'école de formation des officiers apprend ces règles de base – règle n° 1 : leur imposer le respect. S'ils vous aiment, tant mieux ; sinon, qu'ils vous craignent.

« Qu'est-ce que c'est que ce mot ? demandai-je à Collison. Un terme sudiste, peut-être ?

— Bof, c'était juste une question, comme ça.

— Et la réponse vous intéresse ? »

C'était l'évidence même. Elle devait intéresser une bonne moitié de la compagnie, et probablement davantage.

« Non, mon capitaine.

— Très bien. À quelle heure est votre tour de garde, Collison ?

— À 3 heures, mon capitaine.

— Et si vous alliez faire une tournée d'inspection dès maintenant, pour vous assurer que tout est calme ? »

Il me dévisagea longuement, avant de quitter la maisonnette de briques. Aucun de ses camarades n'avait pipé mot. Je m'en étais sorti mieux que je ne l'aurais espéré, mais je savais qui j'avais délibérément pris pour modèle – Teedle. Ce qui me donnait à réfléchir.

Le tirage au sort m'avait attribué le même tour de garde que la section de Sal Masi, un Bostonien qui avait débuté comme caporal mais avait été promu sergent, sans doute à cause de sa vivacité d'esprit sur le terrain. Il portait toujours à son col l'insigne de son grade précédent. Avec deux des hommes de Masi, je pris mon poste à l'arrière, sur la colline, position que j'avais choisie pour sa situation. C'était le point le plus élevé que nous occupions – et partant, le plus exposé au blizzard.

Mon poste ne se trouvait qu'à une quinzaine de mètres de la pompe et de la petite cheminée de fer-blanc qui émergeait du toit. Sa fonction première devait être d'aérer le local pendant l'été, mais j'eus tôt fait de me rendre compte qu'elle canalisait les voix des hommes en les amplifiant, comme si elles avaient été retransmises par radio. Les joueurs de cartes n'avaient pas encore eu l'occasion de s'en apercevoir, ce qui fait que je passai le plus clair de mes deux heures de garde à écouter leurs conversations que le vent du nord rabattait vers moi – y compris les commentaires graveleux qui se mirent à fuser dès que Collison revint de sa tournée de garde autour du terrain enneigé.

« Putain de merde, Collison ! Pourquoi tu lui as pas carrément dit de sortir son zob, histoire de vérifier par toi-même ! ?

— Il aurait mieux fait de le dire franchement, qu'il en était. Je vois pas pourquoi il essaie de biaiser.

— Putain, mec ! Toi, t'es bien une petite racaille blanche et personne ne t'oblige à porter un écriteau !

— Ho ! Ça va, hein, O'Brien ! Le truc, avec ces putains de Juifs, c'est qu'on sait même pas s'ils en sont.

— Foutaises, Collison ! fit une autre voix. En regardant bien, ça se voit. P'têt pas pour toi, parce que tu seras jamais qu'un bouseux du Mississippi !

— Je te permets pas de me causer sur ce ton, Marshall.

— Eh, qu'est-ce qui te prend Collison ! Qu'est-ce qu'il a dit de si vexant ? Arrête, tu vas me faire chialer ! Et je rigole pas, hein – j'en ai déjà les larmes aux yeux ! J'ai jamais autant chialé, depuis que j'ai vu *Mon amie Flicka* ! »

La réplique, balancée par O'Brien, un gamin efflanqué, originaire de Baltimore, provoqua une rafale de rires dans l'abri. Enhardi par son succès, O'Brien revint de plus belle à la charge :

« Dis donc, Collison, tu connais la différence entre un zoo yankee et un zoo sudiste ? »

Collison garda le silence.

« C'est que dans le sud, ils ne se contentent pas d'indiquer le nom et la provenance de l'animal, sur la cage… ils donnent aussi la recette ! – nouvelle tempête de rires. Et tu sais comment ça s'appelle, un fermier du Mississippi qui se trimbale avec un mouton sous chaque bras, hein ? – … – un souteneur ! »

O'Brien avait dû juger que Collison en avait eu son compte, car la partie de poker reprit, dans un relatif silence, seulement troublé çà et là de quelques exclamations, lorsque l'un des joueurs remportait la mise. Privé de cette distraction, tandis que je laissais errer mon regard sur les champs déserts qui s'étendaient devant moi, j'eus tout le temps de broyer du noir et mes craintes me revinrent au grand galop. Je redoutais ma propre peur, qui pouvait me paralyser en plein combat, tout comme elle l'avait fait pendant mon parachutage – et en ce cas, qu'adviendrait-il de ces hommes dont j'avais la responsabilité et que j'étais censé diriger ? Cette bouffée de désarroi qui m'avait assailli dans l'avion était revenue me hanter, comme la période de faiblesse qui se prolonge, après une violente fièvre. Toute la journée, la peur m'avait dépossédé d'une partie de moi-même, m'avait soustrait quelque chose dans tout ce que je voyais, et jusque dans l'air que je respirais. J'étais un lâche. Je me savais incapable de résister à la peur. Je n'avais certes pas espéré me le cacher totalement, mais j'avais été atterré de me découvrir incapable de surmonter ce genre d'épreuve. Moi, l'homme qui s'était porté volontaire pour être parachuté en pleine tourmente, l'Américain prêt à se battre pour le Vrai et le Bon, j'étais impuissant devant cet autre moi-même. Je n'avais aucune prise sur lui. Et c'était bien ce que

Gita avait tenté de me dire, en soulevant sa jupe. Tout n'était qu'illusion et mensonge – tout, sauf l'instinct.

Appelant de mes vœux des pensées moins moroses, je me mis à observer le ciel. Au sud, la couche de nuages semblait s'éclaircir. Si l'embellie se confirmait, peut-être pourrions-nous espérer un soutien aérien... ? Peut-être verrions-nous arriver du matériel, voire des renforts... Mais je restais pour l'instant piégé dans cette zone d'incertitude où je n'aurais su dire si je souhaitais être relevé de mes fonctions ou remplacé, avant que les Allemands ne donnent l'assaut. J'aurais été davantage à ma place au poste de chef de section ; c'était le niveau de responsabilité auquel ma formation m'avait préparé. Si Meadows se faisait dégommer, j'en serais réduit à appeler Algar à tout bout de champ, pour lui demander des instructions...

Vers les 5 heures du matin, je vis entrer dans l'abri un homme qui s'était levé pour prendre son tour de garde – un membre du même peloton, apparemment. Il eut droit à un rapport détaillé des événements de la soirée : la somme exorbitante qu'avait raflée Bronko Lukovic au poker, et la prise de bec qui m'avait opposé à Collison.

« Dis donc, Collison, t'as dû lui faire forte impression avec tes conneries, au nouveau capiston.

— Ben, disons que je préfère recevoir mes ordres d'un chrétien, répliqua Collison. Déjà que c'est à cause de ces foutus youpins qu'on la fait, cette putain de guerre !

— Ah, si tu fermais ton clapet, Collison ! On croirait entendre le père Coughlin[1].

— Ouais, que tu dis ! Mais c'est qui, ceux qui nous ont dérouillés à Pearl Harbour, hein ? C'était pas ces

1. Célèbre prédicateur catholique blanc dont les sermons, radiodiffusés de 1926 à 1940 et véhiculant de véhémentes attaques contre des personnalités juives de premier plan, choquèrent par leurs relents d'antisémitisme. En 1940, les autorités ecclésiastiques lui imposèrent de mettre fin à ses émissions (*NdT*).

petits cons de nazis, que je sache ! Qu'est-ce qu'on en a à branler de ce qu'il fabrique chez lui, le père Hitler ? Je te dis, moi, c'est tous ces Juifs qui ont tarabusté Roosevelt, pour qu'on se mette en guerre. Et si on est dans le pétrin, ici, c'est à cause d'eux !

— On est tous ici pour la même raison, Collison. Parce qu'on doit le faire. D'ailleurs, personne ne nous demande notre avis.

— On est vraiment les plus mal lotis de tout le front, dans ce peloton, répondit Collison. On va se faire laminer, mon pote – et là, je rigole pas. On a déjà perdu les deux tiers de nos gars et maintenant, tout ce qu'ils trouvent à nous envoyer, alors qu'on est dedans jusqu'au cou, c'est un capitaine juif !

— Putain de merde, Collison. Te monte pas le bourrichon ! Tous nos officiers se sont fait descendre, jusqu'ici, et ils touchaient plutôt leur bille. Combien de temps tu lui donnes pour se prendre une balle, celui-ci, hein ? Il a même pas réussi à trouver les toilettes hommes, dans les bois – il cherche encore ! »

Ils s'esclaffèrent en chœur. Une minute plus tard, j'entendis s'élever une voix connue. Biddy venait pour me relever de mon tour de garde.

« Vos gueules, là-dedans ! On entend tout de l'extérieur. Vos voix remontent par ce putain de tuyau. On dirait un match de foot à la radio ! Ça porte dans un rayon de cinquante mètres. » Le silence se fit immédiatement. Certains devaient soudain se demander si je n'étais pas quelque part dans le secteur, à portée de voix.

« Et je vais vous dire un truc, les mecs. Le capitaine, c'est un type bien – ça, vous allez finir par vous en rendre compte ! »

Je reconnus la voix d'O'Brien qui demandait : « Est-ce qu'il connaît son turbin, au moins ? J'ai jamais pu les encadrer, ces officiers qui n'y connaissent rien, sortis de leurs bouquins.

— Un peu, qu'il connaît son turbin », répondit Biddy. Une minute plus tard, il me rejoignit. Il ne desserra pas les dents, mais me gratifia d'un bref salut, lorsque je repris le chemin de notre trou, en espérant pouvoir enfin fermer l'œil une heure ou deux.

18

Froide vérité

Bill Meadows vint me secouer à 7 heures, passées de quelques minutes. Les premières lueurs du jour commençaient à poindre. Il voulait survoler avec moi le programme de la journée. Sous peine de révéler notre position, nous ne pourrions prendre le risque de contacter les responsables des Brownings en plein jour, ni de les relever. Meadows voulait faire remplacer les équipes qui avaient passé la nuit en plein vent ; je l'autorisai à le faire.

Avant qu'il ne parte, nous prîmes le temps d'examiner le terrain de plus près. Les vallons et les champs environnants, qui devaient être à la belle saison des parcelles cultivées ou des prairies servant de pâturages pour le bétail, disparaissaient à présent sous un épais tapis de neige et il n'y avait pas un animal en vue. Les bovins avaient dû être abattus et consommés depuis longtemps. Au nord, au-delà des voies de chemin de fer et des épaves qui s'entassaient, çà et là, sur la route, s'étendaient une succession de plusieurs champs, marqués par de simples bornes de pierre. Ajustant mes jumelles, je découvris que le terrain avait déjà été le théâtre d'une lutte acharnée. Les précédents occupants de nos trous avaient dû être lourdement pilonnés, avant de battre en retraite. J'apercevais le fantôme noir d'un Panzer enfoui dans la neige jusqu'aux chenilles, ainsi que l'essieu et l'aile d'un camion. Il devait y avoir eu bien d'autres épaves, que nos mécanos avaient prises en remorque et traînées à deux cents mètres de là, pour élever à la hâte une sorte de barricade qui bloquait la route. Dans l'amas de ferraille, je reconnus plusieurs tracteurs réquisitionnés et deux tanks noircis par les flammes, un américain et un allemand.

Au loin, vers l'ouest, commençait une forêt de grands conifères plantés serrés où les bataillons de grenadiers allemands devaient se tenir en embuscade. Même en plein jour, cette forêt dressait sa masse noire, d'une densité impénétrable, qui me faisait penser à l'univers sombre des frères Grimm, peuplé de gobelins et de démons, rôdant entre les arbres en quête d'âmes à prendre dans leurs filets.

Enfin, Meadows pointa l'index sur le terrain que nous occupions, un secteur boisé où se mêlaient les mêmes pins élancés et touffus qu'au-delà du chemin, et des feuillus, des hêtres pour la plupart, dont certains gardaient encore quelques feuilles cuivrées. Tous les jours, les Allemands envoyaient des tirs de barrage sur une vaste zone, partout où ils pensaient que les unités américaines auraient pu se poster pour contrôler les routes. Ils utilisaient le plus souvent leurs fusils antiaériens de 20 mm, qui avaient fait leurs preuves comme armes offensives, ou les 88s, qui pouvaient faire double emploi. Fixés sur des supports à quatre pieds et sur un demi-rail, les fusils étaient orientés vers le ciel et tiraient en direction de la cime des arbres, ce qui revenait à faire exploser autant de petites bombes, à quelques mètres du sol. Une cascade d'éclats se déversait sur tout ce qui se trouvait dessous. Algar nous avait envoyés au nord des trous que venait de quitter la compagnie E, dans l'espoir que les Allemands ne penseraient pas à viser ce nouveau coin. Mais les arbres étaient déjà déchiquetés, comme s'ils avaient été victimes de mites géantes, particulièrement voraces. Plusieurs hêtres avaient perdu presque toutes leurs branches et dressaient leurs troncs solitaires, noircis par les explosions. Autrement dit, nous n'y couperions pas. Les Allemands ouvriraient le feu une heure après le lever du soleil et jusqu'à la tombée de la nuit, période durant laquelle ils étaient à peu près sûrs que nos avions ne tenteraient aucune sortie, vu l'état du ciel.

« Je vais aller dire à nos gars de rester à couvert, quand ça commencera à péter, me proposa Bill Meadows. Ou alors de sortir, et d'aller se planquer sous les arbres.

— Parfait.

— Mais les sergents vont devoir ouvrir l'œil. Pour une compagnie de Panzer, ça serait l'occasion rêvée de sortir de la forêt, pendant que nous serons au fond de nos trous.

— Parfait », répétai-je. Commander avec Bill Meadows pour premier lieutenant, c'était un peu comme de conduire avec un chauffeur… Nous échangeâmes des saluts, mais Meadows s'attarda une minute de plus.

« J'ai entendu dire que vous aviez eu maille à partir avec Collison, hier soir, mon capitaine ?

— Une petite prise de bec, Bill. Rien de bien méchant.

— Ne le laissez pas vous marcher sur les pieds, ce Collison, mon capitaine. Vous verrez que dans le fond, c'est loin d'être un mauvais bougre, surtout quand il sera habitué à vous. Ce genre de gars, ça n'est pas ce qui manque dans cette armée. Des gamins de la cambrousse. Qu'ils soient du Mississippi ou des forêts du Montana, ça ne change rien. La première fois qu'ils se servent d'une salle de bains, c'est en arrivant au camp d'entraînement. Ils en ont vu de toutes les couleurs, ces garçons et, de temps en temps, c'est plus fort qu'eux – il faut qu'ils la ramènent. »

Meadows parti, Gideon enfila ses bottes et sa veste de treillis pour aller informer sa section du programme de la journée. Il n'était pas revenu au trou depuis trois minutes – il s'était résolu à utiliser ma brosse à dents pour la première fois – que les tirs de mortiers ouvrirent le bal. S'il y avait une vertu qu'on ne pouvait leur dénier, aux Boches, c'était leur légendaire ponctualité.

Au beau milieu des combats, je découvris que certaines phrases venaient se loger dans mon esprit, comme si je n'avais plus qu'un disque rayé à la place du cerveau. Ce jour-là, le cliché qui s'obstinait à me trotter dans la tête, et qui se révéla totalement faux, était « un homme averti en vaut deux ». Les Allemands appliquaient une technique bien connue qui m'avait été enseignée à l'école d'infanterie sous le sobriquet de TOT – « *time on target* » – l'idée de base étant que les obus atteindraient plusieurs secteurs à la fois, avant que quiconque ait eu le temps de regagner son trou. Ne sachant pas au juste où nous nous trouvions, les Allemands calibraient leurs tirs à environ trente mètres d'intervalle.

Les premiers projectiles étaient des obus propulsés par roquette, qui s'abattaient avec un sifflement continu à vous glacer les sangs, rappelant celui d'un pneu dont on aurait ouvert la valve – mais ça n'était rien, comparé à ma terreur lorsque les autres obus se mirent à nous tomber dessus. Je m'étais dit que ça ne pourrait être guère pire que le bombardement du château, mais il est impossible de prévoir l'impact émotionnel de ce genre d'épreuve. Une chose dont je suis sûr, c'est que je n'entendrai jamais de vacarme plus assourdissant – l'oreille humaine est tout bonnement incapable d'en absorber davantage. Combiné aux vibrations du sol, ce vacarme me plongeait dans une sorte de transe, dès que je reconnaissais celui des 88s, aussi aisément identifiable qu'une quinte de toux. D'ailleurs, ça y ressemblait ; c'était le même genre de grondement explosif. Les obus éclataient en projetant de somptueuses gerbes de flammes, de neige et de boue, et faisaient pleuvoir sur nos têtes des rafales d'éclats brûlants. Ces fragments, qui pouvaient mesurer trente ou soixante centimètres, ricochaient sur les troncs, tandis que d'énormes branches venaient s'écraser autour de nous. L'obus qui tomba le plus près de moi, à quelque chose comme cinquante mètres, me fit jaillir les yeux de la tête et me comprima si violemment la poitrine que je sentis mon thorax à deux doigts de céder. Après chaque explosion, juste pour me requinquer un peu moralement, je me promettais que ce serait la dernière et je m'efforçais de m'en persuader, jusqu'à ce que j'entende à nouveau le ronflement guttural du canon et le hurlement d'un nouvel obus qui nous arrivait dessus.

Puis, après une heure et quelque, le pilonnage cessa, nous laissant dans une atmosphère embrumée, empestant la cordite. Dans le silence revenu, on n'entendait plus que le murmure du vent et les craquements des branches qui continuaient à tomber. Au début de l'alerte, entre les explosions, j'avais entendu quelqu'un hurler en appelant à l'aide. Ses cris s'élevaient à nouveau. Je téléphonai à la deuxième section, où Masi m'apprit que deux hommes qui partageaient le même trou avaient été touchés par l'explosion d'un arbre. Je ne savais pas au juste ce que je devais faire, en tant qu'officier de plus haut grade, mais quelque chose me disait que rester planqué ne devait pas être la solution. Je sortis donc de mon trou en crapahutant et je me mis à slalomer entre les arbres. De toute façon, vu l'ampleur du nuage de poussière et de fumée, les Boches non plus ne devaient pas y voir grand-chose…

En arrivant, je trouvai le cadavre d'un jeune gars, un rouquin répondant au nom de Hunt. Un éclat d'obus lui était tombé dessus, telle une flèche lancée sur lui par un dieu malveillant, et l'avait atteint juste en dessous de la clavicule, avant de plonger droit vers son cœur. Il gisait dans son trou, inerte, les yeux grands ouverts. Ce qui me frappa le plus, ce furent ses bras, rejetés en arrière selon un angle et une position invraisemblables, qu'il n'aurait pu prendre de son vivant.

L'autre soldat était déjà entre les mains d'un infirmier. Au-dessous de son genou, sa jambe n'était plus qu'une plaie sanguinolente. L'os avait éclaté et la douleur le faisait larmoyer, mais selon l'infirmier, il survivrait. Il projetait de l'évacuer dès la tombée de la nuit, mais cela ne l'avancerait pas à grand-chose, dans ces circonstances. Les chances de survie du malheureux Kelly étaient à peu près les mêmes que celles d'un soldat blessé pendant la guerre de Sécession. Les secouristes n'avaient à leur disposition que la poudre de sulfate qu'ils avaient glanée sur les kits de premiers soins des morts, jour après jour. C'était avec ça qu'ils tenteraient de stopper l'infection. Kelly serait transféré dans l'infirmerie qu'Algar avait organisée, hier, dans l'église d'Hemroulle, où nous avions dormi. Revenu à mon terrier, je téléphonai aux autres sections, qui n'avaient à déplorer que deux morts. Arithmétiquement, je pouvais en conclure que nous nous en sortions plutôt bien.

Pendant le tir de barrage, la neige s'était mise à tomber. J'aurais cru qu'il faisait trop froid pour neiger (c'était du moins ce qu'on disait, à Kindle County) mais la météo belge ne semblait pas obéir aux mêmes lois que celle du Midwest. Ça n'avait rien à voir avec une tempête. La neige tombait par paquets, en gros flocons qui se laissaient paresseusement glisser jusqu'au sol. Comme tous les enfants, j'attendais avec ferveur l'arrivée des premiers flocons. J'adorais la neige. C'était joli. Amusant. Mais c'était la première fois que je la regardais tomber depuis un trou creusé dans le sol. Elle nous dégringola dessus pendant plus de deux heures. Dès que nous tentions de la chasser de nos vêtements en nous ébrouant, elle s'amassait à nouveau. J'étais aussi trempé que Biddy, et tout aussi transi – et il neigeait toujours. Avec nos gros manteaux, nous étions pourtant mieux lotis que la plupart de nos hommes, qui n'avaient que leurs ponchos et quelques couvertures pour se protéger, et qui devaient réchauffer leurs M1 en les gardant au contact de leur corps, pour empêcher le gel de gripper le mécanisme de la détente. Mais je ne sentais plus ni mes mains, ni mes pieds. Je me demandais avec stupeur comment mon sang parvenait à ne pas geler dans mes veines.

En fait résister au froid n'était qu'une question de volonté. J'étais désespérément en quête de distraction et sur une impulsion, je décidai d'allumer l'une des cigarettes de ma ration journalière. Le tabac était l'une des denrées dont nous ne risquions pas de manquer, même si les hommes ne cessaient de se plaindre de la mauvaise qualité des cigarettes. Seules les marques les plus ordinaires, les Chelsea, les Raleigh ou les Wings, avaient été envoyées au front.

Le ciel était si sombre que la lumière semblait ne nous être versée qu'au goutte-à-goutte. Je me surpris à fouiller du regard les arbres alentour, en cherchant les oiseaux. On avait peine à imaginer qu'il puisse en rester un seul. Les tirs de mortier avaient dû les tuer ou les mettre en fuite. J'avais entendu dire que pendant l'occupation allemande, les gens s'étaient mis à manger des moineaux, faute de nourriture. Quelques corbeaux cherchaient leur pitance dans la forêt et je vis passer une volée de pies. Du doigt, je désignai un épervier à Biddy, mais il secoua la tête.

« Rien à voir avec un épervier, cap', répondit-il. Ça, c'est plutôt une buse. »

Aux alentours de midi, nous avons soufflé un peu. Les chances pour que l'attaque ait lieu ce jour-là étaient minces. À quelques kilomètres, tout autour de nous, les offensives faisaient rage. L'air répercutait les spasmes des tirs d'artillerie, le crépitement des mitrailleuses et le claquement aigu des fusils, de part et d'autre de nos positions. Portés par le blizzard glacé, les bruits des combats nous parvenaient très distinctement. En réfléchissant à la situation, j'en étais venu à la conclusion que notre rôle serait vraisemblablement d'intervenir en tant que renforts, au cas où les Allemands décideraient d'attaquer Savy. Mais cet assaut, s'il se produisait, ne pourrait avoir lieu que le lendemain ou le surlendemain. Pour l'instant et jusqu'au coucher du soleil, il ne nous restait plus qu'à lutter contre le froid, en tâchant de rester hors de vue.

« Vous croyez qu'il peut faire aussi froid, à Kindle County ? demandai-je à Bidwell.

— Sûr, mon capitaine, et même plus froid, si j'ai bonne mémoire. De chez moi à mon lycée, il y avait une petite trotte d'un kilomètre ou deux que je faisais à pied, et je me rappelle que certains jours, le mercure restait bloqué au fond du thermomètre. Ça descendait en dessous de moins vingt. »

Moi aussi, j'avais un trajet comparable à parcourir – et il me revint un souvenir qui me tira un éclat de rire. Buté comme peuvent l'être les adolescents, j'avais refusé mordicus de mettre un bonnet pour sortir. J'entends encore les cris de ma mère, qui m'avait pourchassé jusque sur le perron – et je me rappelle avoir eu la curieuse sensation, en pénétrant dans le hall de mon lycée, que mes oreilles n'attendaient que le premier choc pour tomber en miettes.

Au cours de l'après-midi, des cris s'élevèrent soudain au milieu de notre secteur. Je jaillis de mon trou, agrippé à ma mitraillette, avec la certitude que les Allemands avaient réussi à nous localiser et qu'ils donnaient l'assaut. Mais ça n'était que deux hommes de la section de Biddy qui avaient déniché quelque part un vieux Lager et qui se disputaient pour savoir qui emporterait le souvenir. Je les mis tous deux aux arrêts disciplinaires – mesure toute symbolique, vu les circonstances – et décidai que les équipes chargées des Brownings, qui avaient été reléguées aux points stratégiques pendant des heures, sans aucun moyen de communiquer, pourraient tirer le Lager à la courte paille, quand elles seraient relevées. Quant aux deux soldats, il fallut les séparer pour les réaffecter à d'autres trous. Mais malgré la consigne de silence absolu, nous les entendîmes quelque temps encore se traiter mutuellement de « *motherfucker* » – un terme pratiquement inusité dans les rangs des officiers, où prévalait un minimum de courtoisie.

« Vous avez déjà entendu parler de quelqu'un qui aurait réellement eu des rapports avec sa propre mère ? demandai-je à Biddy.

— J'ai entendu une histoire comme ça, ouais. J'avais un pote, au lycée, qui s'était fait la mère d'un copain.

— Mais ça n'est pas la même chose, Bidwell.

— Non, mon capitaine. Ça n'a même rien à voir. » Il garda quelque temps le silence.

« Biddy – rappelez-moi quel était votre lycée, au juste ? » Je me souvenais de l'avoir entendu dire qu'il avait arrêté ses études un peu avant le bac. Sa famille avait besoin d'argent.

« Oh, vous ne devez pas le connaître, mon capitaine.

— Ça, je suis quasiment sûr du contraire. J'ai dû participer à des concours de natation avec à peu près tous les établissements scolaires de Kindle County.

— Mais ça m'étonnerait que vous ayez entendu parler de Thomas More, mon capitaine. On n'avait pas d'équipe de natation.

— Thomas More, dans le North End ? Ça n'était pas réservé aux Noirs ? Je ne savais pas qu'il y avait aussi des Blancs, dans ce lycée.

— Il n'y en avait pas, mon capitaine. Juste deux Blanches. Des filles. Mais aucun garçon. »

Jusque-là, j'avais gardé les yeux fixés sur le ciel, où un soupçon de bleu avait fait une brève apparition, derrière les masses grises. Nos avions allaient peut-être pouvoir décoller… Lorsque les derniers mots de Gideon eurent fini d'infuser, j'aurais juré que j'avais mal entendu.

Il avait ôté son casque et, vu sa taille, je dus lever les yeux vers lui. Son index pianotait machinalement sur l'inscription MP imprimée au stencil, en grosses lettres blanches, sur le devant de son casque.

« Vous avez bien entendu, mon capitaine.

— Qu'est-ce que vous me dites là, sergent ?

— Disons que je vous fais confiance, capitaine. Je ne sais pas si j'ai raison, mais je vous fais confiance. »

Et soudain, des centaines de détails s'emboîtèrent. Après le pilonnage de la matinée, j'étais trop sonné pour ressentir le choc, mais je me sentais perdu, complètement largué.

« Alors, qu'est-ce que vous en pensez ? me demanda-t-il.

— Vous voulez que je vous dise la vérité ? Je n'arrive pas à vous croire.

— Vous feriez mieux. Ça serait vraiment douteux comme blague. » Il affichait un sourire morose, et semblait encore plus surpris que moi. Mais les mots qu'il avait choisis pour me le dire ne faisaient que confirmer la véracité de ses propos.

Maintenant que j'y regardais de plus près, bien sûr – son nez, ses cheveux… Je commençais à réaliser qu'effectivement, on pouvait lui trouver certains traits négroïdes. Mais pas plus loin que dans le trou d'à côté, il y avait des types tels que Gomez ou Rapazzalli, ou même moi, qui avaient le teint nettement plus mat et les yeux plus foncés que les prunelles vert d'eau de Biddy.

« J'ai reçu mon avis de circonscription, poursuivit-il, et j'y suis allé. Je ne leur ai pas dit que j'étais ni blanc, ni noir. Ils m'ont regardé, et ils m'ont déclaré apte pour le service. Vous savez, j'ai toujours eu cet avantage. Quand j'étais tout gamin, en Georgie, je pouvais aller me balader sans problème dans des endroits où mes frères n'étaient pas admis. Par la suite, quand on a déménagé dans le nord, on a eu beaucoup moins de problèmes. Mais voilà – je suis rentré chez moi après le conseil de circonscription, et j'ai tout dit à mes parents. « Alors, t'as menti ? m'a demandé mon père. – Pas d'un seul mot ! »

Ils ont eu une sacrée prise de bec, ma mère et lui. Elle voulait que j'y retourne et que je leur dise la vérité. Ça ne la dérangeait vraiment pas, que l'armée ne veuille pas de Noirs sur le front. L'idée ne lui serait pas venue de s'en plaindre. Mais mon père était hors de lui. « C'est quoi, cette vérité ? Que même s'il a l'air tout aussi bien que n'importe qui d'autre, même s'il *est* tout aussi bien, il faudrait le traiter différemment parce qu'en fait, il a du sang noir ? C'est ça, la vérité ? C'est pas demain la veille que je laisserai un de mes gosses dire une chose pareille ! Non, ça, c'est pas demain la veille ! » Et je ne suis toujours pas sûr qu'ils se soient réconciliés, après cette scène.

« Mais la vraie vérité, capitaine, c'est que si j'ai rien dit, c'était parce que j'étais comme vous. Je voulais me battre. Comme Jesse Owens ! Je voulais lui faire mordre la poussière, à cette vieille canaille d'Hitler. Je rêvais de lui arracher sa putain de moustache. Et je savais qu'on ne verrait pas des masses de soldats noirs, sur le front.

« Sauf que, quand je me suis retrouvé au beau milieu d'Omaha Beach, j'y ai réfléchi à deux fois – ça, oui ! Là, si j'avais pu, j'aurais voulu pouvoir faire demi-tour, tout avouer et retourner en Angleterre. Quelle connerie, d'être venu me fourrer dans ce guêpier. Il ne se passe pas de jour sans que j'y repense, au moins une fois ou deux. Et je me dis que ce jour-là, j'ai vraiment perdu une bonne occasion d'écouter ma mère. D'autres fois, je me dis que j'ai bien trompé mon monde – sans même avoir eu à mentir à quiconque. Et j'arrête pas de me répéter que je dois absolument rentrer sain et sauf, ne serait-ce que pour leur clouer le bec, à ceux qui prétendent qu'un type de couleur se fiche le doigt dans l'œil, s'il croit pouvoir faire les mêmes choses qu'un Blanc. Vous voyez un peu le putain de merdier… »

Il me dévisagea une seconde de plus et, allongeant la main vers le bord de notre trou, récupéra ma brosse à dents, qu'il avait balancée à l'extérieur au moment où les tirs de mortier avaient commencé.

« Vous la voulez toujours ? »

J'avais le mot « oui » sur le bout de la langue et je le prononçai sans la moindre hésitation.

« Et comment, que je la veux ! » ajoutai-je, en la lui arrachant des mains, pour me la fourrer dans la bouche. Le dentifrice avait gelé, formant une couche solide qui engluait les poils. « Je n'ai même pas eu le temps de me brosser les dents, ce matin. Mais demain, c'est moi qui suis prioritaire. Vous devrez attendre après-demain, pour l'avoir le premier ! »

Il me regarda un bon moment.

« Bien, mon capitaine », finit-il par dire.

19

Les cieux

En fin de journée, nous avons vu passer des C-47 américains au-dessus de nos têtes. En regardant du côté de Savy, nous pouvions effectivement apercevoir les parachutes et les colis que pondaient les gros Albatros, ainsi que la trajectoire incandescente des projectiles que leur envoyaient les batteries antiaériennes allemandes, comme autant de moustiques de juin, les plus voraces. Les corolles rouges, jaunes et bleues des parachutes s'épanouissaient, sur fond de ciel clair – le spectacle valait le coup d'œil, mais nous n'eûmes pas l'occasion de le contempler bien longtemps. Les bombardiers allemands apparurent dans la direction opposée, et les tirs de batteries illuminèrent le ciel de leurs lueurs féroces. À peine nos avions eurent-ils disparu que les Allemands repositionnèrent leurs canons et lancèrent un nouveau tir de barrage. Ils craignaient manifestement que les forces américaines, profitant de ce que leurs batteries antiaériennes étaient occupées avec les C-47, tentent d'avancer des unités au sol. Et ces nouveaux tirs me parurent durer deux fois plus longtemps que ceux du matin. Tandis que nous restions tapis dans nos trous, je m'avisai soudain que j'avais les mâchoires tétanisées. Je les avais serrées si fort que je craignis de m'être cassé une molaire.

Le pilonnage venait de cesser, quand mon téléphone sonna. C'était Algar qui se présenta sous le nom de code de « Lebanon ».

« Comment ça se présente, de votre côté, l'avocat ? »

Ce dernier tir de barrage avait fait deux blessés de plus dans nos rangs, mais ils n'étaient que légèrement atteints. L'un des deux hommes devait être ramené d'urgence en ville, avec le jeune soldat blessé à la jambe. Algar promit de nous envoyer une ambulance dès la tombée de la nuit.

« Paraîtrait que le IIIe Corps d'Armée a réussi une percée dans le flanc sud, m'annonça Algar. Ils ont « ouvert une brèche », comme ils disent. À présent, les renforts ne devraient plus tarder. Faites passer la nouvelle à vos gars. On vient de recevoir cent soixante colis. Ça reste très insuffisant, mais nous avons du moins des munitions. Et du matériel médical.

— Très bien, mon colonel. » La nouvelle de l'arrivée imminente de Patton était la bienvenue, mais mes hommes refusaient de croire ce qu'ils ne voyaient pas. Pour eux, tout ce qu'ils n'avaient pas sous les yeux relevait de la simple rumeur.

« Comment va le moral ? »

Plutôt bon, vu les circonstances, lui répondis-je. Les hommes comprenaient qu'il n'y avait pas grand-chose à faire contre le froid, mais se plaignaient de devoir rester toute la journée dans leurs trous – et de ne pouvoir en sortir pour aller se soulager. Nous avions ordre de faire dans nos casques en cas d'absolue nécessité, mais comme personne n'aurait songé à sacrifier son casque, avec la pluie d'éclats d'obus et de branches cassées qui nous tombait dessus deux fois par jour, cette directive nous plaçait devant un choix particulièrement absurde.

Là-dessus, le soleil ne tarda pas à se coucher et je fus pénétré de la solennité de cet instant, annonciateur de la trêve nocturne. Les Panzers n'attaqueraient pas de nuit, dans ce terrain enneigé où ils couraient le risque de rester bloqués dès qu'ils sortaient des routes goudronnées – sans compter qu'après l'immense contre-offensive qui nous avait chassés des Ardennes, les Allemands n'avaient plus assez de munitions en réserve pour faire durer les tirs d'artillerie toute la nuit, comme ils l'auraient fait en temps normal. Nous devions rester vigilants, au cas où ils auraient envoyé des équipes de reconnaissance dans notre périmètre pour tenter de nous localiser et d'évaluer nos positions, mais nous avions tous conscience d'avoir survécu. Nous allions bientôt pouvoir sortir de nos trous et nous déplacer à notre guise. Le soleil qui, de toute la journée, n'avait cessé de sortir des nuages par trop brèves intermittences pour y replonger, tentait une nouvelle percée à l'horizon, transperçant les nuages d'un puits de lumière cuivrée qui embrasait la forêt, de l'autre côté des champs. Biddy sortit son appareil. Cette explosion de couleurs avait dû lui inspirer une jolie photo en noir et blanc.

Bill Meadows m'appela pour décider des affectations de la nuit. Il avait aussi une requête à me présenter. Les hommes demandaient l'autorisation de faire du feu dans la station de pompage. Aucune lumière ne serait visible de l'extérieur. Le seul problème serait la fumée, dont l'odeur risquait de trahir notre présence. Mais le vent semblait vouloir rester au nord. Il aurait donc tendance à l'emporter du côté de la ville. C'était un risque calculé, mais nous pensions que le jeu en valait la chandelle. D'ailleurs, même si le vent venait à tourner, je doutais que les Allemands puissent distinguer l'odeur de notre fumée de la leur. Chaque peloton pourrait rester une demi-heure dans la maisonnette de briques, le temps de manger leurs rations, plus un quart d'heure avant et après leur tour de garde. Les équipes responsables des mitrailleuses, qui étaient restées aux points stratégiques toute la journée, isolées et privées de tout moyen de communication, bénéficieraient de plages de repos deux fois plus longues et seraient prioritaires.

L'ambulance arriva vers les 6 heures, accompagnée d'un camion d'approvisionnement. Les gars chargés de l'intendance devaient nous livrer nos rations pour le soir et le lendemain, mais je vis qu'ils n'avaient apporté que deux cartons de rations C – ce qui voulait dire que nous n'aurions qu'un seul repas, le lendemain.

« Le colonel va essayer de faire mieux, pour le jour de Noël », nous expliqua le sergent de l'unité d'appui. Je savais qu'Algar ferait l'impossible pour nous offrir un réveillon digne de ce nom, mais nous affamer pendant les jours précédant Noël ne me semblait pas le meilleur moyen de nous le faire apprécier.

« Il a quand même pensé à vous... Il a fait réquisitionner ça dans un des cafés restaurants de Bastogne. Le patron a râlé tout ce qu'il savait, mais nom d'un chien ! Toute façon, il ne doit pas avoir des masses de clients, ces temps-ci ! »

J'ai soulevé le couvercle de l'une des caisses en faisant levier avec mon poignard. Elle contenait des nappes, du linge de table. J'ai mis un moment à comprendre, puis j'ai réuni mes trois sous-officiers – Meadows, Biddy et Masi – et leur ai donné ordre de les distribuer à leurs sections.

« Pour quoi faire ? » s'étonna Meadows.

Les précieuses nappes blanches nous tiendraient lieu de camouflage et nous permettraient de quitter discrètement nos trous dans la journée. Une chance qu'elles aient été amidonnées, sans quoi elles auraient déjà été découpées pour faire des bandages...

Une fois les nappes et les serviettes distribuées, Meadows est revenu me dire que cette délicate attention avait formidablement fait grimper ma cote de popularité aux yeux de nos hommes – tendance qui risquait fort de s'inverser le lendemain, quand ils auraient l'estomac dans les talons ! J'ai néanmoins apprécié au passage les louables efforts que faisait Meadows pour me soutenir le moral, à moi aussi.

« Bill, si Algar avait deux sous de jugeotte, c'est à vous qu'il confierait le commandement de cette compagnie.

— Je vais vous dire un secret, capitaine. Il me l'avait proposé. Mais je ne crois pas avoir l'étoffe d'un officier. Deuxième lieutenant, c'est le pire grade dans l'armée – dans l'infanterie, en tout cas. »

De l'autre côté du trou, Biddy confirma d'un grognement approbateur. Effectivement, j'avais eu connaissance des statistiques, mais je répondis : « Peut-être, mais au QG, les menus sont nettement meilleurs.

— Je n'en doute pas, mon capitaine, dit Meadows. Sauf que donner des ordres, ça n'a jamais été mon truc. Pas au combat.

— Pourquoi ?

— Parce que si vous survivez et que les copains y restent, eh bien, je préfère ne pas avoir ce genre de remords sur la conscience, mon capitaine. »

Encore un problème auquel je n'avais pas réfléchi, du fond de mon inexpérience. Je méditai là-dessus en silence, tandis que Meadows s'en retournait.

En ma qualité de capitaine, je m'étais attribué la dernière tranche horaire à la station de pompage. Je résolus donc de dormir un peu, jusque-là. J'ôtai mon manteau, roide de neige et de gel, et comme il tenait littéralement debout, je l'appuyai contre la paroi du trou. Mais j'avais trop froid pour pouvoir fermer l'œil. Je dus me contenter d'attendre mon tour. Vers la fin, je commençai même à compter mentalement, pour contenir mon impatience. Je me souviendrai toujours de cette douce chaleur qui m'accueillit en arrivant à la station de pompage, comme de l'une des sensations les plus exquises de toute mon existence, en dépit des douloureuses protestations de mes mains et de mes pieds, où le sang se remettait subitement à circuler. Les hommes de Meadows étaient à nouveau là. Ils mangeaient sans hâte, pour faire durer le plaisir. À voir l'empressement qu'ils mirent à sauter sur leurs pieds à mon arrivée, je compris qu'ils avaient grappillé quelques minutes sur leur temps de pause.

« Repos, messieurs. »

O'Brien me recommanda de ne pas approcher du feu trop vite. Les soldats étaient habitués à faire avec les risques de gelures.

« Capitaine, me dit O'Brien, est-ce que je peux vous poser une question ? Vous n'avez jamais entendu dire que c'était possible d'avoir la bitte gelée ? Collison a peur de voir la sienne se transformer en glaçon ! »

Je n'avais jamais entendu parler d'une chose pareille. Me rappelant mes cours de biologie du lycée, je leur expliquai que ce qui augmentait les risques, pour les extrémités, c'était qu'elles étaient les plus éloignées du cœur.

« Je te disais bien, Collison, s'esclaffa O'Brien. T'es tellement corniaud que tu sais comment ça s'appelle, l'espace entre tes deux oreilles ? Un tunnel ! Et tu connais la différence entre toi et une bouteille de bière ? Y en a pas ! Vous êtes tous les deux vides depuis le col jusqu'au goulot ! »

Collison, accroupi, gardait les yeux fixés sur le feu, tandis qu'O'Brien l'asticotait. Je les soupçonnai de s'être mis d'accord pour me concocter ce petit sketch, après les événements de la veille.

« Eh, doucement, O'Brien ! Gardez-nous quelques blagues en réserve. La guerre n'est pas encore finie ! »

Ayant trouvé en moi un allié imprévu, Collison me jeta un regard.

« Comment il fait pour se rappeler tout ça ? Moi, j'arrive jamais à en retenir une seule !

— Sans doute parce que t'es toi-même une blague ambulante ! » railla O'Brien.

Sur ce, Meadows est arrivé et les a tous renvoyés à leurs trous. La première section n'allait pas tarder. Je me suis approché du feu et Meadows est resté me tenir compagnie deux minutes, le temps de réchauffer ses lunettes à monture métallique, blanches de givre. Deux marques rouges s'étaient imprimées de part et d'autre de son nez.

« Dites-moi Bill... vous étiez dans quelle branche, avant tout ça ?

— Moi ? oh, j'étais dans le pétrin, capitaine, si vous tenez à le savoir. J'ai passé mon enfance en Californie, près de Petaluma. Mes parents étaient fermiers, mais moi, je suis parti pour San Francisco où j'ai travaillé comme docker, sur le port. Et j'ai ramassé pas mal d'argent. Mais vers les années 34-35, le travail s'est fait plus rare. Alors mon ménage s'est mis à battre de l'aile. Je buvais de plus en plus. Finalement, ma femme a pris nos deux garçons et elle est retournée à Denver, dans sa famille. Moi, j'ai sauté dans des trains de marchandises, pour aller chercher du boulot. Et, vous savez, j'étais loin d'être le seul. On ne pouvait pas se pointer dans une gare de triage sans tomber sur des bandes de types comme moi, des paumés, assis autour d'un feu – quelle que soit la ville. Les temps étaient vraiment durs, capitaine. Ce qui fait qu'en 1940, quand ils ont annoncé la mobilisation, j'ai été dans les premiers à m'inscrire sur les listes de recrutement. Et finalement, cette putain de guerre aura été ma planche de salut – à supposer que j'en sorte vivant. Ma petite femme s'était remariée, mais ça n'a pas dû marcher avec mon remplaçant, parce qu'elle est à nouveau tout sucre et tout miel, dans ses lettres. Et moi, j'ai vraiment envie de retrouver mes garçons. Le plus grand a seize ans, et je peux vous dire que je croise les doigts pour que la guerre finisse avant qu'il ne soit en âge d'être recruté. Je ne sais vraiment pas comment je ferais pour garder ma tête à peu près claire, s'il devait un jour se retrouver dans ce merdier, lui aussi, et que je devais me faire du mauvais sang pour deux ! Vous pensez qu'on va bientôt en voir la fin ? »

Une semaine plus tôt, j'aurais certainement répondu à cette question par l'affirmative. Mais à présent, je n'en étais plus si sûr. Les nazis faisaient preuve de plus de pugnacité et de ressources qu'aucun d'entre nous ne l'aurait imaginé. Meadows m'observa d'un œil acéré, comme s'il tentait de voir si j'y croyais moi-même.

De retour à mon trou, je me suis contenté de grignoter un cracker de ma ration et j'ai décidé de garder le reste pour le lendemain. J'ai réussi à trouver le sommeil pendant deux heures et je suis ensuite allé me réchauffer dans la station de pompage, avant mon tour de garde. Les hommes de la section de Masi, qui étaient trop peu nombreux pour être divisés en pelotons, commencèrent à affluer. Comme nous étions tous les deux de garde, Meadows et moi, nous sommes sortis ensemble.

« Bon sang de bonsoir ! fit-il en enfilant ses gants. À quoi ils pensaient, le jour où ils ont décidé d'envoyer un gars de Californie se battre dans les Ardennes, hein ?

— Vous ne demandez tout de même pas à l'armée de faire preuve d'un minimum de bon sens, si, premier sergent ? » lui lança l'un des hommes avant d'entrer.

Nous avons tous éclaté de rire, et je suis resté une minute à proximité pour écouter ce que disaient les hommes, dont les voix montaient dans la nuit par la cheminée.

« Vous pensez qu'on serait mieux qu'ici, dans le Pacifique ?

— On aurait sûrement plus chaud, ça, ça fait pas un pli !

— Chaque fois que mon frère m'écrit, il me parle de cette putain de chaleur. Une vraie fournaise, à ce qu'il dit – et pour lui, ça n'a pas l'air d'être un plus ! Dans ses lettres, il n'est question que d'éruptions, de boutons, de fièvre, d'urticaire. Il me raconte qu'il a des trucs qui lui poussent sur la peau, des trucs de toutes les couleurs. Il n'aurait jamais cru que sa peau pouvait prendre des couleurs pareilles ! Et il paraît qu'on peut s'estimer verni, quand on arrive à boire un verre, de temps en temps. Ici, au moins, on a du bon vin et du cognac, presque autant qu'on veut ! Là-bas, c'est une autre histoire. Le mieux qu'ils puissent espérer, c'est que quelqu'un qui a un pote à l'intendance arrive à mettre la main sur des pêches en boîte et sur un flacon d'Aqua Velva, pour se concocter un genre de tord-boyaux. Les gars descendent l'Aqua Velva à si hautes doses que l'intendance n'arrive pas à en garder en stock. On se l'arrache.

— Ouais, mais là-bas y fait pas froid.

— Peut-être, mais tant qu'à clamser, autant me faire descendre par un Blanc. Sans déconner.

— Je me demande ce que t'as dans le cigare, pour dire ce genre de conneries ! s'exclama un autre.

— C'est ma façon de voir, et je la partage. Personne te demande d'être de mon avis, Rudzicke !

— Allez, fais pas ta tête de lard...

— Hé ! C'est mon point de vue, c'est tout. J'ai dans l'idée que c'est plus facile de s'en aller comme ça. Tant qu'à faire, je préfère que la dernière tronche que je verrai avant de caner soit pas celle d'une face de citron !

— Ouais, fit quelqu'un d'autre. Je peux comprendre.

— Et je vais vous dire, les mecs, fit le premier, un certain Garns. Ces Japonais, c'est une bande de sauvages. Pire que les Indiens. Ils mangent des cœurs humains. Pour eux, on n'est qu'une espèce inférieure. Des genres de singes, sans déconner !

— Tu parles, c'est eux, les singes ! Les Boches, au moins, ils traitent à peu près bien leurs prisonniers. Mais j'ai un pote qui se bat dans une de ces îles et dans une lettre, il m'a raconté que les Niakoués avaient coincé un de leurs hommes. Ils lui ont ouvert la colonne vertébrale, à ce pauvre môme, ils y ont mis de la poudre à canon et ils l'ont transformé en pétard vivant. Vous imaginez le tableau ? Avec le reste du détachement qui assistait à tout ce merdier, planqué aux alentours. »

Ça n'était pas ce qui manquait, les abominations commises dans le Pacifique. J'avais entendu plusieurs personnes raconter que les Japonais coupaient les oreilles à leurs prisonniers.

« Ouais, peut-être, fit quelqu'un. Mais au moins, là-bas, y fait chaud. »

Éclat de rire général.

« Toute façon, où qu'on soit, je vois pas comment ça pourrait être le pied, du moment qu'on est en guerre, fit quelqu'un d'autre.

— Et puis, y a les Polynésiennes. Mon pote m'a écrit qu'ils ont débarqué dans deux ou trois îles, où-ce que les filles n'avaient même pas de chemise – et qu'elles baisaient comme de dire bonjour.

— Y a aucune femme au monde qui baise comme de dire bonjour. Si elles le font, c'est qu'elles veulent quelque chose, en échange. C'est mon père qui m'a expliqué ça, un jour – et jusqu'à présent, j'ai jamais vu qu'il s'était gouré !

— Ouais, mais paraît que les filles du Pacifique, c'est vraiment spécial. Mon copain en a même vu une qui était capable de ramasser un dollar d'argent, avec son tu-sais-quoi. Finalement, quelqu'un a eu l'idée de sortir son zob, avec le dollar posé dessus et, accroche-toi, mon pote – elle a pris les deux ! C'est ça qui devait valoir le coup d'œil !

— Eh, tu crois que c'est vrai, ce qu'on dit ?

— Qu'est-ce qu'on dit ?

— Que les nazis emmènent des putes avec eux.

— Ça leur ressemblerait bien.

— Ouais ! Mais nous, on est des Américains, nom d'un chien ! Des Défenseurs de Miss Liberty – même qu'on a la liberté de se la mettre sur l'oreille ! »

Meadows arriva en faisant crisser la neige sous ses pas. Il me fit un clin d'œil puis, ouvrant la porte, demanda à ses hommes de baisser d'un ton.

« N'oubliez pas que les Boches sont toujours là », fit-il.

En retournant prendre mon tour de garde, je croisai un dénommé Coop Bieschke, qui avait entrepris de graver son nom dans l'écorce d'un hêtre. Cela faisait deux nuits qu'il y travaillait. Il prenait sur son temps de sommeil pour mener à bien ce projet. J'ai failli lui demander ce qu'il y trouvait de si urgent, mais je doutais qu'il puisse l'expliquer lui-même. Peut-être espérait-il revenir ici après la guerre. Peut-être voulait-il marquer l'emplacement de sa mort, à l'intention de ses proches, au cas où il y serait resté. Ou alors tenait-il juste à laisser une trace de son passage sur cette terre qui serait à jamais sienne... Je suis resté un long moment à le regarder s'activer, armé de son couteau de poche. Il était tellement absorbé par son travail qu'il en oubliait ma présence et celle du monde. Puis j'ai poursuivi mon chemin.

Après mon tour de garde, j'ai fait un saut à la station de pompage, et je suis revenu à toutes jambes à notre trou, pour ne pas laisser à mes bottes le temps de geler à nouveau. Je les ai glissées sous mes jambes en espérant que la chaleur de mon corps les empêcherait de durcir pendant la nuit. Peine perdue. À mon réveil, mes jambes de pantalon, prises par le gel, étaient si étroitement collées l'une à l'autre que je n'ai pu me remettre sur pied qu'au prix d'un violent effort.

Le ciel du 24 décembre au matin était limpide. Nous avons vu arriver nos avions peu après les premières lueurs du jour. Tandis que les formations de bombardiers, protégées par les P-47, se succédaient au-dessus de nos têtes en vagues assourdissantes, mes hommes leur faisaient signe de la main depuis leurs trous. Les batteries allemandes tiraient de plus belle, surtout lorsque nos avions survolaient les positions ennemies. Nous apercevions les traînées rouges des missiles qui s'élançaient dans le ciel. De temps à autre, un avion explosait en vol, comme une étoile en flammes. Mais les vagues de bombardiers et d'appareils de ravitaillement déferlèrent sans discontinuer, pendant près de cinq heures. Les sillages de fumée laissés par les moteurs donnaient au ciel l'allure d'un champ fraîchement labouré. Les convois changeaient fréquemment d'altitude, montant ou descendant pour échapper aux avions de combat allemands, tandis que les parachutes des colis de matériel constellaient le ciel au-dessus de Savy. De temps à autre, lorsque le vent tombait, nous entendions ronfler les moteurs des camions qui allaient récupérer les vivres et les médicaments pour les ramener à Bastogne.

Nous restions dans nos trous mais à présent, grâce aux nappes, je pouvais sortir toutes les heures pour aller voir si tout se passait bien. Je galopais entre les arbres, drapé dans une nappe et coiffé d'une serviette blanche de coton damassé, que je me nouais sur la tête comme le fichu de la babouchka de ma grand-mère. Lorsque j'arrivais au bord de certains trous, les soldats se tenaient les côtes et m'accueillaient par des « *Trick or Treats*[1] ! »

Je passais le plus clair de mon temps dans mon trou aux côtés de Biddy, en me répétant que si j'avais réussi à résister au froid la veille, je pourrais tenir le coup aujourd'hui, ainsi que le lendemain. Dorénavant, tout serait plus facile, me disais-je. Je savais que ce soir, un bon feu m'attendrait dans la station de pompage. Mais d'un autre côté, peut-être cela me rendait-il l'épreuve plus cruelle, maintenant que je devais composer avec le souvenir de cette délicieuse sensation de chaleur.

Toutes les heures, je m'allumais une cigarette et entretemps, j'avais pris le pli de renifler l'odeur du tabac sur

1. Le mot de passe traditionnel des enfants qui se déguisent pour Halloween et font du porte-à-porte en réclamant des bonbons (*NdT*).

mes gants. Je n'aurais su expliquer le curieux réconfort que cela me procurait, jusqu'à ce que me revienne l'image de Gita Lodz et le souvenir de cette odeur qui imprégnait ses vêtements et ses cheveux. Je me demandais si je la reverrais un jour. Le souhaitais-je seulement ? Et puis je me posais les mêmes questions, pour Grace – et pour mes parents. Si je devais choisir de ne revoir que l'un d'entre eux, avant de mourir, sur lequel se porterait mon choix ?

« Bon Dieu, Biddy ! m'écriai-je soudain. Rester terré dans ce trou, à ruminer ses pensées, sans rien pouvoir faire d'autre, il y a de quoi transformer n'importe qui en fou furieux ! »

Il n'eut pour toute réponse qu'un grognement approbateur.

« Je me demande s'il ne vaudrait pas mieux que les Allemands se décident à nous tomber dessus – et basta !

— Vous ne savez pas ce que vous dites, capitaine. Et là, croyez-moi sur parole. »

Je lui demandai de me parler un peu d'Omaha Beach.

« C'est dur d'en parler. Ça n'avait carrément rien à voir avec ce qu'on se coltine, ici, capitaine. Le jour J, c'était le merdier puissance dix. Moi, je suis arrivé à J + 1. Et partout on ne voyait que la guerre, la guerre. Partout. Derrière nous, y avait la Marine qui canardait les Allemands postés sur les falaises. Et devant, y avait des mitrailleuses qui nous tiraient dessus. Ajoutez à ça nos avions qui larguaient leurs bombes et les batteries antiaériennes des Boches qui pétaient sans discontinuer. Et nous, on était là – des milliers d'hommes, en train de galoper sur cette plage, en tirant sur tout ce qui bougeait. Ça se battait dans tous les coins, ça gueulait de partout. Des cris de guerre – et puis les hurlements des blessés. Quand on est sortis des barges et qu'on s'est mis à patauger pour rejoindre la plage, l'eau était déjà aussi rouge qu'un panneau de sens interdit, et j'avais pas la moindre idée de la façon dont on pourrait rejoindre le point de ralliement. Y avait des corps partout, sur cette plage. On n'aurait pas pu avancer en ligne droite, sans marcher sur les morts. Et à chaque pas, je les regardais en me disant, « Avance, putain ! avance... – ça va être ton tour. T'as fait ton dernier pas... ça va être ton tour ! » Une fois que j'ai réussi à rassembler mon peloton, je me suis retourné et j'ai vu que c'était exactement comme je l'imaginais. Toute ma vie, je me l'étais représenté comme ça. Exactement comme ça.

— Quoi, la guerre ?

— Non, mon capitaine. L'enfer. Ce que j'avais sous les yeux, c'était l'enfer. Ce que je voyais à l'église, quand le prédicateur me racontait où iraient les pécheurs, où seraient précipitées leurs âmes hideuses. C'était exactement ce que je voyais. Les explosions. Les cris. La douleur. Et même l'odeur. L'odeur des bombes et des tirs d'artillerie. Tout le monde le dit, que la guerre c'est l'enfer – pas vrai ? Mais la plupart des gens, ils ne croient pas si bien dire, parce que c'est exactement ça. Les âmes qui hurlent, avant de sombrer. Et le ciel qui nous tombe dessus. Chaque fois que j'y pense, je me demande si en fait, j'y suis pas resté. » Il secoua vigoureusement la tête, comme pour la vider de ces sombres pensées. « Mais j'aime mieux pas trop ressasser tout ça, capitaine. »

Je lui dis que je comprenais. Il garda un moment le silence.

« Et vous savez, capitaine – au sujet de Martin...

— Quoi, au sujet de Martin ?

— Les types comme lui, qui ont derrière eux des années et des années de guerre, eh bien, je comprends pourquoi ils n'arrivent plus à s'arrêter. Parce que ça n'est pas qu'une façon de parler, capitaine. La guerre, c'est *vraiment* l'enfer. Et en même temps, c'est aussi la vérité. Parce qu'il n'y a rien qui soit plus *vrai*. Vous voyez ce que je veux dire ? »

En fait, je ne savais pas si j'avais réellement compris. Mais cette seule idée me terrifiait tout autant que la présence des Allemands embusqués dans les bois alentour, prêts à passer à l'attaque.

À une heure du coucher du soleil, nous avons entendu un *put, put, put*, qui semblait aller et venir sans véritable but, au-dessus de nos têtes. J'ai d'abord pensé aux redoutables V1, dont on m'avait parlé. Mais lorsque j'ai ajusté mes jumelles, le bruit m'a mené à un petit monomoteur. Mon téléphone s'est aussitôt mis à bourdonner. C'était Meadows, qui m'informait que l'appareil était un avion de reconnaissance allemand et qu'il fallait donner la consigne à tous les hommes de rester au fond de leur trou, avec leurs nappes sur la tête.

Mais quelques minutes plus tard, l'appareil revint au-dessus de notre secteur – et lorsque j'entendis pour la troisième fois approcher le bruit de son moteur, cela m'ôta mes derniers doutes. Nous avions été repérés. J'appelai Meadows.

« Vous pensez qu'il nous a vus ?

— Ça ne fait pas un pli, capitaine.

— En ce cas, tâchons de le descendre.

— Nous n'avons pas de munitions à perdre, mon capitaine. »

Nous avons alors jugé que seules les Brownings avaient une chance de toucher une cible à deux cents mètres et nous avons couru transmettre cet ordre aux équipes postées aux points stratégiques. Il fallut attendre ce qui me sembla une éternité, avant que nos équipes ne parviennent à faire pivoter leurs mitrailleuses, mais elles firent cependant mouche, arrachant une pièce à l'aile gauche du monomoteur avant qu'il n'ait eu le temps de se mettre hors de notre portée en prenant de l'altitude.

Je téléphonai à Algar.

« Merde, fit-il. Et vous pensez qu'il a réussi à s'en sortir ? »

Ça n'avait rien de sûr, mais la dernière fois qu'on l'avait vu, il volait toujours. S'il parvenait à rejoindre sa base, nous deviendrions des cibles idéales pour l'artillerie boche. Nous allions devoir bouger, mais pas avant d'avoir trouvé une autre position défensive, et si possible aussi bonne que celle que nous allions quitter. Algar voulait aussi savoir si nos éclaireurs avaient réussi à se faire une idée des positions allemandes, dans les bois environnants. À peine eus-je raccroché mon téléphone, qu'il me vint la même idée qu'à toute la compagnie. Bouger, c'était renoncer à la station de pompage.

Algar revint en ligne quelques minutes plus tard. Nos services du renseignement et des opérations s'accordaient à supposer que les Allemands avaient eux aussi repositionné leur artillerie, après avoir vu passer les convois aériens de la matinée. Si c'était le cas, ils ne s'apprêtaient sans doute pas à ouvrir le feu sur nous. Et pour le G-2 comme pour le G-3, il était exclu que les Allemands nous envoient un tir de barrage pendant la nuit, car une telle tentative aurait révélé la nouvelle position de leurs canons auprès de la surveillance aérienne et se serait traduite par des bombardements, dès l'aube.

« À vous de voir, me répondit Algar, lorsque je lui proposai de camper sur nos positions. De toute façon, nous vous donnerons de nouvelles positions demain matin. »

C'était ma première vraie décision, en tant que chef de la compagnie G : j'avais préféré rester près de la maisonnette de briques et près du feu. Mais durant les trente minutes qui suivirent, je sursautai au moindre craquement dans les arbres et au moindre murmure du vent, craignant d'entendre le sifflement des premiers obus qui nous arrivaient dessus. Je suis resté debout dans notre trou à scruter le ciel, dans l'espoir de pouvoir flairer les projectiles, comme un chien de chasse. Le téléphone a sonné à la nuit tombée. C'était Meadows.

« Mes hommes aimeraient aller allumer le feu. C'est la nuit de Noël, mon capitaine. Ils voudraient célébrer un petit service. Ils doivent se dire que si Dieu veut leur accorder sa protection, ce sera ce soir ou jamais ! » Je lui ai donné mon feu vert.

Comme j'avais été l'un des derniers à aller m'abriter à la station de pompage, la veille, j'avais cette fois le droit d'y aller plus tôt, et je ne m'en privai pas. Les prières de Noël n'avaient pas commencé. Comme l'avait prédit Meadows, mes tournées d'inspection dans ma tenue loufoque, empaqueté dans ma nappe et la serviette sur la tête, avaient rompu la glace entre moi et certains de nos hommes. Je retrouvai sur place l'un des pelotons de Biddy. Sans doute grâce à leur sergent, les hommes de Bidwell semblaient nettement mieux disposés envers moi. Hovler, un grand Texan efflanqué, s'était assis sur une pierre, près du feu. Il leva les yeux tandis que j'approchais pour me réchauffer les mains.

« Vous êtes marié, capitaine ?

— Fiancé », répondis-je, même si la vie que nous menions dans ces tranchées me rendait tout cela plus chimérique de jour en jour. La civilisation paraissait si loin.

« Jolie ! » fit Hovler, lorsque je parvins à lui sortir la photo de mon portefeuille. « Tenez, voici la mienne, enchaîna-t-il. Son prénom, c'est Grace.

— Grace ? Sans blague ! La mienne aussi, s'appelle Grace. » Nous avons échangé un sourire, émerveillés de cette coïncidence. Sa Grace à lui affichait un petit air guilleret et des rondeurs prometteuses. Sur la photo, le vent lui faisait flotter les cheveux et plaquait sa robe contre elle, soulignant sa silhouette.

« C'est une beauté.

— Ça, c'est sûr, dit-il. Sûr et certain. Le seul truc, c'est que ça me travaille un peu. Vous pensez qu'elle vous attendra longtemps, votre Grace à vous ? »

À Nancy, nous avions été logés, Eisley et moi, à l'hôtel Madame, avec deux gars qui venaient de se faire plaquer par leur épouse ou leur fiancée. Je n'aurais su dire quelle aurait été ma réaction si Grace, ayant eu vent de mon aventure avec Gita, avait décidé de rompre. Je me pardonnais mes propres écarts de conduite en les mettant sur le compte de la guerre et de ses excès, mais qu'adviendrait-il, si Grace ne l'entendait pas de cette oreille ? À ma connaissance, il lui restait au moins deux prétendants, à Kindle County, des garçons avec qui elle était sortie avant de me rencontrer. L'un d'eux s'était fait réformer à cause d'un œil de verre, et l'autre dirigeait une usine qui produisait des fournitures essentielles à l'effort de guerre. De temps à autre, lorsque j'entendais des types comme le grand Hovler s'inquiéter de la fidélité de leur belle, l'idée que Grace puisse se rabibocher avec l'un de ses ex soupirants me transperçait comme une flèche – et, comme une flèche, passait son chemin. Car je ne pouvais me convaincre qu'elle le ferait. Ni l'ennui, ni le désir, ni la solitude, pas plus que la jalousie ou la colère, n'avaient prise sur Grace. Sa force de caractère (et jusqu'à ma rencontre avec Gita, j'aurais dit « ses principes ») la plaçait d'emblée au-dessus de ce genre de faille. Mais même en adoptant le point de vue de Gita, même si tout être humain n'était qu'une série d'histoires qu'il s'était forgées sur lui-même ct auxquelles il s'efforçait de croire, c'était bien ça, l'histoire de Grace : pour elle, la vertu était une chose si naturelle, si légère à porter, qu'elle n'avait plus grand-chose de terrestre. Jamais Grace n'aurait trahi ma confiance. Cela serait revenu à se trahir elle-même.

« Je l'espère, répondis-je.

— Vu d'ici, j'en viens parfois à me dire que c'est presque impossible qu'elle m'attende. Si elle a un atome de bon sens, elle doit comprendre que j'ai trois chances sur quatre d'y rester. Et que je pourrais revenir avec des morceaux en moins. Pourquoi elle m'attendrait ? Au pays, il reste tous ces planqués de 4-Fs, réformés, objecteurs et autres petits malins, qui doivent s'en mettre plein les poches, vu qu'il n'y a plus qu'eux, comme mecs. Pourquoi une fille normale irait s'en priver ? »

J'avais gardé la photo à la main.

« Ça n'a pas l'air d'être son genre, de vous faire ce coup-là, Hovler.

— J'espère bien que non. Ça me ferait vraiment mal de survivre à tout ça et de rentrer au pays pour apprendre des mauvaises nouvelles. Je ne sais pas ce que je ferais. Je commencerais par lui filer une bonne dérouillée, je crois. » Cette perspective parut l'accabler au point qu'il préféra quitter le feu et regagner son trou.

À 9 heures, une Jeep arriva par la route tous feux éteints. J'étais convoqué au village, pour m'entretenir avec Algar. Je le trouvai à son poste, derrière son bureau, là où je l'avais vu pour la première fois, dans la grange que l'on avait décorée de branches de sapin, pour l'occasion. Il avait sa pipe à la main mais à l'odeur, je devinai qu'il en avait été réduit à la bourrer avec du tabac de cigarettes.

« Joyeux Noël, David ! » Il me tendit la main. Avec son équipe, il avait réfléchi à la situation de la compagnie G, et au rôle qu'elle jouait dans le tableau d'ensemble. Les Allemands avaient encore resserré leur étau. Aujourd'hui même, ils avaient envoyé une délégation à McAuliffe, avec une sommation de capitulation à laquelle il avait répondu, disait-on, d'un « Nuts ![1] » sans appel. Et tout portait à croire qu'il avait pris la bonne décision. D'un jour à l'autre, les divisions de Patton arriveraient à Bastogne par la route d'Assenois. Plus de mille deux cents colis avaient été parachutés. Bref,

1. Soit une variante du mot de Cambronne (*NdT*).

notre état-major était convaincu que les Allemands n'avaient d'autre choix que de tenter leur va-tout le lendemain. Ils ne pourraient amener leurs tanks en position pour arrêter Patton, s'ils ne reprenaient pas le contrôle de Bastogne. Et ils savaient que d'heure en heure, le matériel allait être distribué à nos unités positionnées en périphérie de la ville. Plus ils attendaient, plus ils se heurteraient à forte résistance.

Vu l'épisode du monomoteur, Algar pensait qu'il y avait des chances pour que l'une des offensives ennemies vienne de l'ouest. Du côté de Savy, par exemple. Voire même de Champs. Personne n'aurait pu se prononcer là-dessus. Mais, dans tous les cas de figure, les unités allemandes qui se trouvaient dans les bois, quel que fût leur nombre, nous tomberaient dessus au moins pendant un certain temps, ne fût-ce que pour nous empêcher de bouger. Et Algar et son équipe tenaient à ce que nous restions à proximité de la route, pour en garder le contrôle. Ils allaient donc nous déplacer, mais seulement de quelques centaines de mètres, en direction des bois. Nous nous enfoncerions dans la forêt, sur le flanc est, ce qui aurait l'avantage de minimiser les chances de l'artillerie allemande de nous repérer et de nous prendre comme cible. Si la première attaque était dirigée contre nous, nous avions ordre d'avancer vers le nord et d'affronter l'ennemi. Avec un peu de chance, nous leur tomberions dessus par surprise et nous parviendrions à enfoncer les lignes des grenadiers Panzers. Dans un cas comme dans l'autre, mieux vaudrait attaquer qu'attendre que les Allemands se soient regroupés pour nous submerger. Si la première vague d'assaut était dirigée contre nous, Algar nous enverrait immédiatement des tanks et des renforts, et même un soutien aérien, si le ciel restait dégagé. Mais il était bien plus probable que nous soyons appelés en renforts, pour soutenir Savy. Tels étaient nos ordres.

Ralph, l'aide de camp d'Algar, entra et rapporta au colonel une conversation qu'il venait d'avoir à Bastogne avec l'équipe de McAuliffe. Ils semblaient soudain douter de l'arrivée de Patton.

« Je ne sais vraiment plus qu'en penser, colonel, mais ce type, vous savez, ce Murphy[1]... il avait plus ou moins l'air de sous-entendre que Bastogne était pour eux une sorte d'appât.

— Un appât ?

— Ike tenterait d'amener les Allemands à concentrer autour de la ville le plus possible de leurs forces et de leurs ressources, pour ensuite bombarder le tout. Histoire de dissuader toute offensive du même genre, à l'avenir. À long terme, on serait gagnants. »

Algar parut y réfléchir une seconde, puis secoua résolument la tête.

« Patton, bombarder ses propres troupes ? Peut-être. Mais Eisenhower, sûrement pas ! Rien de tout ça ne doit sortir d'ici, Ralph.

— Bien, mon colonel. »

Lorsque la porte de la grange se fut refermée sur Ralph, Algar planta ses yeux dans les miens. « Voilà encore une chose qui ne doit pas s'ébruiter, David. Et en voici une autre, que je préférerais n'avoir pas à vous dire – mais un homme averti en vaut deux : ne laissez jamais vos hommes se rendre aux Panzers. Ça n'assurera pas leur salut, de décliner leur nom, grade et matricule. Après le coup qu'on a porté à la Luftwaffe, le plus clair des renseignements qu'ils ont, c'est ce qu'ils peuvent arracher à nos soldats. Et dès qu'ils ont obtenu ce qu'ils voulaient, ces enfoirés, ils descendent tout le monde. Ils ne font pas de prisonniers. Ils n'en ont pas les moyens matériels. Paraît qu'ils ont abattu de sang-froid des dizaines de nos gars, à Malmédy. Mais comprenez-moi bien. J'étais avec Fuller à Clervaux, alors que Cota

1. Cf. note page 324 (*NdT*).

refusait de nous donner l'ordre de retraite. Moi non plus, je ne le donnerai pas. Jamais. Pas question de laisser l'ennemi prendre le contrôle de cette route. Mais je ne demanderai pas à une poignée d'hommes équipés d'armes légères de se mesurer à des tanks. Tenez aussi longtemps que vous pourrez, capitaine, battez-vous comme un démon, mais ne sacrifiez pas vos hommes. Tels sont vos ordres. »

Je me mis aux garde-à-vous.

Je fis la tournée de nos points stratégiques en donnant le mot de passe. En chemin, je croisai l'un des membres de la section de Masi, Massimo Fortunato, un robuste gaillard, qui était de garde. Massimo, récemment émigré, prétendait avoir vécu à Boston « un très long temps », mais il avait du mal à aligner trois mots d'anglais. Masi lui-même, qui connaissait un peu l'italien, préférait généralement communiquer par signes avec Massimo, comme tous ses camarades. Fortunato était arrivé en tant que remplaçant, mais ayant déjà une certaine expérience des combats, il avait échappé aux taquineries habituelles. Il s'était battu en Afrique du Nord et en Italie, jusqu'à ce qu'un général compatissant le transfère en Europe du Nord, à la suite d'un incident où Fortunato avait cru reconnaître dans les rangs ennemis l'un de ses amis d'enfance, sur qui il devait tirer.

Je lui demandai si tout allait bien.

« Très bien, oui, fit-il. Tout très bien. »

Je fis un détour par la station pour retrouver Meadows. O'Brien aidait Collison à écrire une lettre à sa famille. Il prenait en dictée ce qu'il lui disait, et filtrait parfois les mots pour lui. Nous avions convenu, Bill et moi, d'envoyer une équipe de reconnaissance de l'autre côté de la route, pour repérer notre nouvelle position. Après quoi, nous donnerions l'ordre aux hommes de lever le camp. Bill sortit pour distribuer les tâches. Les hommes de Biddy commençaient à rappliquer.

« Vous pensez que ça nous arrivera encore, d'avoir un réveillon de Noël aussi pourri, mon capitaine ? me demanda Forrester, l'adjudant de Biddy.

— J'espère bien que non.

— Sûrement pas ! L'an prochain à Noël, ou bien on sera tous morts, ou bien la guerre sera finie. Pas vrai ?

— Ça sera fini. Vous serez rentrés chez vous. Et ça sera votre plus beau Noël. »

Il a hoché la tête. « C'est ça qui serait chouette, mon capitaine. Je ne me souviens pas d'un seul Noël qui m'ait paru vraiment beau. » Je me suis abstenu de relever, mais ma mine devait refléter ma curiosité. « Parce que je suis un enfant adopté, mon capitaine. Mon père n'est jamais revenu de Verdun. Et ma mère a craqué. Elle m'a abandonné. J'ai été recueilli par des amis à ma tante. Il y avait déjà six autres gamins dans la baraque – je ne sais vraiment pas ce qui leur a pris, de m'adopter. Des braves gens, vous voyez. Des Irlandais. Sauf que tous les ans, à Noël, c'était toujours un peu bizarre, chez nous. Ils étaient catholiques. Ils allaient à la messe de minuit. Or, dans ma famille, on était des presbytériens purs et durs. Évidemment, j'en faisais pas un plat, mais à chaque Noël, ça me faisait réfléchir. Mes frères n'étaient pas mes vrais frères. Mes parents n'étaient pas mes vrais parents. Et voyez, capitaine, comme j'étais encore tout gamin, ça me filait l'impression qu'il n'y avait plus rien de vrai, dans ma vie. En tout cas, ça n'était pas comme pour les autres… » Il m'a regardé à nouveau. Ne trouvant rien à lui répondre, je me suis contenté de lui tapoter le bras, mais mon geste lui a tiré un sourire.

De retour à notre position avancée, j'ai écrit des lettres à mes parents et à Grace, comme je l'avais fait quelques heures avant l'attaque de la Saline royale, en espérant que mes messages leur parviendraient, si le pire devait m'arriver. J'avais de plus en plus de mal à écrire à Grace. Non pas que je n'eusse rien à lui dire, mais ces choses me semblaient perdre leur signification de jour en jour. Ça n'avait rien à voir avec ma tocade pour Gita Lodz. Non. C'était qu'il y avait dans mes sentiments pour Grace quelque chose qui trouvait de moins en moins d'échos en moi. Après ma discussion avec Hovler, je ressentais à présent une pointe de regret, en pensant au chagrin qu'elle aurait pu me faire. Je trouvais presque dommage qu'elle ait été trop vertueuse pour s'amuser et sortir avec d'autres garçons – car finalement, ça n'aurait pu que tout arranger.

Tout en écrivant, je pris peu à peu conscience que j'entendais de la musique. Dans les bois, les soldats allemands avaient entonné des chants de Noël que le vent nous apportait. Je reconnaissais la plupart des mélodies, en dépit de la langue qui m'était peu familière. J'en saisissais néanmoins quelques bribes, ici et là, grâce aux rudiments de yiddish que je connaissais. *Stille Nacht*, chantaient-ils. *Heilige Nacht*... Rudricke crapahuta jusqu'à mon trou.

« Capitaine, m'avisa-t-il, je crois que je vais chanter, moi aussi. Il y a pas mal de gars qui veulent le faire. Et toute façon, vu qu'on va plier bagages... »

Je soupesai maladroitement le pour et le contre, en un problème d'arithmétique qu'un officier expérimenté aurait sans doute résolu d'instinct. Est-ce que nos voix tromperaient l'ennemi sur nos positions du lendemain, ou au contraire leur donneraient-elles des indices ? À quelques heures d'une vague d'assaut majeure, pouvais-je refuser à mes hommes ce maigre plaisir de Noël ? Et que faire de cet affreux petit asticot d'espoir : si par hasard ce témoignage de fraternité avait incliné les Boches à se montrer moins féroces, à l'aube ?

« Allez-y, dis-je. Chantez. »

C'est ainsi que, tout en levant le camp, la compagnie G se mit à chanter – moi le premier. Noël ne représentait rien, pour moi. Dans ma famille, c'était un non-événement et je ne m'étais jamais senti très concerné par cette grande parade de solidarité et de bons sentiments qui s'étalaient partout ailleurs, à l'approche de Noël. Mais cette nuit-là, j'ai chanté. Nous avons chanté avec l'ennemi, pendant près d'une heure. Et puis le silence est revenu, avec l'attente de cette attaque que nous savions tous inévitable.

V

20

Ne dis rien aux enfants

Longtemps après la première lecture de ce texte que mon père avait écrit pour Barrington Leach, une question m'a hanté : Pourquoi ? Pourquoi mon père souhaitait-il si ardemment que ses enfants n'aient jamais vent de son histoire ? Bien sûr, elle s'achevait sur ce qu'on pouvait considérer comme un épisode malheureux, où il avait fait preuve d'une crédulité effarante – sans parler de l'acte criminel lui-même. Mais tout cela ne venait qu'après une longue suite d'actions admirables. De quoi mon père voulait-il tant nous protéger ? Je l'aurais cru trop expérimenté et trop avisé pour croire qu'on pouvait s'abriter indéfiniment de l'océan de souffrance que l'humanité s'inflige à elle-même. Au lieu de quoi, la décision prise par mon père d'enterrer définitivement toute l'affaire ne pouvait m'apparaître que comme une nouvelle manifestation, après tant d'autres, de sa manie de la dissimulation. Et donc comme une nouvelle source de regrets. Dieu sait pourtant à quel point ce récit aurait transfiguré ma vie d'enfant et d'adolescent, si j'en avais eu connaissance à l'époque, ne fût-ce que très partiellement.

Dans les années 1950 et 1960, comme tous les gamins de ma génération, j'ai été bercé de l'épopée de la Seconde Guerre mondiale, par l'entremise des images dont nous bombardaient la télé et le cinéma. Et bien sûr, je brûlais de savoir si mon père y avait pris part, peut-être pas comme un nouvel Audie Murphy[1], mais au minimum comme un bon citoyen, dont le courage aurait fait rejaillir sa part de mérite et de gloire sur toute sa maisonnée. Mais toutes les questions que je posais à mes parents concernant cette période se heurtaient à un mur.

Au point que j'aurais été incapable de dire si mon père avait seulement participé aux combats. Quelque chose me disait que oui, à voir la façon dont il restait pétrifié, vissé à son fauteuil et fasciné par l'écran, dès que la télé diffusait des images de la guerre, pendant l'émission *The way it was*. C'était son émission préférée, la première émission d'histoire, présentée par le très solennel Eric Sevareid. Je regardais le reflet des images en noir et blanc scintiller dans ses yeux, qui ne cillaient pas. On y voyait des pièces d'artillerie cracher leurs obus dans de grandes gerbes d'étincelles, des canons qui trépidaient et de la boue qui giclait. Les escadrilles de chasse tournoyaient, loin dans le ciel et, face à la caméra, des soldats barbouillés de terre et de poudre affichaient des sourires crispés. Pour moi, c'était devenu une sorte d'acte de foi : mon père avait été l'un d'entre eux et je ne me privais pas de le claironner à tous mes copains, lorsque nous comparions les histoires que nos pères avaient ramenées de la guerre.

Mais la seule chose dont je fusse à peu près sûr, c'était que pour lui comme pour ma mère, la guerre était une calamité sans nom. Ils priaient pour que Sarah et moi n'ayons jamais à subir la même épreuve. Personne plus qu'eux ne s'était aussi farouchement opposé à mon départ au Vietnam, lorsque mon numéro fut tiré au sort, en 1970. Ils étaient prêts à engager des avocats et

1. Héros de la Seconde Guerre mondiale, qui reçut un nombre impressionnant de décorations, pour ses multiples faits de guerre. Remarqué par Hollywood, il fit carrière dans le cinéma à partir des années 50 et tourna plus de quarante films (*NdT*).

même à s'expatrier, plutôt que de me laisser partir. Les apparitions de Richard Nixon à la télé plongeaient mon père dans des crises de fureur aussi véhémentes qu'inhabituelles, chez lui. C'était une intolérable violation du contrat de base qu'il avait passé avec l'Amérique. Il estimait avoir fait la guerre pour que ses enfants n'aient plus jamais à la faire, et non pour qu'ils reprennent leur tour dans la queue...

Si j'avais eu une idée plus précise des épreuves qu'il avait lui-même traversées, j'aurais été nettement moins désemparé, durant cette période. À l'université, les pacifistes organisaient des meetings pour discuter des stratégies permettant d'échapper au recrutement. Je me disais qu'en toute logique, si je parvenais à m'y soustraire, un autre gamin, sans doute moins informé et moins favorisé que moi, devrait y aller à ma place. Quatre décennies plus tard, je ne remets certes pas en cause la validité des raisons que j'ai invoquées à l'époque, pour ne pas y aller. Je me suis fait réformer pour raisons médicales : une déviation de la cloison nasale qui risquait, en théorie, de provoquer des problèmes respiratoires sur le terrain. Mais par-dessus tout, je revendiquais la responsabilité de ma décision. Si j'étais fermement opposé à l'intervention américaine au Vietnam, c'était qu'elle me semblait faussée à la base, et que j'étais confronté à un impératif moral absolu, m'interdisant d'aller sacrifier la vie de quiconque, y compris la mienne, sur le sol vietnamien.

Pour ceux qui ne partaient pas, demeurait pourtant une question insidieuse. Bien sûr, nous étions des privilégiés, des donneurs de leçons, des bouffons moralisateurs et parfois grossiers – mais n'étions-nous pas, de surcroît, des dégonflés ? Évidemment, nous avions planté notre drapeau sur des terres inconnues – et avant le Vietnam, cette idée s'était transmise depuis la révolution américaine, comme un Chippendale pieusement conservé de génération en génération : l'idée que mettre sa vie en danger pour défendre la Nation était le plus haut signe d'appartenance dont pût se fendre un Américain digne de ce nom. Si j'avais su certaines choses, concernant la façon dont mon père avait passé ce test du courage patriotique, cela m'aurait sûrement rassuré sur ma capacité à le passer à mon tour, si nécessaire, tout en me confortant dans l'idée que j'étais un opposant à cette guerre, et non un planqué.

Au lieu de quoi, la seule histoire qui me soit jamais parvenue, concernant les faits de guerre de papa, était celle que je tenais de son père à lui, le cordonnier. Grand-père était un merveilleux conteur, dans la grande tradition yiddish. Profitant de l'absence de son fils, il m'avait maintes fois raconté la façon dont mon père s'y était pris, pour se retrouver sous les drapeaux.

En 1942, lorsqu'il avait résolu de ne plus tarder, pour faire son devoir de citoyen, mon père s'était présenté devant le conseil de révision qui l'avait aussitôt réformé – à cause de cette même déviation de la cloison nasale dont j'avais hérité, et qu'il m'avait judicieusement recommandé de faire examiner par un oto-rhino-laryngologiste, lorsque je m'étais trouvé confronté au problème du recrutement.

À l'époque, mon père fut si furieux d'avoir vu sa candidature rejetée, qu'il avait fini par persuader mon grand-père de l'emmener voir Punchy Berg, le conseiller municipal démocrate du quartier, qui avait le pouvoir d'influer sur à peu près toutes les décisions administratives de Kindle County. Punchy recevait les doléances et les requêtes au sous-sol de son bureau du comté, un vaste local dont les rayonnages métalliques disparaissaient sous des cartons de dossiers. Là, sous une ampoule solitaire, Punchy trônait derrière un bureau de maître d'école au milieu de ses acolytes, recevant les requêtes qu'on lui soumettait, et auxquelles il opposait soit un « non » immédiat et définitif – soit rien du tout. Dans ce deuxième cas, l'un des comparses s'avançait et venait murmurer un prix à l'oreille du requérant – cinq dollars pour une dérogation autorisant un enfant à changer d'école, quinze pour un permis de conduite, en dépit d'un échec à l'examen. On pouvait même s'offrir des verdicts favorables dans les tribunaux du comté, mais pour un prix qui outrepassait les possibilités financières de l'ouvrier moyen.

Mon père s'avança donc devant Punchy et lui fit part de sa déception de n'avoir pas été autorisé à aller servir la patrie. Punchy ne s'attendait pas à ce genre de requête. Il était plutôt habitué à traiter des demandes inverses : faire ajourner un ordre d'incorporation, voire l'envoyer carrément aux oubliettes. Et mon grand-père de décrire la perplexité de cet ancien boxeur dont le nez avait été aplati au milieu de sa figure comme par un coup de pelle : Punchy en resta tout songeur et se gratta la tête pendant une bonne minute.

« Je vais te dire, fiston, finit-il par déclarer. T'aurais peut-être intérêt à y réfléchir à deux fois. Ça fait des lustres que je connais ton père – pas vrai, Schmuel ? Ça fait combien d'années, que je t'apporte mes chaussures à ressemeler ? »

La mémoire de mon grand-père ne pouvait remonter jusqu'à une époque aussi reculée.

« Bref, ça fait un sacré bout de temps, trancha Punchy. Et toi, t'es son aîné. Ce qui fait de toi quelqu'un d'important, pour ta famille. »

Mon grand-père intervint et donna son propre sentiment sur ce que demandait son fils. À ses yeux, c'était de la folie furieuse. S'ils étaient venus en Amérique, lui et ses frères, c'était justement dans l'espoir d'échapper aux recruteurs musclés de l'armée du Tsar, pour qui les Juifs étaient une réserve de chair à canons toute désignée – et voilà que son propre fils exigeait d'y retourner ! Il voulait retraverser ce fichu océan pour aller se battre, et aux côtés des Russes, qui plus est !

« Là, je crois que ton père marque un point, mon garçon », fit Punchy.

Mais le mien, de père, ne désarmait pas.

« Eh bien, fit Punchy, c'est la première fois qu'on me pose le problème dans ce sens-là ! Dans certaines familles, ils sont prêts à se fendre de mille dollars et plus, pour que leur fils ne parte pas. Mais pour qu'il parte... ? » Punchy se grutta le menton. « Écoute, mon gars, dit-il. Moi aussi, j'ai la fibre patriotique, et je passe mon temps à râler parce que je n'ai plus l'âge d'aller lui remonter les bretelles, à ce vieil enfoiré d'Hitler. Tu veux y aller, tu vas y aller ! » Et là, Punchy parla en patriote : « Et ça ne te coûtera rien, fiston. C'est offert par la maison ! »

21
Combat

Le 24/12/44, sur le front.

Bien chère Grace,

Je t'écris pour te souhaiter de très bonnes fêtes de Noël, ainsi qu'à toute ta famille. Je vous imagine, rassemblés autour d'un bon feu – mais ça n'est peut-être que pour me remonter le moral, car, de ma vie, je n'ai jamais eu aussi froid. Pour l'instant, je me dis que nous pourrions choisir la Floride, pour notre lune de miel, et j'essaie de me réchauffer un peu à cette image ensoleillée.

Je suppose que vous avez entendu parler de l'offensive allemande. Ici, nos supérieurs restent optimistes. Nous sommes entourés d'un paysage magnifique, avec de beaux vallons boisés, à présent ensevelis sous une épaisse couche de neige et de jolies petites villes, nichées entre les collines mais en grande partie détruites par les combats et les bombardements. Je suis ici dans le cadre de cette enquête dont je t'ai déjà parlé mais, vu les circonstances, j'ai dû prendre la tête d'une compagnie d'infanterie, ce qui est pour moi l'occasion de mettre mes compétences en pratique ! Au moins aurai-je une ou deux histoires à te raconter à mon retour, ainsi qu'à nos enfants...

Transmets toutes mes amitiés à ta famille. Je suppose que vous allez dire quelques prières, ce soir. N'étant guère porté sur ce genre d'exercice, je compte sur toi pour en dire une de plus, à mon intention et fortissimo. Tous les renforts sont les bienvenus, d'où qu'ils viennent.

Eh bien, j'en ai terminé pour ce soir. N'oublie pas que je t'aime, ma chérie.

David

À 2 heures du matin, nous nous sommes mis en marche en remontant le chemin tracé dans la neige par notre équipe d'éclaireurs, à la lisière de la forêt. Les hommes se transmettaient les ordres à mi-voix, le long de la colonne : « Les éclaireurs en tête de chaque peloton. Discipline de patrouille. Silence. Marchez vite, tête baissée. Sans jamais perdre de vue celui qui vous précède. »

Nous avons ainsi couvert trois ou quatre cents mètres, jusqu'à une autre pente, du côté est de la route, avant de nous poser dans une petite combe, creusée dans la forêt. Cette nouvelle position était nettement moins favorable que celle que nous venions de quitter. Nous n'étions plus qu'à une trentaine de mètres de la route et même en nous déployant au maximum, notre vue était presque totalement bouchée vers le nord. Un petit ruisseau coulait à l'est de notre position, ce qui constituait un bon périmètre de défense. Il devait être alimenté par une source souterraine car l'eau continuait à couler sous la glace, en dépit du froid hivernal.

Ce coteau n'avait pas été occupé par de précédents occupants, ce qui signifiait qu'il nous faudrait creuser dans la neige, puis dans le sol glacé. C'était une rude tâche ; nous avons convenu de limiter le nombre des trous, en affectant quatre hommes à chaque trou, avec ordre de dormir à tour de rôle.

Nous n'avions pas fini de creuser, Bidwell et moi, lorsque nous avons vu arriver Masi. Il avait braqué sa lampe torche sur un objet qu'il tenait à la main, une boîte ayant contenu une ration allemande. Elle ne portait aucune trace de rouille et les restes de nourriture qui s'accrochaient aux parois n'avaient même pas eu le temps de geler.

« On a retrouvé un tas d'étrons à moins de dix mètres de cette boîte, mon capitaine. Des colombins assez chauds pour avoir fait fondre un trou dans la neige. Et quand j'y ai mis un bâton, j'ai vu qu'ils étaient encore mous. »

Je suis allé montrer la boîte à Meadows.

« Où ils sont, à votre avis ? lui demandai-je.

— Là-bas, quelque part, répondit-il, le doigt pointé sur les forêts qui s'étendaient à moins d'un kilomètre de nous. Ils ont dû suivre les indications de l'avion de reconnaissance. On a bien fait de changer de coin. »

J'étais loin de partager son optimisme. Les Boches nous entouraient d'un peu trop d'égards, s'ils n'avaient pas l'intention de débarquer par cette route. Nous avons décidé d'envoyer des éclaireurs en reconnaissance dès le point du jour, avec pour mission de remonter les traces de pas, pour se faire une idée du nombre et de la position des Allemands. Puis nous avons doublé la garde, ce qui était une quasi-nécessité, vu le faible nombre de nos suites royales, et leur exiguïté.

J'étais préoccupé mais calme. Comme si, ayant épuisé les réserves de mon système nerveux, j'avais fini par accéder à ce stoïcisme que l'on observe chez certains soldats – advienne que pourra, et à la grâce de Dieu ! Je parvins à dormir une petite heure, jusqu'à ce que plusieurs explosions me tirent du sommeil. Des lueurs d'incendie dansaient du côté de Bastogne. Les Allemands étaient passés à l'offensive. Un petit cadeau de Noël pour McAuliffe, sans doute en réponse à la carte de vœux bien sentie qu'il leur avait adressée. L'attaque aérienne dura une vingtaine de minutes.

Après quoi, je me rendormis. Quelque chose comme une heure après, Biddy vint me secouer, pour que je prenne mon tour de garde. En un rêve passablement chaotique, j'étais retourné chez moi : je frappais à la porte, sans pouvoir entrer. Par la fenêtre, je reconnus mes parents, installés autour de la table de la cuisine, avec mon frère et ma sœur. Ma mère, plantureuse et volubile, servait la soupe – malgré la vitre, je sentais la chaleur et les odeurs des bols qu'elle posait sur la table. En me remémorant cette sensation, à la seconde où j'ai émergé du sommeil, je n'ai pu réprimer un gémissement.

« Quoi ? » fit Biddy, en se glissant dans son sac de couchage. Les premières lueurs de l'aube étaient apparues dans le ciel, mais nous n'avions pratiquement pas dételé de toute la nuit. Au loin, l'artillerie allemande était déjà à pied d'œuvre. L'ennemi était du genre lève-tôt.

J'expliquai à Bidwell que j'avais rêvé de chez moi.

« Vaut mieux éviter, dit-il. Tel que vous me voyez, capitaine, je m'arrange pour ne jamais jouer à ça. On ne peut se faire que du mal. » Ce qui avait été, en substance, le raisonnement que m'avait tenu Martin, concernant Gita.

« Vous croyez que vous finirez par retourner chez vous, comme avant, Biddy ? Pour de bon, je veux dire… ? » Ça faisait deux jours que j'hésitais à lui poser la question.

« Retourner chez moi, en tant que moi-même, vous voulez dire ? Redevenir le type que j'étais – ou alors déménager dans une autre ville, pour continuer à être tel que je suis ici, avec vous ? »

C'était exactement ce que je voulais dire. Un long soupir souleva son puissant thorax.

« Ça fait si longtemps que j'y réfléchis que ça commence à me courir. Pour tout vous dire, cap', ici, pour moi, ça baigne. Ne plus se voir comme un Nègre, dans le regard de tous les autres Blancs, ça fait vraiment du bien, de temps en temps. Là-bas, en Angleterre, vous savez… y avait pas mal de filles qui préféraient les types de couleur. Parce qu'ils étaient plus polis et plus prévenants. Y en avait même une que j'ai essayé de draguer, mais elle m'a fichu une baffe, quand je lui ai annoncé que j'étais noir. À part ça, tout s'est bien passé…

« Mais je vois mal comment je pourrais rentrer au pays en reniant mon passé. Je me vois pas du tout marchant dans la rue sans regarder personne, comme si je ne reconnaissais plus mes copains, tous ces gars avec qui je suis allé à l'école, avec qui j'ai joué au foot, ou fait les quatre cents coups. C'est tout simplement pas possible. Vous savez, le type avec qui j'ai eu une prise de bec, la semaine dernière, c'était à cause de ça. Il m'avait reconnu. Après, quand vous m'avez aligné, je ne savais plus trop quoi dire. Mais ça, vous voyez, je peux pas le faire. Claquer la porte au nez des gens qui m'aiment. Oui, je pense que je vais y retourner. Sans doute. Mais de toute façon, y a une chose de sûre, capitaine : quoi que je fasse, dans ma tête, je ne serai jamais plus comme avant.

— Personne n'y trouvera rien à redire, Biddy. Vous rentrerez, vous prendrez des cours, pour vos photos. Et vous verrez que ça ne fera aucune différence.

— Vous-même, vous n'en croyez pas un mot, mon capitaine.

— Si, j'y crois, Biddy. Je sais comment c'était, autrefois. Mais maintenant, on ne va pas continuer comme ça. On ne peut plus vivre les mêmes absurdités. Il y a de tout, dans cette armée. Des sudistes, des nordistes, des riches et des pauvres, des immigrants venus de partout. Et ils se battent. Ils risquent leur vie pour leur nation. On ne pourra pas continuer à perpétuer les mêmes discriminations, une fois rentrés au pays. Parce que désormais, elles ne reposent plus sur rien. Vous êtes un citoyen à part entière, Biddy. Que vous soyez blanc ou noir.

— Capitaine... », fit-il. Il parut soudain cesser de réfléchir, puis ça lui revint : « Capitaine, je veux que vous sachiez une chose. Vous êtes un type bien – et je pèse mes mots. J'ai jamais eu d'officier plus réglo et plus dévoué que vous. Sans compter que vous n'êtes pas du genre péteux... Mais là, excusez-moi, mais vous ne savez pas de quoi vous parlez. Bon, maintenant, ça suffit. Changeons de sujet. »

Je n'eus pas l'occasion de le poursuivre dans ses retranchements, parce qu'au même instant nous arriva le premier tir de mortier. L'obus avait fait trembler la terre à une soixantaine de mètres de nous, en vomissant un panache de flammes qui avait illuminé la nuit dans tout le secteur. Je me levai, sans prendre le temps de remettre mes bottes et me mis à hurler à la cantonade : « Tout le monde à terre ! Tout le monde à terre ! » – juste à temps pour voir une autre déflagration projeter contre un gros arbre un soldat qui se trouvait sur le périmètre du peloton. C'était Hovler, celui qui, la veille, se posait des questions sur la fidélité de son amie. La force de l'explosion avait jeté ses bras et ses jambes en arrière avec une telle violence, qu'ils s'étaient littéralement enroulés autour du tronc, avant qu'il ne s'écroule, inerte, comme une poupée de chiffon.

Le feu qui nous tomba ensuite dessus était deux fois plus dense que les tirs de barrage aléatoires que nous avions essuyés jusque-là. Ça n'était plus des projectiles envoyés au hasard, à trente mètres d'intervalle, ni des tirs légers de mortiers ou de batteries antiaériennes. Non, nous essuyions le feu des 88s, les plus gros canons allemands, et même des puissants *Nebelwerfers*, tous réglés avec la plus grande précision, comme s'ils avaient décidé de pilonner chaque pouce de la combe que nous occupions. Lors de l'impact, les pièces d'artillerie crachaient des flammes, de la terre et de la neige dans le noir, comme des chandelles romaines géantes.

Je me jetai à terre le temps de lacer mes bottes. En entendant les cris qui s'élevaient autour de moi, je compris que les Allemands savaient exactement où nous étions, en dépit de notre changement de poste. Le sol se mit à tanguer et les objets à voler autour de nous, comme dans ces films d'actualités où l'on voit des tornades – je voyais passer des fusils, des corps humains et des troncs d'arbres qui fendaient l'air à toute vitesse, dans les gerbes de lumière orange des explosions, et des incendies qu'elles provoquaient. Des fragments d'acier venaient se planter en grésillant dans les arbres, dont on voyait sourdre des nappes de fumée, comme du sang s'écoulant d'une blessure. Mais comme d'habitude, le pire était le bruit. Le sifflement des éclats de métal qui nous aspergeaient, le grondement titanesque des bouches à feu et des obus – et les intervalles de relatif silence où j'entendais fuser les cris de mes hommes, leurs hurlements de terreur, leurs appels au secours, leurs supplications. Glissant un œil hors de mon trou, j'ai compté deux tranchées directement touchées, de l'autre côté, à la limite extérieure de notre secteur. Quant à leurs occupants, quoique déjà morts, ils arrivaient sur moi. Dans la lumière intermittente, j'ai reconnu l'un d'eux, Bronko Lukovic, le roi du poker, qui parut se désintégrer, en redescendant. Il avait atterri à une vingtaine de mètres de moi, sur le dos, bras et jambes mollement étendus, comme s'il se laissait flotter au soleil dans une piscine. Mais à la place de sa tête, ce n'était plus qu'un amas sanglant qui jaillissait de son cou, comme un bouillonnement de rubans rouges sur un paquet cadeau.

« Dégagez ! Fichez le camp ! » me mis-je à hurler, en bondissant hors de mon trou. Puis, agitant les bras comme un forcené, je lançai mes ordres à Biddy, Masi et Forrester. Pour une raison qui m'échappait, Bill Meadows restait introuvable. Je finis par le localiser, crapahutant à quatre pattes autour de son trou.

« J'ai perdu mes lunettes, mon capitaine. Je suis aveugle sans mes lunettes. » Je sautai dans son trou et cherchai un instant avec lui, puis je remontai et me mis à courir d'un trou à l'autre, pour faire détaler les hommes de sa section. Je commençais à soupçonner qu'à moins de prendre nos jambes à notre cou, nous serions anéantis en quelques minutes – et les survivants seraient achevés pendant l'attaque d'infanterie qui ne manquerait pas de suivre. Deux ou trois de nos hommes avaient craqué sous le bombardement. Dans l'une des tranchées, un seconde classe du nom de Parnek était tombé à genoux, et sanglotait, en s'acharnant à creuser le sol gelé avec ses ongles. Un autre, Frank Schultz, refusait de partir sans son casque.

« Mon casque ! criait-il. Où est mon casque ! » Je l'ai pris par les épaules, pour lui faire remarquer qu'il l'avait sur la tête. Il a levé la main vers son casque, l'air perdu, avant de déguerpir.

Ayant le ruisseau dans le dos, nous ne pouvions aller que vers la route. Comme nous dévalions la pente, j'entendis le grondement de plusieurs chars d'assaut qui approchaient. Mes hommes filèrent droit devant eux, y compris les blessés qui pouvaient encore avancer. O'Brien, le petit malin de Baltimore, sautait à cloche-pied derrière moi. Le bas de sa jambe avait disparu, pantalon inclus. Il s'appuyait sur son M1 comme sur une béquille. Tandis que nous sortions des arbres, pour débouler en terrain découvert, à la suite de Biddy et de ses hommes, je les vis soudain se jeter à plat ventre devant moi. Mon premier réflexe fut de leur ordonner de se relever et de continuer à courir, jusqu'à ce que j'aperçoive à une centaine de mètres, la bouche noire d'un canon de tank, qui nous tenait en joue. Comme je me plaquais dans la neige, un obus siffla au-dessus de nos têtes, pour aller exploser au beau milieu des tranchées que nous venions de quitter. Quelques gars de Meadows y étaient encore et il y eut des cris. Sur notre gauche, j'entendis crépiter une mitrailleuse, presque immédiatement suivie d'un tir de balles provenant des trous que nous avions abandonnés la veille au soir, de l'autre côté de la route. Laquelle était à présent bloquée par deux tanks, deux Mark IV, repeints en blanc, dont les canons trépidaient en crachant leurs obus vers la forêt. Une quinzaine de soldats allemands, perchés sur les tanks, nous tiraient dessus.

C'était la plus totale confusion. Fortunato restait planté au milieu du chaos, comme un simple badaud, avec la SCR-300 sur le dos – si j'avais pu tenir le crétin qui avait confié la radio au seul d'entre nous qui fût incapable de parler anglais ! Plusieurs soldats restaient à terre, immobiles. « Tirez ! » leur hurlai-je, en levant ma Thomson. J'aurais juré que personne n'avait pu m'entendre, mais l'un des Boches piqua du nez, sur l'un des tanks, et s'effondra dans la neige. À trois mètres de moi, sur ma gauche, Rudzicke, l'amateur de chants de Noël, se prit une balle dans le dos. L'impact avait laissé un trou bien net qui semblait foré à la perceuse. À le voir s'écrouler en avant, je craignis un instant qu'il n'ait été abattu par l'un d'entre nous. Mais non. Les Allemands nous tombaient dessus de tous les côtés à la fois. Nous ne savions même plus où tirer. Dans les bois, derrière nous, j'entendis exploser des grenades et, à la lueur de l'incendie qui gagnait de proche en proche, je reconnus des *volksgrenadiers*, des soldats d'infanterie qui avaient pu approcher discrètement de nos positions, dans leurs tenues de combat blanches. Ils avaient entrepris de nettoyer les derniers soldats de Meadows qui s'accrochaient à leurs tranchées. Parmi les détonations des mitrailleuses et des armes légères, montait une grande clameur – des voix qui hurlaient dans toutes les directions. Des frères d'armes qui tentaient de se rallier, mais aussi des cris de souffrance et de terreur. Je vis Stocker Collison arriver en titubant, les mains plaquées sur son ventre, ruisselantes de sang, et j'eus un instant l'impression qu'il serrait un chou-fleur contre son uniforme, jusqu'à ce que je réalise qu'il s'agissait de ses propres tripes.

Biddy et ses gars parvinrent à mettre en joue l'un des tanks avec leurs bazookas, mais ne purent tirer qu'une salve, avant qu'une grenade atterrisse au milieu de leur groupe. Je voulais que Masi retourne vers les fourrés, avec son peloton, pour prendre les *grenadiers* à revers, mais à peine eus-je réussi à le localiser et à le rejoindre qu'il fut touché à son tour – une blessure à la cuisse, mais quelque chose qui ne pardonnait pas. Des jets de sang bleu-noir jaillissaient au rythme de ses battements cardiaques. Il me jeta un regard de pur désespoir mais, le temps que je pense à lui mettre un garrot, il s'était affalé en arrière. Il y eut encore deux giclées, plus timides, puis plus rien.

Au début du tir croisé, quelque chose comme les deux tiers de la compagnie G étaient déjà sortis du bois en une file d'une quarantaine de mètres. La moitié de ces hommes étaient tombés en à peine une minute. Au milieu de la tourmente, je fis un tour d'horizon complet. Le soleil se levait et, dans les premières lueurs du jour, le monde me parut se dessiner avec une limpidité surréelle, comme si toutes les choses visibles avaient été soulignées d'un contour noir. Il me revint le souvenir de ces instants de saisissement que j'avais eus, une fois ou deux, devant certaines œuvres, au musée – en plus intense, car ce qui m'éblouissait soudain, c'était la splendeur d'être encore en vie.

Et tout à coup, l'espace d'une seconde, j'ai entrevu le seul choix possible. Algar m'avait recommandé de ne pas me rendre et le massacre qui était en train de se perpétrer derrière moi, dans les bois que nous venions de quitter, ne pouvait que confirmer son point de vue. Me jetant à plat ventre dans la neige, je me suis mis à rouler parmi mes hommes en criant : « On est morts ! On est morts ! On est morts ! » Tous mes hommes s'écroulèrent presque aussitôt et je finis par m'immobiliser à mon tour, le visage dans la neige. Au bout de quelques minutes, les tirs cessèrent. J'entendais le grondement des moteurs à explosion des Panzers qui approchaient et des ordres criés en allemand. Puis je discernai des tirs de mortier, qui avaient atterri à proximité. Comme si Algar avait tenu parole – ce qui ne me surprenait pas. Il avait débarqué en urgence avec ses blindés et attaquait les Panzers à un ou deux kilomètres, sur la route, en aval. On distinguait aussi le fracas des mitrailleuses et des obus tirés par les tanks. Plus près de nous, j'entendis ronfler plusieurs moteurs – probablement des blindés destinés au transport des troupes, dans lesquels l'unité qui venait d'anéantir ma compagnie devait grimper pour rejoindre les combats engagés sur la route. Mais bien après que leurs voix se furent éloignées, deux grenades explosèrent, éventrant la terre du grand champ découvert où nous nous trouvions. D'autres cris se joignirent aux gémissements des blessés.

C'était à présent la principale source de bruit – les râles, les pleurs, les supplications. Stocker Collison appelait sa mère depuis déjà un certain temps. *Maman… Maman…* Les blessés ne tiendraient pas longtemps, dans ce froid. Trempés dans leur propre sang, ils ne tarderaient pas à succomber à l'hypothermie – sans compter l'hémorragie, qui ne pouvait qu'accélérer le processus. Lorsque la dernière voix allemande eut disparu, l'idée me vint de me mettre en quête de la radio.

J'allais me lever, lorsqu'un coup de feu claqua. Un petit crépitement sec, comme le craquement d'une branche. Ces enfoirés avaient dû laisser un tireur embusqué, au moins un, qui avait fait feu en voyant quelqu'un bouger. L'idée m'effleura de lancer un cri d'avertissement, au risque de me trahir, mais ça risquait aussi de révéler la présence des autres survivants, qui gisaient parmi les cadavres. Je dus me contenter de croiser les doigts pour que mes hommes comprennent tout seuls.

Pour ne trahir aucun signe de vie, je m'appliquai au contraire à ralentir ma respiration. L'air, maintenant que j'avais tout le temps d'en prendre conscience, était chargé de relents nauséabonds. Personne ne m'avait jamais parlé de l'odeur des champs de bataille, de ce mélange de sang, de cordite et de débris humains de toute sorte. Mais au fil des heures, ce qui prédominait, c'était l'odeur de la mort. J'avais choisi une position douloureusement inconfortable – je m'étais écroulé sur ma mitraillette et au bout de quelques minutes, la crosse avait commencé à s'incruster dans ma cuisse, sous mon propre poids. Mais je n'avais d'autre choix que de supporter et d'accepter cette douleur, qui était la juste rétribution des failles de mon commandement. J'aurais donné cher pour savoir comment les Allemands avaient découvert nos nouvelles positions. Ils avaient dû poster des éclaireurs, çà et là, dans l'obscurité. Repérer et suivre nos traces dans la neige. Peut-être nous avaient-ils vus traverser la route… Je passai et repassai en revue mes propres décisions. Aurais-je dû anticiper, et prévoir que nous tomberions dans ce traquenard ? Aurais-je pu savoir qu'il y aurait tant de forces ennemies, concentrées autour de nous ? N'aurions-nous pas mieux fait de rester dans nos tranchées et de défendre la route depuis là-bas ? Aurions-nous pu retenir les Boches plus longtemps, leur infliger de plus lourdes pertes ? Après ces deux jours de souffrance dans le froid, nous n'avions réussi qu'à les retarder de quelques minutes, lorsqu'ils étaient arrivés par la route.

Et bien sûr, j'étais à demi-mort de froid. Cela faisait deux jours que je me gelais, mais rester vautré dans la neige, immobile, c'était pire que tout. Bras et jambes me cuisaient, comme si ma peau avait rôti de l'intérieur. Tout près de moi, quelqu'un gémissait de temps à autre, en demandant à boire – et Collison qui appelait toujours sa mère… Il dut appeler une bonne heure de plus, au bas mot, avant qu'une autre balle, une seule, tirée par le *sniper* allemand ne le fasse taire pour de bon. Je ne saurai jamais s'il l'a abattu par compassion ou par mépris. Mais aussitôt après, il y eut une série d'autres balles qui produisirent d'abominables bruits de crevaison, en venant se loger dans les corps qu'elles visaient. Les deux tireurs – car je pensais à présent qu'ils étaient deux – semblaient avoir décidé d'achever systématiquement nos blessés. J'attendis mon tour. J'avais essuyé le plus fort de la bataille libre de toute peur consciente – le gros de la tempête, qui avait duré quelques minutes, tout au plus – mais à présent que je les entendais tuer tous les hommes qui manifestaient le moindre signe de vie, j'ai senti s'abattre sur moi toute la terreur que je gardais en réserve. Et l'idée s'insinua jusqu'au centre de mon être, comme un coup de hache : j'allais enfin savoir ce qu'il en était de Dieu.

Mais je ne mourus pas. Au bout de cinq ou six coups, la fusillade cessa. Les blessés, du moins ceux qui s'étaient signalés en gémissant, en demandant à boire ou en implorant de l'aide, ne bougeaient plus. Un horrible silence s'était abattu sur tout le secteur. J'entendais les bruits du matin, le vent dans les branches, les cris des corbeaux. Ma mitraillette était toujours sous ma cuisse. À en juger par leur dernier coup de feu, j'aurais dit que les tireurs étaient postés de l'autre côté de la route, dans les bois dont nous étions sortis. Je n'avais qu'une vague idée du nombre de survivants, parmi mes hommes – dix, peut-être. Mais si nous nous relevions tous et que nous ouvrions le feu, nous avions une chance de tuer les deux *snipers* avant qu'ils ne nous tuent. Tels auraient été mes ordres, au cas où les coups de feu ponctuels auraient repris…

Depuis que les cris s'étaient tus autour de moi, la rumeur des combats qui faisaient rage plus loin, sur la route, me parvenait distinctement. Le grondement des explosions se répercutait en écho entre les collines. Plus tard, dans la matinée, le bourdonnement des avions vint se superposer au reste et les bombes ébranlèrent l'atmosphère. Je priais pour qu'elles tombent sur les Panzers, mais rien n'était moins sûr.

Des heures plus tard, j'ouvris brièvement les yeux. Près de moi, je reconnus Forrester, celui qui avait été abandonné par sa mère veuve, gisant en chien de fusil. Une balle lui avait perforé et fracassé l'arrière du cou. Il s'était vidé de son sang, inondant sa veste, et s'était soulagé dans son pantalon, d'où s'exhalait cette odeur que je n'étais pas près d'oublier. Mais je n'osais pas lever la tête pour compter les morts qui gisaient autour de moi, ni même les vivants. L'arrivée des avions que j'entendais passer au-dessus de nous signifiait que le ciel avait dû s'éclaircir. J'ai désespérément tenté de voir une dernière fois un morceau de ce bleu si frais, si plein de promesses, dont je me suis empli les yeux avec avidité, aussi longtemps que j'en ai eu l'audace. Puis j'ai refermé les yeux. Mais le monde me manquait déjà.

Les tiraillements de ma vessie commençaient à se faire sentir, mais je craignais de pisser sur place. La tache d'urine, en faisant fondre la neige autour de moi, aurait pu me faire repérer par les tireurs embusqués – et pis, je risquais de mourir de froid, dans un pantalon mouillé. J'ai décidé de compter mentalement, juste pour pouvoir me faire une idée du temps qui passait. Enfin, j'ai laissé mes pensées s'envoler vers les miens, vers tout ce que j'avais laissé au pays. Étendu dans la neige, je sentis mon cœur se serrer de regret pour Gita. Pendant des semaines, j'avais eu l'esprit trop troublé pour prendre la pleine mesure de la honte qui m'assaillait. C'était les images de mon rêve de ce matin qui revenaient à présent me hanter, en un tendre reproche. Je voulais une maison, un foyer. Un endroit sec et chaud, bien à moi, avec une femme et des enfants. Je voyais tout ça d'ici – un joli bungalow, propre et pimpant – aussi clair qu'au cinéma. La lumière qui coulait à flots de la grande baie vitrée du salon. La chaleur de cette maison, du feu qui y brûlait, toute cette douceur de vivre.

Quelqu'un se frayait un chemin dans les arbres. Des Allemands qui venaient nous achever ? Mais le pas était trop léger et trop vif. Au bout d'un certain temps, j'en vins à la conclusion qu'il y avait un animal parmi nous – une sorte de charognard, sans doute. À ma grande frayeur, car cela signifiait que j'allais devoir rester là, inerte, tout en l'écoutant dévorer les morts. Les pas approchèrent et finirent par arriver tout près de moi. Je reconnus aussitôt la chaleur et l'odeur de son haleine et, au prix d'un violent effort, je parvins à réprimer le sourire qui m'était venu aux lèvres, tandis que sa truffe de chien se posait sur ma joue humide et fraîche. Mais mon amusement fit aussitôt place à la terreur. Est-ce que les Allemands l'utilisaient pour reconnaître les vivants ? Ce chien était-il capable de les distinguer des cadavres, ou est-ce que son rôle se limitait à tester nos réactions ? Je m'interdis tout mouvement, m'efforçant d'ignorer la présence de l'animal qui me tournait autour. Son museau s'abaissa à nouveau vers moi et me flaira encore deux ou trois fois, puis il poussa soudain une longue plainte, de cette voix déchirante que peuvent avoir les chiens. Je l'entendis encore aller et venir entre les corps, et renifler, çà et là. Il poussa un autre appel, tout aussi lugubre, puis s'éloigna.

Plus tard, en fin d'après-midi, il me sembla que la bataille tournait à notre avantage. Je réfléchis intensément. Nous allions gagner. Il le fallait. Les coups de feu n'étaient plus qu'à une centaine de mètres sur le côté ouest de la route là où nous nous trouvions la veille. Ce qui voulait dire que nos troupes approchaient. Une heure plus tard, je reconnus quelques mots d'anglais que le vent rabattait vers nous. J'hésitai à lancer un appel. Mieux valait attendre la nuit. Dès qu'il ferait noir, nous nous relèverions.

Lorsque je rouvris les yeux, la nuit achevait de tomber. Quarante minutes plus tard, toute lumière avait disparu et je me lançai dans la traversée du champ en me traînant sur les coudes. Mon premier réflexe avait été de rejoindre les Américains, mais c'était précisément de cette direction qu'étaient venues les balles des tireurs embusqués. Je choisis donc de reculer, en crapahutant en direction des bois où tant d'hommes de la compagnie G avaient trouvé la mort, le matin même. Je rampais sur le ventre dans un dédale noir, pataugeant à quatre pattes dans cette neige souillée de sang, de merde et de Dieu savait quoi, l'esprit assiégé par l'insidieuse image du serpent dans le jardin d'Éden.

Je palpais chaque corps au passage. Il n'était pas difficile de reconnaître les vivants, même à travers un gant et même avec mes mains gelées, qui me semblaient de plomb. Je voyais des yeux s'ouvrir dans le noir. D'un geste, je leur indiquais les bois. Comme j'arrivais près d'une forme que je reconnus comme celle de Bidwell, j'eus un instant d'hésitation. Je vous en supplie… me dis-je. Mais il était vivant.

J'ai crapahuté ainsi pendant près d'une heure, pour localiser les survivants encore capables de bouger, que j'envoyais à leur tour crapahuter dans les bois dans le noir, en une étrange migration de tortues. À présent trempé de sueur, j'avais les coudes et les genoux à vif. Je distinguais des silhouettes d'arbres, en face de moi, mais je suis soudain resté pétrifié sur place. Des voix avaient résonné. Les Allemands ? Après avoir réussi à survivre jusque-là, étions-nous retournés nous jeter dans la gueule du loup ? Trop éreinté pour trouver des solutions alternatives, je continuais en direction de la lisière des bois, lorsque j'ai senti la présence de quelqu'un qui rampait dans ma direction. J'ai pris mon arme, tandis qu'en face, l'autre approchait à plat ventre. C'est alors que j'ai aperçu la croix rouge, sur son casque.

« Vous pouvez venir jusqu'ici ? » me demanda-t-il dans un murmure.

Comme j'atteignais la limite des arbres, deux autres membres des équipes de secours s'avancèrent pour m'empoigner. Au moment où je parvins à me hisser sur mes pieds, les protestations de ma vessie se firent plus qu'impérieuses et je n'eus que le temps de me précipiter vers un arbre contre lequel je me soulageai avec délices, dans un nuage tiède que j'ai regardé s'élever dans l'air froid. Ma jambe m'élançait terriblement et, l'espace de quelques secondes, j'ai craint de partir à la renverse, en me pissant dessus, comme une fontaine.

Les secouristes m'expliquèrent la situation. Les Allemands qui avaient balayé le secteur avaient ensuite été mis en déroute. McAuliffe avait envoyé des renforts et les échanges de coups de feu et de tirs d'artillerie avaient duré jusqu'à l'arrivée de notre aviation qui avait chassé tous les blindés allemands de la route. Plus d'une centaine de *volksgrenadiers* s'étaient rendus, mais un groupe s'était replié dans la forêt, de l'autre côté de la route. Algar allait y envoyer l'artillerie, mais il avait d'abord donné l'ordre aux brancardiers d'aller récupérer les survivants de la compagnie G. Les collecteurs de corps étaient arrivés dans des Jeeps par le chemin de terre qui venait de l'ouest et avaient parcouru à pied les cinq cents derniers mètres, avant de repérer notre petit groupe, crapahutant dans la neige.

Dans ce qui subsistait des tranchées que nous occupions le matin même, les brancardiers zigzaguaient entre les morts avec une efficacité macabre, tâtant les poignets et les jugulaires en quête d'une pulsation et lorsqu'ils ne sentaient rien, ce qui était le plus souvent le cas, ils mettaient les plaques d'identité en évidence sur les corps pour simplifier la tâche aux gars du QG préposés à l'enregistrement des morts. Je convins avec les brancardiers de la meilleure méthode pour aller récupérer les blessés qui restaient à découvert. Nous devions tâcher de localiser les Allemands, postés dans les bois, de l'autre côté de la route. Mais les brancardiers avaient compris qu'il n'était pas question pour moi de partir en laissant les huit blessés que j'avais repérés en traversant le champ, toujours bien vivants, mais incapables de se déplacer. Bidwell et moi, nous sommes repartis à quatre pattes, avec deux secouristes. Nous improvisions des brancards en glissant la ceinture de chaque blessé sous ses bras, puis nous lui rabattions sa veste sur la tête, en enroulant son fusil dans le tissu. Au signal du brancardier, je me suis levé le premier et je me suis mis à traîner mon blessé, en qui j'avais reconnu O'Brien, en direction des arbres. Je m'attendais à me faire canarder d'une seconde à l'autre, mais au bout de quelques mètres, nous avons eu la certitude qu'il n'y avait désormais plus personne de l'autre côté de la route – du moins plus personne qui soit prêt à risquer sa peau en tirant le premier. Tandis que je traînais O'Brien, le chien nous a emboîté le pas.

Depuis les fourrés, les brancardiers envoyèrent un appel radio pour demander un convoi de camions et d'ambulances qui vinrent nous récupérer de l'autre côté du ruisseau, là où le chemin de terre rejoignait les bois. À la lueur des phares, j'aperçus sur la neige un cracker sous cellophane tombé d'une ration, et qui me parut intact. J'en fis plusieurs morceaux, et je les distribuai aux trois hommes qui attendaient là, à mes côtés. Nous les avons mangés dans un silence absolu.

« Putain de merde... » a fini par dire l'un de mes compagnons, un certain Hank Garns.

Quelques minutes plus tard, nous étions de retour au QG d'Algar. Nous étions en tout et pour tout treize survivants. Vingt-deux, en comptant les blessés – vingt-deux membres de la compagnie G avaient réussi à rester en vie. Vingt-deux, sur les quatre-vingt-douze que nous étions ce matin. Meadows et Masi y étaient restés.

« La vache, ce qu'on a dérouillé, fit un grand brun, qui s'appelait Jesse Tornillo. J'ai vraiment vu le moment où personne n'en reviendrait.

— Ouais, répliqua Garns. Maintenant que tu le dis… » Garns souriait d'une oreille à l'autre, et ne semblait prêter aucune attention à l'incoercible tremblement qui lui agitait tout le corps, comme s'il avait été pris d'une fièvre terminale.

« Si ça se trouve, capitaine, fit Tornillo, c'est votre clébard qui nous a sauvé la vie ! » Je n'avais même pas remarqué que le chien nous avait suivis jusqu'au mess, mais il était là. Il nous tournait autour en nous observant, comme s'il tenait à suivre la conversation. C'était un grand corniaud noir, avec une patte marron et une étoile fauve sur la poitrine. « Il a dû faire croire aux tireurs Boches qu'on était tous canés jusqu'au dernier, quand il s'est mis à hurler à la mort. » Tornillo se pencha pour le gratter entre les oreilles. « Tu nous as tous sauvés, mon pote ! fit-il. Alors, qu'est-ce que t'en dis, hein ? Je l'entendais aller et venir, en reniflant partout. Et dès que j'ai pigé que c'était un clebs, je me suis dit : Seigneur, même si ces Boches doivent m'achever, faites au moins que ce sale cabot vienne pas lever la patte sur moi ! »

Nous avons tous éclaté de rire en chœur. Un éclat de rire énorme, plein à ras bord du souffle tiède de la vie. Des morts, il n'en était pas question. Ils n'étaient plus là. Partis. Disparus. Je sais pourtant que nous y pensions, à ces compagnons qui avaient partagé nos vies, pour certains depuis des mois. Mais il n'y avait aucune place pour eux dans notre conversation. Ils étaient morts, et nous étions vivants. Rien à voir avec la chance, ni avec l'ordre de l'univers. Ça s'était passé comme ça, point final.

Algar arriva et je lui fis mon rapport.

« Excellente initiative, excellente initiative, ne cessait-il de répéter, tandis que je lui avouais que nous n'avions survécu qu'en nous faisant passer pour morts.

— Nous étions tombés dans une embuscade, colonel. »

Nous savions à présent, l'un comme l'autre, que la compagnie G s'était vue confier une mission suicide. Quelle que fût notre position, nous n'avions ni les effectifs ni la puissance de feu qu'il nous aurait fallu pour tenir cette route. Je n'eus même pas à le lui faire remarquer.

« Écoutez, Dubin, me dit-il. Je suis désolé. Je suis le fils de pute le plus désolé de toute cette putain d'armée. »

Je suis passé à l'infirmerie du bataillon pour prendre des nouvelles de nos blessés, mais ils avaient déjà été évacués. L'ambulance les avait emmenés au poste sanitaire de Bastogne, à présent riche de quatre chirurgiens, qui avaient atterri le matin même par planeur.

À mon retour, Algar avait rameuté les cuistots et leur avait donné l'ordre de rallumer leurs fourneaux pour nous servir le menu de Noël. Nous avons vu arriver du jambon en boîte poêlé, accompagné de pommes de terre déshydratées avec, au dessert, de la compote de pommes déshydratée, et quelques betteraves fraîches, pour relever le tout. Nous n'avions eu qu'un repas, au cours des dernières quarante-huit heures, et je pris la pleine mesure de ma faim, lorsque le parfum du contenu de mon assiette s'exhala jusqu'à mon visage. Ce menu de Noël, qui me fut servi dans une gamelle en fer-blanc et dans ce mess glacé, comptera à jamais parmi les sommets gastronomiques de toute mon existence.

Biddy était attablé près de moi. Il garda le silence pendant presque tout le repas, mais le dessert achevé, il se tourna vers moi et fit : « Sans vouloir le vexer, ce brave clebs, capitaine – c'est vous qui nous avez sauvé la vie. »

Deux ou trois murmures approbateurs s'élevèrent autour de la table, mais je ne tenais pas à être élevé au rang de héros. À certains moments, bien ponctuels, j'avais réellement pris la tête de ma compagnie. Au début, lorsque j'étais allé de trou en trou sous les tirs d'artillerie préliminaires, ou même lorsque j'avais si malencontreusement fait signe à mes hommes d'avancer en terrain découvert. À ces moments-là, à ma grande stupeur, une petite voix piégée quelque part au fond de moi avait pris la parole. Regarde, disait-elle. Regarde, je commande ! Ou le plus souvent : Regarde, je ne suis toujours pas touché ! Je ne me faisais guère d'illusion sur ce que j'étais, au fond de moi. Tout le monde est capable de tenir un rôle pendant quelques minutes, mais ce rôle-là, jamais je n'aurais pu, comme Martin (car c'était à lui que je pensais), le jouer en permanence.

Le vrai David Dubin, c'était celui qui s'était finalement couché devant sa terreur. Celui qui s'était jeté par terre à plat ventre, en faisant le mort. Si j'avais donné à mes hommes cette salutaire instruction, c'était surtout parce que moi, je voulais me planquer la tête dans la neige, comme un gamin terrifié, en espérant que la bataille – ou la guerre – finirait bien par s'achever. Et incidemment, j'avais pris la meilleure décision. Mais c'était avant tout par lâcheté ; parce que, dans le secret de mon âme, j'étais un dégonflé. Et voilà pourquoi on me congratulait à présent. Le seul motif que j'avais de me réjouir, c'était de ne pas m'étouffer de honte, horrifié de moi-même. Je savais ce que j'étais.

Les hommes se mirent à parler de ce qui s'était passé ces derniers jours, et surtout durant ces quelques heures que nous venions de passer dans la neige.

« Encore heureux que ce soient les jours les plus courts de l'année, hein !

— Bon Dieu, ce pauvre enfoiré de Collison... Je ne vais pas fermer l'œil de la semaine, après ça. »

Mais tandis que je finissais de vider mon assiette, mes pensées, ou plutôt le peu qui subsistait de moi-même, se résumaient en cet unique souhait : ne plus jamais remettre les pieds sur un champ de bataille.

22

Vestiges

Hélas, comme tant de mes vœux, celui-là resta lettre morte. Il y eut bien d'autres batailles, dans les semaines qui suivirent, mais rien qui puisse se comparer au massacre de Noël. Les forces de Patton continuèrent à tenter une percée vers Bastogne depuis le flanc sud. Le matériel affluait. Comme une salle de spectateurs enthousiastes, nous avions pris le pli de saluer par des chœurs d'ovations le moindre camion qui arrivait, avec sa cargaison de rations C, de munitions, ou de ces tubes de carton gris qui contenaient les mortiers ou les roquettes pour les bazookas.

Le 27 décembre, le 110e se vit adjoindre des éléments du 502e Régiment d'infanterie parachutiste, et Algar prit le commandement du bataillon. La compagnie G s'appelait désormais la compagnie E, mais je restais à sa tête. Avec six jours de combat à mon actif, j'étais l'un des officiers les plus expérimentés qu'Algar eût sous la main. Luke Chester, un jeune lieutenant frais émoulu de l'OCS, devint mon second. C'était un excellent soldat, doublé d'un fervent lecteur de la Bible – mais il ne valait pas Meadows.

Nous avons peu à peu regagné du terrain, le long de la route de Champs, où tant de nos hommes avaient trouvé la mort. Nous avons traversé le bourg de Champs, puis nous avons continué vers le nord-est, jusqu'à

Longchamps. Ça semblait relever de l'impossible, mais le temps ne s'améliorait pas, bien au contraire. La neige ne tombait presque plus, mais le thermomètre poursuivit sa chute, jusqu'à des températures polaires. Il faisait un froid de canard, comparable à celui qui m'avait fait craindre de voir mes oreilles tomber en miettes, du temps où j'allais au lycée sans couvre-chef. Le plus souvent, Dieu merci, nos missions nous permettaient de passer au moins une partie de la nuit à l'abri, et Algar nous ménageait, moi et ma compagnie. Nous n'étions désormais plus le fer de lance. Nous nous contentions de suivre l'infanterie et les blindés, pour couvrir leurs flancs. Nous lancions de brèves vagues d'assaut, deux ou trois fois par jour, pour faire reculer des unités allemandes plus petites, repousser des commandos, assurer des positions déjà conquises par d'autres unités. Nous faisions souvent des prisonniers, que nous devions surveiller jusqu'à l'arrivée des MP.

Mais c'était la guerre. Nous ne cessions de faire irruption dans ce que Biddy aurait décrit comme l'enfer : les visages des morts, tordus par l'angoisse de l'agonie, les hommes en larmes, paralysés par la peur, les véhicules en flammes, avec leurs occupants qui hurlaient à l'intérieur, ces soldats réduits à l'état d'hommes troncs, gisant au milieu de vastes flaques de boue marbrée de leur sang, et ceux qui tournaient en rond, aveuglés par leurs blessures ou par la douleur...

Chaque matin à mon réveil, j'émergeais dans le même instant de souffrance et de révolte – celui où je me souvenais d'être là, en plein merdier. Je ressassais les mêmes idées si souvent et si longuement, qu'elles finissaient par n'être même plus des idées. Certaines questions me traversaient la tête comme si elles avaient circulé dans le flux de mon sang.

Pourquoi étais-je né ?

Pourquoi les hommes se faisaient-ils la guerre ?

Pourquoi fallait-il que je meure maintenant, avant même d'avoir vécu ?

Ces questions restaient sans réponse et la plupart du temps, cela suffisait à me faire souffrir, comme si je m'étais cogné la tête contre un mur, encore et encore, inlassablement. Ma seule consolation, aussi piètre fût-elle, était de voir passer ces mêmes questions dans les yeux de mes camarades. Elles dansaient, telles des ballerines faméliques, traversant cette membrane ténue qui séparait le monde d'une surface liquéfiée, qui était ma peur omniprésente.

J'ai bien cru ne jamais voir 1945. Nous faisions reculer les Allemands mètre par mètre, mais la limite du terrain contrôlé par les deux camps restait floue. Les lignes nazies, naguère si étroitement resserrées autour de Bastogne, avaient été démantelées, mais pas toujours de façon assez définitive pour mettre l'ennemi en déroute. Sur les cartes, les positions allemandes et américaines ressemblaient à présent aux doigts entrelacés de deux mains jointes.

Le 31 décembre, Algar nous envoya nettoyer une colline de l'autre côté de Longchamps. Notre artillerie avait balancé un premier tir de barrage et l'ennemi semblait avoir battu en retraite, mais comme la première section commençait à s'élancer à l'assaut de la butte, des coups de feu avaient claqué, sur les hauteurs. Deux hommes tombèrent morts, et deux furent blessés. J'étais à l'arrière, mais je m'avançais en rampant à toute vitesse pour donner l'ordre à tout le monde de se mettre à couvert. Une balle a ricoché sur une pierre, près de mon pied, et, levant la tête, j'ai aperçu l'Allemand qui nous tirait dessus. Il était presque au sommet de la colline, à quelque chose comme deux cents mètres de moi, dissimulé par le mur d'un bâtiment agricole isolé dont il émergeait de temps en temps, pour risquer un œil. Il portait la grande capote vert de gris à col montant, et ce casque qui avait toujours eu à mes yeux l'allure tragi-comique d'un seau à charbon. Il me tenait en joue dans le viseur de son fusil et je vis qu'il hésitait à tirer. Dieu sait pourquoi et comment, j'eus la présence d'esprit de lui adresser un petit signe de tête, avant de déguerpir à quatre pattes, sans lui laisser le temps de réfléchir. Lorsque je lançai un regard en arrière, une seconde plus tard, il avait disparu. Je me promis d'épargner l'un des leurs, lorsque la balle serait dans mon camp, en me demandant combien de temps ce phénomène – un homme décidant d'en épargner un autre, par-ci, par-là – devrait se propager, avant que les soldats n'en viennent à conclure leur propre armistice.

Moi aussi, j'ai donné la mort, bien sûr. Je me souviens d'un nid de mitrailleuses que nous avions cerné et qui était pris dans notre tir croisé, et de ce soldat allemand qui se trémoussait en une étrange danse, chaque fois qu'une de mes balles le transperçait, comme si j'avais canardé une boîte de conserve vide. Chaque mort semblait renforcer le pouvoir de la petite Thomson 45 avec laquelle j'avais été parachuté, celle que Robert Martin m'avait empruntée, la nuit de sa mort. Et il me suffisait parfois de lever ma mitraillette, pour avoir l'impression de brandir une baguette magique.

J'avais aussi le sentiment de développer un sixième sens, comme un animal. Je sentais la présence des Allemands bien avant de les voir ou de les entendre. Dans les instants qui précédaient le combat, j'expérimentais un curieux état d'esprit. Cette vie qui m'avait jusque-là paru si bien établie, si parfaitement jalonnée, je devais y renoncer, pour m'élancer sur cet étrange pont jeté entre l'existence et le néant. Et cela, je le comprenais avec tristesse, c'était l'essence même de la guerre. Non pas une donnée fondamentale de la vie, comme je l'avais longtemps supposé, mais plutôt une zone instable, chaotique, entre morts et vivants. Et puis les balles se mettaient à pleuvoir, et il fallait riposter.

Le jour de l'an, comme nous nous étions avancés vers l'est, en direction de Recogne, nous sommes tombés par surprise sur un groupe de quatre éclaireurs de la Waffen-SS, qui s'étaient cachés derrière un tas de branches de pin entrecroisées, en pleine forêt. Quelles que fussent leurs intentions, qu'ils aient voulu nous tendre une embuscade ou seulement repérer nos positions, ils auraient mieux fait de nous laisser passer. Au lieu de quoi, l'un d'eux a cédé à la panique et ouvert le feu, en reconnaissant nos uniformes. À quatre, ils ne faisaient pas le poids, face à une compagnie. Trois d'entre eux tombèrent sous nos balles en moins d'une minute, tandis que plusieurs de mes hommes virent le quatrième prendre la fuite dans les fourrés. Lorsque nous sommes arrivés près des trois corps, nous avons repéré la piste sanglante laissée par le fugitif et j'ai lancé Biddy et ses hommes sur sa piste, avec mission de l'intercepter avant qu'il n'ait pu rejoindre son unité.

Une demi-heure plus tard, Bidwell était de retour, l'air morose.

« Il s'était vidé de son sang, capitaine. On l'a trouvé allongé dans la neige avec ses yeux bleus grands ouverts fixant ceci, qu'il tenait à la main... » Biddy m'avait sorti de sa poche une petite photo qui ressemblait comme une sœur à celles que lui-même ne cessait de prendre. On y voyait une jeune blonde, plutôt menue, avec deux garçonnets. C'était la famille du mort, dont il avait contemplé l'image pendant ses derniers instants.

Le 2 janvier 1945, la compagnie E reçut des renforts, près d'une trentaine d'hommes, tous arrivés de fraîche date, à qui je vouai sur-le-champ une haine aussi tenace que celle que j'avais inspirée à mes propres hommes, à peine une semaine plus tôt. Je détestais me sentir responsable d'eux. Je détestais les dangers auxquels je savais que leur inexpérience allait nous exposer. L'un d'eux, un certain Teddy Wallace, de Chicago, commença par annoncer à la cantonade qu'il avait une famille à charge au pays. Les pères de famille avaient été recrutés les derniers, et il s'inquiétait de ce qu'il adviendrait de ses fils, si quelque chose venait à lui arriver – comme si nous n'avions pas tous laissé derrière nous des gens qui nous aimaient et à qui nous manquerions. Pour sa première mission, sa section dut nettoyer une équipe d'artilleurs allemands. Deux escouades avaient encerclé la position, avant de lancer une grenade. En arrivant sur les lieux, j'ai trouvé Wallace le cul par terre. Il avait trébuché sur un caillou et, le pantalon retroussé, regardait enfler son ecchymose en se massant le tibia, tandis qu'à deux mètres de lui deux blessés graves se tordaient de douleur.

Il trouva la mort le lendemain. Nous étions coincés dans les bois et nous tentions d'avancer vers le nord-est, mètre par mètre, en direction de Noville. L'artillerie avait anéanti les positions allemandes, mais deux tireurs isolés avaient réussi à grimper dans un bouquet d'arbres et nous canardaient comme s'ils se croyaient à la chasse au chevreuil, s'exposant inutilement à nos balles, par la même occasion. Au lieu de tenter de les descendre au bazooka, j'ai demandé des tanks en renfort par radio, en ordonnant à mes hommes de s'abriter derrière l'épaisse muraille d'un bâtiment qui se trouvait non loin de là. Tout à coup, j'ai vu Wallace surgir de derrière le mur, comme s'il sortait de son lit après une bonne nuit de sommeil. Je ne saurai jamais ce qui lui est passé par la tête. Peut-être a-t-il cru que les deux *snipers* allemands étaient neutralisés. Peut-être a-t-il été pris d'un soudain ras-le-bol du champ de bataille. À la seconde où je l'ai vu, on aurait dit qu'il allait ouvrir la bouche pour poser une question, mais une balle a soudain effacé tous ses traits. L'un de ses camarades a tiré son corps à l'abri, et je me suis dit que Wallace allait rejoindre sa famille avec un nez ou une bouche en moins ; mais un peu plus tard, lorsque je les ai rejoints derrière le mur, il était mort. Ce soir-là, j'ai écrit à sa femme et à ses fils en leur rapportant son acte de bravoure.

Après chaque bataille, l'une des premières préoccupations de ma compagnie, comme de toute bande cimentée par les combats, était de récolter quelques souvenirs. On s'arrachait les pistolets allemands, les Mauser et les Luger, et tout le monde, moi y compris, se débrouillait pour en avoir un. L'un de mes hommes fit cadeau à Biddy d'un Zeiss en parfait état qu'il avait trouvé par hasard. Mes soldats prélevaient tout ce qu'ils pouvaient récupérer sur les cadavres : bracelets-montres, drapeaux, insignes, brassards – et même parfois les oreilles, jusqu'à ce que j'y mette fin. Mais je comprenais ce qui motivait cette quête de trophées, ce besoin de retirer un gain tangible et immédiat des souffrances qu'ils venaient d'endurer.

Le jour où Wallace s'était fait descendre, après que deux de nos Sherman furent arrivés sur place et eurent balayé les arbres où s'étaient perchés les deux tireurs, je vis une autre de nos nouvelles recrues, un certain Alvin Leibovitz, s'approcher du corps de Wallace. De tous les bleus de la compagnie, ce Leibovitz était celui qui me tapait le plus sur les nerfs. C'était un grand roux dégingandé, affichant cet air de tout savoir sur tout, si caractéristique des New-Yorkais. Au cours des quelques brèves fusillades que nous avions essuyées, ce Leibovitz m'avait semblé s'évaporer. Ils étaient venus ensemble, Wallace et lui, et je pensais qu'il s'approchait du corps de son ami pour lui dire un dernier adieu, ou se recueillir près de lui. Je fus donc d'autant plus choqué de voir scintiller dans sa main un objet qu'il fit disparaître dans sa poche.

Je fonçai sur lui au pas de charge.

« Ben quoi ? fit-il, avec une candeur maladroitement feinte.

— Montrez-moi ce que vous venez de mettre dans votre poche, Leibovitz.

— Ben quoi ? » répéta-t-il bêtement, en me présentant la montre de Wallace. Il aurait pu prétendre qu'il avait eu l'intention de la renvoyer à la famille de son ami, auquel cas il aurait dû me la remettre. Et Leibovitz n'était pas du genre à capituler si facilement.

« Qu'est-ce que vous fichez avec ça, Leibovitz ?

— Là où il est, ça m'étonnerait que Wallace ait besoin de savoir l'heure !

— Remettez-moi ça où vous l'avez trouvé.

— Merde, capitaine ! Y a des gars qui ramassent tout ce qu'ils peuvent récupérer sur les Boches, à la minute où je vous parle. Je vois vraiment pas la différence.

— Les morts américains, ce sont *nos* morts, Leibovitz. Ça fait une sacrée différence. Cette montre pourrait bien être le seul souvenir que les fils de Wallace garderont de leur père.

— Putain, c'est une bonne montre, mon capitaine. Elle sera fauchée cent fois, avant que le corps ne soit rapatrié. »

Ça, c'était tout Leibovitz. Il avait réponse à tout, ce petit futé. L'armée grouillait de Leibovitz, mais celui-là, il avait le don de m'exaspérer, à un degré jamais atteint par aucun des hommes que j'avais eus sous mes ordres. Je sentis monter en moi une bouffée de rage comme j'en avais rarement éprouvé, y compris sur les champs de bataille. Me jetant sur lui, je le menaçai de ma baïonnette. Il s'écarta à peine, mais poussa un bref glapissement.

« Putain, qu'est-ce qui vous prend ? » s'écria-t-il, en se hâtant de remettre la montre au poignet de Wallace. Puis il s'éloigna et me lança un regard noir par-dessus son épaule, comme s'il avait été l'agressé.

Biddy assistait à la scène. Tandis que nous nous installions dans le wagon vide où nous étions logés, cette nuit-là, il me dit : « Vous avez rudement bien fait, capitaine. Les gars étaient drôlement contents de voir comment vous l'avez remis à sa place, ce petit con. À un moment, on a tous cru que vous alliez lui trouer la peau.

— C'était bien mon intention. Il a eu un sacré pot, que j'aie loupé mon coup. »

Il soutint longuement mon regard. « Je crois qu'on a tous tendance à être plus durs avec nos propres hommes, mon capitaine. »

Pour le 8 janvier, l'équilibre des forces en présence s'était inversé. Nous reprenions chaque jour aux Allemands de larges bandes du terrain qu'ils avaient reconquis lors de leur offensive. Le matin du 8, je me réveillai d'un rêve que je faisais pour la énième fois. J'avais rêvé que j'étais mort. La blessure, l'arme, la scène – j'avais senti la balle me transpercer la poitrine, puis mon esprit s'élever et planer au-dessus de mon corps. J'avais assisté à l'arrivée des croque-morts et des brancardiers qui étaient venus récupérer mon corps. À présent bien éveillé, la seule chose qui me vint à l'esprit, ce fut : voilà – ce sera comme ça. C'était sans doute ce que nous nous disions tous…

Bidwell m'avait réveillé par accident. Le manche de ma brosse à dents émergeait du coin de sa bouche. Nous nous étions abrités pour la nuit dans la chapelle d'une école et, sans vergogne, Biddy avait pris de l'eau au bénitier.

« Je viens de rêver que j'étais mort, Biddy. Ça vous est déjà arrivé ?

— Eh ! C'est le seul moyen de se tirer d'ici, capitaine – les pieds devant ! » Puis il pointa le doigt vers la porte où se tenait un jeune soldat, venu m'annoncer que le lieutenant-colonel Algar voulait me voir, à l'autre bout de Noville.

Je trouvai Algar à son bureau, le nez dans ses cartes. Il avait dû mettre la main sur une provision de petits cigarillos noirs car, chaque fois que je le croisais, il en avait un entre les dents. Il me rendit mon salut et me fit signe de m'installer dans un fauteuil pliant.

« J'ai reçu un télex d'un certain major Camello, ce matin. Ce doit être l'adjudant-major de Teedle, ou son aide de camp. Il voulait avoir de vos nouvelles. Je lui ai répondu que vous étiez bien chez nous, et il a rappelé, en demandant quand vous pourriez reprendre votre mission. Ils ont l'air de se faire de la bile, pour vous et votre petite santé... »

Ce qui les préoccupait, c'était surtout Martin. Algar les avait-il mis au courant de sa mort ?

« J'ai préféré vous laisser ce soin, capitaine. Sans compter que je crois me souvenir que vous teniez à aller voir le corps. J'ai demandé à Teedle de vous garder une semaine de plus. Pour alors, nous aurons sans doute viré Dietrich des Ardennes. Et par la même occasion, j'espère pouvoir rendre la liberté à toute votre unité, si tout va bien. »

Je voyais déjà Teedle se relever au milieu de la nuit, écumant à l'idée que Martin ait à nouveau réussi, mais peut-être pour la dernière fois, à nous tirer sa révérence. Cette image me parut éminemment comique. J'aurais éclaté de rire, si je n'avais eu conscience d'avoir toutes les chances d'y rester, moi aussi, dans la semaine à venir. C'était plus qu'une certitude – ou, si ce n'était moi, ce serait Biddy. Mais je répondis : « Oui, mon colonel.

— Vous en avez amplement fait votre part. J'ai un premier lieutenant qui est prêt à prendre la tête d'une unité, dans la compagnie A. Je pourrai donc vous libérer, vous et Bidwell, à partir du 15 – date à laquelle vous serez libre de retourner à votre précédente mission, et d'aller faire votre rapport au général Teedle. »

La 18e Division Blindée avait attaqué le 6e de Panzers, l'avait arrêté et commençait à le repousser. Ils étaient à présent au Luxembourg, un peu plus au sud.

Algar ajouta qu'il nous ferait remettre des ordres écrits dans la matinée et que, par la même occasion, il nous proposerait Biddy et moi pour l'Étoile d'argent – pour avoir sauté en parachute et nous être portés volontaires pour combattre à ses côtés.

« Une "Section Huit" me paraîtrait plus appropriée », lui fis-je remarquer.

Il répondit qu'en fait, ce serait la croix d'honneur qui conviendrait le mieux – mais que cela exigerait l'ouverture d'une enquête qui révélerait au monde entier l'état déplorable de mon fond de culotte, lors de mon parachutage à Savy.

Nous avons échangé une poignée de main en riant de bon cœur, et je l'ai assuré que j'avais été très honoré de servir sous ses ordres.

« J'essaierai de vous faire signe, si jamais je viens à passer par Kindle County, David. »

Je lui fis la même promesse, au cas où je viendrais à passer par le New Jersey – un autre vœu pieux qui ne se réalisa jamais, puisque Hamza Algar sauta sur une mine avec sa Jeep, en juillet 1945, en Allemagne, bien après l'armistice. À cette date, sur les cinq mille hommes du 110e qui avaient essuyé la première vague d'assaut de la campagne des Ardennes, le long de Skyline Drive, quatre mille cinq cents étaient morts ou blessés. À ma connaissance, le colonel Algar fut la dernière de nos victimes.

Le matin du 15 janvier, Luke Chester rassembla la compagnie E et le premier lieutenant Mike Como en prit officiellement le commandement. La semaine avait été rude. Les Allemands semblaient résister à Patton et à la 11e Division blindée (derrière qui nous combattions), avec plus de férocité qu'ils n'en mettaient à combattre les forces de Hodge et de Montgomerry, qui descendaient du nord. Sans doute parce que Dietrich rechignait à abandonner son vieux rêve de reconquérir Bastogne – à moins qu'il n'ait tout simplement décidé de lancer ses dernières foudres sur les forces qui l'avaient stoppé. Cette semaine-là, la compagnie perdit six hommes de plus et nous eûmes à déplorer treize blessés, dont neuf dans un état grave. Mais nous pouvions souffler un peu. Pendant quelques jours, il n'y aurait plus de dégâts humains. La plupart des unités du 502e, y compris la compagnie E, devaient être relevées par la 75e Division d'infanterie. Mes hommes se replieraient vers Theux où ils s'offriraient une semaine de villégiature, dans le style du front – c'est-à-dire avec des dortoirs chauffés et équipés de l'eau courante. Néanmoins, cette semaine de vacances allait leur valoir une jalousie tenace de ma part, car tous auraient le droit à au moins un bain. Cela faisait un bon mois que nous n'avions pu nous laver qu'en faisant chauffer un peu d'eau dans un casque au-dessus d'un poêle à bois, et nous nous estimions heureux de pouvoir nous raser à la hâte, une fois par semaine, lorsque nous avions la chance d'avoir un toit au-dessus de nos têtes pour la nuit. La fumée et la graisse de nos fusils s'étaient plus ou moins incrustées dans notre peau, et nos visages avaient pris un aspect noirâtre, visqueux. On aurait dit une troupe de faux chanteurs noirs, ce qui nous avait permis, à Biddy et à moi, de décliner toute une série de plaisanteries pour initiés. Mais à présent, au garde-à-vous aux côtés de Como, je déclarai à mes hommes que de combattre à leur tête avait été le plus grand honneur de mon existence et que je m'en souviendrais jusqu'à mon dernier jour. Je n'avais jamais rien dit de plus sincère.

Quant au chien, que mes hommes avaient baptisé Hercule, il semblait un peu dur d'oreille. Sans doute avait-il été exposé de trop près au bruit des explosions, car il s'enfuyait en glapissant dès la première étincelle qui jaillissait sur le champ de bataille. Ce qui expliquait, supposions-nous, que son précédent maître l'ait abandonné. Mais en dépit de son handicap, Hercule avait vu sa cote de popularité grimper en flèche, ces deux dernières semaines, grâce à ses talents de chasseur. Plusieurs fois par jour, il disparaissait dans la forêt dont il revenait avec un lapin qu'il déposait à nos pieds. Nous mettions ses prises de côté, jusqu'à ce que les cuistots puissent distribuer à chaque homme un petit morceau de viande qui améliorait agréablement notre ordinaire. Hercule se couchait près de nous, autour du feu, en dévorant la tripaille, puis les hommes venaient lui gratter les oreilles et le féliciter. Il était devenu notre mascotte. Mais comme c'était moi et Biddy qui le nourrissions, il nous suivit et sauta dans notre Jeep, après que j'eus remis le commandement au lieutenant Como. Nous l'avons fait plusieurs fois détaler, mais chaque fois, il nous rattrapait et sautait à bord. Nous avons fini par renoncer à le chasser. La moitié de la compagnie vint lui dire au revoir et lui souhaiter bonne route, en lui témoignant bien plus d'affection qu'à moi, ou à Gideon.

Puis nous avons mis le cap au sud-ouest, dépassant Monty, pour aller voir ce qu'il était advenu de Robert Martin et de ses hommes. Les collines où ils étaient tombés n'avaient été reprises qu'au cours des trente-six heures précédentes et les corps n'avaient toujours pas été enlevés. Un détachement du Grave Registration Service[1] était déjà sur les lieux, mais la plupart de leurs hommes étaient occupés sur une petite colline, plus à l'ouest. Dûment gantés, ils cherchaient les plaques d'identité que les morts portaient au cou et les laissaient bien en évidence, sur leur poitrine. Ils enfournaient tout ce qu'ils avaient trouvé sur chaque corps dans un sac qu'ils attachaient à la cheville du défunt, puis ils triaient

1. Service de l'Armée US, chargé de l'inhumation et du rapatriement des corps (*NdT*).

les morts par taille, de façon à constituer des rangées régulières. Ils travaillaient aux côtés du service d'intendance chargé de récupérer tous les débris inanimés. Au cours de la portion de guerre avortée de septembre, ce service avait si minutieusement passé au crible certains champs de bataille, qu'après son passage, on n'aurait pu y dénicher un morceau de barbelé, ni une cartouche vide. Mais ils se bornaient pour l'instant à rassembler les armes, les munitions ou le matériel médical réutilisables. Avant même que le GRS soit venu chercher les corps, j'avais remarqué qu'ils avaient été délestés de leurs vestes et de leurs bottes – probablement par les Allemands, mais ça aurait pu être nos propres hommes, voire les gens du pays. Personne n'aurait pu leur reprocher d'avoir eu recours à de tels expédients, pour lutter contre le froid.

Nous avons grimpé à flanc de colline, Biddy et moi. La plupart des hommes que Martin avait amenés là s'étaient fait faucher par les mitraillettes montées sur les chars d'assaut, pendant qu'ils prenaient la fuite. Le gel les avait transformés en statues de glace. Un homme était resté dans une posture agenouillée, comme s'il était mort en suppliant qu'on l'épargne. Je me suis promené parmi les morts, en me servant de mon casque pour pelleter la neige qui masquait leurs traits, et en me recueillant un moment auprès de chacun d'eux. Leur chair avait pris la consistance jaunâtre des vieux parchemins. Je découvris un soldat dont la tête avait littéralement explosé, et dont la matière cérébrale, tels les grumeaux grisâtres d'un plat oublié sur le feu, s'était répandue tout autour de lui. Le fond de son crâne, demeuré curieusement intact, me fit penser à un bol de porcelaine blanche, d'où émergeait un moignon sanglant de moelle épinière.

Avec Biddy, nous avons passé un certain temps à la recherche de Martin. Quatre semaines plus tôt, je n'avais encore rien vu de tel et à présent, même si ces images n'avaient rien perdu de leur horreur, elles relevaient d'une sorte de routine. Comme cela m'arrivait de plus en plus souvent, je me retrouvai en grande conversation avec Dieu. Pourquoi eux, et pas moi ? Quand viendrait mon tour ? Et, comme d'habitude : Comment pouvait-Il tolérer que cela arrive à l'une de ses créatures ?

La bicoque que Martin avait utilisée comme poste d'observation était située à cinquante mètres de là, vers l'ouest. Conformément à ce que m'en avaient dit Barnes et Edgeworthy, elle s'était écroulée comme un château de cartes. Il n'en restait plus que la moitié d'un mur, sur l'arrière. Le cratère qu'avaient creusé les obus du tank avait presque atteint les fondations de briques, avant d'être à demi comblé par les vestiges de l'incendie qui avait ravagé la construction : cendres, vitres cassées, poutres noircies et pierres tombées des murs extérieurs. Nous embrassions du regard le paysage que Martin avait sous les yeux lorsqu'il avait vu arriver les tanks américains, émergeant tels des spectres du blizzard matinal. Au moins était-il mort entouré de beauté, au cœur de ces collines et de ces vallons dont la neige lissait et arrondissait majestueusement les courbes.

Je convoquai sur les lieux l'officier du GRS, qui fit venir une pelleteuse mécanique, pour fouiller parmi les pierres et les gravats. Mais au bout d'une heure de recherche, nous n'avions toujours pas réussi à mettre la main sur un corps qui fût resté à peu près entier. On meurt si proprement, dans les films… Les acteurs se figent une seconde, avant de piquer du nez en s'effondrant. Ici, les corps avaient explosé. Leur chair et leurs os, leur merde, leur sang, tout avait volé en miettes, aspergeant tout. Les hommes de ma compagnie s'étaient fait pulvériser, eux aussi, le jour de Noël. Et parmi tous mes fardeaux, en plus de l'insoutenable souvenir de cette bouffée de gratitude qui m'avait submergé, lorsque j'avais vu que c'était eux et pas moi, subsistait la honte, plus mesquine, de l'écœurement qui s'était emparé de moi, tandis que les dernières éclaboussures de tel ou tel brave gars me retombaient dessus. Ici, s'il subsistait quelque chose de Robert Martin, ses reliques avaient dû brûler dans l'incendie des débris. D'un geste, Biddy attira mon attention à vingt mètres de là, vers un arbre où restait accroché un ruban d'entrailles humaines, roide de gel et ourlé de givre, mais qui s'obstinait à virevolter dans le vent, telle la queue d'un cerf-volant.

Edgeworthy et Barnes avaient dit que Martin s'était posté à une fenêtre du premier étage, pour observer les mouvements des troupes allemandes, lorsque le premier obus avait atteint la maison. En examinant ce qui restait des fondations, il n'était pas difficile d'en déduire l'emplacement de ce premier impact, mais les restes de Martin avaient pu être projetés un peu partout, dans un rayon de deux cents mètres. Le sergent du GRS ordonna à son équipe de creuser du côté du mur ouest. Ils s'échinèrent pendant près d'une heure, et déterrèrent deux plaques d'identité, mais aucune n'était celle de Martin.

« Normalement, ça résiste au feu », fit le sergent, en parlant des plaques. Il espérait que nous pourrions identifier Martin d'une façon ou d'une autre – dossier dentaire, empreintes digitales, étiquette de pressing, bague. Mais ça risquait de prendre des semaines. Nous nous apprêtions à partir, lorsqu'on découvrit un bras et une main encore intacts. Mais la main portait une alliance à l'annulaire. Ça ne pouvait être celle de Martin.

Les Panzers ne faisaient pas de prisonniers, nous dit le sergent, mais les Boches étant ce qu'ils étaient, ils auraient tout de même eu certains égards pour un officier qu'ils auraient trouvé encore en vie. Le hic, c'était que même en supposant qu'il ait pu survivre à tout ça, Martin n'était sûrement pas au sommet de sa forme.

« S'il en a réchappé, il ne peut être que dans un hôpital de prisonniers de guerre, croyez pas ? Et, vu que les Boches n'ont pas assez de médicaments pour leurs propres blessés... À votre place, je ne compterais pas trop le retrouver entier... »

À mon retour, j'ai envoyé un télex à Camello, en lui décrivant ce que nous avions trouvé, et j'ai demandé à la IIIe Armée de contacter la Croix-Rouge, qui assurait le suivi des prisonniers de guerre. À ce stade, il faudrait au bas mot un mois pour s'assurer que Martin n'était pas détenu par les Allemands et, même si nous parvenions à obtenir une telle réponse, elle ne serait certes pas définitive. Mais Teedle avait une autre idée, sur la manière d'en avoir le cœur net, quant à Martin. Une idée qui m'avait effleuré, mais que j'avais aussitôt chassée de mon esprit. Ce Noël infernal que j'avais passé allongé dans la neige semblait m'avoir définitivement guéri de ma curiosité. Mais à présent, j'avais un ordre sans équivoque. Une réponse télégraphique, qui tenait en trois mots.

Retrouvez la fille.

23

Retrouvailles

Je ne croyais pas un mot de ce que Martin m'avait dit à Savy, au sujet de l'endroit où pourrait se trouver Gita – même si ses propos avaient été plus ou moins corroborés par Barnes, le petit deuxième classe, lorsqu'il m'avait parlé de cette fille, qu'il avait vue en compagnie du couple de la ferme, près de la Skyline Drive. Nous avons donc décidé de repartir des informations initiales, selon lesquelles Gita se serait trouvée près de Houffalize. Après plusieurs messages infructueux, on nous conseilla de nous adresser directement au chef de la Résistance locale, la *Geheim Leger* – l'armée secrète. Son chef était une femme, Marthe Trausch.

Le voyage nous prit deux jours, parce que Houffalize ne fut définitivement libérée que le 16 janvier, lorsque le 84e d'Infanterie de la Première Armée et la 11e Division Blindée de Patton se rencontrèrent dans la ville, avant de poursuivre sur leur lancée, vers l'est. Comme la quasi-totalité des villes ardennaises, Houffalize était joliment enchâssée dans une vallée boisée, à présent endormie sous la neige, où coulait l'Ourthe, un modeste affluent de la Meuse. Mais de la ville elle-même ne subsistait plus grand-chose. Les bombardiers américains avaient systématiquement rasé tous les bâtiments d'une certaine importance, qui auraient pu servir de centre de commandement aux Allemands, faisant des centaines de victimes dans les rangs ennemis, mais hélas aussi parmi la population locale. Nous sommes arrivés dans une quasi-indifférence générale. Pour ces gens, dès lors qu'il était question de guerre et de soldats, l'appartenance à l'un ou l'autre camp semblait avoir perdu toute espèce de sens.

Mme Trausch se révéla être une tenancière de bistrot de plus de soixante-dix ans, une veuve encore rondelette, dont la jupe bigarrée frôlait le sol. À la mort de son mari, elle lui avait succédé à la tête de la Résistance locale. Sa taverne lui fournissait une excellente couverture, à la fois pour capter les conversations des nazis et pour faire circuler les informations. La moitié de la vieille auberge de pierre avait réussi à échapper à la destruction et je la trouvai au milieu d'un tas de décombres qu'elle triait dans le plus grand calme, flanquée de ses deux petits-enfants. Sa langue natale était le luxembourgeois, une sorte de patois dérivé de l'allemand, et son accent rendait son français presque inintelligible. Mais à peine lui eus-je parlé de Martin et de Gita, que je vis une étincelle s'allumer dans son regard.

Pour une fois, il semblait que Martin m'avait dit la vérité. Mme Trausch m'affirma qu'il avait bien eu l'intention de se rendre dans le sud de l'Allemagne et qu'il lui avait demandé son aide pour héberger Gita au Luxembourg, à proximité de la frontière allemande. Les Luxembourgeois n'avaient peut-être pas combattu les Allemands avec autant d'ardeur que les Belges, mais il s'était constitué au Luxembourg un réseau informel de patriotes qui prêtaient main-forte à l'Armée de l'Ombre, dès que l'occasion s'en présentait. Plus d'un mois plus tôt, Gita avait été placée dans l'une de ces familles, les Hurles, qui tenaient une petite ferme au bord de l'Ourthe, sur les coteaux escarpés, en contrebas de Marnach. Gita se faisait passer pour une gardienne de vaches, menant chaque jour le troupeau au pré, et l'en ramenant le soir. C'était au cours de ces balades qu'elle avait observé les mouvements des troupes allemandes, depuis les hauteurs qui surplombaient la rivière. C'était d'elle que provenaient ces messages d'alerte auxquels personne n'avait donné suite, signalant des mouvements de tanks inhabituels autour de Dasbourg, de l'autre côté de la frontière allemande.

« En temps de guerre, il y a un tel raffut, partout, que personne n'écoute », fit Mme Trausch. Elle n'aurait su dire si Gita, les fermiers ni même la ferme elle-même avaient survécu aux bombardements et aux combats. On était sans nouvelles d'eux, et personne ne savait si les Allemands avaient été repoussés jusque-là. Nous avons donc pris la direction de l'est, mais nous avons été bloqués en route par les zones de combat, et nous n'avons pu atteindre le hameau de Roder que dans l'après-midi du 19 janvier. À cette date, la zone des combats se trouvait à environ trois kilomètres, vers l'est.

Comme en Belgique, les fermes de pierre ocre et les granges n'étaient pas disséminées dans les collines, mais resserrées autour d'une place centrale, à la manière féodale, les terres de chaque famille s'étendant derrière les habitations. À l'origine, cet arrangement traditionnel visait à assurer la protection mutuelle des bâtiments, mais à présent, il rendait toutes les structures également vulnérables aux explosifs modernes. Toutes les maisons étaient endommagées, et l'une d'elles s'était totalement écroulée. Il n'en subsistait que deux murs, partiellement préservés, qui dessinaient des angles déchiquetés, comme la mâchoire d'un monstre. Les grosses poutres rondes de la charpente gisaient çà et là, pêle-mêle ou tombées en équilibre entre les deux murs, près d'un tas de bois et de pierres où s'activait toute une famille, apparemment aidée de quelques voisins. Ils avaient entrepris de récupérer tout ce qui pouvait resservir et travaillaient avec une concentration calme. Au sommet du tas de débris, un homme ramassait des papiers qu'il triait en les rangeant soit dans ses poches de pantalon, soit dans celles de sa veste. Un autre, armé d'un marteau, tâchait de débarrasser de leur gangue de mortier des pierres qui avaient dû être taillées depuis des siècles et dont il faisait une pile distincte, afin de les réutiliser.

Je vis du premier coup d'œil que c'était bien la femme que je cherchais, moins à cause des informations que m'avait fournies Mme Trausch qu'en me souvenant de ce que m'avait dit Barnes, parlant de la vieille fermière. Il me l'avait décrite comme une « vieille rondouillarde » et je n'aurais pu mieux dépeindre la matrone que je voyais boitiller dans le tas de débris.

Je m'avançais vers elle, lorsque j'entendis mon nom. De l'autre côté, au pied du monticule, Gita avait levé la main au-dessus de ses yeux. Elle portait une tenue de camouflage – foulard noué sur la tête, manteau hors d'âge, orné de poignets de fourrure, pantalon de travail en lambeaux.

« Doo-bean ! ? » Elle n'avait l'air qu'à moitié surprise de me trouver là, comme s'il lui semblait naturel que j'aie passé ces dernières semaines à tenter de remonter sa piste. Elle me rejoignit sur le tas en souriant et me donna une petite tape sur l'épaule. Seule mon apparence physique semblait lui inspirer un rien d'étonnement. « Vous, en soldat ! » s'écria-t-elle en anglais.

En dépit de toutes les résolutions que j'avais pu prendre sur le champ de bataille, je me surpris à me délecter de son admiration. Comme je lui offrais une cigarette, elle poussa un cri strident en apercevant le paquet de Lucky Strike et, dès qu'elle en eut allumé une, elle aspira si fort la fumée que je craignis qu'elle ne grille le filtre en une seule bouffée. Lorsque je lui dis de garder le paquet, je crus qu'elle allait me serrer sur son cœur, dans un élan de gratitude.

Revenant au français, je lui expliquai que j'étais à la recherche de Martin.

« Ah, pourquoi ? Toujours les micmacs de Teedle ?

— Il reste des questions non résolues. L'auriez-vous vu, ces derniers temps ?

— Moi ? » La surprise la fit éclater de rire. La « vieille rondouillarde » s'approcha en chancelant pour venir me voir, et bientôt toute la famille entreprit de me décrire les événements du mois écoulé. À Marnach comme partout ailleurs, les collaborateurs avaient subi de sévères représailles, lorsque les Alliés avaient repris la ville. Puis, après le retour des Allemands, ceux qui avaient aidé les Américains s'étaient à nouveau trouvés en danger, non pas tant du fait des SS eux-mêmes, qu'à cause de leurs propres voisins, ivres de vengeance. Gita et la famille Hurles avaient eu très chaud. Ils s'étaient réfugiés dans la forêt pendant plusieurs jours et n'étaient revenus au village qu'après le départ des Allemands. Ils s'abritaient dans les remises à bois de leurs amis. Il n'y avait rien à manger et personne ne savait de quel camp allait venir la prochaine bombe, ou la prochaine rafale de balles. Les Hurles ignoraient qui avait détruit leur maison, et pour eux, ce détail n'avait qu'une importance très secondaire. Ils avaient tout perdu. Il ne leur restait que deux de leurs douze vaches, mais le père et la mère étaient sains et saufs, ainsi que leurs deux filles mariées. Ils espéraient retrouver un jour leurs fils qui, comme la plupart des jeunes Luxembourgeois, avaient été enrôlés de force dans l'armée allemande et envoyés sur le front de l'est. Mme Hurles était pour les Américains, mais elle aurait bien aimé qu'ils se hâtent un peu de remporter la guerre.

« Ah, qu'est-ce qu'ils nous ont mis ! » Les Allemands, sous-entendait-elle.

« Mais vous êtes vraiment sans nouvelle de Martin ? » demandai-je à Gita.

Elle ne répondit pas directement à ma question.

« Quelle mouche vous pique ? riposta-t-elle. Vous lui en voulez toujours, c'est ça ? À cause de la petite blague qu'il vous a faite ? Et à moi aussi, je suppose...

— J'ai bien reçu votre carte, répliquai-je.

— Robert s'est mis dans une colère noire, quand je lui ai dit que je vous avais écrit. Mais je pensais que je vous le devais bien. Je craignais que vous ne soyez un peu triste, à votre réveil.

— Je l'ai été.

— Ça n'était qu'un instant, Dubin. L'impulsion d'un moment. En temps de guerre, on contient mal ses impulsions.

— C'est ce que je n'ai cessé de me dire, depuis.

— Ah ! fit-elle. Dois-je en conclure que la paix est signée, entre nous ?

— Bien sûr », fis-je. Nous nous regardions en souriant, quoique d'un sourire encore timide. « Mais je dois savoir ce qu'est devenu Martin. Quand l'avez-vous vu pour la dernière fois ?

— Il y a un mois, je dirais. Peut-être plus. Depuis que je suis chez les Hurles. Il reviendra me chercher, après la bataille. Il revient toujours, vous savez ! » Elle affichait sa conviction avec une insouciance joyeuse, presque enfantine. À voir sa réaction, la question que j'étais venu lui poser semblait avoir reçu réponse. Martin ne s'en était donc pas miraculeusement tiré. Il n'avait pas envoyé de message secret.

« Je crains qu'il n'ait trouvé la mort, fis-je.

— Qu'est-ce que vous dites ? »

Je le lui répétai. Un frémissement parcourut son visage frêle, balayant l'espace d'une seconde l'indomptable détermination qui s'y lisait d'habitude. Puis, secouant la tête d'un air résolu, elle me répondit en anglais, pour s'assurer d'être parfaitement comprise :

« Ça, déjà entendu avant – et plus d'une fois. Mais jamais mort !

— Les hommes de son régiment l'ont vu tomber, Gita. Le bâtiment où il s'abritait a été réduit en cendres, après avoir été frappé par plusieurs obus. Il est mort comme il a vécu, bravement.

— *Non !* » fit-elle, en nasalisant, à la française.

Je m'étais étroitement surveillé, pendant tout ce dialogue, et même à présent, je ne parvenais toujours pas à imposer silence à cette part de moi qui était accablée de voir à quel point le sort de Martin lui tenait à cœur. Mais son sort à elle aussi me tenait à cœur. Lorsque je me demandais où elle irait et ce qu'elle ferait ensuite, j'y voyais l'explication d'une bonne part de son attachement à Martin. Elle était redevenue une orpheline polonaise, perdue dans un pays sinistré. Privée de Martin, elle n'était plus rien. Même sa carrière de combattante était derrière elle.

« J'avais gardé un petit espoir, Gita. Contre tout bon sens. C'est l'unique raison de ma présence, aujourd'hui. Je savais qu'il vous aurait contactée, s'il avait survécu. »

À cela, elle acquiesça dans un murmure. J'avais pris quelques libertés avec les faits, dans mon rôle d'enquêteur, et elle avait tout aussi bien pu adapter ses réponses – après tout, n'ambitionnait-elle pas de devenir la nouvelle Sarah Bernhardt ? Pourtant, son désarroi semblait sincère. Elle redescendit du monticule sans s'appuyer sur le bras que je lui tendais, mais ses yeux restaient secs. Une fois de plus, je me demandai s'il lui arrivait parfois de pleurer. Elle alla se mettre à l'écart, le regard fixé droit devant elle, vers un champ où gisait une vache morte, à demi enfouie sous la neige.

Je demandai à Biddy ce qu'il en pensait.

« Elle m'a l'air salement secouée, me dit-il. C'est peut-être du flan, mais ça m'étonnerait. »

Au bout de quelques minutes, je dégringolai à mon tour du tas de ruines pour la rejoindre.

« Vous devriez venir avec nous », lui dis-je. Elle n'avait nulle part où aller. « Ici, vous n'avez même plus de vaches à garder. Et mes supérieurs vont vouloir vous poser quelques questions. Autant régler ça tout de suite. » Je soupçonnais aussi que l'OSS tenterait de lui soutirer quelques renseignements, concernant Martin.

Elle hocha la tête. « Oui. De toute façon, ici, je suis devenue une bouche inutile », fit-elle, avec un regard en direction de ses protecteurs.

Nous avons repris le chemin de Bastogne. Biddy s'était mis au volant, tandis que nous nous étions installés à l'arrière, Gita et moi, avec le chien qu'elle caressait et qui l'avait immédiatement adoptée. Il nous paraissait évident, à tous les trois, que son précédent maître avait dû être une maîtresse...

Pendant la majeure partie du chemin, je lui racontai nos aventures de ces dernières semaines, en commençant par notre parachutage à Savy, et sans omettre l'incident de mon pantalon. « Toute histoire qui se conclut par un dénouement heureux est une comédie », se plaisait à nous répéter l'un de mes profs, à l'université. Effectivement, nos aventures d'apprentis parachutistes sautant ingénument dans l'œil du cyclone nous paraissaient à présent du dernier comique.

« Mais pourquoi teniez-vous tant à rejoindre Bastogne ? » me demanda-t-elle tout à coup.

Je lui en avais dit trop ou pas assez. À cette question, je ne pouvais répondre que par la vérité...

« Vous veniez arrêter Martin ! s'exclama-t-elle. Mais c'est absurde, Dubin. Martin vous a joué un sale tour, peut-être – mais ça n'était tout de même pas un crime ! Il n'a rien fait contre l'armée américaine ! »

Je tâchai de lui expliquer que Teedle, lui, était convaincu du contraire.

« Merde, Dubin ! Il est complètement dingue, ce type ! Martin est un vrai patriote.

— Bah, quelle importance, à présent ? » répondis-je d'un air sombre.

À ces mots, ses paupières s'abaissèrent et restèrent closes un bon moment. Je lui demandai si elle voulait à nouveau fumer. Quelques semaines plus tôt, je m'étais acheté un Zippo, grâce auquel je pus allumer sa cigarette, puis la mienne. Elle pointa l'index vers moi : « Voilà bien la preuve que vous êtes un vrai soldat, Dubin. »

Je lui fis tâter le cal qui s'était formé, sur le côté de mon pouce, depuis un mois que j'actionnais la roulette dentelée du briquet.

« Somme toute, il ne vous a fait que du bien, Martin. Vous devriez au moins lui reconnaître ça. Vous battre, c'était exactement ce que vous vouliez, non ? »

Je restai à nouveau sidéré d'être si transparent à ses yeux. Mais cette illusion relevait désormais du passé. Je n'avais pas encore réussi à trouver le moyen d'écrire à mes parents ni à Grace pour leur relater les événements du jour de Noël, mais j'entrepris de tout raconter à Gita, à voix basse. Biddy arrêta la Jeep et mit pied à terre, sous prétexte de demander la route pour Bastogne – mais je soupçonnais qu'il désirait surtout échapper à l'évocation de ces souvenirs. Je décrivis à Gita les longues heures que nous avions passées, vautrés dans la neige dans l'attente de la balle qui nous achèverait, entourés de nos compagnons qui nous avaient précédés dans la mort. Je lui décrivis la honte qui m'avait assailli, tandis que je m'accrochais si désespérément à la vie.

« Je peux dire que j'ai déjà eu toutes mes dernières pensées – y compris, soit dit en passant, celles vous concernant. »

Comme je voyais s'arquer ses sourcils bruns, je m'empressai d'ajouter : « Rassurez-vous… ça n'avait rien à voir avec du désir.

— Oh ? C'était quoi, alors… du regret ? » Elle me narguait, mais ses yeux s'étaient vissés dans les miens.

« De la lucidité, disons… Les moments que nous avons passés ensemble m'ont permis d'y voir plus clair en moi-même. J'ai compris ce que je voulais vraiment. Une maison – un vrai foyer. Une vie normale. Une famille réunie autour d'un bon feu. Des enfants. »

Elle m'avait pris le Zippo des mains et le levait vers une nouvelle cigarette. Elle laissa s'écouler un certain temps, sans l'éteindre. À travers l'écran bleuté de la flamme, elle avait fixé sur moi un regard acéré, si concentré que mon cœur sauta un battement.

« Et moi, qu'est-ce que je suis là-dedans, Dubin ? Une vagabonde ? Une proscrite ? Vous croyez peut-être que je n'en rêve pas, moi aussi, de toutes ces choses ? Un foyer, des bons repas chauds, des enfants qui jouent au jardin ?

— Ah oui – vous aussi, vous en rêvez ? répliquai-je platement.

— Vous pensez que je n'ai pas envie d'avoir un endroit à moi, comme tout un chacun ? Que je n'ai pas les mêmes besoins et les mêmes désirs que vous, ou que toute autre personne ? Que je ne voudrais pas vivre, enfin, au lieu de me contenter de survivre ? Vous pensez que je n'en ai pas jusque-là, de tout ça – tout autant que n'importe qui d'autre ?

— Ce n'est pas du tout ce que je voulais dire.

— Non, dit-elle. Mais j'ai bien entendu. Pour vous, je ne suis pas faite pour une vie digne de ce nom. »

Et tout à coup, comme si elle avait été incapable de me supporter une seconde de plus, elle ouvrit la portière et sauta à terre. Je me sentis tenu de m'élancer sur ses traces et, quand je la rattrapai, quelque chose semblait sur le point de déborder, dans ses yeux sombres – mais elle était plus féroce et plus déterminée que jamais. Elle commença par me jeter une bordée d'injures en français, puis, en guise de point d'exclamation, conclut en me balançant le paquet de cigarettes à la figure.

J'en restais médusé, abasourdi – comme le sont, je suppose, tous les hommes qui ont sous-estimé ou piétiné les sentiments d'une femme. Mais moi, j'aurais dû savoir. J'avais entrevu la vérité fondamentale de Gita, à la seconde où elle avait levé sa jupe, dans la grange. Elle serait toujours, quoi qu'elle fasse, la fille d'une paria qui avait été un objet de mépris pour toute une ville. Toute sa personnalité s'était bâtie au-dessus de cet abîme de souffrance.

Je la suivis encore un peu, dans la neige. Sa présence commençait déjà à attirer l'attention des soldats qui montaient la garde, non loin de là. Elle avait plaqué son gant sur sa bouche. J'effleurai son épaule.

« C'est ce qui est arrivé à Martin qui me bouleverse, dit-elle. N'allez surtout pas croire que j'ai été touchée par vos aventures idiotes et par votre baratin !

— Ce n'est pas ce que je pensais, fis-je – et pour rien au monde, je ne lui aurais fait remarquer qu'en fait, c'était sur elle-même qu'elle pleurait. Mais je vous demande pardon. Jamais je n'aurais dû vous dire ça – que je ne ressentais aucun désir. Je suis vraiment navré.

— Aucun désir ? » Elle me fit face. Elle bouillait encore plus, si c'était possible. « Parce que vous imaginez que c'est ça, qui me fiche en rogne – que vous m'avez blessée dans mon orgueil ? » Du talon, elle écrasa ce qui restait de sa cigarette puis, marchant sur moi, elle reprit, un ton plus bas : « Ce qui me met hors de moi, c'est la piètre opinion que vous avez de moi – pas vos désirs. Qu'est-ce que vous y connaissez, en matière de désir, hein, Dubin ? Rien. Vous n'êtes qu'un petit con. Aucun désir ! se récria-t-elle. Je n'y crois pas une seconde, à vos salades, Dubin – pas une seconde ! » Puis son visage se leva vers le mien jusqu'à ce que seule l'épaisseur d'un cheveu nous sépare. « Et vous non plus », ajouta-t-elle dans un murmure.

Pendant tout le reste du parcours, elle se transforma en iceberg, et ne desserra pratiquement plus les dents, sauf pour glisser à l'oreille du chien des secrets qu'il ne pouvait entendre. J'étais allé m'installer à l'avant, à la droite de Bidwell, qui avait parfaitement capté les signes de crise et préférait garder ses pensées pour lui. Comme nous arrivions en vue de Bastogne, elle nous demanda de la déposer à l'hôpital militaire où elle pensait pouvoir se rendre utile. Les infirmières bénévoles étaient toujours les bienvenues, en zone de combat. Elle ne comptait donc pas sur mon aide, et tenait à me le faire savoir.

En entrant dans Bastogne, je fus étonné de trouver la ville si petite. Ce n'était qu'un gros bourg, tout au plus. On avait peine à croire que tant de milliers d'hommes fussent tombés pour défendre ce bled minuscule. Il n'y avait qu'une grande rue, la rue Sablon, qui était néanmoins toujours bordée par quelques beaux édifices, dressant leurs façades de pierre sculptées, à présent détruites ou ravagées par les balles, les obus ou les explosions. Les fenêtres, pour la plupart réduites à l'état de trous béants, s'ornaient de petits balcons, avec de jolies balustrades de fer forgé. On croisait, ici ou là, un bâtiment éventré, ou l'un de ces toits pentus, si typiques de la région, totalement effondré à la suite d'un tir d'artillerie ; mais dans l'ensemble, le mauvais temps avait sauvé Bastogne d'un pilonnage aérien intensif, qui aurait fait plus de dégâts. En guise de cadeau de Noël, l'aviation allemande avait tout de même bombardé l'église, le soir du 25 décembre – un geste barbare, délibérément perpétré dans le but de priver les habitants du maigre réconfort qu'aurait pu leur apporter la messe de Noël. Mais tous les décombres avaient d'ores et déjà été déblayés, triés et réunis en piles au bord des rues escarpées, où ils attendaient d'être enlevés par des charrettes. La nuit précédente, il avait à nouveau neigé et les soldats pataugeaient dans la neige fraîche, tandis qu'un flot serré de Jeeps et de camions militaires s'écoulait lentement le long de l'artère principale.

Comme je ne voyais aucun moyen de retenir Gita, nous avons demandé le chemin de l'hôpital militaire. Il avait été établi dans l'un des principaux bâtiments de la ville, le couvent des sœurs de Notre-Dame de Bastogne, une grande bâtisse de quatre étages, dont le toit s'était écroulé, mais dont les deux premiers étages demeuraient habitables. Les religieuses avaient laissé à l'armée l'usage de leur école, un long bâtiment de briques rouges, ainsi que l'annexe qui était construite à l'arrière de l'enceinte, pour abriter les malades et blessés. La neige avait été poussée au bord de la rue, où elle formait de grandes congères de glace, s'élevant parfois jusqu'à hauteur d'homme, et entre lesquelles s'étaient garées plusieurs ambulances – ces mêmes camionnettes Ford qui servaient de paniers à salade, aux États-Unis, mais qui avaient été recyclées pour l'occasion, et peintes de grandes croix rouges. Emportant le petit paquet d'affaires qu'elle avait réussi à sauver dans les ruines de la ferme Hurles, Gita entra dans le bâtiment. Je lui emboîtai le pas, au cas où elle aurait eu besoin de mon aval.

La réception était tenue par une sœur dont la figure pâle, encadrée de sa grande cornette blanche aux ailes amidonnées, me fit penser à une pêche bien mûre, au fond d'un saladier blanc. Sa sérénité avait quelque chose de surnaturel, dans ce hall sinistré dont les murs portaient toujours les stigmates des balles, tout comme les grandioses balustrades rococo de bois tourné, qui s'enroulaient en spirale vers les étages supérieurs. Un obus avait ouvert un petit cratère dans le carrelage, laissant un trou béant par lequel on apercevait les caves, au sous-sol. Après une brève conversation, Gita et la sœur semblèrent s'être mises d'accord.

Tandis que je les observais à distance, j'eus la surprise d'entendre mon nom, dans mon dos.

« David ! » Je vis approcher un médecin revêtu de la blouse et du calot verts des chirurgiens, un petit brun qui me parut avoir un vague air de famille avec Algar. Il arrivait droit sur moi, les bras grands ouverts, et dès qu'il eut ôté son calot, je reconnus Cal Echols, qui avait été le petit ami en titre de ma sœur, pendant ses deux premières années de médecine. Toute la famille adorait ce garçon si drôle et si sociable, mais Cal avait perdu sa mère à quatre ans et Dorothy avait fini par le trouver un peu collant et par le prendre en grippe. Nous ne lui connaissions évidemment pas ce visage... Nous sommes tombés dans les bras l'un de l'autre, comme deux frères.

« Bon sang de bonsoir ! s'écria-t-il, en s'écartant pour mieux me voir. Mais tu m'as l'air d'un naufragé fraîchement repêché dans la tempête ! Je m'étais pourtant laissé dire que vous autres, avocats, vous arriviez toujours à vous en tirer comme des fleurs !

— Eh bien, cette fois-ci, j'ai dû mal choisir mon moment », répliquai-je.

Il pensait que j'étais venu rendre visite à un blessé et je réalisai, non sans un certain embarras, que mes démêlés avec Gita m'avaient fait perdre de vue tout le reste. En fait, plusieurs de mes hommes devaient être soignés dans cet hôpital. Cal venait justement de terminer son service. Il me proposa de m'aider à les retrouver et, lorsque je me retournai vers le bureau de la réception pour prendre congé de Gita, elle avait disparu.

J'ai attendu le retour de Biddy, qui était parti garer la Jeep, et nous sommes allés consulter le registre des admissions en compagnie de Cal – quatre de mes hommes figuraient toujours sur la liste des patients. Un caporal du nom de Jim Harzer avait été blessé par un tir de mortier, sur une colline près de Noville – lui aussi, il faisait partie des contingents de renforts. Il était le père de deux fillettes et la dernière fois que je l'avais vu, il était à terre, couvert de sang et entouré de brancardiers. On lui avait posé un garrot au-dessus du genou et, au niveau de sa botte, sa jambe n'était plus qu'une masse sanguinolente. Mais ça n'avait pas empêché Harzer de se fendre d'un grand sourire : « Ça y est, capitaine, je suis foutu ! Je vais retourner chez moi. Je vais pouvoir aller embrasser mes petites ! » Son état d'esprit n'avait guère changé. Il avait perdu son pied droit, mais il m'expliqua en rigolant qu'il avait fait la connaissance de plusieurs amputés du pied gauche chaussant comme lui du 43, avec qui il s'arrangerait, une fois de retour au pays, pour acheter ses chaussures...

Dans le couvent, tous les locaux d'ordinaire réservés à la classe avaient été reconvertis en salles de soins. Les longs bancs de bois sur lesquels les écoliers usaient naguère leurs fonds de culotte, face au tableau noir, étaient à présent transformés en grabats et on avait disposé entre eux d'autres lits de camps. Le matériel scolaire d'une certaine valeur, oiseaux empaillés, microscopes et cristallisoirs des cours de chimie, avait été rangé dans les placards.

Tous les patients ou presque avaient subi une intervention chirurgicale, ne fût-ce que pour ôter un éclat d'obus d'une blessure bénigne ; mais on voyait aussi dans ces salles des malheureux qui n'avaient plus de bras, plus de jambes ou plus de visage, ou ceux qui s'étaient pris une balle dans le ventre et n'en avaient plus que pour quelques heures, ou quelques jours. La cave, qui courait sur toute la longueur du bâtiment, tenait à présent lieu de morgue.

À l'extrémité du second étage, un MP montait la garde devant une grande salle pleine de prisonniers allemands blessés.

« Il faut dire que nous les traitons nettement mieux qu'ils ne traitent nos gars », me confia Cal. Et effectivement, plusieurs patients allemands agitèrent la main en le reconnaissant, dans l'embrasure de la porte.

« Un brave garçon, originaire de Munich, me dit Cal, parlant de l'un d'eux. Il parle couramment l'anglais, mais son père et sa mère sont tous les deux membres du parti national-socialiste.

— Savait-il que tu étais juif ?

— C'est la première chose que je lui ai dit. Et bien sûr, chez lui, il n'avait pratiquement que des amis juifs. Il m'a même décliné toute une liste de noms... » Cal eut un petit sourire.

Il était arrivé sur place le 26 décembre. Je lui demandai s'il savait ce qu'étaient devenus les autres membres de ma compagnie qui avaient été évacués en ambulance. Il se souvenait de certains d'entre eux. Un trop grand nombre étaient morts avant même d'arriver à l'hôpital, mais il y avait tout de même quelques bonnes nouvelles. Cal s'était personnellement occupé de Mike O'Brien, l'humoriste, celui qui aimait tant asticoter Stocker Collison, et que j'avais traîné hors de la clairière, le jour de Noël. Il avait survécu – tout comme Massimo Fortunato, à qui Cal avait retiré un éclat d'obus gros comme une balle de base-ball, logé dans sa cuisse. Massimo avait été évacué vers un grand hôpital de la ville de Luxembourg, mais il se remettait si vite que selon Cal, il avait toutes les chances d'être de retour dans sa précédente unité, d'ici un mois ou deux.

Cal me proposa des billets de logements au couvent, que nous avons acceptés avec joie, car ils nous épargneraient une quête éprouvante, dans la ville déjà surpeuplée. Les appelés, des infirmiers et des brancardiers pour la plupart, étaient hébergés dans une grande salle de classe transformée en dortoir. Les lits étaient alignés presque bord à bord – mais à en croire Cal, personne ne s'en plaignait. Le bâtiment était alimenté en électricité grâce à un générateur et bénéficiait même d'un système de chauffage central au charbon, bien que l'eau courante n'ait pas encore été rétablie, dans les grandes salles de bains et de douches carrelées de blanc. Mieux :

les appelés étaient à deux pas du réfectoire et au même étage que les sœurs et les infirmières – dont on murmurait que certaines avaient recours à des traitements de nature extra-médicale... Vraie ou fausse, la légende suffisait à remonter sensiblement le moral des troupes.

Les médecins logeaient au second, dans des cellules précédemment occupées par les religieuses, qui avaient insisté pour les leur laisser. C'était de minuscules réduits d'à peine trois mètres sur deux, meublés chacun d'un lit exigu garni d'un matelas de plume, d'une petite table et d'un crucifix ; mais depuis un mois, c'était bien la première fois que nous pouvions nous offrir un tel luxe. Une chambre à soi... Celle de Cal se trouvait à deux portes de la mienne. Il avait reçu un colis, quelques jours plus tôt, et me proposa un chocolat. Comme j'y prélevais une première bouchée, ma tête le fit tordre de rire.

« Doucement ! s'esclaffa-t-il. Tu vas nous faire un arrêt cardiaque ! »

Le soir, le dîner nous fut servi dans le mess des officiers, et je dus à nouveau me fendre d'un compte rendu complet des événements de Noël. J'en avais pourtant vu d'autres, depuis, mais ma mémoire semblait s'être arrêtée à cette date, et mes récits n'allaient jamais plus loin.

« Tu vois, me dit Cal, pour nous, les toubibs, cette guerre est un sacré paradoxe. Imagine un peu, David. Tu te décarcasses pour les sauver et quand tu réussis à les remettre sur pied, tu t'aperçois que cela revient à leur donner une nouvelle chance pour aller se faire tuer. Hier, j'ai vu arriver un jeune brancardier. Il avait déjà été blessé mais, les deux premières fois, il s'en était sorti avec de simples bobos, trois fois rien. Sauf qu'hier, il n'avait pratiquement plus de côté droit. Un môme formidable. Même en plein cirage, il me répondait, « oui, docteur », « non, docteur... » J'ai passé toute la journée à son chevet, en tâchant de le persuader de s'accrocher à la vie, mais il est mort dix minutes après la fin de mon service. » Cal garda un moment le silence, les yeux dans le vague, perdu dans ses pensées. « Pas mal d'entre eux finissent par ne plus pouvoir nous blairer, quand ils réalisent qu'à cause de nous, ils vont devoir y repiquer. Tu connais le proverbe – tout ce qu'un toubib peut faire pour t'aider, c'est de te filer un cachet, et une tape dans le dos – sauf que si c'est un médecin militaire, tu peux l'attendre longtemps, ta tape dans le dos. »

Il allait être 2 heures, et Cal allait devoir reprendre son service. Il opérerait jusqu'à 4 heures du matin. Le bloc opératoire ne manquait jamais de clients. Avant d'y retourner, il vint m'apporter une bouteille de Pernod dans ma chambre. Au bout de deux verres, je me suis écroulé sans même prendre le temps d'ôter mes bottes.

Je fus tiré du sommeil en pleine nuit, en entendant ma porte s'entrouvrir. Ma première idée fut qu'elle battait dans le courant d'air, mais je vis une silhouette se découper en ombre chinoise sur l'arrière-plan lumineux du couloir.

« Ton chien te cherche », murmura Gita, en se glissant dans l'entrebâillement de la porte, qu'elle referma soigneusement derrière elle, avant d'allumer la lumière. Elle retenait Hercule par la ceinture qui lui tenait lieu de collier – un cadeau de l'un de mes hommes. Elle avait les cheveux relevés sous sa coiffe d'infirmière et portait une sorte d'uniforme gris dans lequel elle semblait flotter, comme dans un grand sac. Biddy avait dû laisser le chien dehors, dans le petit garage du couvent, mais Hercule avait réussi à rentrer dans le bâtiment. On l'avait intercepté tandis qu'il se baladait en trottinant dans les salles de soins. Harzer et quelques autres l'avaient reconnu et avaient juré qu'Hercule était passé les voir et leur dire un petit bonjour, avant de repartir à notre recherche, espérant tomber sur Biddy ou sur moi.

Dès que Gita eut lâché son collier, il me sauta dessus. Je lui grattai les oreilles, en me tournant vers elle. Les histoires croustillantes de Cal sur les visites nocturnes de certaines infirmières m'avaient laissé entrevoir cette possibilité, même si cela semblait hautement improbable, vu les termes dans lesquels nous nous étions quittés. Juste avant de m'endormir, il m'était venu une vision de Gita entrant dans ma chambre, si nette que je m'étais demandé, l'espace d'un instant, quelle serait ma réaction face à une telle visite – lui demander de rester, ou de partir ? Sur le moment, je n'eus guère le choix. Elle se présenta, à son habitude, comme un défi à relever ; mais je doutais que son audace fût motivée par la seule envie de me prouver qu'elle avait raison, concernant mes désirs. Les siens étaient tout aussi évidents que ceux qui m'attiraient vers elle et qui, tout comme l'angoisse qui m'avait paralysé au-dessus de Savy, échappaient à toute logique, à tout raisonnement et à tout contrôle. Je lui fis signe d'approcher, la lumière s'éteignit et elle fut près de moi.

Je la pris dans mes bras, tout en lui demandant pardon pour ma crasse et mes odeurs *sui generis*, et nous nous sommes retrouvés avec toute la douceur qui avait manqué à notre première nuit. Les souffrances que nous avions endurées entre-temps semblaient nous avoir attendris. Tout en savourant l'extraordinaire douceur de la peau de son ventre et de son dos, et le bonheur que j'avais à toucher un corps humain à la fois si gracile et si vivant, une part de moi-même s'obstinait à chercher la petite bête. Cette amourette n'était-elle pas un mensonge, n'était-ce pas une réaction de mon avidité, exacerbée par la proximité des combats ? N'était-ce pas Teedle qui était dans le vrai ? Quand l'être humain doit se contenter du strict minimum, il se trouve du même coup réduit à ce noyau de désir brut, qui constitue le tréfonds de son être… Mais tout ça ne signifiait plus grand-chose, maintenant qu'elle était dans mes bras, au fond de cette étroite cellule qui me tenait lieu de chambre. Dans le tourbillon d'émotions que Gita éveillait infailliblement en moi, je discernai cette nuit-là un nouvel élément. Depuis le début, j'avais été fasciné par son audace et sa vivacité d'esprit. Jamais une femme ne m'avait inspiré cette soif physique que j'avais d'elle. Mais ce soir-là, de surcroît, c'était de gratitude que mon cœur débordait. Je l'ai serrée contre moi de toutes mes forces, comme si j'avais voulu, comme si j'avais pu l'absorber à travers ma peau. Et je l'ai couverte d'une pluie de baisers, encore et encore, en souhaitant ardemment parvenir, à force de l'embrasser, à lui infuser ma reconnaissance. Car moi, David Dubin, j'avais retrouvé, ne fût-ce que l'espace de ces instants si fugaces, la joie profonde, essentielle, d'être moi-même.

24

Vivant

Nous sommes restés à Bastogne deux jours de plus. J'avais envoyé un message pour signaler à Teedle la présence de Gita, au cas où l'OSS aurait voulu l'interroger, et j'attendais de recevoir officiellement son ordre d'abandonner mes recherches en vue de l'arrestation de Martin. Dans l'attente de sa réponse, j'entrepris de rédiger un long rapport destiné au colonel Maples, qui avait déménagé au nouveau QG de la IIIe Armée, à Luxembourg. Je passais chaque jour quelques heures au chevet des blessés de ma précédente unité, mais chaque minute n'était pour moi qu'un long et délicieux martyre, avant le retour de la nuit, le moment où Gita aurait terminé son service et pourrait venir me rejoindre dans ma petite chambre.

« Tu n'es vraiment pas une femme comme les autres, lui murmurai-je à l'oreille, cette première nuit, tandis que nous nous serrions, blottis l'un contre l'autre, sur le lit étroit.

— Et il t'a fallu tout ce temps pour t'en rendre compte ? fit-elle en riant. Mais je me demande si c'est vraiment un compliment, dans ta bouche ! Qu'est-ce que tu me trouves de si unique ?

— Eh bien, tu pleures pour Martin, mais c'est dans mes bras que tu es. »

Elle réfléchit un instant. « Dans toute l'Europe, aucun soldat n'a recherché la mort plus ardemment que Martin, Dubin. Et ça, je le savais, même si j'ai maintes fois tenté de prétendre le contraire. Et si je venais de perdre un frère ou un père, tu trouverais ça tellement extraordinaire, que je tente de me raccrocher à la vie ?

— Ce n'était ni ton frère ni ton père, objectai-je.

— Non. » Elle garda un long moment le silence. « Il était les deux à la fois. Ainsi que ma planche de salut. Il m'a porté secours, Dubin. À l'époque où je l'ai rencontré, je ne décolérais pas. Je passais mon temps à enrager, à part les jours où je n'avais plus envie de rien, sauf de mourir. Il est arrivé et m'a dit : « Prends les armes, si tu as tellement la rage au ventre. Et si tu veux mourir, eh bien, ça peut toujours attendre demain. Aujourd'hui, tu risques d'avoir l'occasion de te rendre utile. » Dans ces cas-là, il savait trouver les mots : il se les était si souvent répétés à lui-même...

— Mais ce n'est pas un amant que tu pleures, en lui ?

— Mais non ! Ah, qu'est-ce qui te prend ? fit-elle, en soulevant sa tête de ma poitrine. Pourquoi ça te tracasse tant, ce qu'il y a entre Martin et moi ? Tu as peur que je ne l'aie aimé plus que je ne t'aime ?

— Ça serait le problème, à ton avis ?

— Ça finit toujours par le devenir, avec tous les hommes. Et que veux-tu, c'est bête. Parce qu'avec chaque personne, c'est différent. Ce n'est ni mieux, ni moins bien. Ça ne se compare pas. C'est comme les voix – d'accord ? Il n'y en a pas deux qui soient exactement les mêmes. Et puis, il y a le plaisir de la conversation : est-ce qu'on préfère une personne juste pour sa voix, ou alors pour ses paroles ? L'important, c'est ce qui se dit, non ? »

J'en convins, mais je gardais un silence pensif, dans le noir.

« Allez quoi, Doo-bean, finit-elle par dire, avec plus d'insistance que d'ordinaire, je te l'ai déjà répété cent fois. Entre Martin et moi, c'était fini depuis bien longtemps. C'était devenu impossible.

— Pourquoi ?

— Parce que ce genre d'activité ne lui convenait plus. »

Je finis par comprendre. « Avait-il été blessé ?

— Psychologiquement, oui. Mais ça faisait longtemps que ça n'allait pas, sur ce plan-là. Peut-être qu'il se punissait lui-même – parce qu'il prenait trop de plaisir à tuer. Il s'accrochait à moi, mais seulement parce qu'il se disait qu'après moi, il n'y aurait plus personne. Tu comprends ? »

Curieusement, quelque chose continuait à me tarauder. J'ai contemplé la pénombre en cherchant mes mots, comme si j'essayais de suivre le parcours d'un nerf qui m'aurait traversé la poitrine.

« Quand je pense à lui, fis-je enfin, je me demande ce que tu peux bien me trouver. Je suis si ordinaire, avec ma petite vie, ma petite carrière… alors que votre destin me semble si riche, si ample…

— Au fond, tu as un peu de mal à me comprendre.

— *Un peu de mal ?* Tu es la femme la plus énigmatique que j'aie jamais rencontrée !

— Je suis pourtant une fille toute simple, à peine instruite. Toi, tu as du bagage, Dubin. Et même un certain sens de l'humour, à l'occasion ! Et tu ne manques pas de courage. Tu es un garçon solide. Tu serais du genre à boire et à battre ta femme ?

— Sûrement pas en même temps !

— *Tu me fais complètement craquer…* Sans compter que tu es un riche Américain.

— Tu parles ! Mon père est cordonnier.

— *J'oubliais ! Les cordonniers sont toujours les plus mal chaussés.* J'ai dû me tromper quelque part, dans mes calculs… » Nous avons gloussé pendant un bon moment, puis elle a ajouté : « Et avec ça, tu as une conscience, Dubin. Une denrée rare, par les temps qui courent.

— Une conscience ? Dans ce lit, près de toi, alors que je suis engagé auprès d'une autre ?

— Eh, répliqua-t-elle. Si vous aviez été vraiment faits l'un pour l'autre, vous vous seriez mariés avant ton départ. Quelle femme amoureuse laisserait son homme partir à la guerre, sans s'être arrangée pour l'attirer au moins une fois dans son lit ?

— Elle ne l'a pas prise seule, cette décision. Moi aussi, j'ai fait ce choix.

— Précisément. Tu n'as pas tant de scrupules, quand on ne te demande pas de t'engager. » Elle avait posé le bout du doigt sur mon sexe, pour mieux ponctuer son propos. « Et tu as préféré ta liberté, Dubin. Je me trompe ? *Qui se marie à la hâte se repent à loisir !* »

Ces remarques, qu'elle me faisait avec sa franchise coutumière, semblaient un brin trop crues pour être vraies, mais je ne pouvais qu'en convenir. J'aimais cette aura qui enveloppait Grace comme un nuage, sa grâce aristocratique, sa blondeur, ses pulls en cachemire, cette élégance avec laquelle elle semblait glisser à travers la vie, sa beauté si nette, si parfaite et si américaine – mais pas assez pour rompre avec mes parents, comme notre mariage m'aurait irrévocablement forcé à le faire. Vu d'ici, de cette couche étroite, au fond de ce couvent belge, ma soudaine décision de m'engager sans attendre le résultat du tirage au sort me parut tout à coup suspecte, mais pas plus que le baume que ces conclusions apportaient à ma conscience.

« Quoi que tu puisses dire, Dubin, c'est avec moi que tu es, à présent. En dépit de cette fameuse absence de désir ! » De temps à autre, ses doigts pétrissaient l'endroit sensible où elle avait posé l'index et ma réaction ne se fit pas attendre. « Aha ! fit-elle. Tu vois : tu t'es encore trahi !

— Non, non. Je veux juste ménager ta susceptibilité.

— Sans blague ? Je ferais peut-être mieux d'arrêter, en ce cas.

— Non, non ! Je suis trop soucieux de ton bien-être, pour te laisser faire une chose pareille... »

Nous avons fini par nous endormir, mais j'ai été réveillé un peu plus tard par une sorte de grognement, plus ou moins continu. Dans mon sommeil, j'avais eu vaguement conscience de l'entendre, depuis ce qui m'avait semblé un bon moment, mais ça ne tarissait pas, loin de là. J'ai fini par m'ébrouer, m'apprêtant à passer un savon à Hercule. Mais non, c'était Gita qui émettait ces petits ronflements, sans doute dus à son tabagisme intensif. Je me mis à l'observer, appuyé sur le coude, dans le peu de lumière qui filtrait du couloir. Étendue contre moi, elle semblait avoir retrouvé son visage d'enfant. Dans le sommeil, ses traits restaient mobiles. Ses lèvres s'arrondirent, esquissant un mouvement de succion, son coude gracile se replia dans un geste autoprotecteur et ses prunelles sursautèrent imperceptiblement sous ses paupières. Qu'elle était petite et frêle, privée de l'armure de son caractère et de sa volonté... J'en étais confondu. Je restai ainsi de longues minutes, à la regarder dormir. Effectivement, comme elle avait si souvent tenté de me le faire comprendre, au tréfonds d'elle-même, c'était une fille toute simple, bien plus simple que je ne me le figurais.

Une fois Gita redescendue sur la pointe des pieds, cette première nuit de notre arrivée à Bastogne, j'ai retrouvé Cal comme prévu, au mess des officiers, pour le petit déjeuner. Il avait opéré jusqu'à 4 heures du matin, puis il avait fait la tournée de ses patients. Il n'avait même pas pris le temps d'ôter sa blouse tachée de sang et voulait avaler quelque chose à la hâte, avant de se reposer quelques heures. Ça devait être lui qui avait indiqué ma chambre à Gita et à Hercule, car il s'empressa de me faire savoir qu'il nous avait percés à jour.

« Alors cette chambre, ça allait ? Un peu étroit, le lit, non ? »

Je sentis mes joues s'embraser, puis telle une standardiste rétablissant ses branchements, mon esprit fit une série de déductions qui me laissèrent bouche bée. Cal n'allait pas se priver de raconter nos retrouvailles, lorsqu'il écrirait au pays. Et il préciserait qu'il m'avait trouvé en bonne compagnie. Grace finirait par en avoir vent...

« Oh, ne t'en fais pas ! » dit-il en voyant ma mine catastrophée. Et du pouce et de l'index réunis, il fit le geste de sceller ses lèvres, comme s'il tirait une fermeture éclair.

Mais je ne pouvais plus chasser cette vision qui m'avait traversé l'esprit : Grace apprenant la nouvelle. Comment réagirait-elle ? En invoquant les clichés habituels, selon lesquels un homme serait toujours un homme ? M'excuserait-elle en pensant aux épreuves, aux situations extrêmes auxquelles m'avait soumis la guerre ? Mon esprit dégringolait l'escalier de mes appréhensions, se heurtant successivement aux angles de toutes les catastrophes que déclencherait la nouvelle, lorsqu'elle arriverait aux oreilles de ma fiancée, jusqu'au grand choc final, où j'atterrissais, en miettes, au pied des marches. Recollant alors mes propres débris, je me palpai mentalement pour constater, à ma grande stupeur, que j'avais eu plus de peur que de mal : aucune fracture, aucune plaie ouverte. Et à cet instant, j'eus l'absolue, l'irrévocable certitude que je n'épouserais jamais Grace Morton. Je lui restais totalement dévoué, et j'avais peine à me voir dans la peau de l'impitoyable assassin de ses sentiments. Mais Grace n'était pas une partie vitale de moi-même. Le rôle qu'avait joué Gita dans tout cela semblait purement fortuit. Le problème n'était pas de choisir l'une ou l'autre, car plus que jamais, je doutais que l'intérêt que me portait Gita puisse résister à l'usure du temps. Mais ce qui m'était apparu dans la nuit, tandis que j'étais dans ses bras, persistait à la lumière du jour. Grace était pour moi une icône. Une sorte de rêve. Sûrement pas mon destin.

Tout cela avait dû transparaître sur mes traits, sous le regard éberlué de Cal.

« Mais qui est donc cette fille, David ? J'ai mené ma petite enquête, auprès des sœurs, et elles m'ont dit que c'était une formidable infirmière, doublée d'un bourreau de travail. Et supérieurement roulée, avec ça – ce qui ne gâte rien ! ajouta Cal. Dis donc, mon vieux, tu vas faire des jaloux dans tout l'hôpital, y compris parmi les pensionnaires de la morgue ! »

Incapable de réprimer un sourire, j'entrepris de lui camper un portrait de Gita. La fuite. L'exil. La Résistance.

« Et c'est du sérieux, entre vous ? »

J'ai secoué la tête, comme si je n'en savais trop rien – mais en moi, une petite voix me soufflait que oui. C'était sérieux, et plus que sérieux – c'était grave. Peut-être pas au sens où l'aurait entendu Cal, mais dans le sens où le combat est une affaire sérieuse : parce que j'étais bien incapable de dire si j'en sortirais vivant.

L'une des tâches des infirmières, et donc de Gita, était de faire la toilette des patients alités à l'aide de cuvettes. Cette seule idée me rendait malade d'envie, même si je lui laissai entendre que ce qui excitait ma jalousie, ce n'était pas tant les caresses qu'elle prodiguait que la chance qu'ils avaient de pouvoir se laver.

La seconde nuit, elle poussa la porte du pied avant d'entrer dans ma chambre, les bras chargés d'une bassine de métal pleine d'eau chaude qui avait bouilli sur la grande cuisinière à bois de l'office – le seul chauffe-eau disponible, en l'absence de tout système de plomberie opérationnel.

« Tu es un ange.

— Un ange mouillé ! » Les manches de son grand sarrau gris dégoulinaient.

« Dois-je en conclure que tu ne supportais plus mon odeur ?

— Ton odeur est celle d'un homme qui a vécu, Dubin – non, ce que j'ai du mal à supporter, ce sont tes jérémiades. Debout ! Tu ne crois quand même pas que je vais te laver dans ton lit, comme un infirme ! »

Elle avait apporté un gant, une serviette et une autre cuvette. Ôtant mes vêtements, je vins me planter devant elle, en tenue d'Adam, tandis qu'elle me récurait, morceau par morceau – les jambes, les genoux, les cuisses. Il y eut un intéressant intermède, avant qu'elle ne s'attaque à mon ventre...

« Parle-moi un peu de ton pays, me dit-elle lorsqu'elle en eut terminé.

— Qu'est-ce que tu veux savoir ? Si les trottoirs sont pavés de lingots d'or ? Si King Kong est vraiment resté accroché là-haut, au sommet de l'Empire State Building ?

— Non, dis-moi la vérité ! Tu aimes vivre en Amérique ?

— Beaucoup. J'aime les gens. Le pays – et pratiquement toutes ses idées fondatrices, cet idéal d'égalité et de liberté.

— C'est ce que disent les Français, eux aussi. Mais est-ce qu'ils l'appliquent, aux États-Unis ?

— Nous n'avons jamais eu de rois, ni de Napoléon. Bien sûr, mieux vaut y naître riche, mais il me semble que beaucoup d'Américains défendent sincèrement cet idéal. Mon père et ma mère sont venus d'une petite ville qui devait pas mal ressembler à Pilzkoba. Maintenant, ils sont libres de toutes ces craintes avec lesquelles ils devaient vivre, en Pologne. Ils peuvent dire ce qu'ils pensent. Ils ont le droit de vote. Ils n'ont plus à craindre pour leurs biens. Ils peuvent envoyer leurs enfants à l'école publique et ils ont de bonnes raisons d'espérer que nous aurons une vie encore plus heureuse, ma sœur, mon frère et moi.

— Et l'antisémitisme ? Ça n'existe pas en Amérique ? Les Américains ne détestent pas les Juifs ?

— Si, mais moins que les Noirs ! » Elle parut goûter moyennement ce genre d'humour. « En tout cas, ça n'a rien à voir avec l'antisémitisme d'Hitler, précisai-je. Tout Américain est, par définition, un émigré. Chacun est haï par tous les autres pour ce qu'il apporte de différent. Nous vivons donc dans une paix instable. Mais dans l'ensemble, nous vivons en paix.

— C'est beau, l'Amérique ?

— Magnifique. » Je lui décrivis l'Ouest, que j'avais traversé en train pour me rendre à Fort Barkley.

« Et la ville où tu vis ?

— Nous avons construit notre propre paysage. Il y a des immeubles géants. Des tas de gratte-ciel.

— Comme celui de King Kong ?

— Presque aussi grands.

— Oui, répéta-t-elle. Je veux y aller, en Amérique. L'Europe est trop vieille. En Amérique, tout est encore tout neuf. Ils ne sont pas bêtes, les Américains – ils s'arrangent pour aller faire la guerre hors de chez eux. L'Europe va mettre un siècle à se remettre de tout ça – et on peut s'attendre à voir bientôt une autre guerre. Après celle-ci, je veux aller en Amérique, Dubin. Tu m'y aideras ?

— Bien sûr, lui promis-je. Bien sûr… »

Le lendemain matin, on aurait dit que tout Bastogne était informé de ce qui se passait nuitamment dans ma chambre. Gita avait fait un raffut de tous les diables, en montant l'escalier avec ses bassines et ses cuvettes. Je craignais que les sœurs ne nous fichent à la porte, tous les deux, mais elles se contentèrent de nous opposer le silence de la dignité, à la différence des soldats, qui ne pouvaient s'empêcher de murmurer sur mon passage : « Tiens, vise le Casanova du second... ! »

Plusieurs fois par jour, je me rendais en compagnie de Biddy au centre de commandement que la IIIe Armée avait établi à Bastogne, pour voir si les ordres de Teedle étaient enfin arrivés. Cela faisait quarante-huit heures qu'aucun obus n'avait atterri sur la ville. Les civils allaient et venaient dans les rues d'un pas pressé, vaquant à leurs affaires. Ils étaient polis, sans plus, ne tenant visiblement pas à commettre une deuxième fois l'erreur de prendre cette accalmie pour une véritable trêve.

« Me voilà la risée de toute la ville, Gideon ! » confiai-je à Biddy, tandis que nous gravissions les rues escarpées.

Il garda un moment le silence et finit par dire : « Eh bien, mon capitaine – c'est vrai qu'on a entendu un sacré raffut, là-haut, pendant une bonne partie de la nuit. »

Nous avons pouffé de rire en chœur.

« C'est une fille formidable, Biddy.

— Ça oui, mon capitaine. Et vous pensez que votre aventure a de l'avenir ? »

Je restai cloué sur place sur le trottoir. L'image que je me faisais de moi-même avait considérablement évolué, depuis ma petite discussion de la veille avec Cal. Mais j'avais confiance en Biddy plus qu'en n'importe qui d'autre. Avec lui, tout semblait s'éclaircir. Je lui pris le bras.

« Bidwell, est-ce que vous me prendriez pour un dingue, si je vous disais que je l'aime ?

— Eh bien, j'en serais très heureux pour vous, mon capitaine.

— Non, fis-je aussitôt – je ne voyais que trop bien les complications que cela ne manquerait pas d'entraîner. Ce n'est pas une bonne nouvelle, Bidwell. Et ce, pour un millier de raisons. Ça va entrer en conflit avec mon devoir. Je vais droit dans le mur. »

C'était pour moi une conviction absolue ; je ne pouvais qu'y laisser des plumes.

« Capitaine, me dit-il. Ça ne vous avance pas, de vous faire de la bile. C'est plus facile de prévoir la météo de la semaine prochaine, que de dire de quel côté tournera l'amour ! Y a rien d'autre à faire que de s'accrocher, en attendant de voir où tout ça vous mène. »

Ce soir-là, lorsque Gita vint me retrouver dans ma chambre, je ruminais à peu près les mêmes pensées.

« Ta petite phrase m'a obsédé pendant toute la journée, lui dis-je.

— Laquelle ?

— *Après la guerre.* Je n'ai cessé de me demander ce qui nous arriverait, après la guerre.

— Quand la guerre sera terminée, ce sera la paix, non ? Au moins pour quelque temps.

— Non. Pour nous deux, je veux dire. Pour toi et moi. J'ai passé toute la journée à me demander ce qu'il adviendrait de nous. Ça te surprend ?

— Te connaissant, Dubin, ce serait plutôt le contraire, qui m'étonnerait. D'ailleurs, je tiendrais moins à toi, si tu fonctionnais autrement. »

Je laissai passer un battement. « Parce que tu tiens à moi ?

— Eh ! Je suis là, non ?

— Et à l'avenir ?

— Au début de la guerre, répondit-elle, personne n'imaginait l'avenir. C'était trop désespérant, de penser que les nazis étaient partis pour durer. Moi et mes compagnons, nous vivions au jour le jour. Une journée, un combat à la fois. L'avenir, c'était l'opération suivante et l'espoir de rester en vie, toi et les copains. Mais tout ça a changé depuis le débarquement. *Après la guerre* – les maquisards n'ont plus que ces mots à la bouche. Moi aussi, je les entends dans ma tête. Tu n'es pas le seul.

— Et quelles seraient tes prévisions ?

— N'oublie pas qu'on est toujours en guerre, Dubin. On aimerait bien pouvoir se hisser jusqu'au sommet du mur, pour jeter un œil de l'autre côté. Je comprends... sauf qu'on est toujours coincés de ce côté-ci. À vouloir regarder trop loin, on risque de trébucher sur les dangers qui sont devant nos pieds. Tu sais, j'ai vu mourir trop de types bien. Je me suis promis de survivre pour eux. Et à présent, pour tout te dire, je commence à avoir envie de vivre aussi pour moi.

— C'est une bonne chose.

— Mais tu m'as dit ce que tu entrevoyais – non ? Cette maison, ce foyer – c'est bien ça ?

— Oui – mon « oui » était franc et définitif. Et toi ?

— J'en sais rien. Si je survis à cette guerre, c'est que j'aurai eu beaucoup plus de chance que bien d'autres. Et j'ai appris ce qui me manquait peut-être le plus.

— C'est-à-dire ?

— D'apprécier les choses les plus ordinaires, Dubin. En temps de guerre, c'est ce dont nous manquons le plus. Le quotidien. La routine. Même moi qui n'ai jamais pu supporter ça, je n'ai plus qu'un désir. Une petite vie tranquille, bien huilée.

— Mais est-ce que tu pourrais t'en contenter ? Est-ce que ça aura autant de signification pour toi que pour moi ? La maison, le foyer, une vie d'épouse et de mère respectable, avec quelques marmots dans tes jupes ? Est-ce que tu ne serais pas plutôt de la race de Martin, qui disait qu'une fois cette guerre achevée, il se mettrait en quête de la suivante ?

— Il n'y aura pas de suivante. Pas pour moi, en tout cas. Tu as dit un jour qu'une femme avait le choix. Eh bien, mon choix à moi, il est fait. Une épouse respectable ? – je n'en sais rien. Mais dis-moi, Dubin, fit-elle avec un irrésistible petit sourire. Comment je dois prendre ça ? C'est une proposition ? »

Elle l'avait dit avec son insouciance coutumière, mais j'en connaissais assez sur elle pour savoir à quoi m'attendre. Elle me rirait au nez, si je lui présentais une proposition dans les règles, mais se mettrait à fulminer, si je lui laissais l'ombre d'une occasion de se sentir trahie. Et simultanément, toujours égale à elle-même, elle m'attendait au tournant, prête à me mettre en pièces si j'essayais de m'en sortir par une pirouette. Mais ayant tiré une croix sur une fiancée moins de deux jours auparavant, je ne me sentais pas encore prêt à prendre de nouveaux engagements, fût-ce sur le mode de la boutade.

« Eh bien, disons que ta réponse recevra la plus grande attention, de ma part.

— On croirait entendre un avocat ! »

Nous sommes partis d'un grand éclat de rire.

« Un jour, Martin m'a expliqué que tu ne te contenterais jamais d'un seul homme.

— Bah ! Il a dû dire ça pour se consoler. Crois-moi, Dubin. Je sais tout ce qu'il faut savoir sur les hommes – et sur moi, par la même occasion. Mais imagine… vivre toute ta vie avec la même personne ? Très longtemps, j'ai vu ça comme une sentence de réclusion à perpétuité.

— Mais, si je peux me permettre – ne pourrait-on pas y voir l'influence de ta mère ?

— Alors là, pas du tout ! Ma mère m'aurait plutôt poussée à me dégoter un type bien, un homme comme toi, consciencieux et solide, et de lui être fidèle. “Ce qui nous manque le plus, disait-elle, c'est la paix.” »

Elle s'assit près de moi, dans la lumière chiche. Physiquement, elle s'était révélée nettement plus timide que je ne me le figurais. Et j'eus plaisir à la contempler ainsi, sans un fil sur elle, jusqu'à l'aréole sombre de ses mamelons dressés.

« Mais elle-même, elle n'a jamais vécu en paix…

— Ça n'est pas faute d'avoir essayé, Dubin. Quand elle avait dix-sept ans, elle plaisait beaucoup au fils d'un homme d'affaires, un riche marchand de laine venu de la ville. Elle le trouvait élégant et raffiné. Elle l'a épousé sur un coup de tête.

— C'était lui, Lodska ? fis-je, m'efforçant de ne pas écorcher son nom.

— Lodski, oui. Mais finalement c'était un sale type. Il buvait, il la trompait et ne lui donnait pas un sou. Ils se battaient comme des chiffonniers, parfois même à coups de poings et naturellement, elle avait rarement le dessus. Un jour, elle a fini par le plaquer et s'en est retournée à Pilzkoba, en disant que son mari était mort de la grippe. Elle n'a pas tardé à avoir des prétendants. Elle était remariée depuis un mois, quand on a appris que Lodski était toujours vivant. Ça a fait un sacré scandale ; elle a échappé à la pendaison de justesse. Elle disait toujours qu'elle aurait bien plaqué Pilzkoba, mais que les gens du cru auraient été trop contents... » Elle s'interrompit, un sourire mélancolique aux lèvres. « Et voilà, fit-elle.

— Et voilà, répondis-je en l'attirant à moi. Ce qui nous manque le plus, c'est vraiment la paix. »

Le lendemain, assez tard dans l'après-midi, j'étais au chevet de l'un de mes hommes, quand un membre du service radio vint m'apporter un télégramme – enfin, la réponse de Teedle :

7e DB capturé Oflag XII-D prox StVith, hier matin STOP Confirme major Martin vivant, admis à l'hôpital militaire de la prison STOP Procéder arrestation immédiate STOP

Je bavardais avec le caporal Harzer, celui qui avait perdu un pied, lorsque le messager vint me remettre l'enveloppe jaune en mains propres.

« Capitaine, je vous trouve un peu pâlot, tout d'un coup, me dit-il.

— Ça va, Harzer. Je viens juste de voir comme un fantôme... »

Je localisai Bidwell et l'informai que nous partirions dès le lendemain, à la première heure. Puis j'allai marcher dans Bastogne, arpentant les rues et les ruelles enneigées. Je devais annoncer ça à Gita. Comment aurais-je pu le lui cacher ? Mais je voulais d'abord en débattre avec moi-même. Je n'avais pas le moindre doute, concernant le sens dans lequel s'exercerait sa loyauté. Ce n'était pas moi qu'elle choisirait. Eh bien, qu'elle me quitte, si elle devait le faire ! me répétais-je. Mais cette perspective me glaçait le cœur. J'ai longtemps réfléchi à la façon dont je lui présenterais les choses, mais j'ai fini par me retrouver dans un état d'anxiété tel que mon seul but devenait d'en finir avec cette corvée. Je suis donc allé l'attendre à la sortie de la salle où elle travaillait, et lui ai fait lire le télégramme, sans la quitter des yeux, tandis qu'elle en prenait connaissance.

Elle avait allumé une cigarette et, comme mon regard suivait sa main qu'elle ne cessait de passer convulsivement dans ses cheveux, je craignis un instant qu'elle ne finisse par mettre le feu à sa coiffe d'infirmière. Ses lèvres remuaient, tandis qu'elle tâchait de se frayer un chemin dans le texte anglais. Mais elle avait dû en comprendre la teneur, car lorsque ses yeux noirs plongèrent dans les miens, j'y vis briller une lueur désemparée.

« Il serait donc vivant ? »

Je répondis d'un hochement de tête.

« Et tu as ordre de l'arrêter ? »

Je confirmai, sans mot dire.

« On en reparle cette nuit... », murmura-t-elle.

Une fois de plus, je fis « oui » de la tête.

À minuit passé, j'ai compris qu'elle ne viendrait pas et je suis resté étendu sous la lumière grisâtre du plafonnier, en tâchant de digérer ça. Mon chagrin était insondable. Sachant Martin toujours de ce monde, elle n'avait pu supporter de passer une nuit de plus à mes côtés. C'était limpide. Quelle que fût la véritable nature de leurs relations, leur lien était plus profond et plus puissant que tout ce qui pouvait l'unir à moi.

Le lendemain matin, comme Bidwell chargeait nos bagages dans la Jeep, je partis à la recherche de Gita pour lui dire au revoir. Je n'aurais su dire si je me sentais capable de me contenir, ou si j'allais d'emblée m'effondrer à ses pieds, en la suppliant de ne pas me quitter.

« Gita ? fit la sœur Marie, à qui je demandais où elle travaillait. Mais elle est partie... »

Depuis la veille au soir, à la nuit tombée, précisa la sœur, comme je lui demandais depuis combien de temps.

Il nous fallut près de dix heures pour atteindre St-Vith, et je savais d'avance ce qui m'y attendait. Le MP de faction devant l'Oflag XII-D m'annonça qu'une infirmière française était venue en début de journée, escortée de deux aides-soignants, français eux aussi, pour transférer Martin vers un autre hôpital de la région. Je me précipitai à l'hôpital en question où, comme prévu, personne n'avait vu trace de cette infirmière française, de ses assistants, ni de Robert Martin.

VI

25

Tout un plat...

J'étais au lycée, en terminale, lorsque je suis tombé éperdument amoureux de Nona Katz, la femme que je devais épouser, six ans plus tard. La seule idée de me séparer d'elle pour partir à l'université me mettait hors de moi. J'avais été admis à l'université de Kindle County avec mention, alors que Nona, ayant peu de dispositions pour les études, pouvait s'estimer vernie d'avoir pu s'inscrire au State College, une institution infiniment moins prestigieuse. Sans compter, détail non négligeable, que mon admission en tant que lauréat des *Honors Programs* me valait d'être exonéré des frais d'inscriptions et de disposer d'une confortable allocation de 1 500 dollars, qui suffirait à couvrir mes frais d'hébergement et mes menues dépenses quotidiennes. Mes parents durent néanmoins déployer des ruses de Sioux, pour me convaincre d'y aller. Même en plein hiver, ça n'était qu'à cinq heures de route de Kindle County, disaient-ils. Et ils promirent de m'acheter une voiture d'occasion et de payer mes factures de téléphone.

« Vous n'y comprenez rien, leur objectais-je. Vous n'avez aucune idée de ce que je ressens.

— Comment pourrions-nous te comprendre, nous qui avons fait un mariage de raison, totalement arrangé ?

— Épargne-moi ton humour noir, maman.

— Mais c'est toi qui ne comprends pas, Stewart. J'ai rencontré ton père au beau milieu de ce qui a été la période la plus sombre de toute l'histoire de l'humanité – et si je sais une chose, c'est que nous sommes on ne peut mieux placés pour comprendre tes sentiments et ce qu'ils ont de merveilleux. Mais il faut voir tout ça de plus haut. Ce n'est pas la seule chose qui compte, dans la vie.

— Ah non ? Dis-moi un peu ce qu'il y a d'autre, maman – qu'est-ce qui peut être plus important que l'amour ? »

Mon père s'éclaircit la gorge et, rompant avec ses habitudes, s'interposa entre ma mère et moi :

« Sous la forme dont tu parles, Stewart, l'amour ne peut subsister plus de quelques mois – quelques années, tout au plus. Tu ne peux organiser ta vie comme si tu étais libre de toute autre préoccupation. »

Sa remarque me laissa sans voix. D'abord parce que ma mère semblait l'approuver, et ensuite à cause du calme olympien avec lequel mon père m'avait balancé ça. L'arrivée de Nona dans ma vie – ainsi que la révélation de ce principe complémentaire, qui régissait tout l'univers – avait dissipé les brumes saumâtres de mes névroses d'adolescent. Ce verdict blasé que m'assénait mon père, m'assurant que mon amour finirait bien par passer, comme tout le reste, revenait à m'annoncer que j'allais retourner moisir dans un cul-de-basse-fosse nauséabond.

« Tu as tort ! ripostai-je.

— Eh bien, essaie d'envisager une seconde que je puisse avoir raison, Stewart – je t'en prie. À long terme, l'amour finit par prendre une forme plus stable, plus solide, et fort heureusement, moins dévastatrice ! Sinon, personne ne quitterait jamais son lit. Mais nous avons du travail à faire, des projets à mener à bien, et des enfants à élever, Dieu merci ! L'amour étant par nature éphémère, mieux vaut se préparer d'emblée au stade suivant… »

J'ai refusé d'en écouter davantage. Son « Dieu merci ! » me résonnait toujours aux oreilles, comme la preuve flagrante qu'il se réjouissait d'avoir réussi à se soustraire définitivement à quelque chose d'aussi exigeant et d'aussi imprévisible que la passion.

Et pourtant, c'était ce même bonnet de nuit que je devais imaginer dans les bras de Gita Lodz, ivre de désir au point de forniquer dans la paille d'une étable, presque sous les pieds des vaches, puis, de mieux en mieux ! – se vautrant dans le stupre sur la couche virginale d'une religieuse. Et pourtant, ces scènes étaient loin de m'inspirer autant de gêne que je ne l'aurais craint. D'abord parce que, quand on est assez enveloppé pour envisager, dans les mauvais jours, de remplacer la balance de la salle de bains par l'une de celles qu'ils utilisent dans les stations de péage de l'autoroute, on finit par accepter l'une des vérités les plus réjouissantes de l'existence : tout le monde baise, ou rêve de le faire. N'en déplaise aux publicitaires américains, il s'agit là d'un droit universel et inaliénable, dont ils n'auront jamais l'exclusivité ! La vérité toute nue, c'était qu'au bout de plusieurs mois de séparation, cette Gita Lodz m'apparaissait comme une redoutable bombe sexuelle. Comme mon père, j'ai toujours eu un faible pour les petites : Nona ne dépasse qu'à peine le mètre cinquante.

Et précisément, il se trouvait que je connaissais déjà la fin de l'histoire. Sur le chemin qui avait mené papa de Grace Morton à ma mère, cette « Mademoiselle Lodz » n'avait été que la dernière station-service avant l'autoroute. L'ironie étant le thème principal de la petite musique de notre vie, c'était à présent moi, Stewart Dubinski, avec ma cinquantaine bien sonnée, qui aurais pu exhorter le jeune David à y réfléchir à deux fois, depuis cette salle d'attente du Tri-Cities Airport où je m'étais réfugié pour terminer le récit de ses aventures : tout cela risquait de fort mal finir. Et je ne fus qu'à moitié surpris en voyant se produire dans le récit la catastrophe ferroviaire que je sentais venir depuis quelques chapitres.

Lors de ma seconde visite à Bear Leach, en novembre 2003, soit cinq semaines après notre rencontre à Northumberland Manor, je lui ai demandé s'il savait ce qu'il était advenu des différents personnages qui se croisaient dans le texte de mon père. Ma question risquait de l'entraîner vers la zone interdite, sur laquelle le vieil avocat m'avait averti qu'il n'empiéterait pas, et à certains moments, je sentis qu'il choisissait ses mots avec le plus grand soin. Mais il trouva tout de même pas mal de choses à me dire sur Robert Martin, et même quelques-unes sur Teedle. J'avais rapporté le manuscrit de mon père pour illustrer mes questions et Leach l'avait pris sur ses genoux, survolant quelques pages à la hâte, çà et là, comme pour se rafraîchir un peu la mémoire. Mais lorsque je lui demandai s'il avait des nouvelles de Gita Lodz, il s'interrompit et ne desserra plus les dents.

« Eh bien, finit-il par dire, après un long silence, peut-être serait-il plus simple de vous fournir toute la séquence, Stewart. Persuadé que son témoignage pourrait me permettre d'atténuer la sentence de votre père, j'avais d'abord envisagé de contacter Mlle Lodz. Il y avait toutes les chances pour que cette sentence soit le principal objet du procès, bien sûr, puisque David avait annoncé haut et clair son intention de plaider coupable. Les états de service de votre père dans le secteur de Bastogne restaient le principal atout que j'avais dans la manche. Ses faits de bravoure sur le champ de bataille étaient amplement documentés dans son dossier, et en premier lieu dans les documents qui le recommandaient pour l'Étoile d'Argent – demande qui fut approuvée, incidemment, par le ministère des Armées, mais n'a jamais abouti, pour cause de comparution en cour martiale. Je tenais cependant à prouver, s'il était possible, que David avait combattu aux côtés de Martin. Cela n'aurait certes pas suffi à excuser son acte, mais tout soldat digne de ce nom siégeant au jury de la cour martiale aurait pu comprendre un tel geste de pitié ou de solidarité, envers un ancien compagnon d'armes.

« J'espérais donc pouvoir produire au tribunal la partie du récit où votre père raconte à la première personne l'opération de destruction du dépôt d'armes à laquelle il avait personnellement participé, à la Saline royale, comme je l'avais appris en interrogeant Agnès de Lemolland. J'avais instamment demandé aux services administratifs de l'armée de me fournir les coordonnées de tous les autres participants à cette opération, dont celles de Mlle Lodz, mais quand j'ai informé votre père de ce projet, il est entré dans un état d'extrême fébrilité : “Pas elle, m'a-t-il dit. Surtout pas. N'essayez jamais de la contacter.” Et comme il refusait de m'éclairer au-delà des quelques bribes que j'avais pu glaner, ici ou là, sa réaction acheva de me consterner, ce que je lui fis vertement remarquer.

“Il n'est tout simplement pas question de l'interroger, me dit-il. Ça serait un désastre.

— Pour votre procès ?

— Bien sûr, pour mon procès. Mais aussi et surtout, sur le plan personnel.

— Pourquoi ? Qu'est-ce que vous risquez, sur le plan personnel ?”

« Il parut disposé à composer un peu avec son silence habituel et laissa tomber : “Ma fiancée.”

Grace Morton ? lançai-je.

— Sûrement pas. Tout était déjà fini entre eux, à cette date.

— Ma mère, alors ? »

Leach prit tout son temps avant de se fendre d'un petit sourire pincé.

« Eh bien, Stewart, je n'ai certes pas assisté à votre naissance, mais vous m'avez dit que votre mère avait été détenue au camp de Balingen. C'était certainement là que devait se trouver la jeune femme que votre père avait l'intention d'épouser. »

Son regard, toujours si bienveillant, me scruta pour voir comment je parvenais à digérer cette information.

« Mon père vous a donc dit que ce serait un désastre si ma mère venait à rencontrer Gita Lodz ? Ou si elle venait à apprendre son existence ? »

Comme souvent les personnes âgées, Bear Leach se mit à agiter les lèvres pendant un certain temps, comme pour mieux s'imprégner de la saveur du terme juste.

« David ne m'en a pas dit davantage. Et à l'époque, je me suis contenté de tirer mes propres conclusions. Évidemment, j'ai eu une vision d'ensemble bien plus complète, lorsque j'ai fini par me plonger dans le texte de votre père, tout comme vous l'avez fait à présent. J'ai finalement compris qu'il valait mieux passer sur les aspects personnels, sans tenter de creuser davantage le sujet. Mais en tant qu'avocat, j'étais soulagé de voir que votre père m'avait imposé son avis sur ce point. Comme je vous l'ai déjà dit, son diagnostic juridique était toujours d'une impeccable acuité. Appeler Mlle Lodz à la barre des témoins, pour la soumettre à un contre-interrogatoire, aurait été une catastrophe, du point de vue du procès. »

Comme j'avais lu l'ensemble du texte, je comprenais à présent. Si Mlle Lodz avait raconté sa version de l'histoire, la décision prise par mon père de rendre sa liberté à Martin n'aurait pu être présentée comme un geste de compassion envers un compagnon d'armes, pas même par un avocat aussi habile que Leach. En fait, comme il l'avait dit lors de ma précédente visite, le témoignage de Gita Lodz aurait très bien pu agiter le spectre du meurtre, dans l'esprit d'un procureur imaginatif.

Mais ça, je supposais que c'était le moindre de ses soucis. Papa aurait pu vouloir cacher à ma mère les détails de son aventure encore toute récente. Mais j'avais la conviction que celui qu'il désirait réellement protéger, c'était d'abord lui-même. Ayant tourné la page, la dernière chose qu'il souhaitait, ce devait être de revoir Gita Lodz. Ç'aurait été pour lui le comble de l'amertume, que de se trouver assis au banc des accusés, sachant qu'il devait se résoudre à passer les quelques années suivantes à Leavenworth[1], et de croiser le regard de cette femme qui, pour faciliter les multiples évasions du major Martin, avait déployé tant de ruse et d'habileté, et n'avait pas hésité à jouer avec son cœur.

Je sentais sur moi le regard acéré de Bear Leach mais, totalement sous l'emprise de l'illusion d'avoir enfin découvert ce qui se passait dans l'âme de mon père, je me souvins tout à coup des sages conseils qu'il me prodiguait, du temps où j'avais dix-huit ans. Lorsqu'il m'exhortait à ne pas choisir mon université sur le seul critère des pulsions qu'éveillaient en moi les charmes de Nona, mon père ne se laissait certes pas entraîner par la seule pente de sa frilosité naturelle. Il parlait d'expérience, dans l'espoir de me dissuader de goûter à ce plat qui lui avait été servi bouillant, vingt ans plus tôt, par cette Mlle Lodz.

1. Prison militaire située au sud de Fort Leavenworth (Kansas), l'une des plus anciennes bases de l'armée US (*NdT*).

26

Captif

Devant l'hôpital civil de St-Vith, un ancien bâtiment militaire français récemment reconverti en unité sanitaire, nous avons attendu, Bidwell et moi, que s'organise un petit détachement de la police militaire. Je fumais cigarette sur cigarette, dans le vent glacial. Sur cette ville comme sur tant d'autres, les combats avaient laissé d'innombrables stigmates. Il n'y avait pratiquement plus un bâtiment debout. L'hôpital n'avait dû d'être épargné qu'aux croix rouges géantes que l'on avait peintes sur le toit.

Le lieutenant de la police militaire qui avait remis Martin aux mains de cette jolie infirmière avait été consterné en apprenant que le major était recherché, mais il s'empressa de souligner qu'il n'avait pu aller bien loin. L'explosion qui avait soufflé la maisonnette, en décembre, avait aussi emporté la main gauche de Martin, un morceau de sa cuisse et une couche de peau et de cuir chevelu, sur tout le côté de sa tête. Un mois plus tard, il souffrait toujours des séquelles de ses brûlures et n'avait pu quitter l'hôpital qu'en fauteuil roulant.

« Si on ne les retrouve pas, fis-je à Biddy, c'est moi qui vais me retrouver devant la cour martiale, sur ordre de Teedle. Ça, je vous en fiche mon billet ! Faire lire mes ordres à une femme qui était, de notoriété publique, la maîtresse d'un espion – bon sang, qu'est-ce qui m'est passé par la tête ? »

Biddy me regarda avec des yeux ronds. Le mot « maîtresse » lui avait fait arquer les sourcils.

« Capitaine, finit-il par dire. On n'a qu'à leur remettre la main dessus ! »

Mes angoisses professionnelles étaient cependant bénignes, en regard de ma détresse sentimentale. Je m'étais attendu à ce que Gita m'inflige tôt ou tard une déception, mais jamais je n'aurais imaginé qu'elle pourrait me rouler à ce point dans la farine. Une question revenait me tarauder l'esprit, comme un corbeau enragé : était-elle réellement la nouvelle Sarah Bernhardt ? Tous les sentiments qu'elle avait semblé me témoigner n'étaient-ils qu'une simple couverture ? Alors même que mon cœur cherchait désespérément une autre solution, je ne pouvais logiquement répondre à cette question que par l'affirmative. Martin et elle étaient deux maîtres escrocs, deux manipulateurs qui n'avaient pas hésité à spéculer sur les plus tendres de mes sentiments. Si l'un ou l'autre venait à nouveau à croiser ma route, je serais prêt à dégainer.

Selon les infirmiers américains de l'Oflag XII-D, Martin était parti à bord d'une charrette tirée par un cheval, dont une espèce de Gitan, dépenaillé et chevelu, tenait les rênes. Une équipe de six MP s'était constituée pour quadriller la ville. Quant à nous, nous sommes allés inspecter la gare et ses alentours, mais il n'y avait toujours pas de trafic ferroviaire, y compris pour les convois militaires. Il semblait donc exclu *a priori*, que Martin ait pu lever l'ancre par son moyen de transport favori – et je pensais détenir là un point positif. Ici, en Belgique, Martin avait beaucoup moins d'amis qu'en Allemagne ou en France. Là-bas, il pouvait toujours compter sur les vestiges de son ancien réseau. S'il parvenait à gagner l'Allemagne, il pourrait plus aisément poursuivre sa mission pour les Soviétiques. Mais quel que soit son itinéraire, il aurait besoin de soins – ou du moins de matériel médical. Et pour cela, la seule source fiable restait l'armée américaine. En résumé, il y avait toutes les chances pour qu'il suive à la trace les unités de Patton dont l'appui devait lui rester en partie acquis, puisque, à la demande expresse de l'OSS, l'avis de recherche concernant Martin était resté plus ou moins confidentiel.

Je télégraphiai donc à Camello, pour lui dire que Martin nous avait à nouveau échappé et que nous demandions d'avoir autorité pour le poursuivre et l'arrêter. Pour toute réponse, nous reçûmes un seul mot, signé Teedle : « Foncez ! »

Mais je n'aurais toujours pas su dire lequel des deux je voulais réellement épingler.

Cela tenait du coup de dés, mais nous avions choisi, Biddy et moi, de suivre le 87e d'infanterie qui quittait St-Vith à destination de Prüm. Nous avions rencontré la veille les chefs de bataillon du 347e Régiment d'infanterie qui nous avaient autorisés à les accompagner. Nos forces avaient repris pratiquement tout le territoire perdu dans les Ardennes, et certaines des unités de Patton lançaient à présent des assauts contre les blockhaus des fortifications de la ligne Siegfried, à la frontière allemande. Les combats avançaient mètre par mètre, ce qui présentait du moins l'avantage d'empêcher Martin d'aller bien loin. Nous suivions donc la ligne des combats, en allant d'une station sanitaire de campagne à l'autre. À l'aube de notre troisième jour d'enquête, nous avons retrouvé la trace d'une petite infirmière de la Croix-Rouge qui s'était présentée à deux reprises à des postes d'intervention médicale. Elle avait aidé quelque temps à s'occuper des blessés, avant de s'évaporer dans la nature avec une bonne provision de médicaments et de bandages.

Sur le front, les lignes de bataille ne cessaient de se déplacer. Chaque camp faisait de brèves incursions, avant de se retirer, et notre Jeep s'était plus d'une fois retrouvée en plein tir croisé. Mais les forces américaines progressaient inexorablement. Nos hommes étaient dans un tout autre état d'esprit qu'au cours du siège de Bastogne. De pouvoir enfin fouler le sol ennemi les rendait à la fois plus confiants et plus durs. Au soir de notre troisième jour, nous avons rencontré un peloton d'infanterie qui venait de prendre une position stratégique dominée par la maison d'un riche villageois.

Un sergent vint à notre rencontre. « Vous pensez qu'on est en Allemagne, là ? » nous demanda-t-il. D'heure en heure, il m'était de plus en plus difficile de savoir si nous étions en Belgique, au Luxembourg ou en Allemagne. Mais après consultation et comparaison de nos cartes, son estimation m'a paru juste. Il a alors fait signe de la main à ses hommes et ils se sont rués dans la maison, pour faire main basse sur tous les objets de valeur : porcelaines, bougies, tableaux, linge de maison. J'aperçus deux soldats qui franchissaient la porte en se disputant une tapisserie ancienne – je n'avais pas la moindre idée de la façon dont ils espéraient ramener tout ça aux États-Unis. Les propriétaires de la maison avaient pris la fuite, mais il restait une vieille servante, qui suivait les hommes en s'égosillant, pour tenter de leur arracher les objets des mains. Comme elle ne capitulait pas et criait de plus belle, un soldat la jeta brutalement par terre. Elle resta affalée sur le sol, en larmes. Un caporal nous présenta un service de gobelets à vin en argent et nous proposa, à Biddy et à moi, d'en prendre quelques-uns.

« Merci, je ne bois pas de vin, mentit Biddy.

— Eh bien, il n'est jamais trop tôt pour bien faire ! » répondit le sergent, puis il insista pour que nous les emportions dans notre Jeep.

Nous avons passé la nuit dans cette maison. Tous les soldats du détachement semblaient s'être jurés de boire tant qu'il resterait une bouteille dans la maison. À tel point que l'un d'eux finit par tomber dans un coma éthylique. Lorsque l'un de ses copains tenta de le ranimer en lui jetant une rasade de schnaps au visage, l'alcool tomba sur le poêle à bois qui trônait au milieu de la pièce et la flamme se communiqua au filet de liquide, remontant jusqu'à la bouteille qui explosa. Plusieurs hommes furent atteints et blessés par les éclats de verre, tandis que le canapé et le tapis prenaient feu. Les hommes étaient dans un tel état de soûlographie qu'ils se mirent à pousser des cris et des ovations de joie, tout en piétinant les flammes. Mais leur lieutenant a nettement moins rigolé, lorsqu'il a dû envoyer quatre de ses hommes aux urgences de la station sanitaire du secteur.

Le lendemain matin, nous sommes partis plein sud. Nous traversions une zone tenue par les forces américaines, à moins d'un kilomètre de la maison, lorsque nous avons vu surgir des fossés, de part et d'autre de la route, une poignée d'Allemands vêtus de longs manteaux de cuir noir et équipés de mitraillettes Schmeisser. Ils ont encerclé la Jeep. C'étaient des SS et non des soldats de la Wehrmacht, comme l'indiquaient les crânes d'argent qui scintillaient sur le bandeau de leur casquette et les insignes nazis qu'ils portaient sur leurs manteaux.

Mon premier mouvement fut de lancer une exclamation aussi bêtement désinvolte que « Mince ! On s'est gourés ! » Et de faire demi-tour. Mais comme les six hommes se précipitaient sur nous pour nous désarmer, la réalité de la situation m'apparut dans toute sa gravité. Cela faisait maintenant dix jours que j'avais quitté le champ de bataille, mais je découvris que lui ne m'avait pas quitté – et je commençais à craindre de devoir vivre avec jusqu'à mon dernier jour. Au fond de moi, mon esprit s'était densifié en un noyau opaque, aussi dur et aussi hermétique qu'une noix, dont filtrait l'habituel message de résignation : si tu dois mourir, tu meurs…

Ils nous firent descendre de la Jeep et la garèrent dans un petit chemin creux, masqué par d'épais buissons, en nous faisant marcher derrière, Bidwell et moi. Tandis que nous pataugions dans la neige, Hercule vint s'asseoir à l'arrière de la Jeep, telle Cléopâtre sur sa barge royale, observant tout cela avec une curiosité passionnée, comme le chien de la RCA écoutant la voix de son maître. « Regardez-moi un peu ce crétin de clébard ! » marmonna Biddy, et nous avons réussi à en rire.

Une fois la Jeep hors de vue, les Allemands nous ont soumis à une fouille en règle. Ils firent main basse sur tout ce que nous avions d'utile – boussoles, poignards, grenades, montres – et bien sûr, le Zeiss de Bidwell. L'un des soldats regarda l'objectif et reconnut la marque allemande.

« *Woher hast du die ?* » demanda-t-il à Bidwell.

Comme le sergent faisait semblant de ne pas comprendre, le SS brandit sa mitraillette en répétant sa question. Heureusement, son attention fut momentanément détournée par les cris de joie des autres qui venaient de découvrir notre stock de rations K. Ils ouvrirent plusieurs boîtes, arrachant précipitamment les couvercles de carton ondulé, et en dévorèrent le contenu avec un appétit féroce.

« Coupés de leur unité ? » glissai-je à Biddy.

Il fit « oui » de la tête. Cela devait faire plusieurs jours qu'ils n'avaient rien mangé.

« Si on se tirait en courant ? » me demanda-t-il. Je soupesais encore cette possibilité, lorsque le lieutenant allemand revint vers nous et entreprit de m'interroger dans un anglais épouvantable :

« Où être, Américains ? Où être, Allemands ? » Ils devaient chercher à rallier leur camp.

Je répondis en lui déclinant imperturbablement mon nom, mon grade et mon numéro de matricule. Mais les Allemands étaient trop à cran pour s'embarrasser des subtilités de la Convention de Genève. Le lieutenant fit signe à deux de ses hommes qui m'attrapèrent par les épaules et m'immobilisèrent, tandis que leur chef me décochait trois coups de pied au ventre. Je fus immédiatement renvoyé à mes souvenirs de cour d'école, et à la dernière fois où j'avais émergé de ce bref moment de peur panique qui s'installe, après un coup au ventre, lorsque le souffle refuse de se remettre en marche, comme si le diaphragme avait définitivement décidé de s'arrêter. Pour ne rien arranger, lorsque l'air parvint à nouveau à se frayer un passage dans mes poumons, je fus pris d'un violent haut-le-cœur, qui propulsa le contenu de mon estomac sur les bottes de l'officier, lequel me remercia d'un coup de son poing ganté en pleine figure.

La flaque de vomi parut attirer l'attention d'Hercule qui, jusque-là, s'intéressait davantage aux boîtes vides des rations. Mais cette fois, lorsque l'Allemand se remit à me frapper, le chien fit un bond et se mit à aboyer comme un forcené. Sans s'attaquer directement au lieutenant allemand, il s'en approcha à moins d'un mètre, en aboyant tout ce qu'il savait, ramassé sur ses pattes arrière. Il faisait un raffut de tous les diables et les Allemands jetaient des regards inquiets vers la route, dans les deux sens, en s'efforçant de le calmer, mais ce fut peine perdue. Lorsque les hommes s'approchèrent pour s'emparer de lui, les mâchoires d'Hercule se refermèrent sur la main de l'un d'eux qu'il mordit à travers son gant de cuir. L'Allemand poussa un cri déchirant.

Un coup de feu claqua. Le SS qui avait interrogé Bidwell avait sorti son pistolet automatique. Un filet de fumée s'échappait encore du canon, tandis que le chien allait rouler dans la neige, inerte. À la place de son œil s'ouvrait un trou rouge, vaguement ovale, de la taille d'un noyau de pêche. Les voix de plusieurs de ses camarades s'élevèrent pour protester. Ce coup de feu risquait d'attirer inutilement l'attention. Et dans la mêlée, celle de Biddy se joignit au chœur des récriminations.

« Putain, pourquoi t'as fait ça ? » s'exclama-t-il. Le tireur restait là, le pistolet à bout de bras, incapable de répondre aux reproches qui lui pleuvaient dessus de tous côtés. Lorsque Biddy s'avança pour rejoindre le chien, l'Allemand recula d'un pas et fit à nouveau feu, d'une seule salve, très brève, tirée comme machinalement. Je vis Gideon s'écrouler, partir à la renverse, et atterrir à plat dos, atteint de trois balles à l'estomac. Tout s'était passé si vite, si platement, de façon si imprévisible et si absurde, que ma première réaction fut de refuser d'y croire. Comment le monde dans lequel j'avais vécu jusque-là pouvait-il avoir si radicalement changé, en l'espace de deux ou trois secondes ?

« Non ! Mon Dieu, non ! » hurlai-je, avant de pousser un grand cri. Un bref instant, je parvins à échapper aux deux hommes qui me tenaient. Mais ils eurent tôt fait de me rattraper et de me traîner dans le fossé, avec l'aide de leur lieutenant. Je me retournai vers eux en leur criant des injures, jusqu'à ce que le lieutenant me pointe son pistolet sur le front.

« *Schrei nicht. Schweigen Sie Wir helfen deinem Freund* – nous lui porter secours. »

Je me tus, pour voir s'ils allaient vraiment faire quelque chose pour Biddy, comme ils me le promettaient. L'un d'eux sortit du fossé à quatre pattes, pour revenir un instant plus tard.

« *Er ist tot* », fit-il.

Le lieutenant savait que j'avais compris. Il reposa aussitôt sur mon front le canon glacé de son arme. L'envie de tenter quelque action désespérée me traversa l'esprit comme un filet d'eau tiède. Mais le champ de bataille m'avait déjà appris mon humiliant secret : ce que je voulais, c'était survivre, à tout prix. Survivre. Je gardai donc le silence et me laissai emmener par les Allemands.

Avec un tant soit peu de chance, nous aurions croisé le chemin d'une unité américaine, mais ce n'était pas mon jour. Les forces allemandes, cantonnées à proximité, étaient en train de préparer une nouvelle offensive et mes ravisseurs partirent en direction du champ de bataille. À la tombée de la nuit, ils rejoignirent une unité antitank allemande qui se trouvait avoir fait un certain nombre de prisonniers alliés. L'unité avait entrepris de se redéployer et nous marchions à l'arrière de leur colonne, les mains derrière la tête. Comme j'étais le seul officier, on me tenait isolé de la douzaine d'appelés par une seule sentinelle qui faisait tampon.

Nous étions en Allemagne, à présent. Tandis que nous traversions un petit village, les habitants sortirent sur le pas de leur porte pour nous regarder passer. Une vieille femme surgit de sa maison et cracha sur le premier Américain de la file ; une autre, nettement plus jeune, la rejoignit et se mit à nous lancer des injures, pendant que les villageois s'attroupaient, de plus en plus nombreux. Peut-être pour les calmer, l'un des officiers allemands nous intima l'ordre de leur donner nos manteaux. Rien n'indiquait qu'il se soit passé quelque chose de particulièrement atroce, dans ce village. Rien de pire que dans les autres, probablement. Des soldats des deux camps gisaient de part et d'autre de la route.

Cette nuit-là, nous avons dormi dans un champ. L'un des prisonniers pensait que nous ne devions être qu'à quelques kilomètres de Prüm. On nous distribua des vieilles couvertures militaires, mais aucune nourriture solide. Nous comptions dans nos rangs un Anglais qui était prisonnier depuis à présent deux jours. C'était la seconde fois qu'il était capturé. La première, c'était pendant l'invasion des Pays-Bas, en septembre. Après l'opération Market Garden, il avait été envoyé dans un stalag allemand en Belgique, situé non loin du secteur où nous nous trouvions et d'où tous les prisonniers avaient pu s'enfuir au cours d'un bombardement. Étant le seul de notre groupe à avoir une certaine expérience de la captivité, il faisait de son mieux pour donner le change et garder le sourire. Si j'avais été d'humeur à apprécier un être humain, cet homme m'aurait sans doute inspiré de l'amitié.

« Le statut de prisonnier de guerre, ça n'est pas l'enfer, mon vieux ! Pas de mon point de vue, en tout cas. La cantine vaut peut-être pas celle du Savoy, mais il m'est arrivé de manger pire, dans mon propre camp ! Non, à mon idée, ceux qui sont le plus à plaindre, ce sont les gus qui crapahutent sous les balles. Nous, notre seul ennemi, c'est l'ennui. »

L'un des appelés lui demanda à quoi ressemblait la vie, dans son précédent stalag.

« Les Boches ont un sacré petit vélo, mon pote. Ils passent toute la journée à nous compter – *eins, zwei, drei*. Et ça, pour rien – même pas pour nous distribuer quoi que ce soit. On n'avait droit qu'à un morceau de pain une fois par jour et, matin et soir, cet infect ragoût de patates. Un jour, le commandant du camp est arrivé et nous a dit : Ch'ai tes ponnes et tes maufaises noufelles – commençons par les ponnes. Auchourt'hui, chacun d'entre fous recefra de noufeaux sous-fêtements – et la maufaise : fous defrez échancher les fôtres avec ceux de fotre foissin ! – Non, je rigole… », s'esclaffa-t-il.

Nos éclats de rire avaient attiré l'attention de nos gardes, qui passèrent parmi nous en réclamant le silence, mais la conversation reprit quelques instants plus tard. Ils finiraient forcément par nous remettre entre les mains des équivalents boches de nos MP. L'Anglais doutait qu'ils nous emmènent dans un stalag. Avant d'être capturé, il avait entendu dire qu'ils parquaient leurs prisonniers dans les villes allemandes que l'aviation alliée avait prises pour cibles.

Cette fois, lorsque nos deux gardes nous entendirent parler, ils ne s'embarrassèrent pas de mise en garde et nous chargèrent à coups de crosse sur la tête. Je ne fis rien pour protéger la mienne, et j'encaissai le choc presque sans réagir. La douleur se réverbéra dans tout mon corps, mais je n'en pensais pas grand-chose. Tôt ou tard, dès qu'ils essayeraient de nous répertorier un peu plus en détail, ils finiraient par remarquer le H, inscrit sur ma plaque d'identité. Et en ce cas, ma situation risquait de se dégrader rapidement. Mais je ne parvenais même pas à m'intéresser à mes propres ennuis. Je ne me sentais déjà plus de ce monde. C'était comme si j'avais sombré en moi-même. Et je me demande toujours si je parviendrai un jour à m'en remettre.

Les Allemands nous réveillèrent un peu avant le point du jour. On nous distribua nos rations pour la journée – un petit pain pour deux.

« Vaut mieux tout manger tout de suite, capitaine, me conseilla l'Anglais. Si vous essayez d'en mettre de côté, vous risquez de vous le faire piquer. »

Comme les gardes nous ordonnaient de nous lever, le lieutenant SS qui m'avait mis son canon sur le front passa dans nos rangs. Il me reconnut et revint sur ses pas.

« *Wie geht's ?* » me demanda-t-il, manifestement plus sûr de lui, à présent qu'il était revenu dans son camp. Mais il me prêtait des compétences que je n'avais pas, en allemand – je ne parvenais à le comprendre qu'en m'aidant du peu de yiddish que m'avaient appris mes grands-parents. Je n'eus pour toute réponse qu'un haussement d'épaules. Mais même ainsi, je me sentis lâche. Ses yeux, d'un bleu parfait, s'attardèrent sur moi deux secondes de plus. « *Bald schiessen wir nicht mehr* », murmura-t-il avec un sourire empreint de lassitude. Il disait que les fusils n'allaient pas tarder à se taire, apparemment sans se faire la moindre illusion sur ses chances d'être dans le camp des vainqueurs.

Nous avons marché pendant toute la matinée. J'ignore où les Allemands avaient l'intention d'aller. Sans doute voulaient-ils rejoindre les unités que nous entendions combattre, mais ils n'arrivèrent jamais jusque-là. Tandis que nous traversions un bois, une unité de chars américains surgit, comme de nulle part. Six Sherman nous encerclèrent depuis toutes les directions, leurs gros canons pointés sur nous. Le commandant allemand n'opposa aucune résistance. Il avait apparemment porté le même diagnostic que le lieutenant, quant à l'issue de la guerre.

Les soldats américains accoururent. Les Allemands qui nous avaient fait prisonniers furent mis à genoux, les mains sur la nuque, tandis que nous étions salués et ovationnés en héros. Ceux d'entre nous, qui souffraient de blessures superficielles, furent évacués vers les stations de soins. Quant à nous, on nous enfourna dans un camion qui nous emmena au QG du régiment, tandis que les Allemands marchaient derrière, à la pointe du fusil. C'était le 66e régiment de la 4e Division Blindée. La majeure partie de cette division avait eu le droit à un répit au Luxembourg, après le siège de Bastogne, mais leurs conducteurs de blindés avaient reçu l'ordre de renforcer le flanc du 87e d'infanterie – et, pour autant que je puisse en juger, nous n'avions pas à nous plaindre de leur boulot.

Leur QG mobile, situé à quelque chose comme trois kilomètres derrière les lignes où nous avions été capturés, était un groupe de grandes tentes, dressées dans un champ de neige. Chacun des prisonniers américains libérés fut interrogé par le G-2 du régiment. En ma qualité d'unique officier du lot, le major Golsby, le G-2 de service, prit le temps de m'interroger en tête-à-tête sous sa tente. Il ne savait que penser des ordres que j'avais toujours en poche – c'était la seule chose que les Allemands m'aient laissé.

« Je dois retourner au service juridique de la IIIe Armée », lui dis-je. Si les MP n'avaient toujours pas intercepté Martin et Gita, il était vain d'espérer les rattraper, à présent qu'ils avaient deux jours d'avance. D'ailleurs, cette mission avait perdu tout intérêt pour moi. J'avais à présent la certitude absolue que Bidwell était mort par ma faute, à cause de cette fascination adolescente que m'avaient inspirée Martin et Gita ; cette passion qui, comme toutes les erreurs tragiques, avait engendré une cascade de tragédies – le champ de bataille, la captivité, et à présent la mort de Bidwell.

En racontant à Golsby ce qui était arrivé à Biddy, je pris conscience de la froideur de mon récit. C'était comme si tout ça était arrivé à quelqu'un d'autre.

« Hier, j'ai passé la journée à chialer », ajoutai-je, ce qui était un pur mensonge, puisque je n'avais pas versé une seule larme. Au lieu de quoi, mon chagrin de l'avoir perdu avait réactivé l'une de ces pensées cycliques – ce reproche que je me faisais, de ne lui avoir jamais demandé de m'appeler David.

« Ils ont abattu un prisonnier de guerre ? s'écria Golsby. Un prisonnier désarmé ? » Il me répéta deux ou trois fois la question. « Attendez-moi là. » Il revint en compagnie du lieutenant-colonel Coleman, le commandant en chef adjoint du régiment. Coleman avait le gabarit et l'allure d'un ancien joueur de football – grand, puissamment charpenté et l'air prêt à en découdre. Golsby lui avait raconté la mort de Bidwell, et il ne semblait pas d'humeur à badiner.

« Vous pouvez nous montrer ceux qui ont tué votre sergent ? Vous les reconnaîtriez ? Figurent-ils parmi nos prisonniers ? »

Coleman demanda à un sergent et à un second lieutenant de m'accompagner dans tout le camp, en quête des quatre SS. Le sergent était armé d'une petite Thomson et, vu la relative rareté du modèle, je me suis demandé si ce n'était pas la mienne, qu'il aurait récupérée sur les prisonniers allemands. Ils venaient justement d'arriver à pied et on les avait fait asseoir en rang, les mains derrière la nuque. Les MP leur avaient donné l'ordre de se déchausser pour leur ôter toute envie de prendre la clé des champs. Je me mis à sillonner les rangs, sans me faire d'illusions quant à la suite des événements.

Le type qui avait descendu Biddy m'avait vu venir. Son regard avait croisé le mien de façon presque systématique, durant ces deux derniers jours. Je lui renvoyais des coups d'œil chargés de haine, mais quand ses yeux se vissaient dans les miens, je m'empressais de détourner la tête. Je savais, pour l'avoir vu à l'œuvre, que ce type était chatouilleux de la gâchette. Mais à présent, c'était son tour de détourner le regard. Il n'était pas bien vieux. Vingt et un ans, vingt-deux tout au plus.

« C'est lui, fis-je au second lieutenant.

— Debout ! aboya ce dernier en lui envoyant un coup dans le pied. Debout ! »

L'Allemand n'était pas du genre à mourir la tête haute. « *Ich habe nichts getan !* » Je n'ai rien fait. Il le criait à tue-tête, sans discontinuer. Le lieutenant lui intima l'ordre de la boucler.

« Il y en avait d'autres, avec lui ? »

En parcourant les rangs, j'en trouvai trois de plus, y compris le lieutenant, celui qui m'avait dit que les combats allaient bientôt cesser. Ses yeux bleus s'élevèrent jusqu'à moi en un seul regard, où je lus une prière muette, puis ils revinrent se fixer devant lui, sur le sol. Il faisait la guerre depuis trop longtemps pour se bercer d'illusions.

Les quatre hommes furent escortés jusqu'à la tente du lieutenant-colonel. Deux des prisonniers étaient presque pieds nus dans la neige, tant leurs chaussettes étaient en lambeaux.

« Lequel l'a fait ? » s'enquit Coleman.

Je désignai l'homme.

Coleman le regarda droit dans les yeux puis dégaina son arme, avant de l'appuyer sur sa tempe. Le jeune SS fondit en larmes, protestant, toujours en allemand, de son innocence. Mais il était trop terrifié pour oser écarter sa tête du canon ne fût-ce que de deux centimètres.

Coleman le laissa sangloter ainsi quelque temps, non sans une certaine satisfaction, puis il rengaina son pistolet. L'Allemand continuait à gémir en jurant qu'il n'avait rien fait, quoiqu'un ton plus bas, à présent.

« Emmenez-les derrière », fit Coleman à son second lieutenant. Je suivis le mouvement, en simple spectateur, n'ayant tout à coup plus aucune certitude sur le tour qu'allaient prendre les événements. Une seconde, j'avais craint que le lieutenant-colonel ne me demande de porter moi-même le coup de grâce, et j'avais été déçu de le voir renoncer à presser la détente. Mais à présent, je trouvais qu'il avait plutôt bien fait.

Le second lieutenant a emmené les quatre hommes derrière la tente de Coleman, à la lisière du camp, et leur a ordonné de se retourner, les mains sur la nuque. Il m'a jeté un regard bref, et, sans me laisser le temps de réagir, a fait signe au sergent qui portait la mitraillette – laquelle m'a paru se déclencher avant même que le sergent ne l'ait levée en position de tir. Après coup, je me suis avisé que le sergent avait simplement fait en sorte d'en finir au plus vite. L'idée de dire un mot en faveur du lieutenant allemand m'avait effleuré, mais je n'ai pas desserré les dents. Les jappements spasmodiques de la mitraillette ont déchiré le silence du camp et les Allemands sont tombés en se trémoussant, comme des marionnettes dont on aurait coupé les fils.

Puis, sortant de sa tente, le lieutenant Coleman vint inspecter les quatre corps. « Allez pourrir en enfer ! » cracha-t-il.

J'avais assisté à tout cela en somnambule. J'étais là sans y être. Depuis que les quatre Allemands étaient tombés, je restais cloué sur place, incapable de proférer un son. Je m'étais délecté un moment de la terreur du jeune SS, mais là, j'avais le sentiment d'errer en moi-même à l'aveuglette, en quête de mon propre cœur.

27

Londres

Londres, le 5 février 1945

Très chers parents,

Me voilà en permission à Londres et maintenant que j'ai enfin le temps de vous raconter ce que nous avons enduré, je ne me sens ni la force ni l'humeur de me replonger dans ces souvenirs ni de les revivre, ne fût-ce que par la pensée. La balance de la guerre semble pencher en notre faveur et j'ai apporté ma pierre à cette victoire. Mais lorsque je réfléchis à tout ce que j'ai vu, je ne peux plus concevoir d'être autre chose qu'un pacifiste convaincu, à mon retour au pays. La stratégie militaire est un ensemble de décisions implacables, prises froidement en toute lucidité, un calcul totalement dénué de pitié : il faut définir le meilleur moyen d'atteindre l'objectif, et au prix de quels sacrifices. Mais si l'on s'en tient à ce genre de froid raisonnement, on a peine à comprendre ce qui peut motiver la guerre, du moins celle-ci. Le poids de l'oppression qu'aurait exercée Hitler, jour après jour, sur plusieurs nations, fût-ce même pendant des années, ne pourrait égaler la somme des souffrances et des destructions que nous avons subies et infligées pour pouvoir l'arrêter. Oui, l'Europe serait demeurée prisonnière – mais la voilà à présent en ruines. Cet affrontement de vues politiques valait-il vraiment ces millions de vies sacrifiées, cet immense charnier ?

Je suis arrivé ici convaincu que la liberté n'avait pas de prix. Mais je sais à présent que sur ce point, je me trompais. Ce qui n'a pas de prix, c'est la vie.

Je vous embrasse tous, avec toute mon affection, et j'attends avec impatience d'être à nouveau parmi vous.

David.

Le 1er février 1945, j'étais revenu du QG de la IIIe Armée établi en la ville de Luxembourg. Les Luxembourgeois ayant la réputation d'avoir fait preuve d'une certaine complaisance pour les Allemands, Patton avait eu tendance à les traiter sans ménagement, et avait littéralement expulsé les résidents de la maison de retraite nationale, la Fondation Pescatore, qu'il avait réquisitionnée pour en faire son quartier général.

C'était une grosse bâtisse de grès orange, flanquée de deux ailes assez vastes pour abriter tout le personnel de notre QG, tous niveaux hiérarchiques confondus. Le colonel Maples s'était vu attribuer un salon au second, une grande pièce, éclairée par de hautes fenêtres, où les invalides venaient naguère prendre le soleil. Il semblait très satisfait de ses appartements et m'emmena jusqu'à une fenêtre pour me montrer la vue qu'il avait sur cette pathétique entaille, large de près d'une centaine de mètres, qui coupait Luxembourg en son milieu. Les meubles de son bureau, tout comme ceux des autres officiers supérieurs, avaient été gracieusement fournis par un cousin du grand-duc dont la prodigalité ne faisait que renforcer les soupçons de collaboration qui pesaient sur lui. Le colonel me fit admirer son secrétaire et ses crédences de style Louis XIV, recouvertes d'une mosaïque d'écaille de tortue – des pièces de musée datant du XVIIe siècle, et signées par le célèbre Boulle. Un bon feu dansait dans la cheminée de marbre près de laquelle nous nous étions installés, le colonel et moi, dans des fauteuils tapissés de brocart. Le contraste entre cette scène de salon et les tranchées glacées d'où je sortais à peine avait quelque chose de surréaliste, et mon esprit semblait avoir renoncé à tirer la moindre conclusion de toute cette absurdité – sauf peut-être que la vie, et en tout cas la guerre, était l'absurdité même. Cela, je le sentais à présent d'une façon aussi tangible que les os de mon propre corps.

Se penchant vers moi, le colonel me prit par l'épaule.

« Vous n'avez pas très bonne mine, David. Je vous trouve amaigri et je ne sens plus en vous cette étincelle.

— Non, mon colonel.

— Il me semble avoir aperçu votre dossier, pour une demande de décoration. Il paraît que votre conduite a été exemplaire. »

Je dévoilai au colonel la face cachée de mes exploits. J'avais perdu le meilleur ami que je m'étais fait dans le service, j'avais laissé filer Martin dans un excès de bêtise et de désir. Cette candeur brutale était caractéristique de mes échanges avec à peu près n'importe qui. Je rejetais systématiquement les flagorneries de certains collègues, tels que Tony Eisley – même si je bouillais intérieurement, lorsque les gens me traitaient comme si je m'étais fait porter pâle, ou, pis, comme si je m'étais offert deux mois de vacances. En fait, personne ne trouvait grâce à mes yeux. Ils m'agaçaient tous et je ne supportais aucune de leurs réactions. Mais la présence du colonel Maples, qui avait lui-même combattu dans les tranchées vingt-cinq ans plus tôt, avait le don de dissiper en partie ma perpétuelle amertume. Mon respect pour lui n'avait fait que croître lorsque j'avais appris qu'il s'était porté volontaire pour retourner à la guerre. À son âge, je n'en aurais pas fait autant – et je ne pouvais pas davantage m'imaginer faisant preuve de cette affectueuse bienveillance, tout avunculaire. Je ne pouvais me projeter dans le futur que sous les traits d'un vieil emmerdeur ombrageux.

Le colonel avait posé sur moi le regard souriant de ses yeux gris. Il m'écouta un long moment.

« Vous êtes encore sous le choc, David. Il vous faudra du temps. On ne nous parle jamais de ce long travail de reconstruction intérieure, mais ça fait partie de la guerre. »

On m'avait octroyé deux semaines de permission. Dès qu'ils pouvaient quitter le service, mes collègues officiers se précipitaient à Paris, où l'exaltation de la Libération avait engendré une atmosphère d'exubérance et de débauche qui ne convenait guère à mon humeur. J'avais donc choisi de passer ma permission à Londres, et j'étais descendu dans un petit hôtel, non loin de Grosvenor Square, sans autre projet que de me laisser mariner plusieurs heures d'affilée dans une baignoire d'eau chaude, et de prendre le temps de lire la pile de courrier que j'avais trouvée en arrivant à Luxembourg. Je voulais aussi dormir tout mon soûl, lire quelques romans et, dès que j'en aurais à nouveau l'énergie, écrire quelques lettres.

Rétrospectivement, je me soupçonne de n'avoir traversé la Manche que dans l'espoir secret de redevenir l'homme que j'étais, avant d'être allé me perdre sur le continent. Mais la guerre me talonnait. Depuis que nous avions été lancés sur les traces de Martin, Bidwell et moi, j'avais rarement réussi à dormir plus de deux ou trois heures, et je découvrais à présent, non sans stupeur, que j'en étais devenu incapable. Cela faisait des mois que je n'avais pas passé une nuit seul, entre quatre murs dignes de ce nom, et je m'y sentais pris au piège. Certains soirs, je ne supportais même pas d'avoir les yeux fermés. La seconde nuit, je suis descendu m'acheter une bouteille de scotch ; mais même après en avoir bu plusieurs verres, je n'ai constaté aucune amélioration. J'étais habité par les spectres de la guerre. Dès que je m'assoupissais, des sensations fantômes de peur panique se déchaînaient dans ma tête – le sifflement des tirs d'artillerie qui convergeaient vers moi, Collison les mains pleines de ses entrailles sanglantes, les trois trous noirs dans le ventre de Biddy, les tremblements de terre déclenchés par les 88s, suivis de leurs coups de tonnerre, ou le froid inhumain de Champs. Et toujours, les morts. Ou pis, les agonisants, et leurs appels au secours.

Cette page tournée, j'avais espéré pouvoir me raccrocher à la gratitude, à la joie d'être resté en vie. Mais mon existence était infiniment plus douce, du temps où je n'avais pas été confronté à la terreur du néant... Je m'étais habitué à vivre dans la peur, au point qu'elle m'environnait à présent comme une seconde peau, y compris dans la relative sécurité de cet hôtel londonien. Je ne pouvais traverser le parc sans m'attendre à entendre claquer des coups de feu et à me trouver pris sous les balles des tireurs qui auraient pu s'embusquer derrière chaque arbre. Et, outre la honte que m'inspirait ma propre peur, j'étais en proie à une rage quasi chronique. Doutant de pouvoir faire preuve d'un minimum de civilité envers autrui, je préférais rester seul.

Les lettres que je voulais écrire ne me venaient pas. Le langage humain me semblait impuissant à exprimer ce que j'avais à dire. C'est ainsi que j'ai passé plus de deux heures sur le brouillon de ma lettre à la famille de Bidwell, réécrivant mon texte *ad nauseam*, pour finir par leur envoyer un bref compte rendu, à peine plus personnel qu'une note de service. La façon dont il avait trouvé la mort, cette scène à la fois dérisoire et tragique, se révéla impossible à décrire. Après l'admirable courage qu'il avait manifesté les semaines précédentes, face à tant de dangers, il avait suffi d'une impulsion, d'un geste de trop, envers notre pauvre chien. La seule consolation que j'aie pu leur apporter fut de joindre à ma lettre des centaines de ses photos, récupérées dans ses effets personnels. Et je promis aux Bidwell d'aller leur rendre visite, si j'avais la chance de revenir un jour sur le sol natal. Pendant les longues heures que j'avais passées à faire, à défaire et à refaire mon texte, j'avais envisagé de poser mon stylo après la dernière phrase et, du fond de ma solitude, de laisser enfin couler mes larmes. Mais, même dans mon enfance, pleurer n'avait jamais été mon fort. Les larmes refusaient obstinément de me monter aux yeux, me laissant dans un état d'agitation nerveuse proche de la constipation.

Et puis il y avait Grace. Durant ces deux jours passés aux mains des Allemands, alors que la mort de Bidwell, survenue si vite après la trahison de Gita, m'avait laissé dans la certitude que le chagrin finirait par avoir raison de moi, j'avais repensé à Grace, cet ange de bonté, cette belle jeune femme si limpide et si solide. La seule chose que j'aurais pu lui dire sans arrière-pensée et en toute sincérité, c'était que j'aurais aimé la revoir, car j'avais appris que la présence était tout. Mais sans l'aide d'une photo, je ne parvenais même plus à me représenter ses traits. Si nous avions été à nouveau réunis, si Grace s'était à nouveau trouvée entre mes bras, peut-être aurais-je réussi à reprendre notre relation là où nous l'avions laissée. *Ici, ici, ici,* ne cessais-je de me répéter, chaque fois que je pensais à elle, déchiré de colère à l'idée qu'une chose aussi sainte et aussi éternelle que l'amour puisse être vaincue par la distance. Et pourtant, le souvenir de Gita, de sa peau nue et des moments où j'avais cru sentir nos âmes fusionner, me semblait capable d'affronter l'épreuve de l'éloignement, des mois, voire des années. Si je pouvais enfin admettre que je ne reniais pas totalement ce que j'avais vécu avec Gita, ce n'était qu'au plus profond de mon âme. J'avais avoué à Biddy que j'étais tombé amoureux d'elle, mais ça semblait d'un ridicule achevé. S'être à ce point laissé berner, comme tant d'hommes, par ses propres fantasmes ! J'étais sans cesse confronté à certaines images récurrentes, profondément troublantes, où elle m'apparaissait nue et me chevauchait, en me titillant avec une concentration dénuée de toute honte. Je me surprenais parfois à échafauder des plans pour la retrouver, une fois de plus, dans les ruines fumantes de l'Europe – tout en me suppliant moi-même de ne pas sacrifier l'avenir honnête et décent qui m'attendait auprès de Grace. Or la logique n'avait aucune place dans tout cela. C'était contre toute raison que je désirais Gita, et cette incapacité où j'étais d'exercer le moindre contrôle sur mes passions semblait n'être que l'une des épreuves qui s'abattaient sur moi, entre les quatre murs froids de ma petite chambre.

J'allais marcher dans Londres aussi souvent que possible mais, au cœur même de la City, mes pensées se réduisaient à une succession de scènes illuminées, comme sur un plateau de théâtre où venaient tournoyer divers personnages. Les êtres aimés ou redoutés, les morts eux-mêmes, y faisaient irruption à l'improviste. J'y reconnaissais souvent Robert Martin ou Roland Teedle et, lorsque j'étais d'humeur noire (c'est-à-dire la plupart du temps), je les haïssais autant l'un que l'autre, pour m'avoir plongé dans cette cascade d'événements où je me noyais à présent. Dans mes moments d'éclaircie, je sentais que l'un des obstacles qui m'empêchaient de reprendre pied en moi-même était précisément cette douloureuse impossibilité de savoir lequel des deux il fallait croire. Je détestais Martin et ses artifices, mais au tréfonds de ma conscience, je n'étais toujours pas convaincu que cet homme, que j'avais vu se jeter dans la Seille, tel un Jack Armstrong[1] bien réel, puisse s'abaisser au rôle d'agent double. Je restais sur l'impression persistante qu'on ne m'avait pas dit toute la vérité, et le mensonge me semblait émaner, d'une façon ou d'une autre, de ce noyau incontrôlé que j'avais perçu en

1. Héros d'une série radiophonique intitulée « Jack Armstrong, the All American Boy ». Le personnage titre est l'archétype du jeune aventurier athlétique, affrontant d'extraordinaires dangers, aux quatre coins du monde (*NdT*).

Teedle, presque au premier coup d'œil. Après toutes ces souffrances, ce doute m'était d'autant plus intolérable : l'ordre qui m'avait envoyé frôler la catastrophe de si près m'avait-il été donné en toute bonne foi ?

Au cours de mes promenades dans le West End, mes pas me portèrent maintes fois vers Brook Street. Je connaissais l'adresse pour l'avoir vue sur l'injonction écrite que Teedle avait envoyée à Martin, lui ordonnant de regagner Londres. Au numéro 68, à une rue de l'ambassade américaine et juste en face du Claridge, s'élevait une maison des plus banales et des plus typiques du quartier, avec son troisième étage mansardé, sa façade de grès et sa porte d'entrée qui s'abritait sous un petit auvent. C'était donc le siège de l'OSS, ou du moins l'une de ses antennes. Aucune pancarte, aucune plaque, rien ne permettait de reconnaître la nature de l'immeuble, ni les activités de ses occupants, mais à chacune de mes visites à Brook Street, j'avais observé un va-et-vient suffisamment important pour pouvoir en déduire que le bâtiment abritait bien une organisation ou une institution d'une espèce ou d'une autre. À mon cinquième ou sixième passage – j'étais à Londres depuis moins d'une semaine – je poussai la grille métallique, puis la porte d'entrée. À la réception officiait une dame impeccable, d'un âge plus que certain, auprès de qui je me présentai avant de lui demander s'il était possible d'avoir un entretien avec le colonel Bryant Winters.

« C'est à quel sujet ? s'enquit-elle.

— Au sujet du major Robert Martin. » L'ombre d'une réaction troubla presque imperceptiblement la neutralité de ses traits et elle m'indiqua l'un des fauteuils à dossier droit, alignés en face d'elle. Elle semblait avoir bien d'autres fers au feu, mais au bout de quelques minutes, elle finit par décrocher son téléphone.

Je n'avais qu'une idée très vague de ce qu'était l'OSS et du rôle qu'il jouait, avant de m'être vu charger du dossier de Martin, mais depuis, le mythe n'avait cessé de s'amplifier dans mon imagination, comme dans celle de la plupart des soldats qui combattaient en Europe. Les histoires des exploits accomplis par ses agents en France, en Italie ou en Afrique, étaient sinon véridiques du moins follement exaltantes, dans le flot ininterrompu des rumeurs qui venaient égayer le quotidien morose du soldat : l'OSS avait rayé de la carte tout un bataillon d'artilleurs allemands en empoisonnant leurs rations ; des agents des services spéciaux, acheminés par la voie des airs, avaient encerclé la tente de Rommel, avant de le ramener *manu militari* à Rome, où il avait été soumis à un interrogatoire en règle.

L'atmosphère du saint des saints n'avait pourtant rien d'aussi flamboyant. Elle m'évoquait plutôt celle du Yale Club de Manhattan, où je m'étais un jour fourvoyé et où l'on m'avait bien fait sentir, avec une politesse irréprochable quoiqu'un tantinet crispée, que jamais un Juif ou un catholique ne serait chez lui dans ces vénérables murs. Il ne serait jamais « membre du club », comme disaient certains de mes camarades d'Easton, qui, eux, « en étaient ». Ici, les noms des « membres » sonnaient tous impeccablement américains et bon nombre des habitués avaient troqué leur uniforme militaire pour un veston de tweed. L'ambiance avait quelque chose qui me glaçait les sangs – d'autant que je ne me souvenais que trop bien d'une époque où j'aurais donné mon bras droit pour y avoir ma place, comme un toutou qui salive, attaché au pied d'une table bien garnie. Quoi qu'il me soit arrivé, j'étais définitivement revenu de tout cela, à présent.

Je m'abîmais dans mes réflexions, lorsqu'un grand type en uniforme fit son entrée et se présenta. Je bondis sur mes pieds, pour me mettre au garde-à-vous. C'était le colonel Winters, qui m'accueillait en souriant. Il me souhaita la bienvenue avec la même aisance et le même naturel que si nous nous étions trouvés dans son propre salon.

« Bonjour, capitaine. Vous m'excuserez, mais nous n'avons pas été informés de votre visite – mon assistant est encore en train de feuilleter les derniers câbles que nous avons reçus. Néanmoins, j'ai immédiatement reconnu votre nom. Le service du JAG, c'est bien ça ? Une banale erreur de transmission, je suppose, comme d'habitude… ? »

Je lui répondis d'un haussement d'épaules fataliste – cet aveu d'impuissance qui symbolisait si bien la condition militaire.

« Eh bien, je vous en prie… » Il occupait un bureau exigu, tapissé de rayonnages qui s'étageaient entre des pilastres fraîchement repeints en blanc. Il y avait tout juste assez d'espace pour deux petits fauteuils sur lesquels nous prîmes place, l'un en face de l'autre. Des piles de dossiers cartonnés s'alignaient sur son bureau. En refermant la porte, il s'autorisa un éclat de rire poli. « Eh bien, vous pouvez vous vanter d'avoir mis la maison en émoi, capitaine. Ce n'est pas tous les jours que nous voyons débarquer des soldats en uniforme qui demandent à nous voir pour nous parler de nos agents en mission sur le terrain… !

— Non, bien sûr, j'imagine. Mais il s'agit d'une affaire tout ce qu'il y a d'officiel. » Tout en m'efforçant de ne proférer aucun mensonge délibéré, je me gardai bien de dissiper l'idée que ma visite avait dû leur être préalablement signalée par Maples, et me contentai de lui expliquer qu'étant de passage à Londres, j'avais jugé nécessaire d'élucider d'emblée certains éléments de mon enquête, qui devraient de toute façon être tirés au clair, au cas où le procès de Martin venait à avoir lieu.

« Mais bien évidemment. » La mise du colonel était aussi irréprochable que ses manières. Il avait un beau visage allongé, que couronnait une chevelure lustrée à la brillantine et divisée par une raie tirée au cordeau, mais son naturel était celui de l'homme du monde, et je n'avais pas l'impression de m'adresser à un militaire.

À ma connaissance, aucun colonel, pas même Maples, ne serait ainsi sorti de son bureau pour venir m'accueillir à la réception. Lorsque nous eûmes échangé quelques aimables banalités d'usage sur la vie londonienne, Winters me demanda des nouvelles du front. Nous allions finir par gagner cette guerre, l'assurai-je. C'était redevenu pour moi une certitude. En me gardant bien de toute allusion à sa mort, je lui parlai de ce lieutenant allemand qui m'avait fait part de sa conviction de voir d'ici peu les combats prendre fin.

« Parfait, parfait, dit Winters. Mais dites-moi, capitaine. Quel genre d'information souhaitez-vous obtenir de nous ? »

Je lui citai plusieurs points qui requéraient la confirmation directe de l'OSS, en les lui déclinant d'une voix monocorde, pour mieux suggérer à quel point j'étais ennuyé de devoir appliquer la lettre de la loi et lui imposer ses procédures, avec une méticulosité si tatillonne. Primo, nous avions besoin d'avoir confirmation que le major Martin avait bien été rappelé par l'OSS – je devais m'assurer ensuite qu'il n'avait pas reçu l'ordre de faire sauter la Saline royale, ou du moins pas au moment où il l'avait fait, et enfin, que Martin était bien un agent double, à la solde des Soviétiques.

Cette dernière requête lui fit imperceptiblement froncer les sourcils.

« C'est de Teedle que vous tenez cela – que le major serait un espion soviétique. »

Comme je répondais par l'affirmative, Winters se pencha pour rectifier le revers de son pantalon.

« Je peux en effet vous confirmer tout cela, répliqua-t-il. Martin s'est bien rendu coupable d'insubordination. Il a délibérément désobéi à des ordres directs et a lancé d'importantes opérations militaires sans attendre d'en avoir l'autorisation définitive. Et je peux vous confirmer que nous sommes effectivement favorables à son arrestation.

— Ainsi qu'à son passage en cour martiale ?

— Selon toute probabilité. Lorsque nous aurons eu une petite conversation avec lui.

— Mais vous n'endossez pas l'accusation d'espionnage ? »

Son regard s'échappa par la fenêtre, en direction des arbres qui bordaient Brook Street.

« Excusez-moi si je fais erreur, capitaine, mais n'est-ce pas vous qui avez été parachuté à Bastogne ?

— En fait, nous étions deux, mon colonel. Moi et mon chauffeur, le sergent Bidwell – et lui, il n'a pas eu besoin d'un coup de pied où je pense, pour se décider à sauter… »

Winters eut un sourire. Depuis le début de la guerre, les agents de l'OSS avaient quotidiennement accompli ce genre d'exploit sur le terrain. En fait, leurs actes de bravoure étaient pour l'agence une véritable carte de visite, et je trouvais une saveur quelque peu amère à cette ironie du sort qui voulait que ce repaire d'élégants gratte-papier triés sur le volet puisse se définir à l'enseigne de tels exploits. Si je n'avais pas sauté, Winters n'aurait sans doute pas pris la peine de me recevoir et se serait contenté de me faire éconduire par la réceptionniste. Je n'avais pas pour autant l'impression de faire partie du club. Sur le front, les soldats ne se faisaient guère d'illusion, quant aux épreuves qu'ils avaient endurées et ne pavoisaient guère. Mais ces types, tout auréolés de leurs prérogatives et de leur suffisance d'aristocrates, soignaient leur propre mythe. Entre eux, ils se gardaient probablement de faire la moindre allusion à cette information pourtant essentielle : leurs exécutants, ceux qui se chargeaient des opérations sur le terrain, devaient composer avec la peur qui leur nouait le ventre. En quoi Winters se révéla sortir du lot, puisqu'il parut presque heureux de mon absence de désir de l'impressionner.

« Et si vous avez sauté, c'était parce que Teedle vous avait affirmé que Martin était un espion russe ? »

J'aurais été bien incapable de dire pourquoi je l'avais fait. Je n'en avais plus le moindre souvenir. Sans doute parce que je n'avais pas encore compris à quel point il était effroyable de mourir. Mais je savais reconnaître une question piège, quand on m'en posait une. Comme je hochai la tête, le colonel porta la main à la bouche.

« J'ai la plus grande estime pour Rollie Teedle, me dit-il. C'est un formidable meneur d'hommes. Dans toute l'armée, il n'y a aucun officier supérieur qui puisse assumer ce genre de responsabilité. Il aurait dû décrocher sa seconde étoile depuis des lustres – en dépit de tous les ragots qui peuvent circuler, de ci de là. »

Je me gardai bien de lui faire préciser sa pensée.

« Mais j'ai tout lieu de croire que quelqu'un de chez nous lui a insufflé ces soupçons, concernant Martin, poursuivit Winters. C'est certainement l'opinion la plus répandue, dans cette maison, même si ça n'est jamais qu'une opinion. En toute honnêteté, capitaine, personne ne sait au juste ce que Martin a derrière la tête. La seule chose de sûre, c'est que ce n'est pas de nous qu'il tient ses ordres ; ce qui nous porte à penser, en toute logique, qu'il exécute ceux de quelqu'un d'autre. Et au vu de ses antécédents, eh bien, qu'il ait des accointances avec les Soviétiques – cela semble en quelque sorte couler de source. Pour vous résumer la situation, nous ne pouvons pas nous permettre de le laisser batifoler à son gré dans la nature. Les risques sont trop grands. »

Ça, j'étais tout prêt à l'admettre. « Auriez-vous relevé des indices tangibles, des preuves de déloyauté de sa part ?

— Non. Mais à vrai dire, il n'a jamais été mis à l'épreuve. Ici, à Londres, cet automne, nous lui avons fourni un compte rendu secret, concernant une opération que nous voulions lui confier, en Allemagne. Et à cette occasion, nous avons dû lui transmettre des informations qui auraient été spécialement lourdes de conséquences pour les Soviétiques. Or, à l'époque, il avait émis certaines remarques qui avaient alarmé quelques-uns de mes collègues. Ce qui vous explique qu'après mûre réflexion, nous ayons décidé de le rappeler. Il n'était pas judicieux de choisir Martin pour ce genre de travail. Par la suite, lorsqu'il a pris la fuite, nous nous sommes dit qu'il avait dû courir se jeter dans les bras des Russes. Si vous aviez tous les détails, vous reconnaîtriez avec moi que c'est la conclusion qui s'impose. Ne m'en veuillez surtout pas de rester aussi vague, Dubin. Vous comprendrez que je ne puis vous en dire davantage. »

Je comprenais, effectivement.

« Personnellement, fit Winters, j'ai tendance à croire que nous avons fait erreur. Mais dans la mesure où je n'ai aucune autre hypothèse qui puisse expliquer son comportement, je préfère garder mes opinions pour moi.

— Est-ce qu'on a réussi à lui remettre la main dessus ? » J'avais totalement suspendu mes recherches en revenant à Luxembourg et depuis, je n'avais eu aucune nouvelle. Robert Martin m'avait fait du mal. La vengeance étant ce qu'elle était, je n'aurais sans doute pas détesté le croiser menottes aux poignets. Mais j'avais le sentiment que je ne pouvais rendre de meilleur hommage à Biddy qu'en abandonnant cette course-poursuite qui lui avait coûté la vie.

« Nous prendrons le temps qu'il faudra. Nous ne voulons surtout pas que la police militaire placarde un avis de recherche tous azimuts, qui risquerait d'alerter les Russes. Nous préférons neutraliser Martin discrètement et directement. Mais il a recruté beaucoup des contacts que nous avions en Allemagne, et qui sont pour la plupart des hommes de gauche, des syndicalistes dont les inclinations, comme celles des Soviétiques et des autres Alliés, sont sujettes à caution, ces temps-ci. Sans compter qu'il nous serait difficile de leur demander de claquer la porte au nez de cet homme qui a toujours été pour eux le représentant de notre organisation. Tout cela est extrêmement délicat. Nous avons reçu plusieurs rapports, après coup. Martin a refait signe à certains de ses anciens contacts, mais il ne leur a demandé leur aide que pour faciliter ses déplacements. Il a prétendu travailler sur une opération particulièrement sensible. Une fois ou deux, il leur a demandé de le cacher, lui et la fille.

— Parce qu'elle est avec lui, elle aussi ?

— J'ai cru comprendre que vous aviez fait sa connaissance. Une personne charmante, à ce qu'on dit.

— Si on veut, m'entendis-je répondre.

— Personnellement, je n'ai jamais eu le plaisir. Mais elle a accédé au rang de légende vivante, dans cette maison. Martin l'avait rencontrée à Marseille, dans un hôpital où elle était fille de salle. C'est une comédienne hors pair, et elle ne lésine pas sur les moyens pour entrer dans la peau de ses personnages, quels qu'ils soient... Voilà deux ou trois ans, elle est allée jusqu'au sacrifice suprême – si vous voyez ce que je veux dire –, pour arracher des informations à un officier allemand. Le type avait été un de ses patients et il continuait à espérer ses faveurs. Elle lui a soutiré des informations cruciales sur les bombardements de Londres. Bref, s'il n'en tenait qu'à moi, elle serait déjà décorée, mais mes collègues ont tendance à tiquer, lorsqu'il est question de ce type de mission. En fait, coucher avec l'ennemi, c'est vraiment l'enfance de l'art, pour un espion, mais il s'agit là d'un secret bien gardé – ou plutôt, si vous préférez, d'un type de linge sale que nous préférons laver en famille... ! » Il eut un sourire de fin gourmet, en savourant l'ambiguïté de sa conclusion.

Il entreprit de me raconter comment elle avait arraché Martin des griffes de la Gestapo en feignant d'être enceinte de lui, et je le laissai dire, trop heureux qu'il se soit remis à parler, car pour ma part, j'aurais été incapable d'aligner deux mots. Coucher avec l'ennemi...

M'abîmant dans la contemplation des entrelacs du tapis ancien, qui avaient dû voir passer tant de pieds, depuis tant d'années, je tâchai de prendre la mesure de ce que cela impliquait pour moi. À peine pensais-je avoir touché le fond, que cette femme s'arrangeait pour m'entraîner un peu plus bas. Je ne serais donc jamais au bout de mes surprises !

« Et vous pensez qu'elle travaille pour les Russes, elle aussi ? »

Winters eut un haussement d'épaules. « Ça n'est pas clair. Si Martin joue vraiment à ce petit jeu, on peut supposer qu'il a intérêt à faire cavalier seul, et à ne mettre personne d'autre dans le coup. Quoique... » Il leva la main, en un geste d'une élégance évasive, comme pour minimiser la portée de ses propos. « Mais là, nous nous écartons du sujet. »

Comme je me levais, il m'invita à dîner un de ces soirs, avant que je ne m'envole pour le continent, mais après avoir encaissé cette information choc, je doutais d'avoir envie de le revoir. J'ai donc préféré rester dans le vague, en lui répondant que je l'appellerais si j'avais un moment de libre.

Vu mon état d'esprit, ce que Winters venait de m'asséner mit le comble à mon désarroi. Mes efforts pour me raccrocher au monde extérieur se faisaient de plus en plus ténus et de plus en plus inefficaces. Mes pas m'amenèrent vers Green Park et, une demi-heure plus tard, je me suis retrouvé planté au bord d'une passerelle, les mains agrippées au métal glacé de la rambarde, déchiré par la tempête qui me ravageait l'esprit. Les miroirs me renvoyaient le visage d'un homme d'apparence normale, mais cette coquille extérieure n'était que l'envers d'un écran où venait se projeter, comme au cinéma permanent, un perpétuel flux de sons et d'images douloureux. Tandis que j'arpentais les rues, il m'arrivait de prendre soudain conscience de mon délabrement nerveux. « Je tombe en chute libre... », me disais-je. Et seul le sursaut de panique qui accompagnait cette constatation me raccrochait à l'instant présent.

Je fis mes bagages trois jours avant la fin de ma permission. Avant de quitter Londres, j'écrivis une courte lettre à Grace Morton. Anéanti par Gita, je ne parvenais pas à me raccrocher au souvenir de Grace. J'avais renoncé à m'expliquer pourquoi le fait de m'être si douloureusement trompé sur l'une avait eu pour effet la mort de mon amour pour l'autre, mais c'était ainsi. Grace, cette personne estimable entre toutes, procédait d'une sorte d'existence antérieure qui m'était à présent inaccessible. Tout retour en arrière était désormais exclu. C'était une chose révolue, tout comme mon séjour à Londres. Le désœuvrement ne me valait rien. Je devais de toute urgence me remettre au travail. Retourner à Luxembourg. Là-bas, j'avais des dossiers à plaider, des coupables à envoyer à la potence.

Mais je craignais que le théâtre de la loi lui-même soit impuissant à retenir mon attention. Si je demeurais en proie à cet abîme, mon seul recours serait de retourner au combat. Je demanderais mon transfert dans l'infanterie. La lutte désespérée pour survivre, pour tuer et ne pas mourir, était le seul moyen sûr d'échapper à mon enfer intérieur. Ma décision était prise, et je ne voyais pas ce qu'elle avait d'absurde et de paradoxal.

Ce ne fut qu'à l'instant où j'ai refermé la porte de ma chambre d'hôtel, le sac sur l'épaule, que j'en ai pris la pleine mesure. Les implications de mon projet avaient enfin infusé dans ma conscience. Dieu sait comment, ce fut la voix de Gita qui m'interpella. Je la reconnus comme malgré moi, tenaillé par ce mélange de capitulation et de rage qui s'était emparé de moi depuis des jours et, tout en refusant de l'écouter, je finis tout de même par l'entendre.

« Martin, c'est toi », me dit-elle.

Le 11 février 1945,

Chère Grace,

Je t'écris au terme de cette semaine que je viens de passer à Londres, en m'efforçant de me remettre de ce que j'ai enduré. Après t'avoir fait part de mes moindres impressions, pendant tant de mois, je suppose que tu m'as trouvé avare de détails, concernant les combats. Mais il serait vain d'en dire davantage. Il te suffit d'imaginer le pire – la réalité est encore plus affreuse. En traversant l'Atlantique, je regrettais de n'être qu'un soldat de pacotille. À présent que j'en suis un vrai, je le déplore plus que tout au monde.

Car je sais à présent, chère Grace, que je ne pourrai jamais plus reprendre notre relation là où nous l'avions laissée. Je me sens brisé, blessé d'une façon dont je ne me remettrai pas, ou jamais totalement. En arrivant ici, j'avais la certitude que l'amour pouvait survivre à n'importe quoi, mais ce n'était qu'un des innombrables clichés dont je me berçais. Pour moi, ce monde de douceur est définitivement révolu.

Je sais à quel point cette lettre va te faire mal, et je suis déchiré de culpabilité et de honte, lorsque je t'imagine en train de la lire. Mais mon état d'esprit actuel semble exiger de moi de renoncer à toutes les illusions, y compris celle de pouvoir un jour revenir vers toi sous les espèces d'un mari affectueux.

Mon estime et mon admiration te restent à jamais acquises. Tu seras éternellement dans mes pensées.

Pardonne-moi,

David

VII

28

Visite

Une fois par an, en plein été, et pendant des années, ma mère nous pomponnait, Sarah et moi, avant de nous enfourner dans la Chevy de mon père, qui prenait le volant. Ces petites excursions avaient un je-ne-sais-quoi de lugubre, sans doute parce qu'il était exceptionnel que nous sortions avec papa sans ma mère – sauf pour les matchs de base-ball, qu'elle avait classés une fois pour toutes parmi les énigmes relevant de l'incompréhensible. C'était au beau milieu des vacances d'été et nous aurions préféré faire n'importe quoi d'autre qu'une balade en auto à travers la ville. La voiture n'avait pas tourné au coin de la rue, que nous commencions à gémir, mais papa continuait à rouler, imperturbable. Au bout de vingt minutes de trajet dans la banlieue noire, après avoir traversé les quartiers les plus délabrés, nous arrivions en face d'un bloc de jolies petites maisons à deux étages. Là, toujours sourd à nos récriminations, mon père nous extrayait de la Chevy.

Dans l'une de ces maisons, nous allions rendre visite à une charmante dame noire, à la peau plutôt claire. Ces rendez-vous avaient l'air d'être une corvée pour tout le monde. D'autant plus qu'après tous ces kilomètres, ni mon père ni Mrs Bidwell n'avaient jamais grand-chose à se dire. En fait, déjà à l'époque, j'avais compris que l'unique raison de notre présence, à Sarah et à moi, était de leur tenir lieu d'alibi et de sujet de conversation, afin que la vieille dame puisse s'émerveiller de la vitesse à laquelle nous grandissions et que papa puisse s'extasier avec elle. Ça n'était pas un problème de race. Mes parents habitaient à University Park, l'un des premiers quartiers où Noirs et Blancs avaient réussi à coexister harmonieusement, aux États-Unis, et nous entretenions avec tous nos voisins noirs des relations amicales.

Mrs Bidwell nous installait dans son salon, et nous servait un verre de sa délicieuse citronnade maison, après quoi nous lui disions au revoir, et nous repartions. Chaque fois, je demandais à mon père la raison de ces visites et sa réponse ne variait jamais : Mrs Bidwell était la mère d'un jeune homme qu'il avait bien connu, point final. Je n'avais même pas relevé la similarité des noms, lorsque j'avais commencé à lire le manuscrit de mon père, parce que Mrs Bidwell était noire et que Gideon ne l'était pas – encore un coche qui m'avait échappé, comme tant d'autres...

Il y a un certain nombre d'années, j'ai fait éclater au grand jour une affaire concernant l'un des principaux adjoints du service du procureur de Kindle County, dont la passion pour le jeu avait fait la proie des requins et des usuriers du secteur. Je tenais le tuyau d'un agent du FBI, qui s'inquiétait à bon droit de savoir l'un des assistants du procureur sous la coupe de la pègre locale. Cet agent n'avait pas hésité à me montrer la transcription des audiences du grand jury fédéral, pour rassurer mon rédacteur en chef, avant de publier mon article.

Pour moi, c'était un gros coup. Le seul problème, c'était que Rudy Patel, le procureur adjoint concerné, se trouvait être de mes amis. Aussi mordus de base-ball l'un que l'autre, nous faisions partie d'un même groupe qui achetait des abonnements collectifs pour toute la saison des Trappers. Nous allions souvent au match ensemble et nous unissions nos voix pour huer les performances catastrophiques de notre équipe, apostropher les *homers* comme si c'était nous qui lancions les balles et hurler notre dépit à chaque faute des joueurs. Soutenir les Trappers dans leur perpétuel calvaire a pris valeur de rite, à Kindle County, et ça avait créé des liens, entre Rudy et moi. Je m'arrangeais généralement pour que ses procès soient relatés en bonne place, dans les colonnes du *Tribune* – mais cette amitié avait fini par lui coûter sa carrière.

Heureusement pour lui, il parvint à bénéficier d'un programme de réinsertion pour juristes déchus et se rallia aux joueurs anonymes, ce qui lui permit d'échapper à la radiation et aux poursuites. Mais il dut tout de même renoncer à son poste de procureur adjoint et apprendre à vivre avec l'ignominie d'en avoir été chassé à cause de mes articles. Puis il fini par décrocher une place d'enseignant dans l'une des meilleures écoles de droit du comté et pour lui, la vie a repris son cours, mais cette fois sans aucune des perspectives d'avenir qu'il avait auparavant. Cela, j'y avais mis bon ordre.

Nous nous croisons dans le bus de temps à autre, Rudy et moi. Nous prenons toujours la même ligne de bus, celle de Nearing. J'ai un sursaut de joie chaque fois que je l'aperçois, et de son côté, il semble à deux doigts de sourire – mais une seconde plus tard, il se rappelle qui je suis, et l'amertume finit par l'emporter sur le souvenir de notre amitié. Au fil des années, son masque de haine s'est quelque peu détendu. Il a dû se dire que je n'avais fait que mon travail. Mais notre relation ne s'en remettra jamais. Même s'il me pardonnait du fond du cœur, elle appartient désormais à un passé sur lequel il a définitivement tiré un trait.

Si j'évoque cette histoire, c'est que sur bien des points, elle me fait penser aux visites de mon père à Mrs Bidwell. Ces brèves entrevues avaient le don de le mettre hors de lui. Sur le chemin du retour, il avait le regard fuyant, et les mains crispées sur le volant. Je ne saurai jamais quelle illusion le ramenait ainsi, été après été, dans le West End. Se sentait-il tenu de manifester sa loyauté et sa fidélité à la mémoire de son ami ? Pensait-il qu'en nous exhibant ainsi, il pourrait rendre à Mrs Bidwell quelques miettes de l'avenir dont l'avait dépossédée la mort de son fils ? Mais au retour de notre dernière visite – je devais avoir une dizaine d'années – à peine avions-nous franchi la porte de la maison, que mon père a regardé ma mère droit dans les yeux : « C'est fini, lui a-t-il dit. Je n'y retournerai plus. »

Ma mère a soutenu son regard, avec un sourire de tendresse et de compassion.

Et mon père a tenu parole. Il n'y est jamais retourné. Comme je l'ai souligné, il n'y avait pas de place pour la guerre, dans sa vie. Pour lui, la guerre et la vie s'excluaient par nature. C'était le genre d'évidence qu'aucune fidélité à aucun souvenir ne pouvait surmonter.

Et franchement, je n'imagine pas que Mrs Bidwell ait pu tenter de maintenir le contact. En y réfléchissant, je suis à présent frappé par l'absence de M. Bidwell, et des frères de Biddy. Je n'ai jamais vu aucun d'entre eux, à aucune de nos visites. Sans doute n'avaient-ils pu se faire à cette intolérable ironie du sort : avoir perdu leur fils ou leur frère, parce qu'il n'avait pu jouer d'égal à égal avec les Blancs que face à la mort.

La relation de mon père avec Mrs Bidwell était somme toute très comparable à celle que nous avions, Rudy et moi. Ils contemplaient un passé commun auquel ils ne pouvaient plus rien changer. Le destin avait inexplicablement favorisé l'un aux dépens de l'autre, et rien n'aurait pu compenser cette injustice, pas plus celle-là qu'aucune autre. Impuissants à infléchir le cours des choses, ils en étaient réduits à évoquer tristement ce que leur avait octroyé le passé, avant de poursuivre, chacun de son côté, le chemin qu'il leur restait à parcourir.

29

Victoire

Extrait de *Ne vous laissez pas avoir par les Allemands !* – une brochure publiée par le 12e Groupe d'Armées, et que j'ai retrouvée parmi les papiers de mon père :

Les faits cités dans cette brochure ont été réunis par les autorités de la police militaire de la IXe Armée US, en vue d'en informer les soldats stationnés en Allemagne. Les informations qui suivent ne sortent pas de l'imagination d'une bande de bureaucrates. C'est le fruit de l'expérience des résistants français, hollandais et belges qui combattent à présent aux côtés des troupes américaines et qui ont payé pour connaître tous ces pièges et la façon de les déjouer – ce qui explique, d'ailleurs, qu'ils soient encore là pour vous en parler.

NE CROYEZ SURTOUT PAS...

— Ne croyez surtout pas qu'il reste des bons Allemands en Allemagne. Bien sûr, nous connaissons tous, aux USA, des Allemands honnêtes et loyaux. Ils ont eu le courage et le bon sens de quitter leur pays, voilà déjà plusieurs années.

— Ne croyez surtout pas que cette guerre soit seulement le fait du gouvernement nazi et de ses nervis. Chaque peuple a le gouvernement qu'il veut et qu'il mérite. Seule une très faible proportion d'Allemands s'est soulevée contre les nazis, et vous n'aurez guère l'occasion de rencontrer ces rebelles de la première heure : cela fait bien longtemps qu'ils ont été physiquement éliminés par les nazis.

Un officier belge, deux fois blessé pendant les deux dernières guerres, a été stationné en Allemagne de 1918 à 1929. Voici ce qu'il dit de ses habitants :

« Les Allemands ont une tendance naturelle au mensonge. Individuellement, ils sont de tempérament plutôt pacifique, mais en groupe, ils deviennent facilement cruels. »

Si un mouvement de résistance nazie parvient à se reconstituer, il sera impitoyable. Il agira sous les ordres d'officiers SS et d'agents de la Gestapo qui ne reculent devant aucun meurtre. Et ils auront des appuis partout en Allemagne. Tout Allemand, homme, femme ou enfant, doit donc être considéré comme suspect. Les représailles doivent être rapides et rigoureuses. Cela n'a rien à voir avec de la barbarie. Les Alliés doivent faire démonstration de leur puissance, mais n'y recourir que lorsque c'est nécessaire.

Nous avions gagné la guerre. Les mois de février et de mars virent se poursuivre la progression alliée. Les Allemands avaient enfin pris conscience qu'ils étaient débordés sur tous les fronts – décimés par la bataille des Ardennes, croulant sous le nombre dans les airs et, sur le front est, sous les attaques massives de l'Armée Rouge. « *Bald schiessen wir nicht mehr...* »

Les principaux obstacles que rencontrait désormais la IIIe Armée étaient les accidents de terrain et la météo. L'hiver le plus rigoureux qui ait sévi depuis cinquante ans avait fait place à un dégel précoce qui faisait déborder les rivières et les cours d'eau dans le secteur vallonné où avait été construite la ligne Siegfried. Des ruisseaux que nos soldats traversaient naguère à gué forçaient à présent nos ingénieurs à aménager des passerelles, ralentissant considérablement la progression des troupes. Mais à son habitude, Patton ne se laissait pas arrêter. Le 19e Tactical Air Command assurait aux colonnes avancées un soutien intensif. Le 22 mars, Patton défia le haut commandement allemand et organisa secrètement une attaque massive vers l'autre rive du Rhin, soufflant à Montgomery le titre de premier général allié à pénétrer sur le sol allemand. À notre QG, les plumes avaient volé pendant plusieurs semaines et j'ai tout lieu de croire que deux mois plus tard, en mai, ce fut ce petit coup de force qui finit par coûter son poste à Patton, à la tête de la IIIe Armée.

Mais à présent que la fin de la guerre semblait à portée de main, nos progrès ne soulevaient plus le même enthousiasme que durant la libération de la France. Nos hommes étaient en guerre depuis trop longtemps pour avoir encore envie de faire la fête et, plus important, nous étions quotidiennement confrontés aux conséquences de la défaite allemande sur les populations locales. Un interminable défilé de civils harassés, chassés de leurs maisons par les combats, refluait sur les routes. Ils allaient à pied, chargés de leurs possessions les plus précieuses. Ils couchaient dehors, formant des troupeaux moroses décimés par le typhus. Certains agitaient des petits drapeaux américains sur notre passage, mais nous avions massacré leurs pères et leurs fils, et bombardé ou pillé leurs maisons. Entre eux et nous, planait toujours une ombre de soupçon, d'autant qu'une bonne partie des soldats allemands en déroute avaient abandonné leur uniforme pour mieux se fondre dans la masse des réfugiés.

En dépit des désertions massives dans les rangs allemands, la IIIe Armée fit à elle seule trois cent mille prisonniers de guerre, en l'espace de ces quelques semaines. Ils étaient transportés en camion vers l'arrière, sales, affamés, vaincus, parqués dans des cages de barbelés.

Et lorsqu'on leur demandait leur avis, la plupart d'entre eux n'attendaient que le cessez-le-feu qui leur permettrait de rentrer chez eux, en vertu des Conventions de Genève.

J'étais pour ma part solitaire et inconsolable – pour ne pas dire invivable. J'avais renoncé à mettre à exécution cette menace que je m'étais faite à moi-même, et au lieu de me porter volontaire pour les combats, je m'étais contenté de revenir à la routine du tribunal militaire, que je servais avec un zèle morose. Nous étions submergés de plaintes de vol, de viols ou de meurtres commis sur des Allemands, que nous ignorions. Nous n'intervenions qu'en cas de crime grave, contre nos propres soldats – et ce, parce que les Allemands étaient nos ennemis, certes, mais pas seulement. La plupart des sommités de notre état-major, dont le général Maples, qui fut promu le 1er avril, n'hésitaient pas à se prononcer en faveur d'une occupation musclée de l'Allemagne, qu'ils jugeaient amplement justifiée, non pas à titre de représailles, mais afin que le peuple allemand puisse faire l'expérience directe de la violence qu'il avait déchaînée sur le reste du monde. J'aurais été mal placé pour contester ce point de vue.

D'ailleurs, je n'étais pas d'humeur contestatrice. Pour moi, la guerre était autant dire finie. Comme les clochers d'Europe de l'Ouest, j'étais à terre, réduit à l'état de ruines et je n'attendais plus que de pouvoir rentrer chez moi, pour avoir enfin le temps de fouiller dans mes propres décombres. Je me sentais en communion avec ces hordes de civils humiliés, tout autant qu'avec nos propres troupes.

D'Amérique, je continuais à recevoir de poignantes supplications de Grace Morton, qui refusait d'accepter la rupture.

« Mon chéri, m'écrivait-elle, je sais quelles horreurs tu as dû vivre, au cours de ces quelques derniers mois, et de quelles tragédies tu as été le témoin. Mais reprends courage – nous serons bientôt réunis, toute cette folie sera enfin derrière nous et nous ne ferons à nouveau plus qu'un. »

Je lui répondis avec toute la tendresse que je pus rassembler en moi, et lui expliquai qu'elle nous épargnerait à tous deux bien des souffrances en me croyant sur parole et en s'en tenant à ma décision. Là-dessus, ses lettres se firent ouvertement suppliantes et, comme elles restaient sans réponse, son vernis de dignité blessée vola en éclats. Un jour, je recevais des imprécations contre mon infidélité, et le lendemain des considérations nostalgiques, quoique non dénuées de sensualité, m'expliquant à quel point nous avions eu tort de ne pas consommer notre union avant mon départ. Je me forçais à lire ces lettres jusqu'au bout, toujours avec le cœur serré. J'étais sidéré devant cette incroyable force de contagion de la guerre, qui avait réussi à projeter ma folie par-delà l'Atlantique, pour contaminer Grace.

Deux fois par semaine, la IIIe Armée déplaçait son QG avancé. Elle finit par entrer dans Francfort, début avril. La ville avait fait l'objet d'un pilonnage aérien incessant, avant notre arrivée. Des quartiers entiers avaient été réduits en collines de pierres et de briques, environnées d'un halo de poussière que soulevait le vent. Un certain nombre de bâtiments anciens avaient toutefois été épargnés, aux alentours de la gare principale, et le Staff Judge-Advocate s'était établi dans un immeuble commercial, donnant sur Poststrasse. Je me vis attribuer un grand bureau qui avait dû appartenir à quelque cadre supérieur de l'entreprise qui nous avait précédés dans les lieux. Je finissais à peine de m'y installer, lorsque je vis arriver un jeune officier plutôt grassouillet, qui faisait tourner nerveusement sa casquette entre ses mains. Il se présenta : sergent Herbert Diller, aide de camp du chef d'état-major adjoint de la IIIe Armée, lequel désirait me parler. J'étais déjà dans la rue, me hâtant de rejoindre le QG de l'état-major, lorsque Diller, qui m'avait emboîté le pas, mentionna enfin le nom de Teedle.

Je n'avais pas eu l'occasion de revoir le général, depuis le jour où j'étais revenu, l'oreille basse, de chez Mme de Lemolland, pour lui faire mon rapport sur la première disparition de Martin. À ma connaissance, Teedle avait bien reçu mes rapports écrits, mais je n'avais jamais eu la moindre réponse. Et j'apprenais à présent par la bouche de Diller que le 1er avril, le général Teedle avait été relevé de ses fonctions à la tête de la 18e Division blindée, qui avait été placée en position de réserve, pour le reste de la guerre. Là-dessus, Roland Teedle était devenu le chef d'état-major adjoint de Patton. Tandis que, Diller et moi, nous enfilions au pas de charge les interminables couloirs de cet ex-ministère, j'entendis de loin tonner la voix de Teedle, qui tempêtait contre son secrétaire attitré. Frank l'avait apparemment suivi dans son transfert.

Le général me parut vieilli, ratatiné et tassé sur lui-même, lorsque je finis par le dénicher dans son bureau, une pièce triste et sombre, avec de hauts plafonds et de longues fenêtres étroites. Il était debout, manifestement accablé, devant un amas de paperasses qui semblait avoir été déversé sur son bureau en un tas informe. Et à ma grande surprise, j'eus un certain plaisir à le retrouver – peut-être parce qu'après ma visite au bureau londonien de l'OSS, j'avais fini par admettre qu'il avait vu juste sur bien des points et que Robert Martin ne pouvait exercer dans l'univers militaire qu'une force insidieuse et subversive. Non pas que les accusations de Bonner me soient totalement sorties de l'esprit ; l'espace d'une seconde, l'idée m'effleura même que Teedle avait pu être muté au QG afin que quelqu'un puisse garder un œil sur lui. Mais Bonner m'avait-il dit la stricte vérité ? N'avait-il pas été victime d'une erreur de jugement, devant une tout autre conduite ? D'ailleurs, à supposer que ses accusations aient été fondées, les hypothétiques écarts de Teedle auraient-ils été plus condamnables que ceux des nombreux autres invertis que la guerre avait révélés ? Je n'en eus jamais le cœur net.

Je commençai par féliciter le général pour son nouveau poste, qui avait été accompagné d'une promotion. Mais à son habitude, il refusa de mordre à l'hameçon de la flatterie.

« Ils ont déjà commencé à remplacer les vieux chevaux de guerre, Dubin. Ils veulent mettre les diplomates aux commandes. La prochaine phase de cette guerre sera politique. Personnellement, j'aimerais mieux aller planter mes choux que de moisir toute ma vie derrière un bureau, mais pour l'instant, il nous reste du boulot à abattre. Patton veut entrer dans Berlin avant la fin du mois et il est bien parti pour y arriver. Alors, Dubin ? Ça vous a plu, votre petite virée sur les champs de bataille ? Pas des masses, hein ? »

Quelque chose dans ma réaction avait dû me trahir, car je vis passer une ombre d'inquiétude dans le regard qu'il avait posé sur moi.

« Je sais que vous n'avez pas été à la fête, Dubin – loin de moi l'idée d'en rigoler.

— Oh, je ne crois pas être le seul à revenir du front avec de mauvais souvenirs.

— Il y a ici trois millions d'hommes qui ne ramèneront que ça, chez eux, des cauchemars. Et quelque chose comme un autre million, de l'autre côté du globe. C'est à se demander quel pays nous allons devenir. Voyez-vous, Dubin, la civilisation, ça n'est rien d'autre que quelques périodes de reconstruction, ici et là, entre deux guerres. Nous ne bâtissons que pour mieux démolir. Regardez-moi cette pauvre Europe. Certains jours, quand je pense à tous les combats qui ont ravagé ce vieux continent, je m'étonne de ne pas voir cette terre cracher spontanément des ruisseaux de sang.

— Je croirais entendre Martin, mon général. » À mon habitude, je fus le premier surpris de ma propre audace, mais il fit comme s'il n'en attendait pas moins de moi.

« Ça, permettez-moi d'en douter. Je suis bien certain que Martin ne rêve que d'y mettre fin, à la guerre. Alors que pour moi, elle fait partie de la condition humaine. »

Je n'eus pour toute réponse qu'une grimace chagrine, mais rétrospectivement, je ne saurais dire si c'était parce que je m'inscrivais en faux contre le point de vue défendu par Teedle, ou si je l'admettais au contraire comme une accablante vérité. Sans me quitter des yeux, Teedle se carra dans son fauteuil, et se mit à tambouriner du bout de son crayon sur le genou de son pantalon de drap.

« Avez-vous seulement une idée de ce qui a déclenché cette guerre, Dubin ? »

Il avait demandé à Diller d'attendre dans le couloir, où j'entendais les voix de plusieurs personnes qui commençaient à s'attrouper – ce qui signifiait qu'un autre rendez-vous allait avoir lieu, rassemblant probablement des officiers d'un rang supérieur au mien. Mais je ne fus pas autrement surpris de constater que le général estimait avoir tout son temps, pour mener notre petite discussion à son terme. À l'évidence, Teedle avait toujours considéré que son bras de fer contre Martin avait quelque chose de fondamental, d'existentiel. Le général était l'opposé de tout ce que semblait personnifier Martin – l'aventurier solitaire, le héros qui se croyait plus malin que toutes les machines de guerre, l'espion sournois, qui préférait la ruse au corps à corps ; et bien sûr, le communiste dont l'objectif était « à chacun selon ses besoins », et non pas la soumission aux voies insondables de la volonté divine.

Je lui demandai si c'était au traité de Versailles, qu'il faisait allusion.

« Je conchie tous les traités ! répondit-il. Non. Je vous parle de tout ce qui est en jeu. Dans la perspective la plus vaste. »

Sachant que Teedle appréciait mon sérieux, je m'efforçais généralement de bannir de ma conduite tout ce qui aurait pu passer pour de la désinvolture, mais le fait était que je n'avais plus la moindre idée de ce qui avait vraiment déclenché la guerre. Teedle, lui, avait son opinion sur le sujet :

« Voyez-vous, Dubin, je crois que nous nous battons pour ce qui réunira les hommes. Je crois que toutes ces machines dont notre époque s'est tellement entichée – nos chemins de fer, nos télégraphes, nos téléphones, nos autos, nos radios, notre cinéma, nos avions et Dieu sait quoi encore – je crois que tout ça a radicalement bouleversé le cadre de référence de nos vies. Le berger qui menait paître son troupeau ou le forgeron qui travaillait à sa forge, tous ces gens qui ne connaissaient autrefois que leurs voisins ou les habitants de leur village, parlent et traitent à présent avec des interlocuteurs vivant à des centaines de kilomètres d'eux, comme s'ils étaient de vraies présences dans leur vie. Mais aucun d'eux ne serait foutu de dire ce qu'il a en commun avec ces lointains compagnons...

« Et là-dessus arrivent les communistes, qui expliquent à notre berger que l'intérêt commun, c'est le bien de l'humanité tout entière et qu'il devrait peut-être renoncer à quelques-uns de ses moutons, au profit de ces pauvres bougres qui vivent à quelques villes de là. Et puis voilà Monsieur Hitler qui persuade ses compatriotes qu'ils doivent être réunis par le désir d'anéantir ou d'asservir quiconque ne leur ressemble pas. Et puis, il y a nous – les Alliés. Quelle vision avons-nous à opposer à celle d'un Staline ou d'un Hitler, hein ? Qu'est-ce que nous proposons ?

— Eh bien, Roosevelt et Churchill pourraient vous répondre “la liberté”.

— C'est-à-dire ?

— La liberté individuelle. La Déclaration des Droits de l'Homme. Le droit de vote. Liberté, égalité, fraternité.

— Mais pour quoi faire ?

— Général, je me croirais de retour sur les bancs de l'école de droit !

— J'entends bien, Dubin. J'entends bien. Mais moi, je pense que c'est pour Dieu que nous combattons, mon vieux. Pas pour Jésus-Christ, ni pour Yahvé, ni pour les elfes des bois. Je ne vous parle pas d'un Dieu en particulier, là, mais du droit d'y croire. Du droit d'affirmer qu'il existe une limite à ce grand collectivisme social, qu'il existe quelque chose de plus important pour chaque être humain, et qu'il doit le trouver lui-même. Notre problème, voyez-vous, c'est que nous tentons de jouer sur les deux tableaux : nous voulons être à la fois individualistes et collectivistes. Et c'est ce qui va nous jouer des tours, Dubin. Nous ne pouvons supporter les fascistes, pas plus que les communistes qui veulent appliquer la même réponse à tous et à chacun. Et pas davantage les capitalistes, si vous voulez que je vous dise, parce que le grand rêve du capitalisme, c'est de tous nous asservir au matérialisme. Le capitalisme est une espèce particulièrement insidieuse de collectivisme, et nous devons le démasquer comme tel.

— Mais la religion elle-même n'est pas exempte de collectivisme, général. Tous ces gens qui voudraient que nous nous conformions exactement, vous et moi, à ce qu'ils considèrent comme la vérité…

— Ça, c'est dans la nature même de l'Homme, Dubin. Et à mon sens, Dieu s'y attend plus ou moins. Mais justement, notre mission à nous, humains, est de permettre à tous les courants de s'exprimer. De donner leur chance à tous les concurrents raisonnables. »

Je ne le suivais pas, sur ce terrain-là, et je le lui fis remarquer. Contournant son bureau, Teedle s'approcha de moi avec une ingénuité qui me parut curieusement imprudente, dans sa position.

« Je crois en la démocratie, poursuivit-il. Et exactement pour les mêmes raisons que Jefferson. Parce que

Dieu nous a créés tels que nous sommes, avec toutes nos différences. Notre diversité même exprime Son infinie plénitude. Mais Son royaume a toujours appartenu à ceux qui sont prêts à lutter pour s'acquitter de leur mission. Il a choisi pour eux – aussi bien pour le trappiste qui contemple Sa volonté en silence, que pour le grand stratège qui étend son pouvoir sur le globe. En créant un monde riche d'un milliard de projets humains tous différents, Il devait s'attendre à ce que ça s'entrechoque. Mais ce qu'Il n'a pu vouloir, Dubin, c'est un monde où ne prévaudrait qu'une seule façon de voir, un monde qui impliquerait une seule image de Lui.

— Est-ce donc la guerre qu'Il veut, général ?

— C'est la question que nous nous posons tous, Dubin. Et je n'ai pas de réponse. Tout ce que je sais, c'est qu'Il veut que nous persévérions. » Il prit un papier dans le tas de documents qui jonchaient son bureau. « Voilà vingt-quatre heures, j'ai reçu plusieurs rapports émanant d'un bled qui s'appelle Ohrdruf. Vous connaissez ?

— Non, mon général.

— Trois mille prisonniers politiques, détenus pour une raison ou pour une autre, qu'on a retrouvés enterrés à la hâte, dans des fosses communes profondes de quelques dizaines de centimètres. Morts de faim. Réduits à l'état de squelettes par les nazis. Les rares survivants sont dans un état inimaginable. La phrase qui revient, dans tous les communiqués, c'est qu'il n'existe pas de mots pour décrire cette horreur. Et ça, Dubin, Dieu veut certainement que nous le combattions. »

Je lui répondis d'un haussement d'épaules. Je n'avais aucune envie de m'aventurer sur ce terrain, sous l'œil scrutateur du général qui restait fixé sur moi. C'est alors que je compris soudain ce qui m'avait attiré, en lui, depuis le début. Ce qui l'intéressait, c'était ma vie spirituelle. C'était mon âme.

« Bien, Dubin. Assez philosophé. J'ai une mission à vous confier, mais je pensais que nous devions commencer par en discuter un peu. On m'a rapporté que vous étiez passé à Londres. Pour vérifier mes dires, je suppose...

— En quoi je n'ai fait que mon devoir, général. Je vous avais clairement averti que j'aurais besoin d'avoir confirmation de certains éléments.

— Vous vouliez vérifier mes dires, Dubin. Mais je m'en fiche. Je soupçonne qu'au point où nous en sommes, vous devez haïr Robert Martin bien plus que moi.

— En fait, mon général, j'ai atteint une position de neutralité, sur ce point. Je suis incapable de voir clair dans son jeu, et je n'exclus même pas qu'il agisse sous le coup d'une forme de folie qui lui est propre.

— C'est un espion, Dubin. Purement et simplement. Il travaille pour l'autre camp. »

À l'évidence, Martin et le général n'étaient pas du même bord. Mais on aurait pu en dire tout autant de moi et de Teedle, et j'aurais été bien en peine de nommer ou de définir nos différents camps.

« Comme il vous plaira, mon général. Mais mon but n'était pas de mettre votre parole en doute. Je tenais simplement à mener ce problème à son terme, et à lui trouver une solution rationnelle.

— En quoi vous avez totalement échoué, me semble-t-il, Dubin. Ce fils de pute court toujours.

— Il a de bonnes chances d'être mort, pour autant que je sache, mon général.

— Non. Malheureusement pas. » Teedle se mit à fourrager dans son tas de paperasses. Au bout d'un certain temps, exaspéré, il parut renoncer et appela à grands cris son aide de camp – mais Frank avait dû s'éloigner.

« Ah, qu'il aille au diable ! enragea Teedle. Il y a quelque chose comme deux jours, un bataillon de réserve de la 100e Division d'infanterie a rencontré un type qui avait perdu une main et prétendait être un officier de l'OSS. C'était là-bas, à deux pas de Pforzheim. Il leur a dit qu'il travaillait sur une opération spéciale et qu'il avait besoin de matériel. L'un des officiers a eu le bon sens de contacter l'OSS, mais le temps qu'il alerte la police militaire, Martin avait repris la clé des champs. Et il s'en est tiré, une fois de plus... Cela frise l'incroyable. À propos... vous auriez une idée de la manière dont la fille a pu apprendre qu'il était dans cet hôpital, la dernière fois ? Ça fait des mois que je me creuse la cervelle.

— C'est moi qui le lui ai dit, mon général. C'était vraiment idiot de ma part. »

Il me toisa d'un drôle d'air. « Cette possibilité m'avait effleuré. Idiot – le mot est faible, Dubin. Je suppose qu'elle a su par quel bout vous prendre, pas vrai ? »

Je m'abstins de répondre.

« Ça aussi, c'était indigne de vous. » Mais sous ses paupières plissées, ses yeux trahissaient une trace d'amusement pour mes frasques. Sur ce point et malgré la complexité de son propre sens moral, Teedle avait du moins le mérite d'être logique avec lui-même. Le sexe étant, comme la guerre, inscrit dans la nature humaine, Dieu devait s'attendre à ce que nous y succombions.

« J'ai conscience de ne pas m'être bien conduit, mon général. Mes erreurs ont coûté la vie à un homme que j'estimais au plus haut point, et je me le reprocherai jusqu'à mon dernier jour. »

Il me regarda avec plus de douceur que je n'en aurais attendu de lui. « Voyez-vous, Dubin, si vous aviez l'honneur et l'avantage d'être général, c'est cent fois, mille fois par jour que vous pourriez vous faire ce genre de reproche. C'est tout de même quelque chose, un job où ce sont d'autres qui meurent pour payer vos erreurs, n'est-ce pas ?

— Oui, mon général.

— Mais ça, on n'y coupe pas.

— Non, mon général. »

Il marqua une pause et prit tout son temps. « Voilà donc où nous en sommes. Ça fait maintenant plusieurs mois que j'exécute une véritable danse des sept voiles auprès de l'OSS, mais Donovan s'obstine. Il refuse de reconnaître publiquement aux yeux de toute l'armée que l'une de ses ouailles a viré de bord. Ils prétendent qu'ainsi, ils se réservent la possibilité d'utiliser Martin contre les Russes – mais à mon sens, tout ça n'est que ronds de jambe, politique et compagnie. Assez finassé. Ma décision est prise. Je vais envoyer un avis de recherche à tous les postes de police militaire, de la IIIe à la VIIe Armée, aux Brits, à tout le front européen. Et je voudrais que vous preniez les choses en main, Dubin. Vous avez l'expérience qu'il faut, pour mener à bien ce genre de mission. Physiquement, vous connaissez Martin – et mieux, vous connaissez son style, le genre de tour qu'il peut avoir dans son sac. Évidemment, je ne saurais trop vous recommander d'ouvrir l'œil. Cela devrait en outre vous fournir l'occasion de vous racheter, en remettant un peu d'ordre dans la pagaille que vous avez semée. Le marché vous paraît-il équitable ? »

Je gardai le silence. Ça n'était pas une question d'équité, et nous le savions l'un comme l'autre.

« Je sais que vous en avez plein le dos de cette mission, Dubin. Et au vu de ce que vous m'avez dit, ou de ce que vous avez préféré taire, je vous comprends parfaitement. Vous avez eu raison de vous mettre sur la touche. Mais nous sommes toujours en guerre, et nous avons besoin de vous. J'en ai déjà parlé à Maples. Il est d'accord. Voici vos ordres, Dubin : ramenez-nous Martin. » Le général avait laissé tomber sa décision en baissant la tête, comme s'il me lorgnait à travers son front, et son regard de taureau souligna la mise en garde qui avait filtré dans ses yeux clairs. Il avait résolu de me donner une leçon. Faire mordre la poussière à Martin aurait pour effet de me convertir totalement à ses vues, et sur ce point, je commençais à me demander s'il n'était pas dans le vrai. « Ah oui, Dubin... S'agissant de votre autre fusil..., inutile de vous conseiller d'y réfléchir à deux fois, avant de dégainer, n'est-ce pas ? Comment dit-on... Chat échaudé craint l'eau froide ! »

Je hochai la tête.

« Vous pouvez disposer. »

30

Balingen

Je repris la route, cette fois vers le sud, pour aller interroger l'officier d'infanterie qui avait détenu Martin, à Pforzheim. Je traversai des villes dont les maisons avaient l'allure de coucous suisses, avec leurs façades étroites qui s'alignaient sur les coteaux, serrées comme des rangées de dents, et leurs toits pentus, aux rives décorées de guirlandes de bois peint. Le lieutenant Farell Beasley, l'officier qui avait eu la garde de Martin, m'assura que le major était toujours valide, et en relative bonne forme, malgré ses blessures. Martin lui avait maintes fois répété que, même privé d'une main, il pouvait encore rendre de grands services à l'OSS. Comme tant d'autres avant lui, Beasley avait été plus qu'impressionné par la flamme intérieure qu'il sentait brûler en lui, et l'idée qu'un tel soldat ait pu se rendre coupable de quoi que ce fût le laissait songeur. De fait, Martin lui avait fourni des renseignements rigoureusement exacts, concernant des unités allemandes stationnées à deux kilomètres de là, qui tentaient d'empêcher la 100e Division de traverser le Neckar. Quand il l'avait interrogé sur ses objectifs, Martin avait refusé net de répondre et s'était borné à lui dire qu'il était venu dans le secteur pour se charger d'une opération. Je m'abstins de demander à Beasley s'il avait souvenir du moindre indice qui aurait pu lui laisser soupçonner que Martin était en compagnie d'une femme…

Je suis resté vingt-quatre heures à Pforzheim, pour coordonner les recherches de la police militaire. La population locale étant peu coopérative, on supposait que Martin s'était volatilisé dans les collines des environs, avant de passer derrière les lignes de combat.

De retour à Francfort, je découvris au cours des quelques jours qui suivirent que le télex envoyé par Teedle aux brigades de la police militaire sur tout le front européen avait suscité de nombreux témoignages, concernant des amputés d'une main. Mais aucun de ces blessés n'avait le visage brûlé sur tout le côté gauche, comme Martin. Puis, le 11 avril en fin d'après-midi, je reçus un télégramme de Winters, le colonel de l'OSS à qui j'avais rendu visite à Londres.

Notre homme a été capturé STOP Je vous rappelle demain 6 heures sur les lignes sécurisées.

Winters rappela à l'heure dite. Depuis trois ou quatre jours, m'apprit-il, des unités de la VIIe Armée, stationnées à Balingen, au sud-ouest de l'Allemagne, négociaient avec le commandement d'un camp allemand où étaient détenus des prisonniers politiques que les nazis espéraient échanger avec leurs propres prisonniers de guerre. Mais les Américains s'étaient bornés à attendre que les Boches se décident à capituler, ce qu'ils avaient fini par faire, pas plus tard que la veille. Et en pénétrant dans le camp, nos gars s'étaient retrouvés dans une vision infernale de mort, de maladie et de famine.

« Il paraît que c'est un véritable cauchemar. Évidemment, les SS ont décampé, pour la plupart. Mais lorsque les officiers des services spéciaux ont posé des questions, ici et là, les détenus leur ont désigné un type qui avait perdu une main, et qui avait débarqué là comme par miracle, quelques jours plus tôt. Ils le soupçonnaient d'être un gradé allemand qui n'avait pu prendre la fuite à cause de ses blessures. Mais il a tout nié en bloc, prétendant n'être qu'un détenu comme les autres. Il a déclaré être un Juif originaire d'Espagne et a expliqué qu'il travaillait en Allemagne, lorsqu'il avait été déporté vers ce camp de travail forcé. Mais manifestement, c'était un tissu de mensonges, car il était trop bien nourri et ne baragouinait que quelques mots d'allemand. Il leur a suffi de lui faire baisser son pantalon pour constater qu'il n'était pas juif. Il leur a alors servi plusieurs autres histoires dont la dernière, selon laquelle il serait un officier américain de l'OSS, un certain Robert Martin – mais celle-là, il ne l'a lâchée qu'en désespoir de cause, lorsqu'on l'a menacé de le livrer aux détenus, qui avaient déjà mis plusieurs gardes en pièces, à mains nues – littéralement, Dubin. Littéralement. Je n'arrive même pas à me faire ne serait-ce qu'une vague idée de ce qui s'est passé, dans ce satané camp, mais reste que je peux vous garantir une chose, c'est que cette fois, Martin aura du mal à leur fausser compagnie : nos gars l'ont enchaîné à un mur, avec les fers aux pieds, et ils ne le remettront qu'entre vos mains. »

Je demandai à Winters s'il avait une idée de ce qui avait pu amener Martin dans ce camp.

« Eh bien, Dubin, disons qu'ici, ceux de mes collègues qui l'accusaient de fricoter avec les Russes se mordent les joues pour ne pas laisser éclater leur joie. Dès que vous l'aurez ramené à Francfort, nous vous enverrons des spécialistes qui lui poseront quelques questions, dans les règles de l'art. » À son habitude, il mit fin à la conversation en se retranchant derrière ses obligations de réserve et en s'excusant de ne pouvoir me fournir de plus amples détails.

Je donnai sur-le-champ l'ordre de constituer un convoi armé pour le transport de Martin et, sans même attendre que le fourgon soit prêt, je me mis en route vers le sud, pour aller prendre livraison du prisonnier.

C'est ainsi que j'arrivai à Balingen, avec pour chauffeur un nouveau sergent des MP, à qui j'avais à peine le cœur d'adresser la parole. C'était le 12 avril 1945, par un beau matin ensoleillé. Le ciel était d'une limpidité radieuse et on sentait s'exhaler dans l'air comme une ivresse, un parfum de vie. Nous avions eu connaissance de nombreux rapports concernant les camps de concentration nazis, et même de quelques témoignages de prisonniers évadés. Mais les auteurs de ces rapports avaient quitté ces camps voilà plusieurs mois, avant que les choses ne commencent à tourner au vinaigre pour le régime hitlérien. Sans compter que les témoignages des rares survivants d'un camp de travail situé à Natzweiler, en France, dont nous étions quelques-uns à avoir eu vent, passaient pour de la propagande ou pour d'improbables rumeurs de désastre qui finiraient par se révéler sans fondement, comme d'habitude. Car nous étions habitués à entendre circuler de telles rumeurs : les Russes avaient capitulé et Staline venait de se donner la mort ; deux cents avions kamikazes avaient rasé des quartiers entiers de Los Angeles ; Montgomery et Bradley s'étaient bagarrés à coups de poing devant leurs troupes ; les nazis avaient entrepris d'exterminer en masse leurs prisonniers politiques. La dernière de ces rumeurs s'était propagée dans les unités américaines vers la fin janvier : les Russes prétendaient être entrés dans un immense camp d'extermination nazi, installé à Auschwitz, en Pologne. Mais par les temps qui couraient, plus personne ne se fiait à ce que racontaient les Russes.

De l'extérieur, le camp de Balingen n'avait rien que de très banal. Une ancienne base militaire d'une certaine importance, implantée à quelques encablures de la ville, sur une petite butte, parmi les mélèzes et les pins de la Forêt-Noire. Tout le site était ceint d'une haute clôture de barbelés, surmontée de nodules d'électrification bruns. On apercevait, à proximité de l'entrée, un groupe de bâtiments administratifs en brique jaune. Près de la grille restée ouverte, se dressait un pommier solitaire, en fleurs. Un jeune soldat, sans doute une sentinelle SS, gisait, inerte, face contre terre, sous une pancarte en bois qui proclamait ARBEIT MACHT FREI : le travail rend libre. Nos troupes s'étaient bornées à contourner le corps – nous pouvions voir quelques tanks et quelques blindés, garés non loin de là, à l'intérieur du camp – et nous en fîmes autant.

Mais nous n'avions pas parcouru vingt mètres que mon chauffeur écrasa la pédale de frein. Une indescriptible puanteur nous avait pris à la gorge – excréments, chaux vive, chair en décomposition. C'était à vous clouer sur place, et ça n'a fait qu'empirer, lorsque nous avons fini par repartir.

Aujourd'hui encore, il arrive que cette abominable odeur me revienne, sans crier gare, généralement à la suite d'un choc nerveux ; sans doute était-elle si pénétrante que mes cellules olfactives en ont définitivement gardé l'empreinte, comme sous l'effet d'un fer rouge.

Les premiers soldats qui étaient entrés dans le camp, la veille, appartenaient à la 100e Division d'infanterie, la même unité dont les régiments de réserve avaient temporairement assuré la détention de Martin, à Pforzheim. Quelques officiers du G-3 de la Division étaient arrivés sur les lieux, à présent mais la plupart des soldats que je croisais avaient débarqué dans le camp la veille avec les blindés. Vingt-quatre heures plus tard, ils avaient l'air tout aussi désemparés que s'ils venaient d'arriver. Ils restaient agglutinés autour de leurs véhicules, tandis qu'une dizaine ou une quinzaine d'anciens détenus, flottant dans des uniformes rayés, usés jusqu'à la corde, leur tournaient autour d'un pas chancelant, comme une horde de créatures d'un autre monde. Ils étaient pour la plupart plus faméliques que je ne l'aurais cru possible, pour un être humain. C'étaient des squelettes vivants, dont les poignets et les jointures des mains avaient démesurément enflé. Leurs yeux s'étaient si profondément enfoncés dans leur crâne qu'ils semblaient ne plus voir. Ils étaient presque tous pieds nus. Certains portaient des vêtements maculés d'excréments ou d'urine.

Ils ne se déplaçaient qu'en titubant, avec la lenteur de l'extrême fatigue, n'avançant que de quelques centimètres à chaque pas, sans destination apparente. L'un d'eux, un homme dont les bras étaient comme deux manches à balais, se tourna vers moi lorsque je mis pied à terre et, les mains levées, m'adressa une supplication muette, éhontée, sans la moindre retenue.

Je ne saurai jamais s'il me demandait de la nourriture ou simplement de la compassion, mais j'en restai figé sur place, à nouveau glacé jusqu'au fond de l'âme. Cet homme et ceux qui l'entouraient m'épouvantaient plus profondément encore que les morts des champs de bataille, parce que j'avais instantanément reconnu en eux, sans erreur possible, les preuves vivantes de la dégradation presque sans limite que peut supporter un être humain, dans l'espoir de survivre.

Il s'écoula un certain temps avant que je ne remarque la présence d'un jeune officier américain qui venait à ma rencontre. Le lieutenant Grove, un grand blond appartenant au G-3 de la Division, se présenta et m'annonça qu'il avait été prévenu par radio de mon arrivée. Il eut un geste en direction du groupe de détenus que je regardais.

« Et encore, ce sont les plus vernis, dit-il. Ils sont sur pied.

— Qui sont-ils ?

— Des Juifs, pour la plupart. On a retrouvé quelques Polonais et quelques Français dans un secteur du camp, ainsi qu'une poignée de prisonniers allemands relevant des catégories proscrites par Hitler – des Gitans et des homosexuels, en majorité. Mais il semble que la plupart des gens parqués ici soient des Juifs. On les a à peine comptés. Il y a tellement de cas de typhus qu'on évite d'en faire trop. »

Un hoquet de saisissement me noua la gorge, lorsque je compris de quoi était fait ce petit monticule grisâtre que j'apercevais derrière le lieutenant, à une centaine de mètres de nous. C'était un amas de cadavres empilés pêle-mêle, des corps dénudés, squelettiques, emmêlés dans la mort. Je m'avançai de quelques pas, instinctivement, lorsque Grove m'attrapa la manche.

« Ici, ce n'est pas ce qui manque, me dit-il. Vous en verrez bien d'autres si ça vous intéresse. »

Mais y tenais-je vraiment ?

« Venez, allons voir ça de plus près, poursuivit-il. Nous allons devoir raconter ça au reste du monde. »

Nous nous sommes promenés dans l'enceinte. Le camp, m'expliqua Grove, regroupait actuellement une vingtaine de milliers de détenus, dont une bonne partie n'étaient là que depuis quelques jours. Certains arrivaient d'autres camps de concentration. Ils avaient fait le chemin à pied, laissant des milliers de morts sur le bord de la route. D'autres, et en particulier les malades, avaient été déchargés ici, littéralement, par wagons entiers. Ils avaient été enfournés dans des baraquements de fortune longs d'une cinquantaine de mètres, qui avaient des trous béants en guise de portes et de fenêtres. Je renonçai à me représenter ce qu'avait dû être l'hiver pour les malheureux qui l'avaient passé ici, avec rien de plus sur le dos que le mince tissu de leur uniforme rayé.

À l'extérieur des baraques avaient été creusées des latrines à ciel ouvert qui débordaient toutes, car elles étaient régulièrement obstruées par les cadavres. Quelques semaines plus tôt, les bombes américaines avaient détruit une station de pompage, privant le camp d'eau courante, et les prisonniers n'avaient eu pratiquement aucune nourriture depuis le début du mois de mars – date à laquelle le commandant avait supprimé la plupart des repas sous prétexte de lutter contre les épidémies de dysenterie et de typhus qui s'étaient déclarées. Au cours de la dernière semaine, pendant le siège du camp, les détenus n'avaient rien eu du tout. Certains de ceux que nous croisions, ces spectres déguenillés, avec ce regard insoutenable, nous suppliaient de leur donner quelques miettes. Mais Grove me mit en garde : les soldats arrivés la veille avaient déclenché une véritable émeute, en distribuant des sucreries et des conserves de leurs rations aux premiers prisonniers qu'ils avaient rencontrés. Quelques-uns des vainqueurs de cette mêlée macabre avaient ensuite succombé au blocage général de leur système digestif, qui n'avait pu supporter ce soudain afflux de nourriture.

Les baraques où s'abritait cette foule fantomatique étaient délabrées, sombres et malodorantes. Le sol était recouvert d'une couche de paille parsemée de tas d'étrons, et sur les grabats de bois, superposés comme de vulgaires étagères, les malades et les mourants s'entassaient aux côtés des cadavres. Les seuls signes qui distinguaient les vivants des morts étaient les faibles gémissements qui s'élevaient, çà et là, et le grouillement de la vermine qui pullulait sur les cadavres, au point de les recouvrir d'une vague mouvante. Depuis la veille, m'expliqua Grove, les morts se comptaient par centaines. Les médecins de la division étaient arrivés le matin même, mais ils avaient jusqu'à présent échoué à mettre au point un plan de traitement qui aurait eu la moindre chance de sauver les agonisants, ni même d'assurer à nos hommes un minimum de protection contre le typhus.

Ce qui faisait, conclut Grove, que nous n'avions qu'un contrôle tout relatif de la situation. Et comme pour appuyer ses propos, nous sommes passés près des restes d'une gardienne dont Grove avait assisté au lynchage, quelques heures plus tôt. Un petit groupe de détenues l'avait découverte sous l'un des bâtiments et l'avait tirée par les cheveux de sa cachette. La kapo avait hurlé des insultes aux prisonnières qui la piétinaient en lui crachant dessus, jusqu'à ce que quelques hommes l'achèvent, à coup de planches. Les kapos avaient été pour la plupart recrutés dans les prisons allemandes, parmi les prisonniers de droit commun. Depuis vingt-quatre heures, on les exécutait à tour de bras, eux et les gardes de la Wehrmacht, abandonnés par les SS. La veille, la tour d'un réservoir d'eau avait été convertie en potence et les pendaisons se succédaient sans discontinuer. Quelques-uns de nos soldats s'étaient portés volontaires pour prêter main-forte aux détenus.

Derrière nous, près du groupe de bâtiments administratifs de brique jaune, hors de vue des baraques, s'élevait un édifice carré qui abritait en son centre un gigantesque four en brique. Grove m'y emmena et ouvrit à deux mains les grandes portes de fonte, révélant deux corps à demi calcinés. Les orbites de l'un des crânes semblaient me fixer droit dans les yeux et je dus détourner la tête, avec un hoquet d'horreur. Devant le four était installé un grand billot de boucher dont on avait appris, en interrogeant les gardes, qu'il servait à récupérer l'or dans les dents des cadavres.

Mais ces derniers temps, les bourreaux avaient été pris de vitesse par la mort. Elle avait fauché trop de détenus à Balingen, pour qu'il soit possible de les faire tous disparaître dans un four, fût-il d'une taille aussi monstrueuse. Partout dans le camp, entre les baraques, le long des allées, au détour de chaque coin de bâtiment, se dressaient ces effroyables tas d'êtres humains à différents stades de décomposition, dépouillés de leurs vêtements et piquetés par la voracité de la vermine. Mais ce n'était encore rien, m'avertit Grove. En lisière du camp, on avait trouvé une fosse géante, pleine de restes humains que les détenus qui tenaient encore debout avaient dû traîner là-bas, ces quelques derniers jours. Un officier du G-3, s'efforçant de décrire la scène à ses supérieurs dans un rapport, avait entrepris de compter les corps qui s'entassaient dans le camp et avait dû y renoncer après huit mille. Et tandis que mon regard s'attardait sur ces collines humaines, sur ces morts si pathétiques dans leur nudité, avec leurs membres réduits à l'état de baguettes et leurs génitoires exposées, je sentis monter en moi une angoisse semblable à celle qui avait dû étreindre cet officier : on avait peine à délimiter chaque cadavre.

J'avais remarqué les déchirures sanglantes que portaient nombre de corps à l'abdomen, sur le dessus de la pile.

« Pourquoi ? demandai-je à Grove. Qu'est-ce que leur ventre pouvait bien contenir de si précieux ? »

Le lieutenant me regarda. « De la nourriture », dit-il.

Ce fut là, à Balingen, que prit fin ma guerre sans larmes. Un instant après avoir pénétré dans la seule baraque que j'eus la force de visiter, j'en suis ressorti précipitamment, pour vomir. Et peu après, j'ai senti quelque chose déborder en moi. Je me suis d'abord efforcé de me contenir, mais j'ai fini par capituler et, tout en marchant aux côtés du lieutenant, je me suis mis à sangloter tout bas, tandis que les larmes me piquaient les yeux, dans le soleil d'après-midi.

« Moi aussi, j'ai pleuré, me confia Grove. J'ai chialé jusqu'à plus soif, comme un bébé. Et je me demande si ça n'est pas pire, maintenant que j'ai arrêté. »

Mais ce n'était pas l'ampleur de cet océan de souffrance, ni celle, renversante, de la barbarie qui me faisait verser des larmes. C'était l'idée qui s'était imposée à moi dès les premières minutes que j'avais passées dans le camp, une autre de ces petites phrases qui me revenaient en boucle à l'esprit : « Nous n'avions pas le choix… »

J'étais arrivé en Europe depuis maintenant six mois, la moitié d'une année, à peine plus d'un semestre scolaire, mais tout retour en arrière était exclu. Plus jamais je ne pourrais redevenir l'homme que j'étais auparavant. Je m'étais battu avec la peur au ventre. Sur les champs de bataille, j'avais appris la haine et le mépris de la guerre, et je n'avais rien trouvé de glorieux à toute cette boucherie. Je n'y avais vu ni rime ni raison – et encore moins de loi. Ce n'était qu'un déchaînement de brutalité, scientifiquement portée à son plus haut point de perfection par les deux camps, qui avaient déployé des trésors d'ingéniosité pour fabriquer de gigantesques machines à tuer. Il n'y avait rien là à quoi on puisse devoir loyauté ou allégeance, et certainement rien dont on puisse s'enorgueillir. Mais là-bas, à Balingen, c'est sur l'humanité elle-même que j'ai pleuré. Parce qu'en effet, *nous n'avions pas le choix*. Maintenant que je savais, cette épouvantable guerre, avec son absurde moisson de mort et de destruction, m'apparaissait comme inéluctable. Elle devait advenir, et pis, on ne pouvait exclure que cela se reproduise un jour. Parce que, si des êtres humains pouvaient aller jusque-là, nos chances de rédemption relevaient de l'insondable. La cruauté était bien la loi de l'univers, et Balingen en était l'incontestable preuve.

Au milieu de tout ça, j'eus quelque peine à me souvenir de ce qui m'amenait. Lorsque Grove me précéda dans un des bâtiments de brique jaune, près de la grille d'entrée, je m'attendais à ce qu'il me dévoile d'autres horreurs, mais il se contenta de me faire descendre un escalier de pierre qui menait à une cave creusée dans le roc. Là, un MP montait la garde devant une porte de fer. Je n'avais pas la moindre idée de ce qui avait pu pousser les Allemands à aménager une prison dans un tel lieu, jusqu'à ce que je me remémore la destination initiale du camp – c'était une base militaire, et nous devions être dans le quartier d'arrêt. Il comprenait huit cellules, séparées par des murailles de pierre, avec une grille qui en défendait l'entrée. Josef Kandel, le commandant du camp, mieux connu aujourd'hui comme « la bête de Balingen », se tenait dans l'une des cellules, assis droit comme un I, dans un uniforme impeccable mais sans chaussures et les fers aux pieds. Les cachots voisins étaient occupés par des officiers SS qui avaient manifestement subi des interrogatoires plus musclés. L'un d'eux gisait à terre, pelotonné sur lui-même. L'autre n'avait pratiquement plus de dents. Un filet de sang frais s'écoulait encore de son menton. Et dans la dernière cellule, sur un petit tabouret, je reconnus au premier coup d'œil Robert Martin, major de l'armée américaine et agent de l'Office of Strategic Services. Les haillons qu'il avait pris à des cadavres pour s'en déguiser avaient dû être brûlés lors de sa capture, et on lui avait donné en échange un nouvel uniforme d'officier – une chemise kaki qu'il portait sous un pull de laine sans manches. La pointe droite de son col s'ornait toujours des feuilles de chêne réglementaires.

Je devais avoir moi-même les paupières rouges et bouffies, après ma récente crise de larmes, mais cela n'était rien auprès de la métamorphose qu'avait subie le visage de Martin. Tout le côté gauche de sa tête était recouvert d'une peau rose vif et de son oreille gauche ne subsistait plus qu'un minuscule moignon qui semblait avoir fondu sur la paroi de son crâne. Au-dessus, sur une bonne dizaine de centimètres, les cheveux n'avaient pas repoussé. L'extrémité de sa manche gauche était vide.

« Major, lui dis-je, par ordre du général Roland Teedle, vous êtes en état d'arrestation. Vous serez déféré d'urgence devant un tribunal de cour martiale. »

Il me répondit d'un sourire et de sa main valide, me fit signe d'approcher.

« Laissez tomber ce bla-bla, Dubin. Amenez-vous par là, que nous causions un peu... »

Son pouvoir de persuasion était tel que je faillis lui obéir, sans réfléchir. Mais, même privé de sa main gauche, Martin aurait probablement pu me neutraliser et manigancer une autre de ses évasions.

« Vous m'excuserez, major, mais je ne préfère pas. »

Il éclata de rire, en secouant la tête. « Eh bien, en ce cas, faites apporter une chaise là où vous êtes. Nous devons nous parler, de toute urgence. »

Je consultai du regard le lieutenant Grove, qui avait lui aussi quelque chose à me dire, en privé. Comme nous remontions le couloir dans la pénombre, il me résuma les éléments qu'avaient pu rassembler les hommes qui avaient mis Martin sous les verrous, vingt-quatre heures plus tôt. Tandis qu'ils l'escortaient vers sa cellule, il leur avait parlé d'une montagne située à trois cents kilomètres de là, où il prétendait que les Allemands avaient entreposé tous les objets précieux qu'ils avaient pillés à travers l'Europe. Des milliers de lingots d'or, des joyaux par kilos entiers, étaient entassés dans des galeries souterraines, ainsi que des pièces américaines de dix et de vingt dollars or. Quelques soldats déterminés, leur avait-il suggéré, auraient facilement pu quitter le camp en emmenant le détenu américain, sous prétexte d'assurer son transfert, avant de regagner les USA avec les poches pleines. Martin leur avait proposé de leur montrer le chemin. Grove, lorsqu'il avait eu vent de l'histoire, n'y avait vu qu'une fable grotesque. Mais quand il avait appelé l'OSS, Winters lui avait confirmé que le 38e Régiment d'infanterie venait de reprendre à l'ennemi une mine de sel située à Kaiseroda, dans le massif du Harz, où ils avaient mis au jour un véritable trésor, enfoui dans les galeries – des salles entières remplies de pierres précieuses ou de toiles de maîtres, un butin colossal en or ou en espèces. Il y en avait pour des milliards, et Grove en avait conclu que Kaiseroda avait été depuis toujours l'objectif de Martin.

« Qu'en pense l'OSS ?

— Quoi qu'ils en pensent, il y a peu de chances qu'ils nous le disent. »

Je soupesai cette hypothèse. Il était séduisant de penser que Martin n'avait jamais eu l'intention de travailler pour l'ennemi. Que son unique objectif, depuis le début, avait été de mettre la main sur un magot qui lui permettrait de mener à jamais une existence de milliardaire. Possible. Mais j'avais fini par me faire à l'idée que je serais à jamais impuissant à le percer à jour, et à comprendre ses véritables mobiles. Lui seul aurait pu s'en expliquer – mais à présent, quoi qu'il puisse dire, personne n'en croirait un traître mot.

Quelques minutes plus tard, sur l'ordre de Grove, un MP traîna une lourde chaise sur les dalles de pierre du couloir, et je vins m'installer devant la grille de la cellule de Martin, qui approcha son tabouret des barreaux. Il semblait n'avoir rien perdu de son allant, malgré les chaînes qui lui entravaient les chevilles et le forçaient à avancer à petits pas cassés.

« Et voilà ! fit-il. Depuis le temps que vous en rêviez, Dubin ! Me voilà enfin sous les verrous. Je savais que c'était des conneries, votre bla-bla sur ma mise en détention provisoire.

— Vous êtes infiniment mieux loti que les autres prisonniers de ce camp, Martin. »

Il accueillit ma remarque d'un sourire pincé. « L'odeur s'infiltre jusqu'à ces cachots. » C'était vrai, elle parvenait jusque-là, mais sous une forme suffisamment atténuée pour que l'on puisse y déceler aussi celle, plus familière, des murs humides et du sous-sol. « Je ne savais pas moi-même où j'allais tomber. Mais j'avais votre meute sur les talons, Dubin. Et comme le camp était sur le point de se rendre, j'ai pensé que je pourrais disparaître dans la masse, pour mieux m'éclipser. Malheureusement, une fois dans la place, j'ai découvert qu'il m'était difficile de me faire passer pour un détenu, même avec mes blessures. Et je n'avais plus la force de m'évader. Mais j'ai tout de même mis ce petit séjour à profit : j'ai descendu quatre ou cinq SS, en l'espace de trois nuits. Ils étaient faciles à piéger, quand ils tentaient de filer en douce par la grille de derrière, au beau milieu de la nuit. Il m'a suffi de poser un fil de fer, pour les faire trébucher... » Il étouffa un petit ricanement incrédule. « Aucun meurtre ne m'a si peu pesé sur la conscience. »

Et comme toujours, je n'avais pas la moindre idée du degré de véracité de ses dires.

« Et votre projet de chasse au trésor ? m'enquis-je. Vous alliez renoncer à devenir le nouveau Crésus ?

— Vous n'en croyez pas un mot, Dubin. J'ai dû recourir à ce petit subterfuge, je l'admets. Remarquez, je n'étais pas mécontent de laisser croire à ces gamins que j'allais faire d'eux des Rockefeller. Mais ici, nous sommes à trois cents kilomètres de Kaiseroda. Si j'avais vraiment voulu m'y rendre, j'y serais déjà.

— Quelle était votre véritable destination, en ce cas ?

— Vous voulez que je vous le dise ? C'est pour ça que vous êtes venu jusqu'ici ? Eh bien, je vais vous le dire, Dubin. Gita est au courant, et de toute façon, elle finira par tout vous raconter, quand vous la retrouverez – car vous voulez toujours la retrouver, n'est-ce pas ? » Emporté par son amertume et sa rancune, il laissa échapper un bref sourire de carnassier, et je me sentis à la fois surpris et soulagé de découvrir cette faille, cette petite brèche dans l'impeccable muraille de son édifice. De la jalousie. Une faiblesse si banale... Mais curieusement, le nom de Gita n'éveilla en moi aucune réaction. Pas aujourd'hui. « Vous pourrez aller expliquer à mes amis de l'OSS ce que j'avais en vue. Ça leur fera gagner du temps. De toute façon, je préfère vous avoir comme interlocuteur. »

Je ne lui fis pas l'aumône d'une réponse.

« Vous savez, Dubin, vous n'avez pas à être tellement en rogne contre moi. Je ne vous ai pas menti, à Savy, quand je vous ai dit que j'allais me rendre. C'était bien mon intention. Vous ne croyez tout de même pas que j'ai délibérément choisi ça – si ? » Comme il levait son bras mutilé, un moignon informe, noueux, recouvert d'une peau rouge vif, émergea de sa manche. J'aurais pu engager le débat avec lui, à propos de cette nuit où il m'avait déposé devant la grange d'Algar, alors qu'il savait pertinemment que le colonel n'y était pas – ou de ces deux derniers mois durant lesquels Martin n'avait donné aucun signe de vie, jusqu'à ce que Gita accoure pour l'aider à s'enfuir de l'Oflag XII-D. Mais comme je le découvris, outre tout cela, j'avais contre Robert Martin un grief plus tenace que tous les autres :

« Vous avez profité de l'estime que je vous portais, major. Vous vous êtes présenté comme un héros au-dessus de tout soupçon et vous avez profité de mon admiration pour me glisser entre les doigts.

— C'était pour la bonne cause, Dubin.

— Laquelle ?

— Je faisais quelque chose de bien. Ça tombe sous le sens. Figurez-vous que les nazis travaillaient en secret à une arme qui aurait été capable de détruire le monde. »

C'en était trop. Je partis d'un grand éclat de rire dont l'écho rebondit gaiement sur les murailles de pierre des cachots, détonnant violemment avec la morosité des lieux.

« Riez, Dubin. Riez tout votre soûl, mais c'est la pure vérité. C'était leur seul espoir de gagner la guerre – et ils ne l'ont peut-être pas encore abandonné. Ça fait des années que les Alliés sont au courant. Les nazis avaient mis à contribution leurs plus grands physiciens : Gerlach, Diebner, Heisenberg. Ils y travaillaient nuit et jour, sans relâche et ces derniers mois, leur principal laboratoire avait été installé à Hechingen, une petite ville qui n'est qu'à quelques kilomètres d'ici. Leurs travaux s'appuient sur les théories d'Einstein et de quelques autres. Ils tentent de mettre au point une bombe qui provoque la fission d'un atome, libérant en chaîne une énergie de destruction colossale, capable d'anéantir une ville entière. »

Et à son habitude, il avait l'air totalement convaincu par ses propres élucubrations. Je n'avais qu'une vague notion de ces concepts scientifiques, mais je pensais savoir à peu près ce qu'était un atome – un infime grain de matière – et je voyais mal où aurait pu se nicher la force de destruction dont il parlait, dans une particule de si faibles dimensions.

« En ce moment même, c'est la course contre la montre, Dubin. Les services secrets américains et soviétiques sont entrés dans la danse, eux aussi. C'est à qui retrouvera le premier les physiciens allemands, leurs documents, leurs calculs, leur matériel. Car celui qui mettra la main sur cette arme, régnera sur le monde. Demandez donc à vos amis de l'OSS ! Demandez-leur si ce n'est pas vrai, s'il n'y a pas une équipe de savants américains, à l'heure où je vous parle, qui travaille sur le sol allemand, en liaison avec l'OSS. Leur nom de code est *Alsos*. Renseignez-vous ! On vous dira qu'ils sont à la recherche des physiciens allemands, en cette minute même.

— Et c'était là que vous alliez ? À Hechingen ?

— Oui, Dubin. Oui. »

Je me laissai aller contre le dossier de bois de ma chaise. Les mèches brunes qui retombaient sur le front de Martin lui donnaient toujours un air juvénile, en dépit de la relative fixité de la partie brûlée de son visage. J'étais abasourdi par l'ampleur de ce qu'il venait de m'avouer, sans doute à son insu.

« Si ce que vous dites est vrai, si cette histoire d'arme secrète capable d'anéantir le monde contient ne serait-ce qu'une once de vérité, vous êtes bon pour la pendaison, major. Et vous ne l'aurez pas volé.

— La pendaison ?

— Vous ne travaillez manifestement plus pour l'OSS – voilà au moins une chose dont je suis sûr. La conclusion s'impose donc : si vous alliez à Hechingen, c'était pour capturer ces savants, que vous auriez secrètement livrés aux Soviétiques.

— Faux, Dubin. Complètement faux ! C'est précisément ce que je ne veux pas : qu'un camp l'emporte sur tous les autres. Je ne veux pas d'une telle force d'oppression sur le monde, qu'elle soit communiste ou capitaliste.

— Mais comment se fait-il que vous sachiez tout ça, major ? Comment connaissez-vous les projets des Américains et des Russes ? Si vous ne travaillez pas pour les Soviétiques, comment avez-vous eu vent de leurs intentions ?

— Je vous en prie, Dubin… C'est au siège de l'OSS que j'ai appris toute l'histoire, en septembre dernier, quand je suis passé à Londres – certainement pas auprès des Russes ! Je vous l'ai déjà dit, Dubin. À présent, je n'appartiens plus à aucun camp.

— Qu'en diraient les Soviétiques ?

— J'en sais fichtre rien, de ce qu'ils en diraient, mais écoutez-moi. Écoutez, Dubin : j'étais en route pour Hechingen, mais je n'agis pour le compte d'aucun pays. Mon objectif était de tout détruire. L'ensemble. Le matériel, les documents et les hommes. Pour qu'ils l'emportent dans la tombe, leur secret de mort. Vous ne comprenez donc pas ? C'est une chance inespérée de renfermer tous nos maux dans cette boîte de Pandore. Si cette arme voit le jour, peu importe qui l'aura – ça sera l'empoignade perpétuelle. Le vainqueur, quel qu'il soit, aura droit de vie et de mort sur les vaincus, qui comploteront pour tenter de lui arracher son secret. Ce qui fait qu'au bout du compte, peu importe quel camp parviendra à l'avoir, parce que du seul fait qu'elle existe, elle sera forcément utilisée. À ce jour, toutes les armes qui ont été construites, sans exception, ont été utilisées. Les hommes peuvent invoquer ce qu'ils veulent – la curiosité, ou même l'intérêt scientifique – mais je vous fiche mon billet que tôt ou tard, cette saloperie finira par exploser quelque part dans le monde. Épargnons ça à notre planète, Dubin… ! »

C'était finement joué. Personne, pas plus moi que Teedle, ne pourrait jamais établir qu'il ne travaillait pas pour la paix universelle, plutôt que pour les Russes. Un nouveau Wendell Willkie[1], en somme. Il s'était encore déniché une couverture sans faille.

« Retrouvez Gita, Dubin. Retrouvez-la. Elle vous confirmera tout ce que je viens de vous dire. Ce sont mes projets – et il n'est pas trop tard pour les mener à bien. Mais nous n'avons plus que quelques heures devant nous. Les forces américaines seront à Hechingen d'un jour à l'autre, selon l'issue des combats. Ça n'est qu'à quelques kilomètres d'ici. Retrouvez Gita, Dubin ! »

Quelle habileté diabolique. Le coup était imparable : retrouvez Gita, elle saura vous rallier à ma cause, en me laissant jouer, une fois de plus, les filles de l'air !

« Car elle est ici, Dubin. Elle a retrouvé des Juifs de sa ville natale, dans la partie polonaise du camp, et elle les soigne. Allez-y, vous la retrouverez là-bas. Elle vous dira, elle, que ça n'est pas du pipeau !

— Non, fis-je en me levant. Finis, les mensonges. Assez d'histoires à dormir debout. N'espérez pas m'échapper à nouveau. Dès l'arrivée du fourgon blindé qui doit vous transporter, nous partons pour Francfort. Vous n'aurez qu'à leur raconter tout ça là-bas, Martin. Cessez de me prendre pour le dernier des gogos !

— Je ne vous ai dit que la vérité, Dubin. L'exacte vérité. Demandez à Gita... Je vous en prie ! »

Me détournant de lui, je m'éloignai en le laissant crier mon nom.

1. Avocat et homme politique américain (1892-1944). Internationaliste convaincu, il combattit vigoureusement l'isolationnisme américain, pendant la Seconde Guerre mondiale et son action ouvrit la voie à la fondation des Nations unies (*NdT*).

31

Gita Lodz, bien sûr

Gita Lodz est ma mère, bien sûr.

Je ne me pardonnerai jamais tous ces mois qu'il m'a fallu pour y voir clair, ni ces histoires rocambolesques dont je me suis si longtemps bercé, pour éviter de voir ce qui me crevait les yeux, tant il est vrai que nous avons tous plus ou moins tendance à nous cramponner à la vision que nous avons du monde. L'explication que m'en a fournie Bear Leach était plus indulgente : « Toute notre vie et quel que soit notre âge, me dit-il, nous demeurons les enfants de nos parents… »

Mais ce jour-là, dans cette salle d'attente où je lisais les dernières pages du récit de mon père, voici ce que j'avais compris de sa conclusion : une nouvelle fois berné par Gita Lodz, mon père avait fait son propre malheur, en laissant s'enfuir Martin. Puis, Dieu savait pourquoi et comment, alors même qu'il venait de commettre cette ultime erreur, de loin la plus catastrophique, et alors qu'il devait être en proie au plus extrême désarroi, il avait rencontré cette autre femme à Balingen – cette Gella Rosner, qui l'avait transfiguré. L'amour l'avait fait renaître de ses cendres. Il s'y était accroché comme à une planche de salut.

Vue d'ici, cette version des faits tient à peine debout, mais cela ne m'a pas empêché de la prendre pour argent comptant pendant plusieurs mois. Un seul détail me faisait tiquer : le texte de mon père ne disait pas un mot de cette jeune Juive polonaise, si courageuse, qu'il avait rencontrée dans le camp et dont il était censé, selon la tradition familiale, être tombé amoureux fou au premier coup d'œil.

Quant à Bear Leach, depuis le jour où je lui avais demandé ce qu'était devenue Gita Lodz, il avait bien compris que je me fourvoyais totalement sur ce dernier point, mais il ne fit rien pour me détromper, au cours des incessantes visites que je lui rendis, dans l'espoir de collecter tous les détails qu'il avait gardés en mémoire, concernant le passé de mon père. Bear était la bienveillance et la sagesse mêmes et, au vu de toutes les mises en garde et des précautions dont il s'était entouré dès nos premiers entretiens, il me semble à présent qu'il s'était promis de ne rien me dire que je ne veuille apprendre. Il s'était contenté de me soumettre les faits que recelaient les documents, en me laissant tirer les conclusions qui s'imposaient. Il avait choisi de garder le silence et ce, non pas tant pour protéger mes parents, que pour mon propre bien.

Un beau jour d'avril 2004, j'ai reçu un coup de fil de ma sœur qui s'inquiétait pour la santé de ma mère. Sarah voulait m'annoncer son projet de devancer la date de sa visite annuelle. Elle voulait venir en juin, aux alentours de l'anniversaire de mariage de nos parents. Depuis la mort de mon père, maman appréhendait ce cap difficile, qu'elle redoutait de passer seule. Mes parents n'avaient jamais fait mystère de leur date de mariage, le 16 juin 1945 – ils totalisaient donc quelque chose comme cinquante-huit ans de vie commune. Mais jusqu'en cet instant, je n'avais jamais fait le rapprochement. J'en suis resté bouche bée, confondu, le téléphone à la main. À l'autre bout du fil, Sarah avait haussé la voix et m'appelait pour s'assurer que j'étais toujours là.

Vers cette date, j'avais pris le pli de rendre visite chaque mois à Bear Leach. J'y allais avant tout pour avoir le plaisir de sa compagnie, mais mon excuse, pour justifier mes frais de voyage, était que le vieil homme m'aidait à préparer le manuscrit de papa en vue de sa publication. (À cause du subterfuge dont j'avais usé pour faire avaler la pilule à ma mère et à ma sœur, j'envisageais à l'époque de leur présenter le récit de mon père comme un texte de ma composition, rédigé à partir d'éléments collectés dans le cadre de mes recherches.) À chacune de mes visites, je soumettais à Bear les pages que j'avais écrites durant le mois écoulé et je recueillais ses commentaires. Mais lors de notre rendez-vous d'avril, dès qu'on l'amena dans son fauteuil roulant, je lui fis part de l'idée qui m'était venue durant cette conversation téléphonique avec ma sœur, une semaine plus tôt.

« Je me suis aperçu ces derniers jours que le mariage de mes parents avait eu lieu juste avant que mon père ne passe en cour martiale. Vous le saviez ?

— Plutôt deux fois qu'une, répliqua Bear. C'est moi qui l'ai arrangé.

— Vous avez *arrangé leur mariage* ?

— Pas leur rencontre, évidemment. Mais c'est bien moi qui ai réussi à convaincre les autorités militaires d'autoriser leur mariage. Votre père craignait à juste titre que s'il était condamné, et à l'époque, cela paraissait inévitable, il serait immédiatement transféré dans une prison militaire aux États-Unis. Il a donc tenu à se marier avant le procès, afin que votre mère ait le droit d'émigrer aux USA, en tant qu'épouse de soldat américain. Elle était toujours retenue dans le camp de réfugiés qui avait été construit, après la démolition et l'incendie des baraques de Balingen. Les conditions de détentions s'étaient infiniment améliorées, évidemment, mais elle n'était pas pour autant libre d'aller et de venir à sa guise. J'ai dû bombarder l'administration militaire et les autorités d'occupation d'innombrables lettres, requêtes et pétitions, mais j'ai fini par obtenir que votre mère, accompagnée d'un de ses codétenus de Balingen, qui était rabbin, puisse avoir une entrevue d'une demi-heure avec votre père, à la forteresse de Regensburg, le temps qu'ils soient mariés. Je leur ai tenu lieu à la fois de témoin et de garçon d'honneur, et, en dépit des circonstances, ce fut une cérémonie des plus touchantes. Ils étaient visiblement fous l'un de l'autre. »

Bear ne me donna pas d'autres précisions et se mit à feuilleter les pages que je lui avais apportées, ce qui m'assura une relative tranquillité d'esprit, le temps de faire le tri dans toutes ces informations. Malgré les horreurs du camp, malgré le manque d'habitude de ma mère de tout ce qui concernait l'univers militaire et malgré le peu d'anglais qu'elle parvenait à maîtriser, les grandes lignes de la situation du jeune David Dubin n'avaient pu échapper totalement à une aussi fine mouche que maman. Elle ne pouvait ignorer qu'il était aux arrêts, ni qu'il attendait d'être déféré devant un tribunal militaire – partant, elle avait dû se ronger d'inquiétude pour l'avenir de l'homme qu'elle venait d'épouser. Et elle avait forcément gardé des souvenirs bien plus précis qu'elle ne voulait l'admettre, concernant le passage de mon père en cour martiale. Mon premier mouvement fut pourtant d'expliquer sa réticence par son désir d'honorer la volonté de silence de son défunt mari.

Mais, Dieu sait pourquoi, la question à laquelle je me heurtais depuis à présent plus de six mois me revint alors à l'esprit : pourquoi mon père souhaitait-il si ardemment que ses enfants ignorent à jamais son histoire ?

De l'autre côté des petits carreaux sertis de plomb qui garnissaient les hautes fenêtres du manoir de Northumberland, un rayon providentiel tombait sur les bourgeons des érables rouges qui semblaient prêts à éclater, et comme je les observais avec ce mélange de concentration et de détachement que mon père avait expérimenté et décrit dans la scène du musée, la vérité s'imposa à moi. Elle était on ne peut plus simple. La volonté de mon père de nous tenir hors de tout cela n'avait rien de philosophique. C'était une mesure de sécurité, purement pragmatique. Cette vérité, mon père n'avait pas voulu la dire lors de son procès, et n'avait même pas voulu qu'elle lui survive, parce qu'elle aurait irrémédiablement compromis l'avenir de sa jeune épouse, en trahissant la couverture sous laquelle elle allait devoir désormais vivre. Voilà pourquoi il eût été si désastreux d'appeler Gita Lodz à la barre des témoins. Et voilà pourquoi il espérait que nous n'aurions jamais vent de toute l'histoire. Son silence ne pouvait avoir qu'une signification : ils avaient réussi. Ils avaient émigré ensemble aux États-Unis et y avaient fondé une famille.

La tête de Bear semblait se faner et se ratatiner à vue d'œil, dans son fauteuil, tandis qu'il lisait. J'allongeai ma main vers la sienne, pour la presser doucement.

« Cette Gita Lodz... c'est ma mère, n'est-ce pas ? »

Il sursauta et se redressa, comme si je l'avais tiré d'un profond sommeil. Ses prunelles laiteuses, où se reflétait l'abîme des ans, se fixèrent sur moi, tandis que sa mandibule exécutait ce curieux mouvement glissant, sur le côté, qui lui tenait lieu de sourire. Puis il parut soupeser le pour et le contre, en un instant de neutralité tout juridique.

« Comme je vous l'ai dit, Stewart, je n'ai pas assisté à votre naissance.

— Mais cette femme, que mon père a épousée en votre présence, ça ne pouvait être que Gita Lodz ?

— Votre père ne m'a jamais rien dit de tel, répondit-il. Il s'en est bien gardé. Cela n'aurait pu que me compromettre inutilement, puisque je venais d'assiéger les autorités militaires pendant plusieurs mois, pour leur arracher l'autorisation qui lui avait permis d'épouser une jeune rescapée des camps, qui portait un tout autre nom. Cela m'aurait mis dans l'obligation de signaler cette usurpation d'identité. Et je pense que c'est ce qui explique par ailleurs qu'il n'ait jamais essayé de me contacter, lorsque nous sommes revenus aux États-Unis. Sans doute hésitait-il à prendre le risque de m'inspirer des remords tardifs, en me remettant tout cela en mémoire. »

Après m'être si longtemps colleté avec ce puzzle dont le schéma d'ensemble s'obstinait à m'échapper, j'en voyais à présent s'emboîter toutes les pièces, chacune expliquant la suivante. Je compris aussitôt pourquoi Gita Lodz, héroïne de la Résistance française, avait émigré en Amérique en prétendant être Gella Rosner, dont le prénom fut par la suite américanisé en « Gilda », épouse du capitaine David Dubin, prétendument rescapée du camp de Balingen. En juin 1945, mes parents avaient de bonnes raisons de supposer que jamais l'OSS n'aurait laissé la coéquipière de Robert Martin, soupçonné d'intelligence avec les Soviétiques, venir s'installer aux États-Unis. Bien au contraire : s'étant maintes fois rendue complice des évasions du major Martin, Gita avait toutes les chances d'être à son tour arrêtée et condamnée, si l'OSS et Teedle avaient réussi à lui remettre la main dessus. Ce changement d'identité était donc pour elle la seule solution sûre. Il suffisait de trouver un nom qui ne puisse être percé à jour, dans cet océan de disparus, et ce ne serait somme toute qu'un rôle de plus, après tous ceux que cette Sarah Bernhardt en herbe avait déjà tenus, avec ô combien de brio. Un nouveau personnage, une nouvelle identité sous laquelle Gilda serait accueillie à bras ouverts dans la famille de son mari. Elle deviendrait une jeune épouse juive, telle que la souhaitaient mes grands-parents – et telle que Gita elle-même avait souhaité l'être, dans son adolescence.

Et cette déclaration d'amour et de loyauté dut peser de tout son poids, auprès de mon père. En 1970, lorsque j'ai repris notre nom sous sa forme d'origine, papa n'a jamais explicitement réagi à ce geste qui sous-entendait pourtant ma volonté de racheter le reniement qu'il avait commis, plusieurs décennies plus tôt. Il n'y avait qu'une chose qu'il avait tenu à mettre au clair :

« Balingen a fait de moi un véritable Juif, Stewart – ça, je t'interdis d'en douter ! »

Comme je savais qu'il refuserait toujours de décrire ce dont il avait été témoin là-bas, je n'ai pas tenté d'engager la discussion, pour lui faire préciser ce qu'il entendait par là. Mais après réflexion, j'y ai reconnu une autre marque de l'extrême dévotion qu'il vouait à ma mère et, aujourd'hui encore, j'hésite sur la nature exacte de la transformation à laquelle il faisait allusion. Voulait-il dire qu'en découvrant l'horreur de Balingen, il avait compris, comme tant d'autres prisonniers des camps de la mort, qu'il n'existait aucun moyen d'échapper à sa judéité – ou plutôt, comme j'inclinerais plutôt à le penser, qu'il s'était senti une dette envers ces milliers de victimes, et qu'il ne pouvait plus renier cet héritage commun qu'ils avaient payé de leur vie. Assurément, la nouvelle identité de Gita était en soi un poignant hommage – cette renaissance qui leur permettait non seulement de perpétuer le nom d'une disparue, mais de lui offrir symboliquement une seconde vie. Je sais à présent que c'était aussi pour mon père une façon d'affirmer, de dire haut et clair ce qu'un homme pouvait espérer ou revendiquer, contre vents et marées – contre l'Histoire elle-même.

Quant à moi, Stewart Dubinski, qui avais mis un point d'honneur à reprendre mon nom sous sa forme la plus authentique, à envoyer mes filles dans une école juive et à faire observer le shabbat chez moi chaque vendredi soir, j'en reste cloué à mon fauteuil, dans l'élégant salon de cette maison de retraite, au fin fond du Connecticut. Je viens de comprendre que si l'on s'en tient à la stricte obédience d'une tradition qui, depuis des siècles, fait dépendre la judéité d'un enfant de celle de sa mère, je ne suis même pas juif.

Mais voici les dernières pages du récit de mon père :

J'émergeai de l'obscurité des cachots pour replonger dans l'épouvantable puanteur de Balingen. Ce recul instinctif que nous inspirent les relents de la chair en décomposition est inscrit dans la nature humaine, je suppose ; toujours est-il qu'il me fallut un bon moment pour me reprendre et maîtriser mes haut-le-cœur.

Grove m'attendait à la sortie. Sans doute était-il impatient de connaître les résultats de mon entretien avec Martin, me figurais-je – mais non. C'était lui qui avait des nouvelles pour moi.

« Roosevelt est mort, m'annonça-t-il. Truman le remplace à la présidence.

— Si c'est une blague, elle n'est pas drôle !

— Ça n'a rien d'une blague. Ils viennent de l'annoncer à la radio. FDR a succombé à une crise cardiaque. »

Pendant toute mon enfance, j'avais été élevé dans le culte de Roosevelt. Ma mère, qui lui vouait plus d'affection et d'admiration que s'il avait compté parmi ses meilleurs amis, devait être accablée. Puis mes yeux tombèrent sur la pile de cadavres la plus proche et, comme chaque fois que je me heurtais à ce terrible paradoxe, alors que j'espérais intuitivement voir s'éclaircir ma compréhension de la vie, je me sentis au contraire plus perplexe et plus confus que jamais.

J'ai demandé à mon chauffeur s'il avait une idée de l'heure à laquelle arriverait le convoi qui devait ramener Martin, mais tout semblait s'être figé, à la nouvelle de la mort du président. Il n'était néanmoins pas question pour moi d'envisager ne fût-ce qu'une seconde de passer la nuit sur place. Quelle que fût l'heure à laquelle le convoi arriverait, lui dis-je, je tenais à ce que le transfert de Martin se fasse le plus tôt possible. Au besoin, nous pourrions nous faire héberger pour la nuit dans le camp du 406e Régiment de blindés, cantonné à deux ou trois kilomètres de là, sur la route de Hechingen.

Près d'une heure plus tard, une colonne de véhicules franchit l'enceinte du camp, mais ce n'était pas ceux que j'attendais. C'était les premières équipes de la Croix-Rouge. Avec le relatif détachement d'un vieux routier, je suivis des yeux l'arrivée de ces hommes et de ces femmes, pourtant habitués à lutter dans les pires conditions, pour sauver des vies humaines. Ils commençaient à prendre la mesure de ce qui les attendait. Un jeune médecin français tomba sans connaissance devant le premier tas de cadavres. Puis, sans raison apparente, l'une des créatures humaines fantomatiques qui erraient dans l'enceinte, un vieillard qui avait réussi à survivre jusqu'à la libération du camp, est tombé mort à quelques mètres du médecin, toujours évanoui. Nous étions tous annihilés, incapables de la moindre réaction. Le ciel nous serait-il tombé sur la tête, comme le craignait Chicken Little, que nous aurions eu plus de choses à nous dire.

La plupart des soldats américains discutaient, par petits groupes, des possibles répercussions de la mort du président sur la capitulation finale des nazis et sur l'évolution de la guerre dans le Pacifique. En un sens, le choc de cette nouvelle, qui nous offrait l'occasion inespérée de penser à autre chose qu'à ce que nous avions sous les yeux, était le bienvenu.

Le blindé que j'attendais, un 251 allemand repeint à nos couleurs, finit par arriver en tout début d'après-midi. Quelques minutes plus tard, Grove vint me trouver, tandis que nous mettions la dernière main au transfert de Martin – il garderait ses chaînes aux pieds et resterait constamment sous la surveillance d'au moins deux tireurs expérimentés.

« Il y a une détenue qui vous demande, capitaine, m'annonça Grove. Elle voudrait vous parler. Personnellement. »

Je savais qui c'était. En dépit de tous mes efforts pour la chasser de mon esprit, l'idée que Gita pourrait se manifester m'avait à nouveau effleuré.

« Une Polonaise ?

— Oui, elle est dans le camp polonais. Mais elle a l'air en bonne forme, ajouta-t-il. J'ai croisé là-bas plusieurs jeunes femmes qui n'avaient pas l'air trop mal en point. » Il s'abstint de tout commentaire sur la façon dont ces détenues avaient pu survivre.

Elle m'attendait dans l'un des bureaux du service administratif, que l'on avait installés dans le plus vaste des bâtiments jaunes, abandonné quelques jours plus tôt par les SS. C'était une grande pièce vide, lambrissée à mi-hauteur de frisette peinte. Un globe électrique pendait au plafond, au bout d'un câble qui s'effilochait. Juste dessous, je reconnus Gita Lodz, assise sur l'unique chaise de bois que contînt la pièce. Elle sauta sur ses pieds dès qu'elle m'aperçut. Elle était toujours vêtue de l'uniforme que lui avaient donné les sœurs de Bastogne, ce grand sarrau gris, à présent sale, taché et déchiré aux manches, avec une étoile jaune, cousue sur la poitrine.

« Doo-bean ! » fit-elle, et l'espace d'un instant, je sentis mon cœur imploser dans ma poitrine. Bien plus que de la revoir, c'était d'entendre mon nom dans sa bouche qui me bouleversait. Inutile de lui demander comment elle avait appris que j'étais là. Elle devait avoir maintenu sous une surveillance quasi constante le bâtiment où était emprisonné Martin.

Je sortis prendre une autre chaise dans le couloir et je revins m'installer face à elle, à distance prudente. Puis nous nous sommes regardés sans mot dire, comme ça, les pieds posés à plat sur le plancher raboteux, sans autre barrière entre nous que ces quatre bons mètres qui nous séparaient. Il me restait tout juste assez de fierté pour ne pas perdre toute contenance. J'attendis, les lèvres tremblantes, d'être enfin capable d'aligner quelques mots.

« C'est donc en enfer, que nous nous retrouvons », lui dis-je, en français. Et à nouveau, mon cœur et mon esprit, happés par les insondables abîmes de la vie, furent pris de vertige. Je me retrouvais devant cette femme redoutable, cette séductrice qui ne reculait devant aucun subterfuge. J'étais ivre de chagrin et de colère, et toujours aux prises avec une nausée tenace, dans ce bâtiment où régnaient en maîtres, moins d'une semaine plus tôt, quelques-uns des pires monstres de l'histoire. Roosevelt était mort. J'étais vivant.

Avant même que je ne pense à le lui demander, elle me résuma les événements de ces derniers jours. Ils étaient entrés à Balingen, Martin et elle, en se faufilant dans une brèche de la clôture, à l'arrière du camp – celle-là même qu'utilisaient les gardes SS pour prendre la fuite. Elle n'était pas depuis deux heures dans le camp polonais, qu'elle avait reconnu quatre de ses anciennes amies de Pilzkoba ; elle les avait vues pour la dernière fois à bord des camions nazis qui les emportaient vers Lublin. L'une d'elles était une jeune fille d'à peu près son âge, une camarade de classe, la seule survivante d'une famille de six personnes. Son frère et sa sœur cadette avaient été arrachés aux bras de ses parents dès leur arrivée à Buchenwald, où elle avait vu tomber son père, victime de la brutalité d'un kapo, quelques semaines après que sa mère eut succombé à une pneumonie. Mais cette jeune fille de Pilzkoba avait survécu. Elle était arrivée à Balingen après une marche forcée de plusieurs centaines de kilomètres, sans rien à manger, les pieds emmaillotés dans des chiffons, un voyage au bout de l'horreur, durant lequel son dernier frère avait péri. Et pourtant, elle était arrivée à Balingen à peu près en bonne santé – jusqu'à ce qu'elle tombe à son tour, victime de l'une des épidémies qui ravageaient le camp.

« En Normandie, lorsque nous aidions les Alliés à se repérer dans le bocage, j'ai traversé des champs tellement jonchés de corps que l'on ne pouvait pas y passer sans marcher sur des cadavres et, à l'époque, je m'étais dit que j'avais touché le fond. Qu'il ne pouvait rien exister de pire. Et maintenant, je vois ça, ici… et tu sais quoi, Dubin ? – j'ai croisé des gens qui m'ont dit qu'ils avaient vu encore pire, dans d'autres camps. Comment est-ce possible ? N'existe-t-il aucune limite ? »

Sur ces derniers mots, elle s'était mise à sangloter et naturellement, ses larmes appelèrent les miennes. Nous nous sommes mis à pleurer ensemble, chacun sur sa chaise. J'avais enfoui mon visage dans mes mains.

« Il y a tant de choses qui défient la compréhension, finis-je par lui dire. En te voyant, ici, devant moi, j'ai peine à en croire mes yeux. Est-il possible qu'au milieu de tant de souffrances, le pire de mes maux, ce soit d'avoir le cœur brisé ?

— C'est quoi, ça, Dubin ? Un reproche ?

— Comme si j'avais à te le reprocher… *Conscience coupable n'a pas besoin d'accusateur*, répondis-je, en lui citant l'un de ces vieux dictons qu'elle affectionnait. Je doute simplement que la honte puisse avoir prise sur toi. »

Elle secoua ses boucles cuivrées. Quoique pâle et amaigrie, elle était toujours ravissante, dans son vieux sarrau gris, informe et en lambeaux – ça non plus, je ne l'aurais pas cru possible…

« Tu m'en veux beaucoup, dit-elle.

— Tu m'as achevé, à coups de mensonges.

— Jamais je ne t'ai menti, Dubin.

— Ne jouons pas sur les mots. Je t'ai confié des secrets que tu as utilisés contre moi et contre mon pays. Tu n'as pas hésité à me nuire pour aider Martin.

— Me voilà donc prise entre le marteau et l'enclume... Mais ça n'est pas juste. Ce que tu voulais faire, ce que tu vas faire, là, maintenant – ça n'est pas juste ! Martin enchaîné, jeté en prison, par sa propre nation, lui qui a tout risqué pour son pays, pour les Alliés, pour la liberté... Lui, l'homme le plus courageux de tout le front !

— Les Américains le soupçonnent de travailler pour les Soviétiques. »

Ses paupières, mi-closes, se crispèrent douloureusement.

« Ce qu'ils ont pu te faire avaler..., murmura-t-elle. J'ai peine à le croire. Martin n'a jamais été stalinien. Il hait Staline. Depuis le pacte germano-soviétique, il le considère comme un monstre, à l'égal d'Hitler, voire pire. Pour lui, Staline et Hitler sont les rejetons du même démon.

— En ce cas, comment tu expliques sa conduite de ces derniers mois ? Il a désobéi aux ordres et nargué à la fois l'OSS et Teedle, avant de prendre la fuite... Est-ce que tu es au courant de ses projets ?

— Ce qu'il veut faire, maintenant ? Oui, il m'en a parlé. Jusqu'à la bataille des Ardennes, je pensais qu'il était en mission pour l'OSS, comme il l'avait toujours été, jusque-là. Il lui arrivait de s'absenter sans me dire où il allait, mais ça n'avait rien d'exceptionnel. C'était sa façon de faire.

— Et maintenant, tu y crois encore, à ce qu'il dit ?

— Ce dont je suis sûre, c'est que lui, il y croit. »

Mais comme je lui demandais de me dévoiler les projets du major, elle s'emmura dans son silence, le regard fixé sur ses petites mains qu'elle avait jointes sur ses genoux. Même ici, même à présent, elle refusait de me révéler les secrets de Martin. Je m'exhortai une fois de plus à la prudence. Peut-être cette vertueuse réaction n'était-elle qu'une autre feinte...

« Depuis que je suis venue le chercher à l'hôpital de St-Vith, finit-elle par dire, il n'a cessé de me seriner le même refrain. Les nazis sont sur le point d'inventer une arme nouvelle, assez puissante pour anéantir le monde. Martin veut supprimer tous ceux qui en comprennent le fonctionnement, et les faire disparaître à jamais, eux et leur secret. C'est de la folie, je sais – mais ça, c'est Martin. Il dit que c'est à lui de le faire, que c'est son destin. Près de lui, j'ai toujours l'impression d'être, tu sais... ce petit gros qui suit Don Quichotte comme son ombre ?

— Sancho Pança.

— Voilà. Moi, c'est Sancho Pança. Ce n'est même pas la peine d'essayer de le raisonner, Dubin. Personnellement, j'y ai renoncé. Martin a déjà localisé les inventeurs de la bombe ; ils se trouvent actuellement tout près d'ici, à Hechingen. Mais tu parles ! Une machine capable de réduire Londres en cendres... ? Ça doit être une chimère, comme tant des histoires qu'il se raconte. Sauf que celle-là, tu vois, ça risque d'être la dernière.

— Pourquoi ?

— Parce qu'il va y laisser sa peau. Avec une seule main, et sa jambe gauche qui est autant dire inutilisable... Chaque nuit, les terminaisons nerveuses brûlées par l'explosion le font tellement souffrir qu'il en pleure dans son sommeil. Et il n'a personne pour lui venir en aide.

— Personne, sauf toi.

— Même pas. Je ne participerai pas à cette opération. Il ne me l'a pas proposé et de toute façon, j'aurais refusé. Je suis un soldat, un membre de la Résistance. Pas d'une milice secrète. Il n'a aucun allié, aucune organisation pour l'appuyer. Mais il s'en fiche. À ses yeux, rien n'est plus important.

— Et ce n'est pas à cause des Soviétiques ?

— C'est la façon dont il souhaite se donner la mort, Dubin. C'est ça, son vrai but, qu'il l'admette ou non. Il est physiquement diminué et il souffre en quasi-permanence. Mais il se dit qu'en mourant ainsi, ce qui lui arrivera inévitablement, il aura au moins le mérite d'avoir fait du monde un endroit plus sûr. À ses yeux, c'est une fin plus glorieuse que tout ce dont il aurait pu rêver. Et voilà ce dont tu veux le priver. Il m'a dit que les Américains l'exécuteraient, s'il retombait entre leurs mains – c'est vrai ? »

Je l'avais moi-même répété à Martin, quelques heures auparavant, et à la réflexion, cette prévision me paraissait de plus en plus réaliste. À elle seule, l'histoire qu'il venait de me raconter suffirait à l'envoyer à la potence. Qu'il agisse sur ordre des Russes, comme le concluraient ses supérieurs, ou en s'imaginant dans la peau d'un nouveau Flash Gordon, il m'avait avoué son intention d'agir contre les intérêts de l'Armée américaine, en la privant d'une arme considérée comme essentielle à la sécurité des USA – ce qui faisait de lui, à tout le moins, un mutin et un traître. La loi n'irait pas chercher plus loin.

« Et ça te paraît juste, Dubin ? me demanda-t-elle, comme je hochais la tête.

— Juste ? Comparé au moindre des crimes qui ont été commis dans ce camp, ça l'est. Martin a désobéi aux ordres. Il s'est mis lui-même dans le pétrin.

— Mais est-ce vraiment ce que tu veux voir, Dubin ? Imagine un peu… Martin se balançant au bout d'une corde ?

— Ça ne dépend pas de moi, Gita. Je suis un soldat. J'applique les ordres.

— Comme les gardes de ce camp.

— Oh, je t'en prie !

— Une dernière fois, est-ce vraiment le destin que tu choisirais, pour lui ?

— Je n'aurais ni la prétention ni l'audace de choisir un destin pour Martin, Gita. De toute façon, la loi ne me laisserait pas arbitrer son dossier. Elle récuserait mon jugement comme irrémédiablement biaisé par la jalousie, en quoi elle n'aurait sûrement pas tort.

— La jalousie ? » Ses yeux noirs me fixèrent sans comprendre, jusqu'à ce que le sens de mes paroles ait fini d'infuser. « Mais je te l'ai déjà dit sur tous les tons, Dubin. Jamais tu n'as eu l'ombre d'une raison d'envier Martin !

— Tu me l'as dit, oui. Mais ça n'était qu'un autre de tes mensonges. Tu n'as couché avec moi que pour savoir ce que j'apprendrais sur Martin, et puis tu m'as plaqué pour courir à son secours. Somme toute, la jalousie est vraiment le moindre de mes maux. »

Elle s'était redressée sur sa chaise. Ses prunelles sombres avaient pris l'éclat acéré du verre.

« Et tu crois vraiment que c'est pour ça que je suis venue te rejoindre dans ton lit ?

— Oui. C'est ce que je crois. »

Elle me glissa un regard oblique, et parut sur le point de cracher sur le plancher. « Je me suis lourdement trompée sur ton compte, Dubin.

— Sans blague ? Tu m'aurais pris pour plus crédule que je ne suis ? »

Sa main vint se poser sur son cœur, juste en dessous de l'étoile jaune.

« Pour qui tu me prends, Dubin ? Pour une statue, inaccessible à la douleur ? J'ai besoin de ton estime, et apparemment plus que tu n'as l'air de l'imaginer. Ton mépris m'est intolérable.

— Rassure-toi, j'ai toujours la plus grande admiration pour ton aplomb, Gita. Voilà une chose qu'on ne peut te dénier. »

Elle garda un instant le silence, paupières closes.

« Tu peux être en colère, Dubin. Tu peux t'estimer froissé, et même me reprocher mon excès de désinvolture. Mais je t'interdis de croire que j'aie pu te faire l'amour avec de telles intentions. Tu me prends vraiment pour une traînée ? Parce que je suis la fille de ma mère ?

— Je te vois telle que tu es, Gita. Comme une femme qui sait ce qu'elle veut. Une femme prête à tout, pour parvenir à ses fins. » Je lui rapportai l'histoire que m'avait contée Winters, sur cet officier allemand à qui elle avait soutiré des informations sur les bombardements, à Marseille. Et comme je lui décrivais le mépris à peine voilé dont témoignait l'OSS pour les services très spéciaux qu'elle leur avait rendus, je compris que j'avais vécu depuis des mois dans l'attente du moment où elle protesterait de son innocence, ou tenterait de se disculper. Mais elle n'en fit rien.

« Tu n'as entendu qu'un son de cloche. Il y a toujours plusieurs interprétations possibles, pour ce genre d'histoire. De loin, c'est tellement facile, de porter ce genre de jugement.

— Oui. Mais qui veut la fin veut les moyens, n'est-ce pas ! fis-je, en ripostant par un autre de ses proverbes favoris.

— N'est-ce pas la pure vérité ? Ici, ils sont des milliers à avoir fait bien pire pour sauver une seule vie, la leur – sans parler de celle des autres ! Grâce à moi, des centaines de personnes ont échappé à la mort. Des milliers, peut-être. Et je t'assure que j'ai commis bien d'autres fautes, que je me pardonne moins facilement que celle-là. Je n'étais qu'une gamine, Dubin. C'était une erreur, mais surtout parce que je n'avais pas encore compris que même si nous nous protégeons derrière une armure, notre âme, elle, reste vulnérable. Je me berçais d'illusions, en me disant qu'une bitte, ça n'était jamais qu'un truc comme un autre. Et, entre nous soit dit, Martin n'était au courant de rien. Après coup, il m'a fait jurer de ne jamais plus recommencer, pour mon propre bien comme pour le sien. Mais je vais te dire ce qui était le plus troublant : cet homme, cet officier nazi, il a été bon pour moi. Au fond, c'était un type bien. Et de lui mentir pour lui extorquer ces renseignements – eh bien, c'est ce qui m'a coûté le plus.

— Tu as dû avoir les mêmes remords, avec moi…

— Tais-toi, Dubin ! Ça n'a rien à voir. Je ne sortirai pas d'ici en te laissant croire ça ! » Elle s'était dressée sur sa chaise, raide et droite comme un I, le visage durci par la colère. « Je tiens à toi, Dubin. Énormément. D'ailleurs, tu le sais – regarde-moi ! Tu ne vas tout de même pas prétendre que tu ne le sens pas, même à quatre mètres de distance… Je sais que tu le sens.

— Et c'est pour ça que tu t'estimes le droit de fouler aux pieds mes sentiments ? Parce que tu tiens tant à moi ?

— Ma seule excuse, c'est d'avoir choisi de te plaquer avant que tu ne me plaques. Ça, tu ne peux pas le nier.

— Si tu le dis. Mais ça n'est qu'une excuse. Moi, je croyais t'aimer.

— J'attends encore que tu me le dises.

— Tu ne m'en as pas laissé le temps ! À peine avais-je songé à te l'avouer, que tu étais déjà loin. Mais n'essaie pas de prétendre que ça aurait fait une quelconque différence. Déclarés ou non, mes sentiments et ce que je t'en ai montré n'auraient pu être plus clairs. Mon amour a été payé de mensonges. Et jusqu'à mon arrivée dans ce camp, j'aurais juré qu'il n'existait pas de pire souffrance.

— Je sais, fit-elle. Je comprends. Je sais à quel point ça peut faire mal. Mais essaie de comprendre, toi aussi, Dubin ! Je t'en supplie. Essaie un peu. Est-ce que j'aurais pu rester près de toi, continuer à t'aimer, sans rien faire, pendant que tu emmenais Martin, les chaînes aux pieds, pour le livrer à ses bourreaux ? Je lui dois la vie, Dubin. Est-ce que j'aurais pu fermer les yeux, pendant que tu l'emmenais se faire pendre, et me taire, juste pour préserver mon propre bonheur ?

— Je n'en crois pas un mot. Ce n'est pas du tout en ces termes que le problème se posait pour toi.

— Voilà en tout cas comment je l'ai pris, ce problème, Dubin : je me suis dit que jamais un type tel que toi, un jeune avocat plein d'avenir, un jeune homme si rangé, si propre sur lui, que jamais un tel gentleman n'accepterait de faire sa vie avec une misérable paysanne polonaise. Voilà ce que je me suis dit. Tu n'attendais que de retourner chez toi, en Amérique, pour retrouver tes bouquins et ta chère et tendre. Voilà ce que je me suis dit. Moi aussi, je rêve d'avoir des enfants. Et de fuir la guerre aussi loin que je pourrai, pour fonder une famille heureuse et paisible. Mais pour moi, ça n'est qu'un rêve qui ne verra probablement jamais le jour.

— Des excuses. Encore et toujours des excuses...

— Non, Dubin. C'est la vérité ! » Ses petites mains s'agitèrent vers moi, dans un geste de rage impuissante. Elle avait à nouveau les larmes aux yeux. « Tu me reproches de n'avoir pas abandonné Martin pour te suivre, mais toi, est-ce que tu ne suis pas tes propres idoles ? Si j'étais restée, en te suppliant de laisser filer Martin, est-ce que tu aurais accepté ?

— J'aimerais croire que non. Mais en toute sincérité, j'en doute. Pour toi, j'aurais été capable de faire n'importe quoi.

— Mais qu'est-ce que tu serais devenu, sans tes fameux principes ?

— Je n'en sais rien. En tout cas, j'aurais pu me dire que j'avais choisi l'amour. Dans un monde aussi dur que le nôtre, c'est le choix ultime. Celui qui surpasse tout le reste. »

Elle restait figée sur place et avait posé sur moi ce regard dont elle avait le secret – un rayon si concentré et si intense que je craignis d'en être réduit en cendres. Puis elle me demanda si j'avais un mouchoir. Elle se leva pour venir le prendre et retourna se moucher à sa place. Après quoi, elle s'avança sur sa chaise, les mains serrées l'une contre l'autre, doigts entrelacés.

« Tu le penses vraiment, ce que tu viens de dire ? Tu l'as vraiment dit du fond du cœur, ou est-ce que ça n'est qu'une argutie d'avocat ?

— C'est la vérité, Gita. Ou du moins ça l'était. Car c'est du passé, à présent.

— Tu en es sûr ? Vraiment sûr ? Il est temps encore, Dubin. Ici, maintenant. Notre avenir est toujours entre nos mains. Nous pouvons encore choisir l'amour. Nous pouvons choisir de vivre ensemble. Mais laisse partir Martin, Dubin. Rends-lui sa liberté et je ne te quitterai plus. Je tiendrai ta maison, je préparerai tes repas, je porterai tes enfants. Je le désire de tout mon cœur, je ne demande vraiment pas mieux – mais laisse-le partir.

— Le laisser partir ?

— Oui. Laisse-le partir.

— Je n'ai aucune idée de la manière dont je pourrais m'y prendre.

— Allez, tu es trop malin pour me faire avaler ça. Il te suffirait de réfléchir un quart d'heure, pour trouver un plan efficace. Dubin, s'il te plaît – s'il te plaît… » Elle quitta sa chaise pour venir s'agenouiller près de moi. « Je t'en conjure, Dubin. Choisis bien. Choisis l'amour. Choisis-nous. Si tu envoies Robert à la mort, son ombre se dressera à jamais entre toi et moi. Ici, au fin fond de l'enfer, Dubin, tu peux encore choisir de faire le bien. Laisse Don Quichotte aller se battre contre ses moulins. Ne l'envoie pas à une mort honteuse, lui qui a toujours vécu en héros. Lui qui préférerait mourir sous la torture qu'avec l'étiquette de traître.

— Pour lui, tu serais prête à tout, n'est-ce pas ?

— Je lui dois la vie, Dubin. Tout ce que je sais de bien, tout ce en quoi je crois, c'est lui qui me l'a appris. Jusqu'à mon amour pour toi, Dubin.

— Et tu serais capable de me jurer amour et fidélité et de me consacrer ta vie, juste pour qu'il puisse mourir comme ceci, plutôt que comme cela ?

— Je t'en prie, Dubin. Je t'en supplie. Ce que je joue, c'est ma vie, à moi aussi. Je tiens tout autant à toi, Dubin. Je t'en supplie… » Sa main s'était posée sur la mienne. Je frémis de la tête aux pieds sous sa caresse, tout en songeant qu'elle allait réussir à le faire évader, une fois de plus. Mais j'aimais cette femme. Et, comme l'avait si bien résumé Biddy, ça échappait à toute raison.

Elle pleurait à présent, retenant ma main entre les siennes. « Je t'en supplie, Dubin. Je t'en supplie, murmura-t-elle entre ses sanglots.

— Tu as une personnalité tyrannique, Gita. Et tu voudrais me voir à tes pieds, pour avoir meilleure opinion de toi-même. »

À travers ses larmes, elle parvint à sourire. « Et voilà, tu as percé tous mes secrets, Dubin... !

— Tu ne te priveras pas de te payer ma tête, en me reprochant de n'être qu'un petit bourgeois.

— Ça, tu peux y compter ! fit-elle. Mais même malgré moi, j'aurai toujours ce faible, pour toi. » La douceur de son visage, levé vers le mien, me chavira le cœur. « Emmène-moi en Amérique, Dubin. Épouse-moi et laisse partir Martin. Laisse-le devenir le passé. Laisse-moi devenir ton avenir. Je t'en prie. » Elle embrassa ma main, elle la couvrit de baisers, phalange par phalange, en la serrant dans les siennes. Ce qu'elle me demandait était une pure folie, bien sûr – mais somme toute, guère plus que ce que j'avais vu les gens faire, quotidiennement, depuis des mois. Pas plus que de sauter en parachute au-dessus d'une ville assiégée. Pas plus que ces combats absurdes, où les hommes tombaient pour défendre un mètre de terrain, au service des lointains griefs de leurs généraux ou des ambitions d'un dictateur. Dans l'enfer où nous étions, l'amour, ne fût-ce que l'ombre d'une chance de le vivre un jour, me parut le seul choix raisonnable. Portant ses mains à ma bouche, j'y posai un baiser, un seul, puis je me levai, les yeux toujours plongés dans les siens.

« Le jour où tu me trahiras, Gita, et je sais que ce jour viendra, je n'aurai plus rien. J'aurai rompu avec mon pays, et je t'aurai perdue. Je n'aurai même plus mon honneur. Je ne croirai plus en rien. Je ne serai plus rien.

— Si, Dubin ! Moi, tu m'auras toujours – ça, je te le jure. Tu auras toujours mon amour. Je te le jure, Dubin. Jamais je ne te trahirai. C'est juré. Juré ! »

Je suis le fils de Gita Lodz.

32

Bear : la fin de l'histoire

À la première lecture, la façon dont s'achevait le manuscrit de mon père me laissa curieusement sur ma faim. Outre qu'il ne contenait pas la moindre allusion à ma mère, le texte ne disait rien de ce qu'il était advenu de Martin. Dans ce récit qu'il avait pourtant rédigé pour expliquer son histoire à son avocat, mon père passait totalement sous silence tout l'épisode de la fuite du major – s'il avait effectivement pris la fuite, comme le prétendait papa – ou de son assassinat, s'il l'avait tué, comme le craignait Bear.

Selon les témoins du procès en cour martiale, Martin était effectivement monté dans le fourgon blindé qu'attendait mon père, sous la surveillance de deux gardes qui le tenaient en joue. Mais ce fourgon n'avait parcouru que deux ou trois kilomètres sur la route de Hechingen, avant de s'arrêter au bivouac du 406e Régiment de Blindés. Là, Martin fut enchaîné à un piquet tandis que l'on montait une tente autour de lui. Vers les 3 heures du matin, mon père vint trouver les deux MP qui le surveillaient et les renvoya, en leur expliquant qu'il n'arrivait pas à fermer l'œil, et qu'il allait se charger personnellement de la garde du prisonnier. À leur retour, deux heures plus tard, ils avaient trouvé mon père seul. Martin avait filé. Sans leur fournir plus de détails, mon père leur avait affirmé qu'il avait libéré le major. Le lendemain, on le ramena à Francfort où il fit la même déclaration, cette fois devant Teedle.

Lors de ma visite suivante à Leach, en novembre 2003, j'allai droit au but :

« Le texte de mon père ne répond pas à votre question, lui fis-je remarquer.

— Ma « question » ?

— Mon père n'a-t-il libéré Martin que pour mieux le tuer ?

— Ah, je vois. » Bear Leach émit un de ces petits hoquets chevrotants qui équivalaient chez lui à un éclat de rire. « Eh bien, Stewart, selon vous ? »

Avant d'avoir lu le manuscrit que m'avait remis Leach, j'avais eu peine à admettre qu'il ait pu soupçonner mon père de meurtre. Mais à présent, sachant qu'il avait renoncé à tout pour Gita Lodz, je commençais à entrevoir le cheminement logique qui avait amené Leach à cette conclusion. Comme l'avait dit mon père à Gita, si elle le trahissait une fois de plus, il ne lui resterait plus rien. Mais d'un autre côté, si Martin était mort, elle ne pouvait plus le rejoindre. Et dans l'hypothèse où mon père aurait été le meurtrier de Martin, il n'y avait pratiquement aucune chance pour que le corps du major ait refait surface : il était exclu qu'on parvienne à identifier son cadavre parmi tous ceux qui pourrissaient dans l'immense fosse commune, près de Balingen. Mon père était armé et il avait amplement eu l'occasion de s'exercer au maniement des armes, durant sa douloureuse expérience des combats.

Autrement dit, il avait eu le mobile et l'occasion – ces deux atouts maîtres qui permettent aux procureurs de monter de solides dossiers d'accusation, y compris en l'absence de toute preuve matérielle directe. Mais rien ne pouvait ébranler la confiance que j'avais en l'intégrité de mon père, en son honnêteté foncière qui a toujours été et sera toujours pour moi une chose aussi palpable qu'avait pu l'être sa présence physique. Même après avoir pris la mesure de tout ce qu'il nous avait caché sur son passé, il me semblait toujours au-dessus d'un tel soupçon, et je ne me suis pas privé de le signifier à Leach. Le vieil homme parut enchanté et me gratifia d'un beau sourire de guingois.

« Que j'aime à vous l'entendre dire, Stewart !

— Mais est-ce que je me trompe ?

— Bien sûr que non. Il était devenu essentiel pour moi de répondre une fois pour toutes à cette question, et particulièrement après que les juges eurent rendu leur verdict et fixé la sentence. Pour tout vous dire, Stewart, s'il y avait eu un autre méfait grave sous roche, un crime qui aurait pu être ultérieurement découvert, je me serais bien gardé de faire appel. Cinq ans, pour le meurtre d'un autre officier, même s'agissant d'un homme recherché, c'était un cadeau – en supposant que votre père eût vraiment la mort de Martin sur la conscience.

— Mais finalement, je suppose que Martin était toujours vivant ?

— La dernière fois où votre père l'a vu, vous voulez dire ? Sans aucun doute. Mais où ai-je donc fourré mes papiers ? »

Le gros classeur Redweld, son coffre au trésor, autant dire, était par terre, appuyé à la roue chromée de son fauteuil. Je me baissai pour le lui ramasser. Ses doigts crochus se mirent à feuilleter les pages. Il devait parfois gratter un certain temps le coin d'un papier, avant de réussir à le saisir, et il le levait presque sous son nez pour pouvoir le lire.

« Non... », pestait-il, et le manège reprenait, ponctué d'excuses, pour la lenteur des opérations. « Ah, le voilà ! » s'exclama-t-il enfin.

LABORATOIRE
60e STATION D'ÉVACUATION
(accès réservé au personnel autorisé)
APO 758, U.S. Army

Le 16 mai 1945

RAPPORT D'AUTOPSIE
C-1145

Nom : (nom, grade, unité et organisation inconnus)
Âge : approx. 42
Race : Blanche
Sexe : masculin
Nationalité : inconnue
Date d'admission : (non admis à l'hôpital)
Date de décès : (approx.) 9 mai 1945
Date de l'autopsie : 13 mai 1945

DIAGNOSTIC CLINIQUE

Malnutrition et déshydratation massives. Lésions cutanées étendues, résultant de brûlures au troisième degré, partiellement cicatrisées.

Le sujet a été trouvé mort, assis sur un divan de l'Hôtel Hochshaus, à Berlin (plan – Q-333690), lors de l'arrivée des troupes US dans ce secteur, le 11 mai 1945 ou dans les jours qui ont suivi. Il portait un uniforme d'officier de l'armée américaine, avec un col de chemise orné d'une feuille de chêne, mais sans aucun autre insigne, plaque ou marque d'identité. Il semble avoir été retenu prisonnier pendant un certain temps, avant de mourir de faim.

EXAMEN CLINIQUE

L'examen n'a révélé aucune blessure ou lésion externe récente. Le patient devait se remettre des brûlures au troisième degré qui datent de plusieurs mois. Il a perdu la main gauche.

Le corps est celui d'un individu de sexe masculin, normalement développé mais considérablement amaigri, âgé d'environ quarante ans, pesant environ 51 kg, pour 1,78 m. On ne constate ni purpura, ni rigidité cadavérique.

Les cheveux, bruns et longs, recouvrent tout le crâne à l'exception d'une zone cicatricielle, située au-dessus de l'oreille gauche dont la majeure partie du pavillon a disparu, apparemment à la suite d'une exposition à une forte source de chaleur. La partie antérieure des yeux, profondément enfoncés dans les orbites, se trouve au-dessous de la marge latérale de l'orbitale. Le bas du visage est recouvert d'une barbe de plusieurs semaines, avec quelques poils gris au niveau des oreilles. Les dents sont intactes. Les côtes font saillie sous la peau et la paroi abdominale, très mince, n'est séparée que de quelques centimètres des vertèbres lombaires.

On relève d'autres traces de brûlures récentes sur la face externe des jambes et du thorax. Le tissu cicatriciel présente un aspect bleuté et tendu, et semble avoir été écorché en de multiples emplacements. La main gauche a été sectionnée ou arrachée au niveau du poignet. Le moignon présente des cicatrices similaires, suggérant que la main a pu être arrachée lors d'une explosion, ou amputée à la suite d'un accident de ce genre. Des cicatrices suturées, indiquant une récente reconstruction, suggèrent que le patient a fait l'objet d'interventions chirurgicales, au cours des deux ou trois derniers mois.

INCISION PRÉLIMINAIRE :

L'incision habituelle révèle une couche de tissu adipeux sous-cutané d'un mm d'épaisseur, une masse musculaire réduite au minimum, des organes normalement disposés dans la cavité abdominale, une cavité pleurale et péricardique normale.

TRACTUS GASTRO-INTESTINAL :

L'estomac ne contient qu'une infime quantité de mucus, les intestins sont vides et le côlon ne contient que quelques traces de matière fécale. Tous les vaisseaux mésentériques du côlon sont proéminents.

NB :

Pratiquement tous les tissus adipeux du corps ont disparu ou sont massivement réduits, y compris autour des reins et du cœur. L'aspect flasque de la peau est indicatif d'une déshydratation extrême. L'absence de toute lésion externe récente, et l'état du tractus gastro-intestinal qui ne contient que du mucus suggèrent fortement que le sujet a succombé à la faim et à la déshydratation.

s/Capt. Nelson C. Kell
Laboratoire de pathologie médicale
Medical Corps

« Ce rapport m'est parvenu en juin 1945, fit Leach. Il m'avait été adressé par le Dr Cal Echols, un ami de votre père, quelques jours à peine après la conclusion du procès. Cal avait été muté à l'hôpital du quartier général de Regensburg, et avait rendu de fréquentes visites à votre père, avant et après son procès. Comme j'étais depuis le début à la recherche du moindre signe de vie de Martin, j'avais demandé au Dr Echols de me transmettre discrètement toutes les informations qu'il pourrait intercepter, concernant un grand brûlé amputé d'une main. Mon hypothèse de départ était que Martin finirait par avoir besoin de se faire soigner. Au lieu de quoi, Cal a vu arriver sur son bureau ce rapport d'autopsie qui n'a pas laissé d'éveiller sa curiosité.

« Lorsque les troupes alliées étaient entrées à Berlin, le 11 mai, les Soviétiques avaient signalé ce corps aux Américains, en le présentant comme une victime de la barbarie nazie. Mais vous constaterez que le pathologiste situe la date de la mort au cours des trois jours précédents. Or, les Allemands avaient capitulé et s'étaient rendus à l'Armée Rouge dès le 2 mai, soit une dizaine de jours auparavant. Cet homme n'est mort qu'une semaine après leur reddition. Les médecins américains ont donc soupçonné que Martin était mort aux mains non pas des Allemands, mais des Russes.

— C'étaient les Russes qui l'avaient tué ?

— Eh bien, disons que ça en avait tout l'air. Au bout de plusieurs semaines d'enquête, la Graves Registration n'avait toujours pas réussi à identifier le corps. Mais les circonstances de cette mort, et en particulier le rôle qu'y avaient joué les Soviétiques, avaient de quoi éveiller la curiosité. C'est ce qui a décidé les médecins à transmettre le rapport d'autopsie aux échelons supérieurs de la hiérarchie médicale. Après mûre réflexion, j'ai jugé opportun d'aller en toucher mot au général Teedle.

— À Teedle ?

— Oui. Nous étions en contact, de temps à autre, bien que nos relations n'aient jamais été particulièrement cordiales. Au procès, pendant le contre-interrogatoire, j'ai bien cru qu'il allait bondir sur ses pieds et me sauter à la gorge. Mais Teedle restait préoccupé par le cas de votre père, qui lui semblait des plus énigmatiques. Il m'avait déjà dit, à plusieurs reprises, qu'il serait heureux d'avoir de mes nouvelles, au cas où je pourrais lui fournir de nouvelles preuves de l'innocence du capitaine Dubin. Et ça, je ne peux le lui dénier : il a immédiatement compris ce qu'impliquait ce rapport d'autopsie.

— C'est-à-dire ?

— Eh bien, en supposant que Martin eût été un agent soviétique, il eût été surprenant que les Russes l'aient exécuté, et qui plus est, en le laissant mourir de faim. Bien sûr, il y avait d'autres hypothèses – Martin aurait pu se brouiller avec ses commanditaires soviétiques.

Mais à présent que votre père s'apprêtait à purger cinq ans de prison, Teedle reconnaissait que cette autopsie laissait planer un sérieux doute sur la culpabilité de Martin. Il a transmis le rapport à l'OSS, qui a envoyé sur place une équipe chargée d'identifier le corps. Comme de bien entendu, l'OSS a refusé de divulguer les résultats de l'enquête, mais Teedle ne s'en est pas laissé conter.

« Et au fil de l'enquête, tout ce qu'avait dit Martin à votre père s'est révélé vrai. L'OSS avait bien constitué des équipes de physiciens, avec pour mission de sillonner l'Allemagne dans l'espoir de mettre la main avant les Russes sur les savants allemands. Et la ville de Hechingen, où s'étaient réfugiés les principaux physiciens allemands fuyant Berlin, était effectivement la première cible de la mission *Alsos*. Depuis, cette histoire a fait couler beaucoup d'encre. »

Bear se remit à fouiller dans son classeur, et en sortit des fragments d'articles concernant la mission *Alsos*, dont je fis des photocopies. C'était les Forces Françaises Libres qui menaient l'offensive dans le secteur de Hechingen, mais à cause de cet objectif stratégique prioritaire, une unité américaine avait lancé une vague d'assaut avant les Français, sans prendre la peine de leur demander leur avis. Les Américains entrèrent les premiers dans Hechingen, le 24 avril 1945, et s'emparèrent du laboratoire de Werner Heisenberg, clandestinement installé dans une ancienne filature de laine sur Haigerlocherstrasse, à deux pas du centre-ville. Outre plusieurs des plus éminents chercheurs allemands, dont Otto Hahn, Carl von Weizsäcker et Max von Laue, ils y découvrirent deux tonnes d'uranium, deux tonnes d'eau lourde et dix tonnes de carbone. En fouillant les alentours, ils parvinrent à mettre la main sur les documents des physiciens, cachés dans une fosse d'aisance, derrière la maison de Weizsäcker.

« Mais Heisenberg, qui était le chef du groupe et le plus célèbre des physiciens nazis, demeurait introuvable, ainsi que Gerlach. Interrogés par l'OSS, leurs collègues ne tardèrent pas à avouer que Heisenberg et Gerlach avaient pris la fuite une dizaine de jours plus tôt, à la suite d'un étrange incident. Un homme seul, amputé d'une main, avait été appréhendé alors qu'il tentait de faire exploser une énorme charge qui aurait soufflé tout le bâtiment, avec ses occupants. Le poseur de bombe, qui n'avait sur lui aucune plaque d'identité, avait d'abord prétendu être Français, mais lorsque les SS arrivèrent sur place, ils identifièrent immédiatement son uniforme, malgré l'absence de tout insigne, comme étant celui d'un officier américain. Vu la nature de sa mission et le fait qu'il était arrivé à Hechingen avec plusieurs jours d'avance sur le gros des troupes alliées, les SS en déduisirent qu'ils avaient affaire à un membre de l'OSS.

« Les physiciens allemands avaient prévu que les Alliés, Russes y compris, tenteraient de les capturer pour leur arracher leurs secrets par la force. En ce sens, l'avenir était sombre, pour eux. Ils se savaient condamnés, au mieux, à une longue période de captivité, mais jusque-là, ils avaient supposé que ceux qui les épingleraient, quels qu'ils soient (mais ils avaient une nette préférence pour les Américains ou les Anglais...) – auraient tendance à leur laisser la vie sauve, en échange de leur savoir. Or, cet attentat avait quelque chose de bien plus inquiétant, puisqu'il suggérait que loin de vouloir les épargner, les Américains voulaient au contraire tous les supprimer. Hahn, Weizsäcker et Laue avaient décidé d'attendre auprès de leurs familles ce que leur réserverait le destin. Mais Heisenberg, et Gerlach choisirent de prendre la fuite. Ils furent rattrapés, dix jours plus tard, par les forces américaines. »

Les articles que me fit lire Bear relataient l'arrestation de Heisenberg. Finalement, aucun des chercheurs ne fut exécuté, loin de là. Comme ils l'avaient prévu, ils furent tous transférés en Grande-Bretagne, à Farmhall, dans un complexe des Services Secrets britanniques, où l'on put établir, à l'issue d'un interrogatoire poussé, que Heisenberg et son équipe étaient encore loin derrière le projet Manhattan.

« Est-ce que l'OSS avait compris que le poseur de bombe était Martin ?

— Immédiatement.

— Nous étions donc à la fin d'avril, n'est-ce pas ? Juste avant l'audience de la cour martiale. Est-ce qu'ils vous avaient mis au courant de cet attentat manqué ?

— Personne ne m'en avait dit un mot. Mais n'oubliez surtout pas, Stewart, que la bombe A restait l'ultime secret des USA. Jamais l'OSS n'en aurait parlé, pas plus que de la mission *Alsos* – ni à Teedle, ni aux juges, ni au procureur chargé du procès, et encore moins à moi. Mais cette manie du secret qu'ils avaient développée pour tout ce qui concernait la bombe a fini par tourner à notre avantage. Le procureur chargé d'instruire le dossier de David était un certain Meyer Brillstein qui semblait en vouloir encore plus que Teedle à votre père – et on peut imaginer les raisons de sa colère. Mais un peu plus tôt, et selon moi sur l'insistance de l'OSS, ce Brillstein offrit de renoncer aux principaux chefs d'inculpation dont votre père avait à répondre, en échange de l'arrangement suivant : David plaiderait coupable et renoncerait à exiger de citer des témoins, et à présenter des preuves des activités de Martin liées à l'OSS, en dehors de celles dont il avait été personnellement témoin. Votre père et moi, nous avons accueilli cette offre comme le cheval donné du proverbe – cela signifiait que le jury de la cour martiale ne saurait jamais que David avait délibérément remis en liberté un homme soupçonné d'être un espion soviétique. Si les jurés avaient eu connaissance de ce détail, la peine de prison de votre père s'en serait certainement trouvée considérablement alourdie.

« Naturellement, nous comprenons à présent que Martin en savait beaucoup moins qu'il ne l'imaginait.

En septembre 1944, il avait été briefé à Londres en vue de la mission *Alsos* – cette équipe de physiciens américains dont il devait diriger les recherches en Allemagne. Martin avait été nécessairement informé du programme nucléaire allemand, mais, conformément aux principes de sécurité de ce monde du secret, personne ne lui avait dit un traître mot du projet Manhattan, dont sa mission n'exigeait pas qu'il soit informé. Il ne soupçonnait donc pas que les États-Unis étaient eux aussi à deux doigts de fabriquer leur propre bombe, ni que moins de quatre mois plus tard, ils ouvriraient leur propre « boîte de Pandore », sur Hiroshima et Nagasaki. Et vous imaginez que les supérieurs de Martin à l'OSS se sont bien gardés de dissiper son ignorance, lorsqu'il s'est mis à exhaler ouvertement ses doutes, et à clamer qu'aucune nation ne devait détenir une telle arme. En octobre 1944, comme ses commentaires avaient dû dépasser les limites du tolérable, l'OSS décida de le rappeler, et Martin refusa d'obéir.

« Lorsque les membres de l'OSS eurent vent de sa tentative d'attentat à Hechingen, en avril 1945, ils en tirèrent les conclusions qui, à leurs yeux, s'imposaient : ayant compris qu'ils n'entreraient pas les premiers à Hechingen, les Russes y avaient envoyé Martin avec ordre de tout détruire, afin que les savants allemands et leurs découvertes ne tombent pas aux mains des Américains – ce qui acheva de les convaincre de la culpabilité de Martin. Une petite faction menée par le colonel Winters s'obstinait à objecter qu'il était pour le moins surprenant que les Soviétiques aient pris l'initiative d'une opération aussi risquée : selon les physiciens de Hechingen, Martin avait fabriqué avec les moyens du bord un dispositif composé de charges récupérées sur des obus qui n'avaient pas explosé, il se déplaçait dans une Jeep américaine dont il avait bricolé l'allumage, apparemment sans aide extérieure, et s'était fait prendre bêtement, parce qu'il ne maîtrisait pas encore la technique pour craquer une allumette d'une seule main...

« En juin, lorsque nous avons eu connaissance de ce rapport d'autopsie suggérant que Martin était mort dans d'atroces souffrances, aux mains des Soviétiques, l'information eut pour effet de relancer la controverse au sein de l'OSS, quant à sa culpabilité. Et Winters commença à se demander si Martin ne s'était pas lancé dans cette croisade solitaire à seule fin de s'assurer personnellement que la nouvelle arme ne tomberait entre les mains de personne. Partant, l'agence redoubla d'efforts pour retrouver les officiers SS qui avaient capturé Martin à Hechingen début juillet. On en localisa deux, qui avaient regagné leurs pénates, à l'autre bout de l'Allemagne. Tous deux avaient brûlé leurs uniformes et préparé des histoires rocambolesques pour pouvoir nier avoir servi dans l'armée allemande. Les services secrets américains eurent tôt fait de leur délier la langue et les deux officiers leur livrèrent alors des versions à peu près concordantes.

« Les officiers responsables de l'unité SS qui défendait Hechingen avaient été enchantés de mettre la main sur Martin – non pas pour les informations qu'ils auraient pu lui soutirer, car, vers la mi-avril, ils savaient déjà que la guerre était finie – mais parce qu'ils se figuraient qu'un officier américain appartenant à l'OSS deviendrait une inestimable valeur d'échange, pour assurer leur salut et leur liberté, lors de l'arrivée des forces américaines.

« C'est pourquoi, expliquèrent-ils, ils n'avaient soumis Martin à aucun interrogatoire. Les vivres étaient si rares que, lorsqu'il refusa toute nourriture, ils n'en pensèrent pas grand-chose. Martin ayant prétendu souffrir d'une grave infection intestinale, ils l'avaient cru sur parole, et l'idée ne les avait pas effleurés que leur prisonnier puisse préférer mourir de faim que d'être remis aux autorités de son propre camp...

— Parce que le major savait qu'il risquait la pendaison ? m'enquis-je.

— Bien sûr, Stewart. Il le tenait de la bouche même de votre père. Quoi qu'il en soit, un jour avant l'arrivée des troupes US, les SS ont abandonné Hechingen en emmenant Martin. Les forces allemandes se repliaient à partir de l'Oder, dans l'espoir de briser le siège auquel les Soviétiques avaient soumis Berlin. Les SS avaient suivi le mouvement et, une fois encerclés par les Soviétiques, ils décidèrent de tenter d'acheter leur liberté avec la même monnaie d'échange qu'ils pensaient offrir aux Américains : un officier de l'OSS.

« Des foules d'historiens se sont interrogées sur les raisons qui ont pu pousser Staline à sacrifier des milliers de soldats russes, comme il l'a fait, pour assiéger et conquérir Berlin sans l'aide des Alliés – fait d'autant plus surprenant qu'il a fini, par la suite, par honorer sa promesse de respecter le partage de la ville, après sa chute. Certains supposent que les Soviétiques voulaient exercer sans entrave leur droit de vengeance sur la population allemande – et c'est bien ce qu'ils ont fait. Cent mille Berlinoises ont été violées durant la première semaine de l'occupation russe de Berlin, Stewart. » Bear marqua une pause, en agitant la tête de côté et d'autre, le temps de ruminer l'un des épisodes les plus hideux de cette guerre – un de plus.

« Mais la théorie qui prévaut aujourd'hui et qui paraît corroborée par les documents retrouvés dans les archives du KGB, c'est que Staline tenait à entrer seul dans Berlin, pour s'emparer du Kaiser Wilhem Institute, où étaient conservés les documents du programme nucléaire allemand que les Américains n'avaient pas réussi à s'approprier – et de fait, les Soviétiques saisirent un stock d'oxyde d'uranium qui leur permit de relancer leur propre programme nucléaire.

« Lorsque les officiers SS contactèrent les Soviétiques et leur révélèrent les circonstances dans lesquelles ils avaient capturé Martin, les services secrets de l'armée russe acceptèrent de leur rendre la liberté, s'ils leur disaient tout ce qu'ils savaient de Hechingen, et s'ils leur livraient l'Américain. En apprenant qu'il allait être livré aux Soviétiques, Martin, à présent très affaibli, fit vainement appel au sens de l'honneur des Allemands en leur demandant de l'achever. Puis il tenta de s'enfuir, en dépit de son état de santé, mais ne parvint pas jusqu'à la porte. La dernière fois que les officiers SS virent Martin, il était prisonnier des Russes, à une centaine de kilomètres de Berlin.

— Et pourquoi préférait-il mourir de la main des Allemands, plutôt que de celle des Russes ?

— Sur ce point, nous en sommes réduits aux conjectures. Vu ce qu'il avait dit à votre père, on peut penser que Martin devait savoir que les Soviétiques seraient prêts à tout pour découvrir ce que les Américains savaient, ou soupçonnaient, de la bombe A. La perspective de mourir aux mains de tortionnaires qui tenteraient de lui arracher par la force toutes les informations qu'il détenait ne devait pas être bien réjouissante. »

Nous nous sommes tus un instant, plongés dans nos pensées. Mais l'autre question qui me taraudait, c'était la façon dont Leach avait appris tout cela. Il me répondit qu'il tenait certaines de ces informations de la bouche même de Teedle. Mais la plupart de ce qu'il savait était le fruit de son insatiable curiosité pour tout ce qui concernait l'affaire de mon père. Au fil des années, il avait lu tous les articles publiés sur le sujet. Et il avait surtout gardé de bonnes relations avec le colonel Winters, le supérieur direct de Martin à l'OSS, qui devint après la guerre l'un des principaux cadres de la CIA.

« Il venait de prendre sa retraite, au début des années 1970, quand nous avons pris un verre ensemble, au Mayflower. Et là, Bryant m'a confié qu'il avait eu une intéressante conversation, quelques années plus tôt, avec l'un de ses homologues russes qui lui avait laissé entendre qu'il avait pris part à l'interrogatoire de Martin à Berlin – interrogatoire dont les services de renseignements soviétiques avaient toujours nié l'existence, jusqu'à ce jour.

« Évidemment, Martin avait refusé de parler. Cet officier russe avait reconnu qu'il l'aurait certainement soumis à la torture, mais Martin était dans un tel état de dénutrition qu'ils ont craint que son cœur ne lâche. Le seul moyen qu'ils trouvèrent, pour contraindre le major de leur dire autre chose que son nom, son grade et son numéro d'immatriculation, fut le fruit d'un pur hasard. Ils le firent examiner par un médecin qui proposa de nourrir le prisonnier par intraveineuse. Martin accepta alors de répondre à quelques questions, en échange de la promesse qu'ils le laisseraient ensuite mourir. Ils l'ont interrogé pendant un après-midi entier, et deux jours plus tard, il était mort. Naturellement, ils ont fini par découvrir qu'il n'y avait pas un mot de vrai, dans tous les prétendus secrets qui leur avait livrés. »

Leach s'interrompit pour s'essuyer les lèvres, et je craignis d'avoir abusé de ses forces. Mais il insista pour continuer. Ce lent processus de reconstitution du puzzle lui avait coûté trop de temps et de travail pour qu'il renonce, si près du but, à me transmettre tout ce qu'il avait appris.

« Année après année, poursuivit-il, j'ai souvent pensé aux derniers instants de Martin. Il était défiguré, en proie à d'incessantes douleurs, et traqué comme un criminel par la nation au service de laquelle il avait subi ces blessures. Pourtant, il n'a pas trahi son pays – au contraire. Il a vu dans la mort la seule option compatible avec son sens de l'honneur. Qu'il soit mort aux mains des Russes, ironiquement, cela a fini par l'innocenter auprès de l'OSS – surtout après le témoignage des deux officiers allemands. Pour eux, Martin n'était donc plus un espion soviétique ; c'était tout simplement l'un de ces innombrables soldats dont les nerfs avaient craqué sous la pression de la guerre, mais il n'était rien moins qu'un traître résolu à prêter main-forte aux ennemis de son pays. »

Je mis un moment à digérer ce que je venais d'apprendre. En eux-mêmes, tous ces faits étaient passionnants, mais j'avais du mal à les rattacher à mon centre d'intérêt principal : la façon dont mon père avait réussi à échapper à la prison. C'est ce que je fis remarquer à Leach, qui répondit d'un bref hochement de tête.

« Je comprends. C'est loin d'être simple. Mais, voyez-vous, tout cela a pavé la voie de la libération de votre père. En juillet 1945, l'OSS avait eu connaissance de tous ces éléments – l'autopsie, le témoignage des SS qui avaient livré Martin aux Soviétiques – quelques jours avant que Truman, Staline, Churchill et Attlee ne se rencontrent pour convenir de l'issue de la guerre, à Potsdam. Le sort de Robert Martin a fini par être évoqué, lors de ces discussions. Les diplomates avaient fort bien compris le parti qu'ils pouvaient tirer de son calvaire. C'était un véritable brûlot : nos alliés russes avaient détenu l'un de nos officiers, membre de l'OSS et, au lieu de procéder à son rapatriement, ils avaient tenté de lui arracher nos secrets, avant de le laisser mourir d'inanition. C'était la meilleure preuve que, loin d'être un véritable allié, Staline fourbissait secrètement ses armes contre nous. Officiellement, les Soviétiques persistaient à nier que Martin soit mort entre leurs mains, mais les preuves médicales étaient sans appel et les circonstances de la mort du major accusaient les Soviétiques. En outre, cette preuve de leur tentative pour s'emparer de la bombe A ouvrit la voie à la grande révélation de Potsdam, l'annonce faite par Truman à Staline que l'Amérique était parvenue à fabriquer l'arme ultime. Loin de moi l'idée d'exagérer l'importance de la mort de Martin, mais son histoire fut une note haute et claire dans le chœur des Alliés, bien résolus à contraindre Staline à respecter les accords de

Yalta sur les frontières nationales et les territoires occupés par les forces en présence – et donc, par une curieuse ironie du sort, à éviter une nouvelle guerre.

« Toutefois, afin d'ouvrir ce ballet diplomatique dont le grand thème était l'indignation que nous inspirait le sort tragique du major Martin, il devenait indispensable de présenter la victime sous un jour flatteur, comme un véritable héros – et surtout pas comme un agent double plus ou moins incontrôlable. Tout ce qui concernait le passé trouble de Martin, les détails discordants, tels que son ordre d'arrestation et ses évasions à répétition, devaient donc être rapidement effacés de la mémoire collective. Ce qui impliquait, en toute logique, de faire disparaître toute trace du procès de David.

« Le 26 juillet 1945, je fus donc convoqué au QG de la IIIe Armée par le général Teedle, qui m'informa que le dossier allait être annulé. Il s'empressa de me communiquer le peu qu'il savait de l'affaire, mais le général ne s'était vu confier que le minimum d'informations. À l'évidence, il ne pouvait que soutenir cette démarche, qui nous procurait un avantage sur les Russes et, de son point de vue, le procès contre votre père avait beaucoup perdu de son sens, maintenant que les sommités de l'OSS semblaient convaincues que Martin n'avait jamais travaillé pour les Soviétiques. Teedle était manifestement confus de cette volte-face, et navré d'avoir commis une si lourde erreur.

« Le tribunal m'a appris à ne jamais remettre en question un jugement favorable. J'ai donc chaleureusement remercié le général, et je me suis levé pour prendre congé de lui, en serrant sous mon bras les précieux documents qui annulaient les charges – mais Teedle ne m'a pas laissé m'en tirer à si bon compte. Au lieu de me laisser partir, il a contourné son bureau, en marchant sur moi d'un air menaçant.

« "Pourquoi diable a-t-il fait ça, Leach ?" me demanda-t-il, en parlant de votre père. On sentait en lui une férocité presque animale. Physiquement, il n'avait rien d'exceptionnel, mais dès qu'il haussait le ton, il devenait effrayant, parce qu'on le sentait prêt à en découdre. Je n'en menais donc pas large, lorsque je me sentis contraint de lui rappeler que j'étais tenu au secret professionnel. Mais il s'avéra que le général avait sa propre théorie...

« "Pour moi, David savait depuis le début que Martin ne travaillait pas pour les Russes – mais je pense qu'il a craint qu'entre l'OSS et moi, le major finisse par y laisser tout de même sa peau. Est-ce que je brûle ?"

« J'ai vu que je ne pourrais pas partir sans laisser au général au moins un os à ronger et jusqu'à présent, rien de ce qu'il m'avait dit n'était inexact. J'espérais l'apaiser, en l'assurant qu'il avait vu juste, mais je ne parvins qu'à le remonter d'un cran :

« "Ça faisait un certain temps que je soupçonnais que tout ce fichu foutoir avec Dubin était entièrement de ma faute", me dit-il. Il y avait quelque chose de triste, en cet homme. Roland Teedle était un type intraitable, mais au fond de lui, c'était un contemplatif. Un mélancolique. Torturé par le sentiment de ses propres faiblesses, il se reprochait d'avoir accepté trop vite comme vraie cette image mensongère de Martin. Je ne sais pas si vous vous rendez bien compte, Stewart, mais après la guerre, Teedle a passé une maîtrise de théologie. Il s'est taillé une petite réputation dans le milieu et a publié plusieurs ouvrages sur le sujet. Selon sa principale théorie, pour autant que je puisse juger de ces choses, la foi serait le but même de notre existence, bien que le péché en constitue l'écrasante réalité. La société devrait donc s'attacher à faciliter notre chemin vers la foi et à abaisser les barrières qui nous en séparent, car la foi est la seule chose qui puisse nous racheter. Une personnalité des plus complexes... En sa qualité de théologien guerrier, Teedle a même inspiré deux biographes, après sa mort. L'un des deux ouvrages est sans complaisance – alcoolisme, violences conjugales, bagarres dans les bars jusqu'à ses soixante-dix ans révolus, mais on y chercherait vainement la moindre allusion aux rumeurs dont Billy Bonner avait fait part à votre père. D'ailleurs, je ne serais pas autrement surpris si vous découvriez dans la bibliothèque de David un ou deux ouvrages de Teedle... » Effectivement, vérification faite, je pus constater que la bibliothèque de mon père contenait bien la collection complète des œuvres du général, et des livres qu'il avait inspirés. À en juger par l'état de leurs pages, chacun avait dû être maintes fois lu et relu. « Je n'avais pas grand-chose à dire à Teedle, poursuivit Bear, lorsqu'il me déclara tout à trac que tout ça était de sa faute. Ça, c'était tout Teedle. Cette volonté farouche d'assumer l'entière responsabilité de ses actes. Cela forçait l'admiration, si ce n'est que cet égocentrisme forcené qui le poussait à se voir comme l'unique force motrice des événements me portait, au mieux, à sourire. D'un autre côté, la principale cause de la querelle qui l'opposait à votre père avait toujours été l'intention essentielle de Martin – soit, en un mot comme en cent, de savoir si Martin travaillait pour les bons ou pour les méchants. Le général semblait enfin résolu à accorder ce point à votre père. Il a donc fini par me laisser partir, et j'ai filé porter la bonne nouvelle à mon client.

— Qui l'a accueillie avec joie, je suppose ?

— Vous imaginez. La découverte de ce rapport d'autopsie avait soulevé tant d'émoi et de remous que nous nous attendions bien à voir le vent tourner, mais ni David ni moi n'aurions osé espérer la cassation pure et simple. La réaction de votre père fut à la hauteur de ce que j'attendais. Il sauta sur ses pieds et, après m'avoir serré la main avec effusion, relut plusieurs fois l'acte d'annulation. Puis, lorsqu'il eut compris que sa détention avait d'ores et déjà pris fin, il insista pour m'offrir un verre. J'attendais qu'il me demande des nouvelles de son manuscrit, qui était toujours dans mes tiroirs, mais il n'y fit plus jamais allusion. Peut-être parce qu'au fond de lui, il espérait que j'appliquerais spontanément la solution que je lui avais recommandée, c'est-à-dire de le conserver pour ses futurs héritiers. C'est du moins l'excuse que je me suis trouvée, pour vous faire part de tout ceci.

« Sur notre trajet jusqu'au café, votre père était gai comme un pinson, et enchanté de retrouver enfin l'air libre et le soleil estival – mais à peine nous a-t-on servi nos coupes de champagne, que sa bonne humeur l'a quitté. J'ai d'abord mis son air morose sur le compte des regrets qui devaient l'assaillir, lorsqu'il pensait aux catastrophes qu'avait entraînées sa course-poursuite contre Martin. Mais il s'avéra que ce n'était pas son principal sujet de préoccupation.

« "Je bois à votre santé, mon cher Bear, fit-il. Et vous devriez boire à la mienne, en me souhaitant bonne chance, car je vais en avoir besoin."

« Je m'exécutai, bien sûr. Mais il ne tarda pas à me faire comprendre que je n'y étais pas du tout.

« "Je dois incessamment retourner à Balingen, me dit-il. Pour voir quelle va être la réaction de mon épouse, lorsqu'elle apprendra que je suis enfin libre d'être son mari." »

33

Contes de l'héroïsme ordinaire

Quand on posait la question à ma mère, comme je l'ai maintes fois fait dans mon enfance, elle répondait que mon père était l'homme de sa vie, son héros, le nouvel Orphée qui l'avait ramenée des Enfers et lui avait permis, grâce à son amour, de renaître au monde des vivants. Telle était sa version de l'histoire, comme ils disaient. Elle ne s'en est jamais écartée d'un iota, et pour l'essentiel, elle était vraie. Les doutes que mon père avait confiés à son avocat le jour de sa remise en liberté s'avérèrent non fondés, car ma mère lui voua une fidélité sans faille, et il le lui rendit bien. En dépit des habituelles frictions de la vie quotidienne, mes parents n'ont jamais eu l'un pour l'autre que de l'estime, de la tendresse et de la bonté. Et malgré les différentes interprétations que l'on pourrait donner de leur histoire, le lien qui les unissait reste pour moi une réalité presque tangible, aussi éternelle et incontournable que les forces mystiques qui lient les atomes entre eux. C'était le noyau même de la maison où j'ai grandi. Tout le reste pouvait leur faire défaut, ils savaient qu'ils pourraient toujours compter l'un sur l'autre.

L'effet le plus immédiat de ma lente redécouverte des tribulations du jeune David Dubin, ce garçon si résolu et si épris d'idéal (même s'il lui arrivait parfois de manquer du plus élémentaire bon sens !), eut pour effet de m'apprendre l'indulgence, vis-à-vis des travers de mon père. Comme tant d'hommes de sa génération, il avait du mal à exprimer sa tendresse, mais je comprends à présent qu'il avait purement et simplement épuisé en Europe ses réserves d'audace. Il avait tout misé sur ma mère ; puis, ayant gagné, il ne put jamais se résoudre à tout risquer à nouveau, en posant ses jetons sur une autre case. La terreur des combats, les atrocités dont il avait été témoin et qui avaient si radicalement sapé ses plus hautes convictions, tout cela était pour lui un fardeau. Son passé l'alourdissait, le retenait en arrière, lui donnait une mesure de retard sur la vie. Pourtant, je ne peux lui dénier l'unique vertu que nous puissions exiger de nos semblables : il a toujours fait de son mieux.

En revanche, j'ai été profondément affecté par la révélation de la véritable identité de ma mère. Comment avait-elle pu vivre dans un tel mensonge ? Nous cacher, à moi et à ma sœur, les véritables racines de notre héritage familial ? Renier son propre passé ? Pendant plusieurs semaines, j'ai eu un mal de chien à trouver le sommeil. Le monde où j'avais vécu jusque-là semblait avoir subi une métamorphose aussi troublante que si j'avais découvert que j'étais le lointain rejeton d'un amphibien.

J'avais toujours senti dans le caractère de ma mère une trace de rouerie et de dissimulation. Malgré son franc-parler, elle était capable de mentir avec une étonnante maestria, en cas de besoin. Je devais avoir dix ou onze ans, lorsque j'ai fini par comprendre que mon perroquet, dont j'oubliais systématiquement de nettoyer la cage, n'avait pas spontanément joué les filles de l'air, trois ans plus tôt… Et elle n'hésitait pas à soutenir avec aplomb des contrevérités qui crevaient les yeux, lorsqu'elle pensait que c'était pour notre bien – telle cette pneumonie fictive qu'elle avait prétendument attrapée dans son enfance, en sortant sans son manteau.

Mais cette biographie expurgée qu'elle nous avait transmise n'avait rien d'un pieux mensonge – et singulièrement ses prétentions au statut de rescapée des camps ! Comment avait-elle pu nous mentir, sur ce point ? Pendant des mois, cette question est revenue me hanter aux moments où je m'y attendais le moins.

Ma colère a tout de même fini par se dissiper, avec le temps. Tous les parents ont des secrets pour leurs enfants, et j'ai enfin compris que les miens n'avaient pu prévoir la vénération persistante que la communauté juive vouerait à ceux qui avaient tant souffert en son nom. Évidemment, ses antécédents usurpés lui permettaient, à l'occasion, d'exercer une pression émotionnelle considérable sur ma sœur comme sur moi, sans parler du reste de la famille, mais elle déclinait d'emblée et sans détours toute tentative de célébration des souffrances qu'elle avait soi-disant endurées, en s'empressant de souligner qu'elle avait eu bien plus de chance que la plupart des autres déportés.

Et j'ai fini par comprendre que mes parents n'avaient pas eu le choix. Ils avaient commencé à mentir avant les révélations et les rebondissements déclenchés par le rapport de l'autopsie de Martin, avant que l'on apprenne que le major avait trouvé la mort entre les mains des Soviétiques. Après la libération de papa, ils ne pouvaient plus faire marche arrière. Il aurait été inutilement téméraire de leur part de reconnaître qu'ils avaient falsifié l'identité de Gita. Ils auraient risqué un nouveau procès et il y avait toutes les chances pour que ma mère se voie refuser le droit d'immigrer aux USA. Par la suite, une fois en Amérique, le danger restait réel, autant pour lui, en tant qu'avocat inscrit au barreau, que pour elle. Paradoxalement, chaque fois que l'on extradait un ancien nazi qui s'était introduit en fraude sur le sol national, je soupçonne qu'elle devait trembler pour elle-même. Et je comprends aussi qu'il était exclu pour eux de faire partager un secret si dangereux à des gamins plus ou moins capables de tenir leur langue.

Les années succédant aux années, leur refus concerté d'évoquer la guerre n'avait pu que les rigidifier dans leur résolution de garder leur secret. Et curieusement, la souffrance et la confusion où m'a plongé la vérité ont été les meilleures preuves qu'ils avaient eu raison de nous épargner cette épreuve.

Il ne me semble pas non plus que ce soit de gaieté de cœur, qu'ils ont gardé le silence. Quiconque a entendu parler de psychanalyse, ne fût-ce que très vaguement, sait que les turbulences et les orages du passé ne s'évanouissent jamais totalement et qu'en demeurant non résolus, ils peuvent infiltrer et saper les fondations les plus robustes. Ma mère était une femme solide, affectueuse et courageuse. On ne compte plus les familles qui ont été secourues par l'association d'entraide qu'elle avait fondée et qu'elle dirigeait. Mais je n'ai jamais eu l'illusion qu'elle était pleinement épanouie. Au fil des ans, comme le passé s'éloignait, elle devint plus fragile, plus émotive et plus prompte à la colère. Il me semble à présent qu'une partie de cette rage aurait été plus facile à gérer, si elle avait pu assumer son passé de bâtarde réprouvée par toute la ville, au lieu de se prétendre issue d'une honorable famille juive où elle était censée avoir grandi entourée d'affection. Mais mes parents avaient retenu la leçon d'Orphée : ils savaient que pour renaître à la lumière du monde, il faut renoncer définitivement à regarder en arrière.

Je ne les juge pas. À mes yeux, ce qu'ils ont subi et ce dont ils ont été témoins, ainsi que des milliers d'autres, relève de l'insondable. Ma mère me parlait si souvent de « la période la plus sombre de toute l'histoire de l'humanité », que pour moi, l'expression avait fini par perdre toute espèce de sens. Elle aurait aussi bien pu dire : « Tout va bien mieux, avec Coca-Cola ! » Mais ma campagne de fouilles a fini par me mettre nez à nez avec cette vertigineuse vérité qu'elle s'était efforcée de me transmettre. En l'espace de huit ans, de 1937 à 1945, on a massacré plus d'êtres humains que durant n'importe quelle autre époque, avant ou depuis. Oui, six millions de Juifs. Ainsi que vingt millions de Russes, et trois millions de Polonais. Un million et deux cent cinquante mille Yougoslaves. Trois cent cinquante mille Anglais. Deux cent mille Américains. Et, que Dieu se souvienne d'eux dans son infinie compassion, plus de six millions d'Allemands. Quarante millions d'individus, au total. Une période sombre, certes. Ma mère avait raison. Et encore – même « noire » serait un euphémisme.

En juin 2004, comme prévu, ma sœur vint s'occuper de ma mère dont la santé déclinait. Prisonnier de mes propres mensonges, j'avais passé des mois entiers à réfléchir à la façon dont je pourrais présenter les choses à Sarah. En principe, l'histoire de nos parents lui appartenait tout autant qu'à moi, mais je doutais qu'elle me soit très reconnaissante des révélations que j'avais à lui faire. Pourtant, le jour de son départ, je pris mon courage à deux mains et lui remis un exemplaire du manuscrit de mon père, ainsi qu'un résumé écrit des révélations de Leach.

Elle lut ce dernier texte en ma présence et, malgré la kyrielle de précautions, de réserves et de justifications dont il débordait, la réponse de ma sœur fut bien dans l'air du temps.

« Je vais te faire un procès, me dit-elle.

— Et à quoi cela t'avancerait-il ?

— Trouve-toi un avocat, Stew. »

C'est ce que je fis. Dès le lendemain, j'engageai Hobie Tuttle, un vieux copain du lycée, mais j'attends toujours mon assignation. Quinze jours plus tard, je reçus un coup de fil de Sarah. Elle fulminait toujours – cela s'entendait à ce petit bruit de souffle que laissait filtrer sa voix. Si ce n'est qu'elle admettait à présent avoir été touchée par le récit de papa.

« Oui, mais tout le reste, Stewart ? Toute cette histoire sur le changement d'identité de maman ? Tu as tout inventé. Comme tu transformes toujours tout. À croire que la réalité n'est jamais assez belle, pour toi ! Papa n'a jamais écrit un mot qui puisse laisser entendre que maman était bien cette femme... »

J'ai vainement tenté de la raisonner. Même en faisant abstraction du témoignage de Leach – qu'elle écartait d'office, comme les divagations d'un vieil enfant de quatre-vingt-seize ans passés – pourquoi notre père aurait-il libéré Martin ? Quelle autre femme papa aurait-il eu le temps d'épouser, puisque Teedle l'avait fait mettre aux arrêts un jour ou deux après qu'il avait laissé s'enfuir Robert Martin ? À cette date, j'avais examiné et trié des dizaines de photos de Gideon Bidwell – des copies de celles que papa avait gardées, après avoir envoyé tout le reste à la famille de Biddy. Je découvris un cliché représentant mon père dans son uniforme de capitaine, en grande conversation avec une femme en qui on reconnaît incontestablement ma mère. Ils sont dans une cour, devant le perron d'un manoir bâti autour d'un petit donjon médiéval, le fameux « petit château ». Sarah avait déjà en sa possession une copie de cette photo, mais elle me fit remarquer que cela ne prouvait rien. Elle aurait pu être prise n'importe quand, et dans un tout autre endroit.

« Tu peux croire ce que tu veux.

— Merci mon vieux, fit-elle. Compte sur moi ! Mais voilà où je veux en venir – fiche la paix à maman. Si tu lui fais lire ne serait-ce qu'une page de ce manuscrit, je ne t'adresse plus jamais la parole. Et si tu en parles à quiconque de son vivant, je te jure devant Dieu que je te traînerai devant les tribunaux ! »

À cette époque, ma mère était déjà bien malade. Au cours de l'année qui avait suivi la mort de mon père, elle se mit à développer, en une sorte de lugubre mimétisme, toute une série de maux qui ressemblaient comme des frères à ceux qui avaient emporté mon père. Elle avait une tache sur le poumon et quelques vaisseaux endommagés autour du cœur. Le corps a de ces mystères cruels : comment l'absence de mon père avait-elle pu rendre manifestes des désordres organiques qui étaient jusque-là restés latents ? Les chirurgiens lui enlevèrent un lobe au poumon gauche. Deux mois après, la tumeur était réapparue sur les radios. Nous connaissions tout cela par cœur, pour l'avoir déjà vécu avec mon père, et elle l'acceptait stoïquement, avec le même courage que son époux. Elle avait des hauts et des bas, et ses jours étaient désormais comptés. Ne me rappelant que trop bien la rapidité avec laquelle mon père avait dévalé la pente, je savais que si je voulais lui parler, je ne pouvais plus m'offrir le luxe d'attendre.

Je passais la voir tous les jours, pour lui apporter des provisions et d'autres produits indispensables. Elle avait refusé de prendre une aide à domicile, mais quelqu'un venait s'occuper d'elle et faire son ménage quelques heures, l'après-midi. Un matin, comme nous parlions de choses et d'autres en tête à tête dans la cuisine – des nouvelles du monde en général, et de la famille en particulier – j'ai enfin amené la conversation sur le sujet qui me tenait à cœur.

« Tu sais, le livre que j'avais commencé, sur papa. J'ai décidé de lever un peu le pied, pour l'instant. »

Elle était près de son fourneau blanc où elle faisait chauffer de l'eau pour le thé. Elle s'est lentement retournée vers moi.

« Ah oui ?

— Je m'y remettrai peut-être, plus tard. Mais là, je crois que j'ai eu ce que je voulais. D'ailleurs, j'ai pas mal de piges, en ce moment. Le temps me manque un peu, pour terminer.

— Sage décision, Stewart. Enfin, je crois.

— Sans doute. Mais il reste un point que je n'ai toujours pas résolu. Tu ne te souviens peut-être plus… »

Elle secouait déjà la tête, comme elle le faisait depuis quelque chose comme deux ans, chaque fois que je tentais de faire appel à sa mémoire.

« Attends, m'man – commence déjà par m'écouter. Il se pourrait que ça t'intéresse. »

Avec un soupir, elle revint s'asseoir en face de moi à cette vieille table de chêne dont les taches et les éraflures racontaient toute l'histoire de notre famille. Ma mère se ratatinait de jour en jour et, de petite, semblait partie pour devenir minuscule. Je lui récitai de mémoire le seul paragraphe que ma sœur, après des mois de tractations et de supplications assidues, m'ait autorisé à citer.

« Autrefois, papa a fait la connaissance d'une femme. Une certaine Gita Lodz. C'était une jeune personne hors du commun, maman. Charmante. Brillante. Une résistante qui travaillait avec l'OSS. Elle avait quitté sa Pologne natale où elle n'avait plus de famille et avait atterri à Marseille. C'était une casse-cou. Un véritable Superman en jupons ; elle avait dix fois plus de culot et de courage que la plupart des soldats qui sont revenus du front couverts de médailles. Pour moi, c'est l'être le plus extraordinaire dont j'aie jamais entendu parler. »

Les prunelles noires de ma mère, ces billes de jais maintes fois décrites par mon père, avaient plongé dans mes yeux.

« Ah oui ? fit-elle. Et quelle est ta question ?

— Eh bien, je me demandais si papa ne t'en avait jamais parlé…

— Il avait dû la connaître avant d'arriver à Balingen. Je ne me souviens pas de l'avoir jamais entendu prononcer ce nom en ma présence, à partir du moment où on s'est rencontrés. »

Même en se reniant, elle ne s'était pas départie de son impeccable sérénité, de ce sang-froid digne de la Sarah

Bernhardt en herbe qui avait mille fois sauvé la tête du major Martin. Mais la vérité, telle que je la percevais à présent, c'était qu'elle avait bel et bien réussi à mener la vie ordinaire et paisible qu'elle avait revendiquée. Comme elle le disait si bien, jadis, que sommes-nous d'autre que ces histoires que nous nous racontons sur nous-mêmes, et qui finissent par nous coller à la peau ? Depuis 1945, soit pendant près de soixante ans, elle avait été Gilda Dubin – bien plus longtemps qu'elle n'avait été Gita Lodz, l'héroïne au grand cœur, dont les charmes avaient si facilement eu raison de mon père, l'amante passionnée qui avait à jamais disparu dans les cendres de l'Europe, comme tant d'autres. Et c'était cette Mrs Dubin qui m'avait prodigué ses soins et son amour. Elle avait dûment assisté à tous les services commémoratifs de l'Holocauste et aux cérémonies organisées par la synagogue. Elle avait déployé une intarissable énergie au sein de son association pour venir en aide aux familles juives dans le besoin – des rescapés des camps, pour la plupart, ou des émigrés russes. Elle avait assumé cette nouvelle identité comme un mal nécessaire, mais à présent, elle vouait à son personnage la même fidélité qu'à mon père. Conformément à ce dont nous étions convenus, Sarah et moi, j'ai laissé le sujet en suspens, après cette brève incursion qui m'avait permis de lui dire ce que je tenais à lui faire savoir. J'ai vérifié sa boîte à pilules pour m'assurer qu'elle avait bien pris ses médicaments et je me suis préparé à lui dire au revoir. À son habitude, elle m'a demandé des nouvelles de Nona, dont elle avait toujours refusé d'accepter le statut d'ex, même bien après que j'eus commencé à entretenir des relations suivies avec d'autres femmes. J'avais déjà fait quelques pas en direction de la porte lorsqu'elle m'a rappelé.

« Stewart…, fit-elle. Tu te souviens d'Emma Lazar ?

— Bien sûr, m'man. » Emma était sa meilleure amie, une survivante de Dachau.

« Elle vit dans ses souvenirs. Pas un jour ne passe sans qu'elle ne se rappelle quelque chose. Une telle qui avait été violée par un garde, un tel qui était mort après avoir mangé un bout de viande pourrie qu'il avait ramassé par terre. L'instant où elle avait touché pour la dernière fois la main de son père, tandis qu'on les séparait – et c'est comme ça qu'elle a vécu. Elle ne pouvait pas faire autrement, bien sûr. Et qui irait le lui reprocher... Mais c'est une vie mutilée. Rester là, bloquée, sans pouvoir aller plus loin – c'est ça, la pire des cicatrices que lui aient infligées les nazis.

« Moi, en arrivant ici, je me suis juré de m'offrir une vie toute neuve. Pas une vie tournée vers le passé. La vie, c'est devant. C'est ça, la vie ! » Sa main se posa sur le bois de la table puis s'avança vers une jolie orange, sur le dessus du saladier qui trônait toujours sur la table. « Ici et maintenant – c'est ça, la vie. Tu sais ce qu'en disent les philosophes – le présent ne s'arrête jamais. Et il n'existe rien d'autre, en dehors de ça. Vivre dans le passé, c'est tricher avec la vie, tu ne trouves pas ?

— Si, bien sûr.

— Le passé, bon ou mauvais, on n'y peut plus rien. Je suis ta mère, Stewart. C'est ça, le présent. C'est ça, la vérité. Et ton père était ton père – ça aussi, c'est la vérité. Les gens qu'il a connus ou qu'il n'a pas connus, je n'y ai jamais regardé de trop près. Ce que je sais, c'est qu'il m'a sauvée. Il a choisi de m'aimer, à un moment où ce choix demandait un sacré courage. Et à partir de ce moment-là, on a décidé une fois pour toutes de ne plus jamais regarder qu'en avant. Tous les deux. Pour moi, ton père était un héros.

— Pour moi aussi, maman. Plus que jamais. Et toi aussi, tu es une héroïne. Une héroïne d'un courage inouï. Vous êtes mes héros, tous les deux – je tenais juste à ce que tu le saches. »

Dès que ma mère s'entendait décerner le titre d'héroïne, elle le déclinait systématiquement, en invoquant les millions de victimes des camps qui avaient dû faire preuve d'un courage incomparablement supérieur au sien. Ce jour-là ne fit pas exception :

« Tu sais, Stewart, j'ai connu pas mal de gens qui aspiraient à devenir des héros. Ils préféraient vivre au-delà des limites humaines, parce qu'ils redoutaient la routine et la pauvreté de la vie ordinaire, et se condamnaient ainsi à la frustration. Moi, je suis une personne ordinaire, Stewart – et j'ai eu la chance de comprendre à temps que c'était ça que je voulais – une vie ordinaire. Tout comme ton père. Confrontés à des circonstances extrêmes, nous avons fait ce qu'il fallait pour préserver nos chances de nous en sortir et de revenir à la vie normale. Nous avons tous bien plus de courage qu'on a tendance à se l'imaginer. Jour après jour, en vieillissant, je reste émerveillée de la bravoure qu'il faut pour continuer à encaisser les coups que la vie nous réserve. J'ai encaissé les miens. J'ai eu la chance de survivre pour pouvoir mener l'existence toute simple que je désirais, aux côtés de ton père, avec Sarah et toi, et ça, ça compte beaucoup plus pour moi que tout ce que j'ai pu vivre avant. Tu crois vraiment, acheva-t-elle d'un ton qui appelait une réponse, que ça suffit à faire de moi une héroïne ? »

Ils ont tous deux disparu, à présent. Pour citer un de mes auteurs favoris : « La mort approfondit le mystère. »

Comme je l'ai déjà dit, j'ai passé de nombreux mois à relire, à remettre en forme et à réécrire certains passages du texte de mon père, en vue d'une éventuelle publication. À présent, comme j'ai longtemps laissé le manuscrit de côté en attendant que ma mère ait tiré sa révérence à ce monde, je serais à peine capable de dire qui est l'auteur de telle phrase ou de telle autre, lorsque j'en feuillette les pages.

Je pourrais revenir au texte du manuscrit original, pour en avoir le cœur net, mais franchement, je n'y tiens pas. J'ai fait de mon mieux. J'ai tenté de décrire mes parents aussi fidèlement que je l'ai pu, de donner d'eux un portrait aussi réaliste et aussi complet que possible, aussi honnête que je pouvais supporter de l'être avec moi-même ou avec autrui. Ces limites sont inévitables. Quand nos parents nous parlent de leur vie, ils nous transmettent ce qu'ils jugent utile et souhaitable, pour notre bien comme pour le leur. Et nous, leurs enfants, nous y entendons ce que nous voulons entendre, nous en croyons ce que nous pouvons croire et, au fil des années, nous sondons leur version de l'histoire, nous la jugeons et nous la remettons en question en fonction de nos propres nécessités. C'est dans cette lumière que nous la comprenons. Et lorsque nous racontons au reste du monde, ou juste à nous-mêmes, les souvenirs de nos parents, nous ne racontons jamais que notre propre histoire.

Note sur les sources

Ce roman est une œuvre de fiction. Inspiré par les documents d'époque, il leur est rarement d'une fidélité absolue. Les événements historiques m'ont fourni la trame originelle, mais l'action elle-même est le fruit de mon imagination, tout comme les personnages, à l'exception de quelques grandes figures historiques.

Mon principal point de départ fut une série d'anecdotes situées durant la Seconde Guerre mondiale, que m'avait racontées mon père dans mon enfance, avant qu'il ne renonce à évoquer ce douloureux passé et ne s'emmure dans un silence définitif. Mon père, le Dr David D. Turow, dut parcourir une bonne partie du voyage de David Dubin en Europe, en tant qu'officier responsable de la 413e Medical Collecting Company, qui fut rattachée à la IIIe Armée à partir d'octobre 1944. Mon père exerça comme chirurgien à l'hôpital militaire installé dans le couvent des Sœurs de Notre-Dame de Bastogne, et c'est de lui que je tiens bon nombre de ces histoires qui m'ont tant marqué – ses problèmes d'incontinence, au cours du saut en parachute, sa capture par des soldats allemands qui avaient absurdement abattu son chauffeur, l'insondable saisissement des premières équipes médicales qui ont pénétré à Dachau ou à Bergen-Belsen.

Mais les histoires que me racontait mon père ont été transposées et transformées de fond en comble dans le présent ouvrage. David Dubin n'est aucunement le portrait de mon père, et, au cas où certains viendraient à se poser la question, ma mère, Rita Pastron Turow, était institutrice à Chicago pendant toute la Seconde Guerre mondiale. Je tiens à la remercier ici, et du fond du cœur, pour m'avoir confié les papiers de mon père, ses photos, ses lettres – auxquelles j'ai emprunté certains fragments, littéralement repris dans celles du roman et qui m'ont révélé bien des choses qu'un enfant n'aurait pu deviner – telle la profondeur de la dévotion que vouait mon père à sa jeune épouse. Toute ma gratitude aussi à Peggy Davis, qui m'a confié les photos et les souvenirs de son père, le sergent Donald Nutt, qui était le secrétaire du mien.

À la suite d'une émission télévisée au cours de laquelle j'ai annoncé mon intention de publier un roman concernant la Seconde Guerre mondiale, j'ai été contacté par M. R. Freeman, de Tequesta, en Floride, qui, à l'instigation de son épouse Julie Freeman, me proposait d'utiliser librement toute une collection de documents qu'il avait conservés, concernant la mort de son cousin Carl Cohen, soldat dans l'infanterie américaine, qui fut retrouvé mort de faim dans une chambre d'hôtel à Paris à la fin de la guerre. Je remercie infiniment M. et Mrs Freeman, ainsi que Dottie Bernstein, la sœur de Carl Cohen, de m'avoir transmis et confié ces documents, bien que je n'aie en rien contribué à résoudre le mystère de la mort de ce dernier. Nul ne sait en effet comment Carl Cohen est tombé entre les mains des nazis, ni pourquoi sa mort a fait l'objet de faux témoignages de la part de plusieurs de ses camarades, qui ont formellement déclaré l'avoir vu mourir au combat.

C'est donc sur ces frêles bases historiques que j'ai bâti mon édifice. Toutes les aventures de Robert Martin, pour ne citer qu'elles, sont totalement fictives – même si elles peuvent, par certains côtés, rappeler certaines opérations menées par l'OSS. Il n'y eut jamais de dépôt de munitions à la Saline royale, qui se trouve en réalité à quelques kilomètres du site que je décris dans le roman. Aux alentours du 22 décembre 1944, une poignée de soldats US tentèrent vainement de récupérer un convoi de munitions resté bloqué à quelques kilomètres de Bastogne, mais pas précisément dans les circonstances du récit. Heisenberg s'est effectivement enfui d'Hechingen, mais pas à la suite d'une tentative d'attentat à la bombe qui aurait été commise contre l'adresse secrète du Kaiser Wilhelm Institute, sur Haigerlocherstrasse, où il était domicilié. L'annonce de la mort du président Roosevelt parvint en Europe le 12 avril 1945 aux alentours de minuit, et non dans l'après-midi. *Und so weiter* – et ainsi de suite…

Il y avait bien un camp, à Balingen, mais de dimensions moindres et nettement moins effroyable que celui que je décris au chapitre 30 et qui se rapproche plutôt des témoignages concernant Bergen-Belsen.

Cela dit, je me suis efforcé de tenir compte de l'ensemble des événements historiques, s'agissant en particulier de la chronologie des offensives et des mouvements des forces en présence. J'ai tout spécialement essayé de rendre compte avec la plus grande exactitude de l'expérience individuelle des soldats américains. La bibliographie détaillée des sources consultées est disponible sur Internet, sur www.ScottTurow.com.

Mon travail de recherche a été considérablement facilité par plusieurs personnes que je tiens à remercier : le colonel Robert Gonzales, de l'US Army, ex-officier du JAG Dept., qui est actuellement affecté à Fort Sam Houston, Texas, m'a confié le manuscrit de son excellente histoire du JAG pendant la Seconde Guerre mondiale. J'y ai notamment trouvé de nombreuses interviews de personnes qui ont fait partie de ce service au cours de cette période. Si j'ai pu contacter le colonel Gonzales, ce n'est qu'au terme d'une véritable chaîne d'entraide qui a démarré grâce à Carolyn Alison, officier responsable des Affaires publiques dans le bureau du JAG, au ministère de la Marine. Avec l'approbation de son supérieur hiérarchique, le contre-amiral Michael F. Lorh, JAG de la Navy, Ms Alison m'a mis en relation avec un certain nombre d'éminents historiens de l'armée, à commencer par le colonel William R. Hagan, retraité de l'US Army, ex-membre du JAG Corps, qui m'a aidé en de nombreuses occasions. Bill Hagan m'a fait la faveur de me mettre en contact avec plusieurs de ses collègues à qui je dois toute ma gratitude – Mitch Yockelson, de la National Archives & Records administration ; Dan Lavering, bibliothécaire de l'école du JAG de l'US Army, sise à Charlottesville, Virginie, m'a généreusement fourni toutes sortes de documents et en particulier des exemplaires du *The Judge Advocate Journal*, le bulletin du JAG Department, pendant la Seconde Guerre mondiale et la version révisée de 1943 du *Manuel des procès en cour martiale* de l'US Army.

Mary B. Dennis, greffière adjointe du tribunal pour l'Army Judiciary, m'a aimablement transmis un exemplaire des comptes rendus de séances de cour martiale, à titre indicatif. Alan Kramer, directeur du Washington National Records Center à Suitland, Maryland, m'a chaleureusement accueilli et guidé lors de ma visite dans son établissement. Je voue également une gratitude sans bornes à mes amis de la Bibliothèque Municipale de Glencoe, Illinois, et du Western New England College of Law, qui m'ont été d'un grand secours. Un grand merci à Henri Rogister et à Roger Marquet, du Centre de Recherches et d'Informations sur la Bataille des Ardennes, qui ont répondu à mes questions – ainsi qu'à Michael Baert, qui travaillait à l'Office du tourisme de Belgique en 2004, lorsqu'il m'a servi de guide au cours du voyage que j'ai fait, sur les pas de David Dubin. Je me sens spécialement redevable à Michael, tout autant pour la précision et l'étendue de son savoir, que pour le plaisir que j'ai pris à voyager en sa compagnie.

Les judicieuses remarques de plusieurs anciens de la campagne d'Europe, à qui j'avais soumis les premiers brouillons de ce texte, m'ont évité bien des écueils : un grand merci à mon confrère et associé Martin Rosen, avocat à New York ; à Sam L. Resnick, de Bayside, New York, président de l'association de la 100e Division d'Infanterie, et à Harold Tauss, de Wilmette, Illinois. Qu'ils soient tous remerciés, ainsi que Bill Rooney et les autres membres de la Table Ronde de la Seconde Guerre mondiale, et que les bibliothécaires de la Wilmette Public Library.

Un grand merci à mes premiers lecteurs qui m'ont fait part de leurs précieux commentaires : Rachel Turow, Jim McManus, Howard Rigsby, Leigh Bienen, Jack Fuller. Comme à l'accoutumée, le Dr Carl Boyar m'a fait profiter de ses lumières dans le domaine médical. Kathy Conway, Margaret Figueroa et Ellie Lucas, mes assistantes, m'ont maintenu la tête hors de l'eau – tout particulièrement Kathy, qui m'a prêté main-forte sur bien des fronts, depuis la relecture des épreuves jusqu'à la compilation de la bibliographie. Bob Bookman, mon agent à CAA, mon confrère Julius Lewis, Violaine Huisman et Isabelle Laffont, mon éditeur français, ont tous contribué à améliorer mon pseudo-français, pour lequel je dois certainement encore bien des excuses à tous mes lecteurs francophones de par le monde. Merci à Sabine Ibach qui a corrigé les vestiges de mon allemand de lycée. Robert Marcus a été mon principal expert pour tout ce qui concerne la culture juive. Eve Turow a été une précieuse conseillère quant à la présentation du livre et à sa conception graphique. Et bien sûr, ma plus profonde gratitude à ces trois piliers sur lesquels s'appuie mon édifice : Jonathan Galassi, mon éditeur, Gail Hochman, mon agent, et au centre, ma femme Annette.

Je préfère ne même pas commencer à battre ma coulpe pour les innombrables erreurs que j'ai dû laisser dans cet ouvrage, en dépit de mes efforts constants pour les débusquer. Qu'il me soit au moins permis d'espérer qu'aucune d'entre elles ne sera interprétée comme une faille de mon estime pour les hommes et les femmes qui ont combattu durant cette guerre qui fut à la fois si meurtrière et si nécessaire. Pour conclure, je ne puis que reprendre à mon compte cette phrase de Tillie Olsen, mon vieux maître, que je cite à la dernière page du roman :

« Le mystère s'approfondit avec le temps. »

8640

Composition Nord Compo
Achevé d'imprimer en France (La Flèche)
par Brodard et Taupin
le 11 mars 2008 46315
Dépôt légal mars 2008. EAN 9782290008140
Éditions J'ai lu
87, quai Panhard-et-Levassor, 75013 Paris
Diffusion France et étranger : Flammarion